Einen Sommer lang

Kerstin Maria Pöhler

Einen Sommer lang

Roman

Quell Verlag GmbH

Impressum

1. Auflage 2011

Saalgasse 12, 60311 Frankfurt,
T 069 21 99 49 40, F 069 21 99 49 42,
www.quell-online.de, info@quell-online.de

Lektorat: Dr. Hilde Gahl
Gestaltung: Monika Frei-Herrmann, www.frei-herrmann.de
Titelfoto: Dr. Gerd Leidig
Autorenfoto: Rudolf Mayer-Finkes
Druck und Bindung: Printfinder, www.printfinder.lv
Papier: Munken Print cream, FSC zertifiziert

FSC
Mix
Produktgruppe aus vorbildlich bewirtschafteten Wäldern und anderen kontrollierten Herkünften
Zert.-Nr. SW-COC-002823
www.fsc.org
© 1996 Forest Stewardship Council

ISBN 978-3-9812667-5-7

Das Buch ist auch als E-Book bei www.quell-online.de erhältlich

Quell
Edition

Für Hilde und Gerd

1

Ich zog die Türe hinter mir zu, damals. Die Jahre der Pflicht lagen hinter mir. Der Augenblick, den ich in den letzten Jahren herbeigesehnt hatte, war da. Alles Schwere fiel von mir ab. Ich genoss das Gefühl der Leichtigkeit. Endlich frei!

Leonhard stieg zügig die Treppe zum Betriebshof hinab. Auf der Hälfte der Stufen vertrat er sich, drohte zu fallen, konnte sich aber im letzten Moment noch am Geländer festhalten. Wie oft hatte er diesen Weg in den letzten fünfundvierzig Jahren genommen? Er konnte sich nicht daran erinnern, jemals gestürzt zu sein. Er betrachtete die Treppe und suchte nach der Ursache. Zum ersten Mal in all den Jahren zählte er die einzelnen Stufen, es waren acht, einige ausgetreten. Er ging noch einmal hinauf und vergewisserte sich. Die dritte, fünfte und siebte Stufe waren tatsächlich uneben. All die Jahre hatte er das nicht bemerkt. Zwei Generationen hatten hier ihre Spuren hinterlassen, auch seine Tritte hatten sich Tag für Tag in den Stein gegraben. Wie groß mochte sein Anteil daran sein? Ein Millimeter, oder doch nur ein Zehntel Millimeter? Und warum fanden sich diese Unebenheiten nur in jeder zweiten Stufe?

„Hörr Säöbb!" Das Sächsisch von Gierke riss Leonhard aus seinen Gedanken. Ein breites ungestaltes „ Hörr Säöbb" statt eines schlanken prägnanten „Herr Zepp", fast eine Beleidigung. Leonhard ging schnell die Stufen hinab zum Betriebshof, ihm war die Vorstellung, beobachtet worden zu sein, unangenehm. Gierke begrüßte ihn mit Handschlag, Leonhard spürte das leichte Zittern in der feuchten, schlaffen Hand seines Gegenübers. Die Unruhe und die Nervosität des Mannes übertrugen sich auf ihn. Wortkaskaden stürzten in einem abgehackten staccato auf ihn ein, von denen nur ein Bruchteil in sein Bewusstsein vordrang. Gierke eilte seinen eigenen Worten mit gehetzten Blicken hinter her... geht jetzt alles klar... nicht meine Schuld... mit der Bank alles geregelt... Missverständnis... Verzögerung der Überweisung... nichts für Ungut...

Mit seinen fahrigen Gesten wirkte Gierke wie ein überforderter Kapellmeister, der sich bemühte, Herr über den Missklang seiner Worte zu werden. Leonhard verabschiedete sich schnell – „dann ist ja alles bestens" – stieg in seinen schwarzen Volvo-Kombi und fuhr los.

Bevor er den Betriebshof verlassen konnte, musste er am Tor anhalten, um einem Krankenwagen mit Blaulicht die Vorfahrt zu gewähren. Die Sirene war abgeschaltet. Er blickte kurz in den Rückspiegel. Gierke war verschwunden, der Betriebshof verwaist, nur ein zurückgelassener roter Plastikball lag am verrosteten Zaun in den vertrockneten Blättern der großen Eiche. Ein warmer Windstoß ließ das Laub auffliegen und kehrte es raschelnd über den Hof. Es war ein heißer Sommer gewesen. In den vergangenen Wochen hatte es kaum geregnet und die Bäume warfen ihr verdorrtes Grün ab. Der Ball gehörte der Tochter von Frau Mittnacht, der Sekretärin, die gelegentlich die Kleine in den Ferien mit ins Büro brachte.

Auf einmal war es still um ihn und in die Lautlosigkeit mischten sich Geräusche der Vergangenheit. Kindergeschrei, Lachen. Er spielte mit dem Nachbarsjungen Fußball auf dem Hof, obwohl die Mutter es ihnen verboten hatte. Die Mülltonnen dienten als Tore. Damals war der Boden noch nicht asphaltiert, sondern uneben durch das marode Kopfsteinpflaster. Es stand unentschieden, er wollte unbedingt gewinnen, stürmte vor, trat mit voller Wucht zu. Der Ball ging ins Tor, sprang auf einen der hervorstehenden Steine und wurde in das Küchenfenster ihrer Wohnung im ersten Stock katapultiert. Die Scheibe explodierte mit einem lauten Knall und die umher fliegenden Splitter verletzten seine Mutter, die gerade am Küchentisch Kartoffeln schälte, am Arm. „Warte nur bis Dein Vater nach Hause kommt!", hörte er sie drohen. Er rannte ihr zu Hilfe, doch sie schickte ihn weg. Warum war sie so ablehnend? Als der Vater von der Arbeit kam, setzte er sich hungrig an den Mittagstisch und fand alles halb so schlimm. „Die trainieren für Bern", sagte er, häufte sich den Teller voll und begann zu essen.

Die Mutter stand auf und verschwand wortlos. Sie legte sich drei Tage ins Bett, ohne ein Wort mit jemandem zu sprechen. Danach verließ sie wieder ihre Klausur. Alles schien gut zu sein, wie immer. Ob sie damals weinte, in ihrer selbst gewählten Einsamkeit? Er war ihr einziges Kind, lang ersehnt, das einzige, das überlebt hatte. Sie liebte ihn über alles, nur in den Zeiten ihres inneren Rückzugs, wenn sie sich unverstanden fühlte, war sie unerreichbar für ihn und den Vater.

Gierke stand hinter den Jalousien des Bürofensters und beobachtete Leonhard, der immer noch in der Einfahrt stand. Er mochte ihn nicht. Auch wenn er nicht viel sagte, fühlte er sich in seiner Gegenwart wie ein kleiner Angestellter vor der Kündigung. Warum fuhr er nicht endlich los? Der Krankenwagen war doch längst vorbeigefahren, die Straße war frei. Ob seine Erklärungen mit der Bank ihn nicht überzeugt hatten? Endlich gab er Gas. Gierke war erleichtert.

Leonhard lenkte den Blick wieder in die Gegenwart. Eigentlich konnte er stolz auf sich sein: in den vergangenen fünfundvierzig Jahren hatte er aus dem kleinen Handwerksbetrieb seines Vaters eine florierende Firma gemacht. Seine Erfolge waren sichtbar, hatten sich materialisiert. Schon zu Lebzeiten hatte man eine Straße nach ihm benannt. Das Wichtigste aber war für ihn, sich nicht mehr sorgen zu müssen. Der Lebensabend lag vor ihm. Wenn er starb, hinterließ er seiner Frau und seinen beiden Kindern ein schönes Haus mit Blick in das Rheintal, zudem ein ansehnliches Vermögen, das ihre Zukunft sicherte. Auch diverse Nachrufe im Generalanzeiger waren ihm sicher – ein Gedanke, der ihn schmunzeln ließ. Hätte er sich seinen Jugendtraum erfüllt und Philosophie studiert, wäre ihm diese posthume Anerkennung sicherlich verwehrt geblieben. Betrachtete er sein Leben so, hatte er zweifelsohne die richtigen Entscheidungen getroffen. Leonhard beschleunigte und sank in den Ledersitz seines Volvos zurück.

Ingrid saß auf der Terrasse und nahm einen Schluck San Pellegrino. Sie trank nur diese Sorte, gerne im Sommer auch mit einem Spritzer Zitrone. Die Säure erfrischte sie, und sie genoss, wie der Speichel in ihrem Mund zusammenfloss. Der Lokalteil der Zeitung lag aufgeschlagen auf dem Teakholztisch. Mit prüfendem Blick betrachtete sie Leonhards Bild. Er war gut getroffen: Groß und stattlich, sein grau meliertes, gewelltes Haar war oberhalb der Schläfen ausgedünnt, das gab ihm etwas Würdevolles. Die getönte Brille schirmte seine überhängenden Augenlider vorteilhaft ab. Er hatte etwas zu große Ohren, sicherlich, aber sie fanden in der langen und breiten Nase eine Entsprechung. Zwei tiefe Falten hatten sich rechts und links von den Nasenflügeln zu den Mundwinkeln gegraben. Sie meinte, Ansätze von Schwermut darin zu erkennen, doch sie wischte den Gedanken weg. Nein, es war die Last der Verantwortung, die sich in seinem Gesicht widerspiegelte. Stolz las sie den Artikel, der sie in ihrer Meinung bestärkte:

Ehrenbürgerschaft für Leonhard Zepp

Im 68. Lebensjahr schied der verdiente Geschäftsmann auf eigenen Wunsch aus dem Stadtrat aus und machte Platz für einen Jüngeren. Ein Jahrzehnt lang schenkten die Bürger dem verdienten Mitglied der CDU-Fraktion das Vertrauen. In Anbetracht seiner großen Verdienste um seine Heimatstadt Godesberg wurde ihm der Ehrenring der Stadt verliehen. Im Stadtrat hatte sein Wort Gewicht, man schätzte sein bedachtes Abwägen verschiedener Argumente und sein objektives Urteilsvermögen, das stets der Sachlichkeit in der Auseinandersetzung verpflichtet war, sagte Bürgermeister Harald Schmitz in seiner Laudatio.

Leonhard fuhr den Wagen auf die Auffahrt. Ingrid hörte das knirschende Geräusch der Autoreifen auf dem feinen Kies, dann das sonore Zuschlagen der schweren Wagentür. Sie schaute auf die Uhr, es war bereits halb eins – er war eine halbe Stunde zu spät.

Das Haus der Familie Zepp war ein Unikat, ein architektonisches Juwel. Manche Spaziergänger blieben bei Sonnenschein geblendet vor dem Kubus stehen und bewunderten Proportion und Ebenmaß der weißen Fassade vor dem stahlblauen Himmel. Auf der Rückseite, geschützt vor neugierigen Blicken, befanden sich zwei weitere Gebäude auf unterschiedlichen, in die steile Hanglage getriebenen Ebenen, die als Wohn- und Schlaftrakt dienten. Aus großer Entfernung, vom Rheintal aus betrachtet, stellte sich der Eindruck von Schwerelosigkeit ein: Drei über dem Abgrund schwebende weiße Würfel.

Vor dem Eingang, der Straße zugewandt, standen vier vereinzelte Trauerzypressen in gleichmäßigem Abstand nebeneinander. Sie warfen um die Mittagszeit, wenn die Sonne im Zenit stand, scharfe Schattenrisse auf das makellose Weiß der Hauswand. Leonhard fügte sich perfekt in den streng symmetrischen Anblick der Eingangsfront, deren Spiegelachse er bildete, als er den Schlüssel im Sicherheitsschloss umdrehte. Der Architekt schien nichts dem Zufall überlassen zu haben.

Leonhard betrat die wohltuend kühle Eingangshalle. Die schmalen, hohen Fenster waren mit Jalousien abgedunkelt, durch die vereinzelte Lichtstrahlen in das Halbdunkel fielen. Wie immer streifte er sorgfältig seine Schuhe auf der im schwarzen Granit eingelassenen Fußmatte ab, um keine Staubspuren auf dem glänzenden Schwarz zu hinterlassen und legte seinen Schlüsselbund in die dafür vorgesehene Schale auf dem Sideboard. Zügig ging er die weitläufige Treppe in den mittleren Kubus hinunter. Seine Schritte hallten im gleichmäßigen Rhythmus durch den Raum. Diesmal kam er nicht aus dem Tritt wie vorhin.

Wer zum ersten Mal vom Entrée auf den oberen Treppenabsatz trat, war beeindruckt von der Aussicht, die sich ihm bot: Der Blick fiel durch hohe Panoramafenster, die im Boden versanken, in das Rheintal. Auf dem Weg in die unteren Räumlichkeiten musste sich der Besucher – immer noch fasziniert von der überwältigenden Fernsicht – darauf konzentrieren, nicht eine Stufe zu verfehlen, wie es einige Male geschehen war, bei Einladungen, die Ingrid und Leonhard gerne für ihre langjährigen Kunden oder Freunde aus dem Stadtrat gaben. Ernsthafte Verletzungen gab es nie, zum Glück.

Der Gast sah sich, nachdem er wohlbehalten unten angekommen war, von Großzügigkeit umgeben: Wohn- und Essbereich gingen fließend ineinander über, an den hohen Wänden hingen wenige, aber ausgewählte Werke zeitgenössischer Kunst, unter anderem ein großformatiger Baselitz, ein Alterswerk des Meisters. Es zeigte einen bizarr grinsenden Greis, seinem Maler-Schöpfer nicht unähnlich, der in einer Mischung aus infantilem Trotz und männlichem Größenwahn Sperma aus einem Riesenphallus in Richtung des Betrachters schleuderte. Trotz aller Provokation, die mancher Betrachter beim Anblick empfand, ging eine Melancholie von dem Alten aus, die Leonhard vom ersten Moment an berührte hatte – der alte Mann war allein.

So hatte auch er sich gefühlt, als er in den Ausstellungsräumen der renommierten Salzburger Galerie am Mirabellgarten umherlief und das Bild entdeckte. Der Blick des Greises traf ihn, forderte ihn heraus. Er versuchte ihm standzuhalten, wollte sich mit ihm messen, ihn besiegen. Als er unterlag, kaufte er das Bild. Im vergangenen Sommer war er ohne Ingrid ein paar Tage zu den Festspielen gefahren. Sie erlaubten es sich schon lange nicht mehr, gemeinsam in den Urlaub zu fahren, denn sie waren der Meinung, dass einer von ihnen als Ansprechpartner für Großkunden zur Verfügung stehen müsste.

Ingrid fühlte sich brüskiert, als das Bild einige Wochen später angeliefert wurde. Sie fand es obszön und abstoßend. Auch einige ihrer kunstinteressierten Tennispartnerinnen waren irritiert, das spürte sie, dennoch lächelten sie höflich und sagten: „Das ist die Freiheit der Kunst". Nur eine der Damen, die im Match immer gegen Ingrid verlor, meinte mit gespitztem Mund, der Maler habe sich wohl selbst portraitiert und ganz offensichtlich ein Problem mit dem Alter, aber vor allem mit Frauen. Ingrid empfand diese Kritik wie einen persönlichen Angriff und ließ das Bild sofort abhängen. Sie konnte erst ihren Frieden mit dem lüsternen Greis schließen, als ihr von einem bekannten Kunsthistoriker zum Erwerb dieses außergewöhnlichen Alterswerkes gratuliert wurde. Nach kurzer Bedenkzeit stimmte sie zu, es wieder an zentraler Stelle aufzuhängen und im Laufe des Jahres hatte sie es schätzen gelernt. Der Greis fing an, ihr zu gefallen. Ab und zu zwinkerte sie ihm sogar zu, wenn niemand sie beobachtete.

Leonhards einflussreiche Freunde hielten sich gerne in dieser Kulisse moderner Großbürgerlichkeit auf. Die Szenenabfolge der Einladungen wiederholte sich immer aufs Gleiche und bekam dadurch etwas von einem Ritual, das es allen Beteiligten leicht machte, sich in ihrer Rolle sicher zu fühlen. Nach dem Aperitif führte Ingrid die Damen hinaus in den Garten, wo man die jahreszeitlich aufeinander abgestimmte Blütenpracht bewunderte. Die Herren blieben zurück und erlaubten sich einige deftige Scherze über den Alten an der Wand, das lockerte die Atmosphäre. Darauf folgte ein mehrgängiges Abendessen – Ingrid war eine ausgezeichnete Köchin – mit ausgesuchtem französischen Rotwein. Man speiste am imposanten Refektoriumstisch. Die Gespräche kreisten gewöhnlich um das Versagen der linken Opposition im Stadtrat, gewonnene Tennisturniere, verringerte Handicaps, begabte Kinder, ungerechte Lehrer und den neuesten Theaterskandal der Städtischen Bühnen. Dann wechselte man den Standort und ließ sich tief in die weiche schwarze Ledergarnitur vor dem Kamin sinken, genoss den im Eichenfass gereiften Grappa und besiegelte zum Abschluss eines gelungenen Abends per Handschlag das seit langer Zeit angebahnte Geschäft, das nur in einem Nebensatz beiläufig erwähnt wurde. Man war diskret, das war eine unausgesprochene Spielregel.

Die Schiebetüre zur Terrasse war geöffnet und Leonhard beobachtete Ingrid, wie sie mit dem Käscher verschiedene Seiten Zeitungspapier aus dem Schwimmbad fischte. Sie sah immer noch sehr gut aus für ihre sechzig Jahre. Er mochte ihre drahtige, sportliche Figur, ihre energische Art. Selbst in Jeans und Polohemd - sie liebte schwarz - wirkte sie elegant. Es freute ihn, die Perlenkette mit dem ausgefallenen Art déco Verschluss an ihr zu sehen. Er hatte sie ihr im vergangenen September zum vierzigsten Hochzeitstag geschenkt und sie trug sie seitdem fast jeden Tag. Sie war eine Puristin mit Stil, das schätzte er an ihr. Ihr schwarzes, immer noch volles Haar, war in Stufen geschnitten und von nur wenigen grauen Strähnen durchzogen, es fiel ihr locker auf die Schulter und rahmte ihr gebräuntes Gesicht. Die hohen Wangenknochen und die schmalen Lippen gaben ihrem Aussehen etwas Asketisches, vielleicht sogar Strenges, das sich in letzter Zeit verstärkt zu haben schien. Hatten nicht auch ihre blauen Augen an Glanz verloren?

Ihr Fluchen riss ihn aus den Gedanken. Eine Windböe hatte den Rest des Generalanzeigers ins Wasser geweht. Er trat hinaus auf die Terrasse, aber sie ignorierte ihn. Er sprach sie nicht an. Er wusste, dass Ingrid, wenn ihr etwas zu misslingen drohte, gereizt reagierte. Sie ertrug keine Niederlagen. „Du kommst zu spät", sagte sie, ohne ihre Arbeit zu unterbrechen. „Du wolltest um zwölf zurück sein, jetzt ist es halb eins."

„Gierke hat mich aufgehalten, er hat die Sache mit der Bank endlich geklärt", entgegnete Leonhard. „Wenn Du etwas mehr Geduld gehabt hättest, dann müssten wir uns nicht mit einem unzuverlässigen Pächter herumschlagen. Sicherlich hätten wir noch einen geeigneten Käufer gefunden", erwiderte sie.

Schon bereute er, das Thema angesprochen zu haben. „Wer weiß, was die Zukunft bringt. Wir werden älter. Zwei Jahre hat es gedauert bis wir einen Interessenten gefunden haben", sagte er.

Ingrid wandte sich zu ihm um, fixierte ihn, den einen Arm energisch in die Hüfte gestemmt. Mit vorwurfsvollen Gesten unterstrich sie ihre Worte, den Käscher noch in der Hand haltend. „Du gibst Dich immer sofort mit allem zufrieden. Du hättest Deinen Sohn überzeugen sollen, das Geschäft zu übernehmen." Leonhard wich ihrem Blick aus und setzte sich auf einen der Teakholzstühle. „Ingrid, hör doch auf mit den alten Geschichten. Du weißt genau, dass Lars das nie wollte. Als Ingenieur hat er viel bessere Chancen." „Ach was", sagte sie abfällig, wendete sich abrupt um und ließ ärgerlich den Käscher ins Wasser fallen. „Der denkt doch immer nur an sich. Damals hast Du auch auf ein Studium verzichtet." „Ingrid, das waren andere Zeiten. Kinder gehen heute ihre eigenen Wege."

„Trotzdem –", sie brach ab, denn in diesem Moment ging ihr die Lokalseite mit der Laudatio ins Netz, deren Rettung und Konservierung nun ihre völlige Aufmerksamkeit auf sich zog. Mit Sorgfalt breitete sie das durchweichte Papier auf den warmen Fliesen zum Trocknen aus. Ihre Stimme wurde weicher. „Da war heute ein schöner Artikel über Dich in der Zeitung, den wollte ich aufheben. Vielleicht kann ich ihn noch retten." Er betrachtete sein verwässertes, leicht aufgequollenes Konterfei. „Sieht aus wie ein Ertrinkender, gerade aus dem Wasser gezogen", sagte er. „Vielleicht gelingt es mir ja, ihn wiederzubeleben", erwiderte Ingrid. Er war erleichtert über ihren versöhnlichen Ton und fuhr fort: „Da wir gerade beim Thema sind, wann geht morgen unser Flug nach Venedig?"

Waren Ingrid und ich damals noch glücklich? Ich bin mir nicht sicher. Kann ich heute noch sagen, was ich damals empfand? Wohl kaum. Das Heute überschreibt das Gestern. Heute sehe ich all die Risse in unserer Ehe, sehe nur noch das Trennende, nicht mehr das Vereinende, das es irgendwann einmal gab. Venedig war der Anfang vom Ende.

Ich versuche mich zu erinnern, was ich damals empfand – wir freuten uns auf den ersten gemeinsamen Urlaub nach langer Zeit. Weit weg sein vom Alltag, an unserem Hochzeitstag, dem 15. September. Eine Sehnsucht nach allem, was wir so lange nicht mehr gelebt hatten, ein ferner Traum. Wir ließen ihn uns etwas kosten. Direktflug Köln/Bonn-Venedig, eine Motorbootfahrt direkt vom Flughafen Marco Polo durch die Lagune zum Hotel Il palazzo, das

Zimmer mit direktem Blick auf San Giorgio Maggiore und Santa Maria della Salute. Eigentlich konnte nichts schief gehen.

Ingrid und Leonhard saßen nach ihrer Ankunft auf der Terrasse des Restaurants und schauten in die untergehende Sonne. Ihre letzten Strahlen streiften die Kuppel von Santa Maria della Salute und färbten sie in ein zartes Rosa. Vor der historischen Kulisse bot sich ihnen ein imposantes Kräftespiel, das auch die Touristen auf der gegenüber liegenden Uferpromenade gebannt verfolgten: Ein Kreuzfahrtschiff bog aus dem Canale della Giudecca in den Canale di San Marco und überragte die umliegenden Häuser und Kirchen um ein Vielfaches. Die Gegenwart triumphierte über die Vergangenheit. Der riesige Schiffskörper schob sich in Zeitlupe über die filigranen Fassaden hinweg, die seine erdrückende Last erdulden mussten. Als der massige Rumpf auf der Silhouette von San Giorgio Maggiore lastete, zog sich die Sonne endgültig hinter die Häuser zurück. Gleichgültig zog das Schiff weiter auf das offene Meer hinaus und verlor sich in der Abenddämmerung am Horizont.

Der Camariere servierte die Antipasti Frutti di Mare, schenkte von dem gut gekühlten Soave Classico Superiore nach und durchbrach das Schweigen beider mit einem professionell dahin gesagten „Prego Signori, buon appetito", das Leonhard mit kurzem Kopfnicken und Ingrid korrekt mit „Grazie" beantwortete. Sie hob ihr Glas, „Auf Venedig", sagte sie. „Auf unseren neuen Lebensabschnitt", sagte er.

Sie tranken und setzten gemeinsam, fast zeitgleich und in synchroner Bewegung, ihr Glas wieder ab. Es geschah in völliger Selbstverständlichkeit. Sie hatten sich in all den Jahren ihres Zusammenseins gut aufeinander eingestellt. „Es sind nur fünf Minuten bis San Marco. Wenn wir zeitig aufstehen, sind wir die ersten und müssen nicht stundenlang in der Schlange stehen", sagte sie. Er legte seine Hand auf ihre, er spürte ihre kühle Haut. Sie hatte meistens kalte Hände. „Lass es uns langsam angehen und ein wenig ausschlafen", schlug er vor. „Es ist unser erstes Mal in Venedig. Da sollten wir die Zeit nutzen", entgegnete sie. „Wir könnten doch auch am späteren Nachmittag hingehen. Sicherlich ist dann weniger los." „Aber die deutsche Führung ist um zehn Uhr. Nachmittags gibt es nur welche auf Englisch." „Wie Du meinst", lenkte er ein. Er zog seine Hand zurück und nahm einen Schluck Wein.

Ingrid hatte zumeist die stärkeren Argumente, oft war sie ihm einen Schritt voraus. Sie war eine scharfe, strategische Denkerin und es kam nicht selten vor, dass sie bereits antwortete, bevor er seine Frage zu Ende formulieren konnte. Manchmal entging ihr, dass er etwas ganz anderes sagen wollte. Er fühlte sich von ihr übergangen und ärgerte sich, doch selten sagte er etwas. Er wusste, wenn sie plante, ging nichts schief. Er war immer dankbar gewesen, dass sie ihm in der Firma den Rücken stärkte und alles Organisatorische abnahm. Und Ingrid wusste, wie sehr er ihre Zuverlässigkeit und Präzision schätzte, das erfüllte sie mit Stolz. Somit waren sie ein gutes Team: Man verstand sich, ohne viel sagen zu müssen. Jeder wusste, was er zu tun hatte und was er vom anderen erwarten konnte.

Zwischen dem Primo, beide hatten sich für eine leichte Pasta mit Scampi und Limonensugo entschieden, und dem Secondo kam Leonhard auf die Zukunft zu sprechen. „Wie wird unser Alltag ohne die Firma aussehen?"

Ingrid zögerte einen winzigen Augenblick, ehe sie antwortete. Sie zog ihren Taschenkalender aus der Handtasche, die über der Stuhllehne hing. Sie blätterte die Monate bis Weihnachten nacheinander durch. „Es gibt genug zu tun."

Er folgte aufmerksam jedem Schritt ihrer detaillierten Aufzählung: Die Einladungen, die Wochenendverpflichtungen – darunter Leonhards Klassentreffen Ende Oktober – die karitativen Aktivitäten der Rotarier in der Vorweihnachtszeit... Er hatte das Gefühl, sich in all den Terminen zu verlieren, ein kurzer Schwindel erfasste ihn – Gott sei Dank ging er genauso schnell vorüber, wie er gekommen war – abschließend hörte er Ingrid sagen, eigentlich bliebe alles beim Alten, nur hätten sie jetzt etwas mehr Zeit zum Reisen...

„Bislang haben wir alles daran gesetzt, dass die Firma läuft und dass aus den Kindern etwas wird. Aber was kommt jetzt, ich meine für uns?", fragte er. Ingrid schloss den Kalender und steckte ihn wieder in die Tasche. „Was soll denn schon kommen? Wir ernten die Früchte, die wir gesät haben, so wie Du es wolltest."

Leonhard wollte etwas darauf antworten, aber in diesem Moment trat wieder das Duo gehobener Gastronomie auf und unterbrach ihr Gespräch. Während der Camariere die Lammfilets jonglierend vor ihnen platzierte, schenkte der Oberkellner virtuos einen Schluck in das bauchige Rotweinglas und ließ Leonhard von dem Bardolino kosten. Mit einem kurzen Kopfnicken stimmte er anerkennend zu. Schweigend genossen sie den Hauptgang, nur ab und zu unterbrochen von Äußerungen kulinarischen Wohlgefallens. Das Menu fand seinen krönenden Abschluss in einer schaumig geschlagenen Zabaglione. Leonhard wollte nicht mehr auf seine Frage zurück kommen, es war nicht der rechte Moment dafür. Und Ingrid? Sie ging einfach darüber hinweg, vergaß sie gerne, die Frage, die er nicht zum ersten Mal stellte, als ob sie sich von etwas Lästigem auf elegante Weise entledigte. Wie einen alten Regenschirm, den man einfach im Restaurant stehen ließ.

Beide waren erschöpft von der Reise, als sie auf ihr Zimmer kamen. Sie wünschten sich eine gute Nacht und schliefen sofort ein. Das leuchtende Sternenspiel der Plejaden zog an ihrem Fenster vorbei, unbemerkt von den blind Schlafenden.

Ich wachte mitten in der Nacht auf, das übliche Sodbrennen, ging ins Bad, um Maloxan zu nehmen. Das Wasser schmeckte nach Chlor. Es fiel mir schwer, die Tablette hinunter zu bekommen. Stumpf hing sie in der Speiseröhre fest, ich musste würgen, überwand den Brechreiz, zwang mich, ein Glas Wasser hinterher zu schütten und spülte den Fremdkörper nach unten. Als ich zurück kam, war alles in ein bläuliches Licht getaucht, unwirklich. Alles fremd, wie im Traum. Verlassene Gondeln festgezurrt an Holzpflöcken, das klatschende Geräusch der Wellen am schwarzen Rumpf. Sie schlief, eingesponnen in das Bettlaken wie in einen schützenden Kokon.

Ingrid war ehrgeizig: Sie hatte sich vorgenommen, alle Stationen des Besichtigungsprogramms abzuarbeiten, das ihr ADAC-Reiseführer für einen Fünftagesaufenthalt in der Lagunenstadt vorschlug. Bei der Auswahl der unzähligen Sehenswürdigkeiten orientierte sie sich ausschließlich an den High Lights, die mit drei Sternen – besonders sehenswert, auf keinen Fall verpassen – ausgezeichnet waren. San Marco stand in der Hierarchie ganz oben, natürlich. Wie geplant besichtigten sie den Dom sofort am folgenden Morgen. Der Campanile warf gleich der Nadel einer überdimensionalen Sonnenuhr seine morgendliche Schattenlinie auf den Markusplatz und die Fassade des Café Quadri. Tauben flatterten hin und her, auf der Jagd nach Brotkrumen, die von den Tischen herab fielen.

Ingrid und Leonhard hatten nicht lange warten müssen, als sie die Kathedrale betraten. Dumpf lastete der Innenraum auf Leonhard. Die muffige Luft, in die sich Reste von Weihrauch mischten, ließ seinen Atem stocken. Er konnte sich kaum auf das konzentrieren, was die italienische Reiseführerin in stockendem Deutsch mit südländischer Theatralik zu erklären versuchte. Scheinwerfer erleuchteten die Mosaiken im Rhythmus der Münzeinwürfe. Die Kirche belohnte die Freigiebigkeit der Bildungsreisenden mit einem himmlischen Ausblick: Alle Köpfe reckten sich nach oben. Leonhard nahm seine dunkle Brille ab, ihre selbst tönenden Gläser konnten sich den wechselnden Lichtverhältnissen nicht so schnell anpassen. Er war geblendet. Das Gold in den Kuppeln und Bögen überstrahlte alles. Die Heiligen lösten sich in viele bunte Teilchen auf und begannen vor seinen Augen zu tanzen wie wilde Irrlichter. Ihm wurde schwindelig, er musste nach unten schauen, wo sich sein Blick in den im Marmor eingelassenen, mäandernden Fußbodenornamenten verlor, er wankte, taumelte, drohte zu stürzen. Ein starker Pfeiler im Mittelschiff bot ihm Halt, kurz vor dem Fall. Er hielt die Augen geschlossen. Der kühlende Stein in seinem Rücken tat gut und er zwang sich, ruhig und gleichmäßig zu atmen. Der Besucherstrom zog zähfließend an ihm vorüber, begleitet von einem Rauschen in allen Sprachen. Er wusste nicht, wie lange er dort gestanden hatte, als eine Aufsichtsperson ihn energisch aufforderte, weiterzugehen. Wo war Ingrid? Er hatte sie verloren. Er drängte durch die Flut der Menschen nach draußen. Ingrid wartete schon ungeduldig auf ihn. „Wo warst Du? Ich warte schon zwanzig Minuten auf Dich."

„Ich kam nicht hinterher, plötzlich wart ihr weg." „Du warst der Einzige, der zum Schluss fehlte", sagte sie und sah ihn vorwurfsvoll an. Er entschuldigte sich und schlug vor, etwas trinken zu gehen. Während sie in Harry's Bar saßen, vermied er es, auf seinen Schwächeanfall zu sprechen zu kommen. Er las ihr aus dem Reiseführer vor, Ingrid ergänzte Wissenswertes von der Führung. Leonhard verspürte eine gewisse Genugtuung als er Mark Twains Bemerkung zitierte, San Marco sehe aus wie ein warziger Käfer. „Er war eben ein Amerikaner, ohne Sinn für die Historie", erwiderte Ingrid und mahnte zum Aufbruch. Als nächstes Ziel stand San Giorgio Maggiore auf dem Programm. Sie waren bereits in Verzug, wenn sie die Liste mit all den Sehenswürdigkeiten noch schaffen wollten, die sie sich für heute vorgenommen hatten.

Das Vaporetto 82, das sie zu San Giorgio übersetzte, war überfüllt. Ingrid empfand das lautstarke Gedränge und den unvermeidlichen Körperkontakt mit dickleibigen, schwitzenden Touristen, meist Russen in blondierter weiblicher Begleitung, als unerträglich – Horden neureicher Proleten, die besser auf ihren Kolchosen geblieben wären, statt über uns herzufallen, dachte sie. Während sie sich weiterhin mit den Nutznießern der Perestroika herumschlug, die ihr zu Leibe rückten, wurde sie immer gereizter, so dass ihrem Blick die Schönheit der Kirche verschlossen blieb, als sie auf der kleinen Insel ankamen.

Ingrid fand die Architektur Palladios karg und nüchtern im Vergleich zu San Marco und ließ keine Gelegenheit aus, ihrer abfälligen Meinung lautstark Ausdruck zu verleihen.

Leonhard genoss die wohltuende Kühle, das schlichte Weiß des Innenraums. Er ließ ihre Unmutstiraden schweigend an sich vorüber ziehen. Er kannte sie: Widerspruch lohnte nicht, das hieße Öl ins Feuer gießen, zumal die Kirche nicht der eigentliche Grund ihres Ärgernisses war. Gleich wäre sowieso alles wieder vorbei.

Und tatsächlich, sie beruhigte sich. Venedig zu Fuß zu entdecken, sei doch viel reizvoller als mit dem Schiff, auch wenn die Wege mehr Zeit kosteten und sie eine Einbuße ihres Besichtigungsprogramms hinnehmen müssten, meinte Leonhard. Im Notfall könnte sie ja auch schwimmen, scherzte er. Ingrid nahm es hin. Sie entdeckten nun die kleinen verlassenen Gassen jenseits der großen Touristenströme, schlenderten nebeneinander her, und wenn sich ihre Hände zufällig berührten, schob sie ihre Finger zwischen seine. In diesem Moment genoss sie die Vorstellung, gemeinsam mit ihm alt zu werden.

Abends hatten sie es sich zur Gewohnheit gemacht, die vielen Bilder, die sie tagsüber aufgenommen hatten, auf dem kleinen Bildschirm ihrer Digitalkamera anzuschauen. Sie betrachteten die Abbilder des Tages und durchlebten ihn in der Erinnerung noch einmal. Für Ingrid war es ein doppeltes Vergnügen, doch Leonhard machte eine merkwürdige Erfahrung dabei. Er bemerkte, dass sich die Perspektive seiner Wahrnehmung im Rückblick verschob, obwohl das Vergangene erst wenige Stunden zurücklag. Er versuchte zu ergründen, woran das liegen konnte. Es war ihm einsichtig, dass er, wenn er selbst nicht fotografiert hatte, das Motiv ganz anders, oft aus einem anderen Blickwinkel in Erinnerung hatte, als er es jetzt auf dem Bild vorfand. Es war ihm auch verständlich, dass er jetzt Details entdeckte, die er vorher nicht wahrgenommen hatte. Auch dass von dem eigenen Abbild eine gewisse Fremdheit ausging, war keine neue Erfahrung für ihn.

Doch was Leonhard verwirrte, war, dass seine Gefühle, die er noch vor wenigen Stunden in der jeweiligen Situation erlebt hatte, abwichen von seiner momentanen Empfindung, wenn er sich das Erlebnis vergegenwärtigte. Er betrachtete eingehend das Bild, das Ingrid im Fischrestaurant Al gatto nero auf Burano zeigte, die leuchtend bunt getünchten Häuser im Hintergrund. Sie lächelte und hatte die Sonnenbrille ins Haar geschoben. Vor wenigen Stunden hatte er in ihrem Lächeln Lebensfreude gesehen. Jetzt wirkte es bemüht, er spürte ihre Anstrengung. Versuchte sie etwas vor sich oder ihm zu verbergen? Oder war es der faulige Geruch, der aus dem Kanal im Hintergrund aufstieg, der ihm vorher aber gar nicht aufgefallen war? Vielleicht war der Gestank aber auch nur seine Einbildung, ausgelöst von dem Anblick des brackigen Wassers auf dem Photo, das Erinnerungen an Vergleichbares hervorrief, die er nun mit dem Erlebnis von heute Nachmittag verband – dann wäre seine Sicht auf die Vergangenheit Ausdruck seiner gegenwärtigen Befindlichkeit. Aber was war es, das in seinem Inneren diese fauligen Assoziationen auslöste? Was zersetzte seine Erinnerung? Er spürte, wie in diesem Moment etwas in ihm auseinander zu brechen begann, in ein damals und ein jetzt. Die Bedeutung ihres Lächelns zerfiel in Mehrdeutigkeit.

Schnell drückte er auf die Vorwärtstaste, in der Hoffnung, das nächste Motiv stelle die verlorene Einheit wieder her. Torcello, er sah sich mit Strohhut auf dem Marmorthron Attilas im Schatten eines Ölbaums sitzen. Mit der Linken hielt er den Reiseführer wie eine Gesetzestafel hoch, mit der Rechten zeigte er auf die entsprechende Erklärung: Wer sich darauf setzt, ist in einem Jahr verheiratet. Er musste lächeln, spürte Erleichterung, doch plötzlich schlich sich wieder diese melancholische Verstimmung ein, die die Verbindung zum Vergangenen abreißen ließ. Sein Grinsen auf dem Bild machte ihn traurig, die Maske des Komikers fiel von ihm ab. Leonhard schaltete die Kamera aus. Er hatte Kopfschmerzen, sein Magen meldete sich mit Sodbrennen, wie so oft nach einem üppigen Essen. Er entschuldigte sich bei Ingrid wegen seiner Unpässlichkeit und ging an diesem Abend früh zu Bett.

Sie blieb alleine auf der Terrasse sitzen und trank den restlichen Wein. Ihr war die innere Unruhe Leonhards nicht entgangen. Er reagierte immer so, wenn er sich überfordert fühlte, auch früher im Geschäft, wenn zuviel gleichzeitig auf ihn einstürzte. Den ganzen Tag über wirkte Leonhard abwesend, als ob er neben sich stünde, etwas mit sich selbst verhandele. Während des Essens betrachtete er schweigsam die Bilder, schien mit den Gedanken ganz wo anders zu sein, war erschreckt, als sie ihn ansprach. Wahrscheinlich war in letzter Zeit doch alles zu viel für ihn gewesen: Die Suche nach einem Nachfolger für die Firma und der Rückzug ins Privatleben machte auch ihm zu schaffen. Wie sollte es weitergehen? Sie beide brauchten eine Herausforderung, auf dem Sofa sitzen und die Dinge geschehen lassen, das war nicht ihre Sache, schließlich waren sie beide noch rüstig, gemeinsam hätten sie das Geschäft bestimmt noch fünf Jahre erfolgreich weiter geführt. Und dieser Gierke war keine Lösung, das wusste Leonhard, auch wenn er es nicht zugeben wollte. Vielleicht machte er sich insgeheim Vorwürfe? Aber er hat es nicht anders gewollt: Die Firma gehörte ihm und letztendlich musste Ingrid klein beigeben – vielleicht war das ein Fehler gewesen. Doch sie wollte ihm das nicht vorwerfen, wollte sich die Freude auf den kommenden Tag nicht nehmen, ihren einundvierzigsten Hochzeitstag. Sie ließ den Blick auf das offene Meer schweifen, dorthin wo vor wenigen Tagen das Kreuzfahrtschiff am Horizont verschwunden war.

Ich will mich nicht erinnern an den erbärmlichen Versuch, nach langer Zeit wieder miteinander zu schlafen. Es war das letzte Mal. Der endgültige Abschied voneinander. Die Nacht, in der wir auseinander fielen.

Ingrid hatte zwei Karten für La Fenice besorgt. Es sollte eine Überraschung sein – Verdis Otello. Sie waren lange nicht mehr im Theater gewesen, die Arbeit hatte ihnen einfach keine Zeit mehr dazu gelassen. Ingrids Erwartungen erfüllten sich, sie war erleichtert: Leonhard war außer sich vor Freude. Er strahlte wie ein Kind und sein Unwohlsein von gestern schien vergessen. Er liebte die späten Opern Verdis. Wenn er abends nach Hause kam, gab er sich den Strömungen der Musik hin, abgeschottet vom Alltag: Mit geschlossenen Augen und Kopfhörern lag er auf seiner Marcel Breuer Liege, Ingrid saß neben ihm auf dem Sofa und schaute die Spätnachrichten. Die Verwundbarkeit der alternden Helden Verdis berührte ihn – ihre Hoffnungen, ihre Sehnsüchte, ihr Scheitern.

Otello zerstört seine Liebe, Falstaff lacht über seine Liebe, genau wie der lüsterne Greis auf dem Bild, das an der Wohnzimmerwand über ihnen hing. Glücklich, wer das kann!

Leonhard half Ingrid in die wankende Gondel zu steigen, die sie am Morgen an der Rezeption vorbestellt hatte. Während der ganzen Fahrt lag ihre Hand in seiner. Er empfand sie als angenehm kühl, sie trotzte der Hitze, die immer noch über der Stadt lag. Ingrid schaute ihn ab und zu von der Seite an, ohne dass er es bemerkte und lächelte. Sein Blick verlor sich auf dem Canale Grande. Sie deutete es als Träumerei. Die Kulisse Venedigs zog an ihnen vorbei. Fassaden und Lichter spiegelten sich im Wasser, wurden zerrissen vom regelmäßigen Ruderschlag des Gondoliere, um sich dann wieder zu einem Ganzen zusammen zu fügen. Sie betrachtete den Ring mit der Perle, den er ihr am Morgen geschenkt hatte – Art déco, passend zu der Perlenkette, dem Geschenk vom vergangenen Jahr.

„Weißt Du noch?", fragte sie. Er wandte den Blick aus der Ferne zu ihr. „Vor einem Jahr saßen wir auf der Terrasse vom Schaumburger Hof", fuhr sie fort. „Wir schauten auf den Rhein und dachten an Zukünftiges", sagte er. Die Fäden ihrer Erinnerungen verwoben sich allmählich zu einem Gewebe des gemeinsam Erlebten. Ingrid vermied es, den Rückzug aus der Firma zu erwähnen.

„Wir sprachen darüber, was das kommende Jahr bringen werde, damals war alles noch in der Schwebe." „Mit meiner Mutter, ihrer fortschreitenden Demenz." „Das Pflegeheim ist ihr erspart geblieben. Eher wolle sie sterben, sagte sie – zu Hause. Ihr Wunsch ist in Erfüllung gegangen." „Sie ist alleine gestorben, ein stiller Vorwurf. Ich hätte dabei sein und ihre Hand halten sollen." „Es ist vorbei. Sie war immer so." Die Erinnerung an seine Mutter ließ ihn nicht los wie vor ein paar Tagen, als er an der Ausfahrt des Betriebshofes warten musste...

Ingrid erfüllte sich mit der Gondelfahrt einen Jungmädchentraum. Sie mochte vierzehn, fünfzehn Jahre alt gewesen sein, als sie sich sämtliche Venedig-Bildbände der bescheidenen Stadtbibliothek auslieh und fasziniert die Ansichten betrachtete. Ein stiller Zauber, etwas Geheimnisvolles ging von den alten Photographien aus, Geschichten um Liebe und Tod längst vergangener Zeiten wurden lebendig und sprachen zu ihr. Ihr Vater erwischte sie bei ihren Tagträumereien und nahm ihr die Bücher weg. Streng sagte er, sie solle lieber ihre Hausaufgaben erledigen. Romeo und Julia hätten nur Schande über ihre Familien gebracht. Ein anständiger Schulabschluss sei wichtiger. Er hatte offensichtlich Verona mit Venedig verwechselt, aber das behielt sie für sich. Widerspruch bestrafte er mit Schlägen. Auch als junge Frau, sie war längst verheiratet, hatte sie sich in stillen Momenten, wenn sie sich alleine fühlte, in diese sepiafarbene Bilderwelt zurückgeträumt, war in Gedanken entrückt über das Wasser geglitten, ließ sich hinter die Mauern dunkler Paläste entführen, um sich dort dem Unendlichen nahe zu fühlen.

Die Gondel bog vom breiten Canale Grande in den engen Häuserschacht des Rio Santa Maria di Giglio ein, der in der Sackgasse hinter dem Fenice endete. Sie waren angekommen, ohne dass sie es bemerkt hatten. Leonhard bezahlte den Gondoliere großzügig. Sie betraten die Oper durch den Hintereingang. Ingrid war enttäuscht, der magische Augenblick ihrer Jungmädchenträume, das Gefühl des Überwältigtseins, wollte sich in diesen Mauern nicht recht einstellen. Ihre Sehnsüchte erfüllten sich nicht, eine Leerstelle der Vergangenheit blieb zurück.

Als Leonhard und Ingrid in ihre Loge traten, weitete sich ihr Blick in das hohe goldene Rund des Zuschauerraums, über das sich der hellblaue Himmel des Deckengemäldes spannte. Beflügelte Knaben hatten es sich dort bequem gemacht und schauten in die Tiefe. Ein imposanter Lüster schwebte über dem Parkett und ließ den Glanz des 19. Jahrhunderts aufscheinen. Beeindruckt nahmen sie ihre Plätze in der Mitte des ersten Balkons ein. Ingrid beobachtete die Besucher in ihrer eleganten Abendkleidung, Leonhard studierte den Besetzungszettel. Er kannte die Namen der Sänger nicht. Ingrid fragte ihn nach der Handlung, die sie im Programmheft nur in Englisch und Italienisch vorfand. Er versuchte, ihr in aller Eile die Intrige zu skizzieren, bis ein dissonanter Akkordschlag ihm das Wort abschnitt. Unvermittelt brach Schwärze über den Zuschauerraum herein, nur der Orchestergraben war hell erleuchtet. Der Orkan brach los, die Welt geriet ins Wanken. Die Musik wirbelte, peitschte, tobte, schneller, immer schneller, raste, begann alles mit sich zu reißen, die Bühne, den Zuschauerraum, alles drehte sich, ein Sog zog Leonhard in die Tiefe hinab, bis auf den Meeresboden, Tiefenrausch, den Druck kaum noch aushaltend, nach innen, bis zum Zerreißen. Atemnot. Ersticken, Tod. Schwereloses Treiben in der Meerestiefe. Stille. Endlos.

Erst der tosende Beifall riss ihn wieder an die Oberfläche. Das grelle Licht im Zuschauerraum blendete ihn, salziges Wasser lief noch über seine Wangen. Ende der Vorstellung. Ingrid war befremdet über seine Tränen und wollte ihm ein Taschentuch reichen, doch er bemerkte es nicht. Irritiert steckte sie es wieder ein. Immer noch der alte Romantiker, dachte sie.

Sie schlenderten in ihr Hotel zurück. Ingrid sprach über Belangloses, erheiternde Beobachtungen, die sie in der Pause gemacht hatte. Leonhard lachte mehr als sonst, als ob er etwas Unaussprechliches, das ihn verunsicherte, vergessen wollte. Er sehnte sich nach Leichtigkeit. Er legte den Arm um ihre Schulter, spürte ihre Haut. Der laue Wind, der aufgekommen war, ließ den dezenten Duft ihres Parfums in seine Nase steigen. Der Stoff ihres champagnerfarbenen Abendkleids umspielte ihren Körper, ließ das darunter liegende erahnen. Die Vorstellung, sie zu entkleiden, erregte ihn. Seine Hand glitt von ihrer nackten Schulter über ihren Rücken, streifte seitlich ihre weiche Brust, erspürte ihre Hüfte und ertastete unter dem seidigen Stoff ihren straffen Hintern. Seine Berührungen waren sanft, nie fordernd. Ingrid war wie elektrisiert, ihr Atem ging schneller, Schweißperlen bildeten sich auf ihrer Haut – sie genoss das Eigenleben ihres Körpers, sich selbst beobachtend steigerte sich ihre Erregung.

Der eisgekühlte Grosset, der im Hotelzimmer auf sie wartete, machte sie durchlässig für ihre Lust. Die bauchige Flasche war von einem feuchten Schleier überzogen. Kondenswasser tropfte in dicken Rinnsalen von dem schweren grünen Glas, als Leonhard den Champagner in die Gläser füllte. Jeder Schluck verzögerte das Kommende und steigerte die Erwartung. Eine gespannte Stille lag im Raum, sie sprachen kaum, küssten sich flüchtig. Beide warteten ab, sie waren lange nicht zusammen gewesen. Ingrid malte sich in ihrer Vorstellung aus, wie sie von ihm verführt werden wollte. Ihre Phantasien stimulierten sie. Sie stand auf, streifte ihre Pumps im Gehen nachlässig ab, bevor sie im Badezimmer verschwand. Er spürte die Erregung, die in ihrem Gang lag, sie übertrug sich auf ihn. Er saß im Sessel, er konnte nicht direkt in das Bad sehen, aber der Spiegel im Korridor gegenüber der Badezimmertüre gewährte ihm Einblick. Ingrid hatte sie einen Spalt offen gelassen. Er sah wie ihr Kleid auf den Boden glitt. Das Türblatt verdeckte sie nur halb, Fragmente ihres Körpers wurden sichtbar: eine schmale Fessel, eine samtige Kniekehle, eines ihrer immer noch knackigen Apfelbäckchen, die zarte Falte dazwischen, die zu den Wirbeln hinaufführte... Früher hatte sie es immer gerne gehabt, wenn er dort entlang strich und sich von dort aus auf die Reise machte...

Er hörte Wasser in das Waschbecken laufen, Gurgeln, später die Spülung der Toilette. Gleich käme sie zurück. Er begann sich auszuziehen: stellte die Schuhe neben den Sessel, öffnete Hemd und Hose, legte beides sorgfältig auf den Sessel und ließ die Socken in die Schuhe fallen. Er setzte sich auf das Bett und warf die Unterhose übermütig zum Sessel, verfehlte sein Ziel. Er stand auf, hob die Unterhose auf, um es noch einmal zu probieren. Als er sich umdrehte, stand Ingrid vor ihm, lautlos, nackt. Sie berührte ihn, ihre Hand war weich und warm. Ein kurzes Zögern, dann zog er sie an sich, ihre Haut berührte sich. Ihre Lippen trafen sich, seine Zunge drang in ihren Mund, ledern, Champagner schwer, vermischte sich mit ihrem Pfefferminzspeichel. Sie spürte, wie sich sein Geschlecht verhärtete. Er berührte sie an den vertrauten Stellen, so wie es sich zwischen ihnen eingespielt hatte. Doch in ihr erwachte das Verlangen nach mehr, nach neuen Erfahrungen. Sie sehnte sich, von ihm niedergeschmettert, überwältigt zu werden, wollte, dass er sie mit seinem Körper an die Wand presste, noch im Stehen in sie eindrang, sie mit Kraft, auch mit Härte nahm. Schneller, immer schneller. Als er vor ihrem Verlangen versagte, umklammerte sie ihn verzweifelt, rutschte an seinem Körper zu Boden und wollte – unerbittlich gegen sich, gegen ihn – eine letzte Erregung aus ihm heraus zwingen. Vergeblich. Er stürzte in den Abgrund ihrer Lust, sie versuchte ihn zu halten. Vergeblich.

Am nächsten Morgen stand Ingrid früh auf. Sie hörte Leonhards gleichmäßiges Atmen und war froh, dass er noch schlief. Sie machte sich schnell zurecht, nur einen flüchtigen Blick in den Spiegel werfend, während sie energisch mit der Bürste durch ihr ungeordnetes Haar strich. Sie erwartete Leonhard am Frühstückstisch.

Leonhard hörte, wie die Zimmertüre ins Schloss fiel. Er hatte vermieden, in ihrer Gegenwart die Augen zu öffnen. Er blinzelte in die Sonne, die das Zimmer hell erleuchtete und spürte den dumpfen Druck in seinem Kopf. Er fühlte sich leer und wund. Sie waren körperlich Entfremdete, sie hatten verlernt, sich nahe zu sein, vergessen, wie es einmal war – wie er sie in seinen Armen hielt vor dem Einschlafen, ihre kalten Füße wärmte, die unterschiedlichen

Temperaturzonen ihres Körpers erforschte – ihr Nacken war immer sehr warm – sie in Klimazonen vom Nord- bis zum Südpol einteilte, sie kicherte.... Sie hatten sich geliebt. Damals. Wasser drang in seine Augen, verschwommen sah er die beiden Gläser und die leere Flasche Grosset vom Vorabend auf dem Tisch. Requisiten ihrer Beziehungslosigkeit. Er ging ins Bad und spülte unter der Dusche die vergangene Nacht vom Körper. Lange ließ er das warme Wasser über sich rinnen. Ihm war kalt.

Als er die Terrasse betrat, hatte Ingrid bereits gefrühstückt. Die dunkle Sonnenbrille schützte ihre Augen vor dem grellen Licht, während sie im Reiseführer las. Sie wendete den Kopf halb zu ihm, nickte kurz, ein angestrengtes Lächeln ging ihr über die Lippen. Er näherte sich, um sie zu begrüßen. Sie wendete ihr Gesicht ab, streckte ihm auffordernd die Wange entgegen. Er sah ihren Hals, sehnenverzerrt, ihren dunklen Blick abgewandt, nach innen gerichtet. Er spürte seinen Mund auf ihrer Haut wie auf brüchigem Pergament. Sein Kuss verband beide in ihrer Angst.

„Hast Du gut geschlafen?", fragte sie, als ob nichts vorgefallen sei. Ihm war, als erwache er aus einem schlechten Traum. „Ja", erwiderte Leonhard nach kurzem Zögern, „ich habe nur ein wenig Kopfschmerzen." „Das kommt vom Alkohol. Trink einen starken Kaffee und einen frisch gepressten Orangensaft. Das hat auch mir geholfen." Leonhard schwieg. Ihre unverbindliche Freundlichkeit hielt ihn auf Distanz, dahinter spürte er die unterschwellige Drohung, nicht auf das Vorgefallene zu sprechen zu kommen. Koffein und Vitamin C belebten ihn, er fasste Mut. „Ingrid, wir beide sollten..." Ohne aus ihrem Reiseführer aufzuschauen, unterbrach sie ihn. „Wir sollten uns beeilen, heute haben wir noch die Biennale vor uns". „Das meine ich nicht. Heute Nacht..." Er stockte und suchte nach Worten. Sie blätterte eine Seite in ihrem Reiseführer um.

„Ist schon gut", sagte sie beiläufig. Sein Mund war trocken, die Zunge klebte an seinem Gaumen. „Es ist lange her, dass wir zusammen waren, aber..."– Sie schnitt ihm das Wort ab. „Mach dir keine Gedanken."

Es ärgerte ihn, andauernd von ihr unterbrochen zu werden. „Aber früher war es anders", erwiderte er. Sie reagierte nicht. Er setzte nach, wollte sich nicht abweisen lassen. „Wir waren uns nahe." Sie legte den Reiseführer auf den Tisch und schaute ihn an, ihre Augen noch immer hinter der Sonnenbrille versteckt. „Keine

Angst, ich mache Dir keinen Vorwurf." Er suchte ihren Blick hinter den dunklen Gläsern. „Darum geht es nicht. Es geht um uns." Ingrids Ton wurde gereizter. „Ich glaube doch eher um Dich, wir haben schon hundertmal darüber gesprochen."

„Was heute Nacht passiert ist, betrifft nicht nur mich, sondern uns beide", sagte er. „Wem sagst Du das?", fiel sie ihm ins Wort. Ingrid legte ihre Unterarme über Kreuz auf den Tisch und beugte den Oberkörper zu ihm vor. „Leonhard, was willst Du von mir hören? Dass Du nicht versagt hast? Dass alles an mir liegt? Dass ich einsehe, zuviel von Dir zu verlangen? Deine Bedürfnisse übergehe? Du willst immer allem auf den Grund gehen. Lass es doch einfach mal so stehen. Ich wollte in Venedig etwas Aufregendes mit Dir erleben. Etwas, was ich seit langem, vielleicht noch nie mit Dir erlebt habe. Es ist mir nicht gelungen. Vielleicht bin ich es ja, die zu alt dafür ist. Und jetzt entschuldige mich bitte." Sie verließ eilig die Terrasse, ohne sich noch einmal umzuschauen.

Tagsüber liefen sie verloren durch die Gärten der Biennale. Ingrid war immer einen Schritt voraus. Ab und zu blieben sie vor den Kunstobjekten stehen, redeten kurz über das, was sie sahen, ohne den Blick zueinander zu wenden. Dann gingen sie wortlos weiter.

Ich sah mich von Zerfallendem umgeben. Mein Blick blieb hängen an den Wunden der Zeit – den Rissen im feuchten Mauerwerk der Pavillons, den Moosgeschwüren und dem weißem Ausschlag auf porösen Wänden. Darin eingebettet die im Anblick bereits vergehenden Zeugnisse zeitgenössischer Kunst. Ohne Bedeutung für mich. Überzeitliches fand ich hier nicht.

Ingrid hielt bis zum Ende ihrer Reise an dem abendlichen Ritual fest, mit Leonhard die Schnappschüsse des Tages in dem kleinen Display ihrer Digitalkamera zu betrachten. Es gab ihr Halt, sich der gemeinsamen Erlebnisse zu vergewissern. Sie redete, um zu vergessen. Leonhard ließ es geschehen, obwohl er wusste, dass die vergangene Nacht den Schleier seiner Illusionen zerrissen hatte. Ihre Körper waren kalt, ihre Mienen versteinert, ihre Gefühle erstarrt. Er schwieg, ihre Worte rauschten wie Hintergrundgeräusche an ihm vorbei.

Es war kühler geworden. Die Dämmerung setzte ein. Das Licht des vergehenden Tages schien einen Moment still zu stehen, holte seinen letzten Atemzug, bevor es in die Nacht eintauchte, Konturen sich verloren und Farben endgültig zerflossen. Venedig versank in Dunkelheit. Etwas Dunkles begann in ihrer Gegenwart Gestalt anzunehmen und Schatten auf Zukünftiges zu werfen. Am folgenden Morgen flogen sie nach Deutschland zurück.

2

Erschütterungen begleiteten ihre Rückkehr aus Venedig. Während des Landeanfluges geriet das Flugzeug in Turbulenzen und verlor plötzlich an Höhe. Eine Welle kollektiven Erschreckens ging durch die Sitzreihen, Hände hielten sich an Armlehnen fest, suchten Halt beim Nachbarn. Sekunden der Ungewissheit, des freien Falls. „Der unwahrscheinliche Fall eines plötzlichen Druckverlustes", schoss es Leonhard einen Augenblick lang durch den Kopf. Er starrte auf die Rücklehne des Vordersitzes, seine Hände verkrampften sich in den Oberschenkeln, neben ihm Ingrid, jeder in seiner Angst allein. Mit einem heftigen Ruck setzte die Maschine auf der Landebahn auf, befreites Aufatmen und Applaus. Die Passagiere waren dankbar, wohlbehalten in Köln-Bonn angekommen zu sein. Sie hielten am Terminal D, Sicherheitsgurte klickten. Ingrid räumte eilig das Handgepäck zusammen, während Leonhard zum Fenster hinaus auf die Tragfläche schaute. Im nassen Asphalt spiegelten sich die Neonlichter des Flughafengebäudes. Er fühlte sich müde und vermisste die Wärme Italiens.

Laura wartete schon seit einer Stunde auf ihre Eltern. Wegen der Gewitter im adriatischen Raum habe sich der Abflug in Venedig verzögert, hieß es. Eine Erklärung, die sie beruhigte, nahm sie ihr doch die Sorge, ihren Eltern könnte etwas zugestoßen sein. Als sich endlich die elektronische Schiebetüre öffnete und die Reisenden in ihren Alltag entließ, sah Laura schon von Ferne ihre Mutter energisch voraus schreiten, gefolgt von ihrem Vater, der den Gepäckwagen mit den Koffern schob. Als sie näher kamen, sah Laura die angespannten Gesichtzüge ihrer Mutter. Wieder eine ihrer nervösen Verstimmungen, dachte sie und war vorsichtig. „Hallo, schön, dass Ihr wieder da seid. Hattet Ihr eine gute Zeit?"

„Ja, ja es war sehr schön", antwortete Ingrid gereizt, „aber dieses Chaos auf dem Flughafen. Unmöglich, typisch Italien. Wir haben noch versucht, Dich vor dem Abflug zu erreichen. Aber immer nur die Mailbox. Warum lässt Du Dein Handy nicht einfach an? Dann hättest Du jetzt nicht warten müssen."

„Ist schon gut, Mama." „Hallo Kind", begrüßte Leonhard seine Tochter und küsste sie auf die Wange, „alles in Ordnung?"

„Alles Bestens. Als Ihr weg wart, ist nichts Besonderes passiert, und das Haus steht auch noch. Kommt, lasst uns gehen. Ich habe einen Parkplatz direkt vor dem Eingang gefunden." Laura war mit Leonhards Volvo gekommen, unter dem Scheibenwischer der Windschutzscheibe klemmte jetzt ein Protokoll. „Nicht schon wieder", dachte Laura. Ingrid nahm den Strafzettel aus der Plastikhülle, während Leonhard die Koffer auf die Ladefläche des Kombis räumte. Laura half ihm.

„Die fünfunddreißig Euro hättest Du Dir sparen können. Diesmal zahlst Du selbst, damit Du endlich daraus lernst", sagte Ingrid, stieg hinten ein und ließ den Zettel nach vorne auf den Fahrersitz fallen. Laura schwieg. Leonhard versuchte zu vermitteln.

„Das übernehme ich. Schließlich hatten wir die Verspätung." „Schön, dass Du mir in den Rücken fällst", erwiderte Ingrid und schlug die Wagentüre zu. Laura und Leonhard schauten sich kurz an. Er zuckte mit den Schultern, sie verdrehte die Augen. „Ich glaube, Du fährst besser." „Wieso? Ich habe doch noch Urlaub", erwiderte er, bemüht, der Situation doch noch ein Lächeln abzugewinnen. Er steckte das Protokoll ein und setzte sich neben seine Tochter auf den Beifahrersitz.

Sie fuhren auf der Autobahn Richtung Bonn. Der Regen wurde immer stärker. Laura konnte kaum noch etwas sehen, drosselte das Tempo und wechselte auf die rechte Spur. Aber auch das brachte keine Verbesserung, im Gegenteil. Das Spritzwasser des voraus fahrenden LKWs setzte die Windschutzscheibe unter Wasser. Sie schaltete den Scheibenwischer auf die höchste Stufe, aber die Wischblätter kämpften vergeblich im Schnelldurchlauf gegen die Sintflut an.

„Das bringt doch nichts", sagte Ingrid, „überhol doch endlich diesen Idioten." „Ich kann nicht. Da kommen andauernd welche von hinten angeschossen." „Dann schau halt rechtzeitig in den Rückspiegel, dafür ist er ja da." „Ingrid bitte, Laura fährt." „Aber das ist doch idiotisch, sich hinter diesen LKW zu setzen." Ingrid atmete mehrmals tief durch die Nase ein und aus, um ihrer Missbilligung Ausdruck zu verleihen. Laura schaute in den Rückspiegel, niemand war zu sehen. Sie setzte den Blinker und zog auf die linke Spur, damit ihre Mutter endlich ihren Willen bekam und sie ihre Ruhe hatte. Auf einmal sah sie ein Aufblitzen im Rückspiegel. Sie riss das Lenkrad wieder nach rechts, doch der Wagen reagierte nicht, das Heck geriet in Schlingern. Ingrid schrie. „Spinnst Du, bist Du verrückt, Du bringst uns noch alle um!" In diesem Moment sah Laura einen Motorradfahrer eng an ihrer Seite vorbeiziehen. Der Schreck lähmte sie. Leonhard griff ins Lenkrad und half ihr den Wagen wieder unter Kontrolle zu bringen. Ingrid brüllte: „Halte sofort an. Ich fahr keinen Meter mehr weiter." Leonhard herrschte sie an: „Jetzt reicht es, verdammt noch mal! Du treibst uns alle noch in den Wahnsinn." Ingrid verstummte für den Rest der Fahrt. Anklagend lastete ihr Schweigen auf Vater und Tochter. Es kam selten vor, dass Leonhard Ingrid über den Mund fuhr, vor allem nicht vor Dritten. Das letzte Wort zu haben, bedeutete für ihn keinen Sieg, im Gegenteil: er empfand seinen Ausbruch wie einen Übergriff.

Als sie zu Hause ankamen, überraschte Laura ihre Eltern mit einem italienischen Abendessen, das sie vorbereitet hatte. Sie war keine gute Köchin, aber sie hatte sich Mühe gegeben. Ingrid ließ Leonhard spüren, dass er etwas gut zu machen hatte und ging nur zögerlich auf seine Bemühungen ein, sie friedlich zu stimmen. Zu dritt saßen sie an dem großen Refektoriumstisch, drehten zu weich gekochte Vollkornspaghetti auf ihre Gabeln und spülten den faden Nachgeschmack der Käsesauce mit exquisitem Rotwein aus Leonhards Beständen hinunter. Er lobte das Essen der Tochter, Ingrid bemühte sich zu lächeln, trotz der Tiramisu aus dem Discounter, die Laura zum Dessert servierte. Während die Kerze auf dem Tisch herunter brannte, erzählten Leonhard und Ingrid abwechselnd von ihren Erlebnissen in Venedig. Sie achteten darauf, sich nicht gegenseitig ins Wort zu fallen, da Laura sonst Schwierigkeiten gehabt hätte, ihrem Gespräch zu folgen.

Sie war auf dem rechten Ohr von Geburt an schwerhörig und musste deshalb ihr linkes Ohr dem Sprechenden zuwenden. Ihre Reaktionen auf das Gesagte waren oft einen Augenblick verzögert, da sie den Worten innerlich nachhörte, um Unverstandenes zu ergänzen. Sie vermied, nachzufragen, wenn ihr etwas entgangen war, vor allem bei Fremden – es war ihr unangenehm. Viele unterschätzten sie wegen ihrer Verschlossenheit und ahnten nichts von ihrer besonderen Fähigkeit, die sie durch die Beeinträchtigung ihres Gehörs ausgebildet hatte. Sie war eine ausgezeichnete Beobachterin und verstand es, die feinen Nuancen zwischen den Zeilen des Gesagten, die Bedeutung, die sich hinter den Worten in Gestik und Mimik verbarg, zu lesen. Das ließ sie distanziert erscheinen, ohne dass sie es wollte, und das Gefühl, dass eine gläserne Scheibe sie von den anderen Menschen trennte, verließ sie nie. Gegen elf verabschiedete sie sich, da sie am nächsten Morgen um acht in der Bank sein musste. Sie wusste sehr wohl, dass ihren Eltern das Essen nicht geschmeckt hatte. Sie ließen sich nichts anmerken, um sie nicht zu enttäuschen. Sie meinten es gut mit ihr.

Es war ein Fehler, dass Laura noch bei uns wohnte, immerhin war sie schon Ende zwanzig. Ich hätte sie ermutigen sollen, ihr eigenes Leben zu leben, zu Neuem aufzubrechen, so wie ich es heute versuche. Vielleicht wäre uns dann vieles erspart geblieben. Ich glaube, ich habe damals nicht genau hingeschaut, die Gewohnheit macht blind. Oder wollte ich nicht loslassen, mich festhalten an der Vergangenheit?

Laura bewohnte das Appartement im unteren Trakt. Leonhard begleitete sie die Außentreppe hinab und hielt schützend den Regenschirm über sie, bis sie die Türe hinter sich schloss. Früher, als die Kinder noch klein waren, hatten hier die Aupairs gewohnt, die sich tagsüber um Laura und Lars kümmerten. Einige versuchten ihnen etwas Französisch beizubringen, erinnerte er sich. Lachen, wohlklingende Wörter und Sprachmelodien, die Leichtlebigkeit verbreiteten, wehten durch das Haus. Sur le pont d´Avignon on y danse on y danse... Lars war schlagfertiger als seine Schwester und stolz, als erster in der fremden Sprache antworten zu können. Er war ein lebhafter, aufgeweckter Junge, damals. Abends hatte er seinen großen Auftritt beim Essen und genoss den Applaus, nachdem er zum Vergnügen aller einen Witz auf Französisch erzählt hatte. Alle lachten, nur Laura nicht. Sie weinte.

Leonhard bemerkte es zuerst und verlangte Ruhe. Sofort schwiegen die anderen betroffen. Ingrid wollte wissen, was los war, aber es dauerte lange, bis sie aus Laura heraus bekam, was sie bedrückte. „Ihr redet alle Französisch, und ich bin die einzige, die nichts versteht." Er war beschämt über seine Unachtsamkeit. Sofort wies er Madeleine an, nur noch Deutsch mit den Kindern zu reden. Schließlich war sie hier, um diese Sprache zu lernen. Die junge Französin stotterte eine Entschuldigung und bemühte sich, bis zum Ende ihres Aufenthaltes besonders freundlich zu Laura zu sein. „Blöde Spielverderberin", beschimpfte Lars die weinende Schwester und lief wütend in sein Zimmer. Die nächsten Tage schnitt er sie und würdigte sie keines Blickes. Er wollte immer seinen Willen durchsetzen, in dieser Hinsicht war er seiner Mutter sehr ähnlich. Erst mit der Drohung, sein Taschengeld zu kürzen, brachte Leonhard ihn zur Raison. Lars gehorchte und sprach wieder mit Laura, aber sein stiller Vorwurf, benachteiligt zu werden, schob sich zwischen Vater und Sohn.

Leonhard schenkte sich noch ein Glas Wein ein, als er wieder in die obere Etage kam. Er schaute in das nebelverhangene Rheintal. Wind kam auf. Der Regen schlug gegen die großen Glasscheiben, peitschte auf die Terrasse und die Wasseroberfläche des Schwimmbades, Tropfen sprengten hoch. November im September, dachte er, hoffentlich wird es morgen besser. Vor dem Frühstück wollte er mit Laura schwimmen, mindestens zwanzig Bahnen. Auch im Winter hielten sie an ihrer Gewohnheit fest, einen kleinen morgendlichen Wettkampf zu veranstalten, denn das Wasser konnte beheizt werden. Laura ging stets als Siegerin hervor. Er brauchte sich nicht mehr zurückzuhalten, um sie gewinnen zu lassen, so wie er es früher getan hatte, als sie noch jünger war.

Wie jeden Morgen frühstückten Leonhard und Laura nach dem Schwimmen in der Küche. Ingrid schlief noch. Laura saß gebeugt auf dem Hocker an der Küchentheke, während Leonhard ihr Kaffee einschenkte. Schweigsam schaute sie auf ihren leeren Teller.

„Alles in Ordnung?", fragte er. „Ja, alles klar", antwortete sie, ohne den Blick zu heben. „Lange her, dass ich Dich besiegt habe." „Du hast Dich anscheinend gut erholt in Venedig", erwiderte sie. „Sicher", sagte er. Er beobachtete sie von der Seite. Irgendetwas schien sie zu bedrücken. „Wie läuft es in der Bank?" Ihr Blick schreckte hoch. „Gut." „Wirklich? Ich glaube – " „Was soll schon sein, business as usual", unterbrach sie ihn, „ich muss los, sonst komme ich zu spät." Sie gab ihm einen flüchtigen Kuss auf die Wange und lief eilig die Treppe hoch zum Eingang.

Er hörte noch, wie die Türe ins Schloss fiel, sie schien vor seinen Fragen zu flüchten. Sein Blick fiel auf ihre große Umhängetasche mit dem Laptop, die noch über der Lehne des Stuhls hing. Er eilte ihr hinterher und erreichte sie gerade noch, bevor sie losfuhr.

„Die hast Du vergessen", sagte er und gab ihr die Tasche. „Oh mein Gott, danke. Das hätte Ärger gegeben, wenn ich die korrigierten Statistiken nicht dabei gehabt hätte." „Nimmst Du Dir jetzt die

Arbeit schon mit nach Hause?", fragte er. „Das war nur eine Ausnahme", sagte sie, „wir haben Quartalsabschluss. Da drängt die Zeit. Bis heute Abend." Nachdenklich schaute er seiner Tochter hinterher, als sie auf ihrer roten Vespa davon fuhr.

Er ging ins Haus zurück, um den zweiten Kaffee anzusetzen, es war halb acht, gleich würde Ingrid zum Frühstück erscheinen. Der Ausnahmezustand des Urlaubs war vorbei: Ein freier Tag wie jeder andere in Zukunft auch, ein neuer Alltag, ohne Arbeit, ohne Verpflichtung. Vor zwei Wochen noch gingen Ingrid und er gemeinsam um acht aus dem Haus. Um viertel nach acht waren sie in der Firma, jeden Morgen, mehr als vierzig Jahre lang. Die Firma hatte sie zusammengehalten wie eine feste Klammer. Und jetzt? Das Ticken der Küchenuhr zerteilte im Sekundentakt die Stille. In Gedanken zerrieb er die Krümelreste, die verstreut auf der schwarzen Schieferplatte der Küchentheke lagen. Die Zukunft lag im Ungewissen.

Ingrid kam in die Küche und verbreitete die gewöhnliche Aufbruchsstimmung, so als ob sie gleich zur Firma fahren wollte. „Guten Morgen, hast Du gut geschlafen?" Immer dieselbe Frage, dachte er. Er schenkte ihr einen Kaffee ein. Sie wartete seine Antwort nicht ab. Nein, dachte er, er hatte nicht gut geschlafen, vieles war ihm durch den Kopf gegangen, als er neben ihr noch lange wach lag. Venedig, die enttäuschte Sehnsucht, wieder zueinander zu finden, die Nacht, die ihre Entfremdung offenbarte, als er vor ihrer Lust versagte, ihr Schweigen, Totschweigen. Aus ihrem Nebeneinander war ein Ohneeinander geworden.

„Nach dem Frühstück müssen wir einkaufen gehen und dann...". Sie plante den Tagesablauf und listete auf, was zu besorgen sei. Sie tat das mit einer Dringlichkeit, als ob das Gelingen des Tages davon abhinge. „Gartencenter, Blumenerde kaufen... Arztrezept abholen... Kontoauszüge prüfen... Petermanns wegen des gemischten Doppels anrufen..."

Irgendwann hörte er ihr nicht mehr zu und stieg aus ihrem Monolog aus. So, als ob er einfach den Ton abdrehe. Er sah ihr zu wie einer Schauspielerin in einem Stummfilm, beobachte ihre Pantomime, wie sie überzeichnete, um wahrgenommen zu werden, sich nach Wichtigkeit sehnte, im Zentrum seiner Aufmerksamkeit stehen wollte. Er sah sie in die Ferne rücken, wie eine Fremde, die ihm vergeblich zuwinkt. Er ertrug sie nicht, ihre Lächerlichkeit. Er schloss die Augen, erinnerte sich, wie sie vor ihm stand, als junge

Frau, in ihrem weißen Sommerkleid. Ihr Lachen strahlte ihn an, öffnete seinen Blick, der sich in ihren leuchtend blauen Augen verlor wie in sonnendurchflutetem Wasser. Er tauchte ein wie in einen schönen Traum, fühlte sich schwerelos, schwebend an ihrer Seite, fliegend durch Zeit und Raum. Längst vergangen, unwiederbringlich verloren? Könnte es doch so sein, wie es einmal war...

„Hörst Du mir überhaupt zu?" Er öffnete die Augen, sie schenkte ihm Kaffee nach. Vorwurfsvoll schaute sie ihn an. „Ich rede die ganze Zeit mit Dir und Du döst vor Dich hin." Sie wendete sich ab, um den Kaffee zurück auf die Heizplatte zu stellen. Einen Augenblick war sie unaufmerksam, und die Kanne entglitt ihren Händen. Das Glas zersprang auf dem Schieferboden in viele kleine Splitter, der restliche Kaffee bespritzte die weißen Lackflächen der Küchenschränke. Auch Ingrids helle Leinenhose mit dem Liliendruck, die sie gemeinsam in Venedig ausgesucht hatten, verlor ihre Unschuld und war von oben bis unten braun befleckt. Ingrid ließ ihrem Unmut freien Lauf. Die Kettenreaktion ihres Ärgers entzündete sich zunächst am eigenen Missgeschick, erfasste bald darauf Leonhard und geriet schließlich außer Kontrolle. Er blieb stumm. Könnte es doch so sein, wie es damals war, schrie es innerlich in ihm auf. Je länger er schwieg, desto mehr attackierte sie ihn, Salven der Provokation brachen über ihn herein. Wenn sie schon den Partner an ihrer Seite vermisste, wollte sie zumindest den Gegner spüren.

„Du mit Deiner stoischen Ruhe, immer muss ich mich um alles kümmern, bleib nur sitzen, jetzt brauchst Du mir auch nicht mehr zu helfen, zu spät, die Flecken gehen bestimmt nicht mehr raus, die Hose kann ich wegwerfen, schade um die Erinnerung an Venedig, hundertmal habe ich Dich gebeten, den Griff zu reparieren, aber ich kann reden, was ich will. Du lebst ja nur in Deiner Welt, beachtest mich gar nicht mehr, eigentlich bin ich Dir doch egal." Sie lief hinaus, um sich umzuziehen.

Wann ist alles anders geworden? Wann hat sich die Liebe aus ihrem Leben geschlichen? Er hatte sie doch geliebt, damals... Er kehrte die Scherben zusammen. Als sie wiederkam, trug sie ihre Lieblingsfarbe Schwarz. Sie hatte ihre Haltung zurück gewonnen, ihr Ausbruch schien vergessen. Die Leinenhose wickelte sie in einen Müllbeutel. „Die ist endgültig verdorben", sagte sie und warf sie in den Abfalleimer. „Lass uns einkaufen gehen."

Die nächsten Wochen verliefen im Nichts. Leonhard hatte den Eindruck, dass die Zeit an ihm vorüber zog, ohne dass er Anteil daran hatte. Manchmal war er sich unsicher, welcher Wochentag war und erst das Datum auf der Titelseite der FAZ sagte ihm, dass er sich doch nicht getäuscht hatte. Er las jeden Tag mindestens zwei Stunden die Zeitung, war bestens über das Zeitgeschehen informiert, trotzdem hatte er das Gefühl, dass ihn das alles nichts angehe. Seine Stimmungen schwankten zwischen einer Gleichgültigkeit dem Leben gegenüber und einer Sehnsucht nach zupackender Aktivität. Oft fühlte er sich müde und leer. Nur wenn er abends Musik hörte, wie immer den späten Verdi, spürte er noch den Puls des Lebens in sich. Und wenn er mit Laura morgens um die Wette schwamm. Reden konnte er mit niemandem darüber. Er war einsam. Sicherlich boten sich für einen Mann seines Alters und Einkommens genügend Ablenkungen von der Eintönigkeit des Ruhestands - gerade für Senioren gab es Programme mit sportlichen Aktivitäten, Museumsbesuchen, Städtereisen und vielem mehr - doch sehnte er sich insgeheim nach etwas anderem, nach etwas das, ihn erfüllte, nach etwas Wesentlichem, das seinem Leben Sinn gab. Noch konnte er nicht genau fassen, was es sein könnte, und so überließ er sich erst einmal dem Lauf der Dinge.

Ingrid entdeckte die Gartenarbeit für sich. Nachdem sie einen Artikel in einer Gartenzeitschrift über englische Rosenzucht gelesen hatte, ließ sie den überwiegenden Teil der alten Stauden aus den Beeten entfernen, um sie durch englische Rosenstöcke zu ersetzen. Alles weiß, schneeweiß, ein duftendes Rosenblütenmeer schwebte ihr vor. Der Gärtner warnte sie davor, dass englische Rosen, vor allem weiße, zwar wunderschön anzusehen, aber empfindlich und krankheitsanfällig seien. Sie sah es als eine Herausforderung und eignete sich durch Lektüre zusätzliches Fachwissen an. Es erfüllte sie mit Stolz, wie die Pflanzen unter ihrer Pflege wuchsen und ihre Schönheit entfalteten. Ab und zu ging Leonhard ihr, auf ihre Bitte hin, zur Hand. Sie beobachtete jede seiner Tätigkeiten mit kritischem Blick, selten konnte er es ihr Recht machen, was öfters zu Auseinandersetzungen führte. Von Anfang an war sie davon überzeugt, dass er kein Gespür für Pflanzen habe. Er las in ihrer Mimik die Missbilligung seiner Tätigkeit, auch wenn sie kein Wort darüber verlor. Gereiztes Schweigen lag zwischen ihnen. Manchmal hielt sie es nicht mehr aus: Sie warf ihm mangelndes

Geschick und fehlende Sensibilität vor. Er wusste, dass es nicht um die Rosen ging und schwieg.

Eines Tages bat sie ihn, die Rosenstöcke gegen Mehltau zu spritzen, während sie einige Erledigungen machen wollte. Widerwillen regte sich in ihm, in seinem Inneren bäumte sich etwas auf, formierte sich zum Widerstand. Er wollte sich nicht mehr ihren Ansprüchen unterstellen, denen er sowieso nie genügen konnte. Sollen sie doch verschimmeln, die verdammten Rosen, dachte er. Er schaute auf das Meer von Blüten vor dem Fenster, sah sie verfaulen, und das innere Bild der Zerstörung war ihm Satisfaktion für die erlittene Erniedrigung. Ingrid bemerkte sein Unterlassen erst, als einige Zeit später mehliger Tau die grünen Blätter überzog, Fäulnis zerfraß das Blütenweiß. Leonhard betrachtete sein Vergehen mit melancholischer Genugtuung. Sie stellte ihn zur Rede, er entschuldigte sich, es vergessen zu haben, es sei ihm einfach durchgegangen. In diesem Moment war er erstaunt, wie leicht es ihm fiel zu lügen, aber sie durchschaute ihn und warf ihm vor, es mit Absicht getan zu haben. Er erwiderte nichts. Sollte sie ihn doch aus ihrem Rosenreich verbannen, dann hatten diese Demütigungen ein Ende. Ingrid gelang es, mit Hilfe des Gärtners die Rosen zu retten. Warum hatte Leonhard das getan, fragte sie sich. Er war ihr ein Rätsel. Sie spürte, dass er sich ihr verweigerte. Das verletzte sie. Er wirkte so unnahbar, fast kaltschnäuzig, als er neben ihr vor dem Beet stand und keine Regung zeigte, obwohl sie in Tränen aufgelöst war. Sie hatte Angst und zog sich zurück, kapselte sich von ihm ab, um sich im Labyrinth ihrer Ratlosigkeit zu verirren, in ungestellten Fragen zu verlieren, die keine Antwort finden wollten.

Nach außen hin lebten sie in alten Gewohnheiten, die ihrem Zusammenleben Halt gaben. Sie pflegten weiterhin ihren großen Bekanntenkreis, der sich aus langjährigen Geschäftsbeziehungen herauskristallisiert hatte. Seit Jahren trafen sie sich freitags um fünf zum gemischten Doppel mit einem befreundeten Ehepaar im Tennisclub Eden. Der Name war nicht übertrieben für diesen paradiesischen Ort, an dem man so gut eine arbeitsreiche Woche hinter sich lassen konnte. Idyllisch, mitten in den Rheinauen gelegen, war die Anlage zur Straße hin durch eine hohe Buchshecke vor Einblicken geschützt. Von den Plätzen und dem höher gelegenen Clubhaus genossen die Mitglieder des Vereins den Blick auf den Rhein. Viele fanden sich am späten Nachmittag auf der Terrasse ein und warteten, bis die Abendsonne wie glühendes Magma im Wasser versank.

Mathilde Petermann schloss die Zepps zur Begrüßung in ihre molligen Arme und verteilte großzügig Küsse. Leonhard mochte ihre erfrischende Herzlichkeit, sie tat ihm gut. Ingrid empfand sie als aufdringlich, ließ sie aber lächelnd über sich ergehen. Dr. Klaus Petermann war Direktor der Sparkassenniederlassung in Bad Godesberg und hatte den Aufstieg der Firma Zepp maßgeblich gefördert, in dem er bei der Vergabe von Krediten immer ein Auge zugedrückt hatte. Er entschied grundsätzlich aus dem Bauch heraus, und der Erfolg von Leonhards Firma gab seinem Instinkt Recht. Mathilde war stets guter Laune, eine echt rheinische Frohnatur, die es liebte bei jeder Gelegenheit über die vielen Witze, die ihr Mann zum Besten gab, hemmungslos laut zu lachen. Ingrid waren diese Auftritte immer ein wenig peinlich. Mit einer gewissen Herablassung schaute sie auf die provinzielle Jovialität der beiden herab, zumal sie in Erfahrung gebracht hatte, dass Dr. Petermann, für den die Doktorwürde untrennbar mit seinem Namen verbunden war, den Titel ins Innsbruck „erworben" hatte.

Auf dem Weg zum Tennisplatz zog der Bankdirektor Leonhard zur Seite. Er fragte ihn, ohne dass es die beiden Frauen mitbekommen konnten, was mit Laura los sei, sie mache in letzter Zeit häufig Fehler. Dr. Petermann hatte Leonhard damals einen Gefallen getan und Laura als Bankkauffrau angestellt, obwohl sein Bauchgefühl dagegen sprach. Er wusste, dass dies ein Fehler war, trotzdem stand er zu seiner Entscheidung und schützte sie, auch wenn sich Kunden am Schalter über ihre Schwerhörigkeit beklagten. Schließlich nahmen die Beschwerden so überhand, dass er sie auf dieser Position nicht mehr halten konnte. Aber er hatte Leonhard sein Wort gegeben und fand auch hierfür eine Lösung: Er versetzte sie in den backoffice Bereich. Ob Laura vielleicht verliebt sei, fragte er Leonhard. Wie immer machte der Bankdirektor einen Scherz, wenn es ihm ernst war. Bevor Leonhard antworten konnte, kam Ingrid dazwischen und übergab ihm die Bälle. Das Spiel konnte beginnen.

Als die vier den roten Sandplatz betraten, hätte der Gegensatz der beiden Paare nicht größer sein können. Ingrid und Leonhard, schlank, sportlich und ganz in Weiß auf der einen Seite des Netzes, Klaus und Mathilde, untersetzt, klein und quergestreift auf der anderen Seite. Das hieß aber nicht, dass die Petermanns im Spiel unterlegen waren. Im Gegenteil, wer von der äußeren Erscheinung auf die spielerischen Fähigkeiten schließen wollte, wurde enttäuscht. Der Bankdirektor war trotz seines erheblichen Bauchumfanges sehr wendig, verstand es, die Bälle anzuschneiden, und seine Frau war mit ihren kurzen, flinken Beinen eine starke Spielerin am Netz. Ihre Spezialität waren unhaltbare, stark unterschnittene Volleys.

Ingrid verlor nicht gerne, und die Vorstellung, so wie letztes Mal in einem deklassierenden Zweisatzsieg zu unterliegen, stachelte ihren Ehrgeiz an. Aber die Chancen zu gewinnen standen nicht gut für sie, denn Leonhard an ihrer Seite war unkonzentriert. Der rote Sand glühte in der untergehenden Sonne, die scharfen, überlangen Schattenrisse der Gegner fielen auf die Spielfläche und kreuzten sich geräuschlos wie lange Schwertklingen. Leonhard war abgelenkt, sein Blick sprang zwischen der Licht- und Schattenseite des Spiels hin und her: Entweder sah er die anderen, wie sie mit lebhaften Bewegungen den runden neongelben Filz verfolgten oder den dunklen Kampf ihrer Schatten am Boden. Hinter dem schönen, harmonischen Schein des Spiels entdeckte er eine dahinter liegende Wahrheit, die nun seine ganze Aufmerksamkeit auf sich zog: Ringende, sich niederwerfende Schattenexistenzen, auf denen weiße Schuhe bremsten, rutschten, Pirouetten drehten und roten Staubnebel aufwirbelten wie in einem kriegerischeren Tanz, der sich langsam dem Höhepunkt näherte. Die Spannung stieg, ihr Kampfgeist trieb sie zum Äußersten. Matchball. Lauernde Stille.

Der Ball zischt durch die Luft, Ingrid holt weit aus, schlägt zurück, ihr Schlag trifft Leonhard am Kopf. Er taumelt. Er sieht, wie sein Aufschrei die Bewegungen aller erstarren lässt, wie seiner rechten Hand der Schläger entgleitet, seine linke sich durchs Gesicht fährt und warmes Rot zwischen den Fingern rinnt. Schmerz krümmt ihn, dunkle Tropfen fallen auf das weiße Hemd, seine Brille zersplittert am Boden.

„Warum rennst Du mir in den Ball, verdammt noch mal!“, hört er von Ferne Ingrids Stimme. Mathilde reicht ihm ein Frotteehandtuch, um das Nasenbluten zu stillen, Klaus nimmt seinen Arm, hakt sich unter und führt ihn langsam zu der Bank am Rande des Platzes. Leonhard legt den Kopf in den Nacken, schließt die Augen. Kühles Eis berührt seine Haut. An mehr erinnerte er sich nicht. Das Spiel war verloren.

Als er wieder zu Bewusstsein kam, wusste er nicht, wo er war. Er schaute in gleißendes Licht, er hatte unerträgliche Kopfschmerzen.

Sofort schloss er wieder die Augen. Eine durch Mundschutz gedämpfte Stimme sprach zu ihm. „Da haben Sie aber noch einmal Glück gehabt, das Nasenbein ist noch ganz. Die Wunde habe ich genäht. K.O. auf dem Tennisplatz, das nenne ich wahren Kampfgeist." Der Unfallchirurg zog die Gummihandschuhe mit einem schnalzenden Geräusch von den Fingern, der Metalldeckel des Mülleimers schnappte klirrend zu. Es dröhnte in Leonhards Kopf. Der selbstherrliche Ton des Mannes störte ihn. „Aber keine Sorge, da bleibt keine Narbe zurück. Sie werden noch ein paar Tage aussehen wie eine zu Boden gegangene Boxerschönheit. Nächste Woche kommen Sie zum Fädenziehen. Dann sind Sie wieder ganz der Alte, wie Phönix aus der Asche oder auferstanden aus Ruinen – ganz wie Sie wollen", hörte er ihn noch lachend sagen, bevor er den grünen Kittel schemenhaft im Nachbarraum entschwinden sah. Ohne Brille konnte er fast nichts erkennen. Die Krankenschwester führte ihn auf den Flur, wo Ingrid wartete. „Hier, die habe ich Dir von zu Hause mitgebracht", sagte sie und gab ihm seine Ersatzbrille. „Ist gut", erwiderte er und setzte sie vorsichtig auf. Beide gingen verloren nebeneinander her zum Auto. Zwei Besiegte, in ihrer Niederlage verstummt.

Schweigend fuhren sie nach Hause. Ingrid wollte etwas sagen, doch etwas in ihrem Inneren hielt die Worte zurück. Leonhard legte sich sofort ins Bett. Als Ingrid kurze Zeit später nach ihm sah, schlief er bereits. Vorsichtig stellte sie das Glas Wasser auf den Nachttisch und legte die Schmerztablette daneben. Sie wollte ihn nicht wecken. Ihr Blick fiel auf sein verwundetes Gesicht, die linke Wange hatte sich dunkel violett verfärbt. Mit halb geöffnetem Mund lag er da, auf dem Rücken, den Kopf zur Seite gewandt. Tränen schossen ihr in die Augen. Sein gleichmäßiger Atem beruhigte sie. Leise schloss sie die Türe und zog sich zurück.

Ingrid hat mir nie gesagt, dass es ihr leid tut. Damals war ich in meinem Schmerz davon überzeugt, dass sie es absichtlich getan hat. Sie schlug zu, um mich zu provozieren! Ja so war es. Ich nahm die Herausforderung an. Anfangs war die Härte ungewohnt, ab und zu überkam uns noch Mitleid, den anderen verletzt zu haben, aber auch Selbstmitleid, was aus uns geworden ist. Für Augenblicke wurden wir weich, bis unsere Blicke wieder hart wurden, unsere Gefühle versteinerten.

Leonhard erwachte, als Ingrid die Schlafzimmertüre hinter sich schloss. Kopfschmerz quälte ihn, die Erinnerung ließ ihn nicht los: Sie wollte unbedingt gewinnen, kommandierte ihn auf dem Platz herum. Klaus klopfte ihm mitleidig auf die Schulter wie einem geschlagenen Hund. Leonhard drehte sich auf die Seite, zog Beine und Arme nah an den Körper heran, als suche er Trost. Er schlief ein.

Später am Abend brachte ihm Ingrid etwas zu essen. Sie sah ihn in seiner in sich zusammengezogenen, gekrümmten Haltung auf dem Doppelbett liegen. Er hatte die Sportkleidung noch an, seine staubigen Tennisschuhe lagen am Fußende auf dem Boden. „Ich habe Dir eine Suppe gemacht", sagte sie. Er öffnete langsam die Augen und beobachtete, wie sie das Tablett vorsichtig auf dem Nachttisch abstellte. Ihre Bewegungen wirkten fahrig, das Klappern des Geschirrs störte ihn. Sie wollte ihm helfen, sich aufzurichten, doch er kam ihr zuvor. Er hätte ihre Berührung nicht ertragen.

Sie nahm die große Stoffserviette und entfaltete sie mit einem energischen Schlag. Das Geräusch traf ihn wie ein Peitschenknall. Ihre Nähe war ihm unangenehm. Mechanisch breitete sie die Serviette vor ihm aus und wollte ihm den Teller reichen. Er machte keinen Versuch, ihn entgegen zu nehmen. „Ich habe keinen Appetit", sagte er abweisend. „Ich habe Dir extra eine Minestrone gemacht." Sie sah, wie er die Augen verdrehte und fuhr verunsichert fort: „Die isst Du doch so gerne." „Ich habe keinen Hunger", erwiderte er. Bittend hielt sie immer noch den Teller in der Hand. „Versuch es doch wenigstens", sie zwang sich zu lächeln, „für mich." „Für Dich?", fragte er. Ihr Lächeln erstarb. Ein neuer Ton hatte sich in ihre Beziehung geschlichen - Zynismus. Nur zwei Worte, die alles in Frage stellten. Zwei Worte, die trafen wie Messerstiche. Sie versuchte sich zu beherrschen, schloss die Augen, holte kurz Luft, schluckte. Als sie die Lider wieder öffnete, hatte er sich abgewandt. Kälte schlug ihr entgegen. Sie stellte die Suppe zurück auf das Tablett und verließ das Zimmer.

Nachts lag er lange wach. Er hatte Sodbrennen und konnte nicht schlafen. Immer wieder schaute er auf das leuchtende Zifferblatt des Weckers, die Zeit wollte nicht vergehen. Nur träge bewegte sich der Minutenzeiger vorwärts. Zwei, viertel nach zwei, halb drei. Es war Vollmond, wie in Venedig – vor einem Monat, vor einer Ewigkeit.

Ingrid schnarchte, ihr Atem roch unangenehm nach Wein. Sie hatte sich ins Schlafzimmer geschlichen, wie eine Einbrecherin. Tastend, im diffusen Mondlicht nach Orientierung suchend, hatte sie einen Stuhl umgestoßen, schließlich den Weg doch noch ins Bett gefunden. Er hatte sich schlafend gestellt. Seine Speiseröhre brannte und zwang ihn, ins Bad zu gehen, um eine Tablette Maloxan einzunehmen. Er hatte einen bitteren Geschmack im Mund, seine Zunge klebte am Gaumen. Begierig stürzte er zwei Gläser Wasser der Tablette hinterher. Er betrachtete sein fahles Spiegelbild im Licht der Neonröhren. Verletzter alter Mann ohne Hoffnung, dachte er und wandte sich ab.

Der Lichtschein aus dem Badezimmer fiel auf Ingrid, die sich in der Zwischenzeit im Bett ausgebreitet hatte. Ihr Körper erstreckte sich diagonal über die ganze Breite und ließ ihm keinen Platz mehr. Leise trat er an sie heran, beobachtete, wie sich ihre Augäpfel unter den Lidern heftig bewegten. Sie träumte, murmelte Unverständliches, etwas schien sie aufzuregen. Ihre Bewegungen wurden unruhiger. Sie hatte Angst, begann den Kopf von einer Seite auf die andere zu wälzen. Ihr Gesicht war glänzend vor Schweiß, Haarsträhnen blieben daran kleben. Er stand vor ihr, sie war unendlich weit weg, unerreichbar. Er löschte das Licht und überließ sie ihrem angstvollen Schlaf.

Leonhard ging den Flur entlang zu Lars' Zimmer. Er öffnete die Türe, die solange verschlossen geblieben war. Seit sein Sohn vor zehn Jahren ausgezogen war, um in Aachen Maschinenbau zu studieren, hatte sich hier nichts verändert. Er hatte das Gefühl, ein Museum zu betreten und ließ den Blick über die Gegenstände einer bewahrten Kindheit schweifen – Fundstücke der Erinnerungen, die Gegenwärtigkeit des Vergangenen.

Vorsichtig fuhr er mit den Fingerspitzen über die Konstruktionszeichnung eines Doppeldeckers aus dem Ersten Weltkrieg, die über dem Bett an der linken Wand hing. Lars hatte sie selber angefertigt, eine englische Bristol F 2 B im Maßstab 1:50. Als wäre es gestern gewesen, erinnerte er sich, wie Lars ihm den Plan stolz zeigte und eröffnete, dass er Flugzeugbauer werden wolle, später. Damals war er sechzehn. Auch wenn das Architektenpapier inzwischen vergilbt war, und die Papierfalten sich dunkelbraun verfärbt hatten, waren die filigranen Bleistiftstriche noch gut zu erkennen. Ihre Präzision und Zartheit berührten Leonhard, er fühlte sich seinem Sohn nahe, wie lange nicht mehr. Es tat ihm gut, und er war dankbar, dass

Ingrid die Zeichnung in einen Glasrahmen fassen ließ, um sie vor dem weiteren Verfall zu schützen.

Auf der gegenüberliegenden Wand erblickte er ein Bild von Feininger. Feingliedrige Geraden, leicht nach hinten geneigt, schnitten sich mit Kurven zu Segeln, Booten, Wind und Wellen. Die transparente Schönheit, das Spiel der Linien in ihrer Leichtigkeit, war Leonhard früher nicht aufgefallen.

Vor dem Fenster, mit Blick auf Terrasse und Schwimmbad, stand noch die große Arbeitsplatte, aufgebockt auf einem Metallgestell, die Lars als Zeichentisch benutzte. Leonhard erinnerte sich, wie sein Sohn spätabends noch dort saß, das musste kurz vor seinem Abitur gewesen sein. Nur der Lichtkegel der Schreibtischlampe erleuchtete das Zimmer, während er mit Zirkel und Lineal geometrische Figuren zeichnete. Ob er sich noch auf die Prüfungen vorbereite, fragte er ihn. Das habe er schon längst erledigt, antwortete er. Er zeichne nur so, weil es ihm Freude mache, weil es schön sei. Was für ihn Schönheit bedeutete, wollte er daraufhin von ihm wissen. Die Schönheit liege in der Form, erwiderte Lars, in der Perfektion der Konstruktion, in welcher die Idee die Materie formt und das Ideale Gestalt annimmt. Dieser Satz, der aus einem philosophischen Lehrbuch stammen konnte, prägte sich Leonhard bis heute ein. Damals erwiderte er nichts darauf. Er war beeindruckt, doch hatte er es Lars nicht spüren lassen, ihm nur gesagt, er solle nicht zu spät ins Bett gehen, bald seien die Prüfungen. Warum hatte er sich nicht mit ihm ausgetauscht, nicht versucht, an seiner Gedankenwelt teil zu haben, die ihm jetzt so verwandt schien? Warum hatte er all seine eigenen philosophischen Gedanken nie weiter verfolgt, bis sie schließlich im Vergessen untergingen? Verlorene Träume.

Seit Lars in Hamburg arbeitete, kam er selten nach Hause. Als er noch studierte, wohnte er zumindest noch in den Semesterferien bei ihnen. Er arbeitete in der Firma, um sich ein wenig Geld hinzu zu verdienen. Öfter gab es Streit. Lars warf ihm vor, seine Ideen nicht einbringen zu dürfen, empfand es als unerträglich, vor den Angestellten klein gehalten zu werden, vom eigenen Vater. Sie hatten sich auseinander gelebt.

Neben dem Schreibtisch stand ein schmales Industrieregal aus verzinktem Metall. In der oberen Reihe lagen einige Bücher über Meisterleistungen der Ingenieurkunst ungeordnet übereinander, die Lars zurückgelassen hatte. Auf den beiden unteren Reihen fand

Leonhard die lange vergessene Lektüre seiner eigenen Jugend. Nach dem Auszug von Lars hatte er sie aus dem Keller geholt und dort abgestellt, allesamt philosophische Werke, die er damals, in den Zeiten des geistigen Aufbruchs, gelesen hatte, als er noch davon träumte, Philosophie zu studieren: Senecas „Über das glückliche Leben", Epiktets „Handbüchlein der Moral", Marc Aurels „Selbstbetrachtungen" fanden sich ebenso darunter wie Epikurs „Wege zum Glück".

Ein dumpfer Schmerz pochte hinter Leonhards Stirn, trotzdem nahm er Seneca zur Hand und schlug die erste Seite auf. Unten rechts sah er die geschwungenen Buchstaben seiner Handschrift: *Leonhard Zepp, Godesberg 1961.* Modriger Geruch stieg ihm in die Nase, als er die Seiten von hinten nach vorne an seinem Daumen vorbei gleiten ließ. Plötzlich hielt er an, als er einen alten Notizzettel an folgender Textstelle fand: „Nachdem die Seele, sich reinigend und die anhaftenden Fehler und den Schmerz des sterblichen Lebens abschüttelnd, kurze Zeit über uns geweilt hat, erhebt sie sich zu den Höhen des Weltalls und schwebt unter den seligen Geistern. Es hat sie eine heilige Schar aufgenommen."

Auf dem brüchigen Papier hatte er damals mit Ausrufezeichen vermerkt: *Der Mensch strebt nach Erlösung von sich selbst!* Den Rest der Nacht verbrachte Leonhard mit der Lektüre aus seiner Jugendzeit. Er hing seinen verlorenen Gedanken, Hoffnungen und Sehnsüchten nach. Er ging weit zurück, Vergangenes mit Gegenwärtigem verbindend.

Ingrid schreckte aus dem Bett hoch. Die Morgensonne schien auf ihr Bett und blendete sie. Sie war benommen von ihren wirren Träumen. Das Bild, das sie aus dem Schlaf riss, stand ihr noch vor Augen: Leonhards erstarrter Körper lag auf einer verschneiten Eisfläche, in sich verdreht, nackt, die Arme seitlich ausgestreckt, die Knie an den Körper gezogen. Sie näherte sich langsam, um nicht auf dem Eis einzubrechen. Raureif überzog seine bläulich schimmernde Haut. Vorsichtig ging sie um ihn herum, sah sein zertrummertes Gesicht, seinen gebrochenen Blick, von einem milchigen Schleier überzogen, auf sie gerichtet, die blauen Lippen zu einem Grinsen verzerrt.

Der Traum machte ihr Angst, verfolgte sie noch, als Leonhard ihr später beim Frühstück mitteilte, er ziehe es vor, weiterhin in Lars Zimmer zu übernachten. Sie habe einen unruhigen Schlaf, und er brauche Ruhe für seine Genesung. Er stellte sie vor vollendete Tatsachen. Sie konnte seiner Entschlossenheit nichts entgegen setzen. Sie fühlte sich verletzt, ließ es sich aber nicht anmerken. Mit ihrer Gleichgültigkeit wollte sie Stärke beweisen, mit ihrer Kälte unberührbar erscheinen. Seit dieser Nacht schliefen sie getrennt.

Es war Mitte Oktober und immer noch sehr warm, Altweibersommer, ein letztes Aufglühen des Sommers vor dem Herbst. Ingrid und Leonhard schotteten sich immer mehr voneinander ab. Gemeinsames brach auseinander in ein Nebeneinander paralleler Welten. Immer seltener nahmen sie die Mahlzeiten gemeinsam ein. Wenn Ingrid aufstand, hatte Leonhard mit Laura bereits gefrühstückt. Sobald Laura aus dem Haus war, zog er sich mit seiner Zeitung auf die Terrasse zurück. Ingrid saß allein in der Küche und trank schnell zwei Tassen schwarzen Kaffee, der noch in der Kanne für sie übrig geblieben war, bevor sie sich in sportliche Vormittagsaktivitäten stürzte. Ihren Tagesablauf plante sie nun unabhängig von Leonhard. Sie traf sich mehrmals in der Woche mit Frauen aus ihrem Bekanntenkreis zum Nordic Walking oder Tennis, während er sich in seine philosophischen Werke vertiefte oder Musik hörte. Nachmittags widmete sie sich der Gartenarbeit, er fuhr mit dem Fahrrad am Rhein entlang. Einmal in der Woche erledigte Ingrid die Einkäufe und füllte den Kühlschrank auf, eine alte Gewohnheit, an der sie immer noch festhielt.

Die einzige gemeinsame Mahlzeit war das Abendessen mit Laura. Die Tochter war das einzig verbindende Glied zwischen ihnen, aber auch sie war in der letzten Zeit immer schweigsamer geworden. Lähmende Stille lag über ihren abendlichen Zusammenkünften.

Eines Morgens verließ Laura beim Schwimmen die Kraft, sie musste schon nach wenigen Bahnen abbrechen. Erschöpft zog sie sich aus dem Becken und setzte sich an den Rand. „Was ist los?", fragte Leonhard. „Ich weiß es nicht." „Ruh dich ein wenig aus, dann machen wir weiter." „Ich kann nicht mehr, ich glaub, das war's für heute."

Sie wollte aufstehen, doch die Beine sackten ihr weg. Leonhard konnte sie gerade noch halten. „Mit Dir stimmt doch etwas nicht", sagte er besorgt und half ihr, auf einem der Stühle Platz zu nehmen. „Was soll schon sein, ich bin nur etwas müde", erwiderte sie.

Er setzte sich neben sie. Sie war bleich im Gesicht. Er wartete, bis es ihr besser ging.

„Hast Du Schwierigkeiten in der Bank?", fragte er. „Nein, wie kommst Du denn darauf?", entgegnete sie. „Klaus Petermann hat es mir erzählt." Laura schaute ihn erschreckt an. „Er hat mich gefragt, ob Du verliebt bist." „Der mit seinen dummen Scherzen. Wenn der ein Problem mit mir hat, soll er es mir gefälligst selber sagen." „Er hat es doch nur gut gemeint", versuchte er sie zu beschwichtigen.

„Ja, hinter meinem Rücken meint Ihr es immer alle gut mit mir, aber was ich meine, ist Euch doch ganz egal. Du regelst schon alles, damit alles glatt läuft, wie immer. Was wäre ich nur ohne Dich geworden?" „Komm, jetzt beruhige Dich erst einmal und erzähl mir, was eigentlich los ist." „Du solltest Dich lieber mal darum kümmern, was bei Dir los ist. Meinst Du, ich bemerke nicht, dass zwischen Dir und Mama der Krieg ausgebrochen ist, seit Ihr aus Venedig zurück seid? Für wie blöd haltet Ihr mich eigentlich?" Laura zog sich langsam aus ihrem Stuhl hoch und verschwand im Haus. Kurze Zeit später hörte er, wie sie die Haustüre hinter sich zuschlug und den Motor ihres Rollers aufheulen ließ.

Leonhard hatte Laura selten so aufbrausend erlebt. Wie naiv von ihm, zu glauben, seine zerrüttete Ehe vor der Tochter verbergen zu können – sie war schließlich kein Kind mehr. Er schaute auf das aufgewühlte Wasser im Becken, das sich langsam wieder beruhigte. Schwimmen war immer ihre große Leidenschaft gewesen. Sie war talentiert. Hier war sie in ihrem Element, hier fand sie die Bestätigung, die ihr in der Schule versagt blieb. Wie stolz sie war, als sie ihre erste Meisterschaft gewann, auf dem Siegerpodest stand und alle applaudierten. Ihr Trainer prophezeite ihr sogar eine Karriere als professionelle Schwimmerin, zumal ihr Körperbau – groß, schlank, breite Schultern – ideal für diese Sportart war. Man hatte nie den Eindruck, dass sie gegen etwas ankämpfen musste, wenn sie schwamm. Im Gegenteil, die fließenden Bewegungen ihrer Arme und Beine schienen mit dem Wasser eins zu werden. Sie hatte Träume, sie wollte Sport studieren, nach Köln ziehen, aber daraus wurde nichts. Sie scheiterte am Numerus clausus. Es dauerte ein Jahr, bis Laura sich von dieser Niederlage erholte, und es war gut, dass sie bei ihnen geblieben war.

Die Erinnerungen machten Leonhard schwermütig, er verbrachte den ganzen Vormittag auf der Terrasse. Mit Ingrid konnte er darüber nicht reden. Er hatte niemanden mehr, mit dem er seine Sorgen teilen konnte. Laura entglitt ihm. Er hatte Angst, sie zu verlieren. Seine Gedanken drehten sich im Kreis, er war ratlos und sah keinen Ausweg aus der Misere.

Am Abend entschuldigte sich Laura wegen einer Unpässlichkeit und blieb dem Abendessen fern. Ingrid und Leonhard saßen sich schweigend auf der Terrasse gegenüber, ihrer stummen Feindseligkeit und ihren gegenseitigen Verurteilungen ausgeliefert. Sie waren Jäger und Gejagte zugleich. Kein Wort fiel. Sie lauerten, beobachteten jede Regung des Anderen, zogen ihre einsamen Schlüsse daraus. Aufdringliche Geräusche trafen auf das Trommelfell und verletzten Empfindungen. Besteck schabte auf Porzellan, Zähne kauten verbissen auf Fleischstücken, Lippen schlürften Bierschaum. Alles zu viel, alles zu nah, alles zu laut. Dazwischen, in der Stille, vorwurfsvolle Blicke. Ingrid brachte ihren Teller in die Küche und schaltete den Fernseher ein, wieder zu laut. Leonhard war draußen sitzen geblieben, stand auf und schloss die Schiebetüre. In Ruhe aß er weiter, endlich alleine.

Auf dem Tisch lag noch der Generalanzeiger von Ingrid, den sie lieber als die FAZ las. Er ärgerte sich, dass sie nur wegen des von ihr bevorzugten Lokalteils zwei Zeitungen im Abonnement hatten. Jetzt stierte sie auf den Fernseher, lächerlich: über die Provinzialität der Anderen schimpfen und sich bei Rosamunde Pilcher in Tränen ergehen, Krokodilstränen, die vermeintliche Gefühlstiefe heucheln, als Kompensation für verloren gegangene Empathiefähigkeit, wenn sie überhaupt weiß, was dieses Wort bedeutet. Widerwillig blätterte er den Generalanzeiger durch, da es für ihn unangenehmer gewesen wäre, von ihren Blicken verfolgt, das restliche Geschirr in die Küche zu tragen. Auf der vorletzten Seite entdeckte er eine Überschrift, die, obwohl er gar nicht mehr damit gerechnet hatte, doch noch sein Interesse weckte: Dies academicus an deutschen Universitäten.

Leonhard saß noch lange auf der Terrasse, es war ein milder Altweibersommerabend. Er sah in den Sternenhimmel, Lichter blinzelten ihm zu – Lichtzeichen ferner Welten, deren Ursprung längst verloschen war, Ewigkeiten von ihm entfernt. Nach den Sternen greifen, dachte er und schloss die Augen...

Ingrid war längst vor dem Fernseher eingeschlafen, als Leonhard gegen Mitternacht das Wohnzimmer betrat und sein Geschirr in die Küche trug. Der Apparat flimmerte in der Dunkelheit, sein rhythmisches Blitzen fiel auf den nackten Greis an der Wand, der aus dem Bild zu steigen und in einem wilden Veitstanz um sich zu schlagen schien. Die Phrasen einer Gesprächsrunde verliefen ins Leere. Leonhard schaltete den Fernseher ab, der verrückte Alte verschwand im Dunkel des Bilderrahmens. Ohne Ingrid zu wecken, ging Leonhard zu Bett. Am nächsten Morgen wollte er früh wegfahren. Er hatte einen Entschluss gefasst.

3

Die Taube saß schon eine ganze Weile auf seinem Kopf, spreizte plötzlich ihr Schwanzgefieder weit auseinander und flog aufgeschreckt davon, einen grünlich weißen Fleck hinterlassend, der sich langsam zu einer glitzernd schmierigen Spur ausdehnte, dem Gelehrten in den Nacken rann und schließlich in Höhe des linken Schulterblattes eintrocknete.

Leonhard saß in der wärmenden Oktobersonne vor dem Philosophikum und beobachtete mit Interesse das Geschehen, das sich auf der Bronzestatue des Gründers der Universität zu Köln ereignete. Albertus Magnus ertrug den Angriff mit Gelassenheit, er lächelte sogar. Leonhard sah dem Gelehrten direkt ins Gesicht: Dieser saß abgewandt von dem Platz, der seinen Namen trug, als ginge ihn die neuzeitliche Hässlichkeit in seinem Rücken nichts an. Sicherlich ein weiser Entschluss, dachte Leonhard, als er seinen Blick schweifen ließ.

Albertus-Magnus-Platz nannte man also diese steinerne Transitstrecke, die einzig und alleine dazu diente, die Stadtautobahn zu überbrücken und das Hauptgebäude auf der einen Seite mit dem Philosophikum und dem Hörsaalgebäude auf der anderen Seite zu verbinden. Kein Ort, der zum Verweilen einlud... Albertus-Magnus-Platz, das war reinster Euphemismus für dieses architektonische Desaster, dieses Niemandsland, diesen Unort, eine Beleidigung für den, der seinen Namen dafür hergeben musste und sei es auch posthum...

Im Hintergrund erhob sich das Hauptgebäude der Universität, ein imposanter Bau aus den späten zwanziger Jahren, der schon dem Geist der darauf folgenden Diktatur verpflichtet schien: ein über hundert Meter in die Breite gezogener bräunlicher Quader riegelte den Platz nach Osten hin ab und erinnerte mehr an eine Kaserne als an einen Ort humanistischer Bildung. Allein der Anblick des monumentalen Bauwerks schüchterte ein: Es verlangte Respekt, versuchte den Betrachtenden klein zu machen. Leonhard widersetzte sich. Sein Blick schien nicht willkommen zu sein, wurde abgewehrt von der streng gegliederten Fassade, die einem Exerzierfeld glich, auf dem sich die nicht enden wollenden Fensterreihen der fünf Stockwerke in einer Phalanx formierten, um den Betrachtenden einzuschüchtern, ja in die Knie zu zwingen. Doch ein Fenster stand offen, in der obersten Etage, ganz rechts außen: Lamellen einer schief hängenden Jalousie flatterten im Wind, tanzten und begehrten mit metallischem Geklapper gegen die architektonische Ordnung auf. Leonhard lächelte, die Zeiten hatten sich geändert, zum Glück.

Der Geruch von Verbranntem stieg ihm in die Nase. Er wehte von dem Pizzawagen herüber, der am Rand des Platzes geparkt war. Vor der Imbissbude drängten sich Studenten an wenigen Stehtischen. Mit bloßen Fingern versuchten sie, Herr über zerfließenden Käse zu werden. Sie hatten es eilig. Ein Obdachloser durchsuchte die überquellenden Abfalleimer nach Essensresten. Schließlich hatte ein junger Mann Mitleid: Er gab ihm den Rest seiner Pizza und seine leere Pfandflasche, bevor er aufbrach. Leonhard war beschämt und schaute weg – das Nebeneinander des Unvereinbaren.

All das konnte Albertus Magnus nicht erschüttern, dachte er, als sein Blick wieder auf den Gelehrten fiel. Ein großes Buch lag aufgeschlagen vor ihm auf seinen Beinen. Die Finger seiner rechten Hand hielten die Seite, über die er ins Nachdenken geraten war, die Finger seiner linken Hand schlossen sich zur Faust und schienen den Gedanken festzuhalten, den er gerade fasste. Seine Augen waren geschlossen, sein Blick nach innen gerichtet. Albertus Magnus lächelte still im Moment der Erkenntnis. Leonhard beneidete ihn darum. Die Universitätskirche läutete zwölf Mal, Zeit für den akademischen Schichtwechsel. Aus dem Portikus des strengen Hauptgebäudes strömten Studierende zum verschachtelten Terrassengebäude des Philosophikums oder zum fensterlosen Block des Hörsaalgebäudes – in Beton gegossene Visionen der späten sechziger Jahre. Leonhard hatte sich die Universität anders vorgestellt.

Er ließ sich im Strom der akademischen Masse in das Hörsaalgebäude treiben. An den Eingängen kam der Fluss ins Stocken. Dicht gedrängt passierten sie die Enge, um dann in einer Welle zu den wenigen noch verbleibenden Sitzplätzen im steil ansteigenden Auditorium geschwemmt zu werden. Leonhard hatte Glück und fand Platz in einer der vorderen Reihen. Erschöpft legte er seinen Notizblock und seinen Montblanc-Füller auf das schmale Schreibpult. Der Student neben ihm fuhr seinen Laptop hoch. Mit schnellen Schritten, aber ohne Hast, ging ein älterer Mann zum Rednerpult und warf seine schwarze Ledertasche mit Schwung auf den daneben stehenden Tisch, ohne dass sein Auftritt weiter beachtet wurde. Er schwieg und stand ruhig da in seinem altmodischen grauen Anzug und der zu kurzen Strickkrawatte. Mit Bedacht setzte er den rechten Ellbogen auf dem Pult ab, legte sein Kinn in Denkermanier zwischen Daumen und Zeigefinger und schaute abwartend ins Auditorium. Der Geräuschpegel ebbte langsam ab, es wurde ruhiger, still. Jeder andere Redner hätte jetzt begonnen, aber er wartete, bis absolute Ruhe herrschte und das Fallen einer Stecknadel zu hören gewesen wäre. Diesen Augenblick höchster Konzentration auf seine Person reizte er bis zum letzten aus, um dann, kurz bevor das erste Räuspern eingesetzt hätte, mit seiner hohen Stimme in die Stille zu stechen, in die nun der angehaltene Atem der Zuhörer entwich. Ein gelungener Auftritt, dachte Leonhard und war beeindruckt.

„Herzlich willkommen zum Dies academicus an der Universität zu Köln. Es freut mich, dass Sie so zahlreich erschienen sind, aber ich bin mir nicht sicher, ob ich Ihre Erwartungen, die Sie in Heerscharen hierher trieb, auch erfüllen kann. Wer in dieser Einführung „Über das glückliche Leben" Rezepte zu Wellness und Wohlstand sucht, der ist hier völlig falsch und vergeudet nur seine Zeit. Dafür gibt es effizientere Strategien als die Stoa. Glücklich leben wollen alle, aber wenn man herausfinden will, was ein glückliches Leben ausmacht, dann gewinnt man keine Klarheit, meinte Seneca. Sehen Sie, selbst die Philosophen scheinen vor dieser Frage zu kapitulieren. Aber, meine Damen und Herren, Philosophie heißt vor allem Fragen stellen, um mögliche Antworten zu finden und dazu möchte ich Sie einladen."

Forschend schaute der Professor in das erheiterte Publikum. „Ich sehe, dass hier einige Glückssucher gestrandet sind. Vielleicht bringen Sie aus Ihrer praktischen Lebenserfahrung ja mehr Klarheit in die Sache als jeder mit der Philosophie beschäftigte Wissenschaftler. Ja, ja der gesunde Menschenverstand... Was bedeutet das denn für Sie, das glückliche Leben?", fragte er und ließ seinen Blick durch die vorderen Reihen schweifen. Leonhard fühlte sich ertappt wie ein Schüler, der nicht die richtige Antwort zu geben wusste und hoffte, dass er verschont blieb. Tatsächlich, er hatte Glück: Der Professor überging ihn und fixierte einen gut aussehenden, gebräunten Herrn um die sechzig, der vor ihm in der ersten Reihe saß und sich geschmeichelt fühlte, nach seiner Meinung gefragt zu werden. „Glücklich sein, heißt für mich zuerst einmal, gut zu leben", antwortete er, als handelte es sich für ihn um eine Selbstverständlichkeit. „Wann leben Sie denn gut?", fragte der Professor. Der Mann, ganz Bonvivant, erwiderte: „Wenn ich genieße." „Und was bedeutet das für Sie, genießen?", forschte der Professor weiter. „Ohne indiskret sein zu wollen, man braucht dazu nicht viel, aber das vom Feinsten: Ein Glas guten Bordeaux in der Rechten, eine aromatische Havanna in der Linken und mir gegenüber eine schöne junge Frau." Einige lachten, anerkennende Pfiffe gingen durch die Reihen. Der Herr lächelte und fühlte sich bestätigt in seiner Lebenstüchtigkeit – der Erfolg gab ihm wieder einmal Recht. Leonhard mochte ihn nicht und enthielt sich des Beifalls. Trotzdem beneidete er ihn, irgendwie.

„Ja, ja, das gute Leben, eigentlich doch gar nicht schwer, einfach die Sonnenseite des Lebens genießen und schon ist sie da, die Glückseligkeit oder Eudaimonia, wie der Grieche sie nennt", fasste der Professor zusammen. „Das Leben nach dem Lustprinzip. Wir stürzen uns in das sinnliche Erleben, heben alle Begrenzungen, alles Gegensätzliche auf, fühlen uns frei und ewig jung. Vielleicht sogar wie ein Gott, nicht wahr?", fragte er den smarten Herrn. „Na wir wollen es doch nicht gleich übertreiben, eher wie ein König." Unerträglich, jetzt gibt sich dieser Angeber auch noch bescheiden, dachte Leonhard. „Auch gut, aber was passiert, wenn Ihr Körper nicht mehr mitmacht?", fragte der Professor weiter.

„Darüber", der Herr dehnte dieses Wort zweideutig in die Länge, „machen Sie sich mal keine Sorgen", erwiderte er und sah sich mit siegesgewissem Lächeln um, was ihm wieder einige Pfiffe einbrachte. Leonhard war die zur Schau gestellte Potenz dieses alten Beaus zuwider. „Es kann Sie ja auch aus heiterem Himmel treffen", insistierte der Professor. „Wie meinen Sie das denn?" Der Mann schien irritiert. „Nun, Sie verlassen in einer halben Stunde den Hörsaal, genießen die Sonne auf dem Albertus-Magnus-Platz, eine Studentin lächelt Sie offenherzig an, Sie sind beglückt, welche Wirkung Sie immer noch auf Frauen haben und flirten mit ihr. Dann, ganz plötzlich, wird Ihnen schwarz vor Augen, Sie verlieren das Bewusstsein... " „Das wäre doch ein wunderbarer Tod, im Anblick einer schönen Frau zu sterben", unterbrach ihn der gewitzte Herr schnell, erleichtert, wieder Oberwasser zu gewinnen, was prompt von einigen Lachern im Publikum goutiert wurde. „Zu schön, um wahr zu sein", erwiderte der Professor. „Aber, wie das Leben oder das Schicksal so spielt, Sie wachen auf und sind halbseitig gelähmt. Ihre linke Gesichtshälfte hängt herunter, der Speichel tropft Ihnen aus dem Mund und Sie können kaum noch sprechen. Was nun?" Der Mann wurde still. Zum ersten Mal wusste er nicht zu antworten, er schluckte. „Diese Vorstellung macht Ihnen Angst, nicht war? Ausgeliefert, nicht mehr Herr über den eigenen Körper zu sein, das Gefühl der totalen Ohnmacht. Aus der Traum vom ewigen Genuss, niemand, der mehr applaudiert, nie mehr. Sie wollen sterben, da Sie sich nicht mehr als ganzer Mensch fühlen. Sie glauben, kein Ihrer Natur als Mensch angemessenes Leben mehr führen zu können. Wie ein Vogel, der nicht mehr fliegen kann. Aber ist der Vogel deshalb kein Vogel mehr, weil er nicht mehr fliegen kann und sollte deshalb sterben?"

„Es wäre zumindest besser so, denn sein schönes Leben ist endgültig vorbei", antwortete der Mann und schwieg. Endlich hat er diesen Sportwagenfahrer mit seiner Immer-auf-der-Überholspur-des-Lebens-Mentalität ausgebremst, dachte Leonhard. Der Blick des Professors fiel auf ihn. Diesmal überging er ihn nicht.

„Was meinen Sie, müssen auch wir an unseren gebrochenen Flügeln sterben, wenn wir kein Leben in Übereinstimmung mit uns selbst mehr führen können?" Der Herr aus der ersten Reihe wandte sich zu Leonhard um, nahm seine randlose Brille ab, schlitzte seine Lider und sah ihn an, als erwarte er genüsslich sein Scheitern. „Ist das Leiden und der Schmerz nicht Bestandteil der Natur und somit unseres Lebens. Ist es nicht etwas, das wir annehmen und bewältigen müssen?", antwortete Leonhard. Aus den hinteren Reihen riefen einige „Lauter!" und „Wir verstehen nichts!", so dass der Professor ihn ermunterte aufzustehen und seine Antwort zu wiederholen. Leonhard war verwirrt, wollte er sich über ihn lustig machen? Ihn vor allen bloßstellen? Widerwillig stand er auf und schleuderte fast trotzig den Satz in Richtung des gut aussehenden Mannes, von dessen Blicken er sich durchbohrt fühlte.

„Sehr gut, vielen Dank", sagte der Professor, „das Leiden gehört also zur Natur des Menschen. Aber was bedeutet überhaupt Natur in diesem Zusammenhang?" fragte er weiter. Der smarte Herr fühlte sich herausgefordert, setzte wieder seine Brille auf und wollte schon antworten, doch der Professor zog es vor, selbst die Antwort zu geben: „Die griechische Antike hatte einen allumfassenden Naturbegriff, der nichts mit unserer beschränkten Vorstellung von

Natur als ein bisschen Grün vor dem Fenster und frischer Luft zu tun hat. Die Natur umfasst die Weltordnung und den Himmel. Und alles ist eins mit Gott, der diesen Kosmos regiert."

Der Professor wartete ab, wie diese Definition auf seine zusammen gewürfelte Zuhörerschaft wirkte. Bei den Älteren sah er zumindest ein Stirnrunzeln. An den Jüngeren schien der Satz vorbeizurauschen, ohne Verständnis oder Unverständnis hervorzurufen. Man nahm ihn hin, hackte ihn in den Laptop, unberührt von der Aussage, bemühte sich gar nicht erst um ein tieferes Verstehen, sei es aus Gleichgültigkeit oder, noch schlimmer, aus Oberflächlichkeit. Später schnell mal googeln oder bei Wikipedia nachlesen. Apathie in Zeiten des Internets, dachte er und fuhr mit seinen Erklärungen fort.

„Gott ist die eine Weltvernunft, die alles gestaltet und die in allem gegenwärtig ist. Natur und Menschenwelt sind von göttlicher Vorsehung und Fügung bestimmt. Die göttliche Weltverwaltung hat zur Folge, dass das Gesamtgeschehen eine vernünftige Ordnung darstellt, dass alle Ereignisse ausnahmslos und unausweichlich miteinander kausal verkettet sind und dass eine vollständige Erklärung und Rechtfertigung allen Geschehens möglich ist."

Der Professor machte wieder eine kleine Pause, um den Zuhörenden Zeit zu geben, die Definition nachzuvollziehen, die er wortwörtlich aus einem philosophischen Standardwerk zitierte. Hoffnungslos, dachte er, als er in die leeren Blicke des akademischen Nachwuchses schaute, die nur nach Nützlichkeit schielten. Die Vorstellung, in einem Jahr emeritiert zu sein, gab ihm die Zuversicht fortzufahren.

„Daraus lässt sich nun das ableiten, was der Herr eben als Frage in bester stoischer Denkweise angeführt hatte. Ich darf an seine Worte erinnern: Ist das Leiden und der Schmerz nicht auch Bestandteil der Natur und somit unseres Lebens, das wir annehmen müssen?"

Der Professor schaute zu Leonhard. Na zumindest einer, der zuhört, dachte er, versteht sicherlich nicht alles, was ich sage, aber ein Dilettant, im besten Sinne. Einer, der auf der Suche ist. Ein Freund der Weisheit, immerhin...

„Genauso wie Sie es gesagt haben, sind Krankheit und Leid für die Stoa in das Ganze des Kosmos eingebunden und tragen als solches zum universellen Guten bei. Demzufolge sind Lust und Schmerz Resultat eines Lebens in Harmonie oder Disharmonie mit der Natur. Und ein jeder von uns, meine Damen und Herren, hat den guten Gang seines Lebens in der Hand. Stoiker sind Optimisten."

Der Professor schenkte Leonhard, der gerade von seinen Notizen aufschaute, den Anflug eines Lächelns und blickte dann in Richtung des gut aussehenden Herrn, der mit verschränkten Armen und lang ausgestreckten, überkreuzten Beinen da saß. Die Studentin mit rosa Poloshirt und blondem Pferdeschwanz, die neben ihm saß, huschte virtuos mit ihrem rechten Daumen über die Tastatur ihres Handys und verfasste eine SMS. Der Professor fuhr fort.

„Auch wenn Krankheit oder seelisches Leid Sie treffen, können Sie noch ein gutes Leben führen, da Ihnen als Mensch die Vernunft als Teil der göttlichen Vernunft gegeben ist, die das Natur- und Weltgeschehen bestimmt. Die Aufgabe des Menschen besteht darin, sein Leben in den vernunftbestimmten Einklang mit sich und der göttlichen Allnatur zu setzen."

„Gott wollen wir doch mal außen vor lassen. Der hält sich doch immer fein raus, wenn es in der Weltgeschichte ungemütlich wird", unterbrach ihn der gut aussehende Herr. Einige applaudierten. „Mich interessiert viel mehr", ereiferte er sich, „wie es dem Krüppel, der nur noch über die Hälfte seines Körpers verfügt, sich kaum noch artikulieren kann, gelingen soll, noch glücklich zu leben? Es ist doch ein zynischer Euphemismus, das zu behaupten. Lieber in Würde sterben, als in Raten krepieren wie ein krankes Tier." Die Studentin schickte ihre SMS ab und schaute ihren Sitznachbarn an. Ihr Interesse war geweckt – der Mann hatte Format.

„Seneca war ähnlicher Meinung wie Sie", entgegnete der Professor, um Gelassenheit bemüht, „allerdings hat er es in etwas andere Worte gefasst: Die Gefahr auf üble Weise zu leben ist schlimmer, als vor der Zeit zu sterben. Aber wegen einer Krankheit, solange sie heilbar ist und den Geist nicht beeinträchtigt, werde ich nicht in den Tod gehen. Werde ich aber den Schmerz ohne Unterbrechung ertragen müssen, dann werde ich gehen, nicht wegen des Schmerzes an sich, sondern weil er mich an allem hindert, weswegen man lebt."

„Na bitte, sag ich doch", sagte der Herr und war zufrieden.

„Der Freitod ist für Seneca also eine legitime Möglichkeit", fuhr der Professor unbeirrt fort, „seinem Leben ein Ende zu setzen, aber nicht erst in der äußersten Not, sondern aus der gewachsenen inneren Einsicht, dass Lebensglück und Seelenruhe endgültig verloren sind." Er beobachtete, wie sich der Herr wieder ausstreckte und die Arme hinter dem Kopf verschränkte, als ob er ein Heimspiel gewonnen hätte. Das war selbst für den stoischen Philosophen zuviel, und seine Gedanken gingen mit ihm durch: Dieser Schmalspur-Epikureer mit penetrantem Diesseitsbezug wird sich sicherlich heute noch dieses naive Geschöpf zu seiner Linken einverleiben und glauben, damit den Riss in der Schöpfung aufzuheben... Er bemühte sich, einen angemessenen Abschluss zu finden.

„Die Stoa lehrt uns mit Hilfe emotionaler Selbstbeherrschung unser Los zu akzeptieren und mit Hilfe von Gelassenheit und Seelenruhe Weisheit zu erlangen. Eine Herausforderung, meine Damen und Herren, der sich auch der moderne Mensch immer wieder stellen muss, der er aber nicht immer gewachsen ist. Ich danke Ihnen für Ihre Aufmerksamkeit."

Der Professor eilte mit kleinen Schritten zum Tisch, nahm seine schwarze Ledertasche und verschwand aus dem Hörsaal. Die Zuhörerschaft begleitete seinen Abgang mit routiniert zustimmendem Klopfen, erhob sich und drängte zu den Ausgängen. Leonhard schob sich an dem Beau in der ersten Reihe vorbei, der sitzen geblieben war und die Studentin in Rosa in ein Gespräch verwickelte. Sie lachten. Unerträglich, dachte Leonhard.

Er fühlte sich fremd und verloren unter den vielen Studenten, die ihn umgaben. Sie sprachen eine andere Sprache, lebten in einer anderen Welt. Er hatte Durst und suchte vergeblich nach einem Getränkeautomaten. Er wollte sich nicht an der Pizzabude anstellen und ging weiter ins Philosophikum. Schon von Ferne sah er den Professor am Kaffeeautomaten in der Schlange stehen, er gesellte sich zu ihm. Nur ein schlaksiger Student vor ihm trennte ihn noch von dem Professor. Leonhard beobachtete, wie er die Taste „schwarz, ohne Zucker" drückte – er war kleiner, als es ihm im Hörsaal erschienen war. Die Maschine presste die Flüssigkeit mit durchdringendem Geräusch in den Plastikbecher, dann eilte er wie ein Wiesel durch das Gedränge und suchte sich einen Platz an einem der Stehtische, wo er sein in Pergamentpapier verpacktes Brot auspackte und vor sich hin zu kauen begann. Leonhard wählte einen Latte macchiato mit Zucker und folgte dem Professor. „Entschuldigen Sie, ist hier noch frei?", fragte er. „Aber bitte", sagte der Professor und rückte ein wenig zur Seite. Leonhard bedankte sich und nahm einen Schluck von dem Getränk aus seinem Becher, das süß und nach Maggi schmeckte. „Hat mir gefallen, Ihre Antwort", sagte der Professor zu ihm, „einfach, klar und unverstellt. Was treibt Sie zur Philosophie?" Er biss in sein Leberwurstbrot und schaute Leonhard erwartungsvoll an. „Als ich jung war, wollte ich Philosophie studieren, aber das Leben kam anders – Existenz aufbauen, Familie gründen, das Übliche. Jetzt möchte ich meinen alten Traum wahr machen." Der Professor schluckte schnell seinen Bissen herunter, um antworten zu können. „Glauben Sie wirklich, an diesem Ort zu finden, was Sie suchen?" „Ich bin mir nicht sicher, was ich eigentlich suche. Vielleicht sind es Antworten auf Fragen, denen ich lange ausgewichen bin." Der Professor hatte sein Leberwurstbrot endgültig verspeist und wischte sich den Mund mit einem Stofftaschentuch ab, das er aus der Anzugtasche zog. „Und welche Fragen sind das?" „Viele, ich ziehe alles in Zweifel, im Grunde die vergangenen vierzig Jahre." „Sie suchen also in der Philosophie Antworten auf Ihre persönlichen Lebensfragen?", fragte er und schaute Leonhard interessiert an.

Ich werde nie vergessen, wie wir über die Grundfragen der Philosophie sprachen, die er an seinen Fingern abzählte. Sicherlich wollte er mir helfen, meinem Bedürfnis zu philosophieren auf den Grund zu gehen, aber dennoch kam ich mir merkwürdig vor, wie bei einem philosophischen Eignungstest. Erstens: „Warum gibt es überhaupt etwas?" Ich blieb gleichgültig und auch seine zweite Frage: „Warum gibt es mich?" kommentierte ich mit einem Schulterzucken. Die dritte und vierte Frage „Was ist der Sinn des Lebens? Gibt es überhaupt einen Sinn?" weckte meine Aufmerksamkeit. Damals konnte ich noch auf etwas zurückblicken, das ich über Jahrzehnte aufgebaut hatte, das mich absicherte. Der totale Zusammenbruch sollte ja erst später kommen. Der erkenntnistheoretischen Frage „Was kann ich wissen?" wollte ich mich erst gar nicht stellen, da ich mir immer der Grenzen meines Wissens bewusst war und sie als Makel empfand. Ich winkte ab. Mit Bedacht stellte er mir die nächste Frage „Wie kann ich glücklich werden?" Er wusste, dass er mich hier eiskalt erwischte, warum hätte ich sonst seine Veranstaltung aufgesucht. Ich schwieg, er verstand.
Heute, die Krankheit im Körper, beschäftigen mich vor allem seine letzten beiden Fragen, die damals so weit weg von mir lagen. „Gibt es einen Gott? Ein Weiterleben nach dem Tode?"

„Erwarten Sie nicht zuviel von der Beschäftigung mit der Philosophie, vor allem nicht an diesem Ort", sagte der Professor. „Wissen Sie, wir Philosophen sind wie Zahnärzte, die den Patienten Löcher bis tief in den Kiefer bohren, ohne sie dann füllen zu können. Heilen muss sich jeder selbst." „Ich habe nicht erwartet, dass Sie mir einen Heil- und Kostenplan für mein Leben erstellen", erwiderte Leonhard. Der Professor lachte. „Gewiss nicht, im Gegenteil. Das Philosophieren wird Ihre Fragen vermehren, es wird Ihren Horizont erweitern, natürlich ohne Gewähr auf absolute Wahrheiten. Und eines ist gewiss: Die Glückseligkeit werden Sie nicht in den Modulen eines Bachelor-Studienganges, geschweige denn in überfüllten Hörsälen finden. Sie suchen doch das Gespräch, den Austausch, nicht wahr?" „ Ja, aber hier scheint mir das kaum möglich." „Deshalb möchte ich Ihnen ein Kolloquium empfehlen, das Hörern aller Fakultäten offen steht: ‚Wege zum glücklichen Handeln. Die Stoa und Epikur', das dürfte Sie interessieren. Es wird nicht überlaufen sein, da es keine credit points dafür gibt, von achtundzwanzigtausend Studenten kommen höchstens zwölf. Allerdings findet es nicht hier statt, sondern an der Universität Bonn. Ich bin dort Gastdozent. Hätten Sie nicht Lust zu kommen?" „ Ja gerne, ich wohne in der Gegend." „Anfang November fange ich an. Sie finden die Veranstaltung im Vorlesungsverzeichnis. Übrigens, ich heiße Karl Amadeus Eggebrecht und Sie?" Der Professor streckte ihm seine Hand entgegen, Leonhard schlug ein. „Leonhard Zepp, freut mich sehr."

„Zum Abschied möchte ich Ihnen noch einen kleinen Denkanstoß für Ihre Heimreise geben. Stellen Sie sich vor, sie träumen. Sie träumen, sie seien ein Vogel, der am Himmel umherfliegt und nichts von Leonhard Zepp weiß. Nach dem Erwachen fragen Sie sich: Bin ich Leonhard Zepp, der träumte, er sei ein Vogel oder bin ich ein Vogel, der träumt, er sei Leonhard Zepp?" Mit diesem Rätsel verließ ihn Karl Amadeus Eggebrecht und verschwand in der Menge der Umherstehenden. Gedankenverloren schaute Leonhard ihm hinterher. Interessanter Zeitgenosse, dachte er und machte sich auf den Weg nach Hause.

Leonhard fuhr durch den dichten Berufsverkehr stadtauswärts. Seine Gedanken flogen hoch über allem Alltäglichen, er war wie trunken von all seinen Ideen und philosophischen Spekulationen und musste aufpassen, keinen Unfall zu bauen. Kaum hatte er die

Stadtgrenze hinter sich gelassen, spürte er – im zersiedelten Niemandsland, irgendwo zwischen Bornheim und Bonn, zwischen Ölraffinerien, Zuckerrüben und Kartoffeln – wie sein geistiger Höhenflug zum Sinkflug ansetzte und seine Reise in eine andere Welt in immer weitere Ferne rückte, je näher er Bad Godesberg kam. Erwachte er aus einem Traum und hatte nur vom Fliegen geträumt?

Er schloss die Haustüre auf und betrat die Eingangshalle, niemand schien zu Hause zu sein. Stille umfing ihn, kapselte ihn ein. Auf einmal fühlte er sich fremd, alles kam ihm hier unwirklich vor. Er wünschte sich, ein Vogel zu sein, der nur von der Gefangenschaft träumte... Das Gedankenspiel des Professors verwirrte ihn, und er war erleichtert, seine Schritte auf dem schwarzen Granit zu hören. Einige Male trat er fest auf, um sich seiner selbst zu vergewissern, horchte dem steinernen Widerhall nach, der ihm ein untrügliches Zeichen war, doch nicht von allen Sinnen verlassen zu sein. Trotzdem blieb in seinem Inneren ein Gefühl der Verunsicherung. Wurde er zu einem Wandler zwischen den Welten?

Schnell ging er die Treppe hinunter und durchquerte das Wohnzimmer. In der Küche angelangt öffnete er den Kühlschrank und nahm den Weißwein heraus. Erleichtert spürte er die kalte Flasche in seiner Hand – er träumte nicht! – und schenkte sich plätschernd ein Glas ein. Untrügliche Indizien für sein reales Vorhandensein, dachte er. Erst jetzt fiel ihm auf, dass sein Frühstückgedeck noch auf der Küchentheke stand, so wie er es heute Morgen dort zurück gelassen hatte. Der dreckige Teller und die Tasse mit dem eingetrockneten Kaffeerest standen wie Fremdkörper in der penibel aufgeräumten Küche. Er war in Eile gewesen, niemand hatte sein Geschirr weg geräumt. Eine stille Anklage. Leonhard kümmerte es nicht weiter, er setzte sich mit seinem Glas Wein auf die Terrasse. Gedankenverloren schaute er in die Tiefe des Rheintals.

„Ich hatte Dir doch gesagt, dass ich heute den Kombi brauche, aber das scheint Dich ja alles nicht mehr zu interessieren." Ingrids Vorwurf holte ihn endgültig in die Wirklichkeit zurück. Er hatte sie nicht bemerkt, eine ganze Weile beobachtete sie ihn schon. Sie stand mitten im Rosenbeet unterhalb der Terrasse und war damit beschäftigt, die Rosenstöcke zu beschneiden, um sie für den Winter fertig zu machen. „Ich musste fünfmal hin und her fahren, um die ganzen Torfsäcke im Cabrio zu transportieren. Wo bist Du den ganzen Tag gewesen?" Es war fünf Uhr nachmittags. Er sah die Angriffslust in ihren Augen und zögerte. „Ich war bei Heinrich, um unser Klassentreffen in St. Goar zu besprechen." Sie war erstaunt. Erklärend fügte er hinzu: „Bis Ende Oktober gibt es noch eine Menge zu tun, die Zimmer waren noch nicht reserviert."

Er kam sich erbärmlich vor, wie ein Freigänger, der einen Ausbruchsversuch vertuschen musste. Hatte er das wirklich nötig? Schließlich hatte er nichts zu verbergen. Doch die Lüge schützte ihn. Er durfte sich Ingrid nicht ausliefern, er wollte nicht angreifbar sein, auf gar keinen Fall. Erstaunlich, wie schnell ihm die Ausrede in den Sinn kam und ohne Hemmung über die Lippen ging. Das Telefon ging. Er war erleichtert, sich ihren Fragen entziehen zu können. Ingrid schaute ihm misstrauisch hinterher. Sie ahnte, dass er ihr etwas vorenthielt. Der Verdacht, dass er sie hintergehen könnte, schlich sich in ihr Bewusstsein.

„So geht das nicht, so verprellt er uns alle Kunden. Du musst unbedingt etwas unternehmen. Das Beste wäre, Du kommst gleich her." Heinrich von Siemsen war aufgebracht am anderen Ende der Leitung, vergeblich versuchte Leonhard, ihn zu beschwichtigen. „Tu mir jetzt endlich den Gefallen, setz Dich in Dein Auto und schau Dir das Desaster selber an", hörte er ihn noch sagen, bevor er das Gespräch abbrach. So ärgerlich hatte er Heinrich in all den Jahren ihrer Zusammenarbeit selten erlebt. Normalerweise übte sich der Architekt in Zurückhaltung und überließ es seinem Bauleiter, hart durchzugreifen. Er verstand sich vor allem als Ästhet, als Künstler, dem alles Hässliche zuwider war, und darunter fiel auch alles Rohe und Laute im menschlichen Umgang. Das war unter seinem Niveau.

Leonhards Firma arbeitete seit Jahren Hand in Hand mit dem Architekturbüro Heinrich von Siemsen. Sie hatten gute Geschäfte miteinander gemacht, denn Leonhard war durch seine Tätigkeit als Stadtrat bestens informiert über städtische Ausschreibungen und hatte sogar eine Zeit lang im Bauausschuss gesessen. Er war nicht unbeteiligt daran, dass Heinrich von Siemsen die meisten der Wettbewerbe gewann und es zu regionaler Größe brachte. Der lachende Dritte im Bunde war Leonhards Tennispartner Dr. Petermann, der Schulter klopfend großzügige Kredite vergab. Zusammen waren sie unschlagbar. Im Rheinland nannte man so etwas Klüngel. Von Siemsen hatte auch das Haus entworfen, in dem Leonhard mit seiner Familie lebte. Dieses gemeinsame Projekt hatte ihre Freundschaft auf ein solides Fundament gestellt und gefestigt, zumindest empfand es der Architekt so, denn der Bauherr hatte ihm uneingeschränkte gestalterische Freiheit gelassen und somit eine Großzügigkeit bewiesen, die sich für den Architekten in jeder Hinsicht auszahlte. Das preisgekrönte Anwesen nannte er nicht ohne Stolz, in Anlehnung an sein großes Vorbild Walter Gropius, „mein Meisterhaus".

Leonhard machte sich sofort auf den Weg. Als Ingrid eine halbe Stunde später das Wohnzimmer betrat, sah sie, dass Leonhard verschwunden war. Sie war erschöpft von der Gartenarbeit und ihre Arme schmerzten, Dornen hatten ihre Haut zerkratzt. Sie fühlte sich allein. Wer hatte eben angerufen? Sie ließ sich auf das Sofa fallen und trank einen großen Schluck San Pellegrino, wie immer mit einem belebenden Spritzer Zitrone. Der Greis auf dem Bild an der Wand schaute auf sie herab und grinste frech. Irgendwann würde sie das Bild doch noch abhängen...

Ein rotes Rinnsal lief über ihren Unterarm, sie bemerkte es nicht. Warum hatte Leonhard ihr nicht gesagt, wohin er ging? Früher hat er das immer getan. Was hatte er vor? Was trieb ihn so schnell aus dem Haus? Entschlossen ging sie zum Telefon und drückte eine Taste. Die Nummer mit der letzten Verbindung erschien auf dem Display, eine Handynummer, die sie nicht kannte. Sie zögerte. Sollte sie zurückrufen? Wenn sich jemand meldete, den sie nicht kannte – was sollte sie sagen? Einfach auflegen. Was, wenn es eine Frau wäre? Zum ersten Mal kam ihr dieser Gedanke in den Sinn. Sie war erschrocken über ihren Verdacht, der sie erstarren ließ. Sie bekam Angst, ihr Körper war wie gelähmt, als ob jemand aus dem Hinterhalt schnellte, ihr drohend den Weg versperrte und langsam auf sie zukam...

Sie trat die Flucht nach vorne an, sie wollte sich der Wahrheit stellen: Sie musste es wissen. Niemand würde ihren Anruf nachvollziehen können, sie hatte eine Rufnummerunterdrückung. Entschlossen presste sie ihren Daumen auf die Wahlwiederholungstaste und schickte die Nummer durch den Äther. Das Freizeichen ertönte. Ingrids Finger klopften einen nervösen Rhythmus auf den Glastisch, Synkopen der Ungewissheit. Endlich nahm jemand ab.

„Von Siemsen." Damit hatte sie nicht gerechnet. „Hallo, wer ist denn da?", schallte es ungeduldig aus dem Hörer. „Ach, Heinrich, Du bist es...." – „Ja, wer denn sonst?", jetzt erst erkannte er ihre

Stimme. „Ingrid entschuldige, aber ich habe nicht viel Zeit, hier ist die Hölle los. Willst Du Leonhard sprechen?" „Nein, nein, schon gut, es hat sich erledigt", stotterte sie und schwieg. „Du, ich muss hier weitermachen, der Bauherr tobt. Ich bin den ganzen Tag nur damit beschäftigt, Katastrophenmanagement zu betreiben, dieser Gierke hat Mist gebaut und Leonhard konnte ich auch erst heute Abend erreichen. Mach's gut und auf bald."

Ingrid legte das Telefon nachdenklich auf dem Glastisch ab. Auch wenn Leonhard sie nicht betrog, - noch nicht, schoss es ihr durch den Kopf, und sie hielt einen Augenblick inne, bevor sie ihren Gedanken zu Ende bringen konnte - so hinterging er sie doch. Er war tagsüber nicht bei Heinrich gewesen, er log, er hatte ihr etwas zu verbergen...

Sie ging unter die Dusche, um den Dreck der Gartenarbeit von ihrer Haut zu spülen. Die Verletzungen an den Unterarmen desinfizierte sie sorgsam. Sie machte sich für das Abendessen zurecht und beschloss, sich nichts anmerken zu lassen. Sie legte die Perlenkette mit dem Art déco Verschluss an und streifte den dazu passenden Ring über. Unter den langen Ärmeln ihrer schwarzen Leinentunika waren die Kratzer nicht mehr zu sehen. Der kühle Geruch von grünem Tee, ihr Lieblingsduft, umgab sie. Gleich käme Laura von der Arbeit zurück, gemeinsam wollten sie zu Abend essen.

Als Leonhard die Auffahrt zu dem alten Bahnhofsgelände hochfuhr, sah er von Weitem die Aufregung in der kleinen Gruppe, die Heinrich von Siemsen umringte. Alle zeigten immer wieder auf die Fassade hinter ihnen. Das Gerüst umgab das klassizistische Gebäude wie ein Stahlkorsett. Große Planen mit der Aufschrift **Leonhard Zepp - Qualität aus Tradition seit 1920** deckten noch die Seitenflügel und die Arbeiten an den Spuren des Verfalls ab. Die restaurierte Frontseite des Mitteltraktes war freigelegt. Das Desaster war offensichtlich: Risse und Blasen verunstalteten die Fassade, Farbe und Putz blätterten ab. Leonhard stieg aus dem Wagen, die Schimpftirade von Herrn Precht, dem Baudezernenten, stürzte auf ihn ein.

„Herr Zepp, das ist eine Riesensauerei. In einem Monat soll das hier alles fix und fertig sein und jetzt das! Wir können die Eröffnung unter keinen Umständen verschieben. Wie soll das nun weitergehen?" Leonhard schloss die Wagentüre. Er sah die betroffenen Blicke seiner Sekretärin Carla Mittnacht und ihres Vaters, der neben ihr stand, sein bester Mann, der sich in zwanzig Jahren vom einfachen Lehrling zum Meister empor gearbeitet hatte, zu seinem Meister, dem er blind vertraute. Vater und Tochter schauten ihren alten Chef erwartungsvoll an: Er sollte es wieder richten, wie er es früher auch immer getan hatte.

„Wir werden sicherlich mit vereinten Kräften eine Lösung finden. Aber wo ist Herr Gierke? Der müsste jetzt doch eigentlich hier sein", fragte er in die Runde. „Nicht erreichbar, ich habe es schon den ganzen Nachmittag versucht", sagte Heinrich von Siemsen, „deshalb habe ich Dich angerufen". Er schien mit den Nerven am Ende zu sein. Konflikte belasteten den feinsinnigen Architekten, und er überließ deren Lösung lieber anderen. Herr Precht tobte immer noch. „Die Eröffnung darf nicht verschoben werden, meinen Herren, auf gar keinen Fall, das wäre ein Schlachtfest für die Opposition. Ich lese schon die Schlagzeile im Generalanzeiger: Pfusch am Bau und das kurz vor der Wahl." Er sah Leonhard eindringlich an. „Pfusch am Bau, das bricht uns allen das Genick, Herr Zepp."

Leonhard stieg mit Herrn Mittnacht auf das Gerüst, um den Schaden aus der Nähe zu betrachten. Er fuhr mit den Fingern in die aufgesprungenen Blasen und die tiefen Risse. Der Untergrund war noch feucht, seine Vermutung bestätigte sich. Leonhard sagte nichts, schaute ihn nur an, seinen besten Mann, die Reste des Putzes zwischen den Fingerkuppen zerreibend. Sie waren allein. Herr Mittnacht blickte beschämt zu Boden. „Er hat nicht auf mich hören wollen, einfach alle guten Ratschläge in den Wind geschlagen. Ich habe mit ihm gestritten, ihm gesagt, dass ich das nicht verantworten kann. Daraufhin hat er mir frech weg ins Gesicht gesagt, na dann gehen Sie doch, ich brauch Sie nicht. Ich war wütend, hab gesagt, unter Herrn Zepp hat es so was nicht gegeben! Er hat angefangen loszubrüllen, noch ein Wort und Sie fliegen, hat mich aus dem Büro geschmissen. Da hab ich gemacht, was er wollte. Es tut mir Leid." Leonhard schwieg.

„Ja, ja schon gut", sagte er nach einer Weile. Hinter seiner Stirn hämmerten die Gedanken auf ihn ein. Dieser verdammte Gierke, jetzt musste er ihm auch noch den Hals aus der Schlinge zu ziehen. Er hatte es nicht wahrhaben wollen, aber nun ließ es sich nicht mehr leugnen, er war ein Nichtskönner, ein Blender. Das durfte alles nicht wahr sein... Leonhard schaute nach unten zu den Wartenden, plötzlich geriet er ins Taumeln, alles drehte sich um ihn herum. Er wusste nicht mehr, wo oben und unten war, seine Hände griffen nach dem Geländer, fanden Halt. Schon wieder dieser verdammte Schwindel, dachte er, in Venedig hatte es angefangen – nein, auch auf der Treppe zum Betriebshof wäre er fast gestürzt, als... Herr Mittnacht berührte ihn am Arm und fragte, ob er ihm helfen könne. Leonhard wehrte ihn brüsk ab und versuchte sich zusammenzureißen. Die Zeit drängte, sie wurden unten erwartet. „Sie sagen nichts, kein Wort zu dem Baudezernenten, verstanden? Ich regele das", sagte er und stieg vorsichtig das Gerüst hinunter.

„Der Fall liegt klar auf der Hand. Ärgerlich, aber kein Grund zur Panik. Mit der Farbe scheint etwas nicht gestimmt zu haben, das muss man mit dem Hersteller klären. Leider kommt das manchmal vor, wenn... " „Mich interessieren keine langen Erklärungen für das Problem, verdammt noch mal," fiel ihm der Baudezernent ungeduldig ins Wort, „mich interessieren Lösungen. Was werden Sie jetzt tun?"

Leonhard versuchte zu lächeln. Nur keine Schwäche zeigen, ermahnte er sich, jeden Zweifel direkt im Keim ersticken, so wie früher im Stadtrat, als die Opposition seine Reden attackierte. „Ich werde selbstverständlich mit Herrn Gierke reden und ihm meine Vorschläge unterbreiten. Der ganze Anstrich sollte noch einmal abgeschliffen und erneuert werden. Sicherlich werden dazu ein paar Sonderschichten notwendig sein, aber zeitlich bleibt alles im Rahmen, und ich kann Ihnen aus meiner langen Erfahrung versichern, Herr Precht, den Eröffnungstermin halten wir auf jeden Fall." Herr Mittnacht und seine Tochter atmeten auf. Das letzte Wort ließ sich der Baudezernent jedoch nicht nehmen, das hätte seinem Selbstverständnis widersprochen. „Ihr Wort in Gottes Ohr, Herr Zepp, überzeugen Sie mich durch Fakten und nicht durch Reden. Schließlich hat Ihr Unternehmen einen guten Namen zu verlieren. Auf Wiedersehen." Alles Nötige war gesagt. Herr Precht wusste, wie man sein Gegenüber dienstbar machte und wie man sich durchsetzte. Ihm machte niemand etwas vor – er war eine Persönlichkeit mit Führungsqualitäten.

Leonhard machte sich auf den Heimweg. Die Uferstrasse war in beide Richtungen gesperrt, eine Stunde musste er im Stau stehen. Ein Motorradfahrer war verunglückt, als er in der Kurve auf die Gegenfahrbahn geriet und mit einem LKW kollidierte. Er starb noch am Unfallort, der Notarzt konnte nichts mehr für ihn tun –

aus dem Leben gerissen im Rausch der Geschwindigkeit. Nach einer Stunde kam endlich der Leichenwagen. Langsam fuhr er wie ein schwarzer Schatten an den Autos vorbei. Leonhard stand weit vorne und sah zwei Männer aussteigen: Sie luden den Toten in einen Zinksarg, schoben ihn auf die Ladefläche und verschwanden mit ihm in der Dunkelheit. Der Vorfall beunruhigte Leonhard wie eine dunkle Ahnung.

Laura und Ingrid saßen an dem Refektoriumstisch, als Leonhard die Treppe zum Wohnzimmer hinab stieg. Sie hatten schon zu Abend gegessen. Für Leonhard stand kein Gedeck auf dem Tisch. „Wir wussten nicht, wann Du kommst", empfing Ingrid ihn kühl. Er setzte sich zu ihnen an den Tisch. Laura wollte ihm etwas zu essen aus der Küche holen, doch er hatte keinen Appetit. „Ich war beim Kulturbahnhof, Gierke hat billige Farbe für den Gebäudeanstrich benutzt und auf nassen Putz aufgetragen. Ich habe mich für ihn verbürgt, dass er alles nachbessert. Wenn er die Frist nicht einhält, ist er bei allen unten durch." Ingrid überhörte seinen Hilferuf, obwohl sie wusste, dass er ihren Rat brauchte, so wie früher, wenn es Probleme in der Firma gab. „Ich habe Dir gleich gesagt, dass Gierke der falsche Mann ist", sagte sie kurz angebunden und schenkte sich und Laura Wein nach. „Hinterher ist man immer klüger, aber es hilft nichts. Er muss den Auftrag erfüllen, sonst geht alles den Bach runter, auch unsere Pachteinnahmen", sagte er. „Du wirst sicherlich auch hierfür eine Lösung finden", erwiderte sie, ohne sich ihm zuzuwenden. Sie prostete Laura zu, die ihr Glas sofort wieder absetzte, ohne einen Schluck daraus genommen zu haben.

Leonhard war fassungslos, nacheinander schaute er beide an. Laura senkte den Blick, Ingrid blickte ihn geradewegs an – sie forderte ihn heraus. „Aha, Dich geht das wohl alles nichts mehr an? Hältst Dich fein raus, oder was?", fuhr er sie an. „Du machst doch sowieso nur das, was Du willst", schmetterte sie ihn ab. „Bislang habe ich immer nur das getan, was Du wolltest und vor allem dafür bezahlt.",„Ach, willst Du mir vorwerfen, ich hätte das Geld immer nur zum Fenster rausgeschmissen." „Wer wollte denn unbedingt in diesen Palast ziehen, für wen musste denn immer alles nur vom Feinsten sein?" „Ohne mich hättest Du es doch nie soweit gebracht, säßest heute noch in der kleinen Klitsche Deines Vaters, mach Dir doch nichts vor." Sie lachte abfällig. „Besser einen ehrlichen Handwerker zum Vater, als einen verlogenen Spießer, der Frau und Tochter halb tot schlägt." Sein Hieb traf Ingrid unerwartet. „Halt Dein verdammtes Maul", warf sie sich ihm entgegen, er stieß sie zurück. „Aus dem Loch hab ich Dich doch erst raus geholt, sonst säßest Du heute noch neben Deinem werten Herrn Vater auf dem Sofa, seine Hand zwischen Deinen Beinen." Sie ging zu Boden, stammelte, würgte, als ob sie zu ersticken drohte. Er ließ von ihr ab. Sie stammelte Unverständliches, im Leerlauf, im Kampf gegen sich selbst: etwas längst Vergangenes wollte aus ihr hervorbrechen, das sie mit aller Macht zurückzuhalten versuchte. Leonhard floh aus dem Wohnzimmer und ließ Ingrid in ihrem Alptraum allein zurück. Laura war längst verschwunden. Sie hatte die Terrassentüre offen stehen gelassen, kalte Abendluft zog herein.

Bis weit nach Mitternacht saß er am Schreibtisch in Lars' Zimmer. Er konnte nicht schlafen und versuchte, sich das Geschehene zu erklären, sich selbst zu verstehen.

Ich war verstört, ich hatte die Kontrolle verloren. Tief in meinem Inneren war etwas, das mich beunruhigte, das ich nicht zu fassen bekam, das sich vor mir versteckte – etwas, das sich aus dem Hinterhalt anschlich und sich plötzlich meiner bemächtigte – ein dunkles, fremdes Wesen, das stärker war als ich, das mich verschluckte, aufsog. Schwarze Materie. Ich war nicht mehr Herr über mich selbst, hatte mich nicht im Griff. Wie konnte ich da Seelenruhe finden?

Am nächsten Morgen stand Leonhard später auf, entgegen seiner Gewohnheit, mit Laura schon vor dem Frühstück zu schwimmen. Sie war schon weg, als er die Küche betrat. Ingrid saß an der Küchentheke, ihr Gesicht hinter der Zeitung versteckt. Schweigen, totschweigen, dachte er und beobachtete, wie sie eine Seite des Generalanzeigers umschlug. Ihr Gesicht war blass, sie sah mitgenommen aus. Er schenkte sich von dem abgestandenen Kaffee ein, der in der Kaffeemaschine noch übrig geblieben war. Er war lauwarm und bitter. Leonhard tat so, als störte ihn das nicht und setzte sich auf die andere Seite der Theke, genau ihr gegenüber. Er schaute sie an, sie ignorierte ihn. Auf einmal spürte er eine kämpferische Lust in sich, sie aus der Reserve zu locken – am liebsten hätte er ihr den Generalanzeiger aus den Händen gerissen. Allein die Vorstellung Grenzen zu überschreiten, bereitete ihm Freude...

Gestern Abend hatte er sie zu Fall gebracht, mundtot gemacht, sich gerächt. Zum ersten Mal. Auch heute würde sie ihm unterliegen und das Feld räumen. Er sah, wie sie hinter dem Schutzwall ihrer Zeitung zu zittern begann. Das Rascheln der Blätter verriet sie. Nur noch wenige Augenblicke, bis sie die Beherrschung verlor und ungeschützt in die Frontlinie lief. Er wartete ab. Alles eine Frage der Zeit. Sie war zäh, hielt seiner Belagerung länger stand, als er gedacht hatte. Und dann, unvermittelt, in einem Moment, als Leonhard schon nicht mehr damit rechnete, trat sie die Flucht nach vorne an: „Du bist doch ein elender, kleiner Wurm", sagte sie und lief aus der Küche. Er war endlich allein – ein Pyrrhussieg.

Leonhard machte sich auf den Weg zu Gierke, es war bereits halb zehn. Der Betriebshof lag verlassen vor ihm, die Arbeiter waren längst zur Baustelle aufgebrochen. Die kleine Tochter von Clara Mittnacht saß traurig auf der Treppe und drehte ihren roten Ball in den Händen. Er nahm zwei Stufen auf einmal und strich ihr im Vorübereilen über das Haar. Sie beachtete ihn nicht. Vor der Türe zum Büro stand ihre Mutter in Tränen aufgelöst. Sie wischte sich mit dem Handrücken die Tränen aus dem Gesicht, als sie Leonhard sah. „Gut, dass Sie kommen, Herr Zepp. Er hat fürchterlich rumgebrüllt. Das ist kein Kindergarten hier und jetzt ist Ende der Diskussion, hat er gesagt. Aber ich hab doch niemanden, der sich um die Kleine kümmert. Meine Mutter kann erst nachmittags, es sind Herbstferien, der Kindergarten ist zu und mein Ex kümmert sich sowieso nicht um die Kleine. Ich versteh das alles nicht, bei Ihnen war das doch nie ein Problem." Leonhard versuchte sie zu beruhigen und versprach, mit Gierke zu reden. Er hätte ihr gerne mehr Beistand geleistet, aber ihm fehlte die Kraft.

Leonhard betrat das Vorzimmer. Er sah Gierke durch die geschlossene Glastüre am Schreibtisch sitzen, er telefonierte. Als er selbst noch dort gesessen hatte, hatte die Türe immer offen gestanden... Gierke gab ihm ein ungeduldiges Zeichen, noch einen Augenblick vor der Türe zu warten. Leonhard fühlte sich wie ein lästiger Vertreter, der nicht vorgelassen wird. Er hatte hier nichts mehr zu sagen... Er beobachte Gierke hinter der Glasscheibe, wie er sich in seinem bunten Hemd auf dem schwarzen Lederpolster hin und her wand. Er hatte das Jackett achtlos über die Rückenlehne geworfen. Der rechte Ärmel hatte sich im Innenfutter verfangen, der linke Ärmel schleuderte in der Luft umher, während sich Gierke hektisch auf dem Stuhl hin und her drehte – ein Einarmiger, der um sich schlug.

Leonhards Blick fiel auf die leere Wand hinter dem Schreibtisch, Gierke hatte das Bild des Firmengründers abgenommen. Als Leonhard die Leitung der Firma nach dem Tod seines Vaters kurzfristig übernehmen musste – er war noch keine dreißig Jahre alt – hatte er selbst es dort aufgehängt. Es tat ihm gut, den Vater in seinem Rücken zu wissen, gerne ließ er sich von ihm über die Schulter schauen. Vor schwierigen Entscheidungen holte er immer seinen Rat ein. „Was meinst Du, ist das richtig so?" „Wird schon werden", hörte er ihn dann sagen. Ein Ritual, das ihm gerade in den Anfangsjahren Selbstvertrauen gab und das er auch in späteren Jahren beibehielt, als es mit den Geschäften längst aufwärts ging. Leonhard ließ das Bild an der Wand hängen, in der Hoffnung, dass es auch in Zukunft guten Einfluss auf die Geschicke der Firma nehme. Und nun hatte Gierke den Firmengründer seines Platzes verwiesen, ihn achtlos beiseite geräumt und mit dem Gesicht nach unten auf den Aktenschrank geknallt. Einzig ein weißer Umriss auf der Wand war von ihm geblieben. Leonhard hatte genug und wollte gehen, doch Gierke winkte ihn herein.

„Aber natürlich, Herr Precht, selbstverständlich, wird alles erledigt, jawohl, bis später", hörte Leonhard ihn noch sagen, als er das Büro betrat, jedes seiner Worte mit einem kurzen, strammen Kopfnicken begleitend. Gierke versäumte es, ihm einen Platz anzubieten. Leonhard setzte sich trotzdem. Es war ungewohnt für ihn, von dieser Seite auf seinen ehemaligen Arbeitsplatz zu sehen, ein Perspektivenwechsel, der ihn das Verhalten seines Nachfolgers umso schärfer ins Auge fassen ließ – wie unter einer Lupe sah er jede Bewegung, jede Reaktion seines Gegenübers. Leonhard entging nichts. Gierke hatte Angst, furchtbare Angst.

„Hallo Herr Zepp, ich hab nicht viel Zeit. Herr Precht erwartet mich in einer Stunde." Auf Gierkes Stirn glänzte ein hauchdünner Film aus Schweiß. „Deshalb bin ich hier", sagte Leonhard, „ich war gestern Abend vor Ort und habe mir das alles sehr genau angesehen." Gierkes Blick sprang nervös hin und her. „Ich glaube, dass Sie ein großes Problem haben, größer als Sie vielleicht denken." Der feine Tau auf Gierkes Stirn sättigte sich aus jeder Pore seiner Haut, pralle Tropfen bildeten sich, die glitzerten. „Was geht Sie das denn noch an?" „Eine Menge, denn schließlich habe ich mich für Sie eingesetzt, mein Wort gegeben, dass Sie den Termin halten werden.

So wie es die Firma Zepp immer getan hat." „Sie können mir nicht mehr reinreden, ich bin Ihr Pächter, nicht Ihr Lakai." „Dann treffen Sie auch die richtigen Entscheidungen", entgegnete Leonhard. Gierke wurde immer fahriger. Schweißperlen rollten über seine Stirn, Schläfen, Wangen, verästelten sich in den wenigen unregelmäßigen Bartstoppeln und verloren sich in dem bunt gemusterten Hemdkragen.

„Jetzt hören Sie mir einmal genau zu, Herr Gierke", fuhr Leonhard fort, „was glauben Sie, wie Herr Precht reagiert, wenn er erfährt, dass Sie erstens nicht abgewartet haben, bis die Mauerwerksfläche richtig abgetrocknet war, dass Sie zweitens die Haarrisse im Putz nicht richtig behandelt haben, weil Sie das Geld für die Spezialfarbe sparen wollten, dass Sie drittens keine Grundierung beim Zweitanstrich verwendet haben, dass Sie viertens ..." Gierke wurde bleich und verstummte, als er die Mängelliste hörte, die kein Ende zu nehmen schien. Am Ende stimmte er allem zu, was Leonhard von ihm verlangte, auch dass Clara Mittnacht ihre Tochter in den Ferien weiterhin mit ins Büro bringen durfte. Im Gegenzug stundete Leonhard ihm die Pachtzahlungen bis zum Jahresende, die Gierke wegen der Mehrkosten für die Nacharbeiten nicht mehr leisten konnte. Pächter und Verpächter mussten zusammenhalten – ihre Existenzen hingen voneinander ab.

„Brauchen Sie das Bild auf dem Aktenschrank noch?", fragte er Gierke, bevor er ging. „Nein, Sie können es haben." Leonhard nahm es an sich und verabschiedete sich, ohne seinem Nachfolger die Hand zu geben.

Leonhard behielt die Unterredung für sich. Mit wem hätte er auch darüber können? Ingrid und er gingen sich aus dem Weg. Betrat der eine den Raum, verließ der andere ihn sofort. Sie stießen sich ab wie die Pole zweier Magneten, die sich zu nahe kamen.

Spät am Abend, er hatte das Licht schon ausgemacht, ging seine Zimmertüre auf. Ingrid fragte, wo das Valium sei. Er schwieg, wartete ab. Vielleicht nur ein Vorwand?, dachte er und tat, als schliefe er schon. Ingrid schloss die Türe. Dunkel. Wann waren sie wirklich glücklich miteinander gewesen? Was hatte sie einmal verbunden?

Er machte wieder Licht und nahm seine Mitschrift vom Vortag zur Hand. *Die Aufgabe des Menschen besteht darin, sein Leben in den vernunftbestimmten Einklang mit sich und der göttlichen Allnatur zu setzen.* Dieser Satz schien ihm nun wie blanker Hohn, Lichtjahre von ihm entfernt, nichts als leere Worthülsen angesichts der Realität, die ihn eingeholt hatte. Philosophenklugscheißerei, die ihn nicht weiter brachte, gut formuliert, aber ohne Bedeutung für sein Leben. Und bitte, was sollte er sich unter einer göttlichen Allnatur vorstellen? Nein – nichts passte mehr zusammen, nichts, das sich mehr zusammenfügen ließ. Zynismus war das Einzige, was ihm blieb.

4

Es war noch dunkel. Vor ihm lag das dampfende, leuchtende Feld. Seine Begrenzungen waren nicht klar zu auszumachen, fransten aus im tief hängenden Novembernebel. Ringsum glitzerte Raureif, die Kälte biss auf der nackten Haut, brannte unter den entblößten Füßen. Schnell tauchte er in das warme Wasser ein, das ihn wie eine schützende Blase umgab. Hinab in die Tiefe, hinab in die Stille. Alles Gewicht fiel von ihm ab. Er fühlte sich federleicht und schwebte über das Himmelblau der Kacheln, die im Licht der Schweinwerfer strahlten – wie Nebensonnen lächelten sie ihm zu und lockten ihn in die schwerelose Tiefe, verführten ihn zum Tanz, zu leichten Bewegungen, die fließend ineinander übergingen. Die Luft ging ihm aus, seine Lungen verlangten nach Sauerstoff. Er hielt dagegen: Er wollte noch nicht zurück an die Oberfläche, doch seinen Körper trieb es hinauf. Sein Atem gefror in der Kälte zu Eispartikeln und vermischte sich mit dem Nebel, der ihn einschloss – vorbei der Traum von Schwerelosigkeit. Er war allein. Laura schwamm nicht mehr. Der Arzt hatte sie wegen ihrer Erschöpfungszustände für zwei Wochen krankgeschrieben.

Die Schiebetüre zur Terrasse surrte, Ingrids Absätze klackerten auf den Steinplatten die Treppe hinunter zu Lauras Appartement. Der Geruch von Kaffee drang durch das undurchsichtige Weiß zu ihm. Ingrid hatte ihn nicht bemerkt. Schon seit einigen Tagen brachte sie Laura das Essen und nahm die Mahlzeiten gemeinsam mit ihr ein, ohne dass er dazu gebeten wurde. Er wartete noch einen Augenblick ab, bis Ingrid die Appartementtüre hinter sich schloss. Stille. Mit Mühe zog er sich aus dem Wasser, seine Glieder waren schwer und träge. Er musste sich beeilen, wenn er um neun Uhr in Bonn sein wollte.

In der ersten Frostnacht waren Blätter von den Bäumen gefallen, wie bunte Flicken bedeckten sie den Weg im Hofgarten. Das ehemalige Residenzschloss präsentierte sich in barocker Pracht, das kurfürstliche Gelb sandte einen Hoffnungsschimmer in das Einheitsgrau des tristen Novembertages. Über dem Eingang thronte die Friedenskönigin Maria Pacis, ganz in Gold, und schaute mit

Zuversicht in die Ferne, über alle Widrigkeiten des Lebens erhaben, auch über den zu Leonhards Verdruss nun einsetzenden Nieselregen.

Leonhard betrat das Hauptgebäude der Universität Bonn. Sofort nahm ihn der Geist der Vergangenheit gefangen, der in diesen altehrwürdigen Mauern herrschte: Doppelflügelige Türen mit Sprossenfenstern, die hin und her schwangen, Gewölbe, die auf zierlichen Pilastern ruhten, feingliedrige Kronleuchter, die im Luftzug langsam hin und her schaukelten und ihr Licht auf schwarzweiße Bodenfliesen warfen. Im Lichthof sprudelte ein Brunnen, steinerne Fischreiher hielten Ausschau nach ihrer Beute – eine beschützte Welt, ein Ort der Zuflucht. So hatte sich Leonhard die Alma mater immer vorgestellt. Er gab seinen Mantel an der Garderobe im Parterre ab und stieg die geschwungene Treppe zur ersten Etage hoch, in der sich die Hörsäle befanden.

„Herr Zepp, guten Morgen, schön dass Sie den Weg doch noch hierher finden", hallte hinter ihm die Stimme von Karl Amadeus Eggebrecht durch den Gang. Er wandte sich um und sah den zierlichen Mann mit dem altmodischen grauen Anzug und der zu kurzen Strickkrawatte auf sich zukommen. „Ich habe Sie die letzten beiden Wochen vermisst", begrüßte er ihn mit Handschlag. Leonhard schob Geschäftliches vor, von seinen Zweifeln an der Philosophie wollte er nicht sprechen. Gemeinsam betraten sie den Hörsaal. Der Professor schloss die Türe etwas zu laut, so dass die Blicke der Wartenden auf sie fielen. Leonhard hätte sich gerne nach hinten zurückgezogen, doch der Saal war fast leer und der Professor lud seine kleine Zuhörerschaft ein, in den vorderen Reihen Platz zu nehmen. Leonhard zählte zwölf Teilnehmer, einschließlich seiner Person, die sich im konzentrisch ansteigenden Halbrund auf den Professor ausrichteten, die Hälfte der Zuhörer war grauhaarig.

„Guten Morgen meine Damen und Herren. Ich begrüße Sie zu unserem philosophischen Kolloquium." Ohne Umschweife kam Karl Amadeus Eggebrecht auf das Wesentliche zu sprechen, mit dem er seine kleine Zuhörerschaft aus dem Schlaf der Vernunft reißen wollte.

„Philosophie ist kein Zeitvertreib, darf nicht zur geistreichen Unterhaltung philosophischer Quartette verkommen. Gerade in unseren Zeiten kommt der Philosophie eine zentrale Aufgabe zu. Wir müssen philosophieren! Willkür und Werteverlust, Zufall und Zusammenbruch beherrschen unser Leben – eine verkehrte Welt.

Der Schlaf der Vernunft gebiert Ungeheuer. Nur der Blick zurück, zu den Fundamenten unserer abendländischen Kultur, kann uns wieder aufrichten. In der Antike war die Stoa ein Reflex auf politische Wirren und militärische Auseinandersetzungen, eine Orientierungshilfe in Zeiten des Verfalls und Niedergangs. Der griechische Städteverbund und das Römische Reich waren am Ende. Wir sollten uns zurückbesinnen, auf das, was Philosophie im Sinne Senecas sein sollte, nämlich eine Tugend, die hilft, Krisen zu überwinden. Sie bildet unsere Seele, ordnet das Leben, regelt unsere Handlungen und zeigt uns, was zu tun und zu lassen ist. Ohne sie kann niemand furchtlos und sorgenfrei leben, ohne sie können wir nicht überleben."

Eggebrecht verstand es, die kleine Gemeinde in seinen Bann zu ziehen. Aufrecht stand er hinter seinem Pult, mit energischen Gesten unterstrich er seine Worte, ein Streiter für die Weisheit. Die ungebrochene Kraft, der Kampfgeist, der aus seinen Worten sprach, hatte für Leonhard etwas zur Schau gestelltes, als müsste der Professor dem, was er sagte, besonderen Nachdruck verleihen, vielleicht um sich selbst zu überzeugen.

„Zu Beginn möchte ich gemeinsam mit Ihnen unsere bisherigen Kenntnisse über die Ideen der Stoa rekapitulieren. Wir haben uns letztes Mal mit dem Unterschied zwischen Philosophie und Weisheit beschäftigt, und ich habe Sie gebeten, einige der Lehrsätze zu memorieren." Leonhard war erstaunt: Gelerntes auswendig aufsagen, wie früher in der Schule?

Eine beflissene ältere Dame mit Dutt und Brille meldete sich. Karl Amadeus Eggebrecht schloss die Augen, um sich ganz auf das, was sie sagte, konzentrieren zu können, mit wohlwollendem Kopfnicken begleitete er jedes ihre Worte. „Für Seneca ist Philosophie die Liebe zur Weisheit und das Streben nach ihr. Trotz allen Mühens gelingt es nur wenigen, das vollendete Gut des menschlichen Verstandes, die Weisheit, zu erlangen", verkündete die Dame mit leicht brüchiger Stimme und aufgeregt roten Bäckchen, die sich von der Blässe ihres Gesichts abhoben. Sie war sichtlich ergriffen von dem, was sie sagte. „Sehr gut, ich rate Ihnen, diese Sätze immer wieder für sich zu wiederholen, zu verinnerlichen und sich zu eigen zu machen, so wie es die Schüler der berühmten Stoiker auch gemacht haben", sagte der Professor.

Das glaubt er doch nicht im Ernst?, dachte Leonhard. Eggebrecht fuhr fort: „Die Lehren vieler Stoiker, vor allem des von mir hoch verehrten Epiktet, wären uns nicht erhalten geblieben, hätte sein Schüler Arrian sie nicht später aus dem Gedächtnis aufgezeichnet. Das Erinnern soll Überzeitliches bewahren, das Verinnerlichen soll uns helfen, Erkenntnis in Handeln, Theorie in Praxis umzusetzen. Wie oft scheitern wir an der Unvereinbarkeit von Anspruch und Wirklichkeit?"

Leonhard nahm den Montblanc-Füller zur Hand und schrieb nachdenklich die beiden letzten Worte des Professors auf: Anspruch und Wirklichkeit. Er machte ein großes Fragezeichen dahinter. „Die Philosophie ist der Weg, die Weisheit ist ihr Ziel. In den Besitz von Weisheit gelangt aber nur derjenige, welcher in Kenntnis der göttlichen und menschlichen Dinge und ihrer Ursachen ist", erklärte Eggebrecht.

Der hagere Herr mit dem strengen Gesichtsausdruck aus der ersten Reihe, der aussah wie ein pensionierter evangelischer Theologe, stand auf, erhob die Stimme und repetierte den nächsten Lehrsatz. „Die Philosophie strebt nach Tugend und hat demnach die Aufgabe, den Weg zu einer sittlich richtigen Lebensweise aufzuzeigen." „ Genau, so ist es", sagte der Professor, „in der Zeit des Werteverlustes kommt der Ethik eine zentrale Rolle zu, sie ist der Mittelpunkt einer Philosophie, die sich mit der Bewältigung der Krise auseinander setzen muss."

Der Herr setzte sich wieder, zufrieden, einen wichtigen Beitrag geleistet zu haben. Leonhard mochte keine Prediger, setzte die goldene Feder wieder an und fuhr ungeduldig dem Fragezeichen auf seinem Notizblock entlang.

„Die anderen philosophischen Disziplinen wie Logik und Physik dienen in der späten Stoa allein der Klärung ethischer Fragestellungen", ergänzte Eggebrecht. „Aber inwiefern können Logik und Physik der Ethik zuarbeiten?" Ein jüngerer, etwas bleicher Mann schob die Brille auf seiner glänzenden Nase hoch und antwortete mit nach innen gewandtem Blick.

„Nach Cicero sind Logik und Physik selbst Tugenden: Die Logik, weil sie uns dazu verhilft, keiner falschen Meinung zuzustimmen und uns durch keine falsche Beweisführung täuschen zu lassen, und weil sie uns befähigt, unsere Einsichten über das Gute und Böse festzuhalten und zu bewahren..."

Widersprüche und Trugschlüsse gab es in seinem Leben zu Genüge, dachte Leonhard. Das Gute, das Böse, konnte man das überhaupt so klar trennen, ging das nicht alles vielmehr ineinander über? Das Fragezeichen auf seinem Notizblock ging in der Tintenflut unter, die das Papier nicht mehr aufsaugen konnte. Ein dicker Tintenklecks bildete sich.

„...die Physik, weil derjenige, der willens ist, naturgemäß zu leben, von der ganzen Welt und ihrer Lenkung ausgehen muss. Es kann nämlich niemand über das Gute und das Üble richtig urteilen, wenn er nicht erkannt hat, wie die gesamte Natur und sogar das Leben der Götter beschaffen ist, und wenn er nicht weiß, ob die Natur des Menschen mit der allgemeinen übereinstimmt. Soweit Cicero in Über das höchste Gut und das größte Übel", beendete der jüngere Mann seinen Vortrag und schob die Brille auf seiner Nase wieder hoch.

Wie sollte er sich einen übergeordneten Weltzusammenhang vorstellen, wie sollte er aus sich selbst heraustreten, das Unendliche in der Endlichkeit denken?, dachte Leonhard. Er sah aus dem Fenster und starrte in den Himmel, der grau über dem Park hing.

„Bevor ich Ihnen nun einen Text von Epiktet vorstelle, den ich mir im Übrigen erlaubt habe, für Sie neu zu übersetzen, möchte ich Sie anregen, mit mir über folgende Frage nachzudenken: Was macht den Menschen Angst?" Alle schwiegen, niemand wollte das sichere Terrain anerkannter Lehrsätze verlassen. „Nun, denken Sie doch an sich selbst, was beunruhigt Sie in diesem Augenblick?" Er schaute sich um, Blicke wichen ihm aus. Der Professor hakte nach, ließ nicht nach, seine Zuhörer zu verunsichern. Es schien ihm sogar eine gewisse Freude zu bereiten. „Was verschlägt Ihnen die Sprache? Scheuen Sie den Vergleich mit den Sätzen Senecas? Haben Sie Angst, Schwäche zu zeigen? Dumm da zu stehen?" Die ältere Dame mit dem Dutt räusperte sich verlegen. „Was macht Ihnen Angst, Herr Zepp?" fragte Eggebrecht, als ermahne er einen unaufmerksamen Schüler.

„Die Zukunft, die Unwägbarkeit dessen, was kommen wird...", antwortete Leonhard. Alle drehten sich zu ihm um, Eggebrechts Neugier war geweckt. „Ich habe Angst, alles zu verlieren, was mir etwas bedeutet." „Was oder vielmehr wer bedeutet Ihnen etwas in Ihrem Leben?" Die anderen Zuhörer waren irritiert und warfen sich Blicke zu. Wie weit wollte der Professor mit seinen Fragen gehen? Wie persönlich wollte er noch werden? Leonhard erwiderte: „Meine Frau, meine Kinder, meine Firma, mein Zuhause, alles was ich mir aufgebaut habe. Und nun frage ich Sie: Welchen Sinn kann das Leben noch für mich haben, wenn ich all das verliere?"

Die Gegenfrage verunsicherte den Professor, niemand wagte etwas zu sagen. Leonhard fuhr fort. „Sie sprachen zu Beginn von einer verkehrten Welt. Es kommt noch viel besser: Ich hänge kopfüber an einem Galgen über dem Abgrund. Ich frage mich die ganze Zeit, von welcher Weltordnung Sie eigentlich sprechen: Der Geist der Antike, der Mensch als Abbild des Göttlichen? Machen Sie sich doch nichts vor, das ist doch eine Illusion vergangener Tage. Wir können uns nicht einmal mehr auf uns selbst verlassen, wir sitzen alle an einem großen Spieltisch, die Kugel rollt, wir setzen auf eine Zahl, ein Zufallstreffer, taumeln vor Glück, haben eine Glückssträhne und plötzlich – alles weg, alles verzockt, alles verloren. Das Spiel ist aus."

Unmut breitete sich aus. Der hagere Herr mit den strengen Gesichtzügen meinte, das gehöre nicht hierher, das sei alles viel zu privat. Die Dame mit dem Dutt stimmte zu, schien aber besorgt und sichtlich bewegt. Der junge Mann mit dem nach innen gekehrten Blick wurde noch stiller, als ob er sich unsichtbar machen wollte.

„Was steht denn in unserer Macht?", fragte der Professor in die Runde. „An uns zu halten und uns auf das höhere Allgemeine zu konzentrieren", sagte der hagere Herr und schaute erbost zu Leonhard, „deshalb bin ich hier." Eine junge Studentin, die sich bislang noch nicht zu Wort gemeldet hatte, gab zu bedenken: „Einfluss habe ich nur auf den unmittelbaren Augenblick, ich setze nicht auf etwas in der Zukunft, sondern tue, was mir gerade in den Sinn kommt, worauf ich Lust habe. Ich lasse die Dinge auf mich zukommen, was morgen kommt, plane ich nicht." Die ältere Dame mit dem Dutt schüttelte bekümmert den Kopf, sie meinte es gut mit der Studentin. „Nein, nein, das geht doch nicht. Denken Sie an die Grille und die Ameise. Wer hat den Winter überlebt? Ich bitte Sie, lesen Sie das bei Äsop nach. Es steht in unserer Macht, Sorge zu tragen, für sich und andere, das ist unsere Pflicht."

Der strenge Herr konnte kaum noch an sich halten und pflichtete ihr bei: „In den Tag hinein leben, ohne Plan und Ziel, wertvolle Lebenszeit verschwenden, das ist typisch für Ihre Generation, sich auf den Schultern Ihrer Eltern auszuruhen." Ein jüngerer Mann, er trug einen gut sitzenden Anzug und goldene Manschettenknöpfe an den Handgelenken, ergriff das Wort. „Das mit der jüngeren Generation bitte ich hier nicht zu verallgemeinern. Ich leiste schließlich meinen Beitrag zum Allgemeinwohl, und es ist doch wohl eher so, dass sich die ältere Generation auf unseren Schultern ausruhen kann, oder? Das sollte man hier mal hinterfragen: Das Handeln eines Jeden sollte für etwas gut sein, mit anderen Worten, es sollte sich auch lohnen. Und das liegt doch in der Macht jedes Einzelnen, sich am Nützlichen zu orientieren, zu sehen, was für ihn gut ist, dann fällt auch etwas für die Gemeinschaft ab, zumindest fahre ich damit ganz gut. Dann braucht man hinterher auch nicht über sein verpfuschtes Leben zu jammern und andere damit zu belästigen."

Die Worte trafen Leonhard wie eine Ohrfeige. „Machen Sie sich doch nichts vor!", wehrte er sich, „wir alle haben Angst, Angst vor Armut, Krankheit, Einsamkeit und Tod. Jeder von Ihnen versucht sie wegzureden, die Angst schönzureden, um nicht an ihr zu ersticken. Sie alle sind doch gefangen in ihren Lügen, ihren Lebenslügen, ihren lächerlichen Selbstinszenierungen, um sich vor sich selbst zu rechtfertigen, ja den Blick in den Spiegel überhaupt noch ertragen zu können."

„Sie müssen hier nicht von sich auf andere schließen", erwiderte der junge Mann. Leonhard stand auf und verließ den Raum. Die meisten waren erleichtert, den Störenfried endlich los zu sein und nickten dem Bezwinger Leonhards anerkennend zu. Nur die Studentin, die sich so gerne vom Leben treiben ließ und der Student mit der rutschenden Brille waren von Leonhards Worten beeindruckt. Auch die ältere Dame schien nachdenklich geworden zu sein...

Der Professor lief Leonhard auf den Gang hinterher. „Herr Zepp, warten Sie!" Leonhard ging auf die Treppe zu. Der Professor versuchte mit ihm Schritt zu halten. „Warum, was habe ich denn hier noch verloren?" „So bleiben Sie doch!" „Hören, Sie. Das hat doch alles keinen Sinn. Es ist aus. Ich wollte den schönen Traum meiner Jugend wiederbeleben. Ich war angerührt, sentimental wie ein Pubertierender, aber mit achtundsechzig, da kann man die Zeit nicht einfach zurückdrehen, so tun, als wäre nichts geschehen!" „Es ist nicht zu spät, aber Sie müssen dort anfangen, wo Sie jetzt stehen, in der Gegenwart." „ Aber bestimmt nicht hier. Schauen Sie sich doch diese Menschen mit ihren armseligen Meinungen an, dieses Häufchen Elend, frustriert, lebensuntüchtig oder einfach nur präpotent. Muss ich mir von diesem Schnösel sagen lassen, ich soll nicht jammern?" „Dann halten Sie doch etwas dagegen, verdammt nochmal! Aber was tun Sie? Sie rennen weg und ergehen sich in Selbstmitleid." Leonhard warf ihm einen verächtlichen Blick zu. „Ich renne vor niemandem weg." Der Professor hielt ihn an der Treppe auf. „Doch das tun Sie. Rütteln Sie doch die Leute wach, bringen Sie sich und Ihre existentiellen Fragen ein! Ihnen ist es doch ernst mit der Philosophie." „Ach, lassen Sie mich in Ruhe." Leonhard lief die Stufen hinab. Der Professor überholte ihn und schnitt ihm den Weg ab, er war außer Atem. „Ruhe, ja das ist es, was Sie suchen, Seelenruhe, aber die werden Sie nicht finden, wenn Sie davonlaufen."

„Wenn ich bleibe, was finde ich dann? Nichts als akademische Leichenstarre in auswendig daher gesagten Lehrsätzen. Das ist doch lächerlich, in welchem Zeitalter leben Sie eigentlich. Die Zeit lässt sich nicht zurück drehen, das gilt auch für Sie!" Leonhard ging zur Türe, die in den Park führte. „Ja, ja, der Zynismus als die Waffe des Ohnmächtigen." Leonhard hatte die Hand schon auf der Türklinke, doch er stutzte. Was wollte der Mann eigentlich noch von ihm? Ihn provozieren? Ihn fertig machen? Er wandte sich um und wollte heftig werden, doch der Professor lehnte erschöpft an der Wand, lockerte sich den Krawattenknoten.

„Und, was treibt Sie an, den Weisheitssucher in diesem Gemischtwarenladen der Meinungen zu spielen?", fragte Leonhard.

Der Professor schwieg lange, bevor er antwortete. „Ich weiß es nicht, aber ich möchte Sie bitten zu bleiben."

Leonhard ging mit ihm in den Hörsaal zurück. Niemand war mehr da, als sie dort ankamen, sie waren erleichtert. Gemeinsam lasen sie aus dem ersten Kapitel des Handbüchleins von Epiktet. Leonhard versuchte, das Gelesene auf seine Lebenssituation zu übertragen, doch Eggebrecht gab ihm nur allgemeine Anregungen. Leonhard hatte den Eindruck, dass er sich persönlich heraus halten wollte. Eine gewisse Distanz konnte sicherlich nicht schaden – jeder musste sich selbst die Fragen beantworten, die das Leben ihm stellte.

„Von den Dingen stehen die einen in unserer Gewalt, die anderen nicht. In unserer Gewalt stehen: unsere Meinung, unser Handeln, unser Begehren und Meiden – kurz: all unser Tun, das von uns ausgeht. Nicht in unserer Gewalt stehen: unser Leib, unser Besitz, Ansehen, äußere Stellung – mit einem Worte: alles, was nicht unser Tun ist."

Leonhard beeindruckte die Klarheit und Kompromisslosigkeit dieser Zeilen, die kein wenn und aber zuließen, die ihm vor Augen führten, dass er für seine Gedanken, sein Tun, seine Wünsche und Hoffnungen, aber auch für alles was er ablehnte, selbst verantwortlich war. Worte, die nicht zuließen, dass man sich zum Opfer des eigenen Unglücks stilisierte. Noch mehr erstaunte ihn, dass ein hinkender Sklave, dessen Name ihm Eggebrecht mit „der Hinzuerworbene" übersetzte, so etwas schreiben konnte. Ein Leibeigener, der sich von allen Einschränkungen frei macht, sich aus seiner Ohnmacht befreit, allein dadurch, dass er sich um die Entwicklung seines Inneren kümmert, sich unabhängig vom Außen macht, auf das er keinen Einfluss hat.

„Ob ich mich ärgere oder freue, hängt allein davon ab, welche Bedeutung ich den Dingen beimesse, aus welchem Blickwinkel ich sie sehe", zitierte der Professor. „Also macht mich die Bewertung der Dinge glücklich oder unglücklich, oder mit anderen Worten, welche Meinung ich über sie habe", folgerte Leonhard. „Aber setzt das nicht voraus, dass ich mir alles, was mir begegnet, auf Distanz halte, um es nicht zu nah an mich heran kommen zu lassen?", fragte er weiter. „So ist es", bestätigte der Professor. „Probieren Sie in Ihrem Alltag doch einmal Folgendes aus: Fangen Sie jeden unangenehmen Gedanken, der Sie irritiert, der Sie aus Ihrem inneren Gleichgewicht bringt, sofort ab, indem sie ihn direkt ansprechen: Du bist nicht das, was du zu sein scheinst, du bist bloß eine Einbildung!"

Leonhard murmelte den Satz halblaut vor sich hin. Er kam sich lächerlich vor, als ob er wie in einer schlechten Gespenstergeschichte den bösen Geist höchst persönlich auf frischer Tat ertappte, mit erhobenem Zeigefinger zur Rede stellte und ihm erklärte, dass er gar nicht vorhanden sei und sich deshalb gefälligst in Luft aufzulösen habe. Er suchte nach einer zeitgemäßen Formulierung, versuchte, den Satz in seine Sprache zu übersetzen, mit seinen Erfahrungen zu umschreiben, doch mit jeder Paraphrase verlor er mehr von seiner ursprünglichen Bedeutung und wurde zur Karikatur seiner selbst: „Du bist ein Hirngespinst meiner Ängste und Wünsche, eine Vorspiegelung falscher Tatsachen, eine Wahnvorstellung, eine Fata Morgana!" Leonhard kam sich lächerlich vor und war kurz davor aufzugeben. Doch als er das ironische Lächeln des Professors sah, riss er sich zusammen. Sein Kampfgeist war geweckt. Er wollte es sich und ihm beweisen, wollte ernst genommen werden, rang noch einmal mit Gedanken, Worten, Sätzen. „Das ist eine reine Einbildung von mir, meine persönliche Sicht auf die Dinge. Nichts ist so, wie es scheint." Eggebrecht war beeindruckt, das hätte er nicht erwartet. „Sehr gut, das gefällt mir. Meinungen sind doch im Grunde genommen Einbildungen", erläuterte er, „wir bilden uns ein, dass etwas so oder so beschaffen ist, bilden uns sogar darauf noch etwas ein, überschätzen uns, unterschätzen andere, selten umgekehrt, und täuschen uns immer wieder. Alles ist von uns selbst gemacht, ohne Gewähr, dass es wirklich so ist."

Ingrids Verhalten war der beste Beweis dafür, dachte Leonhard, aber plötzlich überkamen ihn Zweifel. Vielleicht verrannte auch er sich in Trugschlüssen und Interpretationen, die nichts mit dem zu tun hatten, was sie eigentlich meinte, dachte, fühlte?

Eggebrecht schaute auf seine Uhr, es war halb elf, sie waren am Ende ihres Kolloquiums. Zum Abschluss drückte er Leonhard ein paar Kopien mit Texten in die Hand, die er zu Hause lesen sollte, und gab ihm eine kleine Aufgabe mit auf den Weg, so wie er es bei ihrem ersten Zusammentreffen auch getan hatte: Leonhard sollte allem, was nicht in seiner Gewalt stand, allem, worauf er keinen Einfluss hatte, mit folgendem Satz begegnen: „Das geht mich nichts an." Leonhard wollte noch etwas einwenden, doch Eggebrecht verabschiedete sich schnell und ließ ihn allein im Hörsaal zurück.

Nein, er mochte den Satz nicht, er stieß ihn regelrecht ab, dachte Leonhard. Hatte er sich nicht immer verantwortlich für die Menschen in seiner Nähe gefühlt und sich für sein Umfeld engagiert? War das nicht eine Aufforderung, sich abzuschotten, unnahbar zu sein? Wie konnte ihn der Zerfall der Familie nichts angehen? Grenzte das nicht an Gefühllosigkeit? An Unmenschlichkeit? Epiktets Forderung, sich frei von Affekten und Leidenschaften zu machen, damit allein die Vernunft das Handeln lenkt, verlangt übermenschliche Kräfte. Als ob man seinen Geist vom Körper loslösen und sich wie Baron Münchhausen am eigenen Schopf aus dem Sumpf seiner Gefühle ziehen könnte! Gelassenheit ist das Ziel, aber wie sie erreichen? Man kann sich schließlich nicht zweiteilen! Sicherlich war Epiktet „vernünftiger" als er, ein großer Denker eben. Eines aber ist sicher: Der eiserne Wille zur Vernunft führt nicht zur Glückseligkeit, im Gegenteil, er macht blind, kalt und gleichgültig.

Ich habe heute, nach langer Zeit wieder einmal, Epiktet gelesen. Ob die Sorge um Krankheit und Tod, Besitz und Ansehen den Menschen ergreift oder nicht, liegt bei jedem selbst, schreibt er. Für ihn sind das „gleichgültige Dinge", denen man mit Gleichmut begegnen sollte, da sie keine Bedeutung für die innere Entwicklung des Menschen haben. Ich bin alles andere als gleichgültig diesen Dingen gegenüber! Meine Krankheit macht mir Angst, jetzt wo ich wieder Lebensmut schöpfe und voller Hoffnung bin. Ausgerechnet jetzt, wo ich einen Weg zur Glückseligkeit gefunden habe...
Mit dem Tod werden wir alle nicht fertig, insgeheim sehnen wir uns alle nach Unsterblichkeit, doch an ein Leben nach dem Tod können wir nicht mehr glauben... Also holen wir uns die Ewigkeit in die Endlichkeit hinüber, wir huldigen einem ewigen Leben vor dem Tod, gaukeln uns ewige Jugend vor und verschieben das Ende erst einmal auf unbestimmte Zeit. Doch es wird kommen. Das Ende stellt alles in Frage...

Leonhard verließ verunsichert das Universitätsgebäude. Sein Wunsch, eins zu sein mit sich selbst in seinem Denken, Handeln und Fühlen rückte in weite Ferne. Der Professor hatte ihn bei seinem ersten Treffen gewarnt, die Philosophie werfe mehr Fragen auf, als sie Antworten gebe. Leonhard fing an, sich zu beobachten. Zuerst bemerkte er es, als er an der roten Ampel am Gleisübergang stand. Er spürte, wie er nervös wurde, da ihm die Warterei auf die Nerven ging. Innere Stimmen redeten auf ihn ein und verwickelten ihn in Widersprüchlichkeiten: Mit Ingrid sprechen, hat das überhaupt noch einen Sinn?... Wie lange dauert das denn hier noch?... Meinungen austauschen, Missverständnisse ausräumen, alles prima, wenn einem der Sinn danach steht... wie sich der Motorradfahrer einfach dazwischen drängt, Idiot!... Alles leichter gesagt, als getan: das geht mich nichts an! So ein Quatsch... Jetzt würgt die Schnepfe da vorne auch noch den Motor ab, jetzt wo es endlich weiter geht... Eggebrecht macht es sich schön einfach, immer wenn's konkret wird, verzieht er sich, Feigling, lässt die Hose auch nicht runter, lässt mich zappeln wie ein Fisch an der Angel... gleich springt die Ampel bestimmt wieder auf rot um, na bitte, hab ich doch... Der Intercity donnerte mit ohrenbetäubendem Lärm vorbei und schnitt Leonhards Gedanken ab. „Verdammt noch mal, das geht mich nichts an!", sagte er und schlug mit der Hand wütend auf das Lenkrad. Sein Blick fiel auf eines der Gründerzeithäuser neben der Schranke. In einem Fenster brannte Licht, ein großes Mobile hing von der Decke, offensichtlich ein Kinderzimmer. Leonhard erkannte aus der Ferne Fische und Seepferdchen, ein plötzlicher Luftzug ließ sie vor der himmelblauen Wand mit weißen Wölkchen im Kreis tanzen – ein fliegendes Aquarium. Plötzlich hupte es hinter ihm mehrere Male, die Ampel war längst auf Grün umgesprungen, ohne dass er es bemerkt hatte. Was geht mich das an?, dachte er und zuckte mit den Schultern. Na also, funktioniert doch – Philosophie für den Alltag.

Leonhard fuhr an der Sparkasse vorbei, um Kontoauszüge zu ziehen. Er betrat den Schalterraum, die Bankangestellten begrüßten ihn freundlich. Ungeduldig wartete er, dass der Automat alle Belege ausspuckte. Er überflog die Ein- und Ausgänge. Da Gierke die Pacht für November nicht überwiesen hatte, deckte das Konto ihren Lebensunterhalt nur noch bis zum Jahresende. Die Kosten für die anstehende Reise zum Klassentreffen musste er von dem Wertpapierkonto bezahlen.

Dr. Petermann hatte ihn durch die Jalousie seines Bürofensters beobachtet und wies seine Sekretärin an, Leonhard in sein Büro zu bitten. Der Sparkassendirektor empfing ihn mit rheinischer Offenherzigkeit und den üblichen Späßen. Leonhard wusste nur zu gut, dass dies der Auftakt zu einer ernsten Unterredung war. „Und, wie geht es Deiner Tochter?" fragte Dr. Petermann. Leonhard wiederholte wortwörtlich, was ihm der Hausarzt gesagt hatte: Sie leide unter einem leichten Erschöpfungszustand wegen zu großer Arbeitsbelastung, außerdem habe sie einen Infekt im Körper, was in dieser Jahreszeit ja nichts Außergewöhnliches sei. Das gehe aber nach ein paar Tagen Ruhe bald vorüber. Der Bankdirektor sah ihn skeptisch an, sein untrüglicher Instinkt sagte ihm, dass sein Gesprächspartner ihm auswich.

„Leonhard, das mag ja alles sein, aber überlastet ist Deine Tochter bestimmt nicht. Die hat ein ganz anderes Problem." „Und wie erklärst Du Dir, dass Sie sich in der letzten Zeit immer wieder Arbeit mit nach Hause nehmen musste? Das hat sie früher nie getan!", entgegnete Leonhard. „Das hat nichts damit zu tun, dass sie hier zuviel zu tun hat, sondern dass sie ihrer Aufgabe nicht mehr gewachsen ist." „Wie meinst Du das?", fragte Leonhard. „Nun, ich habe Dich vor ein paar Wochen auf dem Tennisplatz schon einmal darauf angesprochen. Damals habe ich noch gedacht, sie wäre verliebt, da sie mit ihren Gedanken immer woanders war und Fehler machte. Ich habe es lange auf die leichte Schulter genommen, aber es wird immer schlimmer. In der letzten Zeit ist sie gar nicht mehr bei der Sache, sie steht neben sich, wirkt irgendwie deprimiert. Und wie Du weißt, sie hat nicht den besten Stand bei ihren Kollegen, die verlieren langsam die Geduld und beschweren sich bei mir." „Die hatten doch schon immer etwas gegen sie wegen ihrer Schwerhörigkeit", wehrte Leonhard ab. „Nein, das hier ist etwas anderes. Hast Du Dich in der letzten Zeit mal mit ihr unterhalten?" Leonhard schwieg. Er wusste, dass er seine Tochter aus den Augen verlor, sie vernachlässigte, wegschaute. Er war innerlich zu aufgerieben von seinen eigenen Gedanken und Lauras Schwermut verunsicherte ihn. „Das wird schon wieder, ich rede mit ihr", sagte er nach einer Weile. „Und sonst, ist alles in Ordnung bei Euch?", fragte Dr. Petermann. „Ja, ja alles bestens."

Das Telefon schellte. Der Sparkassendirektor nahm den Hörer ab und meldete sich: „Doktor Petermann... Ach Herr Gierke, Sie sind's ... Wegen des Privatkredits?... Ja natürlich, das kriegen wir schon hin, da machen Sie sich mal keine Sorgen... Ja, ja, noch in diesem Jahr ... Entschuldigung, ich bin etwas in Eile, das können wir doch auch ein anderes Mal... Ach so?" Dr. Petermann horchte auf, etwas schien ihn zu irritieren. „Einen kleinen Augenblick, das sollten wir gleich klären, ich muss nur noch kurz Ihren Vorgänger verabschieden. Ist doch ein schöner Zufall, sitzt der Herr Zepp doch gerade hier bei mir im Büro... Nein, warten Sie, Sie stören überhaupt nicht, für die Firma Zepp muss immer Zeit sein." Er lachte noch einmal kurz in den Hörer und deckte ihn mit der Hand zu, um Leonhard zu verabschieden. „Wir sehen uns morgen zum Tennis?" „Ja, sicher." „Entschuldige, ich muss jetzt wirklich", er wies auf den Hörer und warf Leonhard einen entnervten Blick zu, „schöne Grüße an Ingrid." „Ja, mach ich, bis morgen."

In der Wintersaison trafen sich die Zepps und die Petermanns weiterhin freitags um fünf zum gemischten Doppel. Die Plätze des Tennisclubs Eden waren nun von einem aufblasbaren Zelt überdacht, das von weitem aussah wie ein Luftschiff kurz vor dem Start – schon erhob es sich weiß leuchtend hinter den Buchshecken, bald würde es in den dunklen Winterhimmel aufsteigen und davon schweben. Alle achteten darauf, fast peinlich genau, die Spielregeln einzuhalten, damit keiner, wie es damals Leonhard geschehen war, durch eine Unachtsamkeit zu Schaden käme. Man lachte und schwieg, business as usual.

Am nächsten Morgen bot sich für Leonhard eine Möglichkeit, endlich allein mit Laura zu reden. Ingrid kehrte frühestens in zwei Stunden vom Einkaufen zurück. Er klopfte an die Türe des Apartments, schellte – niemand öffnete. Die Rollladen waren bis auf einen Spalt heruntergelassen. Leonhard ging nach oben und holte den Zweitschlüssel. Er betrat die abgedunkelten Räume und machte Licht. Laura lag angezogen auf dem Bett. Sie hatte sich mit einem Wollplaid zugedeckt und trug einen Schal um den Hals. Ihr schien kalt zu sein, obwohl das Zimmer überheizt war. Das leere Frühstückstablett stand noch auf dem Nachttisch, zumindest hatte sie etwas gegessen, dachte Leonhard. Er setzte sich zu ihr auf das Bett.

„Geht es Dir besser?" Laura fuhr sich mit der Hand über die blasse Stirn. Sie hatte Kopfschmerzen und hielt die Augen geschlossen, während sie sprach. „Ich kann nachts nicht schlafen, und tagsüber bin ich todmüde." „Was hat Dr. Schlee gesagt, der war doch heute früh hier." Sie antwortete langsam, als ob es ihr schwer fiele, sich zu erinnern. „Das wird schon wieder, aber das sagt er schon seit anderthalb Wochen." „Und, schaffst Du es am Montag wieder zur Arbeit zu gehen?" Sie atmete tief durch, bevor sie antwortete. „Ich weiß es nicht, die Gelenke tun mir immer noch weh und die Halsschmerzen gehen auch nicht weg." „Warten wir mal das Wochenende ab, dann sieht vielleicht schon alles anders aus." Laura drehte den Kopf zu ihm und sah ihn mit müdem Blick an. Leonhard nahm ihre Hand. So saß er noch eine Zeit lang bei ihr, ohne dass sie miteinander sprachen. Als sie eingeschlafen war, legte er ihre Hand vorsichtig auf die Wolldecke zurück, löschte das Licht und trug das Tablett nach oben. Mehr konnte er im Augenblick nicht für sie tun.

Er räumte Lauras Geschirr in die Spülmaschine, als Ingrid die Küche betrat, voll bepackt mit Einkaufstüten für das Wochenende. „Schön, dass Du Dich auch noch um Deine Tochter kümmerst", sagte sie und knallte den großen Blumenstrauß, weiße Anturien in Cellophan, auf die Theke. „Sie sieht schlecht aus, es geht ihr nicht gut", sagte er. „Ach wirklich? Erstaunlich, dass Dir das auffällt." Leonhard erwiderte nichts. Er wollte sich nicht auf einen Streit einlassen und wechselte das Thema. „Für wen sind die Blumen?" „Vielleicht ist Dir entgangen, dass wir uns heute mit Deinen Rotarierfreunden treffen." Sie packte die Tüten aus und räumte den Inhalt in den Kühlschrank. „Aber Du bekommst ja gar nichts mehr mit, bist nur mit Dir selbst beschäftigt, kommst und gehst, wann Du willst, amüsierst Dich, während ich –" Er unterbrach sie und fragte: „Um wieviel Uhr sind wir eingeladen?" „Bin ich Deine Sekretärin? Schau doch selbst auf den Kalender." Leonhard warf einen Blick auf den großen Jahresplaner, der an der Wand neben der Theke hing. Ingrid hatte dort alle Geburtstage, Einladungen, Verabredungen, Veranstaltungen, Arztbesuche notiert. Leonhard fuhr mit dem Finger über die Novembertermine und sah, dass sie um sieben Uhr bei Heinrich von Siemsen eingeladen waren. „Also gut, bis später dann", sagte er im Hinausgehen.

Er war erleichtert, als er sich auf seiner Liege im Wohnzimmer ausstreckte. Er hatte sich nicht provozieren lassen, gelassen reagiert, nachgegeben als der Klügere. Er sah in den Himmel, er konnte zufrieden mit sich sein. Er setzte seinen Kopfhörer auf und schloss die Augen. Verdi – Leonhard erhob seine rechte Hand und dirigierte ein wenig mit.

Später, auf der Fahrt zu der Einladung, schwiegen beide. Leonhard saß am Steuer, Ingrid saß hinten, auf der rechten Seite, die weißen Anturien auf ihrem Schoß. Sie starrte zum Fenster hinaus. Sie war verletzt, aber sie drückte ihre Tränen weg, wie immer. Er war so herablassend, so kalt zu ihr gewesen. Und das Schlimmste: Sie schien ihm gleichgültig zu sein.

Die Fassade der alten Villa schimmerte bläulich im Vollmondlicht, aus den Fenstern fiel warmes gelbes Licht in die Dunkelheit. Feiner Kies knirschte unter Leonhards und Ingrids Schuhen, als sie auf den Eingang zugingen. Sie ging voraus. Nacheinander stiegen sie die Stufen der breiten Treppe empor, die Haustür öffnete sich und sie betraten die Bühne ihrer alten Welt mit den bekannten Gesichtern und den vertrauten Rollenspielen. Alle waren da, alle die in der Stadt etwas zu sagen und zu vergeben hatten – es waren so viele, dass man sich auch diskret aus dem Weg gehen konnte, ohne unhöflich zu erscheinen. Ingrid lebte auf in den Gesprächen über dies und jenes. Ihre weißen Anturien fanden einen Ehrenplatz auf dem schwarzen Flügel, der in der Rotunde stand.

Heinrich von Siemsen kam der Bitte seiner Gäste nach und spielte einige Jazzstandards. Seine Frau Katharina sang Melancholisches, Yesterday, Autumn leaves und natürlich, As time goes by. Sie schmiegte sich in die Kurve des Flügels und schaute ihrem Mann tief in die Augen: Casablanca lag am Rhein. Alle waren begeistert, applaudierten, so sehr, dass der Cremant aus ihren Gläsern schwappte. Beide verbeugten sich lächelnd, verkündeten, dass das Buffet nun eröffnet sei und die Gesellschaft strömte dankbar in die angrenzenden Räume.

Leonhard blieb zurück, eines der Bilder an der Wand erweckte seine Aufmerksamkeit. Der Signatur KvS 2005 entnahm er, dass es von der Hausherrin stammte. Die nackte weiße Haut der jungen Frau vor dem tief roten Hintergrund regte seine Phantasie an. Mit gespreizten Beinen saß sie rücklings auf einem Thonet-Stuhl und sah den Betrachter an, ihre Arme umschlangen die Rückenlehne. Sie schien jemanden zu erwarten, Leonhard lächelte. Er hörte Katharinas Stimme, sie rief, er möge doch zu ihnen kommen. Er bahnte sich den Weg zum Buffet, wo die Gastgeber standen. Von Weitem sah er Ingrid im Gespräch mit dem Bürgermeister und einigen alten Rotarierfreunden, sie lachten. Er verlor Katharina und Heinrich aus den Augen.

Gesichter zogen an ihm vorbei, Gesprächsfetzen streiften sein Ohr wie entferntes Rauschen, Blicke fielen auf ihn, Blicke, die nicht ihn meinten und sich wieder abwandten, er fühlte sich fremd. Plötzlich umarmte ihn Mathilde Petermann, drückte ihn fest an sich. Er solle sich keine Sorgen um Laura machen, das werde schon wieder, flüsterte sie ihm ins Ohr, fragte, wo Ingrid sei. Er wisse es nicht, antwortete er, aber Mathilde war schon wieder verschwunden. Am Buffet bereitete der Koch frische Langusten zu, seine weiße Mütze ragte wie ein Turm in die Höhe, sein rotes Halstuch leuchtete. Vor ihm standen Schaulustige. Vorsichtig packte er den Panzer des Tieres, die langen Antennen versuchten sich zu orientieren, der Schwanz schlug heftig aus und gab knarrende Geräusche von sich. Mit der Spitze einer Hummergabel stieß er gegen die Stirnhörner über den Augen des Tieres, die fünf Beinpaare zappelten heftig, wollten davon rennen. Genauso müsse es sein, erklärte der Koch, ein untrügliches Zeichen für die Frische der Languste, und warf sie in den großen Kessel mit kochendem Wasser. Das Tier war sofort tot, das graue Fleisch blühte auf, verfärbte sich langsam von grau über zartrosa, bis es ein tiefes sattes Rot annahm. Der Koch fischte den gekrümmten Schalenkörper aus dem Wasser, ließ ihn ein wenig abkühlen. Dann drückte er ihn fest auf das Küchenbrett und stach mit dem Messer in den Ansatz zwischen Kopf- und Schwanzstück, schlitzte den Schwanz der Länge nach auf, löste das Fleisch aus dem Panzer und schnitt den Darm heraus. Alles ging ihm leicht von der Hand, er lächelte, als er die Beine vom Körper mit einer knackenden Drehbewegung abtrennte. Danach entfernte er schnell die Gelenke, legte mit einem Längsschnitt das Beinfleisch frei und zog es mit einer Zange heraus. Die einzelnen Fleischstücke präsentierte er auf einem Bett aus grünen Salatblättern. Die Zuschauer drängelten und griffen gierig mit bloßen Fingern danach und schoben sich die Delikatesse in den Mund.

Leonhard wurde übel, sein Magen rebellierte, Schweiß trat ihm auf die Stirn, wieder dieser Schwindel. Er betrat den Vorraum der Gästetoilette und stützte sich auf dem alten Waschtisch ab. Er drehte die Armatur auf. Eiskaltes Wasser schoss mit Druck aus dem hohen Wasserhahn in das Becken, spritzte hoch, bespritzte seinen Oberkörper und die schwarzweißen Fliesen am Boden. Die Erfrischung tat ihm gut, er kühlte sein Gesicht und hielt den Kopf unter den fließenden Strahl. Als er in den Spiegel schaute, sah er Klaus Petermann hinter sich stehen. Er lachte und klopfte ihm auf die Schulter. „Also, wie dieser Gierke das macht, unglaublich." Seine Stimme hallte durch den gekachelten Raum. Leonhard trocknete sein Gesicht und wollte etwas erwidern, doch der Bankdirektor war schon wieder verschwunden. Er lief ihm hinterher bis in die Rotunde, doch auch hier war er nicht mehr zu sehen. Seine nassen Haare tropften ihm ins Gesicht, Katharina von Siemsen stand am Flügel, groß, stattlich.

Der fließende Stoff ihres tiefroten Kleides umspielte ihren Körper, ihren üppigen Busen und ihre runden Hüften. Sie lächelte ihn an, lachte, lehnte sich zurück, legte den Kopf in den Nacken. Er ging auf sie zu, sah ihren großen weichen Mund, drückte seine Lippen behutsam auf ihre, sie ließ es geschehen. Seine Hände glitten über ihren nackten Rücken, er schob ihr Kleid hoch, strich über ihre Oberschenkel, die Rundungen ihres prallen Hinterns. Seine Fingerspitzen berührten ihre Scham, spielten in ihrem Haar. Sie wurde geschmeidig, ihr Unterleib umspielte rhythmisch seine Hand, ihre Zunge schnellte vorwitzig vor, lockte ihn, verlockte ihn zu mehr. Sie öffnete seine Hose, rieb ihre Hand an seinem prallen Geschlecht, umfasste es, ließ es zwischen ihren Schamlippen hin und her gleiten, führte es langsam ein, seine Hüfte presste sich auf ihre, trieb in sie, sanft, passte sich ihren kreisenden Bewegungen an, die immer schneller, atemloser wurden bis sie beide ineinander versanken. Er erwachte, noch in Schweiß gebadet. Er spürte die Feuchtigkeit zwischen seinen Beinen. Wo war Katharina? Er schaute sich um. Sie war weg, er war allein. Das Haus war verlassen, leer, alle waren gegangen.

Leonhard schreckte hoch. Wo war er? Er machte Licht. Die Zeichnung des Doppeldeckers hing über ihm an der Wand, er lag im Bett, in Lars' Bett, nackt, die Decke lag am Boden. Er hatte geträumt, alles war ihm unverständlich, unangenehm. Außerdem war Katharina gar nicht sein Typ. Er wischte sich mit einem Tempotaschentuch ab, warf das zerknüllte Papier auf den Boden und deckte sich zu. Er ließ sich auf das Kissen zurückfallen und erinnerte sich an den vergangenen Abend, an das, was wirklich passiert war.

Es war eines dieser üblichen Rotariertreffen mit Damen gewesen. Der Hausherr spielte ein wenig Klavier, aus den Kinderszenen, und man bewunderte die neuen Portraits der Hausherrin.

Ingrid und er waren die ersten Gäste, die gingen. Auf der Rückfahrt stritten sie. Zuvor hatte er sich mit Heinrich über das anstehende Klassentreffen in St. Goar unterhalten, Ingrid hatte offensichtlich einige Gesprächsfetzen mitbekommen und war misstrauisch, dass eine reine Männergruppe Doppelzimmer buchte und die Ehefrauen zu Hause ließ – da stecke doch etwas anderes dahinter. Seine Erklärung, dass ganz St. Goar am ersten Adventswochenende wegen des Weihnachtsmarktes ausgebucht sei, fand sie geradezu lächerlich.

Er hatte einige Glas Wein zuviel getrunken und verlor die Kontrolle. Er schrie sie an, sie schrie zurück. „Sag endlich was Du willst, bei Dir weiß man nie, woran man ist!" „Du kannst mir doch nichts vormachen, Du bist ein elender Lügner." Ein Wort gab das andere. Er übersah eine rote Ampel, die Lichthupe des von links kreuzenden Wagens blendete ihn. Er trat in die Bremse, der Wagen rutschte, schlingerte, er versuchte gegen zu lenken, doch der andere Wagen kam immer näher, gefährlich nahe, im Scheinwerferlicht sah er roten Lack vor sich aufblitzen, sah wie der Fahrer das Lenkrad nach links wegriss, hörte Reifen quietschen, Sekunden der Ungewissheit, Leonhard schloss die Augen, umklammerte das Lenkrad, erwartete das fürchterliche Krachen von aufeinander prallendem Metall und splitterndem Glas.

Dann war es still. Als Leonhard die Augen öffnete, standen sie mitten auf der Kreuzung, der andere Wagen war verschwunden. Sie hatten noch einmal Glück gehabt, nichts war passiert. Den Rest der Fahrt schwiegen sie.

Einige Tage später fing Laura wieder an zu arbeiten, obwohl sie immer noch unter Hals- und Gliederschmerzen litt. Sie riss sich zusammen und versuchte, sich in der Bank nichts anmerken zu lassen. Für das morgendliche Schwimmen fehlte ihr jedoch die Kraft. Leonhard beschloss, das Wasser aus dem Becken abzulassen – die Heizkosten waren immens und nachdem die Pachtzahlungen von Gierke ausblieben, war es sinnvoll, diese Kosten einzusparen. Es dauerte mehrere Stunden bis das Wasser abgeflossen war. Tot lag das Becken vor ihm, begraben unter einer grauen Abdeckplane. Würden sie im nächsten Frühjahr wieder gemeinsam schwimmen?

Leonhard ging ins Haus und versuchte sich auf andere Gedanken zu bringen. Er nahm den Text von Eggebrecht zur Hand, bei ihrem nächsten Treffen wollten sie ihn besprechen. Die Überschrift erfüllte ihn mit Skepsis: Über den Zweck der Ehe, aus dem Griechischen von K.A. Eggebrecht. Das hatte ihm gerade noch gefehlt, dachte er.

In den letzten Tagen, nach ihrem Streit im Auto, hatten Ingrid und er nicht mehr miteinander gesprochen. Er versuchte sich zu konzentrieren und las: „Wo jeder nur auf seine Dinge schaut und nicht auf den anderen achtet oder wo auch nur einer von beiden sich so verhält, da wird zwangsläufig die Ehegemeinschaft zerbrechen, und das Verhältnis der beiden wird schlecht werden."

Eggebrecht hatte ihn darauf hingewiesen, dass Musonius ein glänzendes Beispiel dafür sei, wie lebensnah die Stoa ausgerichtet sei und sich mit ganz konkreten lebenspraktischen Fragen auseinander setze. Leonhard fragte sich, ob der Professor diese Texte selbst als Lebenshilfe oder als wissenschaftliche Studienobjekte betrachtete. Wenn er über sie sprach, bezog er sie nie auf sich persönlich. Allerdings hatte er ein großes Interesse zu erfahren, wie seine Zuhörer persönlich darauf reagierten, er ließ nicht locker mit seinen Fragen, provozierte. Und welches Interesse hatte der Professor an ihm? Immerhin war er ihm gefolgt, ja nachgelaufen und hatte ihm sogar Privatunterricht gegeben – merkwürdig. Warum hatte er das getan? Was für ein Mensch war er?

Leonhard wusste keine Antwort und versuchte sich wieder auf seine Lektüre zu konzentrieren. Er las die ersten Zeilen des Textes.

Musonius sprach aus, woran er selbst nicht denken wollte: „Entweder trennen sie sich voneinander, oder ihr Zusammenleben wird übler, als wenn jeder für sich allein bliebe.“

Es schellte. Leonhard wollte mit niemandem reden, doch die Klingel gab keine Ruhe. Leonhard sah auf die Uhr, es war vier. Ingrid schien nicht zu Hause zu sein, es blieb ihm also nichts anderes übrig, als selbst nach dem Störenfried zu sehen.

Der Bote wollte schon wieder in seinen Transporter steigen, als er Leonhard sah. „Na, da haben Sie ja Glück gehabt, mich noch zu erwischen. Hier habe ich was Schönes für Sie, da werden Sie Ihren Spaß haben“, sagte er mit zweideutigem Grinsen. Schnell unterschrieb Leonhard, dass er die Ware erhalten habe. Der Typ war ihm unangenehm, er wollte ihn so schnell wie möglich loswerden. „Danke, und schönen Abend noch“, sagte der Bote. Leonhard schlug ihm die Türe vor der Nase zu.

Das Paket war für Ingrid, es hatte die Größe eines Schuhkartons. Er schaute auf den Absender, sofort stellte er es auf dem Sideboard ab. Damit wollte er nichts zu tun haben: Beate Uhse Versandhandel. Die Büchse der Pandora blieb ungeöffnet, noch.

Leonhard wollte nicht zu Hause sein, wenn Ingrid zurückkehrte. Die Arbeiten am Kulturbahnhof dauerten noch an, er beschloss vorbeizufahren, um nach dem Stand der Dinge zu sehen. In zwei Wochen, am zweiten Advent sollte die Eröffnung sein.

Der Volvo stand nicht vor der Tür – offensichtlich war Ingrid damit unterwegs, ohne ihm etwas gesagt zu haben. Leonhard nahm den kleinen roten Sportwagen, obwohl er in der kalten Jahreszeit nicht gerne damit fuhr. Er streifte Lederjacke, Schal und Handschuhe über, um sich bei der Fahrt nicht zu erkälten. Die rote Pudelmütze zog er sofort wieder ab, als er einen kontrollierenden Blick in den Spiegel warf – er wollte nicht aussehen wie ein Narr. Er ging hinaus und öffnete das große Garagentor. Der rote Triumpf spitfire glänzte im Neonlicht, die filigranen Speichenräder blitzten. Vor vielen Jahren hatte er Ingrid den Wagen zum Geburtstag geschenkt, es musste ihr vierzigster gewesen sein, an warmen Sommerwochenenden machten sie Spritztouren durch das Rheintal...

Er schloss das Garagentor und fuhr die kleine gewundene Straße hinab in das nebelig verhangene Rheintal. Der Fahrtwind pfiff durch das Verdeck des Cabrios, er drehte den Heizungsregler bis zum Anschlag, doch es blieb eiskalt. Er ärgerte sich, die rote Pudelmütze nicht angezogen zu haben.

Die Insel Nonnenwerth lag in dem grauen Fluss wie eine Toteninsel. Eine kleine Fähre setzte gerade zu ihr über. Er schaltete das Radio ein, der Weltabschied von Schuberts großer Sonate B-Dur opus posthum für Klavier wurde angekündigt. Eine einfache Melodie, getragen von reinen Akkorden, reichte aus, um Zeit und Raum aufzuheben, die Kälte zu vergessen. Die Musik erschien ihm wie ein in Töne gefasster Rückblick auf das Leben und seine Widrigkeiten, die nach langer Reise endlich überwunden waren. In der Erinnerung schienen sie noch einmal auf, ein letztes Mal, um sich in der Sehnsucht nach Entgrenzung aufzulösen. Es dämmerte, als Leonhard auf der Baustelle ankam. Mitten in dem verstörenden Basstriller, mitten über dem Abgrund, riss die Musik ab, als er den Schlüssel aus dem Zündschloss zog.

Flutlicht überstrahlte das Gelände. Leonhard sah schon aus der Ferne, dass die Arbeiten weit vorangeschritten waren, nur der rechte Seitenflügel war noch hinter der Plane versteckt. Er stieg auf das Gerüst und traf auf Herrn Mittnacht. Der kleine Mann im weißen Drillich gestikulierte mit den Armen, ein polnischer Arbeiter verständigte sich radebrechend mit ihm, schließlich klopfte Herr Mittnacht dem Polen auf die Schulter und lachte, sie schienen sich zu verstehen. Als der Meister seinen alten Chef sah, ging er sofort auf ihn zu und erstattete ihm Bericht, so wie er es seit dreißig Jahren gewohnt war. „Ah, Herr Zepp, guten Abend. Es läuft alles nach Plan. Herr Precht war eben hier und wollte ganz genau über den Stand der Dinge Bescheid wissen. Ich habe ihm alles gezeigt, und er war zufrieden." „War Gierke nicht dabei?" „Ach der hat doch keine Ahnung", winkte Herr Mittnacht ab, „und überlässt mir die ganze Bauaufsicht. Aber die Polen, die er geholt hat, das sind richtige Fachleute, die verstehen ihr Handwerk. Schauen Sie, die kennen sogar noch die alten Verputztechniken, denen muss man gar nichts erklären."

Leonhard sah einem älteren Arbeiter über die Schulter, der eine Mischung aus Lehm, Sand und Holzasche anrührte. Er musste weit über sechzig sein, und Leonhard sah sofort, dass er sich perfekt auf das Patschokieren verstand. „Wo haben Sie das gelernt?", fragte er ihn, während er zusah, wie die rauen, rissigen Hände des Mannes geschickt mit einem Spachtel die Mischung auf die Wand auftrugen. „Bei uns alte Methode, wenn kein Material da, haben immer so gemacht, wie in alter Zeit, von Großvater gelernt", erwiderte der Arbeiter, nicht ohne Stolz auf seine handwerklichen Fähigkeiten. „Wir brauchen mehr Leute wie Sie, die den Jungen noch etwas beibringen können", sagte Leonhard. Er war erleichtert, wenigstens das hatte Gierke zustande gebracht. Wahrscheinlich war es sogar gut, dass er sich nicht oft hier blicken ließ, so störte er zumindest nicht den Ablauf der Arbeiten.

Herr Mittnacht begleitete seinen alten Chef bis zum Auto. „Sieht doch alles ganz gut aus, dann hat sich der Aufwand ja wenigstens gelohnt", sagte Leonhard. „Herr Zepp, da wäre noch etwas." Leonhard stutzte. „Eigentlich dürfte ich Ihnen das gar nicht sagen, ich weiß es auch nur von meiner Tochter." „Was ist denn los?" „Nun, bitte hängen Sie es nicht an die große Glocke, aber ich glaube, die Arbeiter sind alle nicht angemeldet." „Was sagen Sie da?", herrschte Leonhard ihn an.

Herr Mittnacht fuhr erschreckt zusammen. „Sie wissen doch, normalerweise läuft das mit den Arbeitspapieren über Claras Schreibtisch, aber diesmal eben nicht. Die Polen waren auf einmal da und Schluss." „Sie meinen, die arbeiten alle schwarz, ohne Versicherung?" Herr Mittnacht nickte. Leonhard war fassungslos. In all den Jahren hatte es so etwas in der Firma Zepp nicht gegeben – er hatte seine Prinzipien. „Und was ist, wenn jemand vom Gerüst fällt?" Herr Mittnacht atmete tief durch. „Hoffen wir, dass alles gut geht." „Und dass niemand etwas davon erfährt", sagte Leonhard und stieg wütend in den Wagen. „Auf mich können Sie sich verlassen", versicherte Herr Mittnacht.

Leonhard wusste, dass er nichts an der Situation ändern konnte, er musste stillhalten. Er gab Gas, die Speichenräder des Sportwagens drehten durch und gruben sich in den feuchten Sand. In kurzen Abständen trat er immer wieder auf das Gaspedal, der Wagen rollte immer wieder vor und zurück. Er verlor die Geduld und trat das Gaspedal ganz durch, endlich packten die Reifen und der Spitfire schoss aus der Mulde – Augen zu und durch.

Die Vorstellung, Ingrid und Laura beim Abendessen zu begegnen, bedrückte ihn, und er beschloss, auswärts zu essen. Er bog auf die Uferstraße und fuhr flussabwärts. Auf der anderen Seite des Flusses erhob sich im Dunkeln das Siebengebirge. Sein Schatten erinnerte Leonhard an ein Urtier – sieben Zacken stachen aus seinem Rückgrat, jederzeit konnte der schwarze Drachen aus seinem steinernen Schlaf erwachen und mit einem Schlag seines riesigen Schwanzes alles Umliegende zerstören.

Er fuhr zu dem alten Wirtshaus, das direkt am Rhein gelegen war, Fachwerk und Sprossenfenster, seit 1795. Beethoven soll schon hier eingekehrt sein, las er auf der Gedenktafel an der Hauswand. Leonhard war des Öfteren hier gewesen, aber heute nahm er sich zum ersten Mal Zeit für die Memorabilien. Stolz verkündeten sie, dass an diesem Ort nicht nur Stadt-, sondern Staatsgeschichte geschrieben wurde. Eine königliche Ehe bahnte sich hier an und eine demokratische Verfassung wurde hier entworfen, alles unter den Lindenbäumen des Traditionslokals: Unter Linden lernte 1839 Prinz Albert von Coburg-Gotha seine Victoria, spätere Queen of England, kennen und lieben. Unter Linden tagte hundertelf Jahre später, nach verlorenem Weltkrieg, zum ersten Mal der parlamentarische Rat und versuchte sich in Demokratie. Wer hätte das gedacht? An diesem kleinen Flecken am Rhein wurde Geschichte geschrieben.

Der Oberkellner, ein gewandter junger Mann mit gegeltem Haar, führte Leonhard zu einem Tisch am Fenster und brachte ihm ohne Aufforderung das gewohnte Bier, er kannte die Vorlieben guter Gäste. Höflich erkundigte er sich nach dem Befinden Ingrids, als er die Kerze auf dem Tisch mit einem Streichholz entzündete, und bedauerte, dass sie im Oktober das Weinfest unter den Linden verpasst hätten, wie jedes Jahr hatte er ihnen einen Tisch reserviert. Leonhard entschuldigte sich mit einer familiären Verpflichtung. „Aber im nächsten Jahr sind Sie doch sicher wieder dabei?", fragte der Kellner, als er ihm die Karte reichte. „Ja, ja bestimmt", antwortete Leonhard, während er den Blick über das Speiseangebot gleiten ließ und sich für ein Steak mit grüner Pfeffersauce und Bratkartoffeln entschied.

Er schaute aus dem Fenster, in der Ferne lag das versteinerte Urtier mit den sieben Zacken, von hier sah es harmlos aus, wie ein Spielzeugtier. Er bemerkte, dass er der einzige Gast war, der nicht in Begleitung gekommen war. Die Zeit bis sein Essen kam, wurde ihm lang. Er sah auf den dunklen Fluss, machte die Positionslichter der Schiffsschatten aus, die über das Wasser schlichen und wartete, bis sie hinter der nächsten Kurve wieder verschwanden. Dann nippte er an seinem Glas, sah auf die Uhr und stellte fest, dass ein Schiff genau fünfzehn Minuten brauchte, um sein Blickfeld zu passieren. Ein älteres Ehepaar betrat das Lokal und zog die Aufmerksamkeit

Leonhards auf sich. Der Mann war um die achtzig, sein Rücken stark verkrümmt, mit Mühe stützte er sich auf einen Rollator. Seine Frau, eine rüstige Mittsiebzigerin, führte ihn am Unterarm zu einem der freien Tische. Der gewandte Oberkellner rückte die Stühle vom Tisch, so dass die Frau ihrem Mann helfen konnte, Platz zu nehmen. Der Kellner schob den gebrechlichen Herrn vorsichtig an den Tisch heran und aufmerksam wie er war, half er auch der älteren Dame, sich zu setzen, obwohl sie das nicht nötig gehabt hätte, dann reichte er beiden die Speisekarte. Geduldig las die Frau ihrem Mann sämtliche Gerichte vor. Manches musste sie laut wiederholen, da er schlecht hörte. Es dauerte eine Weile, bis er sich entschied. Sie wartete ab, ohne dass sie ihm das Gefühl gab, sich beeilen zu müssen. Danach schenkte sie ihrem Mann und sich von dem Weißwein ein, er erhob mit zitternder Hand sein Glas, ein Lächeln huschte über seine Lippen und ein Glanz lag in seinen Augen. Leonhard war angerührt, wie die beiden miteinander umgingen und schaute weg. Bis dass der Tod Euch scheidet...

Er musste an Musonius Schrift über die Ehe denken, die ihn heute Nachmittag beschäftigt hatte: „Wo jeder nur an sich denkt und nicht an den anderen, muss die Ehegemeinschaft zerbrechen. Entweder sie trennen sich, oder ihr Zusammenleben wird übler." Wie sollte es mit Ingrid und ihm weiter gehen? Sie hatten sich auseinander gelebt, es gab nichts Verbindendes mehr, nichts mehr, das sie zusammen hielt. Das Wohlwollende, das Fürsorgliche, das Zärtliche hatte sich aus ihrem Leben gestohlen. Sie waren hart geworden. Er hätte nie gedacht, dass seine Ehe einmal so endet... Er ließ das halbe Steak auf dem Teller liegen. Der aufmerksame Oberkellner war besorgt, ob es ihm nicht geschmeckt hätte. „Doch, doch, aber leider viel zu viel", erwiderte er, zahlte und gab dem jungen Mann ein großzügiges Trinkgeld. „Einen schönen Gruß an Ihre Frau", rief er Leonhard zum Abschied hinterher. Der erwiderte nichts und ließ es auf sich beruhen. Im Hinausgehen sah er noch, wie die ältere Dame ihrem Mann über die Wange strich.

Zuhause angekommen fiel Leonhards Blick sofort auf das Sideboard, das Paket war verschwunden. Der Fernseher schallte aus dem Wohnzimmer, Nachrichtenfetzen über den Zusammenbruch von Lehman Brothers drangen zu ihm. Er hoffte, dass Ingrid wie so oft vor dem Fernseher eingeschlafen war. Er ging hinunter, sie schlief nicht. Sie lag auf dem Sofa, die Flasche Rotwein auf dem Glastisch war fast leer, der Gürtel ihres schwarzen Seidenkimonos hatte sich gelöst. Sein Blick fiel auf ihre entblößte Brust, als sie das Weinglas abstellte. Es sah wie ein Zufall aus, aber er spürte, dass sie einen Hintergedanken verfolgte. „Soll ich Dir was zeigen?", fragte sie mit schwerer Zunge. Sie fuhr sich mit der Hand durch ihr volles Haar und richtete sich langsam auf. „Jetzt nicht", wehrte er ab und verließ den Raum. „Feigling", sagte sie und lachte dumpf.

Am nächsten Morgen fuhr Leonhard zur Universität. Ingrid folgte ihm, ohne dass er es bemerkte. Sie hatte alles genau geplant, nachdem sie über die nötigen Informationen verfügte. Vor ein paar Tagen hatte sie eine Dauerparkkarte für die Tiefgarage Am Hofgarten in seiner Brieftasche entdeckt. Jeden Donnerstag verließ er das Haus gegen acht Uhr ohne Erklärung, wenn er gegen dreizehn Uhr zurück kam, hatte der Volvo exakt sechsundfünfzig Kilometer mehr auf dem Tachometer. Die Anzahl der Kilometer für Hin- und Rückfahrt zum Hofgarten entsprach genau dem Ergebnis, das sie mit dem Falkroutenplaner recherchiert hatte.

Ingrid schlich im Treppenhaus der Tiefgarage hinter ihm her nach oben. Sicherlich traf er sich hier in der Nähe mit seinem Verhältnis, kombinierte sie, als er im Hauptgebäude der Universität verschwand. Sie hätte ihm nicht zugetraut, dass er daran dachte, seine Spur in der Anonymität zu verwischen. Einen Augenblick musste sie hinter den Bäumen warten, bevor sie ihm folgen konnte, da der freie Vorplatz keine Deckung bot. Eilig durchmaß sie die Diagonale zur Eingangstüre, über der Maria Pacis thronte. Sie hoffte, ihn auf frischer Tat zu ertappen und lief suchend durch das Erdgeschoss – doch nichts, verdammt, sie hatte seine Fährte verloren. Ein Student sah sie herumirren und fragte, ob er ihr helfen könne. Verwundert schaute sie ihn an und verneinte. Auf einmal kam sie sich klein und lächerlich vor, verloren zwischen jungen Menschen, die lachend an ihr vorüber gingen. Hier war sie fehl am Platz. Schnurstracks ging sie wieder hinaus und beschloss, im Park zu warten, bis er wieder zur Tiefgarage zurückkehrte. Sie versuchte die Zeit totzuschlagen. Sie kämpfte gegen kalte Füße, trat auf der Stelle hin und her, ging ein wenig auf und ab. Immer wieder schaute sie auf die Uhr. All zu weit durfte sie sich nicht entfernen, nur ein kleines Stück, um ihn nur nicht zu verpassen. Sie schenkte dem heiligen Michael, der mit seinem richtenden Schwert ganz in Gold hoch oben auf dem Torbogen triumphierte, einen wertschätzenden Blick. Sie kehrte zum Eingang zurück. Die Kälte kroch unter ihren Mantel, zehrte an ihr, zermürbte sie. Sie wollte schon aufgeben, aber dann sah sie ihn, endlich, gut anderthalb Stunden später. Ihr Warten wurde belohnt, der Beweis war erbracht: Er war nicht allein, stand zusammen mit einer jungen Frau, jetzt lachten beide. Wahrscheinlich eine Studentin, nicht älter als Laura. Diese Geschmacklosigkeit hätte sie ihm nicht zugetraut. Ingrid beschloss, ihre Konsequenzen daraus zu ziehen und machte ein paar Photos mit der Digitalkamera.

Leonhard hatte am 23. November Geburtstag, es war sein neunundsechzigster. In diesem Jahr fiel er auf einen Sonntag. Er hatte keine Lust auf ein großes Fest wie in früheren Jahren und entschloss sich zu einer kleinen Feier im engsten Familienkreis, ein Abendessen nur mit den Kindern, zu Hause. Er sprach mit Ingrid über seinen Wunsch. Sie teilte ihm mit, bei den Vorbereitungen nicht zur Verfügung zu stehen, sie sei nicht seine Köchin, er müsse sich selbst darum kümmern, zumal er die Fakten nicht entkräften konnte und alles gegen ihn sprach. Das war ihre neue Art mit ihm zu reden: unnahbar, verrätselt, undurchschaubar. Wie sie das meine, fragte er. Das wisse er doch ganz genau, erwiderte sie, ihr mache er nichts vor. Er spürte ihren Hass, zum ersten Mal. Ob er hier überhaupt noch erwünscht sei, fragte er, oder ob er gleich gehen solle. Es sei kein Problem, wenn er nicht weg wolle, aber wegen ihr brauche er auch nicht zu bleiben. Er verstand ihre Antwort nicht. „Was willst Du mir, verdammt nochmal, damit sagen?", fragte er. „Mach doch, was Du willst, aber denke nicht, Du tust es für mich", antwortete sie und ging.

Leonhard bestellte einen Tisch für vier Personen im La Bussola, einem italienischen Restaurant ganz in ihrer Nähe. Er rief Lars an, um ihn einzuladen. Einmal in der Woche telefonierten sie miteinander. Leonhard hatte es angeregt, bevor Lars fortging, um sich auf dem Laufenden zu halten und sich nicht aus den Augen zu verlieren. „Ach, diesmal feiern wir nur in der Familie, ganz ohne die Haute volée von Godesberg?", fragte Lars. Leonhard ärgerte sich über den Spott seines Sohnes und entgegnete: „Ja, diesmal nur im kleinen Kreis. Und, wie läuft es bei Dir in Hamburg?" „Prima, der Firma geht's bestens, wir haben den Auftrag als Zulieferer für den neuen Airbus bekommen, wir expandieren. Ich hätte es nicht besser antreffen können. Hier schätzt man meine Ideen", antwortete

Lars. Sein Sohn wollte ihm wieder einmal beweisen, wie unabhängig er war, dachte Leonhard, immer diese alte Geschichte...

„Na, dann war Deine Entscheidung doch genau richtig, unser Geschäft nicht zu übernehmen. Du kannst mir also dankbar sein, dass ich Deinen Wunsch bei Deiner Mutter durchgesetzt habe", erwiderte Leonhard. Lars lenkte ein. „Und wie geht's bei Euch?", fragte er, „alles in Ordnung?" „Soweit alles beim Alten, nichts Besonderes", antwortete Leonhard. „Wirklich?" fragte Lars nach. „Ja, was soll denn schon sein? Wir müssen uns halt an den Ruhestand gewöhnen, das fällt uns nicht immer leicht," erwiderte Leonhard. Er ärgerte sich, mehr preiszugeben, als ihm lieb war. „Aber jetzt könnt Ihr doch endlich Euer Leben genießen. Früher hieß es immer, das geht jetzt nicht, das Geschäft geht vor, das machen wir später. Nun habt Ihr Zeit, macht was draus!", sagte Lars. „Es ist nicht immer alles so einfach, wie es Dir erscheint", entgegnete Leonhard. „Aber vieles scheint komplizierter, als es tatsächlich ist", erwiderte Lars. „Und Du weißt wie immer alles besser und musst das letzte Wort haben", wies Leonhard seinen Sohn zurecht. „Schon gut, schon gut", gab Lars nach. Er machte eine kleine Pause, bevor er fortfuhr. „Ich habe übrigens eine interessante Neuigkeit für Dich, eine Überraschung zu Deinem Geburtstag. Deshalb würde ich gerne Susanne am Sonntag mitbringen."

Leonhard kannte die Freundin seines Sohnes nicht. Lars hatte sie vor einigen Monaten in Hamburg kennen gelernt, kurz nachdem er dort eine Stelle gefunden hatte. Er hatte nie groß über sie gesprochen und sie nur beiläufig in einigen Nebensätzen erwähnt. Widerwillig stimmte Leonhard zu. Ein Verdacht stieg in ihm auf, der ihn beunruhigte. „Sag mal, Du willst Dich doch nicht etwa verloben?"

„Nicht so neugierig und vor allem: keine vorschnellen Schlussfolgerungen, denn wie gesagt: nichts ist so, wie es scheint. Es soll doch eine Überraschung sein, nicht wahr?", erwiderte Lars. Ein unverbesserlicher Besserwisser, dachte Leonhard. „Wollt Ihr über Nacht bleiben?", fragte er. „Nein, wir fahren noch abends zurück nach Hamburg. Ich kann mir am Montag nicht frei nehmen, außerdem hat Susanne noch eine Fortbildung am Wochenende, wir kommen erst Sonntagmittag hier weg. Wann sollen wir da sein?" „Gegen sechs." „Prima, das geht sich zeitlich bestens aus. Gegen zehn fahren wir zurück und um zwei sind wir wieder in Hamburg. Also bis Sonntag, schöne Grüße an Mama." „Ja, bis dann." Leonhard wartete noch das Klicken in der Leitung ab, dann legte auch er auf. Warum mussten diese Gespräche immer so ablaufen? Warum schafften sie es nicht, aufeinander zuzugehen?

Der 23. November war ein trüber, verregneter Tag. Laura stand früh auf, obwohl sie die ganze Nacht kaum geschlafen hatte. Sie wollte ihren Vater überraschen und bereitete ihm ein festliches Geburtstagsfrühstück an dem Refektoriumstisch, den sie für sich und ihre Eltern eindeckte. Auf Leonhards Platz legte sie ihr Geschenk, die neueste Ausgabe von Parkers Wine Guide. Sie war in bordeauxrotem Seidenpapier eingeschlagen und mit einem getrockneten bunten Weinblatt verziert, das Laura vor mehreren Wochen aufgesammelt und zwischen den Seiten eines Buches verwahrt hatte, damit es nicht zerbrach. An einem der Kerzenleuchter lehnte ein eierschalfarbenes Kuvert aus Büttenpapier.

Ingrid erschien nicht zum Frühstück. Vater und Tochter verloren kein Wort darüber, schließlich hatte er heute Geburtstag und beide versuchten das Beste daraus zu machen. Leonhard fragte sie nach ihrer Arbeit. Sie leide immer noch unter Gelenkschmerzen, hoffe aber im Frühjahr wieder schwimmen zu können, sagte sie. Er ließ es dabei bewenden. Bis zur Mittagszeit saßen sie zusammen und sprachen über Unverfängliches.

Leonhard fiel auf, dass sie im Gespräch manchmal unkonzentriert war und er einige Dinge wiederholen musste, die sie nicht mitbekommen hatte. Er schob es auf ihre Schwerhörigkeit. Es erstaunte ihn, dass es ihr gelegentlich Schwierigkeiten machte, die richtigen Worte zu finden für das, was sie ausdrücken wollte, doch ging er darüber hinweg. Er schlug vor, gemeinsam zur Mosel zu fahren und den Gutschein für die Weinprobe einzulösen, den er in ihrem Kuvert vorfand. „Eigentlich habe ich an Euch beide gedacht, aber das wird wohl nichts mehr", erwiderte sie und fing an, das Geschirr abzuräumen.

Am Abend ging Ingrid mit zum Geburtstagsessen ins La Bussola, in der Öffentlichkeit wahrte sie die Form. Schweigend saßen sie zu dritt an dem vorbestellten Tisch und warteten auf Lars, der mit seiner Freundin im Stau stand. Das Navigationsgerät hatte eine Verspätung von zwanzig Minuten errechnet.

Gegen halb sieben trafen die beiden endlich ein. Das junge Paar war bestens gelaunt: gut gekleidet und angenehm anzuschauen machten sie den Eindruck, als seien sie soeben aus einem sonnigen

Urlaubsprospekt gesprungen. Ingrid begrüßte Susanne überschwänglich: endlich lerne man sich kennen, wie schön es sei, dass sie heute bei dieser kleinen Feier dabei sein könne, eine passende Gelegenheit, um in die Familie aufgenommen zu werden und darauf solle man doch gleich anstoßen. Und natürlich auf das Geburtstagskind, ergänzte Lars. Gläser klirrten.

Er überreichte seinem Vater das Geschenk. „Euch hat Venedig doch so gut gefallen, da dachten wir, das könnte eine schöne Erinnerung sein und eine Anregung, öfters mal zu verreisen." Leonhard packte den großformatigen, kostbaren Bildband aus und zog ihn aus dem Schuber: La Serenissima. Ansichten einer Stadt aus fünf Jahrhunderten. Auf dem Einband war eine Vedute von Canaletto abgebildet. Der Maler lenkte den Blick des Betrachters in den Canale grande, links lag die Kirche Santa Maria Salute, in der detaillierten Darstellung der rechten Häuserzeile war der alte Palazzo, in dem Ingrid und Leonhard gewohnt hatten, nicht zu übersehen. Beide erkannten das Gebäude sofort, beide verloren kein Wort darüber. Leonhard bedankte sich bei seinem Sohn und bat zu Tisch.

Während des Essens erzählte Lars viel über seine neue Arbeit, verlor sich in weitschweifigen Erklärungen über glasfaser- und carbonverstärkte Kunststoffe, trapez- und keilförmige Ausgleichsstücke für Ober- und Unterschalen von Landeklappen, Wartungsklappen, Seitenleitwerke, Fahrwerke... Gegen Ende des Hauptganges versiegte sein Redefluss, das Thema erschöpfte sich.

Dann rückte Susanne in den Mittelpunkt des Interesses und gab bereitwillig Auskunft auf die vielen Fragen, vor allem von Ingrid. Sie arbeite als Physiotherapeutin, eine Tätigkeit, die ihr viel Befriedigung gebe, vor allem die Arbeit mit Kindern mache ihr Freude, und sie denke darüber nach, sich in Eppendorf, einer guten Wohngegend mit einer guten Klientel, selbstständig zu machen, ihre Eltern, beide Ärzte, würden sie dabei unterstützen. Sicherlich wäre es am Besten, so etwas zu zweit zu machen, am liebsten mit einer Kollegin, denn dann könnte sie sich ihre Zeit besser einteilen und sich abstimmen, denn das ist ja wichtig, wegen des nächsten Jahres, wenn das Kind kommt...

Susanne verstummte, als plötzlich ein Ruck durch die Runde ging. Vier Augenpaare starrten sie an, spähten vorsichtig erst nach rechts, dann nach links. Susanne lächelte verlegen und strich mehrmals ihr langes blondes Haar hinter das rechte Ohr. Niemand sagte etwas, Hilfe suchend schaute sie zu Lars. Er räusperte sich und wandte sich zu seinem Vater. „Ja, also, diese Neuigkeit wollte ich eigentlich für das Dessert aufheben, es ist die Überraschung, die ich Dir am Telefon nur angedeutet habe, nun also, das ist sie: Wir bekommen ein Kind und möchten heiraten."

Laura, die den ganzen Abend noch nichts gesagt hatte, gratulierte als erste. „Dann werde ich also bald Großmutter", sagte sie bedächtig. Alle hielten es für einen Scherz und lachten. Sie bemerkte ihren Fehler. Er war ihr unangenehm, und sie korrigierte sich sofort, „ach Unsinn, ich meine natürlich Tante. Mit dem Nachwuchs beginnt für uns alle ein neuer Lebensabschnitt. Ist doch merkwürdig, ein neues Leben kündigt sich an und auf einmal, ganz unvermittelt, macht der Zeiger auf der Uhr einen großen Sprung und wir rücken alle einen Schritt vor, aus dem Sohn wird der Vater, aus der Tochter die Tante, aus den Eltern die Großeltern. Der ewig sich wiederholende Kreislauf. Die alte Familie zerfällt, die neue wächst heran." Leonhard traf der bittere Unterton ihres letzten Satzes, den sonst niemand heraus zu hören schien.

„So ist das Leben, Schwesterherz, Werden und Vergehen, stirb und werde! Sollten wir nicht darauf anstoßen?", fragte Lars in die Runde. Ohne die Antwort der anderen abzuwarten, bestellte er fünf Gläser Champagner.

Genau wie seine Mutter, dachte Leonhard, erhob sich und hielt eine kleine improvisierte Ansprache, um seiner Rolle als Familienoberhaupt gerecht zu werden. „Liebe Susanne, lieber Lars, das kommt jetzt natürlich alles sehr plötzlich für uns. Unsere Überraschung soll Euch nicht irritieren, Ihr werdet Euch diesen Schritt reiflich überlegt haben, und es liegt an Euch, Euer Leben in die Hand zu nehmen und gemeinsam zu meistern. Wir als Eltern haben wenig Einfluss auf das Gelingen Eures Zusammenlebens, aber wir wollen Euch mit Rat und Tat zur Seite stehen und Euren Entschluss unterstützen. Liebe Susanne, Du bist uns sympathisch, aber natürlich würden wir uns wünschen, Dich und Deine Familie näher kennen zu lernen und hoffen, dass sich bald eine Gelegenheit am Rhein oder an der Elbe dafür findet. In diesem Sinne lasst uns miteinander anstoßen."

Ingrid zückte ihren Terminkalender und hielt die wenigen Möglichkeiten für eine Familienzusammenführung vor Weihnachten fest. Man beschloss, bald deswegen miteinander zu telefonieren. Der Espresso und die Rechnung kamen.

Beim Abschied zog Leonhard seinen Sohn zur Seite und fragte, ob er sich wirklich sicher sei. Lars war beleidigt. Ja natürlich, erwiderte er, so sicher, wie man sich eben sein könne. Warum er dass frage? Ach nichts, nur so ein Gedanke. Ob er etwas gegen Susanne einzuwenden habe? Nein, nein, überhaupt nicht, beschwichtigte ihn Leonhard. Er müsse jetzt los, erwiderte Lars, seine zukünftige Frau warte draußen im Wagen auf ihn.

Eine Woche später, am ersten Adventswochenende fuhr Leonhard mit Heinrich von Siemsen zum Klassentreffen nach St. Goar. Heinrich wunderte sich, wie aufgedreht Leonhard war, so albern hatte er ihn seit Jahren nicht erlebt. Schon auf der Hinfahrt lachte er andauernd über alles Mögliche und machte Witze wie zu Schulzeiten. Für Leonhard war es wie eine Befreiung. Er wollte den beklemmenden Ehealltag hinter sich lassen und seinen Spaß haben, wie früher. Es hatte sich nur ein kleinerer Kreis Ehemaliger angemeldet.

Aus reinem Vergnügen stellte Leonhard während der Fahrt eine kleine Statistik auf, die auch Heinrich erheiterte, der am Steuer saß. Von den ehemals fünfzig Abiturienten kamen nur neunundzwanzig, die anderen entschuldigten sich mit vorweihnachtlichen Verpflichtungen oder gesundheitlichen Problemen. Außerdem hatte es vier Todesfälle in den vergangenen zwölf Monaten gegeben, das war bisher die höchste Rate – auch der schreckliche Streber, der früher immer in der ersten Reihe gesessen hatte, war darunter. Von den verbleibenden neunundzwanzig waren zwölf geschieden, davon zehn wieder verheiratet, die anderen siebzehn waren noch in erster Ehe verheiratet, auch wenn fünf von ihnen getrennt von ihren Ehefrauen lebten – das käme sie billiger als eine Scheidung, hatten die Kameraden einmal bei einem ihrer Klassentreffen erklärt. Mehr als die Hälfte der Ehen in ihrer kleinen Reisegruppe war also in die Brüche gegangen, immerhin jede Einskommasiebte rechnete Leonhard schnell mit dem Taschenrechner auf seinem Handy nach. Da haben wir beide ja noch einmal Glück gehabt und stehen richtig gut da, meinte Heinrich lachend.

Sie hatten für die Gruppe ein günstiges Pauschalarrangement im Hotel Zur Loreley gebucht, das vor allem bei Kegelclubs sehr beliebt war. „Was wollen wir mehr? Alles auf einen Nenner gebracht, alles absolut durchschnittlich“, spöttelte Heinrich zu Leonhard, als sie an der Rezeption ihren Schlüssel in Empfang nahmen. Sie teilten sich ein Zimmer, da niemand anderer ihrer ehemaligen Mitschüler für sie in Frage kam.

Ich erinnere mich, wie wir uns über das kitschige Etikett des Loreley Weins lustig machten, den wir als Begrüßungsgeschenk vorfanden. Ich machte mir einen Spaß daraus, ihn zu kosten und überredete Heinrich dazu, das Gesöff wie bei einer Weinprobe fachmännisch zu bewerten. „Lieblich-abgründig" war unser einhelliges Urteil, den Rest versenkte ich feierlich in der Toilette. Wir benahmen uns wie arrogante Internatszöglinge und kamen uns unheimlich komisch dabei vor. Ich wollte mich um jeden Preis amüsieren.
Mit den Anderen mischten wir uns unters Volk, wanderten auf dem Panoramaweg und volkstümelten mit Heine am Loreleyfelsen.

> *Ich weiß nicht, was soll es bedeuten,*
> *Dass ich so traurig bin;*
> *Ein Märchen aus uralten Zeiten,*
> *Das kommt mir nicht aus dem Sinn.*

Auf dem Schiff fuhren wir über den winterlichen Rhein nach Rüdesheim zum Weihnachtsmarkt, tranken zu süßen Glühwein und aßen abends zu schwer. Ich weiß nicht, warum, aber mir gefielen diese Allerweltsvergnügungen, sie lenkten mich ab, lullten mich ein, mit der nicht enden wollenden Melodie vom Rhein „und das hat mit ihrem Singen die Loreley getan."
Ich ließ mich gehen, umarmte meine Klassenkameraden, schwelgte in der Vergangenheit. Heinrich war mein Verhalten peinlich, er ging auf Distanz. Ob ich nun angesichts der ganzen Rheinromantik und der deutschen Schlagerseligkeit etwa sentimental würde? Er hatte hierfür kein Verständnis, er verstand mich nicht. Weinselig wankte ich später ins Bad, öffnete meinen Waschbeutel und fingerte eine Packung heraus, im Glauben, es sei Maloxan, vorsichtshalber wollte ich eine Tablette wegen des schweren Essens nehmen. Die Badezimmertüre stand offen, Heinrich kam herein, um schnell noch ein Glas Leitungswasser zu trinken. Er sah, was ich in der Hand hielt. Ob ich jetzt einen totalen Aussetzer hätte, fragte er, was um Himmels willen ich denn mit dem Gummikram anfangen wollte, in meinem Zustand. Gegen die Magenschmerzen, sagte ich mit schwerer Zunge, dann sah ich verschwommen auf die Packung in meiner Hand. Es war kein Maloxan, soviel konnte ich noch erkennen. Ich suchte weiter in

meinem Waschbeutel nach dem Medikament und fand eine Postkarte. Ich zeigte sie Heinrich, der sie las und mir kopfschüttelnd zurück gab, als wollte er nichts damit zu tun haben.
Schwankend setzte ich mich auf den Toilettendeckel und versuchte sie zu entziffern. „Sexy greetings and good luck!" stand in roten Druckbuchstaben auf der Vorderseite der Postkarte. Außerdem war eine Vollbusige mit langem, blondem Haar abgebildet. Sie war nackt und saß rittlings auf einem riesigen, steil aufragenden Penis. In ihrer Hand hielt sie eine wehende Fahne mit dem Schriftzug „up to climax!"
Auf der Rückseite stand in Ingrids eckiger Handschrift: „Vielleicht schaffst Du es diesmal, und Deine kleine Studentin bringt Dich auf Zack. Solange der Vorrat reicht!" In der Packung, die ich immer noch in Händen hielt, waren 150 Kondome. Und das hat mit ihrem Singen die Loreley getan, schoss es mir durch den Kopf. Das gab mir endgültig den Rest, es war aus. Mich überfiel eine plötzliche Übelkeit, ich musste mich fürchterlich erbrechen.

Am Abend von Leonhards Rückkehr kam es zu einem folgenschweren Streit. Die Auseinandersetzung entzündete sich an einer Bemerkung Leonhards, als er in der Eingangshalle auf Ingrid traf. Sie war auf dem Weg zur Mülltonne, er zog sich gerade die Wanderschuhe aus. Diesmal sei sie zu weit gegangen, meinte er. Ingrid lachte nur. Es ging dann alles sehr schnell. Sie gerieten über Kontoauszüge und Doppelzimmerbuchungen in Wut, der Müllbeutel fiel zu Boden und platzte auf, plötzlich wurden sie handgreiflich, wer angefangen hatte, war nicht mehr auszumachen. Sie verlangte ein Geständnis, er fragte, „Wofür?" Er erinnerte sich noch an ihre Worte: „Mach mir doch nichts vor, schmeiß mich raus, dann bist Du mich endlich los", zuletzt an ihren Schrei. Was danach geschah, wusste er später, als der Notarzt kam, nicht mehr. „Es war ein Unfall", gab er zu Protokoll, „ein unglücklicher Zufall", bestätigte Ingrid. Sie hatte eine Platzwunde am Kopf. „Da haben Sie noch einmal verdammtes Glück gehabt", meinte der Arzt. Sie war die Treppe zum Wohnzimmer hinunter gestürzt.

5

Freitag, den 5. Dezember 2008

Liebe Laura, lieber Lars,

es fällt mir nicht leicht, Euch diese Zeilen zu schreiben. Vor wenigen Stunden habe ich Eurer Mutter erklärt, dass ich so nicht länger mit ihr zusammenleben kann und deshalb ausziehen werde. Ich habe die Hoffnung aufgegeben, dass sich Eure Mutter ändert. Ihr müsst mir glauben, der Entschluss ist mir nicht leicht gefallen, denn ich bin mir bewusst, dass eine Trennung von Frau und Haus ein Einschnitt ist, der das Ende unserer Gemeinschaft bedeutet.
Es tut mir leid, Euch dies antun zu müssen, aber bei all meinen Fehlern und Unzulänglichkeiten, dieser Zusammenbruch unserer Familie geht nicht zu meinen Lasten. Anschuldigungen und Demütigungen lassen sich nur so lange ertragen, wie noch Hoffnung besteht, dass sich das Zusammenleben wieder normalisiert. Aber Eure Mutter wird einfach nicht fertig mit der „erlittenen Schmach", um mit ihren Worten zu sprechen, die ich ihr angetan haben soll. Sie kann die vermeintliche Verletzung nicht überwinden, dabei habe ich sie nicht betrogen! – das ist ein Hirngespinst von ihr. Diese Art des Zusammenlebens halte ich einfach nicht mehr aus, es ist unwürdig für uns beide.
Das Verhalten Eurer Mutter schwankt zwischen Aggression, schwermütiger Resignation und einem spöttischen Grinsen über alles, was meine Person und mein Verhalten betrifft. Sie hat keine Wertschätzung mehr für mich. Ich bin nach ihren Worten „der letzte Dreck", „ein Lügner" und habe „ihr Leben zerstört". Sie verhält sich zwiespältig: Einerseits fordert sie von mir das Zusammenleben ein, andererseits würde sie, ihren eigenen Äußerungen zufolge, nichts glücklicher machen, als mich nicht mehr ertragen zu müssen. Wie geht das zusammen? Alles ist so verquer, ihre Sätze sind nicht zu entwirren.

Wenn ihr etwas an mir liegt, wieso ist ihr Verhalten dann so unverschämt? Tut sie das aus Rachsucht, aus Lust mich zu demütigen? Ich kann mir das einfach nicht vorstellen. Im Grunde genommen ist sie ein so anständiger Mensch, nicht falsch und gemein, deshalb kann ich es mir nur so erklären, dass sie das alles psychisch nicht mehr verkraftet. Aber wer kann ihr helfen? Und vor allem wie? Sie lässt ja niemanden an sich heran.
Einige Tage nach dem Unfall fragte sie mich: „Was verlangst Du, damit wir weitermachen können?" Aber für mich kann es so nicht weitergehen, ich will so nicht weiterleben. Ich bin ein Mensch, der Harmonie braucht, Vertrauen und Geborgenheit bei seinen Angehörigen finden will.
Es ist schmerzlich und tut mir furchtbar leid, denn ich hänge nach wie vor an dieser Frau, Eurer Mutter, aber ich habe keine Hoffnung mehr, dass sie fähig ist, in mir noch einmal jemand anderen zu sehen, als den Mann, der sie (angeblich) hintergeht. Wenn sie bereit wäre, wie ich ihr mehrmals vorgeschlagen habe, einen Therapeuten aufzusuchen, bestünde vielleicht noch eine Möglichkeit. Sie allein, fürchte ich, schafft es nicht, von dieser fixen Idee loszukommen. Aber sie hat das alles nicht nötig, sie ist nicht krank, sondern ich, wie sie sagt. Dabei ist sie meiner Meinung nach ernstlich psychisch gefährdet. Letztens sagte sie zu mir, sie brauche keinen Arzt, aber ich könne ihr helfen, mit der Wahrheit. Das ist ein Teufelskreis der Widersprüchlichkeiten, aus dem wir nicht mehr herauskommen, wir drehen uns um uns selbst, – ich weiß nicht mehr weiter.
Aus dieser Erkenntnis bleibt mir nur die bittere Entscheidung, den Stein des Anstoßes aus ihrem Leben zu entfernen und mich von ihr zu trennen.
Es ist mir völlig klar, obwohl Eure Mutter es nicht wahrhaben will, dass damit mein Leben und unsere Familie am Ende ist, aber wenn wir so weitermachen, gehen wir beide vor die Hunde oder: Es passiert einmal ein fürchterliches Unglück.
Für mich war unsere Ehe, trotz aller Unzulänglichkeiten immer etwas Besonderes, auf das ich stolz war und glücklich, nun ist alles dahin und nichts mehr zurück zu holen. Ein Zusammenleben ohne Vertrauen und Glauben an den Partner ist für mich nicht möglich. Und nur nach Außen hin so zu tun, als sei unsere Ehe noch intakt, dafür bin ich zu ehrlich, obwohl es der viel bequemere und üblichere Weg wäre. Es tut mir leid, ich kann es

nicht, wie soll ich je einen Menschen in den Arm nehmen, von dem ich weiß, dass er mich verabscheut.
Aus all diesen Gründen sehe ich keinen anderen Ausweg mehr. Verzeiht mir – ich habe Euch lieb

Euer Vater

Anfangs war es Leonhard schwer gefallen, seine Gefühle in Worte zu fassen, sein Erleben in Buchstaben, Wörter und Sätze zu verwandeln, die nun schwarz auf weiß vor ihm auf dem Tisch lagen. Sollte er den Brief wirklich abschicken? Dann wäre alles endgültig, das Ende seiner Familie auf diesem Stück Papier besiegelt, das Geschriebene kaum mehr zu widerrufen. Nein, nichts ließ sich mehr zum Guten wenden... Leonhard stand vom Schreibtisch auf, legte den Brief auf das Faxgerät und übersandte ihn seinem Sohn. Danach faltete er das Papier mit zwei energischen Handstrichen, steckte es in einen Umschlag und legte ihn in Lauras Apartment, damit sie die Nachricht am Abend fände, wenn sie von der Arbeit zurückkehrte – beide Kinder sollten zum selben Zeitpunkt von der Trennung erfahren.

Er war erleichtert, alles hinter sich gebracht zu haben. Am Morgen hatte er Ingrid gesagt, dass er ausziehen werde. Sie sagte nicht viel und nahm es hin. Sie schien zermürbt von den Auseinandersetzungen der vergangenen Woche. Beide einigten sich darauf, bei den Eröffnungsfeierlichkeiten des Kulturbahnhofes am Wochenende noch einmal als Paar aufzutreten, ein letztes Mal, des Geschäftes wegen.

Gierke hatte es gerade noch geschafft, die Frist einzuhalten. Es war der zweite Advent. Die regionalen Größen aus Politik, Gesellschaft und Kunst versammelten sich unter dem üppigen Adventskranz, der von der Decke des großen Festsaals herab hing. Die Landesregierung hatte sogar ihren Kulturstaatssekretär entsandt. Sehen und gesehen werden. Man begrüßte sich lächelnd, schüttelte Hände, beglückwünschte Leonhard und Ingrid zu der gelungenen Restaurierung des stuckverzierten Saales – viele wussten nicht, dass sie sich aus ihrer Firma zurückgezogen hatten. Ingrid bedankte sich mit routinierter Freundlichkeit, wie sie es all die Jahre bei großen Einweihungsfeiern getan hatte, Leonhard verwies höflich auf die Leistung seines Nachfolgers. Da habe er aber Glück gehabt, einen so guten Mann zu finden, gratulierten einige. Ingrid sagte, es sei ihr zwar schwer gefallen, das Unternehmen aus der Hand zu geben, aber die Kinder gingen heutzutage ihre eigenen Wege, dafür müsse man Verständnis haben, und sie habe direkt gespürt, dass Gierke der Richtige sei. Leonhard nickte und schwieg. Jahrelang hatte er dieses Gesellschaftsspiel mitgemacht, jetzt hatte er genug davon. Seine Rolle war ihm fremd geworden.

Leonhard beobachtete mehr das Geschehen, als dass er noch daran teilnahm. Sein Blick fiel auf Gierke. Er hatte seinen Part übernommen, ein drittklassiger Ersatz, das wussten inzwischen die meisten, aber das Schlimmste war, er überschätzte sich, ohne zu merken, dass keiner ihn ernst nahm. Er kannte die Spielregeln der Konversation nicht und glaubte, was man ihm sagte. Das war gefährlich für ihn und vor allem für Leonhard. Gierke dienerte in voraus eilendem Gehorsam vor dem Baudezernenten, der ihm heute anerkennend die Hand schüttelte und ihn morgen fallen lassen konnte. Alle bestärkten ihn solange, wie er ihnen nutzte – auch Klaus Petermann, der sich zu Gierke drängelte, ihm auf die Schulter klopfte und lachte.

Leonhard wandte angewidert den Blick ab. Heinrich von Siemsen gesellte sich zu ihm. „Schau ihn Dir an, hat er es doch tatsächlich noch geschafft. Das Glück ist mit den Dummen, aber uns kann es nur Recht sein“, sagte der Architekt und nahm einen Schluck Prosecco. „Wer ist die Frau neben ihm?“, fragte Leonhard. „Seine Neue aus dem Westen, die aus dem Osten hat er fallen gelassen.“ Von Siemsen war ein feiner Spötter, der sich gerne bei solchen Anlässen im Hintergrund hielt und wie ein Jäger mit scharfem Blick das freilaufende Wild ins Visier nahm, um im rechten Augenblick seinen giftigen Pfeil abzuschießen und das Opfer zur Strecke zu bringen. „Irgendwie erinnert die mich an Deine Postkartenschönheit, die Ingrid Dir liebenswürdigerweise zugesteckt hat. Wo er die wohl aufgetan hat?“ Leonhard überhörte die Anspielung auf das Klassentreffen. „Was denn, der hat seine Frau und die Kinder verlassen?“, fragte er erstaunt. „Genau das“, erwiderte der Architekt, „kennst Du sie etwa?“ „Er hat mir seine Familie vorgestellt, als wir den Vertrag unterzeichnet haben. Da schien alles in bester Ordnung zu sein.“ Der Architekt rückte näher an Leonhard heran, damit niemand der Umstehenden ihn hören konnte. Er sprach leise, fast verschwörerisch. „Kannst Du Dir das vorstellen, erzählt der mir doch letztens, obwohl wir uns nur oberflächlich kennen, er habe sich getrennt, weil er sich persönlich weiter entwickelt habe, und seine Ex da einfach nicht mehr mithalten konnte, auch sexuell.... stell Dir vor, das hat der wortwörtlich zu mir gesagt. Unmöglich, oder?" Der Architekt sah ihn triumphierend an. „Und was geschieht mit den Kindern?" fragte Leonhard. Der Architekt winkte ab. „Die bleiben bei der Mutter, wie immer. Aber da wird er noch eine Weile zahlen müssen, geschieht ihm Recht, dem Idioten."

Sie wurden unterbrochen und gebeten ihre Plätze einzunehmen, da nun der offizielle Teil des Programms mit den üblichen Begrüßungsworten und Dankesreden begann. Ingrid wählte den freien Stuhl neben Heinrich von Siemsen, Katharina setzte sich an Leonhards Seite. Als ihr nackter Oberarm ihn berührte, musste er an seinen Traum denken, und er rückte ein wenig von ihr ab.

Vier blasse junge Männer in schlecht sitzenden schwarzen Anzügen betraten die Bühne. Ohne ihre Instrumente hätte man sie auch für Angestellte des ortsansässigen Bestattungsunternehmens halten können. Man applaudierte höflich. Angesichts der Kalamitäten, die sich im Vorfeld der Eröffnungsfeierlichkeiten ereignet hatten, kam Leonhard die ganze Veranstaltung wie eine Farce vor. Dem Kulturreferenten war es in letzter Minute noch gelungen, das renommierte Rhenania-Quartett für die musikalische Untermalung der Veranstaltung zu engagieren, das sich aus preisgekrönten jungen Musikern der Region zusammensetzte. Zuerst hatte er das Städtische Symphonieorchester mit der Rheinischen Symphonie von Schumann für diesen Anlass verpflichtet, dann aber feststellen müssen, dass siebzig Musiker in dem Saal nur Platz finden konnten, wenn man den größten Teil der geladenen Ehrengäste wieder auslud, was natürlich ein Skandal gewesen wäre. In einer nächtlichen Sitzung kam der Kulturdezernent mit dem Oberbürgermeister überein, dass es ein geringeres Übel wäre, das städtische Orchester wieder auszuladen und dem empörten Generalmusikdirektor in einem Akt der höheren Diplomatie zu versprechen, in den nächsten Jahren keine Stellen mehr zu streichen.

Ein preisgekrönter junger Komponist, der ebenfalls als hoffnungsvolles Talent der Region galt, war schnell gefunden und beauftragt, Schumanns Rheinische für Streichquartett zu arrangieren. Mit dieser Lösung konnten alle gut leben und wahrten das Gesicht, zumal der lokale Bezug als Motto für den Festakt erhalten blieb.

Der Bürgermeister hob in seiner Rede die Bedeutung des Kulturbahnhofes als Podium für den künstlerisch hochbegabten Nachwuchs hervor und betonte die Historie dieses Ortes, wo schon Bismarck kurz nach der Reichsgründung einen Zwischenhalt gemacht habe. Tradition und Innovation sollten an dieser Schnittstelle von Vergangenheit und Zukunft ein harmonisches Miteinander eingehen. Leonhard glaubte diesen letzten Satz schon einmal im Rahmen einer anderen Eröffnungsveranstaltung aus dem Munde des Bürgermeisters gehört zu haben. Es folgte ein Reigen weiterer Reden und Grußworte, miteinander verbunden durch die einzelnen Sätze der Rheinischen, in denen sich die vier Musiker redlich bemühten, für ein ganzes Orchester gerade zu stehen. Die euphorische Stimmung der Symphonie, die der Rheinländer gerne als Hymne auf die „rheinische Fröhlichkeit" versteht, wollte sich jedoch nicht so recht einstellen...

Nach dem offiziellen Teil fanden sich die Gäste in den Ausstellungsräumen der oberen Etage zu einer Vernissage ein. Neben kleineren Arbeiten von Max Ernst, Joseph Beuys und Hans Arp waren auch großformatige Werke Katharina von Siemsens ausgestellt. Vor allem ihre Radierungen prominenter Persönlichkeiten fanden großen Zuspruch, wohingegen den Meistern der Avantgarde weniger Beachtung geschenkt wurde.

Die Malerin war von einer großen Menschentraube umgeben und beantwortete bereitwillig die Fragen zu den dargestellten Persönlichkeiten, Fragen, die vorwiegend Privates betrafen, nach Glitzer und Glamour schielten. Die Künstlerin wusste mit diplomatischem Geschick zu antworten. Sie hielt vieles in der Schwebe und regte die Phantasie ihrer Zuhörer an, ohne indiskret zu sein.

Heinrich von Siemsen und Leonhard kamen erst später dazu, da Herr Precht, der Baudezernent, sie auf der Treppe abfing und in ein Gespräch verwickelte. „Herr Zepp, da haben Sie ja einen guten Einfluss auf ihren Nachfolger gehabt, haben dem noch mal richtig gezeigt, wie das hier läuft. Respekt. Selbst die Opposition ist voll des Lobes. Ohne Sie wäre das doch nichts geworden. Meine Herren, jetzt mal unter uns Gesinnungsgenossen, und da erwarte ich von Ihnen beiden eine ehrliche Antwort: Glauben Sie, der kriegt so ein Großprojekt wie die Renovierung des Klinikums hin?"

Heinrich von Siemsen und Leonhard schauten sich erstaunt an. Die Ausschreibung hätte schon vor zwei Jahren erfolgen sollen, wurde aber wegen leerer Stadtkassen immer wieder verschoben.

Leonard hatte damals fest mit dem Auftrag für seine Firma gerechnet. Er wollte damit die Hypotheken für sein Haus ablösen, um nach dem Rückzug aus der Firma schuldenfrei zu sein. Von Siemsen wusste das, da er mit Leonhard seit Jahren eng zusammen arbeitete, und erkannte sofort die Vorteile für sich und seinen alten Geschäftsfreund – eine Hand wusch die andere. „Nun ja, Gierke hätte es verdient, schließlich hat er, alles in allem, gute Arbeit geleistet. Außerdem bin ich ja auch noch da und kann ihm ab und zu über die Schulter schauen." Leonhard zögerte. Die beiden Männer schauten ihn erwartungsvoll an. „Sind Sie etwa anderer Meinung?", fragte Precht. „Nein, nein", versicherte Leonhard. Er hatte kein gutes Gefühl bei dem, was er sagte, aber er musste an sich denken. Schließlich waren die Pachtzahlungen Gierkes somit gesichert. „Ich kann mich dem Urteil des Kollegen nur anschließen, zumal meine Firma über ausgezeichnete Mitarbeiter verfügt, die das Projekt absichern." Er wählte bewusst diese Formulierung, um die Glaubwürdigkeit seiner Aussage zu unerstreichen. Der Baudezernent war zufrieden. „Na, dann schauen wir doch mal, was ich da machen kann, meine Herren. Sie entschuldigen, wenn ich nicht zur Vernissage bleibe, aber diese vielen Termine vor Weihnachten, da muss man einfach Prioritäten setzen. Sie hören von mir." Herr Precht ging, ohne seinen Fauxpas zu bemerken. Er hatte vergessen, dass der Architekt mit einer Malerin von regionaler Größe verheiratet war.

Leonhard und von Siemsen stiegen schweigend die Treppe hoch und betraten als letzte den Ausstellungsraum. Gierke redete auf Katharina von Siemsen ein, die geduldig zuhörte. Seine Freundin ging vor den Bildern hin und her. Immer wieder überprüfte sie ihr Aussehen in den spiegelnden Glasflächen der Radierungen und fuhr sich mit der Hand durch das Haar. Sie wusste, dass sie hier nicht erwünscht war. Ihr waren die Seitenblicke nicht entgangen, die ihr zu verstehen gaben, dass sie nicht in diese Gesellschaft gehörte.

„Schatz, komm doch mal her", rief ihr Gierke in seinem breitem Sächsisch zu. Alle drehten sich zu ihr um, musterten sie von oben bis unten und verfolgten ihre langen Beine im kurzen Rock, als sie sich in Bewegung setzte. „Schatz, darf ich Dir Frau von Siemsen vorstellen, sie wird Dich malen. Gestatten, das ist meine Lebenspartnerin, Frau Jaqueline Schmitz", sagte Gierke nicht ohne Stolz. „Angenehm", erwiderte die Malerin und reichte ihr lächelnd die

Hand. Jaqueline bemühte sich, ein strahlendes Lächeln aufzusetzen. „Freut mich sehr. Sagen Sie, malen Sie auch in Farbe?" In dem Moment, in dem sie ihre Frage aussprach, spürte sie, dass sie etwas Falsches gesagt hatte. Die Umstehenden verzogen den Mund zu einem abfälligen Grinsen, nur Katharina von Siemsen ließ sich nichts anmerken. „Selbstverständlich, bevorzugen Sie Öl- oder Acrylfarbe?" Jaqueline lachte und gab sich unbedarft, so wie sie es immer tat, wenn sie merkte, dass die anderen sie wieder einmal nicht ernst nahmen – so hatte ihr Fauxpas zumindest Unterhaltungswert. „Ach, ich bin keine Spezialistin, wissen Sie, da verlass ich mich ganz auf Sie, Hauptsache fröhlich, sag ich immer." „Und nackt", fügte Gierke hinzu, „wir haben nämlich einen liegenden Akt vereinbart." Er gab ihr einen Klaps auf den Hintern. Er wusste, dass die Herren um ihn herum ihn dafür beneideten. Jaqueline kicherte, so wie man es von ihr erwartete. Alle lachten und applaudierten, als blondes Maskottchen wurde sie akzeptiert. „Ja natürlich, ich freue mich sehr", sagte Katharina von Siemsen und entschuldigte sich, um einen anderen Besucher, einen Kunstsammler aus Düsseldorf, zu begrüßen.

Leonhard war Gierke den ganzen Abend aus dem Weg gegangen, doch jetzt ließ sich ein Zusammentreffen nicht mehr vermeiden. „Sehen Sie, Herr Zepp, ist doch alles bestens gelaufen. Sie und ich, wir können zufrieden sein." Leonhard gefiel die joviale Art nicht, mit der sein Nachfolger ihn vereinnahmte. „Es ist gerade noch mal gut gegangen", entgegnete Leonhard. Heinrich von Siemsen vergewisserte sich, dass niemand sie hörte. „Na, jetzt untertreiben Sie mal nicht, man muss auch gönnen können, wie man hier bei Ihnen im Rheinland sagt, nicht wahr Herr von Siemsen? Unsere Zusammenarbeit hat sich doch bewährt." „Ja, sicher", sagte der Architekt, sich immer wieder nervös umschauend. Gierke drückte Jacqueline einen Geldschein in die Hand und bat sie, vier Prosecco zu holen. Leonhard wartete ab, bis sie verschwunden war. „Sie haben verdammtes Glück gehabt, dass niemand Ihre Polen kontrolliert hat." Von Siemsen horchte auf, erstaunt sprang sein Blick zwischen beiden hin und her. „Wer hat Ihnen das denn gesteckt? Das müssen Sie mir erst einmal beweisen", sagte Gierke. Leonhard ließ sich nicht beirren. „Wenn Sie so weiter machen, wird das verdammt gefährlich. Eine Kontrolle, und Sie sind ruiniert." „Machen Sie sich da mal keine Sorgen, daran werden Sie beide wohl kein Interesse haben, oder?" Von Siemsen wich seinem Blick aus. Leonhard wollte etwas erwidern, doch Jaqueline kam zurück, und das Gespräch der Männer riss ab. Gierke verteilte generös die Getränke, Leonhard lehnte ab, er müsse noch fahren. Er verabschiedete sich und ließ seinen Nachfolger mit zwei gefüllten Proseccogläsern in den Händen stehen. Von Siemsen wäre ihm gerne gefolgt, doch gab es Grenzen der Höflichkeit, Spielregeln, die es einzuhalten galt und dazu gehörte, seinen neuen Geschäftspartner nicht öffentlich zu brüskieren.

Leonhard fand Ingrid an der Weinbar, wo sie sich angeregt mit dem Bürgermeister unterhielt. Sie hatte während des ganzen Abends die Gesellschaft der regionalen Prominenz gesucht, es fiel ihr nicht leicht, Abschied zu nehmen. Zum letzten Mal glänzte sie in der Rolle der Firmenchefin, auch wenn sie es offiziell schon längst nicht mehr war. Leonhard fragte, ob sie mit ihm nach Hause fahren wolle, er fühle sich nicht gut. Sie wollte später ein Taxi nehmen. Man hatte sie gebeten, bei der großen Weihnachtstombola um Mitternacht als Glücksfee aufzutreten.

Laura saß im Wohnzimmer, als er nach Hause kam und schaute fern. Sie schien ihn erwartet zu haben, denn sie schaltete den Apparat sofort aus, als er den Raum betrat. Der Brief lag vor ihr auf dem Glastisch wie eine stille Anklage. Sie sagte nichts, wartete ab, dass er sich ihr erklärte. Leonhard setzte sich, versuchte ihrem Blick stand zu halten, aber es gelang ihm nicht. Das Schweigen lastete auf beiden. Er spürte einen Druck auf der Brust, das Atmen fiel ihm schwer. „Nun weißt Du es, ich sehe keine andere Möglichkeit", sagte er. „Hast Du sie geschlagen?"

Er schloss die Augen, holte tief Luft. „Nein", flüsterte er. „Du hättest Grund gehabt, sie hat Dich provoziert." „Nein, sie ist gestürzt" entgegnete er langsam. „Sicher, in diesem Punkt seid Ihr euch einig." Er schaute seine Tochter eindringlich an. „Es ist aus", sagte er mit Nachdruck. Sie senkte den Blick. „Was wirst Du tun?" fragte sie. „Omas Wohnung steht leer. Dort werde ich erst einmal einziehen." „Wann?", ihre Stimme klang brüchig. „Noch vor Weihnachten." Sie schwieg eine Weile, schluckte mehrmals, bevor sie antworten konnte. „Wenn Du Hilfe brauchst, sag Bescheid." Sie stand auf und ging in ihr Apartment, ohne ein weiteres Wort über die Trennung ihrer Eltern zu verlieren. Sie wirkte erschöpft. Den Brief ließ sie auf dem Tisch liegen, Leonhard nahm ihn an sich, bevor er zu Bett ging.

Lars rief am Montagabend an, Ingrid nahm das Gespräch entgegen. Er war befangen, da er nicht wusste, ob seine Mutter den Inhalt des Briefes kannte. Sie wirkte erschöpft. „Ist das nun eine endgültige Sache zwischen Euch?", fragte er. „Das musst Du Deinen Vater fragen, aber der ist mal wieder nicht zu Hause." Sie verschwieg, dass Leonhard mit Umzugsvorbereitungen beschäftigt war. „Wie stehst Du denn zu dem Ganzen?", fragte Lars. „Das ist seine Entscheidung, er wird schon seine Gründe dafür haben." „Soll ich das Treffen mit Susannes Eltern erst einmal verschieben?" „Das ist sicherlich besser so." „Also im neuen Jahr? Vielleicht überdenkt Ihr ja alles noch einmal." „Vielleicht, ja." „Und wie sieht es mit Weihnachten aus? Soll ich kommen?" „Natürlich, wie immer." „Und Susanne?" „Das überlasse ich Dir." „Ich glaube, sie bleibt besser hier, bei ihrer Familie." „Wie Du meinst." „Wann ist Papa wieder zu Hause?" „Versuch es in einer halben Stunde noch einmal." „Gut, bis dann." „Bis dann." Einige Zeit später klingelte das Telefon wieder, diesmal ging Ingrid nicht mehr dran. Sie war zu müde, ihr Valium wirkte bereits. Lars versuchte es noch einige Male an diesem Abend, sprach aber nicht auf den Anrufbeantworter. Irgendwann gab er auf.

Leonhard betrat die Wohnung seiner verstorbenen Mutter, die sich im ersten Stock seines Elternhauses über den Büroräumen der Firma Zepp befand. Der vertraute Geruch von frischen Veilchen stieg ihm in die Nase, nicht mehr so stark wie früher, aber immer noch deutlich wahrnehmbar. Seit ihrem Tod im vergangenen Jahr hatte sich hier nichts verändert, alles war an seinem alten Platz, alles war wie früher: Das schlanke Holzkreuz mit dem vertrockneten Palmzweig über der Eingangstüre, der schmiedeeiserne Schlüsselkasten über dem Lichtschalter, in den er jetzt seinen Schlüsselbund hängte. All die Dinge, die ihn umgaben, hatten eine Geschichte, erzählten von dem Leben seiner Mutter und seiner Beziehung zu ihr. Die gegenüberliegende Türe, die ins Wohnzimmer führte, stand offen. Früher einmal, erinnerte er sich, war sie tiefbraun gewesen, wie alle Türen in der Wohnung. Irgendwann ertrug seine Mutter die Dunkelheit nicht mehr, sie erlitt einen Zusammenbruch. Kurze Zeit später verschwand sie für mehrere Wochen. Nach Bayern, erklärte man ihm, zur Erholung, sie käme bald wieder. Ansonsten wurde in seinem Beisein nicht darüber geredet. Ab und zu gelang es ihm, Satzfetzen aufzuschnappen – „in der Klinik", „Erschöpfungszustände", „Weinkrämpfe nach all dem" – die er damals in keinen Zusammenhang bringen konnte, zumal alle verstummten, sobald er den Raum betrat. Eines Tages strich sein Vater alle Türen weiß, mit einer Stichsäge schnitt er Fenster in die Türblätter, so dass aus jedem Zimmer Licht in den Flur fiel. „Warum tust Du das, Papa?" „Damit es für Mama freundlicher aussieht." Als sie zurückkam, Leonhard hatte schon nicht mehr daran geglaubt, lächelte sie wieder und drückte ihn fest an sich, sie roch angenehm nach Veilchen. „Wo warst Du?" „Weit fort." „Gehst Du wieder weg?" „Ich gehe nie mehr weg", flüsterte sie ihm ins Ohr. „Versprichst Du es?" „Versprochen."

Leonhard ging ins Wohnzimmer. Der Fernseher mit dem großen Plasmabildschirm beherrschte den Raum und wirkte neben der alten Palisanderschrankwand wie ein Fremdkörper. Leonhard hatte ihn seiner Mutter vor einigen Jahren zum Geburtstag geschenkt, ein Verlegenheitsgeschenk. Sie hatte ihn selten benutzt, trotz seiner Erklärungen schaffte sie es nicht mehr, mit der Fernbedienung umzugehen. Ihre Demenz war schon zu weit fortgeschritten. Doch von dem alten Transistorradio auf der Fensterbank wollte sie sich nicht trennen – ihre Erinnerungen hingen daran. Oft hielt sie es stundenlang in ihren Händen fest, spielte an den Knöpfen, Sender rauschten an ihr vorbei. Es lief den ganzen Tag und brachte die Welt in ihr kleines Wohnzimmer. Sicherlich verstand sie das meiste nicht mehr, aber sie lächelte, wenn sie Musik hörte, die sie von früher kannte. Manchmal sang sie leise mit.

Er öffnete die Türe zum Schlafzimmer, die eine Seite des Doppelbettes war frisch bezogen und aufgedeckt, eine dicke Daunendecke lag darauf. Die Putzfrau kam noch in regelmäßigen Abständen, um zu lüften und nach dem Rechten zu sehen. Auf der Grasfasertapete über dem Kopfende hing ein Kunstdruck von Caspar David Friedrich, ihrem Lieblingsmaler. Eisschollen, ineinander verkeilt, türmten sich zu einem schroffen Gebirge auf, dazwischen die Trümmer geborstener Schiffsmasten. „Wer hat zerstörte Hoffnungen eindrucksvoller festgehalten als dieser Maler?", fragte ihn einmal seine Mutter, als sie versunken vor dem Bild stand. Sein Blick fiel auf das Ehebett seiner Eltern. Die Vorstellung, dort zu liegen, wo seine Mutter vor einem Jahr gestorben war, alleine, ohne dass jemand bei ihr war, bedrückte ihn. Er ging in die Küche, setzte sich auf die Bank und wartete auf seine Mutter, so wie er es früher getan hatte. Die eckige Küchenuhr an der Wand zeigte zwölf Uhr.

Leblos standen die goldenen Zeiger auf dem schwarzen Zifferblatt. Er stellte sich vor, seine Mutter wäre nur kurz fort gegangen, gleich käme sie von ihren Einkäufen zurück, um ihn zu begrüßen, in die Arme zu schließen und zu fragen: „Wie geht es Dir, mein Junge? Bleibst Du zum Mittagessen?" Vorbei. Er nahm die Uhr von der Wand. In einer der Küchenschubladen fand er Batterien und stellte die Zeiger auf viertel vor vier. Mit einem kurzen Rütteln brachte er die Uhr wieder zum Laufen und hängte sie zurück.

Schnell verstaute er sein Gepäck, viel hatte er nicht mitgenommen, nur zwei Koffer mit Kleidung, so als ob er zu Besuch käme und eine Kiste mit seiner Stereoanlage. Auf den späten Verdi konnte er nicht verzichten. Platz fand er genügend, alles war vorhanden, was er zum Leben brauchte, auch eine Spülmaschine. Zwischendurch zog es ihn immer wieder in die Küche zurück, immer wieder schaute er zum Küchenfenster hinaus. Nichts. Freitagnachmittag. Der Betriebshof lag in der Dämmerung verlassen da, die Reifen der LKWs hatten die Schneedecke aufgerissen und Spuren hinterlassen, durch die der Asphalt schimmerte. Leonhard machte Licht, die Uhr zeigte halb fünf. Die Vorstellung, Gierke nun öfters im Treppenhaus zu begegnen, war ihm unangenehm, aber es gab keine andere Lösung, zumindest vorerst nicht.

Am ersten Wochenende seines Exils fiel es Leonhard schwer, die Einsamkeit zu ertragen. Im Haus herrschte Totenstille, die Büroräume unten waren verlassen. Außer ihm gab es keine weiteren Bewohner. Die Wände erdrückten ihn, die Stille legte sich auf ihn und nahm ihm die Luft zum Atmen. Zu Hause hatte er zumindest die Geräusche von Ingrid und Laura um sich gehabt, wenn auch nur hinter geschlossenen Türen. Er schlief unruhig und wachte mehrmals in der Nacht auf, sah die Eisschollen im Mondlicht über seinem Kopf schimmern, war verwirrt und wusste nicht, wo er war. Er machte Licht. Es kam ihm seltsam vor, in dem Ehebett seiner Eltern zu liegen. Er erinnerte sich, wie er als kleiner Junge, wenn er schlecht geträumt hatte, zu ihnen ins Bett kroch. Und heute? Zurück zu den Wurzeln, dachte er und kam sich lächerlich vor. Er stand auf und nahm eine Schlaftablette. Um acht schellte der Wecker, er blieb bis zehn Uhr liegen. Nach dem Frühstück ließ er den Tag bis zum späten Nachmittag verstreichen. Er ließ sich treiben, blätterte durch die Zeitung, hörte ein wenig Musik. In der Palisanderschrankwand fand er einige Bücher seiner Mutter, darunter einen Gedichtband von Goethe und die ersten drei Bände der Reader's Digest Sammlung „Die großen Romane der Weltliteratur": Effi Briest, Anna Karenina und die Buddenbrooks. Er hatte am Vormittag eine Rezension über die neue Verfilmung der Familiensaga gelesen und nahm den Roman aus dem Regal. Er begann zu lesen, sofort nahm ihn die Geschichte gefangen, und er legte das Buch nicht mehr aus der Hand, bis es dämmerte. Seine Augen wurden müde. Er fühlte sich erschöpft, ausgehöhlt von einer inneren Leere. Er verlor sich in Gedankensplittern, Figuren schwirrten ihm durch den Kopf, der alte Konsul, Toni, Thomas, Christian... Ihm schwindelte, er hatte das Gefühl, den Boden unter den Füßen zu verlieren, in die Tiefe zu stürzen... Der Schmerz holte ihn zurück ins Hier und Jetzt. Er betrachtete den roten Fleck auf seiner Haut, später würde er sich blau verfärben. Er war erleichtert, sein alter Trick funktionierte: er hatte sich in den Arm gekniffen. Merkwürdig, was die Einsamkeit in einem Menschen hervorrief, welche Gedanken, welche Gefühle sie auslöste, aus den Tiefen des Inneren nach oben schwemmte...

Wenn er jetzt tot umfiele, würde es niemand bemerken, erst Tage später, wenn die Putzfrau oder sonst wer käme... Die Vorstellung beunruhigte ihn. Es trieb ihn hinaus, er wollte unter Menschen sein, Leben um sich haben. Doch wohin? Er beschloss, noch einige Einkäufe für das Wochenende zu machen.

Vor dem Supermarkt empfing ihn ein freundlicher Weihnachtsmann, der ihm Geschenkgutscheine für ein Computerspiel verkaufen wollte: „Machen Sie Kinderträume wahr!" Leonhard lehnte dankend ab. Als er sich reden hörte, wurde ihm bewusst, dass es die ersten Wort waren, die er heute sprach. Jingle bells johlte aus den Lautsprechern, eine einschmeichelnde Stimme vom Band verhieß gute und günstige Angebote zum dritten Advent, dann sang ein Kinderchor Stille Nacht, heilige Nacht. Er irrte durch die Gänge, wusste nicht, wo er was finden konnte, wofür er sich entscheiden sollte. Ingrid hatte sich immer darum gekümmert und mit seinen Kochkünsten stand es auch nicht zum Besten. Überfüllte Einkaufswagen drängten sich an ihm vorbei, als er vor einem der Regale stehen blieb und sich durch den Etikettendschungel der Konservendosen kämpfte: Deutsche Erbsensuppe, Englische Ochsenschwanzsuppe, Serbische Bohnensuppe, Ungarischer Feuerzauber, Original italienische Minestrone – er griff zu, die musste man nur warm machen und sie belastete den Magen nicht allzu sehr. Außerdem entschied er sich für das Fischfilet Mediteraneo von „Du darfst".

Heerscharen von Schokoladen-Nikoläusen in verschiedenen Größen lachten und lockten Kinderhände an: je kleiner die Hand, desto größer das begehrte Modell. Mütter sprachen Verbote aus, Väter mussten die Verführung in Stanniol zurückstellen. Kindergeschrei und Tränen folgten, tröstende Worte blieben aus – kurz vor Ladenschluss blieb keine Zeit dafür. Leonhard wurde es zuviel, und er eilte zur Kasse. Im Vorbeigehen warf er noch schnell das Nötigste in seinen Wagen, darunter ein wenig Aufschnitt, ein Roggenmischbrot von der Backstation und eine der letzten Flaschen Beaujolais Primeur. Er reihte sich in eine der langen Schlangen ein und verglich seine Einkäufe mit denen der anderen – seine Fertiggerichte nahmen sich neben der ihn umringenden kulinarischen Vielfalt mehr als bescheiden aus, ein wenig freudlos sogar... Ob er sich das Fischfilet für morgen aufheben sollte? Gewissermaßen als Sonntagsbraten?

Leonhard erschrak. Eine Hand klopfte ihm auf die Schulter, jemand lachte gellend laut in sein Ohr – unverwechselbar Klaus Petermann. „Was gibt es Schöneres, als an einem Samstagabend einzukaufen? Schicken uns die Frauen ins Gefecht, um noch eben das zu erbeuten, was ihnen entgangen ist, natürlich das Wichtigste: Das Dessert. Das Premium-Vanilleeis ist übrigens im Sonderangebot, kostet jetzt nur noch die Hälfte, da habe ich direkt drei Packungen ergattert, Jäger und Sammler, der ich bin. Man weiß ja nie, wann die nächste Krise kommt."

Er schaute in Leonhards Wagen. „Das sieht aber nicht gerade üppig aus, wie bei einem Strohwitwer, der gerade mal weiß, wie er den Herd andreht." Er lachte schon wieder. Leonhard sah ihn an, ohne eine Miene zu verziehen. „Nichts für ungut, mein Lieber", fuhr Klaus Petermann fort, „sag mal, geht es Ingrid eigentlich besser?" Leonhard war irritiert, außer den Kindern wusste niemand von Ingrids Treppensturz. „Ja, ich denke schon. Wieso?", fragte er vorsichtig. „ Wieso? Sie hat doch gestern bei uns angerufen und das Doppel bis Ende des Jahres abgesagt. Weißt Du denn nichts davon? " „Nein", antwortete Leonhard. Er war verunsichert. Vielleicht hatte sie noch mehr erzählt...? „Wie, nein?", entgegnete Klaus Petermann, „Ingrid hat uns lange und breit erklärt, dass sie Probleme mit dem Knie hat und deshalb die nächsten Wochen nicht spielen kann. Auch Dir wäre es recht, ein wenig zu pausieren." Leonhard wurde wütend. Das war wieder einmal typisch für sie, einfach so tun, als ob nichts passiert wäre, um den Schein zu wahren.

„Herr Gott noch mal, kapierst Du das denn nicht? Das ist doch eine verdammte Ausrede von ihr", fuhr er Klaus Petermann an, „wir haben uns getrennt, so ist das!" Einige in der Schlange drehten sich zu ihnen um. Leonhard beachtete sie nicht weiter. Klaus Petermann verschlug es die Sprache, damit hatte er nicht gerechnet. Selbstverständlich war ihm nicht entgangen, dass es zwischen Ingrid und Leonhard kriselte, aber das kam in den besten Familien vor. Krisen waren da, um sie zu überwinden...

Sie zahlten und blieben vor der Kasse stehen. Leute drängelten an ihnen vorbei, manche rempelten sie mit dem Einkaufswagen an. Leonhard war es gleich, er ließ sie schimpfen. Klaus, noch immer betroffen von der Neuigkeit, lud Leonhard ein, bald bei ihnen vorbeizukommen, in einer solchen Situation sei der gute Rat von alten Freunden Gold wert. Sein Blick fiel in den Einkaufswagen. Das Kondenswasser perlte von den Plastikbechern ab. Das Eis begann zu schmelzen, die Himbeeren tauten auf. Er müsse jetzt los, entschuldigte er sich, Mathilde und die Kinder warteten auf ihn. Aber Leonhard solle auf jeden Fall an einem der Weihnachtstage bei ihnen vorbeikommen, wenn er noch keine andere Einladung habe. Mathilde würde sich in den nächsten Tagen melden, um alles Weitere zu besprechen. Auf bald. Klaus Petermann verschwand im Ladenschlusstrubel. Leonhard wusste, dass die Neuigkeit schon morgen ihre erste Runde machen würde, noch hinter vorgehaltener Hand, um sich dann wie ein Lauffeuer zu verbreiten.

Die Teilnehmerzahl des philosophischen Kolloquiums war erheblich geschrumpft. Seit dem denkwürdigen Auftritt von Leonhard waren in der folgenden Sitzung etliche nicht mehr erschienen, unter anderem der gut gekleidete Student mit den goldenen Manschettenknöpfen, der sich in einem Brief an Eggebrecht über den unkontrollierten Verlauf der Veranstaltung beklagte – so ginge das nicht, schrieb er, er zahle schließlich Studiengebühren und das Allgemeinwohl der Studierenden sei empfindlich gestört worden. Er schickte eine Kopie seiner Beschwerde an das Rektorat, ohne dass diese weitere Beachtung fand, geschweige denn Auswirkungen für den Professor hatte, handelte es sich doch bei dem Kolloquium um eine rein fakultative Veranstaltung. Noch wollte sich die Universität eine solche Liebhaberei leisten, die dem humanistischen Bildungsideal verpflichtet war – das machte sich gut im Vorlesungsverzeichnis.

Dem Professor war es recht, den allzu selbstgefälligen Utilitaristen los zu sein. Ihn interessierten diejenigen, die aus Verunsicherung zu ihm kamen und auf der Suche waren. Sie waren noch zu fünft in dieser letzten Sitzung vor Weihnachten: Die ältere Dame mit dem Dutt, der in sich gekehrte Student, die sich treiben lassende Studentin. Auch der hagere Herr mit dem eisernen Willen zur Tugend war noch dabei. Und natürlich Leonhard. Er verspätete sich um wenige Minuten, alle lauschten bereits aufmerksam dem Professor. Die Studentin schien es zu freuen, als Leonhard den Hörsaal betrat, im Gegensatz zu dem älteren Herren, der verärgert über den zu spät Kommenden war. Er suchte sich schnell einen Platz am Rand, der Professor nickte freundlich und fuhr fort.

„Unser Denken, Meinen, Handeln und Fühlen fallen auseinander, der Mensch ist und bleibt ein Mängelwesen, da hat uns auch der Fortschritt in den letzten zweitausend Jahren nicht weitergebracht. Und deshalb ad fontes! Zurück zu den Quellen abendländischen Denkens, meine Damen und Herren! Die Bewältigung von Affekt und Leidenschaft in der Stoa und bei Epikur ist unser heutiges Thema. Es ist doch sonderbar, der Mensch strebt nach dem Besten und erreicht zumeist das Schlechteste. Das können wir jeden Tag in der Zeitung lesen. Wie erklären Sie sich das?", fragte der Professor in die Runde.

„Wir sind unfähig, uns zu beherrschen und lassen uns von unseren Gefühlen leiten, ohne Sinn und Verstand", sagte der hagere Herr. „Ungehemmte Emotionen, unkontrollierte Lust und Leidenschaft, sie machen uns blind. Sie sind es, die uns ins Unglück stürzen, sie verzerren unseren Blick, unsere Erkenntnisfähigkeit und führen zu einer falschen Sicht auf die Dinge." Seine Aussprache wurde schärfer, fast penetrant: seine Zunge meißelte die Konsonanten, wobei das gezischte „s" besonders heraus stach. „Das ist es, was unsere Seele krank macht, die mangelnde Kontrolle über uns selbst! Wir sind zerrissen zwischen unseren wohlüberlegten Vorsätzen und eskalierenden Gefühlen, unserer wohlmeinenden Absicht und der überstürzten Tat."

Leonhard mochte den Mann nicht, musste ihm aber zustimmen: Er hatte es am eigenen Leib erfahren, er war ausgezogen, um das Schlimmste zu verhindern, so hatte er es seinen Kindern erklärt.

„Und was ist für Sie das sittlich Gute?", fragte der Professor den hageren Herrn. „Das kann man doch schon bei Cicero nachlesen", dozierte er. „Sittlich gut ist das, was der Tugend entspringt und der Fähigkeit, ihr gemäß zu handeln, wobei die Tugend sich stets um die Erkenntnis der höchsten Wahrheit bemüht. Und das Wichtigste: Die Begierden haben der Vernunft zu gehorchen!" Die ältere Dame rückte eine wenig von ihrem Sitznachbar ab. Eggebrecht erfreute der Beitrag, fachlich präzise und prägnant formuliert, erwies sich der Herr als ein Kenner von Ciceros Schriften.

„Wir können unsere Gefühle doch nicht ständig unterdrücken oder sie bezwingen, um Herr oder Herrin unserer selbst zu werden. Das ist doch ein klassischer Verdrängungsmechanismus. Im Gegenteil, unsere Gefühle, unsere Emotionen sind ein Teil von uns. Ich muss sie zulassen, ausleben. Solange ich damit keinem anderen schade, ist das auch völlig in Ordnung und viel gesünder für die Psyche. Nur so kann ich zu mir selbst finden", sagte die Studentin zu dem älteren Herren, der sie keines Blickes würdigte.

In ihrem Alter ließ sich das leicht behaupten, dachte Leonhard, aber es war ihr gutes Recht, sie war jung und frei. Vor zwei Wochen hatte sie ihm erzählt, dass sie Psychologie im zweiten Semester studiere, als sie nach dem Seminar miteinander ins Gespräch kamen und sich noch eine Zeit lang vor dem Hauptgebäude unterhielten. Voller Enthusiasmus erklärte sie ihm, wie wichtig es ihr sei, die Analyse menschlichen Verhaltens in ihren Lehrbüchern mit dem eigenen Erleben in Einklang zu bringen, Erkenntnis beruhe auf Selbsterfahrung. Das hatte ihn beeindruckt.

Der Professor lenkte das Gespräch zurück auf die Stoa, ihm ging es um eine objektive Betrachtungsweise. Die Sentimentalitäten einer Zwanzigjährigen spielten für ihn keine Rolle. „Die Gefühle sind also Teil unserer selbst, ganz Recht, und gerade deshalb ist es für die Stoa wichtig, sich ein Bewusstsein über sie zu verschaffen. Die Stoiker unterscheiden vier Hauptgattungen der Affekte, die uns beherrschen: Lust, Begierde, Trauer und Angst. Welche Auswirkungen haben diese Gefühle auf den Menschen?" Der Professor schaute erwartungsvoll in die Runde.

„Nun ja, die Lust empfinde ich im Augenblick, sie ist etwas Sinnliches, das ich genieße. Das läuft über den Körper, nicht über den Kopf, ein schöner Zustand, in dem ich ganz bei mir bin, der aber leider nicht ewig dauert," antwortete die Studentin und weckte die Neugier des in sich gekehrten Studenten, der sie nun intensiv anschaute. Ein Lächeln huschte über seine Lippen, als ob etwas Angenehmes seine Phantasie anregte.

Eggebrecht sah über das private Bekenntnis der Studentin hinweg und konzentrierte sich allein auf das Allgemeingültige ihrer Aussage. „Lust ist also ein Affekt, der sich auf das Gegenwärtige bezieht, sehr schön.“ „Nein, ein Affekt, der uns auf das Zukünftige abrichtet“, sagte der strenge Herr mit zischendem Z, „der uns abhängig macht, unsere Begierden weckt, uns maßlos macht, der Promiskuität Tür und Tor öffnet, Ehen zerstört und Familien auseinander fallen lässt!“ Feindselig sah er die Studentin an und erhob seine Stimme: „Alle Lust verlangt nach Ewigkeit. Lesen Sie mal bei Musonius nach, was der über den sinnlichen Genuss geschrieben hat!“ Sein knorpeliger Kehlkopf schluckte über dem engen Krawattenknoten. Die ältere Dame machte sich eifrig Notizen.

„Das kommt doch auf jeden selbst an, wie er damit umgeht“, wehrte sich die Studentin und hielt dem inquisitorischen Blick ihres Angreifers stand, „Sinnlichkeit und Lust sind doch per se nichts Schlechtes, oder?“ „Honi soit qui mal y pense“, sagte der Student leise. Sie hörte es und schenkte ihm ein Lächeln, das ihn aufblühen ließ.

„Für Epikur ist die Lust sogar Grund und Ziel unseres Lebens. Sie trägt unser Leben, lässt uns wählen, was zu unserem Wohlergehen beiträgt und meiden, was uns schadet“, schaltete sich Eggebrecht ein, um Ausgleich bemüht. Mit den Worten Epikurs hoffte er zu einem von verständiger Einsicht geleiteten Gespräch zurückzufinden. Er goss Öl ins Feuer.

„Ein platter Philosoph des Genusses und ein dummer Vielschreiber, mit Recht von den Stoikern verachtet. Timon hat das messerscharf erkannt und ihn als den größten Schweinehund von allen Naturphilosophen beschrieben, dem es zudem an jeder Gesittung fehlt“, erzürnte sich der hagere Herr, seinen Oberkörper weit vorbeugend und mit den Armen fuchtelnd. „So beruhigen Sie sich doch“, ermahnte ihn die ältere Dame im Flüsterton. Er warf ihr einen kurzen Blick zu und bemerkte, dass er außer sich geraten war. Es war ihm unangenehm, und er nahm sofort seine aufrechte Haltung wieder ein.

„Das Lust-Unlustprinzip als Entscheidungskriterium für menschliches Handeln? Das ist ja moderne Verhaltensforschung! Genial, dieser Epikur, und das schon vor zweitausend Jahren!“, sagte die

Studentin. Sie fühlte sich bestärkt und wandte sich dem älteren Herrn zu, „und da hält uns Ihre Generation immer noch die Pflichterfüllung als höchstes Ideal vor. Ich versteh das einfach nicht." Leonhard gefiel, mit welchem Elan sie ihren Standpunkt vertrat.

„Natürlich nicht, wie auch? Ihnen fehlt doch jegliches Verständnis für das Höhere. Die deutsche Klassik, der Idealismus eines Schiller, die Teleologie, ja die Entelechie eines Goethe, das sind doch alles Fremdwörter für Sie! Dafür hat man uns Deutsche in der Welt einmal bewundert, verstehen Sie? Der Geist der Stoa hat doch erst den kategorischen Imperativ eines Kant befördert, der dann unsere Nation groß gemacht hat. Aber das ist Ihrer Generation ja völlig gleichgültig! Land der Dichter und Denker, quo vadis? Das ganze Abendland geht den Bach hinunter." Der ältere Herr war sehr erregt, doch diesmal versuchte er, seine Arme unter Kontrolle zu behalten und presste sie eng an den Körper. Er war starr vor Anspannung. Nur sein Kopf bewegte sich in ruckartigen Bewegungen hin und her.

Das Verhalten des Mannes befremdete Leonhard. Er schien Lehrmeister und Musterschüler in einem zu sein, jemand, der nicht nur die anderen, sondern vor allem sich selbst erziehen wollte, jemand der allen als leuchtendes Beispiel vorangehen wollte. „Aber die Pflichterfüllung bis zur Selbstverleugnung, ist es nicht das, worunter unsere Generation noch heute leidet?", gab Leonhard zu Bedenken. „Im Grund genommen haben wir doch ein Leben an uns selbst vorbei geführt und unsere Existenz nur durch etwas Äußeres zu rechtfertigen versucht. Wir haben gelernt zu gehorchen, aber nicht auf unsere Bedürfnisse, auf uns selbst zu hören. Ich bezweifle, dass sich alles nur mit Vernunft lösen lässt." Die ältere Dame sah interessiert zu Leonhard, er spürte ihren Blick auf sich ruhen. Sie lächelte freundlich und notierte sich etwas.

Eggebrecht verfolgte aufmerksam den Verlauf der Diskussion und legte eine neue Spur, in der Hoffnung, Leonhard würde sie weiterverfolgen. „Die Lust ist bei Epikur die Richtschnur für die Beurteilung des Guten. Menschliches Glück liegt in der Lust begründet, auch der leiblichen und sinnlichen, aber nicht nur. Die Lust verhilft dem Menschen vor allem zur Schmerzlosigkeit für Leib und Leben, sie bewahrt ihn vor den Verwirrungen der Seele." Er brauchte nicht lange auf Leonhards Antwort zu warten.

„Das setzt aber voraus, dass ich die Lust zulassen kann", meinte Leonhard und zögerte, das Folgende auszusprechen, „und vor allem, dass ich sie überhaupt noch empfinden kann." Der Professor horchte auf und setzte an, den Gedanken weiterzuentwickeln, doch der ältere Herr schnitt ihm das Wort ab: „Lust und Begierde verblenden den Menschen!" Der Professor bemühte sich ruhig zu bleiben und antwortete: „Das haben auch die Stoiker und später die Christen Epikur mit aller Schärfe vorgeworfen, jedoch nicht berücksichtigt, dass sein höchstes Ziel die gelassene Lust war." „Wie bitte, das ist doch ein Widerspruch in sich selbst!", ereiferte sich der ältere Herr. Er sprang auf und wollte sich und seiner Antwort Raum verschaffen, doch vergeblich: er klemmte zwischen Sitzbank und Schreibpult fest und blieb in gebeugter Haltung stehen. Mehrmals stach er mit dem rechten Zeigefinger in die Luft, bevor er ansetzte, um Epikur endgültig zu vernichten und der Verdammnis preiszugeben: „Lust und Gelassenheit schließen sich aus. Sie machen mir nichts vor, Herr Eggebrecht. Dahinter versteckt sich die Geilheit nach immer neuen Reizen, Höhepunkten, orgiastischen Ausschweifungen, die uns aussaugen wie ein Vampir. Epikur, das ist ein Perverser, amoralischer Morast!"

„Nein, das ist schlichtweg falsch", herrschte ihn der Professor an. „Setzen Sie sich gefälligst hin, und halten Sie den Mund. Was bilden Sie sich eigentlich ein? Epikur ging es gerade nicht um Völlerei und Vielweiberei, sondern um die Unerschütterlichkeit des Menschen, die Befreiung von dem Übermaß an Lust und Leid, das ihn belastet. Darum ging es ihm, lesen Sie das erst einmal in seinen Lehrbriefen nach, bevor Sie hier dummes Zeug reden!" Mit diesem Ausbruch hatte niemand gerechnet, vor allem nicht der hagere Herr. Er kapitulierte vor der professoralen Autorität und sank verstört in sich zusammen. Betretenes Schweigen. Eggebrecht wandte sich zum Fenster ab, er hatte die Kontrolle verloren, wieder einmal.

„Es ging Epikur also um die innere Ausgeglichenheit, die es uns erlaubt, Frieden mit uns und den anderen zu machen?", fragte nach einer Weile die ältere Dame in die Stille hinein. Eggebrecht wischte sich den Schweiß von der Stirn. „Ja ganz recht, es ging Epikur um den Zustand, in dem die Seele zur Ruhe kommt und den der Mensch als Freisein von Begierde, Trauer und Furcht empfindet", erklärte er und vermied es, in die Richtung des hageren Herrn zu schauen. „Deshalb kann der Weise diesen Zustand, den Epikur Ataraxie nennt, auch als lustvoll, sogar als höchste Lust empfinden, da er keine Seelenqualen mehr leidet, er ist ohne Angst." Der

Professor fasste sich und tat, als ob der ältere Herr nicht mehr vorhanden wäre. Alle waren dankbar und machten es ihm nach. Nur Leonhard kam diese Form der Nichtbeachtung unmenschlich vor, er hatte Mitleid mit ihm.

Zum ersten Mal meldete sich der Student zu Wort. Er wählte seine Worte mit Bedacht: „Hat Epikur damit nicht den Menschen zum Maß seiner Glückseligkeit gemacht, in dem er die subjektive Wahrnehmung und die Empfindung von Lust und Unlust in den Mittelpunkt stellt anstatt die Vernunft? Das verstandesmäßige Erfassen der göttlichen Allnatur scheint ihn weniger interessiert zu haben, als das sinnliche Erfassen von Welt und Diesseitigkeit." Alle Achtung, dachte Leonhard, das brachte das Problem, das er mit der Stoa hatte, auf den Punkt. Das hätte er dem unscheinbaren Studenten gar nicht zugetraut.

Der Professor fühlte sich von der brillanten Frage herausgefordert und ließ die Überlegenheit seines Wissens spielen. Er sprach schnell, zu schnell, als dass seine Zuhörer ihm folgen konnten. Er verließ sich auf sein untrügliches Gedächtnis, während er in druckreifen Sätzen komplexe Definitionen wiedergab und die Bewunderung in den Augen seiner Zuhörer mit Genugtuung zur Kenntnis nahm. Es tat ihm gut. Er brauchte dieses Ritual, diesen Moment der virtuosen Selbstdarstellung als Mann des Geistes, in dem er sich selbst zu finden hoffte. Es half ihm über das tiefe Ungenügen an sich selbst hinweg. Sein Verstand ließ das verstörende Gefühl der inneren Leere erst gar nicht zu, sein Intellekt schützte ihn vor der eigenen Fremdheit.

„Sowohl Epikurs Philosophie als auch die Stoa streben nach dem inneren Frieden des Menschen und sind Theorien zur Glückseligkeit. Viele der praktischen Anweisungen ähneln sich, das Postulat der vernünftigen Selbstkontrolle findet sich ebenso in beiden Strömungen wie das Ziel der Autarkie, also die innere Unabhängigkeit des Menschen von allem, was er selbst nicht bestimmen kann. Was ist nun aber der Unterschied?" Er gönnte seinen Zuhörern eine Pause. Er war zufrieden, als er in die um Verstandnis bemühten Gesichter sah und fuhr fort: „Nun, ganz einfach. Der entscheidende Unterschied liegt dort, wie der junge Mann es ja schon angedeutet hat, wo es um Fragen der Metaphysik geht. Das Verständnis vom Göttlichen ist in beiden Strömungen ganz unterschiedlich. In der Stoa ist die Natur die Schöpfung eines höchsten Schöpfergeistes, deshalb ist sie durchdrungen vom Logos, der universalen Gesetzmäßigkeit der Vernunft, die identisch ist mit Gott oder der höchsten Wahrheit. Übrigens heißt es ja auch zu Beginn des Johannes-Evangeliums ‚Im Anfang war das Wort' – übrigens eine völlig verkürzte deutsche Übersetzung des griechischen Wortes logos und im Übrigen hat das Christentum sowieso das meiste von den Griechen übernommen, aber das nur nebenbei. Die Natur, und hier ist die Schöpfung in ihrer Ganzheit meint, ist von der Vernunft im Sinne eines göttlichen Gestaltungswillens durchdrungen. Zweck und Ziel dieser Vernunft ist der Selbsterhalt, also der Fortbestand. Der Mensch als ein vernunftbegabtes Wesen trägt den göttlichen Funken in sich und bemüht sich um den Erhalt und die Ausformung dieses Anteils." Der Professor streifte mit dem Blick den hageren Herrn, der aus seiner Apathie erwachte und sich wieder aufrichtete. Eggebrecht hoffte, dass er bei den folgenden Ausführungen nicht wieder störte.

„Ganz anders sieht das bei Epikur aus: Für ihn ist der logos nicht das Prinzip der Natur, im Gegenteil, die Natur ist irrational. Sie lässt sich nicht mit allgemeingültigen Naturgesetzen erfassen, die festlegen, dass immer etwas so und nicht anders abläuft und zu einem bestimmten und voraussehbaren Ergebnis führt. Im Gegenteil, vieles ist dem Zufall unterworfen, warum es so passiert ist, und nicht anders, lässt sich nicht erklären. Wir können nur feststellen, dass es so ist. Unsere Erfahrung konfrontiert uns mehr mit Wahrscheinlichkeiten und Möglichkeiten als mit Eindeutigkeiten. Übrigens können Sie hier eine Parallele zur modernen Quantenphysik finden. Auch sie beschäftigt sich mit der Frage, ob die Welt deterministischen oder zufälligen Prinzipien gehorcht. Der Kopenhagener Deutung liegt die Beobachtung zugrunde, dass gleiche Experimente unterschiedliche Ergebnisse hervorbringen können. Nehmen Sie zum Beispiel den radioaktiven Zerfall. Es ist zwar bekannt, dass nach dem Verstreichen der Halbwertszeit hinreichend genau die Hälfte der radioaktiven Atome zerfallen sein werden, aber welche einzelnen Atome zerfallen sein werden, lässt sich nicht vorhersagen.

Aber das nur nebenbei, um Ihnen die Relevanz der antiken Denker im wissenschaftlichen Zeitalter vor Augen zu führen und nun zurück zu Epikur. Wenn auf die Gesetzmäßigkeiten der Natur kein Verlass mehr ist, dann kann sich der Mensch nur noch auf seine Wahrnehmung, seine fünf Sinne verlassen und zu Aussagen über sich und die Welt gelangen. Was wir wahrnehmen, kann nicht falsch sein, auch wenn das bedeutet, dass mehrere Wahrheiten nebeneinander bestehen können, die sich eigentlich ausschließen. Hier liegt meiner Meinung nach die eigentliche Schwäche in Epikurs Erkenntnistheorie, aber das ist ein zu weites Feld." Der Professor wollte sich nicht in erkenntnistheoretischen Fragen verlieren, auf die er selbst keine eindeutigen Antworten wusste – das führte nur zu unnötigen Diskussionen, vor allem mit dem hageren Herrn, der sich zum Glück ruhig verhielt.

„Ich nehme also die Welt zunächst einmal mit meinen Sinnen wahr und kann mich dabei ganz auf mich selbst verlassen. Es geht um meine Sicht auf die Welt und nicht um einen Blick von oben auf die Welt. Ich schließe von meinen Erfahrungen auf das außerhalb meiner selbst liegende, also vom Besonderen auf das Allgemeine und nicht umgekehrt wie in der Stoa", versuchte Leonhard die Erklärungen des Professors mit eigenen Worten nachzuvollziehen.

„So ist es. Die Götter sind müßig und nehmen keinerlei Einfluss auf den Menschen, sagt Epikur. Seiner Auffassung nach leben die Götter in Intermundien, leere Räume zwischen den Welten, wo sie in seliger Ruhe und völliger Selbstgenügsamkeit ihr ungetrübtes Glück genießen, unbekümmert um uns Menschen und ohne in die Naturgesetze einzugreifen. Es liegt an den Menschen, wie sie ihre Beziehung zu den Göttern gestalten, welche Vorstellungen sie sich von ihnen machen."

„Dieser Gedanke ist doch absolut modern, damit entlarvt Epikur, genau wie Freud, den vermeintlich göttlichen Einfluss auf die Welt als menschliche Projektion, das ist Psychologie pur", sagte die Studentin. Sie war begeistert.

„Nur mit dem kleinen Unterschied, dass Epikur dies bereits zweitausend Jahre früher gedacht hat als Freud und bereits den Menschen der Antike ein von der Götterfurcht freies Leben ermöglichte", entgegnete der Professor. Er mochte es nicht, wenn vorschnelle Vergleiche aus der Moderne herangezogen wurden. Ihm ging es darum, ein Verständnis seiner selbst aus dem Geist der griechischen Philosophie zu gewinnen und nicht umgekehrt. Geradezu vermessen kam es ihm vor, wenn der akademische Nachwuchs – lebensunerfahren und wissenschaftlich noch grün hinter den Ohren – der Antike höhere Weihen dadurch zu verleihen glaubte, indem irgendwer aus dem zwanzigsten Jahrhundert herangezogen wurde, der das auch schon mal so oder zumindest so ähnlich gesagt haben sollte. Und dann auch noch dieser Freud mit seinem Unbewussten und seiner Triebtheorie. Die war ihm sowieso suspekt, denn er selbst verstand sich im Großen und Ganzen als Herr über den eigenen Willen, von einigen Ausnahmen einmal abgesehen.

„Alles Erkennen beruht für Epikur auf der sinnlichen Wahrnehmung des Einzelnen", wiederholte der Professor und fuhr in seinen Erläuterungen fort, in der Hoffnung Leonhard würde sich wieder einbringen. Aber stattdessen fing der hagere Herr an, unvermittelt Sätze vor sich hin zu reden. Er sprach eindringlich und mit geschlossenen Augen.

„Wahr ist, was meine Sinne mir für wahr vormachen, glücklich macht mich, was mir meine Lust vorgaukelt. Das ist Verblendung. Wir brauchen eine Kontrollinstanz, wir brauchen eine übergeordnete Wahrheit, wir brauchen eine unabänderliche Ordnung außerhalb unserer selbst, sonst können wir nicht zwischen dem Rechten und dem Falschen unterscheiden. Wir müssen uns vor uns selbst bewahren." Alle taten so, als hätten sie ihn nicht gehört, wollten schon über ihn hinweggehen, doch Leonhard fasste sich ein Herz und ging auf ihn ein.

„Ist es nicht eher so, dass uns der Verstand irre leitet? Wir machen uns ein Bild von der Welt, bevor wir überhaupt hingesehen haben, wollen außerhalb unser selbst das wieder finden, was wir uns in unserem Kopf ausgedacht haben. Wir versuchen die Wirklichkeit unserem Konzept von Welt anzupassen. Das macht uns unglücklich." Der hagere Herr reagierte nicht auf Leonhards Worte. Eggebrecht war zufrieden, es kam zu keinem weiteren Eklat. Der Aufsässige schwieg. Das war die Hauptsache. Man konnte in Ruhe fortfahren.

„Wenn ich nicht offen für den Augenblick bin, dann geht das eigentliche Leben doch an mir vorbei.", führte die Studentin Leonhards Gedanken weiter, „wenn es Gewissheiten gibt, dann sind es doch meine Sinneswahrnehmungen, die bilde ich mir nicht ein: Ich sehe jemanden und erkenne einen alten Freund wieder, ich höre Töne und erkenne eine Melodie, ich rieche einen Duft und erkenne eine Rose, die ich vorher vielleicht nicht gesehen habe. Ich sehe, dass sie rot ist, erkenne in ihr ein Zeichen seiner Liebe, ich schmecke, dass ich zuviel Salz in das Essen gegeben habe, obwohl ich mich streng an das Rezept gehalten habe, trinke zuviel von dem Rotwein, der nach Sommer und Süden schmeckt, später taste ich mich im Dunkeln durch das Schlafzimmer, von dem ich vorher keine räumliche Vorstellung hatte, finde trotzdem das Bad, lasse warmes Wasser über meine Haut rieseln und weiß, dass ich glücklich bin."

Dem in sich gekehrten jungen Mann war während der Ausführungen der Studentin warm geworden. Er schälte sich aus seiner Strickjacke und hielt eine glänzende Ansprache. Er galt als hoffnungsvolles Nachwuchstalent der Politikwissenschaften.

„Und was bedeuten schon universale Gesetzmäßigkeiten, überzeitliche Wahrheiten? Die haben doch kaum Bestand! Schauen Sie sich doch die Halbwertszeit gesellschaftlicher Utopien an. Zunächst die hehren Ideale, Gleichheit, Freiheit, Brüderlichkeit, von allen gefeiert, dann zu einer Ideologie verkommen, die Andersdenkende ausschließt, und schließlich zu einem totalitären Regime entartet, das seine Gegner auslöscht. Der Kommunismus hat sich von selbst erledigt, der Kapitalismus liegt in den letzten Zügen und die Demokratie existiert nur noch auf dem Papier. Allgemeininteresse wird geheuchelt, während man in die eigenen Taschen wirtschaftet."

Die Studentin stimmte ihm begeistert zu. Jetzt kam der Student erst richtig in Fahrt. Sein kämpferischer Geist war geweckt. Er suchte einen Gegner und ging den älteren Herrn an, der sich aber nicht rührte. Es war ihm egal, Hauptsache sie hörte ihm zu. „Diese universale Gesetzmäßigkeit ist doch nur das Konstrukt einiger Weniger, die sich für klüger als die anderen halten, um Macht auszuüben und andere zu unterdrücken. Und die Moralisten sind die Schlimmsten, Seelsorger und Pädagogen tarnen den Missbrauch unter dem Deckmantel der Caritas oder des pädagogischen Eros."

„Der Revolutionär kennt keine Skrupel und vergisst bei all dem Pathos seiner Anklage allzu oft das Leiden der Opfer", sagte die ältere Frau, „er schaut nur nach vorne, doch der Rigorismus zerstört die Menschen, das Zuviel macht alles kaputt." Sie sprach langsam und ohne Nachdruck, ab und zu schaute sie in ihre Notizen. „Wir Menschen scheitern immer wieder an den eigenen Ansprüchen, die wir absolut setzen, nicht um der Ideale willen, sondern um uns selbst zu erhöhen und andere zu erniedrigen", sie blickte zu dem Studenten, „und sei es auch nur, um einer jungen Frau zu imponieren." Der Student rückte verlegen seine Brille zurecht. Die Frau schaute in die Runde. „Ganz gleich ob Freiheitsheld, Herrscher oder Tyrann, Väter, Söhne, sie alle flüchten in die Abstraktion ihrer Ideen, unerreichbar für sich und andere. Der

Schoß der Philosophie als letzter männlicher Zufluchtsort. Woher kommt diese Angst, diese Kälte des Denkens?" Sie brach ab. Sie hatte mehr gesagt, als sie wollte. Alle hatten die Dame mit Dutt unterschätzt, niemand konnte ihrer Gewissheit etwas entgegensetzen, aus der persönliche Erfahrung zu sprechen schien. Sie stand auf, packte ihren Notizblock in die lederne Mappe und ging.

Eggebrecht ging nicht weiter auf den Vorfall ein und schaute auf seine Armbanduhr. Es war Zeit für das philosophische Schlusswort zum Thema der heutigen Sitzung „Die Bewältigung von Affekt und Leidenschaft in der Stoa und bei Epikur". Danach verließ er schnell den Hörsaal.

Epikur war ein erster wichtiger Schritt zu mir selbst. Die Angst, von der die ältere Dame sprach, war meine Angst vor der Veränderung. Ich erkannte mit einem Mal, dass ich mein Leben nicht zum Besseren wenden konnte, ohne mich mit mir selbst auseinanderzusetzen, ohne bei mir selbst anzusetzen. Das ist die Wurzel allen Übels: von sich selbst absehen, sich von sich selbst abziehen und sich fremd werden. Unmenschliche Abstraktion. Eggebrecht versuchte von sich selbst abzulenken, er war auf der Suche und der Flucht zugleich. Ich fing an, ihn zu durchschauen.

Es war kurz vor Weihnachten. Leonhard entzog sich allen Aktivitäten, die sich dem Frieden auf Erden verpflichteten - nach geheuchelter Harmonie und heiler Welt stand ihm nicht der Sinn - und so blieb er auch dem traditionellen Wohltätigkeitsbazar der Rotarier am vierten Advent fern. Zwischen Gebäck und Gebasteltem wollte er sich nicht dem Getuschel über seine Trennung aussetzen. Sein Fehlen erregte Aufsehen, denn er versäumte es, sich zu entschuldigen. Heinrich von Siemsen rief ihn sofort am nächsten Tag an. Er sprach in einem fort und ließ Leonhard kaum zu Wort kommen: Er habe ihn vermisst, sich Sorgen gemacht. Auch der Verwaltungsdirektor der Klinik, Herr Salvator, sei da gewesen, man hätte ganz zwanglos über das Bauprojekt sprechen und ausloten können, auf welcher Seite er steht, eine verpasste Chance, schade drum. Leonhard wandte ein, ganz andere Probleme zu haben. Natürlich, erwiderte der Architekt, er habe von Leonhards Problemen gehört, aber er dürfe sich deswegen nicht in den eigenen vier Wänden verschanzen, das helfe niemandem, die Zeit heile schon die Wunden, das Beste sei ein Agreement mit

Ingrid, im Übrigen kenne er einen guten Anwalt... Leonhard beendete das Gespräch bald. Er gab vor, etwas auf dem Herd stehen zu haben, eine bessere Ausrede fiel ihm im Augenblick nicht ein. Sein alter Weggefährte und die Welt, in der er lebte, wurden Leonhard immer fremder.

Leonhard wusste nicht, was er Lars und Laura zu Weihnachten schenken sollte und machte sich auf den Weg in die Stadt. Er lief durch einige Geschäfte, unsicher, was ihnen gefallen könnte. Früher hatte sich Ingrid darum gekümmert, sie hatten die Kinder immer reich beschenkt – Schmuck, Mode, alle zwei Jahre eine neue Skiausrüstung... Die Irrfahrt durch die verschiedenen Kaufhäuser ermüdete Leonhard. Überall dasselbe: Versierte Verkäuferinnen taxierten ihn mit einem Blick und schlugen ihm stets das Teuerste vor. Er war unsicher, ob das Gezeigte seinen Kindern gefiele, doch die Verkäuferinnen beruhigten ihn, er könne gar keinen Fehler machen, es bestehe immer noch die Möglichkeit eines späteren Umtauschs, er müsse nur den Kassenbon behalten... Im Grunde genommen war es doch ganz gleich, was man verschenkte, wenn der Preis nur stimmte, dachte er. Warum suchte er nach Geschenken, die genauso so teuer waren und genauso aussahen wie all die Jahre zuvor? So ein Unsinn – es war viel ehrlicher, alles bescheiden zu halten und auf das Wesentliche zu konzentrieren, zumal die Pachtzahlungen von Gierke ausblieben. Mit einem Mal fiel ihm die Entscheidung, was er schenken wollte, nicht mehr schwer. Er kaufte zwei Bücher, die mit seiner veränderten Lebenssituation zu tun hatten. Vielleicht würden seine Kinder ihn dann besser verstehen.

Zum ersten Mal in seinem Leben verbrachte Leonhard den Heiligen Abend alleine, ohne Familie. Er hatte es sich schlimmer vorgestellt, er befürchtete sentimental zu werden, aber er hatte sich, Gott sei Dank, im Griff. Er lebte seit zwei Wochen in der Wohnung seiner Eltern und fing an, sich an das Alleinsein zu gewöhnen. Er war sogar ein wenig stolz auf sich, setzte er doch seinen guten Vorsatz um, selbst zu kochen, auch wenn es nur eine Kleinigkeit war. In einem der Kochbücher seiner Mutter hatte er das alte Kartoffelsalatrezept entdeckt, das sie am Heiligen Abend machte, dazu gab es immer Frankfurter Würstchen und selbst eingelegte Gurken. Wie sich die Gewohnheiten, Weihnachten zu feiern, im Laufe der Zeit ändern, dachte er. Eigentlich sollte man eine soziologische

Studie zum Wertewandel der Gesellschaft anhand des Essverhaltens der Bevölkerung am Heiligen Abend erstellen. Der Gedanke belustigte ihn. Du bist, was Du isst. In der Generation seiner Eltern war am Heiligen Abend ein bescheidenes Abendessen üblich gewesen, sie nannten es Vesper. Als es in Deutschland wieder bergauf ging, verschwand der Kartoffelsalat von den Tischen und stattdessen kam das Blätterteigpastetchen mit Ragout fin und Worcestersauce auf die Teller mit Goldrand, auch bei seinen Eltern war das so, und später, irgendwann in den Siebzigern musste das gewesen sein, gab es das Fleischfondue als Befreiung von Königinpastete und Kirchgang – man war weltoffen geworden.

Diese Abkehr von der guten alten Zeit wollte seine Mutter nicht mitmachen, sein Vater war zu diesem Zeitpunkt schon lange tot. Die Wellness-Neunziger brachten nichts wirklich Neues, aber schöpften die Fettschicht vom Fondue und schufen eine Light-Version: Das Fondue chinoise beglückte all diejenigen, die auf Form und Linie bedacht waren, wie auch Ingrid und Leonhard. Alles lief doch nur auf das Eine hinaus: Betäubende Übersättigung auf der ganzen Linie, kein Wunsch blieb unerfüllt. Frank Sinatra packte mit seinen Christmas Songs die Seele in Watte, der Magen füllte, überfüllte sich, dagegen half hinterher ein doppelter Espresso und ein Grappa, mindestens. Um Mitternacht gab es zu allem Überfluss noch die mit Sandeman extra dry verfeinerte Fleischbrühe. Danach waren alle am Ende und verabschiedeten sich in einen ungesunden Schlaf, zu müde, die vielen Geschenke noch auf ihr Zimmer zu tragen.

Und früher? In seiner Kindheit? Eine andere Welt, so schien es ihm, in einem anderen Jahrhundert. Der Heilige Abend war Erwartung, barg ein Geheimnis. Nach kurzem Schlaf ging es morgens um vier zur Christmette in die kalte, kaum erleuchtete Kirche, er war Messdiener gewesen, die Messkleider rochen nach Mottenkugeln, sein eisiger Atem hing in der Luft, vermischte sich mit Weihrauchwolken, Kerzen entzündeten sich aneinander zu einem strahlenden Lichtermeer, der Klang der Orgel triumphierte über die Finsternis, Gloria in excelsis deo, in dulci jubilo. Alle wünschten sich frohe Weihnachten und gingen nach Hause, mit schmerzenden Knien und kalten Füßen, das gehörte dazu. Nun begann das Weihnachtsfest erst richtig, nach der geistigen Erbauung gab es die verdiente Belohnung. Sie ließen das Geburtstagskind in der Krippe hochleben, mit Liedern unterm Weihnachtsbaum, mit rheinischem

Sauerbraten und Moselwein, mit kleinen verpackten Überraschungen für die anderen, von den anderen. Die ganze Familie an einem Tisch, mit Onkel, Tante, Vettern und Cousinen, die von weither angereist kamen. Doch das war lange her – eine schöne Weihnachtsträumerei, ausgelöst durch den Kartoffelsalat mit Öl, Essig und Zwiebeln nach Mutters Rezept aus alten Zeiten. Aber die waren lange vorbei.

Leonhard trank sein Bier aus und nahm den Jahreskalender zur Hand, den er in der Küchenschublade gefunden hatte. Er war mit schwarzem Kunstleder überzogen und trug auf der Vorderseite einen goldenen Aufdruck: Alles Gute für das Jahr 2007 Firma Zepp, Qualität aus Tradition seit 1926. Leonhard schlug ihn auf, er war unbenutzt, seine Mutter hatte nichts mehr hineinschreiben können wegen ihrer Demenz. Der alte Kalender bot genügend Platz, um jeden Tag kleinere Eintragungen zu machen – Gedanken und Ereignisse, die er gerne festhalten wollte. Ihm war es gleichgültig, dass Datum und Wochentag nicht mehr übereinstimmten und um zwei Tage verschoben waren.

Er nahm einen Stift zu Hand und notierte für den 24. Dezember 2008: Selbst gekocht, hat geschmeckt wie früher, erstaunt über mich selbst, nur die Gurken aus dem Supermarkt konnten nicht mit denen von Mama mithalten. In der Küche gegessen, wie früher, ganz gut über den Abend gekommen. Leichte Schluckbeschwerden beim Essen, zwei Bier getrunken, eins zuviel. Später den Fernseher doch noch angeschaltet, Übertragung der Christmette aus Rom im Bayerischen Fernsehen, darüber irgendwann eingeschlafen. Mitten in der Nacht aufgewacht und zu Bett gegangen.

Am ersten Weihnachtstag war Leonhard bei den Petermanns eingeladen. Eine stattliche Edeltanne, mit goldenen Lamettafäden und einer LED- Lichterkette geschmückt, beherrschte das Wohnzimmer. Sie begann bereits zu nadeln und Leonhard musste sich vorsichtig an ihr vorbeischieben, um seinen Platz einzunehmen. Das Dessert wurde serviert. Die heiße Himbeersauce ließ das Vanilleeis schmelzen. Er löffelte die süße Suppe bis zum letzten Rest aus dem Kristallbecher. Mathilde Petermann lächelte zufrieden, allen schien es geschmeckt zu haben, ihrem Mann, ihren beiden Söhnen Peter und Paul und natürlich Leonhard. „Kann ich Euch noch etwas Gutes tun, ein Likörchen vielleicht?“, fragte sie in die Runde, und bevor die anderen antworten konnten, standen schon die Gläschen mit selbst gemachtem Schlehenlikör vor ihnen. „Schön, dass Du heute bei uns bist, Leonhard. Auf Dein Wohl", sagte sie. Alle hoben die Gläser und tranken sie in einem Zug aus. Die Petermanns hatten sich vorgenommen, Leonhard einen unbeschwerten Tag zu schenken, Stunden ohne Sorge im Kreis der Familie. Er sah ihre gute Absicht, zeigte sich dankbar und gab seinen Gastgebern das angenehme Gefühl, etwas Gutes für ihn zu tun. Es war Weihnachten.

Mathilde trug das Geschirr ab und wehrte alle Versuche, ihr zu helfen, lachend ab. Das käme ja überhaupt nicht in Frage, sie sollten es sich lieber gemütlich machen, während sie in der Küche klar Schiff mache. Ihre Söhne ließen sich das nicht zweimal sagen und fielen erschöpft vom reichhaltigen Essen in die Polstergarnitur. Klaus Petermann und Leonhard gesellten sich zu ihnen. Sie kamen auf die Insolvenz von Lehman Brothers zu sprechen. Peter und Paul hatten das Thema angeschnitten. Die Zwillinge studierten im sechsten Semester BWL und waren verunsichert, da die Pleite der Lehrmeinung ihrer Professoren widersprach.

Beide fragten sich, ob der Zusammenbruch von Lehman nicht die Folge eines aus dem Ruder laufenden Wirtschaftssystems sei, das nur noch die Gewinnoptimierung zum Ziel habe und der Bereicherung Einzelner diene. Man sollte vielmehr von Gier, Ehrgeiz und Karrieredenken verblendeter Banker sprechen, meinte Leonhard. Gegen ein ambitioniertes Profitstreben sei doch nichts einzuwenden, entgegnete Klaus Petermann, sofern man sich auf den gesunden Menschenverstand verlasse und das menschliche Maß nicht verliere.

Das sei ja gerade das Problem, das menschliche Maß, ereiferte sich Leonhard, das ändere sich, je nach Perspektive, aus der man die Dinge betrachte: Sind die Taschen noch immer halb leer oder wenigstens schon halb gefüllt? Und je voller die Taschen, desto größer die Gier. Alles eine Sache der Bewertung. Es gebe für ihn drei grundsätzliche Regeln, die er immer beherzigt habe, entgegnete der Sparkassendirektor, ohne sich aus der Ruhe bringen zu lassen: Erstens müsse alles im Rahmen des Überschaubaren bleiben, zweitens müsse man immer, im wahrsten Sinne des Wortes, den goldenen Mittelweg wählen und drittens sollte man immer schön auf dem Teppich bleiben und sich nicht zu Höhenflügen verleiten lassen, dann könnte man auch nicht tief fallen. Das mit den amerikanischen Immobilienfonds sei einfach eine Nummer zu groß gewesen, alles viel zu weit weg, auf der anderen Seite der

Welt. Er habe jedem davon abgeraten, aber niemand wollte auf ihn hören.

Mit seinem bodenständigen Pragmatismus rückte Dr. Petermann das System wieder zurecht, das für seine Söhne in Schieflage geraten war. Peter und Paul gaben sich zufrieden, sie glaubten an ihren Vater, obwohl seine Erklärungen ihre Zweifel nicht vollends beseitigen konnten. Sie zogen sich zurück, um eine Partie Tischfußball zu spielen.

„Auch wenn ich auf Deinen Rat gehört habe und keine Anteile an Lehman Brothers erworben habe", sagte Leonhard, „bin ich von der Pleite betroffen und habe die Konsequenzen mit zu tragen. Keiner ist mehr seines Glückes Schmied. Der Dax ist wie Ikarus ins Bodenlose gestürzt und mein Wertpapierdepot weniger als die Hälfte wert." „Das wird schon wieder werden", beruhigte ihn der Sparkassendirektor, „der Dax wird wie Phönix aus der Asche aufsteigen. Glaub mir, in zwei Jahren sind wir wieder da, wo wir einmal waren." „Und in der Zwischenzeit?", fragte Leonhard. „Letztendlich ist der Kapitalismus unschlagbar. Gewisse Risiken muss man einfach eingehen. Auf ein Tief folgt immer auch ein Hoch, so banal das klingt, aber das sind eben die Gesetzmäßigkeiten des Wetters, der Börse und des Lebens", entgegnete Klaus Petermann ruhig. „Fragt sich nur, wann und wie sie eintreffen, diese Gesetzmäßigkeiten", erwiderte Leonhard.

Er verschwieg, was ihm eigentlich Sorgen machte: Wenn Gierke eines Tages seine Pacht nicht mehr zahlen könnte, würde es mehr als eng... „Da halte ich es mit dem großen Keynes: We simply do not know. Wir Ökonomen sind keine Hellseher, das ist nun einmal so. Aber im Grund genommen geht es immer aufwärts. Man muss nur die Ruhe bewahren und einen langen Atem haben", erklärte Klaus Petermann. „Angewandte Ataraxie in der Betriebswirtschaft, na bravo. Stammt nicht auch von Keynes der Spruch In the long run, we are all dead?", erwiderte Leonhard. Der Sparkassendirektor prustete los vor Lachen. Er war sich nicht ganz sicher, was er unter Ataraxie zu verstehen habe, fragte aber nicht nach – diese Blöße wollte er sich als promovierter Ökonom nicht geben. Er meinte, den Begriff im Zusammenhang mit einer überkommenen Strategie der New Economy schon einmal gehört zu haben...

„Wie läuft es eigentlich mit Laura in der Bank?", fragte Leonhard, als Klaus sich wieder beruhigt hatte. „Wer mag denn noch ein Likörchen?", fragte Mathilde, die aus der Küche zurückkehrte und die leeren Gläser sah. Leonhard lehnte dankend ab, Klaus ließ sich nachschenken und wartete mit seiner Antwort, bis sie wieder alleine waren. „Nun ja, viel kann ich Dir dazu nicht sagen. Sie ist bis Anfang Januar krank geschrieben und die Jahresabschlüsse bleiben liegen. Das ist natürlich nicht sehr erfreulich." Leonhard starrte ihn an, er war betroffen, auf diesem Wege von der erneuten Krankschreibung seiner Tochter zu erfahren. „Geht es ihr denn wenigstens besser?", fragte Klaus, nun verbindlicher. Er spürte, dass er eben zu weit gegangen war. Leonhard wich seinem Blick aus. Er sah auf sein leeres Glas und schob es vor sich hin und her, während er antwortete. „Sie muss ein wenig zur Ruhe kommen, ich denke, dann wird es schon wieder werden." Klaus vertiefte das unangenehme Thema nicht weiter. Heute war nicht der rechte Zeitpunkt dafür, aber es ließe sich auch nicht ewig aufschieben, man musste der Realität ins Auge blicken: Laura war nicht mehr haltbar für die Bank.

„Wie wär's mit einer Runde Tischfußball?", fragte er, „die Jungs warten schon auf uns." Sie gingen die Treppe hinunter in den Raum, den Klaus Petermann „Hobbykeller" nannte. Er war ein begeisterter Heimwerker und gemeinsam mit seinen Söhnen hatte er vor vielen Jahren die Wände und die Decke mit Kiefernholz verkleidet. Es gab auch eine Bar, denn man feierte hier auch Partys, vor allem zur Karnevalszeit. Leonhard mochte den Raum nicht, er kam sich vor wie in einer finnischen Sauna. Die beiden Älteren verloren haushoch gegen das gut eingespielte Team der Jüngeren, doch sie hatten Spaß am eigenen Scheitern. Sie lachten viel und waren ausgelassen. Mathilde bereitete die Kaffeetafel vor, um den Siegern ihren Triumph und den Verlieren ihre Niederlage zu versüßen. Gegen sechs brach Leonhard auf und bedankte sich für alles. Das Angebot, noch zum Abendessen zu bleiben und gemeinsam Monthy Pythons Das Leben des Bryan anzuschauen, schlug er jedoch aus. Das war zuviel des Guten.

Lars und Laura besuchten ihren Vater am zweiten Weihnachtstag. Sie kamen erst um viertel vor fünf, eine dreiviertel Stunde zu spät. Leonhard hatte im Wohnzimmer eingedeckt, das alte Kaffeeservice seiner Mutter stand auf dem Tisch, der Kaffee in der verchromten Thermoskanne war noch warm. Es gab original Dresdner Christstollen mit Marzipan, den Laura so gerne aß und Gewürzspekulatius. Die Geschenke warteten auf dem Beistellwagen darauf, geöffnet zu werden. In der Schrankwand hatte Leonhard nach einer passenden Weihnachtsdekoration gesucht und den Leuchter aus dem Erzgebirge gefunden, der nun zwischen den Päckchen stand. Zwölf kleine Engel scharten sich unter den hölzernen Flügeln des Windrades, das sich im Luftzug der Kerzen langsam drehte.

Leonhard stand in der offenen Wohnungstüre, die Schritte seiner Kinder hallten im Treppenhaus. Lars nahm zwei Stufen auf einmal, Laura folgte mit großem Abstand. Die Kinder kamen nicht mehr nach Hause, sondern zu Besuch bei ihm vorbei... „Ich dachte schon, ihr würdet nicht mehr kommen", empfing sie Leonhard. „Aber dann hätten wir doch angerufen", erwiderte Lars. Er begrüßte seinen Vater mit einem kräftigen Handschlag, ohne ihn zu lösen, während er ihn mit dem linken Arm kurz umarmte. Sein Sohn wahrte Abstand. Leonhard sah, dass sich Lauras Zustand in den letzten beiden Wochen verschlechtert hatte. Sie hatte dunkle Ränder unter den Augen und ihr Körper wirkte aufgeschwemmt. Sie hielt ihre Arme verschränkt vor dem Körper, auch als Leonhard sie zur Begrüßung umarmte. „Frohe Weihnachten", sagte sie leise. „Frohe Weihnachten", erwiderte er und half ihr aus der dicken Daunenjacke, ihren Schal wollte sie anlassen.

Lars ging in das Wohnzimmer voraus. Seit dem Tode seiner Großmutter war er nicht mehr hier gewesen. Erstaunt sah er sich um, nahm eine der Tassen in die Hand und sah auf den Stempel. Rosenthal. „Das sieht ja hier alles aus wie früher, wenn wir Oma zum Kaffeetrinken besuchten. Die Zeit lässt sich also doch umkehren. Das ist der schlagende Beweis gegen das physikalische Grundgesetz der Irreversibilität der Zeit. Die Thermodynamik und Max Planck können einpacken und Oma kommt gleich zur Türe herein, ganz wie früher." Lars bemühte sich alle bei Laune zu halten, doch keiner lachte.

Laura sah auf den gedeckten Tisch und erwiderte: „Die Zeit lässt sich nicht umkehren, das weißt Du genau. Eine Tasse fällt zu Boden und zerbricht, das lässt sich nicht mehr rückgängig machen." Sie nahm auf dem Sofa Platz. Leonhard und Lars setzten sich ihr gegenüber in die beiden Sessel. „Wie war es bei Eurer Mutter?" „Wie soll es schon gewesen sein?", sagte Laura und nahm sich ein Stück Stollen. „Heiligabend war ich bei Susannes Familie, das war sehr nett, es gab Fondue, wie bei uns. Sie brennen darauf, Euch kennen zu lernen, ich habe ihnen gesagt, im Frühjahr finde sich bestimmt eine Möglichkeit", sagte Lars und sah seinen Vater erwartungsvoll an. „Ja, sicherlich", antwortete Leonhard.

Lars war erleichtert. Er hielt die Trennung seiner Eltern für eine vorüber gehende Krise. Sein Vater sah in dem Brief alles viel zu pessimistisch. Mit vernünftigen Gesprächen ließe sich doch alles regeln, dafür gab es professionelle Eheberater. Aber er konnte das seinem Vater nicht vorschlagen, sonst hielte er ihm wieder vor, alles besser zu wissen. Es war klüger zu schweigen. Die Zeit würde die Dinge schon regeln.

Leonhard ahnte nichts von den Hoffnungen seines Sohnes, auch wusste er nicht, dass Lars, nachdem er den Brief erhalten hatte, mehrere Male vergeblich versuchte, ihn zu erreichen. Eine Nachricht auf dem Anrufbeantworter hinterließ er nicht. Leonhard litt darunter, dass sein Sohn nicht auf den Brief reagierte, über ihn hinweg ging und so tat, als ob alles beim Alten wäre. Er fühlte sich gekränkt. Aber er nahm sich vor, kein Wort darüber zu verlieren. Das hatte keinen Sinn. Er kannte seinen Sohn. Und so ging es weiter, das ewige aneinander vorbei von Vater und Sohn.

„Bitte, greift doch zu", ermunterte Leonhard seine Kinder und legte sich selbst ein Stück Stollen auf den Teller. Lars lehnte ab. „Tut mir leid, aber ich kann nicht mehr. Mama hat uns ein fünfgängiges Menü serviert, ganz prima, sie hat sich wahnsinnig viel Arbeit gemacht." Während er sprach, bemerkte er an der Reaktion der anderen seinen Fauxpas, aber es gab kein Zurück. Gesagt war gesagt. „Ja, natürlich", erwiderte Leonhard und beobachtete Laura, die schweigend auf dem Sofa saß und sich das zweite Stück Stollen nahm. „Aber von dem Kaffee nehme ich gerne", sagte Lars, als ob er sich bei seinem Vater entschuldigen wollte. „Ja, sicher, bediene Dich nur."

Leonhard machte sich Sorgen um seine Tochter. Er sah, wie sie mit der Gabel in den Stollen stieß, hörte wie sie ungeduldig auf Rosinen und Marzipan einhackte. Er wandte den Blick von ihr ab und überreichte die Geschenke. „Ich habe noch eine Kleinigkeit für Euch, Lektüre, die vielleicht hilft, all das, was in der letzten Zeit passiert ist, besser zu verstehen." Beide nahmen schweigend die Päckchen entgegen und rissen zögerlich das Papier auf. Laura hielt eine gebundene Ausgabe der Buddenbrooks in der Hand, Lars die Selbstbetrachtungen von Marc Aurel. Leonhard hatte in beiden Büchern an einer ganz bestimmten Stelle, die ihm wichtig war, ein Lesezeichen eingefügt. Laura schlug den Beginn des zehnten Teils auf und begann zu lesen. Nach einer Weile legte sie das Buch zur Seite, sie sagte nichts. Lars Augen überflogen hastig den ersten Abschnitt, seine Stimme eilte halb laut lesend und einige Zeilen überspringend hinterher: „Das Leben des Menschen währt nur einen Augenblick... sein Wesen verändert sich ständig....... Empfindung ist dunkel, Leib vergänglich..... das Leben ist Krieg und Ort unserer Wanderschaft..... Was kann uns sicher geleiten? Nichts anderes als die Philosophie, die Hinwendung zur Weisheit." Lars sah ihn erstaunt an. „Ich wusste gar nicht, dass Du Dich mit Philosophie beschäftigst." „Schon seit einiger Zeit, ich besuche ein Seminar an der Uni", erwiderte Leonhard. Er empfand es wie ein Geständnis, bislang hatte er niemandem davon erzählt. „Ich dachte immer, das wäre ein Orchideenfach für Dich", meinte Lars. „Wieso?" Leonhard schaute seinen Sohn erstaunt an. Lars zögerte. „Erinnerst Du Dich noch, wie Du meinen Wunsch nach einer Kantausgabe abgeschmettert hast? Wir sprachen gerade in der Schule über Aufklärung, ich war begeistert und wollte mehr wissen. Du meintest, das sei eine meiner Launen, außerdem viel zu kompliziert, nachher würden die Bücher sowieso nur in der Ecke herumstehen. Tempi passati, Schwamm drüber. Vielleicht hattest Du ja Recht, wer weiß. Danke für den Marc Aurel."

„Hast Du sie an der Universität kennengelernt?", fragte Laura. „Wen?" erwiderte Leonhard, der damit beschäftigt war, Lars' Geschenk von dem goldenen Band zu befreien. „Die Studentin, mit der Du ein Verhältnis hast", fuhr Laura fort. „Wie bitte?" Leonhard schaute sie fassungslos an. „Laura, bitte, das hat doch jetzt keinen Sinn", unterbrach Lars seine Schwester. „Mama hat uns alles erzählt", fuhr Laura leise fort. Es fiel ihr nicht leicht, ihrem Vater Vorwürfe zu machen, sie hing an ihm, aber sie suchte Klarheit für sich. „Ich habe kein Verhältnis, das habe ich Euch geschrieben." Leonhard versuchte ruhig zu bleiben. „Du hast es geschrieben, aber nicht persönlich mit uns geredet", sagte sie, „Dich einfach aus dem Staub gemacht." „ Es ging nicht anders in der Situation", versuchte er sich zu rechtfertigen. „Sicher, sie ist die Treppe hinunter gefallen...", erwiderte sie. Alle schwiegen. Nach einer Weile legte sie ein Photo auf den Tisch, es schien ihr unangenehm zu sein. „Sie hat Dich mit ihr gesehen". Leonhard nahm das Bild. Er sah sich mit der Psychologiestudentin vor dem Hauptgebäude der Universität Bonn stehen, sie lachten. Leonhard war fassungslos und warf das Bild auf den Tisch zurück. Ingrid hatte ihn observiert wie einen Verbrecher. „Das sind doch alles ihre Wahnvorstellungen, sie ist krank." „Sie ist bereit, Dir zu verzeihen und alles zu vergessen", sagte Laura. „Es gibt nichts zu verzeihen, ich will nichts mehr davon hören", herrschte er seine Tochter an. Laura stand auf und verließ den Raum. Nach einiger Zeit hörten sie, wie mehrmals die Toilettenspülung ging. Lars schwieg, während Leonhard sein Geschenk zu Ende auspackte, einen Reiseführer „Hamburg für Einsteiger". Falls er im Frühjahr noch ein paar Tage dran hängen wollte, sagte Lars verlegen, obwohl er wusste, dass ein Treffen mit der Familie von Susanne in immer weitere Ferne rückte. Plötzlich stand Laura in der Wohnzimmertüre und sagte, sie fühle sich nicht wohl, Lars möge sie bitte nach Hause fahren. Sie verabschiedeten sich. Leonhard sah seine Kinder im halbdunklen Treppenhaus verschwinden. Eigentlich hatte er Laura auf ihre Krankschreibung ansprechen wollen, aber es kam alles anders, als erwartet. Er schloss die Türe und ging ins Wohnzimmer zurück. Er blätterte durch den Reiseführer, aber seine Gedanken kreisten um seine Tochter. Erst jetzt fiel ihm auf, dass Laura ihm nichts geschenkt hatte.

Das Jahr ging zu Ende. Leonhard hatte die zahlreichen Einladungen zum Jahreswechsel ausgeschlagen, auch die große Silvesterparty im Tennisclub Eden. Seine Bekannten fanden sein Verhalten absonderlich, doch er machte sich nichts daraus. Er wollte niemanden sehen und allein sein wie vor einer Woche, am Heiligen Abend. Er las die Buddenbrooks zu Ende. Dann überflog er den Jahresrückblick der FAZ und kreiste mit dem Kugelschreiber bestimmte Ereignisse ein. Er fand die Bestätigung, die er insgeheim suchte: Nicht nur sein Leben, sondern auch die Welt war aus den Fugen geraten, nichts verlief mehr nach Plan, die Abweichung von der Regel war die Norm. Daraufhin notierte er sich Folgendes in seinen Jahreskalender: Dinner for one gesehen, immer noch lustig, danach zu Abend gegessen, Gulasch (selbstgemacht!, gut gelungen, aus Mamas altem Kochbuch), dann im Jahresrückblick gelesen: Größte Hoffnung: Obama, erster schwarzer Präsident der USA – Größte Pleite: Lehman, Kapitalismus stellt sich selbst in Frage – Größtes menschliches Desaster:

Amstetten. Die Familie wird zur Hölle. Wo soll das alles hinführen? Vor zwölf ins Bett gegangen.

Die Stenogramme meines Alleinseins füllten den Kalender. Ich vermied es, große Worte um mich zu machen, selbst ein „Ich" war mir zuviel, ich ließ es einfach weg, vergaß es. Mir fehlte ein Mensch, ein „Du", in dem ich mich wieder finden konnte. Ich war einsam damals, ein Verlorener – ich, das war ein anderer.

6

Die Akropolis war im Wasser versunken, umgestürzte Säulen lagen am Boden, in den Kanneluren hatten sich winzige Wasserschnecken angesiedelt. Der obere Teil des Parthenontempels, das weithin sichtbare Erkennungsmerkmal der Akropolis, ragte noch aus dem Sand und behauptete sich als Zeichen des Sieges der Athener über die Perser gegen den drohenden Untergang. Aus den Trümmern des Erechtheions wucherte hellgrünes Javamoos, Wasser durchströmte das feingliedrige Gras und ließ es langsam hin- und herschwingen. Ein exotischer Fisch schwebte durch die Korenhalle. Die feuerroten Adern, die seinen Körper überzogen, loderten wie Flammen im halbdunklen Wasser. Mit Gleichmut beäugte er die Karyatiden, die weiblichen Figuren, auf deren Kopf seit Tausenden von Jahren die Last des Daches ruhte. Bräunliche Flocken durchdrangen die Wasseroberfläche, sanken langsam zu Boden und erweckten seine Aufmerksamkeit. Der Fisch schoss aus der Halle ins Freie, schnappte als erster nach der Beute, gefolgt von leuchtenden Konkurrenten in blau, grün und gelb, die plötzlich aus der Ruinenlandschaft auftauchten, aber leer ausgingen, abrupt die Richtung änderten in Erwartung dessen, was da noch kommen würde, um sich dann gierig auf den neuen Schub herabschwebender Flocken zu stürzen, die Karl Amadeus Eggebrecht in das Becken streute.

Er ging bedacht vor, gab nicht das ganze Futter auf einmal, sondern in wohldosierten Mengen, um die einzelnen Fische genau beobachten zu können. „Seneca ist immer der schnellste von allen", erklärte er Leonhard, der auf der anderen Seite des Aquariums stand. Er hatte jeden seiner prachtvollen Diskusfische nach Philosophen benannt und stellte sie einzeln seinem Gast vor. „Da vorne der kobaltblaue mit den schwarzen Streifen und den orangefarbenen Feueraugen, das ist Cicero, vor dem haben alle Respekt." Neben Marc Aurel, einem eher zurückhaltendem silbrig braunen Einzelgänger, fanden sich in dem philosophischen Aquarium noch der Begründer der Stoa, ein blassblauer Zenon von Kithion, außerdem Sokrates, dessen Schuppen an einen grün weiß gefleckten Schierling erinnerten und Xanthippe in schrillem Pink. Platon und

Aristoteles hielten sich versteckt hinter einem Büschel Javamoos. „Das sind alles Männchen, bis auf Xanthippe", stellte Leonhard erstaunt fest, „Philosophie scheint doch ein männlicher Zufluchtsort zu sein, wie die ältere Dame letztens meinte." „Eine unverbesserliche Skeptikerin, die wohl nicht mehr kommen wird", winkte Eggebrecht ab und gönnte seinen Fischen einen kleinen Nachschlag. „Im Übrigen ist es genau umgekehrt, es sind alles Weibchen, bis auf Xanthippe." Leonhard sah ihn erstaunt an. „Und wieso tragen sie dann männliche Namen?"

„Aus reiner Willkür und Versagen menschlicher Erkenntnis. Den ersten Fehler machte der Verkäufer, der mir die Fische als Männchen verkaufte, das Geschlecht bei Diskusfischen ist nämlich äußerst schwer zu bestimmen. Ich hatte selbst überhaupt keine Ahnung, als ich vor gut einem Jahr das Aquarium anlegte. Später habe ich nachgelesen, dass man das Geschlecht vor allem an der Kopfform erkennt, aber nur bei den älteren Fischen, hätten Sie das für möglich gehalten?"

„Ich habe mir, ehrlich gesagt, noch keine Gedanken darüber gemacht", erwiderte Leonhard, „aber was hat Sie denn dazu veranlasst, sich Fische zuzulegen?" Er war erstaunt über Eggebrechts Freizeitbeschäftigung, die er für eine kleinbürgerliche Zeitverschwendung hielt.

„Mein persönlicher Spleen. Reiner Zufall, dass es keine Elefanten sind und ich vollende die Verwirrung, indem ich ihnen die Namen großer Denker gab", erwiderte der Professor seine Vorliebe für englischen Humor zelebrierend. „Seneca habe ich mir in der Tat anders vorgestellt, etwas mehr Kopf und weniger Flosse", meinte Leonhard scherzhaft, um nicht unhöflich zu erscheinen, obwohl ihm das Ganze mehr als seltsam vorkam.

„Damit haben Sie nicht gerechnet, nicht wahr? Ich habe Ihre Erwartungen enttäuscht, oder?", fragte ihn der Professor unvermittelt. Leonhard fühlte sich durchschaut und gab vor, dass er das alles äußerst originell fände. „Nein, nein, geben Sie es ruhig zu", insistierte sein Gegenüber, „Sie haben einen anderen Begriff, ein anderes Verständnis von dem Wort Seneca, das der Konvention nach einen Philosophen bezeichnet und das irritiert Sie." Eggebrecht verschloss die Futterdose, ohne die Fische aus den Augen zu lassen. „Nun ja, ein Name macht aus einem Fisch noch keinen Philosophen", gab Leonhard zu Bedenken, unsicher was er sagen sollte. „Oder, was ich im Umkehrschluss noch beruhigender finde, aus einem Philosophen wird noch lange kein Fisch, nur weil dieser seinen Namen trägt", entgegnete Eggebrecht hintersinnig. Leonhard nickte zustimmend, ohne im Mindesten zu ahnen, worauf Eggebrecht eigentlich hinaus wollte. Der Professor fuhr unbeirrt fort.

„Das Ding, der Begriff und das Wort müssen eindeutig zusammengehören, sonst entstehen die fundamentalsten Verwirrungen, von denen nicht nur die ganze Philosophie voll ist, wie Wittgenstein in seinem Tractatus feststellte, sondern auch mein kleines Feuchtbiotop." Eggebrecht klopfte mit dem Finger gegen die gläserne Wand, um Xanthippe zu ermahnen, die Sokrates gerade das Futter wegschnappte und ihn in das Javamoos vertrieb.

„Wenn ich Sie recht verstehe, ist die Akropolis kein Aquarium und ein Philosoph kein Fisch", versuchte Leonhard Eggebrechts Worte nachzuvollziehen. „So ist es, man muss nur darauf achten, ob das eben verwendete Wort den gemeinten Begriff trifft und ob der verwendete Begriff das betrachtete Ding richtig erfasst." Leonhard schaute ihn fragend an, die abstrakte Analyse des Zusammenhanges, der ihm eben noch so einsichtig erschien, verwirrte ihn.

Eggebrecht zögerte die Erklärung noch hinaus, er spürte, dass Leonhards Skepsis seinem Wissensdrang gewichen war, doch er genoss es, ihn noch ein wenig zappeln zu lassen. Er nahm ein kleines Netz zur Hand und fischte nach dem Lavamoos, das sich nach Sokrates Flucht vor Xanthippe gelöst und in den Säulen des Parthenontempels verfangen hatte. Als er spürte, dass Leonhards Aufmerksamkeit ganz bei ihm war, fuhr er endlich fort.

„Wir versuchen mit Sprache die Wirklichkeit zu erfassen. Ein komplexes Unterfangen, denn Wörter sind abstrakte Zeichen, die für einen konkreten Gegenstand stehen, ihn repräsentieren, ohne ihn aber direkt abzubilden." Für Leonhard war die Sprache etwas so Selbstverständliches, dass er sich nie Gedanken darüber gemacht hatte. „Wenn ich die Schriftzeichen einer fremden Sprache sehe, zum Beispiel Arabisch, weiß ich nicht, was sie bezeichnen und sie haben für mich keinen Bezug zur Wirklichkeit, weil ich nicht um deren Bedeutung weiß. Schwungvolle Schriftzüge tanzen vor meinen Augen einen kalligraphischen Säbeltanz und verheißen Tausendundeine Nacht."

Eggebrecht wollte sich nicht mit den nationalen Eigentümlichkeiten der Sprachen und den damit verbundenen Geisteshaltungen oder Weltansichten, wie Humboldt es nannte, aufhalten – sollte der Esprit doch in französischen Vokalkaskaden brillieren und der deutsche Geist konsonantenreich in unendlich langen deutschen Satzkonstruktionen schürfen – über die Klangfarben des Denkens konnten sich die Sprachphilosophen Gedanken machen. Ihn interessierte, was Sprache an sich war, schließlich war er ein Metaphysiker, im wahrsten Sinne des Wortes über dem Physischen stehend, der zur Substanz, dem eigentlichen Sein vordringen wollte und dem es nicht um das einzelne Phänomen, das Seiende, ging. Mochte ihn auch manch jüngerer Kollege deswegen als veralteten ontologischen Tiefbrettbohrer beschimpfen, ihm war es gleich.

„Sprache ist also ein in sich geschlossenes Zeichensystem, das Sie sich erschließen müssen, um einen Zusammenhang mit der Wirklichkeit herzustellen." Eggebrecht wühlte mit seinem Netz Sand am Boden auf und verschreckte Cicero.

„Gehen wir nun davon aus, dass Sie die Sprache beherrschen. Auf der einen Seite haben wir das sprachliche Zeichen, nehmen wir zum Beispiel das Wort Aquarium – das erweckt im wahrnehmenden Subjekt", er warf Leonhard einen kurzen Blick zu, „also in Ihnen, eine innere Vorstellung, einen Begriff, den sie von diesem Wort haben und der etwas darüber aussagt, wie der Gegenstand beschaffen ist, wie er aussieht und so weiter."

„Bei dem Wort Aquarium denke ich an ein Glasbecken mit Fischen und weniger an schwimmende Philosophen", bemerkte Leonhard. „Selbstverständlich, das sagt Ihnen doch der gesunde Menschenverstand, nicht wahr?", stimmte ihm Eggebrecht zu, „aber das im Idealfall auch mit Wasser gefüllt sein sollte, ein nicht unwesentliches Merkmal für ein Aquarium, das Sie leider außer Acht gelassen haben."

Leonhard nahm den Verweis hin und Eggebrecht fuhr fort. „Auf der anderen Seite haben wir den Gegenstand, auf den Sie nun ihre Vorstellung anwenden und mit Ihrer Wahrnehmung von dem Gegenstand vergleichen. Sie stellen also eine Beziehung her zwischen der Sprache und der Wirklichkeit, indem Sie Ihre innere Vorstellung, ausgelöst durch das Wort, mit dem konkreten Gegenstand abgleichen." Er zeigte auf das Becken. „Das Wort Aquarium trifft also auf das Ding, das wir hier vor unserer Nase haben, tatsächlich zu." Endlich ging Eggebrecht das Javamoos ins Netz und er hob es vorsichtig aus dem Wasser.

„Das Wort, unsere Vorstellung davon und der Gegenstand bilden also einen unauflöslichen Zusammenhang?", fragte Leonhard.

„Wenn Sie so wollen, sind es sogar die drei Seiten eines Dreiecks, des sogenannten semiotischen Dreiecks. Passen die drei Ecken nicht zueinander, fliegt Ihnen das ganze Gedankengebäude auseinander und Sie landen in meinem kleinen Unterwasserszenario mit philosophierenden Fischköpfen. Übrigens sind Akropolis und Erechtheion zertifizierte Repliquen aus dem Nationalmuseum in Athen. So etwas bekommen Sie nicht im profanen Zoohandel."

Er setzte sich wieder an den Esstisch und nahm einen Schluck Weißwein, zufrieden mit seiner kleinen und originellen Einführung in die Sprachphilosophie. Leonhard blieb nachdenklich am Becken stehen. „Aber was als Begriff eindeutig zu sein scheint, ist in Wirklichkeit vieldeutig", gab Leonhard zu bedenken, „schließlich gleicht ein Fisch nicht dem anderen." „Deshalb ist die Genauigkeit von Definitionen und Bezeichnungen so wichtig", erwiderte Eggebrecht, „damit wir ohne Widerspruch alles logisch aufeinander beziehen können." „Aber trotzdem kommt die Sprache an ihre Grenzen. Das zeigt sich doch oft genug, wenn zwei Menschen dieselben Begriffe benutzen, sich aber trotzdem etwas ganz anderes darunter vorstellen. Woran denken Sie zum Beispiel, wenn Sie das Wort Fisch hören?" „Natürlich an meinen kobaltblauen Cicero", antwortete Eggebrecht, „und Sie?"

„An einen Goldfisch", erwiderte Leonhard. „Und zu welcher tieferen Erkenntnis führt Sie das?", fragte der Professor herausfordernd. „Es ist doch interessant, dass ein Wort nicht unbedingt eine konkrete Entsprechung in der Gegenwart braucht, um wirklich zu sein, sondern sich auch auf etwas längst Vergangenes beziehen kann oder etwas, das nur in meiner Vorstellung existiert", antwortete Leonhard.

Eggebrecht war zufrieden, sein Schüler hatte angebissen, er hatte philosophisches Talent. Ihm gelang es unmittelbar aus dem Erlebten, Erkenntnisse abzuleiten, offensichtlich eine lang verschüttete Begabung, um die Eggebrecht ihn beneidete, aber die erst durch ihn zu Tage gefördert wurde, das durfte man nicht vergessen. Wenn man es unter diesem Blickwinkel betrachtete, konnte Leonhard sich sogar glücklich schätzen, ihm begegnet zu sein. An den erkenntnistheoretischen Grundlagen haperte es natürlich, doch was nicht ist, konnte ja noch werden.

Leonhard setzte sich zu seinem Gastgeber an den Tisch und begann zu erzählen. „Mein Vater hatte mir einen Goldfisch geschenkt, als Trostpflaster, da meine Mutter längere Zeit auf Kur war. Ich war damals zwölf Jahre alt und saß ganze Nachmittage vor dem Glas, das auf der Fensterbank im Wohnzimmer stand. Ich fragte mich, warum der Fisch niemals an die Wände seines gläsernen Gefängnisses stieß. An einem Nachmittag füllte ich die Badewanne mit Wasser und ließ ihn dort schwimmen. Sofort eroberte er sich das neue Terrain und schien seine Freizügigkeit zu genießen. Am frühen Abend musste er wieder zurück in sein Glas, bevor mein Vater von der Arbeit kam, denn der durfte von dem Ausflug auf keinen Fall etwas erfahren, den er als maßlose Wasserverschwendung eingestuft hätte. Der Goldfisch schien zunächst irritiert, beschied sich aber sofort wieder mit den ihm gesetzten Grenzen. Am nächsten Tag fischte ich ihn mit einem Suppenlöffel aus dem Wasser und gab ihn in ein leeres Gurkenglas hinein. Jetzt bewegte er sich gar nicht mehr, sondern verharrte in einer Position, starrte mich an, lebendig begraben, versteinert im Wasser. Ich ertrug den Anblick nicht, nahm das Glas, verschraubte es mit dem Deckel, ging zum Goldfischteich in den Stadtpark und entließ ihn in die Freiheit.

Abends sah mein Vater das leere Glas auf der Fensterbank und schaute mich fragend an. Ich erklärte, was ich getan hatte, verschwieg ihm natürlich die Badewanne. Er erwiderte nichts und räumte das Glas in den Schrank."

„Und Sie? Sie fühlten sich wie ein junger Freiheitsheld, nicht wahr? Der Triumph des Sohnes über den Vater?" fragte Eggebrecht. „Nein, im Gegenteil, ich hatte ein schlechtes Gewissen, schließlich war es ein Geschenk meines Vaters, er hat es gut gemeint. Ich war im Konflikt und entschied mich für das Wohl des Fisches, auch wenn ich meinen Vater damit verletzte." „Und? Hat der Fisch sich bei Ihnen bedankt?" „Das ist ja wohl schwer möglich, ich bin ja kein Franz von Assisi." „Sehen Sie, wir sind eben doch alle unverbesserliche Anthropozentriker", entgegnete Eggebrecht und fragte, ob er von dem Rotwein nachschenken dürfe – für die wenigen Gäste, die noch zu Besuch kamen, hatte er sich einen kleinen Bestand ausgesuchter Rotweine anliefern lassen, er selbst bevorzugte den einfachen Pinot Grigio aus dem Supermarkt um die Ecke.

Wasser wäre ihm lieber, er müsse noch fahren, erwiderte Leonhard. Der philosophische Geist seines Schülers schien erschöpft zu sein, er verlor sich in persönlichen Sentimentalitäten, die nicht zur tieferen Erkenntnis beitrugen, dachte Eggebrecht. Er wollte ein anderes Mal damit fortfahren und verschwand in der Küche, um das Gewünschte zu holen.

Leonhard hatte sich gefreut, als der Professor ihn gestern Abend anrief und zu einem kleinen Abendessen mit Brot, Wein und Käse zu sich nach Hause einlud. Er war gerne der Einladung gefolgt, befreite sie ihn zumindest für einen Abend von seinem Alleinsein. Doch jetzt war er enttäuscht: Erst suchte Eggebrecht seine Nähe, dann war er schroff und ablehnend, machte sich lustig über ihn. Er nahm sich vor, bald zu gehen.

Leonhard ließ seinen Blick vom Wohnzimmer in das unmittelbar angrenzende Arbeitszimmer schweifen. Die Diskusfische schwebten wie bunte Ballons über der angestrahlten Akropolis. Die englischen Antiquitäten erinnerten an einen Londoner Salon und Eggebrecht mit seiner Vorliebe für Aquarien und graue, aus der Mode gekommene Anzüge wirkte eher wie der Hausmeister als der Hausherr in diesen eleganten Räumen. An einer Wand erstreckte sich von der Straßen- bis zur Gartenseite des Hauses, es mochten gut zwanzig Meter sein, ein Bücherregal aus Mahagoni, vor dem eine Bibliotheksleiter stand. Lichtleisten aus Messing beleuchteten die zumeist antiquarischen Buchrücken philosophischer Werke und Enzyklopädien. Vor dem Fenster zur Gartenseite stand ein Schreibtisch, darauf eine Messinglampe mit grünem Glasschirm. Leonhard fiel auf, dass sich weder Unterlagen, Manuskripte oder sonstige Papiere darauf befanden. Sein Blick wanderte weiter und blieb bei dem Portrait einer zierlichen Frau mit hochgesteckten schwarzen Haaren stehen, das im Wohnzimmer über dem Kamin hing. Sie trug ein purpurrotes Sommerkleid, um ihren Hals schimmerte smaragdgrün eine Kette. Strähnen ihres schwarzen Haares schlängelten sich an ihren auffallend kleinen Ohren vorbei. Dem Sog ihrer schwarzen Augen konnte Leonhard sich kaum entziehen. An der unteren rechten Bildecke waren die Initialen KvS 1990 zu sehen.

„Das ist meine Frau", erklärte Eggebrecht nicht ohne Stolz, der schon eine Weile in der Tür stand und Leonhard beobachtete. „Ich wusste gar nicht, dass Sie verheiratet sind", erwiderte er. Solch eine attraktive Frau hatte er dem eher unscheinbaren Eggebrecht nicht zugetraut. „Sie ist vor zwei Jahren gestorben", sagte Eggebrecht und schenkte Leonhard Wasser ein. „Das tut mir leid", entgegnete Leonhard und leerte das Glas in einem Zug. Eggebrecht ging nah an das Bild heran und betrachtete es. Ohne ein Wort zu sagen, strich er mit den Fingerkuppen über den Firnis, folgte den

Linien ihres Körpers, berührte ihren schlanken Hals, ihre zarten Schultern, die Wölbungen ihres Schlüsselbeins, das Dekolleté. Leonhard wollte den intimen Moment nicht mit Blicken stören und schaute weg.

„Eine begabte Malerin", sagte Eggebrecht nach einer Weile, mehr zu sich als zu Leonhard. „Ihre Frau war Künstlerin?" Eggebrecht wandte sich zu ihm um. „Nein, nein. Ich spreche von der Malerin, die sie portraitiert hat. Ihre Linienführung ist wirklich bemerkenswert. Ist Ihnen Katharina von Siemsen ein Begriff?" Leonhard war irritiert und gab vor, den Namen irgendwo schon einmal gehört zu haben. Die Vorstellung, dass die verschiedenen Welten, in denen Eggebrecht und er lebten, miteinander in Beziehung treten könnten, war ihm unangenehm.

„Meine Frau war Sekretärin", fuhr Eggebrecht fort, während er mit dem Zeigefinger über den goldenen Bilderrahmen fuhr. „Wir haben uns in der Universität kennen gelernt. Sie saß im Vorzimmer des Rektors, als ich noch wissenschaftlicher Assistent war." Er pustete den Staub von der Fingerkuppe und nahm ein gefaltetes Stofftaschentuch aus der Hosentasche. „War sie krank?" „Brustkrebs, leider zu spät erkannt. Innerhalb eines halben Jahres war sie tot." Eggebrecht faltete das Taschentuch auseinander und fuhr langsam im Uhrzeigersinn an der Innenkante des Rahmens entlang, er redete, ohne sich zu Leonhard umzudrehen.

„Die Schmerzen hat sie tapfer ertragen, zum Schluss stand sie unter Morphium. Aber was viel wesentlicher war, sie konnte sich mit dem bevorstehenden Tod nicht abfinden. Ich habe ihr immer wieder versucht zu erklären, dass sie keine Angst vor dem Tod zu haben brauche. Aber sie hat es nicht verstanden." „Was haben Sie ihr gesagt?" Eggebrecht schüttelte den Staub aus dem Taschentuch und fuhr wieder im Uhrzeigersinn am Rahmen entlang, diesmal an der Außenkante.

„Ich habe ihr zum Trost Epikur vorgelesen: Der Tod hat keine Bedeutung für uns, denn was aufgelöst ist, ist ohne Empfindung; was aber ohne Empfindung ist, das hat keine Bedeutung für uns. Ich habe versucht, ihr diese Einsicht auf verschiedene Weise zu vermitteln, ich erklärte ihr, der Tod sei der Bruder des Schlafes, Sterben sei wie einschlafen. Wir erleben den Tod genauso wenig wie wir den Schlaf erleben, da unser Bewusstsein erloschen ist, sieht man einmal vom Träumen ab. Aber es hat alles nichts genützt." „Vielleicht hatte sie Angst davor, nie mehr aufzuwachen", sagte

Leonhard. Eggebrecht schüttelte den Staub aus dem Taschentuch und faltete es mit Sorgfalt, während er antwortete.

„Aber diese Angst ist doch völlig unbegründet, spätestens Epikur hat sie uns genommen, wenn er so wunderbar sagt: Gewöhne dich daran zu glauben, dass der Tod keine Bedeutung für uns hat. Denn alles, was gut, und alles, was schlecht ist, ist Sache der Wahrnehmung. Der Verlust der Wahrnehmung aber ist der Tod. Daher macht die richtige Erkenntnis, dass der Tod keine Bedeutung für uns hat, die Vergänglichkeit des Lebens zu einer Quelle der Lust, indem sie uns keine unbegrenzte Zeit in Aussicht stellt, sondern das Verlangen nach Unsterblichkeit aufhebt. Allein der Wohlklang dieser Sätze, ihr schwebender Rhythmus nimmt dem Tod schon alle Schwere, finden Sie nicht?"

„War sie gläubig?" fragte Leonhard. Eggebrecht sah ihn verständnislos an, als ob seine Frage nicht zum Thema gehörte, sie schien ihn zu stören. Er steckte das Taschentuch eilig in die Tasche, stieg auf die Bibliotheksleiter und zog ein Buch aus dem obersten Regal „Sie ging ab und zu in die Kirche, zu Weihnachten und Ostern, aber das kann man wohl kaum als ernsthaften, tiefen Glauben bezeichnen, sondern eher als eine Sentimentalität", erwiderte er, während er in dem Buch nach einer Stelle suchte. Leonhard ergriff Partei für die Verstorbene. „Sich vorzustellen, nicht mehr zu sein, macht Angst, wenn man für sich nicht geklärt hat, ob es ein Leben nach dem Tod gibt oder nicht." Eggebrecht wurde ungeduldig.

„Ein Leben nach dem Tod, das ist doch das alte Ammenmärchen, das uns schwach macht und mit dem uns die Kirche seit Jahrhunderten auf die Knie zwingt. Wir lösen uns in unsere Atome auf und dann ist endgültig Schluss." Der apodiktische Ton Eggebrechts rief Leonhards Widerspruch hervor. „Das ist Ihre Überzeugung, aber vielleicht hat Ihre Frau etwas anderes gehofft." Eggebrecht stieg zu ihm hinab und legte das aufgeschlagene Buch wie ein Beweisstück vor ihn auf den Tisch. „Hier, lesen Sie das mal!", forderte er ihn auf und blieb dicht neben ihm stehen.

Leonhard rückte zur Seite. In aller Ruhe blätterte er zur Titelseite zurück: Diogenes Laertios. Das Leben der Philosophen. Aus dem Griechischen neu übersetzt und herausgegeben von Karl Amadeus Eggebrecht. Er ging das Inhaltsverzeichnis durch und sah, dass das ganze zehnte Kapitel, im Gegensatz zu den anderen, nur einem einzigen Philosophen gewidmet war, Epikur. Er begann, die von Eggebrecht angegebene Stelle vorzulesen, halblaut und für sich, schließlich war er hier nicht in der Schule: „Das schauerlichste aller Übel, der Tod, hat also keine Bedeutung für uns; denn solange wir da sind, ist der Tod nicht da, wenn aber der Tod da ist, dann sind wir nicht da."

„Sehen Sie, da haben Sie es schwarz auf weiß", unterbrach ihn Eggebrecht ungeduldig, „ einfacher und klarer kann man es nicht in Worte fassen. Wir existieren durch unsere Wahrnehmung, ist diese erloschen, sind wir nicht mehr existent. Einfacher geht es doch nicht: Wir bekommen den Tod nicht mehr mit! Deshalb brauchen wir auch keine Angst vor ihm zu haben." Epikur sagte nichts anderes über den Tod als zuvor, doch wirkte die karge wenn - dann Konstruktion, der nüchterne Chiasmus alles andere als balsamisch auf Leonhard, eher wie eine bittere Pille, die er zu schlucken hatte. „Die Einsicht ist das eine, der Glaube das andere", sagte Leonhard. „Der Irrglaube", insistierte Eggebrecht und stellte das Buch wieder zurück in das Regal. In dieser Angelegenheit wollte er unbedingt das letzte Wort behalten und Leonhard ließ es dabei bewenden. Er wusste, dass Eggebrecht nicht ihn meinte, sondern sich vor jemand anderem zu rechtfertigen versuchte. Er schien es sich selbst schuldig zu sein.

Leonhard wechselte das Thema und sie sprachen über Unverfänglicheres, unter anderem über die englischen Antiquitäten, die Eggebrechts verstorbene Frau auf Auktionen erstanden hatte. Sie habe ein Faible für alles Britische gehabt, obwohl sie kaum des Englischen mächtig gewesen sei. Typisch für ihren Irrationalismus, der ihm bis heute unverständlich bliebe, erklärte der Professor.

Ein Abend der Widersprüche. Ich lernte viel von Eggebrecht, mehr als ihm lieb war. Sein Wissen faszinierte mich, forderte mich, doch sah ich auch, dass er sich im Gebäude seiner Gedanken verlief, ja versteckte. Selten trat er hinaus, um das Leben zu atmen. Das machte ihn unnahbar, in einem gewissen Sinne sogar unmenschlich. Eines wusste ich genau: Das Aquarium wäre seiner Frau ein Dorn im Auge gewesen, aber dieser Anblick war ihr erspart geblieben. Zum Glück.

Es schneite, als Leonhard nach Hause fuhr. Schneeflocken tanzten vor der Windschutzscheibe, das Siebengebirge schimmerte weiß – der schwarze Drache erstarrte und wechselte seine Farbe. Der dunkle Fluss neben ihm dampfte wie Teer. Leonhard musste langsam fahren, es war glatt. Er mochte die Lautlosigkeit des Schnees. Weiße Stille.

Vorsichtig bog er auf den Betriebshof und stellte sein Auto neben dem LKW auf der linken Seite ab. Er ging zum Hintereingang und sah, dass ein großer VW Tuareg den Zugang zur Treppe versperrte. Jemand hatte das große Parkverbotsschild missachtet, das er vor Jahren dort anbringen ließ, um von der Hofseite aus freien Zugang zum Haus zu haben. Er hatte das fremde Fahrzeug noch nie auf dem Hof gesehen, wischte den Schnee von einer der Scheiben und schaute ins Innere. Auf dem Beifahrersitz lag eine Bedienungsanleitung, der Wagen schien fabrikneu zu sein. Die Büroräume waren dunkel, dort war sicherlich niemand mehr. Wenn er morgen noch dort stand, ließe er ihn abschleppen. Verärgert nahm er den Umweg über die Vorderseite, um ins Haus zu gelangen. Die Türe war nicht verschlossen. Als er wegging, hatte er zweimal abgeschlossen. Er machte Licht und blieb abwartend am Treppenabsatz stehen, er hörte ein Geräusch, dann eine Stimme, die er kannte, eine Frauenstimme. Er stieg die Stufen zum Büro hoch, die Türe war nur angelehnt, er schob sie vorsichtig auf, um kein Geräusch zu machen.

„Du bist verrückt, wenn jemand kommt", hörte er die Frau sagen, als er in das Vorzimmer trat, die Glastüre zu seinem ehemaligen Büro stand offen. Im Dunkeln sah er zwei Gestalten. Leonhard schreckte zurück und versteckte sich hinter dem Garderobenständer. „Um die Zeit bestimmt nicht mehr, soviel Gleitzeit darf sich nur der Chef erlauben", erwiderte er. Sie lachte. Das Licht der Straßenlaterne fiel auf die beiden nackten Körper, die bläulich schimmerten. Jaqueline saß mit gespreizten Beinen auf dem Schreibtisch, Gierke stand vor ihr, ließ den Rest aus der Champagnerflasche auf ihren Körper tröpfeln, sie kreischte und ließ sich willig zurückfallen, ihre großen Brustwarzen schimmerten in der schneehellen Nacht. Gierke begann den Champagner von ihrer Haut zu schlürfen, leckte ihn von ihrem Hals, saugte ihn aus ihrer Brust, trank ihn aus ihrem Bauchnabel, sog die letzten Tropfen aus ihren Schamhaaren, kitzelte sie mit der Zunge heraus, sie wurde wild, schlug mit ihren Unterschenkeln aus, fuhr mit dem Oberkörper jäh nach oben, er tauchte zwischen ihren Schenkeln auf, packte sie an der Hüfte und riss sie mit einem Ruck an sich heran. Aufgesessen befahl er, sie jauchzte auf, bog sich zurück und passte sich der scharfen Gangart seiner Stöße an, feuerte ihn an schneller zu werden, während sie ihm ihre Brüste entgegenreckte, die er mit seinen Fingern rhythmisch zusammenpresste, als ob er sie melken wollte. Schweißnasse Haut klatschte aufeinander, keuchte, ächzte, stöhnte bis zum Letzten.

Leonhard stand immer noch im Dunkel des Vorzimmers, immer noch versteckt hinter dem Garderobenständer. Die Szene, die sich da auf seinem Schreibtisch abspielte, hatte ihn anfangs angewidert, basic instincts in der Provinz, am liebsten hätte er einen Eimer eiskalten Wassers über die beiden geschüttet und sie wie zwei läufige Straßenköter aus seinem Büro verjagt. Doch je länger er zögerte, je länger er ihnen zuschaute, desto mehr wurde er in das Geschehen hineingezogen, desto mehr erregte ihn ihre Hemmungslosigkeit, auf die er, den Höhepunkt mit Ungeduld erwartend, wie gebannt starrte. Erst jetzt spürte er, dass sein Glied in der Hose spannte, er kam sich erbärmlich vor, wie ein kleiner mieser Spanner. Er schlich sich davon, trat in das kalte Treppenhaus, sein Herz pochte wild, Schweiß trat ihm auf die Stirn. Sie hatten ihn nicht bemerkt, zum Glück, er atmete tief durch. Plötzlich streifte ihn ein kühler Luftzug, die Türe neben ihm schlug mit einem scharfen Knall zu. Er rannte im Dunkeln die Treppe nach oben und versuchte in seine Wohnung zu entkommen, was ihm aber erst in dem Moment gelang, als die untere Türe schon aufgerissen wurde und Licht das Treppenhaus erhellte. Leonhard war sich nicht sicher, ob Gierke ihn noch gesehen hatte. Er wartete im Dunkeln seiner Wohnung ab, was geschehen würde. Endlich hörte er den schweren Motor des Tuareg aufbrausen und davon fahren. Erst dann wagte er, Licht zu machen. Woher, um alles in der Welt, nahm Gierke das Geld für diese Edelkarosse, wo er ihm die Pacht doch schuldete?

In der Nacht verfolgten ihn wirre Traumbilder. Gierke fütterte kobaltblaue Pyranhas mit Geldscheinen, die sie gierig mit scharfen Zähnen zerhackten und ihm dabei die Finger zerfetzten, Blut strömte in das Becken, Jaqueline applaudierte, während Eggebrecht vom Verfall der Werte redete. Gierke zog lachend seine Hand mit den Fingerstümpfen aus dem blutigen Wasser, Jaqueline leckte sie sogleich begierig ab, während es im Aquarium zu schneien begann. Eisschollen trieben an der Oberfläche und es wurde still, totenstill.

Am nächsten Morgen fuhr Leonhard sofort zur Bank, um Kontoauszüge zu ziehen. Er war erleichtert, sein Verdacht bestätigte sich nicht. Gierke hatte sich an die Abmachung gehalten und die ausstehenden Pachtzahlungen überwiesen. Vielleicht hatte er den Tuareg als Geschäftswagen geleast, im Grunde genommen ging ihn das auch nichts mehr an, Hauptsache Gierke hielt sich an die vertraglichen Vereinbarungen. Doch ein Rest Zweifel blieb.

„Herr Zepp, ich wusste gar nicht, dass wir jetzt Nachbarn sind." Leonhard fuhr erschreckt zusammen und drehte sich um. Gierkes Mund verzog sich zu einem zweideutigen Grinsen. Leonhard wurde verlegen, wusste nicht recht, was er sagen sollte. „Nichts für ungut, Herr Zepp, schauen Sie doch in den nächsten Tagen mal auf einen Kaffee bei mir im Büro vorbei, meine Tür steht immer offen für Sie." Er zwinkerte Leonhard vertraulich zu, von Mann zu Mann. „Wir sollten uns in Ruhe über das Klinikum unterhalten und wie es nun weiter gehen kann, bei Ihren guten Verbindungen." Leonhard wollte sich die Dreistigkeit verbitten, doch Gierke erstickte seinen Widerstand im Keim. „Aber diesmal bitte zu den üblichen Geschäftszeiten. Also dann, schönen Tag noch." Er verabschiedete sich nicht mit Handschlag und militärischem Kopfnicken, wie er es früher getan hatte, sondern hob lässig die Hand, als ob er sich die Geste von einem amerikanischen Serienhelden abgeschaut hätte. Am Bankschalter wurde er mit denselben Worten empfangen, mit denen man im vergangenen Jahr noch Leonhard begrüßt hatte: „Guten Morgen, schön Sie zu sehen, Herr Dr. Petermann erwartet Sie schon." Leonhard verließ das Bankgebäude, ohne sich umzudrehen.

Zum ersten Mal nach der Trennung fuhr er bei Ingrid und Laura vorbei. Er lenkte den Wagen die steile Stichstraße hoch. Seit langer Zeit fiel ihm wieder das Straßenschild auf: Leonhard-Zepp-Weg. All die Jahre war es eine Selbstverständlichkeit für ihn gewesen, in der Straße zu wohnen, die seinen Namen trug. Doch nun kam es ihm vor, als habe das Schild nichts mit ihm zu tun und erinnere an eine fremde Person. Er parkte auf der Straße, nicht auf der Auffahrt wie früher, wie ein Gast, der die Zufahrt zum Haus nicht versperren wollte.

Er drückte zweimal kurz auf den Klingelknopf, sicherlich rechnete niemand mit ihm, bevor er die Türe aufschloss. Ingrid schien unterwegs zu sein. Nichts hatte sich seit seinem Auszug verändert, alles beim Alten, dachte er und stieg die Treppe hinunter ins Wohnzimmer. Der Greis an der Wand ließ ihn nicht aus den Augen:

„Traust Du Dich auch mal wieder hierher, Feigling?", hörte Leonhard ihn sagen, „hast Dich einfach aus dem Staub gemacht und mich mit den beiden Weibern allein gelassen, unerträglich, wie in einem Sanatorium. Keiner schenkt meinen Lenden hier Beachtung, lebendig begraben. Am liebsten würde ich aus dem Rahmen springen und sie mit meinem Schwengel kräftig durchprügeln, damit die zur Besinnung kommen. Lass mich endlich raus hier, Du Idiot!" Er ließ den Alten schimpfen und schaute auf die verlassene Terrasse, Schwimmbad und Teakmöbel waren bedeckt mit schweren Tüchern aus Schnee.

Laura stieg langsam die Außentreppe von ihrem Apartment hoch, sie bemerkte ihn nicht. Er klopfte gegen die Fensterscheibe. Sie erschrak, zögerte einen Moment, dann lächelte sie. Ihre Reaktionen erschienen ihm verlangsamt, wie unter Wasser – das Traumbild der vergangenen Nacht, das verschneite Aquarium, ging ihm durch den Kopf. Leonhard öffnete ihr die Terrassentür, Laura trat ein.

„Schön, dass Du da bist", sagte sie leise und ließ sich zwei Küsse zur Begrüßung auf die Wange geben. „Was macht Deine Gesundheit?" „Ich bin immer noch krankgeschrieben, Dr. Schlee weiß nicht mehr weiter. Nächste Woche haben wir einen Termin im Klinikum." Leonhard verstörte der Gleichmut, mit dem sie antwortete. „Soll ich mit Klaus Petermann sprechen? Du fehlst schon seit sechs Wochen." „Sechs Wochen sind das schon?" fragte sie erstaunt. „Ja, wir müssen unbedingt die Bank informieren und sehen, wie es weitergeht", sagte er. „Wenn Du es für nötig hältst..." Er wartete, dass sie weiter sprach, doch ihr Satz verlor sich im Nichts. Er ärgerte sich über ihre traumwandlerische Sorglosigkeit, er wusste, dass ihr Arbeitsplatz gefährdet war. Sie würden eine Vertretung anstellen, die wohlmöglich besser war als Laura und später, nach ihrer Genesung, die Kündigung aussprechen. Klaus Petermann ließe sich nicht ewig hinhalten...

Laura streckte sich auf Leonhards Liege aus – seinem ehemaligem Rückzugsort, wo er stundenlang die Zeitung gelesen oder Musik gehört hatte. „Mama macht schon alles Mögliche für mich. Sie holt gerade meine Unterlagen bei Dr. Schlee, um im Klinikum Vorgespräche zu führen." „Ohne Dich? Warum bist Du nicht dabei?", fragte er. Laura winkte ab. „Mir wird das alles zuviel, meine Gelenke schmerzen, das Gehen fällt mir schwer. Nächste Woche sind die Untersuchungen, ich muss zwei Tage in der Klinik bleiben, dann wissen wir Genaueres. Warten wir also ab." Laura schloss für eine Weile die Augen, das Gespräch schien sie anzustrengen.

Leonhards Blick fiel auf das Buch, das sie in der Hand hielt, sein Weihnachtsgeschenk. Ob ihr die Buddenbrooks gefielen, fragte er sie, um das Schweigen zu durchbrechen, in das sie sich hüllte. Sie antwortete, ohne die Augen zu öffnen. Sie sei fast am Ende, jeden Morgen um diese Zeit liege sie hier und lese bis zum Mittagessen ohne Unterbrechung. Es sei ihr zu einer täglichen Gewohnheit geworden. Jetzt verstehe sie so vieles besser, das Leben, oder vielmehr das Gelebtwerden und die Krankheit. Gerade die Passage kurz vor dem Tod des alten Buddenbrook beschäftige sie sehr. Sie richtete sich auf und begann eine Stelle vorzulesen. „War nicht jeder Mensch ein Missgriff und Fehltritt? Geriet er nicht in eine peinvolle Haft, sowie er geboren ward? Gefängnis! Gefängnis! Schranken und Bande überall! Durch die Gitterfenster seiner Individualität starrt der Mensch hoffnungslos auf die Ringmauern der äußeren Umstände, bis der Tod kommt und ihn zu Heimkehr und Freiheit ruft... Individualtität!... Ach, was man ist, kann und hat, scheint arm, grau, unzulänglich und langweilig; was man aber nicht ist, nicht kann und nicht hat, das eben ist es, worauf man mit jenem sehnsüchtigen Neide blickt, der zur Liebe wird, weil er sich fürchtet, zum Hass zu werden."

Leonhard entging nicht das leise Pathos in ihrer Stimme, das nicht auftrumpfte, sondern sich dem Schicksal fügte. Eine Priesterin des Leids, so kam sie ihm vor, hingegossen auf ihre Liegestatt, hingebungsvoll den Roman in ihren Händen haltend wie eine heilige Schrift. Am liebsten hätte er ihr das Buch aus der Hand gerissen, sie mit zwei Ohrfeigen auf den Boden der Tatsachen zurückgeholt und ihr gesagt, sie solle sich gefälligst zusammen reißen. Doch etwas in seinem Inneren hielt ihn zurück, ließ ihn seinen Widerwillen herunterschlucken, schließlich hatte er ihr das Geschenk gemacht, um sich ihr zu erklären... damit sie ihn besser verstehe... Sie hatte es anders verstanden, er hätte das bedenken sollen... Kein Wunder, sie hat es nie leicht gehabt, das Schwimmen, ihre verlorenen Träume, sie musste das Gelesene auf sich beziehen... Ein Missverständnis... es war seine Schuld.

Die Haustüre ging, Ingrids Absätze waren auf den Granitplatten zu hören. Laura legte das Buch zur Seite. Ingrid begrüßte Leonhard mit einem Lächeln, als ob nichts vorgefallen wäre, ihrer Tochter strich sie über den Kopf, sie sei jetzt in guten Händen, sie brauche sich keine Sorgen zu machen, alles werde gut. Sie kochte Kaffee und berichtete bei einem zweiten Frühstück ausführlich über ihren Klinikbesuch und die anstehenden Untersuchungen in der nächsten Woche. Sie unterhielten sich angeregt. Laura schwieg die meiste Zeit, beobachtete, wie sich ihre Eltern seit langer Zeit wieder miteinander austauschten, ohne Vorbehalte, fast wie früher. Das gab ihr Zuversicht. Sie hatten ein Thema gefunden, das alle drei miteinander verband, die Trennung schien in der Sorge um sie aufgehoben zu sein.

Leonhard verabschiedete sich am späten Mittag, Ingrid begleitete ihn bis zur Haustüre. Ihm hatte das Gespräch gut getan, und er hatte das Bedürfnis, ihren Rat einzuholen. Er habe kein gutes Gefühl mit Gierke, er lebe über seine Verhältnisse, vertraute er ihr an. Er solle sich nicht unnötig den Kopf zerbrechen, wenn er den Auftrag für das Klinikum bekomme, könne doch nichts passieren, beruhigte sie ihn, und das wäre doch so gut wie sicher. „Ja, natürlich, das ist alles angebahnt, da kann nichts mehr schief gehen", erwiderte er. Sie machte einen Schritt auf ihn zu. „Du kannst jederzeit anrufen, meine Türe steht Dir immer offen." „Ist gut", sagte Leonhard und wich zurück. Er spürte, wie sich ihr Blick an seinen Rücken heftete, als er die Auffahrt zur Straße hinunter ging. Er vermied es, sich umzudrehen. Im Rückspiegel sah er, dass sie noch immer im Hauseingang stand. Sie machte sich Hoffnungen.

Es dämmerte, Leonhard saß im Wohnzimmer, vergeblich versuchte er sich auf seine Zeitungslektüre zu konzentrieren, das Gespräch mit Ingrid wollte ihm nicht aus dem Kopf gehen. Jemand klopfte an die Türe. Er dachte, er habe sich getäuscht, schließlich gab es eine Klingel. Dann hörte er ein zweites zaghaftes Klopfzeichen. Es musste jemand aus der Firma sein, von draußen kam niemand hinein. Gierke? Bestimmt nicht, der würde sicherlich Sturm schellen. Er stand auf und schaute durch das Auge des Spions, ohne Licht im Flur zu machen. Im Dunkeln des Treppenhauses war niemand zu sehen. Zum dritten Mal klopfte es, diesmal begleitet von leisen Rufen. „Herr Zepp, ich bin es, Clara Mittnacht." Er öffnete die Türe, sie huschte schnell an ihm vorbei in den dunklen Korridor. „Entschuldigen Sie die Störung, aber es ist wirklich wichtig." Leonhard machte Licht, sie sah besorgt aus und er bat sie in die Küche. Clara schaute sich verlegen um. Ihm entging ihre Befangenheit nicht. So ginge es manchmal im Leben, aber man dürfe kein Trauerspiel daraus machen, sagte er. Er bot ihr einen Kaffee aus seiner neuen Nespresso-Maschine an. Der erste Haushaltsgegenstand der Luxusklasse in seinem bescheidenen Heim, brandneu, erst heute Nachmittag habe er sie angeschafft und nun sei er froh, sie nicht allein einweihen zu müssen, sagte er und versuchte, der Situation Leichtigkeit abzugewinnen. Welche Kaffeesorte sie bevorzuge, Allegro oder Sforzato? Am liebsten ohne Koffein, erwiderte sie. Also eher ein Larghetto, das wäre wohl auch für ihn das Beste. Er lachte, Clara starrte vor sich hin auf den Küchentisch. Er steckte die lila Kaffeehütchen in die Maschine, drückte den chromblitzenden Schwingarm hinunter und überließ den Rest der italienischen Präzisionsmechanik – ein interaktives Divertimento, kinderleicht zu bedienen. Die Maschine schwitzte, schnaubte und stöhnte den Kaffee in die Tassen, würziger Kaffeeduft breitete sich aus. Clara wartete ab, bis es wieder still war.

„Herr Gierke hat uns heute Morgen mitgeteilt, dass er die Hälfte der Belegschaft entlassen will, wegen der Wirtschaftskrise, behauptet er. Nur diejenigen, die über zehn Jahre da sind, dürfen bleiben." Leonhard stellte die Tassen abrupt auf dem Tisch ab, der Kaffeeschaum schwappte über den Tassenrand, braune Schlieren rannen auf dem weißen Porzellan in die Untertasse und sammelten sich in einer dunklen Pfütze. „Wie bitte? Der Kulturbahnhof hat ihm doch Vertrauen eingebracht, es werden Aufträge folgen, bei dem ist die Krise doch gar nicht angekommen." „Gerade weil alles so gut gelaufen ist, will er in Zukunft billige Arbeitskräfte aus dem Osten holen. Das hat er mir hinter vorgehaltener Hand gesagt. Er darf auf keinen Fall erfahren, dass Sie das von mir wissen. Die Polen haben besser und preiswerter als unsere Leute gearbeitet, hat er mir vorgerechnet, nur mit billigen Arbeitskräften bleibt die Firma konkurrenzfähig." „Etwa mit Schwarzarbeitern?" „Er will diesmal alles offiziell über Leiharbeitsfirmen abwickeln." „Herr Gott, er verdient doch gut genug, da muss er doch keine Leute entlassen." „Aber so kann er noch mehr rausschlagen." „ Profit um des Profits willen, ohne Rücksicht auf Verluste. Es lebe das vereinte Europa, und unsere Leute gehen dabei vor die Hunde." „Können Sie nicht noch einmal mit ihm reden, so wie damals, wegen meiner Tochter. Da konnten Sie ihn doch auch überreden, dass ich sie wieder mitbringen darf. Sie haben Einfluss auf ihn. Sie könnten doch von den Arbeitern gehört haben, dass er Leute entlassen will." Damals hatte er Gierke noch in der Hand gehabt, dachte Leonhard, nun war er abhängig von seinen Pachtzahlungen, die hatten Vorrang. Wichtig war vor allem, dass Gierke den Auftrag für das Klinikum bekam, dann müsste man weiter sehen. „Ich sehe, was ich tun kann", sagte er Clara zum Abschied. Sie machte sich Hoffnungen, dass alles wie früher werde, genau wie Ingrid. Aber man konnte die Zeit nicht einfach zurückdrehen wie die Zeiger einer Uhr.

Der Karneval im katholischen Rheinland ist ein paradiesischer Ausnahmezustand, sechs tolle Tage von Weiberfastnacht bis Veilchensdienstag, in denen Unmögliches möglich wird, ein kollektiver bunter Schwebezustand in der besten aller möglichen Welten – und, so paradox das klingt, obwohl die Anarchie ausbricht, bleibt die Kirche trotzdem im Dorf:

Mer lasse den Dom in Kölle, denn da gehört er hin,
wat soll der denn woanders, dat hätt doch keene Sinn,

heißt es in einem bekannten Karnevalslied. Der Straßenkarneval ist der rheinische Weg zur klassenlosen Glückseligkeit, die jeden Skeptiker Lügen straft. Leben und leben lassen, feiern, sich vergnügen, verbrüdern, verschwestern, vereinigen, verschmelzen, „zur Sonne, zur Freiheit", denn am Aschermittwoch ist alles vorbei! Vanitas vanitatem, Aschenkreuz, memento mori, „Bedenke Mensch, dass du Staub bist, und zum Staub zurückkehrst." Klüngel, Karneval und Kartharsis gehören zusammen wie Himmel un Äd mit Flönz (Blutwurst), die kölsche Dreifaltigkeit. Und nach den tollen Tagen kehrt der Alltag wieder ein, die Welt läuft in geregelteren Bahnen, ebenso wie die Geschäftsbeziehungen, die hier angebahnt wurden.

Auch Leonhard wusste seinen Nutzen aus dem Karneval zu ziehen. Als er die Firma seines Vaters übernahm, hielt er es für klug, Mitglied in der traditionsreichen Godesberger Karnevalsgesellschaft Chevaliers verts, den grünen Funken, zu werden, um seine geschäftlichen Kontakte auszubauen. Er hatte es bald bis zum Präsidenten gebracht, sein Einsatz zahlte sich aus. Über Jahre hörte man gerne seine geistreichen Büttenreden und goutierte ihren kabarettistischen Unterton, der nie die Schmerzgrenze überschritt, schließlich wollte man sich feiern, „fiere" nannte man das hier.

Leonhard sprach bei diesen Anlässen ein gepflegtes Rheinisch, ganz ähnlich wie Adenauer, jederzeit konnte er darauf zugreifen, wenn es darauf ankam, volksnah aufzutreten – das schaffte Vertrauen. Auch in seiner Zeit als Stadtrat hatte sich das bewährt. Er war einer von hier, und das zeigte sich vor allem an der Art zu sprechen. Der Rheinländer redet nicht, sondern singt seine Sätze im beschwingten Rhythmus eines Dreiertaktes, der auch die Zugereisten, die „immis", sofort in eine heitere Stimmung versetzt, die für diese Region so typisch ist. Wo man singt da lass dich nieder, böse Menschen kennen keine Lieder. Die Sprachmelodie macht fröhliche Berg- und Talfahrten, die Diphtonge ä, ü, ö hüpfen von Gipfel zu Gipfel, das ä paart sich mit dem e und vereinnahmt es, dazwischen fällt alles andere in den Abgrund des hinteren Gaumens, um sich sofort mit einem glissando wieder in nasale Höhen aufzuschwingen. Geschunkelte Lebensfreude in jedem Satz, beschwingte sprachliche Weltansicht, so drückt sich die rheinische Frohnatur aus.

In den letzten beiden Jahren verlor Leonhard jene Leichtigkeit, die früher seine Büttenreden beflügelte. Sie wich einer Schwere, die manche als Schwerfälligkeit empfanden, so dass er sein Amt vor zwei Jahren einem jungen aufstrebenden Geschäftsmann überließ und sich als Ehrenpräsident in den Hintergrund zurückzog. Nur während der sechs tollen Tage erschien er noch auf dem karnevalistischen Parkett, das war er der Firma schuldig, dieses Jahr zum ersten Mal ohne Ingrid. Niemand sprach ihn darauf an, niemand wollte indiskret sein, doch erstaunte Augenbrauen hoben sich, verständige Blicke trafen sich, wissende Münder tuschelten, als Leonhard an den Tischen vorbei zu seinem Platz ging. Ein Spießrutenlaufen durch bunte Narrenkappen, überschminkte Gesichter und rote Pappnasen, das Leonhard gelassen ertrug. Die meisten, die hier in ihren lächerlichen Verkleidungen saßen, spielten in seinem Leben keine Rolle mehr.

Leonhard hatte alles wie immer vorbereitet. Der Auftraggeber in spe, der Verwaltungsdirektor des Klinikums Heribert Salvator, war neben ihm platziert worden, auf der anderen Seite saß Heinrich von Siemsen, ihm gegenüber Herr Precht, der Baudezernent. Bier und Rheinwein flossen in Strömen, lockerten die Zungen, verführten zum Schunkeln und manchem Herrenwitz. Auf der Bühne sorgten die karnevalistischen Größen der Region für gute Laune. Höhepunkt war der Stippeföttchetanz der Chevalier verts, die in ihren grüngelben Paradeuniformen aus Zeiten der französischen Besatzung, der napoleonischen wohlgemerkt, aussahen wie eine Melange aus Wellensittich und Musketier und denen es ein besonderes Vergnügen bereitete, ihr Gesäß, das bekleidete wohlgemerkt, aneinander zu reiben und dabei ein aufgerichtetes Gewehr vor sich in den Händen zu halten. Was einst als Parodie auf Napoleons Armee gemeint war, erinnerte heute an ein fröhliches Balzritual, das die Manneskraft des Rheinländers beschwor – Lieb' Vaterland magst ruhig sein, fest steht und treu, die Wacht am Rhein.

In der Pause traf man sich im Raucherfoyer zu einer guten Zigarre – einer Havanna, die Heinrich von Siemsen großzügig anbot – und besprach das Wesentliche. Heribert Salvator zog genüsslich an der Romeo y Julieta und ließ den Rauch langsam durch die Nase entweichen. Er könne sich eine Zusammenarbeit mit der Firma Zepp sehr gut vorstellen, die Firma sei tipp topp. Herr Precht pflichtete ihm bei, der Kulturbahnhof sei das beste Beispiel. Er legte den Kopf in den Nacken, wölbte seine Zunge an den Seiten hoch, schob sie ein wenig über die Lippen hinweg und versuchte vergeblich, Kringel in die Luft zu blasen. Die anderen lachten. Der Alkohol in seinem Blut gab ihm die nötige Gelassenheit, sein Scheitern mit Humor zu ertragen, und er spürte, wie er über sich selbst hinaus wuchs – ein schönes Gefühl.

Leonhard wandte sich an Heribert Salvator, er habe letztens erwähnt, dass sein Bungalow dringend einen Anstrich bräuchte, ob die Firma Zepp das nicht übernehmen solle. Das käme ihm sehr entgegen, erwiderte der Verwaltungsdirektor, und sog den Rauch des edlen Tabaks bis tief in die Spitzen seiner Lungenflügel. Leonhard wartete die Reaktion mit Genugtuung ab. Gleich würde es zu Turbulenzen in den Bronchien des Klinikchefs kommen, und tatsächlich, einige Augenblicke später war es soweit, und ein Orkan fegte durch die oberen Atemwege und ließ seinen Körper erbeben. Leonhard reichte ihm diskret ein Taschentuch und paffte einige Male, um die Glut seiner Zigarre am Leben zu erhalten. Herr Precht gab zur Überbrückung ein paar Blondinenwitze zum Besten, bis sich die Lunge des Klinikdirektors wieder beruhigte, doch dann versiegte die Quelle seines Humors allmählich. Der Baudezernent wurde unruhig. Die Pause ging zu Ende, und einige kehrten bereits in den Saal zurück. Er schaute von Siemsen erwartungsvoll von der Seite an, doch der gab sich seiner Zigarre hin. Wann würde er endlich darauf zu sprechen kommen? Hatte er ihn etwa vergessen? Oder wollte er ihn einfach übergehen? So weit käme es noch, das konnte er nicht mit ihm machen, nicht mit ihm. Er stieß den Rauch in Richtung des Architekten, so dass dieser ihm einen Blick schenken musste. Es bliebe doch bei seiner kleinen Gefälligkeit, dem Entwurf für die Finca auf Mallorca? Aber natürlich, erwiderte der Architekt entspannt, ohne ihm allzu viel Beachtung zu schenken, das ginge klar, um sich dann wieder ganz auf das Aroma seiner Zigarre zu konzentrieren. Das hatte der Meisterarchitekt sich nun doch nicht nehmen lassen, zumindest wollte er gefragt werden.

Alle sogen zufrieden an ihrer Havanna, dieser Zitze des Wohlstandes, die sie mit dem Lebenselexier der Exklusivität nährte und ihnen das Gefühl gab, Männer von Welt zu sein. Auch Winston Churchill hatte eine Romeo y Julieta Nr. 2 geraucht, die goldene Bauchbinde auf dem Tabakblatt bezeugte es. Und so standen die vier Herren noch eine Weile vereint in stillem Selbstgenuss um den Aschenbecher, umhüllt vom blauen Dunst, durch den die Glut ihrer Zigarrenspitzen schweifte wie Sternschnuppen in einer lauen Augustnacht, wenn das Glück vom Himmel fällt.

Die Aspirin-Tablette taumelte langsam auf den Boden des Wasserglases und sprudelte ihre Wirkstoffe in das Fluidum. Ein Bleistift schoss ungeduldig in die Flüssigkeit, quirlte und wirbelte die Substanzen durcheinander zu einer milchigen Lösung, die möglichst bald ihre wohltuende Wirkung entfalten sollten. Katerstimmung. Gierke hatte Kopfschmerzen, ein unerträglicher Druck hinter der Stirn quälte ihn. Das traditionelle Fischessen am Aschermittwoch zeigte seine Spätfolgen, Alkohol und Essen hatten in keinem ausgewogenen Verhältnis zueinander gestanden. Keine guten Voraussetzungen für ein Gespräch zwischen Pächter und Verpächter.

„Davon ist nie die Rede gewesen, Herr Zepp." Gierke musste aufstoßen, das Aspirin säuerte in seinem angeschlagenen Magen. „Darüber redet man nicht, das ist so üblich", fuhr Leonhard fort. „Dass dieser Salvator sich auf meine Kosten bereichert?" Gierke war erregt und drehte sich auf seinem Schreibtischstuhl hin und her, als verfolge er ein Tennismatch. „Damit Sie den Auftrag erhalten", ergänzte Leonhard. „Da reicht doch der gute Name der Firma Zepp, oder etwa nicht?" „Nicht nur, man muss geben, um nehmen zu können." Gierke verzog langsam den Mund zu einem Lächeln.

„Dann sind wir uns ja einig." Leonhard versuchte ruhig zu bleiben. „Wie meinen Sie das?" Gierke beugte sich zu ihm vor und ließ ihn nicht aus den Augen. „Diese unvorhergesehene Mehrbelastung kann ich unmöglich alleine tragen. Wir müssen sie uns also teilen." „Sie entlassen doch schon die Hälfte der Leute, um mit billigen Leiharbeitern aus dem Osten Ihren Profit zu steigern, eine Riesenschweinerei ist das. Sie tragen als Unternehmer schließlich auch Verantwortung. Vermehre deinen Nutzen, indem du den Nutzen der anderen förderst, das können Sie schon bei Marc Aurel nachlesen."

Gierke lehnte sich langsam zurück und spielte mit dem Bleistift in seiner Hand. „Interessant, wie gut Sie über meine zukünftigen Pläne informiert sind." Leonhard ärgerte sich, Dinge ausgesprochen zu haben, über die er Stillschweigen bewahren sollte. Gierke machte eine Pause und warf einen Blick in sein Vorzimmer. Clara Mittnacht verließ gerade das Büro, es war Mittagszeit. Dann fuhr er fort: „Hören Sie, ich muss konkurrenzfähig bleiben, das werden Sie doch am besten verstehen, oder?" Der drohende Unterton in Gierkes Stimme beunruhigte Leonhard. „Ja natürlich, aber nicht auf meine Kosten!"

Gierke zuckte mit den Schultern. Beide schwiegen feindselig. Leonhard hatte das Gefühl, eine Hand lege sich um seinen Hals und drücke langsam zu. Wenn es ihm jetzt nicht gelang, Gierke klein zu halten, ihn in seine Schranken zu verweisen und seiner Maßlosigkeit Grenzen zu setzen, dann würde dieser Kretin ihn ersticken. „Ich kann meine guten Kontakte auch gegen Sie verwenden, und dann sind Sie hier ganz schnell weg vom Fenster." Gierke sah ihn an, als habe er einen schlechten Scherz gemacht. „Das wäre aber auch nicht gerade zu Ihrem Vorteil." Leonhards Hände fingen an zu zittern. „Aber auch nicht zu meinem Nachteil", entgegnete er und zwang sich, keine Schwäche zeigen. „Denn eines sollten Sie bedenken: Meine guten Beziehungen lassen mich überleben, Sie nicht." Gierkes Oberkörper schnellte nach vorne, seine Augen verengten sich, lauerten, wie bei einem Raubtier, kurz vor dem Sprung. Ihre Blicke begegneten sich, rangen miteinander – Sekunden der Ungewissheit, des Abwägens, des gegeneinander Aufrechnens. Und endlich, Gierke gab nach, sein Blick brach ein. Mit den Händen fuhr er sich durch das Gesicht, als erwache er aus einem schlechten Traum und komme langsam wieder zur Besinnung. Er stand auf und ging vor dem Fenster auf und ab. Nach einer Weile sagte er:

„Nichts für ungut Herr Zepp, wir wollen doch beide nur das Beste, ich regele das mit Salvator."

Leonhard atmete auf – seine Strategie, hartnäckige Gegner in Verhandlungen mit ihrer eigenen Angst zu zermürben, hatte sich wieder einmal bewährt. Gierke streckte ihm die Hand zur Besiegelung des gegenseitigen Einvernehmens entgegen. Leonhard ließ ihn warten, so lange bis seine Geste etwas Bittendes bekam, erst dann schlug er ein. Dennoch hatte er nicht das Gefühl, einen Sieg davon zu tragen, als er das Büro verließ.

Im Treppenhaus fing ihn Clara ab. Sie flüsterte, war nervös, fragte, ob er etwas erreichen konnte. Gierke habe den Auftrag für das Klinikum, erwiderte er. Das sei ja fantastisch, darum habe sich die Firma Zepp doch jahrelang bemüht, ein Geschenk des Himmels, genau zur rechten Stunde, denn Gierke entließe dann doch sicherlich keine Leute mehr. Sie schaute ihn erwartungsvoll an. Davon sollte man eigentlich ausgehen, meinte Leonhard. Sie hörte seine Zweifel und wollte nachfragen, aber in diesem Moment wurde die Bürotüre aufgerissen, und Gierke stand vor ihnen im Treppenhaus: „Frau Mittnacht, ich muss mit Ihnen sprechen, sofort."

Leonhard verließ das Haus über den Hintereingang, er hatte ein schlechtes Gewissen wegen Clara. Als er zu seinem Wagen ging, drang Gierkes Stimme durch die geschlossenen Fenster auf den Betriebshof. Clara saß dort, wo Leonhard eben noch gesessen hatte, Gierke lief gestikulierend durch das Büro und beschimpfte sie. Leonhard rollte in seinem Volvo langsam vom Hof, zuletzt sah er noch, wie Clara sich mit einem Taschentuch durch das Gesicht fuhr. Im Augenblick konnte er nichts für sie tun. Er gab Gas, er musste Abstand von all dem gewinnen, zumal er heute Lauras Untersuchungsergebnisse erfahren würde.

Die Rheinaue lag im dichten Nebel. Weiße Wände schoben sich vor Leonhard, die mit jedem Schritt vor ihm zurückwichen, ihn sofort wieder umfingen und nicht mehr freigeben wollten. Er bemerkte kaum, dass er sich fortbewegte, hörte es nur am gleichmäßigen Rhythmus seiner Schritte auf dem Asphalt. In der Ferne schimmerte ein heller Fleck, der immer näher kam, es musste das beleuchtete Zelt des Tennisclub Eden sein. Der Spaziergang tat ihm gut, die Bewegung gab ihm das Gefühl, nicht untätig zu sein. Er wartete auf den Anruf von Ingrid. Schon seit einer dreiviertel Stunde lief er durch die Kälte, an einer Bank am Uferweg machte er

Halt. Geräusche durchdrangen die Stille, verrieten ihm, was der Nebel verbarg. Bilder stellten sich in seiner Vorstellung ein. Wasser schwappte gegen Steine, ein einsames Rheinschiff tuckerte langsam von links nach rechts und verlor sich stromaufwärts, Pappeln raschelten über ihm. Er erinnerte sich an einen Roman, den er vor einigen Jahren gelesen hatte, in der die Menschheit von einer weißen Blindheit befallen wurde, alle waren sehend blind, nur eine Frau konnte erkennen, was sie sah. Er schloss die Augen, es wurde schwarz, er war nicht blind...

Der schrille Klingelton des Handys riss ihn aus seinen Gedanken, auf dem Display leuchtete Ingrids Nummer. Sie war am Boden zerstört, er spürte, wie sie mit Tränen kämpfte. Ihre Unruhe übertrug sich auf ihn. Er versuchte, ihren hin und her springenden Gedanken zu folgen. Was er verstand war, dass Laura an einer neuroimmunologischen Regulationsstörung litt, die den ganzen Körper aus der Balance brachte. Eine Reihe von Untersuchungen war nötig, um andere Krankheiten auszuschließen: HIV, Hepatitis, Parkinson, Multiple Sklerose. Nur so ließe sich der Verdacht des Professors bestätigen: Cronic fatigue syndrome.

Jede der Krankheiten, die Ingrid aufzählte, war für Leonhard wie eine Ohrfeige, die seine Zweifel gegenüber den Beschwerden seiner Tochter Lügen strafte. Er versuchte Ingrid zu beruhigen, das Wichtigste sei jetzt, zusammen zu halten und Laura zu unterstützen. Ob er nicht zum Abendessen vorbei kommen wolle, dann könnten sie alles in Ruhe besprechen, fragte sie. Er schwieg, hörte wie sie atmete. „Du fehlst uns, ich schaffe das nicht allein", sagte sie nach einer Weile. Er wusste, wie viel Überwindung es sie gekostet hatte, das zu sagen. Er zögerte zu antworten. Ihr Bekenntnis hing in der Luft, sie wartete darauf aufgefangen und umarmt zu werden, von ihm. Leonhard ließ alles in der Schwebe. Das schien ihm in dieser Situation das Beste. „Wir schaffen das, wir sehen uns morgen in der Klinik."

Ingrid konzentrierte in den folgenden Wochen ihre ganze Energie auf das Wohlergehen von Laura und begleitete sie von Spezialist zu Spezialist quer durch Deutschland, vom Hamburger Asklepios-Klinikum bis zur Berliner Charité. Es gab nur wenige Experten in Deutschland, in vielen Medizinlehrbüchern war die Krankheit noch nicht einmal erwähnt. Ingrid arbeitete sich in die Thematik ein, forschte im Internet und konnte bald Freunden und Bekannten kleinere Vorträge darüber halten. Ihr Wille zur Aufklärung ließ sie auch Dr. Schlee aufsuchen, den alten Hausarzt, der sich so ratlos gezeigt hatte.

Es war ihr ein Anliegen, ihn über die neuesten Forschungsergebnisse zu informieren, ohne Vorwurf, ganz im Dienste der Sache. Sie erklärte ihm, dass CFS – sie benutzte der Einfachheit halber diese Kurzform, die sie als Kennerin auswies – äußerst schwer zu fassen sei und dass die meisten Mediziner dem Phänomen hilflos gegenüber stünden: „Da braucht sich keiner zu verstecken, es herrscht einfach eine große Uneinigkeit in der medizinischen Welt über Ursache und Auslöser dieser Erkrankung. Viren und Umweltgifte werden ebenso angeführt wie lang anhaltender Stress oder hormonelle Veränderungen. Da kennt sich doch keiner mehr aus. Deshalb rate ich Ihnen, Dr. Schlee, den jüngsten Forschungen aus Amerika unbedingt Beachtung zu schenken: Sie weisen darauf hin, dass es sich um eine organische Krankheit handelt und die Symptome körperliche Ursachen haben. Für die Fülle von Lauras Beschwerden – die monatelangen Schlafstörungen, die unerträglichen Gelenkschmerzen, die Überempfindlichkeit der Lymphknoten – für all diese Symptome gibt es nun endlich eine fundierte medizinische Erklärung. Nun ist Schluss mit der Fehleinschätzung, dass CFS eine psychische Erkrankung oder ein simpler Burn out ist. Ich kann Ihnen gar nicht sagen, wie sehr mich diese Gewissheit beruhigt."

Dr. Schlee bedankte sich höflich für ihre Bemühungen. Es täte ihm leid, dass er nicht mehr für Laura tun konnte, aber sie sei jetzt gewiss in den besten Händen. Ingrid überließ ihm die amerikanische Studie, für die Zukunft, falls noch einmal ein solcher Fall auftrete. Die Wahrscheinlichkeit zu erkranken, war nicht sehr hoch, nur zwei bis vier Promille, entnahm Dr. Schlee den ersten Zeilen. Also mehr als unwahrscheinlich, dachte er, nachdem er das Jahr bis zur Pensionierung und die Zahl seiner Patienten gegeneinander aufgerechnet hatte. Er legte die Studie zur Seite, ohne ihr weiter Beachtung zu schenken.

Lauras Rückkehr ins Arbeitsleben rückte in weite Ferne. Ich rief in der Bank an, man schien erleichtert zu sein, jemand anderen einstellen zu können, ohne Laura kündigen zu müssen und wünschte gute Besserung. So schnell schlossen sich die Türen in einer Gesellschaft, in der nur Leistung zählte. In wenigen Wochen veränderte sich alles um mich herum in rasendem Tempo. Die Erkrankung Lauras führte zu einer neuen Konstellation unserer Familie. Mutter und Tochter fanden zueinander, kreisten umeinander und waren sich selbst genug, Lars war schon lange neue Bindungen eingegangen und fand sein Glück woanders. Ich blieb als Solitär übrig, einsam, um mich selbst kreisend, niemandem mehr wirklich zugehörig. Ich sehnte mich nach Nähe.

7

Am Morgen regnete es, der Himmel war wolkenverhangen. Leonhard beschloss, seine Einkäufe auf den Montag zu verschieben und den Tag zu Hause zu verbringen. Es würde wieder eines dieser trüben Wochenenden werden. Da half nur ein Mittel: Er setzte den Kopfhörer auf und hörte Verdi, aber nicht eine der späten Opern wie sonst, sondern La Traviata. Ihm war danach. Violetta Valery, die Dazwischenstehende, zwischen den Welten, die Kurtisane, die einmal geliebt sein will, die das Leben und die Liebe an sich reißt, ein letztes Mal, weil sie die tödliche Krankheit in sich trägt. Er schloss die Augen, vergaß alles um sich herum, verlor sich in der Musik, geriet außer sich, erfüllt von ihrer Stimme, die ihn durchströmte, sich mit ihm vereinigte in dem einen Augenblick, der nie mehr enden sollte. Jetzt kann er kommen, der Tod, das wäre Glück. Io ritorno a viver! Oh gioa! Leonhard ließ sich erschöpft in den Sessel zurückfallen. Er öffnete die Augen, er war glücklich. Wunderbare Metamorphose durch Musik, die Welt war eine andere geworden, erfüllt von Gegenwart.

Die Sonne stach ihm ins Gesicht, er blinzelte zum Fenster hinaus. Der Himmel klarte auf und ein erster Frühlingstag kündigte sich an. Es trieb ihn nach draußen, er wollte unter Menschen sein und fuhr nach Bonn. Die Universität lag noch im Winterschlaf, es waren Semesterferien. Er schlenderte zum Marktplatz, das Rathaus war immer noch wegen der Renovierungsarbeiten mit einer großen Plane verhangen, auf der die barocke Fassade in Originalgröße gedruckt war. Die Kulisse erstrahlte in Polycolortechnik und verbarg die Baugerüste dahinter. An den Marktständen davor herrschte reges Treiben. Der erste Spargel aus Israel wurde angepriesen, jetzt alles zum halben Preis! Er kaufte ein Kilo, dazu Kartoffeln aus dem Vorgebirge und frische Erdbeeren aus Spanien.

Er ließ sich im Strom der Kaufenden zum Münsterplatz treiben. Eine junge Frau sprach ihn an, er hatte sie nicht bemerkt, beinahe wäre er an ihr vorbeigegangen, ohne ihr Beachtung zu schenken. Es war die Studentin aus dem philosophischen Kolloquium. Lächelnd drückte sie ihm ein Freiexemplar der Zeit in die Hand und warb mit unwiderstehlich bittendem Augenaufschlag für ein Probeabonnement, völlig unverbindlich und kostenlos für einen Monat. Im Übrigen müsse er die Zeitung gar nicht lesen, sagte sie hinter vorgehaltener Hand, er könne sie auch verschenken, wenn er die FAZ bevorzuge. Sie zwinkerte ihm zu. Woher sie das wisse? Reine Spekulation, einfach mal frech weg behauptet, ein Zufallstreffer. Sie lachten. Ob sie nach den Semesterferien wieder beim Kolloquium dabei sei? Sie habe sich noch nicht entschieden, bis zum Semesterbeginn sei ja noch Zeit. Alles Gute und hoffentlich auf bald. „Ja, und danke noch mal." „Wofür?" „Na, für das Abo, ich kriege Kopfgeld für Sie." Er schmunzelte, schade, wenn sie nicht mehr käme. Er würde sie vermissen.

Die Sandsteine des Münsters leuchteten im klaren Märzlicht, scharf zeichneten sich die Konturen vor dem kalten Blau des Himmels ab. Vereinzelte Wolken flatterten an den Turmspitzen vorbei. Die Leute genossen die erste Wärme nach dem Winter, saßen mit Sonnenbrillen in den Straßencafés, verquirlten mit langen Löffeln die Trikolore italienischer Kaffeekunst und saugten zufrieden ihren Latte macchiato durch Strohhalme. Die Kälte kam aus dem Hinterhalt, im Schatten lauerte immer noch der Winter, doch Heizstrahler sorgten für mediterranes Klima. Ein Hauch von Siena lag in der Luft, ein Ort, der zum Verweilen einlud. Leonhard nahm Platz und bestellte einen doppelten Espresso. Er blätterte durch die Zeit. Den Politik- und Wirtschaftsteil überflog er rasch, wie erwartet, fand er seine Standpunkte hier nicht vertreten, der Kulturteil berichtete mehr über neueste Trends in Pop und Jazz als über Klassik. Im Wissensteil war er auf einen Beitrag über Schluckbeschwerden gestoßen, die auch ihm hin und wieder zu schaffen machten. Eine Vielzahl von physischen und psychischen Ursachen wurde angeführt, die ihn verwirrten. Er wollte nichts wissen vom Globus hystericus und Schlimmerem, er war nicht krank, eine hin und wieder auftretende Störung, sonst nichts. Er blätterte weiter. Nachdem er Artikel über Biofleisch vom Discounter und Gewissensbisse über Thunfischverzehr an sich hatte vorüberziehen ziehen lassen, blieben noch die Partnerschaftsanzeigen und er fand sein Vergnügen an den männlichen Selbstentblößungen in maximal 750 Zeichen.

Ein charismatischer Schönheitschirurg hinterließ ein eindrucksvolles Schlachtfeld von Wortamputationen.

Charism. Schönh.-Chrg, 55, wohlsit., sptl., stattl., ansprvl. sucht schlk.wbl. Pend. (+ - 35) zw. Partnsch. Zschft. n.m.Bld.

Konsonantenstümpfe humpelten durch die Gegend und litten unter Phantomschmerzen, zumindest kam es Leonhard so vor, als seine Zunge darin stocherte. Hoffentlich operierte er besser, als er schrieb. Was aber, wenn er genauso empfand, wie er schrieb? Jeder Frau musste dringend abgeraten werden! Außerdem war er geizig. Der Text blieb unter 100 Zeichen, die Investition in die Zukunft lag somit unter 100 Euro, rechnete Leonhard nach, nachdem er sich über den Anzeigenpreis am Ende der Rubrik informiert hatte. Zu viel Entstellung für zu wenig Geld.

Neben Puristen fanden sich auch Poeten, für die Worte nicht in Euro aufzuwiegen waren.

Alleine bin ich durch die Welt gewandelt, wie ein Wanderer ohne Heimat. Es ist Zeit anzukommen, ein Heim zu finden und einen Menschen, DICH, der mir die Türe öffnet und mich einlässt. Sensibler Abenteurer/Taugenichts, 59, beziehungserf., 2Kd, sucht verständnisvolle, einfühls. SIE um die 50, gerne mit Fam. zur Bereicherung seines Lebens im Raum Freiburg. ZA 101010 DIE ZEIT, 20079 Hamburg

314 Zeichen, immerhin. Dem Weltenwandler, der sich ins gemachte Nest setzen will, ohne seinen Beruf preiszugeben, schien die Bereicherung seines Lebens etwas wert zu sein. Welche Frau fiel darauf rein? Der Beruf war Beweis männlicher Stärke und Durchsetzungsvermögens, der Beitrag zur Arterhaltung. An diese evolutionären Spielregeln sollte man sich halten, wenn man erfolgreich sein wollte, weibliche Unabhängigkeit hin oder her. Er suchte den Vergleich zu Männern seiner Generation, er zählte zehn. Mal schauen, was die zu bieten hatten.

Herbsttage
Der Herbst hat auch noch schöne Tage und sie könnten zusammen erlebt werden. Ein gemeinsamer Spaziergang oder ein schönes Abendessen würden einen Meinungs- und Erfahrungsaustausch sicherlich vertiefen und erste

Eindrücke voneinander vermitteln. Mit 60 Lebensjahren (186 cm Körperlänge) kann ich, ser. Geschäftsmann, bestimmt zu einem interessanten Gespräch beitragen. Deshalb zeige ich auch meine Vorzüge und Schwächen hier nicht auf, sondern überlasse diese Beurteilung gerne meiner Gesprächspartnerin. Interesse an Kultur und Reisen ist stark vorhanden. Packen wir es also ganz locker an und treffen uns zu einem ersten Gespräch. Es wird bestimmt nicht langweilig werden. Auf ein gutes Miteinander. Zuschriften bitte mit Bild (gar. zurück) unter ZA 57795 DIE ZEIT, 20079 Hamburg

Ein Gentleman alter Schule, welcher der Dame den Vortritt ließ, über ihn zu urteilen, einer, der es locker anpacken wollte. Wie wollte er das wohl anstellen? Entweder war er eine gespaltene Persönlichkeit oder aber ihm fehlten die Worte, es locker angehen zu lassen. Ein Fauxpas, ihm wäre das nicht passiert. 660 Zeichen, gut 600 Euro, wenigstens die Kasse stimmte. Leonhard las weiter und stieß auf den Mann der Superlative, 700 Zeichen.

Unternehmer der Extraklasse 61 /180
An der Seite dieses Mannes werden Träume wahr – Top Unternehmer mit weltw. Firmenimperium (sehr attrakt., sportl.-schlk), ein faszinierender Selfmademan im besten Sinne, verkehrt weltweit in der ersten Liga, u.a. akt. Fan des Motorsports, dabei gleichzeitig absolut parkettsicher, polyglott, mehrfacher Multimillionär, eine sprühende Persönlichkeit, begeisterungsfähig u. sehr sportl. (sein Schwimmtraining absolviert er täglich in seinem Schwimmbad, aber als naturverb. Mensch liebt er auch das Wandern u. den Wintersport). Eine Dame besten Niveaus – mit gutem Charakter, lebendig u. liebevoll, gleichzeitig eine intelligente, geistige Sparringpartnerin, ebenf. mit hohem Lebensstandard – sollte sich hier angesprochen fühlen. Anruf mit Chiffre-Nr. 1546 bitte unter...

Unfassbar, der schwerreiche Supermann ging nicht selbst auf die Pirsch, sondern hatte Kopfjäger, heute nennt man das headhunter, ausgesandt, eine VIP Partnervermittlung mit Sitz in Hamburg, München, Berlin. Degeneriertes männliches Balzgehabe kurz vor dem Platzen der nächsten Spekulationsblase. Warum nicht einfach ein Wildschwein erlegen, mit bloßen Händen, und der Dame der Wahl vor die Füße werfen, so wie in grauer Vorzeit. Wahre Manneskraft statt Kapital.

Leonhard hatte genug von männlicher Kontaktprosa. Ihn zog es in die Spalte weiblich sucht männlich, die gleichgeschlechtlichen Anzeigen ließ er außer Acht. Wie versuchten die Damen paarungswillige Herren verbal auf sich aufmerksam zu machen? Hingucker wie Hüft- und Brustumfang, lange Haare und Beine, die den männlichen Fortpflanzungstrieb erregten, schieden aus, handelt es sich doch um eine Zeitung, die sich an das Bildungsbürgertum wendet. Bei aller Liberalität suchte man doch Gleichgesinnte, wollte unter sich bleiben, triebsublimiert. Eine Jaqueline Schmitz musste außen vor bleiben.

Erstaunlich, wie viele Frauen seines Alters auf der Suche waren, er zählte fünfundzwanzig, das hätte er nicht gedacht.

> **Herbstliebe gesucht –**
> **vielleicht die wichtigste Liebe unseres Lebens... Liebenswerter Mann mit Herz und Verstand, gebildet und kultiviert, ab 65 gesucht, von Frau, 68, mit gleichen Eigenschaften. Raum 4 und 5 bevorzugt. ZA 57745 DIE ZEIT, 20079 Hamburg**

Die wichtigste Liebe unseres Lebens, weil sie die letzte ist? Darüber hatte er noch gar nicht nachgedacht, eigentlich hatte sie Recht. Es blieb keine Zeit mehr für Experimente, nicht nur im Raum Bielefeld... Die Lebenserwartung eines Mannes seiner Generation lag bei vierundachtzig Jahren, hatte er irgendwo gelesen, noch fünfzehn Jahre... Herbstliebe? Nein, diese Sicht auf das Leben war ihm nun doch entschieden zu melancholisch. Vielleicht passten die Herbsttage ja zur Herbstliebe? Leonhards Blick sprang zurück. Nein, der seriöse Geschäftsmann schied aus, zu jung mit seinen sechzig Jahren und 186 cm Körperlänge.

> **Kosmopolitin, 60, Chopin- und Beethovenfan, möchte tierliebenden Bücherwurm mit Loriot-Humor gerne for ever kennenlernen.**
> **ZA 57807 DIE ZEIT, 20079 Hamburg**

Leonhard gab der Dame gerne einen Korb: Die Ehe als Karikatur? Zum gemeinsamen Totlachen mit Plastikente in der Badewanne? For never, Werteste!

Er legte die Zeitung zur Seite, die Sonne fiel auf sein Gesicht. Er genoss ihre wohltuende Wärme. Die Bedienung fragte, ob sie ihm noch etwas bringen dürfe. „Einen Prosecco, bitte." „Aber gerne, sofort." Er beobachtete das rege Treiben auf dem Platz, es stimmte ihn heiter. Bunte Einkaufstüten verschiedenster Provenienz schaukelten wie vergnügte Schiffe mit prall gefüllten Bäuchen an ihm vorbei im Menschenmeer. Es war der erste Samstag im Monat, das Geld saß wieder locker – die käufliche Leichtigkeit des Seins.

Er bestellte ein zweites Glas Prosecco und nahm die Zeitung wieder zur Hand. Ob sich nicht doch noch etwas Ansprechendes fände? Einen Versuch wäre es doch wert, wenn er die Zeit schon von so charmanter Hand geschenkt bekommen und ihm der rechte Augenblick diesen sonnigen Platz zugeteilt hatte, um den ihn jetzt die Wartenden beneideten.

Manchmal, dachte er, fallen einem die Dinge eben zu, einfach so, aus heiterem Himmel, manchmal fallen sie einem sogar direkt in den Schoß – die Doppelbödigkeit dieser Redewendung erregte seine Phantasie – oder, besann er sich, vielmehr noch, sie fallen einem in den Schoß als ein Geschenk des Himmels, ein Wunder, wie bei einer unbefleckten Empfängnis zum Beispiel, aber das kam ja eher selten vor, wenn überhaupt...

Nein, er wollte nicht abschweifen und sich in Spekulationen verlieren, die ihn nicht weiterbrachten. Aber Zufälle, die gibt es zu Genüge, unglückliche und glückliche... Er zog es vor, sich auf letztere zu konzentrieren – die Gunst der Stunde, die Möglichkeiten eröffnet, vorausgesetzt der Begünstigte beachtet sie, schenkt ihnen seine Aufmerksamkeit, erkennt die Gelegenheit und packt sie beim Schopf, auch wenn die Konsequenzen, die sein Handeln in Gang setzt, für ihn im Moment noch nicht absehbar sind... Vielleicht wirft es ihn sogar aus der Bahn und stellt alles Bisherige in Frage?

Er leerte das Glas Prosecco und genoss das Prickeln auf der Zunge. Auf jeden Fall ein Wagnis, sich auf den Zufall einzulassen...

Sein Blick, auf diese Weise beschwingt, machte sich auf die Suche nach Worten, die seine Aufmerksamkeit erweckten, ihn reizten, die flirrten, flirteten, mit Charme, Leichtigkeit, Witz, die mit Unabhängigkeit kokettierten, die anstachelten, sie zu erobern.

Sein Blick lief Buchstaben hinterher, Wörter wandten sich ihm zu, zwinkerten ihn an, lachten, Sätze bekamen ein Gesicht, ihr Gesicht, er stellte sich vor, wie sie ihn anschaute, wie sie ihn anlächelte...

„Wer nicht mehr staunen kann, ist tot", schrieb sie. Er wollte leben, natürlich, und war nicht auch für Platon und Aristoteles das Staunen der Anfang aller Philosophie? Er las weiter. „Ich scheue nicht den Ausnahmezustand, da der Mensch nur zu sich kommt, wenn er außer sich gerät, zumindest ab und zu" – ja genau, gerade dieser augenzwinkernde Zusatz, diese kleine Differenzierung war charmant, sie hatte Humor. Keine pädagogisierende Aussteigerin, zum Glück. Sie war außergewöhnlich. Ja, das war sie! Dazu nicht wesentlich jünger als er, fünfundsechzig Jahre, genau das richtige Alter.

„... frisch im Unruhestand mit Vorliebe für tief alterierte Akkorde und schräge Bepopklänge", stand noch da – was immer das im Detail zu bedeuten hatte, sie liebte Musik, das war das Wichtigste, genau wie er. Und dann diese Schrift, sie hatte keine langweiligen Druckbuchstaben gewählt, sondern eine besondere Schriftart, die er noch nie gesehen hatte und die ihm sofort ins Auge sprang, swingende Schriftzüge, die etwas Freizügiges, Lebenslustiges hatten... Die vorwitzigen Tüpfelchen, die nie genau auf dem i saßen, sondern aufmüpfig aus der Reihe tanzten, neben her sprangen...

Leonhard trennte die Anzeige vorsichtig heraus und steckte sie in sein Portemonnaie. Er zahlte und ließ ein großzügiges Trinkgeld neben der Zeitung auf dem Tisch liegen. Vielleicht wollte ein anderer auch noch sein Glück darin suchen.

Am selben Abend machte Leonhard folgende Notiz in seinen Tagebuchkalender: Vom Teufel geritten, habe soeben auf eine Annonce in der Zeit geschrieben. Wundere mich über mich selbst, kann mir neue Beziehung gar nicht vorstellen, alles total unsinnig. Reaktion, wenn überhaupt, könnte in der 10. KW Mitte März kommen. Abwarten. Spargel war wunderbar zart, Sodbrennen nach verdammter Buttersoße.

Sie fuhren zu dritt nach Hamburg. Leonhard setzte sich ans Steuer, neben ihm lag Laura eingewickelt in eine Wolldecke. Sie hatte die Rücklehne ihres Sitzes weit zurückgestellt und sich ausgestreckt. Ingrid klemmte sich hinter den Fahrersitz. „Mama, ich kann mich doch auch hinten hinlegen", sagte Laura. „Nein Kind, das macht mir nichts. In fünf Stunden sind wir da." Laura schlief die meiste Zeit, ihre Eltern sprachen kaum miteinander. Die Fahrt dauerte länger als erwartet, mehrere Male standen sie im Stau. Ingrid nutzte die Zeit und las eine medizinische Studie über das XMR-Virus, die sie sich aus dem Internet ausgedruckt hatte. Fachausdrücke schlug sie sofort im Pschyrembel nach, dennoch verstand sie nicht alles.

Am späten Mittag kamen sie in der Asklepios-Klinik an. Laura sollte dort einige Tage verbringen, um sich weiteren Behandlungen zu unterziehen. Ingrid wusste, dass man hier auf dem Gebiet von CFS mehr Erfahrung vorzuweisen hatte als die Bonner Universitätsklinik.

Nachdem sie die Anmeldeformalitäten erledigt hatten, fuhren Ingrid und Leonhard in das Hotel, das er über HRS gebucht hatte – drei Tage im Méridien Superieur zum Spezial-Preis, täglich eine Flasche Fachingen auf dem Zimmer inklusive. Sie hatten sich die Aufgaben geteilt: Ingrid hatte den Klinikaufenthalt organisiert und die Termine mit den Ärzten koordiniert, Leonhard hatte sich um die Zimmer gekümmert und das Treffen mit Susannes Familie arrangiert. Es ließ sich nicht mehr aufschieben: Die beiden wollten im Mai heiraten, im Juni kam bereits der Nachwuchs.

Die junge Frau an der Rezeption begrüßte sie mit professioneller Freundlichkeit und gab ihnen ihre Chipkarten. Sie gingen zu den Aufzügen, die Messingtüre surrte auf, ließ sie ein und surrte wieder zu. Sie waren allein. Ein sanfter Ruck ging durch ihre Körper, sie hoben ab, eingeschlossen in der Kabine. Leonhards Blick fiel in die Spiegelwände, er sah sich, dann Ingrid, sie starrte vor sich hin. Sie standen nebeneinander, jeder allein. Ihre Abbilder spiegelten sich ins Endlose – ohne Ausweg, gefangen im Fluchtpunkt.

„Ein Zimmer hätte für uns beide genügt", sagte sie. „Ich dachte, es sei besser so", erwiderte er. Sie schluckte. „Warum?" „Sind wir es inzwischen nicht so gewohnt?", entgegnete er. Sie schaute ihn an. „Auch, wenn wir auf Reisen sind?" Er wich ihrem Blick aus. „Gib uns noch Zeit." „Wie lange denn noch?" Die schwarze Wimperntusche verlief auf ihren Wangen. Leonhard schwieg, bis die Aufzugtür sie im achten Stock wieder frei gab. Er ließ sie zuerst aussteigen. „Irgendwann ist es zu spät", sagte sie leise, mehr zu sich als zu ihm. Er erwiderte nichts, jeder ging auf sein Zimmer.

Er trat auf den kleinen Balkonaustritt mit Blick auf die Außenalster. Die Seeluft weitete seinen Atem, Möwen kreischten. Mitten in der Stadt war das Meer zu spüren, das Tor zur Welt. Der Wind spielte mit dem Wasser, weiße Segelschiffe zogen vorüber auf glitzernden Wellen. Würde sie auf seinen Brief antworten?

Gegen sechs kam Lars mit Susanne im Hotel vorbei, um seine Eltern abzuholen. Ingrid schien in besserer Verfassung zu sein, überschwänglich bewunderte sie den Bauch der werdenden Mutter. Ob sie einmal darüber streichen dürfe? Aber natürlich. Sie spürte kleine Tritte an ihren Handinnenflächen, das neue Leben. Sie war gerührt, sie würde Großmutter werden, ein Trost.

„Wo ist Laura?", fragte Lars. „Wir müssen sie noch in der Klinik abholen", meinte Leonhard. „Dann kommen wir mindestens eine halbe Stunde zu spät, ich dachte sie wäre schon hier", sagte Lars vorwurfvoll. „Nun übertreib mal nicht", lenkte Susanne ein, „wir rufen an, dass es etwas später wird." „Das wird nicht nötig sein. Laura hat eben abgesagt, sie fühlt sich nicht wohl und will lieber in der Klinik bleiben. Sie lässt Euch herzlich grüßen", erwiderte Ingrid. „Und warum erzählst Du mir das erst jetzt?", fragte Leonhard. Ingrid ging lächelnd über seine Frage hinweg und wandte sich ihrem Sohn zu. „Du brauchst Dir also keine Sorgen zu machen, Lars, dass wir einen schlechten Eindruck bei Deinen zukünftigen Schwiegereltern hinterlassen. Und jetzt lasst uns fahren." Keiner wagte mehr, etwas zu sagen. Ingrid wusste, wie sie ihr Gegenüber beschämte.

Susannes Eltern empfingen die Ankommenden herzlich. Dr. Brookmann war ein jovialer Endfünfziger mit dichtem krausen Haar, randloser Brille und zupackendem Händedruck - ein Mann von Welt, trotz der ausgebeulten Cordhose und des ausgewaschenen Polo-Hemds, das an seinem Körper mehr hing als saß. Er hatte es nicht nötig, sich durch Äußerlichkeiten zu beweisen, Anerkennung war für ihn längst zu etwas Selbstverständlichem geworden. Die Frau an seiner Seite stand ihm in nichts nach. Sie war groß, stattlich, und, obwohl ein paar Jahre älter als er, noch äußerst attraktiv. Ihr fülliges blondes Haar, das sie hin und wieder ein wenig aufhellen ließ, hatte ein versierter Friseur im Stile der zwanzigerjahre geschnitten: Der asymmetrische Pagenschnitt umspielte schwungvoll ihre Wangenknochen, der dichte Pony fiel tief in ihre Stirn und gab ihr etwas Jugendliches. Sie trug kein Make-up, nur ihr voller roter Kirschmund war geschminkt. Sie schien ein Faible für Rot zu haben. Die roten Kugeln ihrer Kette aus Muranoglas schimmerten in ihrem Dekolleté. Unter dem hochgekrempelten Hosenaufschlag ihrer Jeans schauten vorwitzig rote Leinenturnschuhe hervor. Lars schloss sie zur Begrüßung herzlich in die Arme. Sie hatte sich immer ein zweites Kind gewünscht, einen Sohn, und mit Lars war ihr Wunsch, etwas anders als erwartet, doch noch in Erfüllung gegangen – er war hier Kind im Haus.

Die Brookmanns wohnten in einer mit viel Liebe zum Detail restaurierten ehemaligen Dorfschule, einem rot geklinkerten Fachwerkhaus mit tief gezogenem Reetdach, umgeben von alten Apfel- und Kirschbäumen, die bereits grüne Knospen zeigten. Leonhard hatte den Eindruck, weit draußen auf dem Land zu sein, als sie zusammen mit den Gastgebern durch den wilden Bauerngarten und die hohen Wiesen spazierten, dabei waren sie nur eine halbe Stunde vom Stadtzentrum entfernt, in Rissen, einer der besten Wohngegenden Hamburgs.

Der Wohlstand der Brookmanns trumpfte nicht auf, sondern lud ein, daran teilzuhaben. Für den Gast war er geradezu etwas Natürliches, man traf es so an, wie man es gerne auch bei sich zu Hause angetroffen hätte. Neidisch wurde man nicht, im Gegenteil, man war erfüllt von Wohlgefallen, war glücklich an einem liebenswerten Ort zu sein, der, aus einer anderen Zeit herüber gerettet, den Betrachter in eine gute Stimmung versetzte, ganz ähnlich wie beim Durchblättern eines Manufactum-Katalogs. Ideale Voraussetzungen also, um sich in angenehmer Atmosphäre näher kennen zu lernen.

Die Schwiegereltern fanden bald Gefallen aneinander, man hatte, zumindest auf den ersten Blick, eine ähnliche Sicht auf die Dinge. Das beruhigte, man passte zusammen. Während des Essens – es gab eine geschmorte Lammkeule, die Ingrid allerdings nicht überzeugte, das konnte sie einfach besser – redeten sie über Ereignisse des vergangenen Jahres, die eine gewisse Allgemeingültigkeit hatten und die gegenseitige Annäherung erleichterten.

Man sprach über Venedig: „Gerade im Herbst war es dort wunderbar, Burano, Murano traumhaft, zauberhaft, wir waren letztes Jahr noch dort.“ „Ach Sie auch? Was für ein Zufall.“ „Gerade in der Zeit, als es passierte, waren wir dort, im September.“ „Der große Crash?“ „Ja, der große Zusammenbruch im vergangenen September.“ „Die globale Bankenkrise, die so viele in den Ruin stürzte.“ „Die Menschen können einem leidtun. Diese Hilflosigkeit der Politik.“ „Nichts ist mehr so, wie es war. Furchtbar.“ „Zum Glück sind wir persönlich nicht betroffen. Und Sie?" „Nicht wirklich. Die Zukunft der Kinder ist gesichert."

Und so kam man, nachdem man in die Ferne abgeschweift war, auf näher Liegendes und schließlich unmittelbar Anstehendes zu sprechen: Die Hochzeit von Lars und Susanne im Mai. Schnell waren sie sich über alles einig. Die Brookmanns hatten in Absprache mit Lars und Susanne das Weiße Haus, ein idyllisches altes Lotsenhaus direkt an der Elbe, für die Hochzeitsfeier nach der kirchlichen Trauung reserviert. Das Lokal gehörte einem berühmten Fernsehkoch und war stadtbekannt. Leonhard wollte sich an den Kosten beteiligen. Das käme überhaupt nicht in Frage, sagte Dr. Brookmann, in der Beziehung hielte er gerne an alten Gewohnheiten fest. Dann würden sie aber für die Einrichtung der Wohnung aufkommen, entgegnete Leonhard, der ungern etwas schuldig blieb. Frau Dr. Brookmann fand das eine wunderbare Idee. Die neue Wohnung in Eppendorf sei wirklich sehr schön, in einer absoluten Toplage. Sie hätten das Haus vor ein paar Jahren gekauft und eine der Wohnungen, hundertfünf Quadratmeter, fünfter Stock mit Aufzug und einer kleinen Dachterrasse, vor nicht allzu langer Zeit ihrer Tochter überschrieben, aber die Möbel, die passten nun wirklich nicht mehr, ein Sammelsurium aus zwei Haushalten, charmant, aber die Studentenzeit sei doch irgendwann einmal vorbei. Das Brautpaar warf sich einen Blick zu und schwieg.

Ingrid wartete ab, bis der rechte Augenblick kam, das Gespräch auf Laura zu lenken, schließlich war Dr. Brookmann ein anerkannter Internist. Viele hielten ihn für eine Kapazität, wie sie seinen beiläufigen Bemerkungen entnehmen konnte. Gemeinsam mit seiner Frau, ebenfalls Medizinerin, hatte er eine gut gehende Privatpraxis am Jungfernstieg. Zu ihrem Patientenstamm gehörten Hamburger Persönlichkeiten, einige mit überregionaler Bedeutung, wie der berühmte Fernsehkoch, in dessen Restaurant sie die Hochzeit ausrichteten. Ingrid wollte nun, nachdem alles andere geklärt war, die Gelegenheit nutzen, um ihre medizinischen Wissenslücken zu schließen. Wie sich herausstellte, kannte sich Dr. Brookmann auf dem Gebiet bestens aus. Lauras Fall schien ihn nicht nur zu interessieren, sondern auch persönlich zu berühren.

„In der Asklepios-Klinik ist Ihre Tochter bestens aufgehoben. Die sind in puncto CFS auf dem neuesten Stand, die und die Charité, da kann ich Ihnen nur zustimmen. Die werden Ihre Tochter auf den Kopf stellen. Gut möglich, dass man auch bei ihr dieses verdammte XMR-Virus feststellen wird. Für den normalen Feld-, Wald- und Wiesenarzt ist das ja immer noch ein Fremdwort", sagte er. Seine Frau sah ihn nachdenklich von der Seite an. Ingrid pflichtete ihm bei und erzählte lebhaft von ihrer Aufklärungsarbeit, die sie bei Dr. Schlee geleistet habe. Sie war in ihrem Element und ließ sich von dem Rotwein nachschenken.

„Ich habe gehört, dass das Virus im Zusammenhang mit Prostatakrebs steht, zumindest hat mir mein Urologe davon erzählt", sagte Leonhard. Die Brookmanns sahen ihn besorgt an. „Nein, nein, ich selbst bin zum Glück nicht betroffen, ich bin kerngesund", versicherte Leonhard, „aber –". „Aber das tut doch hier nichts zur Sache", unterbrach Ingrid ihn ungeduldig und wollte eine andere Frage stellen, doch Dr. Brookmann ließ sich nicht davon beirren. „Sehr richtig, Herr Zepp, auch im Gewebe von Prostata-Karzinomen hat man das Virus nachgewiesen, das ist sehr bemerkenswert. Und Forscher des Wittemore Patterson Institute in Reno haben es ebenfalls bei CFS-Patienten entdeckt. Gut siebzig Prozent der Erkrankten, Männer und Frauen, tragen das Xenotropic murine leukaemia virus-related, kurz das XMR-Virus in sich, was nahe legt, dass es zumindest mitverantwortlich für CFS sein könnte."

„Könnte?", fragte Lars, „das hört sich an, als ob eindeutige Ergebnisse fehlten." „Das stimmt", räumte Dr. Brookmann ein, „einen letztendlichen Beweis gibt es immer noch nicht. In dieser Hinsicht tappen alle immer noch im Dunkeln, leider." Er machte eine Pause und atmete tief durch. Seine Frau legte ihre Hand auf seinen Unterarm.

„Aber kann dieser Erschöpfungszustand nicht auch psychische Ursachen haben?", gab Susanne zu bedenken. Ingrid warf ihr einen verärgerten Blick zu.

„Ja genau, sie ist psychisch erschöpft. Im Grunde genommen hat sie es nie leicht gehabt. Ihre Schwerhörigkeit hat sie isoliert, erst in der Schule, dann in der Bank. Dort hat sie nie richtig Fuß fassen können. Das war nichts für sie. Sie hätte etwas mit Sport machen sollen, schließlich war sie eine gute Leistungsschwimmerin, sicherlich hätte sie es bis zur Profi-Trainerin gebracht. Hätte sie nicht damit aufgehört, wäre heute alles bestens mit ihr", ereiferte sich Lars.

„Schön, dass Du wie immer alles besser weißt", wies Ingrid ihren Sohn zurecht. Sie sprach aus, was Leonhard nur dachte: Hätte, wäre, würde... Wem half das noch?

„Ihr habt viel zu lange Eure schützende Hand über Laura gehalten, als ob sie ohne Euch nicht lebensfähig wäre. Ich habe immer auf eigenen Beinen stehen müssen. Im Rückblick war das sicherlich besser so. Ich habe meinen eigenen Weg gefunden, Laura nicht", erwiderte Lars.

„Willst Du mir jetzt etwa vorhalten, dass Du zu kurz gekommen bist? Dass Du deshalb unsere Firma nicht übernommen hast und nach Hamburg geflüchtet bist?", fragte Ingrid. Sie war außer sich. „Ingrid, Lars, ich bitte Euch, das ist jetzt nicht der rechte Zeitpunkt, so etwas zu diskutieren. Es geht hier um Laura", sagte Leonhard.

„Der Meinung bin ich auch, aber Dein Sohn wirft mir vor, ich hätte alles falsch gemacht und Laura psychisch ruiniert." „Das habe ich nicht gesagt", erwiderte Lars. Susanne warf ihren Eltern einen Hilfe suchenden Blick zu.

„Sicherlich ist diese Krankheit für alle Angehörigen sehr belastend", versuchte Dr. Brookmann zu vermitteln, „gerade weil sie so schwer fassbar ist. Da liegen bei allen die Nerven blank. Eines ist zumindest sicher: Es handelt sich nicht um eine psychosomatische Erkrankung. Weder sportliches Training, wie Du es vorgeschlagen hast, Lars, noch eine Verhaltenstherapie bringen etwas. Ganz im Gegenteil: beides verschlechtert den Zustand der Patienten zum Teil erheblich. Es handelt sich bei CFS eindeutig um eine schwere neurologische Erkrankung."

Ingrid war dankbar für die klaren Worte, die alles wieder ins rechte Licht rückten. Sie warf ihrem Sohn einen triumphierenden Blick zu und sagte: „In den USA, wo man sehr viel weiter ist als hier, nennt man diese Krankheit Chronique Fatigue Immune Dysfunction Syndrome, und ich bitte Dich, Lars, das zur Kenntnis zu nehmen und nicht verharmlosend von einem Erschöpfungszustand zu reden. Mit Küchenpsychologie kommen wir hier nicht weiter." Lars nickte stumm und schwieg den Rest des Abends. Unter dem Tisch griff Susanne nach seiner Hand. Hilfe suchend sah sie wieder zu ihrem Vater.

„Sicherlich ist es interessant zu wissen, woher das Virus eigentlich kommt", sagte Dr. Brookmann, „denn das XMR-Virus ist verwandt mit dem Mäuse-Leukämievirus und zu neunzig Prozent mit ihm identisch. Manche Forscher vermuten, dass dieses Virus im Laufe der Evolution von Mäusen auf den Menschen übersprang, dort zum XMRV mutierte und in das menschliche Genom überging. Deshalb..."

„Eine Erbkrankheit also?", unterbrach ihn Leonhard verunsichert. „Nein, nicht im eigentlichen Sinne", antwortete der Arzt, „acht Prozent des menschlichen Erbgutes bestehen aus endogenen Viren, also Viren, die im Laufe der Evolution in die Keimbahn des Menschen gelangt sind und das Erbgut ihres Wirtes, also das des Menschen, bereits seit Hunderttausenden oder sogar Millionen von Jahren besiedeln."

„Und was führt dazu, dass diese Viren aktiv werden? Es kann doch nicht die Willkür der Natur sein, ob CFS ausbricht oder Prostata-Krebs", fragte Leonhard ungeduldig weiter. Dr. Brookmann antwortete nicht sofort, die Zusammenhänge waren sehr komplex, und er suchte nach einem Weg, sie verständlich darzustellen.

Ingrid nutzte die Gelegenheit mit einer Frage dazwischen zu kommen, die sie schon lange beschäftigte: „Bei XMRV handelt es sich doch um ein endogenes Retrovirus, oder?" Ihr rechtes Augenlid zuckte. „Sehr richtig", sagte Dr. Brookmann, aus seinen Gedanken gerissen. „Entschuldigen Sie meine Ungeduld, aber ich bin bemüht, alles richtig zu verstehen. Man darf sich von der Krankheit nicht beherrschen lassen, im Gegenteil, man muss alles über sie wissen, um ihr nicht zu unterliegen. Mir ist allerdings noch nicht ganz klar, was mit dem Begriff Retrovirus gemeint ist."

Dr. Brookmann erklärte ihr eingehend das virologische Detail, obwohl er wusste, dass es nicht zur Klärung des Gesamtzusammenhangs beitrug. Aber es war zumindest ein kleiner Anhaltspunkt in diesem Wirrwarr des nicht genau Fassbaren, ein hingeworfener Rettungsring, an den sie sich klammern konnte – die Macht des Faktischen.

„Nun, bei dem endogenen Retrovirus, zu dem übrigens auch das HI-Virus gehört, liegt die Erbinformation als Ribonukleinsäure, kurz RNA, vor, die dann als Desoxyribonukleinsäure, kurz DNA, fest in das Genom der Wirtszelle eingebaut wird. Wenn das Virus seine RNA in die zu befallende Zelle einbringen will, muss diese RNA erst in das Format der Erbinformation der Wirtszelle umgewandelt werden, in DNA. Dazu bringt das Virus ein Enzym mit, die Reverse Transkriptase, ein Übersetzungsprogramm sozusagen. Dieses schreibt die RNA des Virus in DNA um, welche dann in das Genom der Wirtszelle eingebaut werden kann. Bei allen anderen Organismen läuft die Transkription in Richtung DNA nach RNA. Nur bei den Retroviren ist es genau anders herum. Das Retro bezieht sich somit auf die Umkehrung dieses Dogmas." Ingrid war beeindruckt von der Antwort Dr. Brookmanns, endlich hatte sie diesen komplexen Zusammenhang verstanden.

Die Erklärungen genügten Leonhard jedoch nicht. Im Gegenteil, sie machten ihn immer ungeduldiger und wirkten auf ihn wie Ausflüchte, da sie seine dringlichsten Fragen nicht beantworteten. „Ist dieses Virus nun der Auslöser für das Chronique Fatigue Syndrome, oder nicht? Und falls man es bei Laura finden sollte, kann sie geheilt werden, oder nicht?"

Leonhards Entschiedenheit verlangte eine eindeutige Stellungnahme von Dr. Brookmann, die er die ganze Zeit zu vermeiden suchte. Warum musste ausgerechnet er bei dieser Krankheit Rede und Antwort stehen, fragte er sich. Alle sahen ihn erwartungsvoll an. „Nun ja, nach wie vor ist unklar, ob XMRV die alleinige Ursache sein kann, oder ob nicht eine Reihe anderer Faktoren hinzukommen müssen. Man vermutet, dass das Zusammenspiel verschiedener Infektionserkrankungen zum Zusammenbruch der neuroimmunologischen und regulativen Mechanismen des Organismus führt und damit zu einer chronischen Inanspruchnahme des Immunsystems."

„Und was bedeutet das konkret für Laura? Kann sie nun geheilt werden oder nicht", insistierte Leonhard. Dr. Brookmann fiel es schwer, die Wahrheit auszusprechen. Warum musste er die Hiobsbotschaft überbringen, obwohl er gar nicht mit dem Fall betraut war. „Bei dieser Erkrankung richtet der Körper seine eigenen Schutzmechanismen gegen sich selbst, er wird sich selbst zum Feind und führt, wenn Sie so wollen, einen ständigen Abwehrkampf gegen sich selbst, der ihn verzehrt und erschöpft. Man kann die Symptome nur lindern, nicht heilen." Leonhard schloss die Augen, er konnte nicht mehr. Die Antwort war unmissverständlich.

„Und wie viele Menschen leiden an dieser Krankheit?", fragte Ingrid. „Es gibt in Deutschland keine Studien, die Zahlen schwanken zwischen dreihunderttausend und anderthalb Millionen, der überwiegende Teil sind Frauen", sagte Dr. Brookmann. Auch wenn die Zahlen Laura nicht gesund machten, gaben sie Ingrid Sicherheit, etwas, an das sie sich halten konnte. Sie war bereit, das Schicksal mit ihrer Tochter zu teilen.

Leonhard wollte aufbrechen. Es war spät geworden, schon Mitternacht. Die lange Fahrt habe ihn angestrengt und auch die Gastgeber wollten sicherlich bald zu Bett gehen, sagte er. Die Brookmanns begleiteten ihre Gäste noch hinaus zum Wagen. Sie verabschiedeten sich herzlich und wünschten für Laura alles Gute. Sie vereinbarten, in Kontakt zu bleiben, auch wegen der anstehenden Hochzeit. Dr. Brookmann sah den roten Rücklichtern hinterher, bis sie in der Dunkelheit verschwanden. „Du hast Dein Möglichstes getan, Dich trifft keine Schuld", hörte er seine Frau sagen, „damals sprachen alle vom Burn out, lass die alte Geschichte ruhen." Er legte den Arm um ihre Schulter, gemeinsam gingen sie ins Haus. Sie hielt zu ihm, das stärkte ihn, auch wenn sie das Vergangene nicht ungeschehen machen konnte.

Am nächsten Tag verbrachte Ingrid den ganzen Vormittag im Krankenhaus, Laura wurde bis zum frühen Nachmittag untersucht. Geduldig wartete sie vor den verschiedenen Behandlungsräumen, sie wollte ihrer Tochter nahe sein. Lars hatte seine Eltern zum Brunch eingeladen, Leonhard entschuldigte Ingrid. Kommentarlos räumte Lars das dritte Gedeck weg. Leonhard fragte nach Susanne. „Sie arbeitet. Ihre Kollegin ist im Urlaub", erwiderte Lars. Vater und Sohn waren allein. Sie saßen sich am Küchentisch gegenüber, ihre Blicke wichen sich aus. Lars wirkte abgelenkt, Leonhard bemühte sich, das Gespräch in Gang zu halten. Das Fenster zum Innenhof stand offen. Eine große Kastanie stand davor wie ein weit aufgespannter Sonnenschirm, der das grell einfallende Licht der Mittagssonne in ein mildes Grün filterte und nur einzelne Lichtpunkte durch das lose Blattwerk hindurch scheinen ließ. Reges Vogelgezwitscher drang zu ihnen. Eine vergilbte Reispapierlampe baumelte an der Decke im Windzug hin und her.

Lars schenkte seinem Vater Kaffee nach und fragte, ob er nicht auch von dem Carpaccio probieren wolle. „Ein wenig, danke. Ich habe im Hotel schon gefrühstückt, zusammen mit Deiner Mutter." Lars spießte zwei Scheiben auf die Gabel. „Das genügt, danke, nicht zu viel, Du weißt, mein Magen." Lars hob die Gabel mit dem hauchdünnen rohen Fleisch hoch und legte sie auf Leonhards Teller. Leonhard presste das Viertel einer Zitrone darüber. Die Säure drang in die Poren und bleichte das Fleisch aus. „Wenn ich mich so umschaue, könnt Ihr die neue Wohnungseinrichtung wirklich gut gebrauchen, Ikea ist nicht für die Ewigkeit gemacht."

„Bislang hat's gereicht", erwiderte Lars und trank seinen Kaffee aus. Er trank ihn schwarz, ohne Zucker. Sein Fuß wippte nervös. „Ich freue mich wirklich, dass sich das alles so gut gefügt hat mit Dir und Susanne. Und mit Deinen Schwiegereltern verstehst Du Dich ja auch blendend." Leonhard schob sich das Fleisch auf der

Gabel mit ein paar Rucolablättern in den Mund. Ihre langen Endstücke waren widerspenstig und ragten ihm weit in den Rachen, so dass er Mühe hatte weiter zu sprechen. „Hat mir gefallen gestern Abend, war sehr schön." „Wenn man mal von den Ausfällen meiner Mutter absieht, vielleicht", entgegnete Lars. Er stellte die leere Kaffeetasse ab und sah seinem Vater zu, wie er versuchte, die Rucola hinunter zu bekommen. „Du weißt doch, wie sie ist", antwortete Leonhard und räusperte sich mehrere Male. „Nimm das nicht so ernst." Er schenkte sich ein Glas Wasser ein und spülte den Widerstand in seiner Kehle hinunter, bevor er fortfuhr: „Im Grunde genommen will sie doch nur das Beste für Euch." Ein Rest machte ihm immer noch zu schaffen, er schien in der Speiseröhre fest zu sitzen. „Für Laura vielleicht, aber mich demütigt sie vor allen und behandelt mich wie einen kleinen dummen Jungen", erwiderte Lars. Leonhard kämpfte gegen seinen Würgereiz und stürzte ein zweites Glas Wasser hinunter. Endlich, der Widerstand wich. Erleichtert fuhr sich Leonhard mit der Serviette durch die Mundwinkel, zerknüllte das Papier und warf es auf den Fleischrest, der auf seinem Teller lag.

„Ja, ich weiß, Deine Mutter ist nicht einfach." „Sag doch, wie es ist, verdammt noch mal." Lars schlug mit der flachen Hand auf den Tisch. Das Besteck auf dem weißen Porzellan sprang hoch. „Du hältst es nicht mehr mit ihr aus! Sie ist total übergeschnappt! Das hast Du doch selbst in Deinem Brief geschrieben!"„So habe ich das nicht ausgedrückt." Leonhard versuchte ruhig zu bleiben, Lars war außer sich.

„Ach ja? Soll ich Dich an Deine eigenen Worte erinnern? Du ziehst aus, weil sonst etwas Schreckliches passieren könnte. Ein merkwürdiger Unfall war das damals auf der Treppe. Gib es ruhig zu, sie treibt Dich, uns alle in den Wahnsinn. Und was tust Du? Gar nichts. Du verschwindest einfach durch die Hintertür." „Mir reicht's, Lars! Reiß Dich endlich zusammen oder ich gehe." Leonhard wollte aufstehen, doch Lars verstellte ihm den Weg. „ Weihnachten, als ich bei Euch war, hatte ich gehofft, ihr kämt wieder zusammen. Ich habe das alles auf die leichte Schulter genommen. Aber jetzt, schaut Euch doch an, das ist doch alles total krank. Sie spielt Mutter Theresa und Du? Du stehst daneben wie ein reuiger Sünder. Aber auf die Absolution wartest Du vergeblich."

Lars ließ von seinem Vater ab. Er ging zum Fenster und sah hinaus. Die Vögel in der Kastanie zwitscherten lebhafter als zuvor.

„Wenn Du zurückkehrst, wird das passieren, was Du in Deinem Brief geschrieben hast, wenn nicht, wirst Du Laura verlieren." „Ich werde meine Tochter nicht im Stich lassen", sagte Leonhard. Lars lächelte bitter. „Natürlich nicht, Dein Lieblingskind." Er machte eine Pause und sah, wie eine schwarze Wolke aus dem Grün der Kastanie aufstieg, über ihr schwebte und ganz plötzlich verschwand, so als sei eine kräftige Windböe dazwischen gefahren. Der Vogelschwarm war fort, die Kastanie verstummte. Lars wandte sich zu seinem Vater um. „Ob Du sie verlierst oder nicht, hängt nicht alleine von Dir ab. Wer kümmert sich die ganze Zeit um sie? Opfert sich auf, Tag und Nacht? Das verpflichtet zu Dank. Laura ist die Tochter ihrer Mutter, Du bist außen vor." „Laura hat immer meine Nähe gesucht, wenn es hart auf hart kam. Sie hat ihren eigenen Kopf", entgegnete Leonhard. „Warten wir es ab, sie ist krank, das verändert einen Menschen", sagte Lars und schloss das Fenster.

Lars Prophezeiung bewahrheitete sich noch an demselben Nachmittag, als sie Laura im Krankenhaus besuchten. Ingrid arrangierte Lars, Susanne und Leonhard samt des großen Blumenstraußes, den sie mitgebracht hatten, rund um das Krankenbett. Lars schwieg, Susanne wusste nicht, was sie sagen sollte. Sprach Leonhard mit Laura, antwortete Ingrid, fragte er Ingrid etwas, gab Laura die Antwort.

Ich kam nicht mehr dazwischen, ich trieb weg, vielleicht trieb es mich auch weg. Ich ließ es geschehen, ich hatte nichts mehr zu verlieren. Als ich nach Hause kam, war Deine Stimme auf dem Anrufbeantworter, sie war dunkel, ein heller Schimmer lag darin wie bei angelaufenem Silber. Sie hatte etwas Geheimnisvolles, Verführerisches... Ich war verwirrt, verunsichert. Sollte ich mich darauf einlassen? Bis hierhin war alles ein Gedankenspiel, ein Spiel mit Möglichkeiten, mit Worten gewesen, noch kein Spiel mit dem Feuer... Ich drückte mehrere Male auf die Wiederholungstaste, ich erinnere mich heute wie damals, was Du sagtest, vor allem wie Du es sagtest. Guten Tag, mein Name ist Isabel Lafort, Vor- und Nachname gingen bei Dir fließend ineinander über, ich möchte mich auf den originellen Brief, den Sie mir geschrieben haben, melden. Hier machtest Du eine kleine Pause, ich stellte mir Dein verschmitztes Lächeln vor, bevor Du weiter sprachst. Sie haben mich erstaunt, und ich würde Sie gerne kennen lernen. So hat es angefangen. Ich rief zurück.

Sie verabredeten sich im Kölner Stadtgarten, Isabel hatte diesen Ort vorgeschlagen. Ihm war es recht, zumal es relativ unwahrscheinlich war, gesehen zu werden. Seine Bekannten fuhren selten in die rheinische Metropole und zogen für abendliche Unternehmungen das beschauliche Bonn vor.

Leonhard stellte sich unter einem Stadtgarten ein lauschiges Plätzchen in der Natur vor – ein kleiner intimer Park war ein geradezu idealer Ort für ein romantisches Rendezvous unter blühenden Bäumen – doch Isabel schwebte etwas ganz Anderes, Originelleres vor. Wie sehr seine Vorstellungen und Wünsche ihn in die Irre leiteten, wurde ihm erst bewusst, als er die kleine Grünanlage sah, die eingepfercht zwischen zwei stark befahrenen Straßen und einem Eisenbahndamm lag. Er war enttäuscht. In diesem grünen Planquadrat wollte sie sich mit ihm treffen? Stimmen drangen zu ihm durch das karge Grün der Bepflanzung, er folgte ihnen und gelangte zu einem Lokal mit großer Terrasse. Die meisten Plätze waren besetzt. Viele, die dort saßen, waren jünger als er. Über dem Eingang leuchtete ein blauer Neonschriftzug: „Stadtgarten". Leonhard war angenehm überrascht. Auch wenn der angrenzende grüne Fleck in der Asphaltwüste nicht hielt, was sein Name versprach, so war er jetzt freudig überrascht: Der Ort, an den sie ihn bestellt hatte, war eine der besten Jazz-Locations Deutschlands. Mit dieser Überraschung übertraf sie seine Erwartungen bei weitem – alles eine Sache der Bewertung, wie man mit dem Auseinanderfallen von Bezeichnendem und Bezeichnetem umging...

Drinnen war die Luft zum Zerschneiden, Menschen schoben sich aneinander vorbei. Noch eine halbe Stunde bis Konzertbeginn. Er ging zur Bar, bestellte einen Kaffee und wartete auf Isabel. Vielleicht doch kein geeigneter Ort, um sich in Ruhe kennen zu lernen. Wie sie wohl aussah? Er schaute sich um, ob ihn jemand voller Erwartung ansah, doch außer ein paar schlaksigen Gestalten, die nur einmal kurz in seine Richtung sahen und ihn fragten, ob er zu den Alten von „As time goes by" gehöre, stand niemand an der Bar. Er wollte nicht auf die Provokation eingehen und ließ die Frage unbeantwortet im Raum stehen. Die Jungen zuckten mit den Schultern und wandten sich wieder ab. Es könnte sein, dass sie sich um fünf Minuten verspäte, hatte sie gesagt. Er entschloss sich, an der Bar zu warten. Er schaute auf die Uhr, zwanzig vor acht, jetzt waren es schon zehn Minuten. Er wurde nervös. Kein guter Zug von ihr, schon beim ersten Treffen, den anderen warten zu lassen, das zeugte nicht unbedingt von Respekt. Gut, sie hatte sich im Voraus entschuldigt, immerhin, das sprach für sie, was aber, wenn sie überhaupt nicht kam? Vielleicht war sie aber schon längst da und beobachtete ihn aus der Ferne, schließlich hatte sie sein Photo, sie wusste wie er aussah. Er hatte sie gefragt, woran er sie erkennen würde, sie hatte ihm gesagt, er solle sich überraschen lassen. Die Idee gefiel ihm, sprach für sie, für ihren Charme, erhöhte den Reiz der Unbekannten...

Nein, da konnte er doch unmöglich ein Bild von ihr verlangen, das hätte die Poesie zerstört... Nein, auf zehn, fünfzehn Minuten kam es doch wirklich nicht an, die gab er ihr gerne dazu, soviel Zeit musste sein. Warum immer diese vorschnellen Bewertungen, die alles kaputt machen? Das war doch nur seine Angst vor drohender Enttäuschung, seine eigene Unsicherheit. Wer nicht wagt, der nicht gewinnt! Er sah auf die große Uhr über der Theke und beobachtete, wie der Zeiger von Minute zu Minute auf die volle Stunde zuschritt und sich dann wieder von ihr entfernte.

Er wollte gelassen bleiben und wurde immer ungeduldiger, seine Zweifel setzten ihm zu. Ganz sicher stand sie hinter einer der Säulen und beäugte ihn, spähte, ob er überhaupt in Frage kam. Und wenn nicht? Dann machte sie sich heimlich aus dem Staub, wenn sie es nicht schon längst getan hatte. Ja so war es! Er hatte sich ihr ausgeliefert, auf ihre Spielregeln eingelassen, und jetzt war er der Dumme. Schön blöd, wie konnte man nur so naiv sein. Er trank den restlichen Kaffee aus, er war inzwischen kalt geworden. Sei's drum, er würde sich den Abend nicht verderben lassen, jetzt, wo er schon einmal in Köln war. Warum denn, es ging doch auch ohne sie, vielleicht sogar viel besser... – es kam immer darauf an, wie man die Dinge sah.

Leonhard zahlte seinen Kaffee, das Konzert hatte längst begonnen. Eigentlich kam er genau im rechten Augenblick, die Band hatte sich bereits mit einigen Nummern warm gespielt und lief zu Hochtouren auf, die Stimmung im Saal kochte. Er drängte sich in Richtung Bühne. Aufpeitschende Klänge gaben das Signal, bliesen zur Attacke, das Blechbläsergeschwader raste wie im Tiefflug über die Köpfe hinweg, Schlagzeugbatterien feuerten ihre Rhythmen, schwitzende Körper pulsierten, Trompetenflatterzungen blitzten auf, blendeten, ein einzelnes Saxophon schrie in höchsten Höhen, Posaunen fuhren breitbackig grunzend dazwischen. Entfesselter Bebop griff um sich, ergriff die Menge, schlug mit immer wilderen

Klängen um sich, bis zur Schmerzgrenze und kollabierte schließlich in einem grell gleißenden Akkord, begleitet vom kollektiven Aufschrei aller. Das war der Ausnahmezustand. Leonhard stand in dem dichten Gedränge und ließ sich von der Masse mitreißen. Sein Puls raste, Schweiß lief ihm über die Stirn. Er musste sich einen Moment ausruhen und setzte sich an den Rand der Bühne. Er war froh, dass eine ruhige Ballade folgte, Duke's „Spring is here" in kleinerer Besetzung, der warme Klang des Altsaxophons weckte Erinnerungen an längst Vergessenes.

Irgendwann war er mit Ingrid in einem Jazzclub gewesen, das war ewig her, in irgendeinem Bonner Kellerlokal, lange vor ihrer Hochzeit. Sie waren nur einmal dort gewesen, der modrige Geruch hatte Ingrid gestört und sie waren nicht lange geblieben. Sein Blick fiel auf die Bühne, vor ihm wippte ein Paar lila farbener Wildlederpumps langsam im Takt, höchstens Größe 37, mit Plateausohle und hohem Absatz, sein Blick glitt an zierlichen Fußgelenken, schlanken Waden und spitzen Knien hoch, die sich hinter einer feinen Ringelstrumpfhose in dunklen Lila- und Rottönen versteckten und seine Entdeckerlust weckten. Sein Blick kletterte weiter, fiel in weichen lila Samt, der ihren Körper eng umhüllte, sie konnte es sich leisten, sie war schlank, mit den richtigen Rundungen an den richtigen Stellen, wie er feststellte. Ein tiefes Dekolleté hatte sie nicht nötig, es war umso reizvoller, dass sie das Kleid am Hals hochgeschlossen trug. Ihr langes rötlich-braun gewelltes Haar hatte sich in der wilden Bepopnummer aus der Haarspange befreit, einzelne Strähnen fielen ihr ins Gesicht.

Eigentlich mochte er kein rotes Haar, aber bei ihr war es etwas anderes, sie war nicht wirklich rothaarig, sondern ihr braunes Haar schimmerte ein wenig rot, und dieser Rotstich gab ihr etwas Eigenwilliges. Außerdem erinnerte sie ihn an jemanden, diese kleinen Ohren, er hatte sie schon einmal gesehen. Er war sich sicher, ihr schon einmal begegnet zu sein. Aber woher nur? Er kannte keine Musikerin. Er beobachtete, wie sie ein wenig in die Knie ging, sich mit dem Saxophon leicht nach hinten bog, ihr Becken sanft nach vorne schob, um den letzten Ton von „Spring is here" lange verklingen zu lassen. Sein Blick fiel auf das Schlagzeug hinter ihr, auf dem in silbernen Buchstaben As time goes by stand, der Name der Band. Die Bandleaderin, nicht mehr ganz jung, stand vom Flügel auf und bat um Applaus für die Saxophonistin. Es war Isabel Lafort.

Leonhard glaubte, sich verhört zu haben. Das konnte nicht wahr sein! Das, womit er schon gar nicht mehr gerechnet hatte, traf doch noch ein. Ohne zu zögern ging er auf sie zu. „Die versprochene Überraschung ist Ihnen wirklich gelungen", sagte er und lachte. „Es freut mich, Sie kennen zu lernen. Mein Name ist Leonhard Zepp." Sie legte fast verlegen ihre Hand in seine, die er ihr zur Begrüßung entgegen streckte. Sie hatte smaragdgrüne Augen. Woher kannte er sie nur?

„Entschuldigen Sie, ich wollte Sie nicht warten lassen, um mich vor Ihnen derartig zu produzieren. Mein Gott, was müssen Sie von mir denken?" Sie lächelte verschmitzt und zog dabei ein wenig ihre Schultern hoch. „Meine Kollegin ist ausgefallen, und da bin ich eingesprungen."

Leonhard gefiel es, wie sie mit ihrer Verlegenheit kokettierte. Sie schraubte das Rohrblatt vom Mundstück ihres Saxophons, warf einen begutachtenden Blick darauf – es hatte den musikalischen Ausnahmezustand wohlbehalten überstanden – wischte es sorgsam mit einem kleinen Tuch ab und legte es vorsichtig in einen kleinen Behälter, den sie aus dem Instrumentenkoffer nahm.

„Nehmen Sie auch Männer in Ihre Band auf?", fragte Leonhard. „Haare auf Brust und Beinen sind für uns tabu, wir sind eine reine Damenkapelle." Sie zwinkerte ihm zu. „Zurückhaltende höhere Töchter oder angriffslustige Amazonen?", stichelte er. Sie tat empört. „Wofür halten Sie uns?" Er ging schmunzelnd auf ihr Spiel ein. „Nun ja, die vorletzte Nummer hatte schon etwas von einem Hexenritt, das müssen Sie zugeben." Sie lächelte und mimte die Unschuldige. „Das ist unsere Paradenummer, aber im Grunde genommen sind wir Unschuldsengel auf der Flucht vor dem organisierten Verbrechen." „Wie bitte?" Er wusste nicht, worauf sie hinaus wollte. „Sehen Sie, ich habe Sie schon wieder überrascht, zwei zu null für mich heute Abend." Sie drehte das Saxophon auf den Kopf und ließ das Kondenswasser aus dem Rohr tropfen.

„Das mit der Gründung einer Damen-Jazzband war eine spleenige Idee von mir. Kennen Sie Billy Wilders Manche mögen's heiß?" „Ja, natürlich, Marilyn Monroe als Sugar mit der Ukulele." Er zwinkerte ihr zu. „Aber der Name ihrer Band stammt aus Casablanca, obwohl mir das Ende bei Billy Wilder besser gefällt." Sie lächelte, sie mochte das cineastische Ping-Pongspiel. „Nobody is perfect. Seit wir die sechzig überschritten haben, nennen wir uns so. Wir spielen aber schon seit dreißig Jahren zusammen, an der Besetzung hat sich nichts geändert. Wir bleiben uns treu." „Hätte eine Josephine Chancen, in Ihrer Damenkapelle aufgenommen zu werden?" Sie schaute ihn hinterlistig an. Ihre grünen Augen funkelten. „Ja natürlich, aber nur, wenn sie Tenorsaxophon spielt, im kleinen Schwarzen auf Pfennigabsätzen die Balance hält und sich später als Shell Junior entpuppt. Das sind die Voraussetzungen. Sie hätten gute Chancen."

Sie war schlagfertig, das gefiel ihm. „Ich habe aber keine Taille und spiele auch kein Instrument", gab er zu bedenken. „No body is perfect, und für alles gibt es eine Lösung", tröstete sie ihn. Sie nahm ein lila changierendes Seidentuch aus dem Koffer und hüllte ihr Instrument darin ein. „Treten Sie hier öfters auf?" „Einmal im Monat, für die Jungen ist es inzwischen Kult, wenn wir Oldies auftreten. Das ist ein bisschen wie im Zoo, aber mir macht es Spaß. Wir waren nur die Vorgruppe, gleich legen die richtig los mit Beat down babylon, da wackeln hier die Wände. Das wird selbst mir zuviel. Sollen wir ein wenig an die frische Luft gehen? Draußen ist es ruhiger."

Leonhard war es recht. Sie gab dem Deckel ihres schwarzen Instrumentenkoffers, der innen mit lila Plüsch ausgeschlagen war, einen kleinen Schubs, sanft landete er auf dem Unterteil, dann schnappten die Schlösser zu. „Ist lila ihre Lieblingsfarbe?", fragte Leonhard. „Nicht nur, ich mag alle ausdrucksstarken Farben." Sie öffnete die große hölzerne Haarklammer, die sie am Hinterkopf trug, ihr üppiges Haar befreite sich und fiel ihr auf die Schultern. Mit einem Mal sah sie jünger aus. Sie strich die widerspenstigen Strähnen aus dem Gesicht und bändigte den Haarschopf mit einer Spange am Hinterkopf. Schade dachte Leonhard, er mochte es lieber, wenn sie das Haar offen trug. „Jazz klingt für mich wie purple velvet – deshalb trage ich dieses Kleid. Lila hat etwas Unergründliches. Es inspiriert mich." Sie schaute ihn mit großen bedeutungsvollen Augen an. Leonhard war verunsichert. Meinte sie das wirklich ernst? Kokettierte sie oder war sie eine versponnene Exzentrikerin? Sie sah sein Stirnrunzeln und prustete los. „Sie müssen mich für total verrückt halten, oder?" Er lächelte. Ein bisschen schon, dachte er. Er nahm ihr den Koffer ab. Sie drängelten sich durch die hinein strömenden jungen Leute nach draußen, die den Untergang Babylons erleben wollten.

Auf der Terrasse fanden sie einen freien Tisch, wo sie ungestört waren. Isabel nahm den Saxophonkoffer wieder in ihre Obhut und legte ihn vorsichtig neben sich auf die Bank. Leonhard setzte sich ihr gegenüber und winkte die Bedienung herbei. Ein lässiger Kellner mit schlurfendem Gang und tief sitzender Jeans nahm ihre Bestellung auf: einen Rotwein für ihn, ein dunkles Weißbier für sie. Der Kellner schlurfte weg.

Sie waren allein. Einiges wussten sie schon voneinander: in ihrem ersten Telefonat hatten sie über Beruf und Familie geredet, ohne zuviel preiszugeben – auch ihre Ehe war in die Brüche gegangen, auch sie suchte nach einer sinnvollen Gestaltung des neuen Lebensabschnitts, sie mochte Verdi und liebte französischen Rotwein, zum Glück... Bislang gestaltete sich der Abend als ein heiter unverbindliches Spiel – sie flirteten, kokettierten, waren sich sympathisch. Jetzt ging es darum, sich näher kennen zu lernen, sich auszutauschen und vor allem, dem prüfenden Blick des anderen zu genügen. Beide hatten Erwartungshaltungen, innere Vorstellungen, von dem, was sie wollten, wen sie suchten, wer in Frage kam und wer nicht. Das Leben hatte sie geprägt, ihnen einen Stempel aufgedrückt und wie auf einer alten silbernen Münze seinen Abdruck hinterlassen, der sich nicht einfach ausradieren ließ.

Der Kellner brachte die Getränke. Ihre kleinen Hände griffen sofort nach dem Weißbierglas, sie war durstig. Leonhard suchte nach einem Gesprächsanfang. „Jetzt weiß ich endlich, an wen Sie mich erinnern, es wollte mir die ganze Zeit nicht aus dem Kopf gehen“, sagte er, während sie einen großen Schluck Bier nahm. Sie schaute ihn erstaunt an und setzte das Glas ab. Sie hatte noch ein wenig Schaum am Mund. „Ach ja, an wen denn?“ „Ich kannte die Dame nicht, aber Sie haben Ähnlichkeit mit ihr.“ Sie hob die Augenbrauen und schaute ihn ungläubig an. „Eine Dame, die Sie gar nicht kennen, ähnelt mir? Wie geht denn das?“, fragte sie amüsiert. Leonhard errötete. „Nun ja, ich kenne die Frau nur von einem Bild.“ „Vielleicht aus einer anderen Kontaktanzeige? Bei all den Einsendungen kann man ja leicht ein Gesicht mit dem anderen verwechseln“, fragte sie und schaute ihn herausfordernd an.

„Wofür halten Sie mich? Ich bin doch kein Herzensbrecher, das habe ich längst hinter mir“, erwiderte er. Sie lachte. „Und an welche Schöne erinnere ich Sie dann?“ „An eine Frau auf einem Ölbild, das ich vor einiger Zeit gesehen habe.“ Sie sah ihn ungläubig an. „Aber hoffentlich auf keinem Rubensgemälde“, unterbrach sie ihn,

„ich kann die dicken Weiber darauf nicht ausstehen. Die Geburt der Venus wäre mir da schon lieber." Ihre kleine Zungenspitze schnellte zwischen den Lippen hervor und wischte den restlichen Bierschaum von der Oberlippe. „Weder Raffael noch Rubens. Ich habe das Portrait bei einem Bekannten gesehen", erwiderte er. „Und, hat Sie Ihnen denn wenigstens gefallen, die Dame auf dem Bild?" Er wurde verlegen. „Ja, sicher, vor allem ihre smaragdgrünen Augen und ihre kleinen Ohren, aber eigentlich ist das auch gar nicht so wichtig." Sie lächelte geschmeichelt. „Doch, doch", drängte sie, „ich möchte schon wissen, bei wem ich im Wohnzimmer an der Wand hänge. Vielleicht habe ich einen stillen Verehrer, von dem ich gar nichts weiß." „Nein, nein, es handelt sich nur um eine Ähnlichkeit mit der Portraitierten", erwiderte Leonhard. Er musste vorsichtig sein, vielleicht war sie mit ihr verwandt... er wollte nicht, dass jemand von seinem Treffen erfuhr... „Verraten Sie mir, bei wem sie das Bild gesehen haben?" Isabel sah ihn voller Erwartung an, er wurde schwach.

„Also gut, ich habe das Bild bei Karl Amadeus Eggebrecht gesehen, die Portraitierte ist seine Frau. Sie ist vor zwei Jahren gestorben." „Das tut mir leid. Wer ist denn dieser Karl Amadeus Eggebrecht?" „Ein Philosophieprofessor, den ich an der Universität kennen gelernt habe." „Alle Achtung, Sie machen noch ein Philosophie-Studium?" „Nein, das wäre mir zuviel, man kann die Zeit nicht zurückdrehen. Ich besuche nur eine Veranstaltung, die mich interessiert", sagte er. „Auch ich habe mit dem Gedanken gespielt, noch einmal zu studieren. Ich gehe im Herbst in Rente und kann mir einfach nicht vorstellen, den ganzen Tag zu Hause zu sitzen und die Wände anzustarren. Mein Geist ist jung – noch einmal von vorne anfangen, etwas ganz Neues, völlig Verrücktes machen, all das, was man sich nie erlaubt hat..." Sie machte eine Pause und sah ihn nachdenklich an. „Unerfüllte Sehnsüchte eines alternden Kindes – Schwamm drüber. Nehmen Sie nicht allzu ernst, was ich eben gesagt habe. Sie haben Recht, man kann die Uhr nicht zurückdrehen und so tun, als sei man noch einmal zwanzig..."

Leonhard war erleichtert, die kapriziöse Zirkusprinzessin nahm die Maske ab – endlich, sie kamen sich näher. „Ich habe mich, als ich jung war, mit Philosophie beschäftigt. Natürlich verstand ich von all dem, was ich las, nur die Hälfte, wenn überhaupt. Ich suchte etwas, das außerhalb meiner selbst lag, etwas, das mich über die engen Grenzen meiner kleinbürgerlichen Umgebung erhob. Ich las nicht nur Seneca, sondern ich kam mir vor wie Seneca. Ich war stolz darauf, von der Welt, insbesondere von meinen Eltern, nicht verstanden zu werden. Aber wenn man jung ist, sucht man nicht das Klärende: Man sehnt sich nach Größe, die einen über das Alltägliche erhebt, will außergewöhnlich sein, was man aber gar nicht ist, wie einen das Leben später lehrt. Warum bin ich Unternehmer geworden und nicht Philosoph? Was ist aus meinem jugendlichen Drang geworden, den Dingen auf den Grund gehen zu wollen? Heute beschäftige ich mich mit der Stoa und Epikur, um mein Leben zumindest im Ansatz zu verstehen und eine Ahnung davon zu bekommen, was Glück bedeuten könnte. Soviel zu meiner unerfüllten Sehnsucht."

„Seien Sie nicht zu streng mit sich", sagte sie. „Vielleicht wollten Sie erst einmal die Grundlagen für einen gesunden Hedonismus schaffen, der es Ihnen erspart, in einer Tonne leben zu müssen? Das ist doch nichts Verwerfliches, und Epikur würde es Ihnen bestimmt nicht verübeln." „Das wäre eine wunderbare Rechtfertigung meines Lebenslaufes, aber vielleicht würde ich es mir auch ein wenig zu einfach damit machen", erwiderte er. „Das glaube ich nicht, Sie nehmen sich zu sehr in die Pflicht", sagte sie und trank den Rest ihres Weißbieres aus. „Möchten Sie noch etwas trinken?", fragte er. „Aber gerne, eine Weißweinschorle, bitte", antwortete sie und verschwand auf der Toilette. Er schaute ihr hinterher. Er mochte die Art, wie sie ging und ihren kleinen runden Hintern dabei sanft hin und her bewegte. Der Kellner nahm die Bestellung auf und schlurfte wieder davon. Isabel kam zurück. Sofort fiel ihm die Veränderung in ihrem Gesicht auf: Ihr Mund leuchtete purpurrot, sie hatte sich die Lippen geschminkt. Er hob sein Glas, mit einem Glockenton stießen ihre Weingläser aneinander. „Auf die griechische Philosophie", sagte er. „Auf das Glück", sagte sie.

Leonhard erzählte ihr von der Verabsolutierung der Vernunft und der Lustfeindlichkeit der Stoa, erklärte, was Epikur unter Lust verstand, nämlich die Abwesenheit von Schmerz. Sie hörte mit Interesse zu. Er war gespannt, wie sie den Gedanken der Askese aufnahm. „Aber ich hoffe doch, dass die Abwesenheit von Schmerz die Anwesenheit von sinnlichen Freuden nicht ausschließt, oder?", fragte sie. „Aber nein, man sollte sich nur nicht allzu abhängig davon machen, meint Epikur." „Und was meinen Sie dazu?" Sein Blick fiel auf ihre Purpurlippen, sie glänzten wie weiche Satinkissen, in die er sich gerne fallen lassen würde. Er wiegte sich in den sanften Bewegungen ihres Mundes, während sie ihn weiter fragte, ob einem Asketen denn zumindest ab und zu der Ausnahmezustand erlaubt sei. Aber er sei doch gar kein Asket. Natürlich nicht, das habe sie auch nicht vermutet, hörte er sie von Ferne sagen, sie spreche doch von der Stoa... Er erwachte aus seinem kurzen Tagtraum und sah, dass sein Blick ihr nicht verborgen geblieben war... Er errötete, sie lächelte.

Er fuhr mit seinen Gedanken zur griechischen Philosophie fort. Das Allgemeine wurde zum Besonderen, zum Persönlichen, und in Andeutungen überschritten sie Grenzen – erste Annäherungsversuche.

„Für Epikur ist die innere Unabhängigkeit des Menschen das Wichtigste, seine Seelenruhe, aber das ist wiederum auch das Schwierigste – bei sich zu bleiben und sich nicht von Wünschen und Hoffnungen in die Irre leiten zu lassen." Er machte eine Pause, um zu sehen, wie sie reagierte. „Darüber muss man sich doch keine großen Gedanken machen. Wir spüren doch, was uns gut tut und was nicht, wer zu uns passt und wer nicht", erwiderte sie. „Sicherlich, doch die Einsicht ist das eine, das Handeln das andere. Dazwischen ist der Abgrund, das Unkontrollierbare, auf das wir keinen Zugriff haben. Die Brücke, die einen sicher von der einen zur anderen Seite führt, kann mitten auf dem Weg einbrechen und man stürzt ab", gab er zu bedenken.

„Wer nicht wagt, der nicht gewinnt", ermunterte sie ihn, „wir können nur an unseren falschen Erwartungen und an unseren schlechten Erfahrungen scheitern." „Sie sind eine charmante Optimistin. Vielleicht machen wir immer wieder dieselben Fehler, weil wir dann zumindest wissen, was wir vom Leben zu erwarten haben, das gibt eine gewisse Sicherheit." „Sie sind ein charmanter Pessimist und das Schöne daran ist: Man kann sich selbst bemitleiden – Keiner liebt mich!", erwiderte sie. „Übrigens sage ich mir das auch immer wieder, wenn ich nachts alleine zum Kühlschrank schleiche und wider alle Diätvorsätze meinem Heißhunger auf Vanillepudding erliege." Sie zwinkerte ihm zu, ihre Augen funkelten.

Kleine Naschkatze, dachte er und stellt sich vor, wie sie ihren kleinen Zeigefinger in die süße Masse versenkte, um ihn dann genüsslich abzuschlecken. „Ich sehe das doch jeden Tag bei meinen Patienten in der Praxis, diesen Widerspruch zwischen Wollen und Können, Einsicht und Handeln", seufzte sie und sagte, nun ernsthafter: „Der gute Wille allein bringt uns nicht weiter. Ich glaube, dass es vielmehr um eine Selbstregulation als eine Selbstkontrolle unseres Verhaltens geht."

Leonhard wurde sich bewusst, dass er einer Psychologin gegenüber saß. In ihrem Telefonat hatte sie es erwähnt. Damals hatte es ihn nicht gestört, jetzt war es ihm unangenehm. Natürlich konnte sie seine Gedanken nicht lesen, das war klar, aber wenn sie ihn insgeheim analysierte, sezierte, auseinander nahm... Er schaute sie an und sah das Wohlwollen in ihrem Gesicht. Ach Unsinn, wischte er seine Bedenken weg. Sie näherte sich doch nur mit anderen Begriffen demselben Thema an, das auch ihn beschäftigte, selbstverständlich aus einem anderen Blickwinkel, dem der Psychologin, aber vielleicht konnte sie ihm gerade dadurch neue Perspektiven eröffnen... „Und worin besteht für Sie der Unterschied zwischen Selbstkontrolle und Selbstregulation?", fragte er.

„Mit der Selbstkontrolle wollen wir unser Verhalten durch den Willen lenken, mit bestem Wissen und Gewissen, trotzdem handeln wir wider unsere bessere Einsicht. Der Geist ist willig, aber das Fleisch ist schwach, wie es so schön heißt. Ich meine, wir sollten unser inneres Bewusstsein ausbilden, die Impulse unseres Handelns wahrzunehmen, bevor wir sie in die Tat umsetzen. Dann hätten wir die Entscheidungsfreiheit, ihnen zu folgen oder nicht. Mir geht es darum, die Selbstwahrnehmung zu schulen."

„Aber genau darum geht es ja auch bei Epikur und den Stoikern", stellte Leonhard fest. „Und welche Ratschläge geben Ihnen die Herren Philosophen, um diese Einsicht umzusetzen?" „Man soll sich immer wieder mit bestimmten Lehrsätzen auseinandersetzen, sie überdenken und memorieren." Sie schaute ihn belustigt an und sagte: „Sie glauben doch nicht im Ernst, dass diese Papageien-Methode wirklich etwas bringt." „Ich gebe zu, auch ich kann nicht viel damit anfangen, aber trotzdem, auch wenn ich noch keinen Weg gefunden habe, Epikurs Anweisungen umzusetzen, begeistern mich seine Gedanken. Für ihn ist die sinnliche Wahrnehmung von Welt die Basis jeglicher Erkenntnis, wir können uns nur auf unsere fünf Sinne verlassen, um Aussagen über die Wirklichkeit zu treffen."

„Das hört sich ja schon viel interessanter an. Es geht Epikur also um die Ganzheitlichkeit des Menschen, um seine Gegenwärtigkeit im Hier und Jetzt, die sich in der sinnlichen Wahrnehmung vollzieht. Ich rieche, schmecke, spüre, taste, höre die Welt. Das gefällt mir, sehr sogar: Mit sich selbst eins sein im Augenblick ist doch etwas Schönes, nicht wahr?" Sie strahlte ihn an. „Sicherlich, auch wenn ich mir nicht sicher bin, ob das für einen Philosophieprofessor wissenschaftlich haltbar wäre", erwiderte er. Sie zwinkerte ihm zu. „Das kann uns doch egal sein. Wir sind Glückssuchende und keine verstockten Altertumsforscher. Da haben wir doch alle Narrenfreiheit, oder?" Sie lachten. Ihm gefiel ihre Leichtigkeit - wie sie heiter über ernste Dinge sprach...

„Wissen Sie, wie man eine Brücke vom Himalaja zum Olymp baut?" Er war verwirrt, sie schaute ihn spitzbübig an, ihre smaragdgrünen Auen funkelten. Die Vorfreude, ihn wieder einmal zu überraschen, schien sie zu erfüllen. „Sie werden es mir doch hoffentlich gleich verraten", sagte er. „Ich habe mich in letzter Zeit mit Meditation beschäftigt. Ich glaube, den meisten würde es sehr helfen, diese uralte Schule der Achtsamkeit zu erlernen, um..." „Um sich gemeinsam an den Händen zu fassen und als Yogi-Flieger durch die Gegend zu hüpfen", unterbrach er sie amüsiert. Sie schaute ihn irritiert an. „Nein im Ernst", sagte sie, „ich halte das für eine ganz wichtige Anregung in meinem Leben und meiner Arbeit. Achtsamkeit bedeutet, ganz in der Gegenwart, im Hier und Jetzt zu sein und sich seiner Gefühle, Gedanken und Handlungen in jedem Augenblick bewusst zu sein, ohne sie jedoch zu beurteilen, oder gar zu verurteilen, das ist das Wichtige. Es geht einfach nur darum, in sich all das wahrzunehmen, was einen beschäftigt. Man wird zum Zeugen seiner eigenen Handlungen. So erfährt man eine ganze Menge über sich, lernt es anzunehmen, statt es abzuspalten. Haben Sie schon einmal etwas von Jon Kabat-Zinn gehört?" Sie sah ihn erwartungsvoll an, er zuckte mit den Schultern.

„Hört sich nach einem ostasiatischen Guru mit Rolls-Royce und Wohnsitz in der Schweiz an." Ihr Kampfgeist war geweckt, mit Feuereifer fuhr sie fort. „Sehen Sie, wie schnell uns unsere vorgefassten Meinungen in die Irre leiten, wie schnell wir unser kleines persönliches Strafgericht abhalten, ohne überhaupt zu wissen, von wem wir reden. Doktor Kabat-Zinn", sie hob die Stimme, um den Titel zu betonen, „ist ein amerikanischer Arzt, der die Meditation in die Psychotherapie eingebunden hat. Er hat Burnout-Patienten, die unter Erschöpfungszuständen litten, mit Erfolg behandelt." Leonhard wurde hellhörig. „Hat er auch Patienten mit Chronique Fatigue Syndrome therapiert?", fragte er. „Das weiß ich nicht.

Außerdem bin ich mir nicht sicher, ob das helfen würde, da es sich um eine neurologische Erkrankung handelt. Kennen Sie jemanden, der darunter leidet?" „Ich? Nein. Ich habe letztens irgendeinen Artikel darüber gelesen habe." Sie schaute ihn zweifelnd an, es war ihm unangenehm und er wich ihrem Blick aus. Er war erleichtert, dass sie nicht weiter nachfragte.

„Ich habe vor einem halben Jahr angefangen zu meditieren, und seitdem geht es mir wieder besser", fuhr sie fort. „Waren Sie krank?", fragte er. „Nein, nicht in dem Sinne, aber es gibt Phasen im Leben, in denen man vieles überdenken muss", erwiderte sie. „Und das Meditieren hat Ihnen geholfen? Wie geht das eigentlich? Was machen Sie? Stehen Sie auf dem Kopf?", fragte er. Sie schmunzelte. „Nun, eigentlich ist es ganz einfach, ich lenke meine Aufmerksamkeit auf das Ein- und Ausatmen, immer wieder treten Gedanken in mein Bewusstsein, ich nehme sie wahr und lasse sie an mir vorbei ziehen wie Wolken am Himmel. Dann atme ich ruhig weiter. Am Ende fühlt sich meine Seele erfrischt wie nach einer Dusche." „Ist es nur ein momentanes Wohlbefinden oder fühlen Sie sich den ganzen Tag über frisch und munter nach Ihrer Seelendusche?", fragte er.

„Meditation wirkt lange nach. Ich verhalte mich anders, ich reagiere anders auf die Menschen meiner Umgebung. Und das ist keine Einbildung, ich bemerke es an den Reaktionen der anderen. Ich bin freundlicher und aufmerksamer, und man begegnet mir auch so. Anscheinend strahle ich etwas Positives auf mein Gegenüber aus. Was meinen Sie?" fragte sie kokettierend. „Ich bin davon überzeugt", erwiderte er. „Haben Sie nicht Lust, es einmal auszuprobieren?" „Nun ja, ich weiß nicht, ich habe noch nie meditiert und so ganz ohne Anleitung...", antwortete er. „Ich mache nächstes Wochenende einen Meditationskursus in der Eifel, vielleicht haben Sie ja Lust mitzukommen?" Er zögerte. „Kommen Sie, geben Sie sich einen Ruck. Man kann dort auch schöne Spaziergänge machen, falls es Ihnen zuviel Erleuchtung auf einmal ist." Es freute ihn, dass sie ihn unbedingt wiedersehen wollte. „Warum eigentlich nicht?", sagte er, „ich kann ja nichts verlieren." „Im Gegenteil, Sie können nur gewinnen", erwiderte sie.

„Eigentlich ist es an der Zeit, ‚Du' zu sagen, finden Sie nicht Herr Zepp?" Schelmisch ließ die Konsonanten seines Namens zwischen Zunge und Lippen explodieren. „Aber gerne, Madame Lafort. Wie darf ich Sie denn anreden?" antwortete er und ließ im Gegenzug die Vokale ihres Namens melodisch über seine Lippen strömen. „Nennen Sie mich einfach Isabel." „Aber nur, wenn Du Leonhard zu mir sagst." Sie stießen miteinander an und gaben sich einen flüchtigen Kuss auf die Wange, noch verhalten, da sie wussten, dass er Zukünftiges besiegelte.

Der Übermut ging mit Isabel durch. „Trägst Du immer noch Deinen Verlobungsring?", fragte sie. Leonhard sah auf seinen Ehering und errötete. Sie lachte. Stotternd entschuldigte er sich. „Das braucht Dir doch nicht leidzutun", sagte sie. Du hast mir doch geschrieben, dass Du noch verheiratet bist. Wir alle tragen unsere Vergangenheit mit uns herum, und sei es nur am Ringfinger..." Beschämt legte er seine linke Hand über die rechte. Isabel spürte, dass sie zu weit gegangen war.

Am selben Abend noch, gleich nachdem ich nach Hause kam, zog ich den Ring vom Finger und betrachtete ihn. Er war dünn geworden in den einundvierzig Jahren, in denen ich ihn getragen hatte, das Gold hatte sich abgenutzt. Die Gravur innen hingegen war noch gut lesbar: Ingrid 15. September 1968. Ich war unsicher, wohin ich mit ihm sollte. In den Badezimmerschrank, in den Schlüsselkasten? In den Mülleimer? - Nein, das konnte ich nicht. Ablegen ja, aber nicht wegschmeißen, das war unmöglich. Schließlich legte ich ihn in die Nachttischschublade, neben das Neue Testament, das von meiner Mutter noch dort lag. In meinem rechten Ringfinger zeichnete sich eine dünne Kerbe ab, lokaler Muskelschwund, der aber bald wegging. Ich wollte Dich unbedingt wieder sehen!

8

Zartbitterer Schaum zerschmolz auf seiner Zunge, herber Kakaogeschmack mischte sich mit einer kräftigen Cognacnote: Mousse au chocolat, wie in jenem kleinen Restaurant mit den rotkarierten Tischdecken, damals in Paris. Sie hatten draußen gesessen, es war ein lauer Frühlingsabend gewesen. Er hatte Ingrid von dem Dessert kosten lassen, sie kannten nur deutschen Schokoladenpudding, aber das hier war etwas ganz anderes. Sie bestellten noch zwei Portionen, löffelten um die Wette, bis sie nicht mehr konnten. Sie lachten, obwohl ihnen von der schweren Mousse schlecht war. Sie küssten sich: Ihr Atem roch nach Schokolade, ihre Zungenspitze schmeckte zartbitter. Er erinnerte sich, dass er glücklich war, damals in Paris, und mit einem Mal war er ganz erfüllt von diesem schwebenden Gefühl, während die Mousse auf seiner Zunge zerging, doch in seinen Gedanken war er nicht bei Ingrid, sondern bei Isabel...

„Und Sie sind der Schöpfer dieser wunderbaren Schokoladencreme?" Leonhard erwachte unsanft aus seinem Traum. Karl Amadeus Eggebrecht rieb sich die noch feuchten Hände, als er von der Toilette zurückkam und sich wieder an den Tisch setzte. „Kompliment, ganz ausgezeichnet. Ich bin auf diesem Gebiet leider völlig unbegabt und muss auf Dr. Oetker zurückgreifen." Leonhard beobachtete, wie er die letzten Reste aus dem Glasschüsselchen kratzte. Sie saßen in der Küche von Leonhards Wohnung. Er war dem Professor seit ihrem Treffen im Winter längst eine Einladung schuldig gewesen, in zwei Wochen, kurz nach Ostern, begann bereits das Sommersemester. Er bot seinem Gast einen Nachschlag an. „Alle Lust will Ewigkeit, doch noch eine Portion wäre Völlerei", lehnte Eggebrecht ab. Leonhard nahm den Rest aus der großen Dessertschüssel. „Sünde pur, ich weiß, aber die Verführung ist einfach zu groß." Eggebrecht schloss die Knöpfe seiner grauen Anzugjacke, die er während des Essens geöffnet hatte und beobachtete Leonhard mit Genugtuung: Sein Schüler genoss den Verzehr der braunen Masse, er genoss seiner Willenskraft zu widerstehen und sagte: „Im Grunde genommen sind wir ständig darauf aus, unsere Lust zu befriedigen und treiben es soweit, bis die Lust in Unlust umschlägt, wenn die totale Übersättigung einsetzt. Zustände wie im alten Rom." Leonhard schaute kurz von seiner Dessertschüssel auf, schon wollte er den Löffel ablegen wie ein reuiger Sünder, doch etwas sträubte sich in ihm und leistete Widerstand: Nein, er würde sich den Appetit von seinem Gast nicht verderben lassen, lächelte und löffelte weiter.

Der Professor wischte sich mit der Papierserviette durch die Mundwinkel, faltete sie sorgfältig, legte sie in das Schüsselchen und beschwerte sie mit dem Löffel, damit sie nicht wieder aufsprang. Er richtete sich auf und beobachtete Leonhard: wie er den Dessertlöffel zum Mund führte, wie er seine Lider einen Augenblick lang schloss, sich seine Gesichtszüge veränderten. Der Ausdruck in Leonhards Gesicht war für ihn nicht eindeutig: Es konnte sowohl Genuss als auch ein leichter Schmerz darin liegen, beides lag mimisch nah beieinander, erst die Gesamtsituation gab Eggebrecht Gewissheit über die tatsächliche Befindlichkeit Leonhards.

„Jeder Löffel, den Sie zu sich nehmen, verlängert für Sie offensichtlich den Genuss dieses ausgezeichneten Desserts. Lässt sich die Lust, die Sie dabei empfinden, Ihrer Meinung nach beliebig steigern?", fragte Eggebrecht. Leonhard war verwirrt. Machte der Professor einen Scherz? Er sah ihn an. Nein, er meinte es völlig ernst. Leonhard kam die Frage merkwürdig verdreht vor, versuchte sie doch mit dem Verstand etwas zu ergründen, das sich auf der reinen Gefühlsebene abspielte, er sollte mit Worten etwas beschreiben, das jenseits der Sprache lag: Die Empfindung von Lust. Er versuchte es mit einem Vergleich, obwohl er wusste, dass dieser nicht das Eigentliche erfassen und das Erleben ausdrücken konnte: „Nun ja, die Lust bedarf der Variation, um sie zu steigern. Das ist wie in der Musik: Tema con variazioni. Es muss immer eine neue Facette hinzukommen, die Lust erschöpft sich sonst in der Wiederholung."

Leonhard nahm von dem Cabernet Sauvignon, behielt ihn eine Zeit lang im Mund, spürte dem Aroma auf seiner Zunge nach und suchte nach Worten für seine Geschmacksempfindung. „Nun, das vollmundige Kirscharoma des Weins vermischt sich mit der herben Note der Schokolade, das gibt dem Ganzen ein Besonderes. Die Mischung bringt Abwechslung und erregt meine Geschmacksnerven aufs Neue." Eggebrecht versuchte Leonhards Beschreibung nachzuvollziehen: Er leckte seinen Löffel ab, trank den Rest aus seinem Glas und spülte ihn in seinem Mund von rechts nach links wie beim Zahnarzt, dann fuhr er sich mehrmals mit der Zunge durch den Mund und schluckte alles hinunter. Er nickte anerkennend und setzte seine Befragung fort, er wollte mehr über Leonhards Empfindungen erfahren.

„Wenn ich Sie richtig verstanden habe, dann bleibt es der Kunstfertigkeit des Genießenden überlassen, die Empfindung von Lust zu verlängern oder zu vermehren. Ich gehe also Recht in der Annahme, dass die Lust einen kinetischen Charakter für Sie hat?" Leonhard verstand nun gar nichts mehr. Der Professor sah sein Erstaunen und versuchte seine Frage zu verdeutlichen. „Nun ich meine, wie soll ich es ausdrücken, ist das Genießen eher etwas Statisches, in sich Ruhendes für Sie oder etwas Bewegtes, das auf ein Ziel hinsteuert?" Der Professor sah Leonhard erwartungsvoll an, die Antwort schien ihm wichtig zu sein. Eine Fliege landete in Eggebrechts Dessertschüsselchen und erfreute sich an den Schokoladenresten. „Ich würde die Lust mit den Wellen des Meeres vergleichen, sie kommen und gehen, darauf hat man keinen Einfluss, sie tragen einen, mal sanft, mal aufpeitschend, wie einen Wellenreiter, jeder versucht, je nach Geschick, so lange wie möglich auf dem Wellenkamm zu bleiben, mit unterschiedlichem Erfolg", antwortete Leonhard.

Der Professor analysierte die Bedeutung des Bildes, das Leonhard gewählt hatte, indem er es in seine Bestandteile zerlegte – eine innere Vorstellung davon wollte sich nicht bei ihm einstellen. „Wenn Sie sich die Intensität der Lust, die Sie empfinden, als Kurve in einem Diagramm vorstellen, dann gibt es einen Punkt, über den Sie nicht hinauskommen, einen Höhepunkt der Befriedigung. Würden Sie mir zustimmen?", befragte Eggebrecht ihn weiter. Leonhard wurde ein wenig verlegen, sie redeten von etwas, was er lange nicht erlebt hatte, sah man von einigen erotischen Träumen ab. Warum wollte Eggebrecht das alles ausgerechnet von ihm wissen? Wollte er sich etwa von Mann zu Mann über Potenz im Alter austauschen? Warum sprach er das Thema nicht direkt an? Was zum Teufel wollte er von ihm?

„Nun?", hakte sein Gegenüber ungeduldig nach. „Ja, ja mit der Lust ist es wie mit einer Berg- und Talfahrt, wenn Sie so wollen", antwortete Leonhard. Noch einen Schritt weiter, und er würde ihn in seine Schranken weisen. „Die Lust ist also für Sie ständige Bewegung, ein Werden und Vergehen", sagte Eggebrecht nachdenklich und machte eine Pause, bevor er fortfuhr: „Stellen Sie sich nun vor,

Sie sitzen am Strand und beobachten das Meer" – er griff das Bild Leonhards aus reiner Gefälligkeit auf, damit sein Schüler ihn besser verstand. „Sie haben kein Verlangen, sich in die Wogen zu stürzen, geschweige denn auf ihnen zu reiten. Sie befinden sich in einem statischen Zustand, einem Zustand der Ausgeglichenheit als sich selbst genügendes Sein. Wäre das nicht viel erstrebenswerter als ein dynamisches außer sich Sein?" Leonhard war unsicher, worauf sein Gesprächspartner hinaus wollte. Beschrieb der alte Stockfisch sich selbst und seine Haltung zum Leben? „Ihrer Meinung nach ist es also besser, sich im wahrsten Sinne des Wortes nicht involvieren zu lassen, sondern das Wellenspiel von außen zu betrachten?", fragte Leonhard nach. „Ja, genau so ist es", bestätigte der Professor.

„Ihnen gefällt es also, sich an der Lust der anderen zu erfreuen wie ein Voyeur?", fragte Leonhard misstrauisch nach.

Eggebrecht hob abwehrend die Hände, als fühlte er sich zwischen den Zweigen eines Busches auf frischer Tat ertappt. „Nein, um Gottes Willen. Wofür halten Sie mich? Wie kommen Sie denn darauf?", empörte er sich. Er räusperte sich und fuhr in dozierendem Ton fort.

„Ich rede von Platon. Der hält sowohl Lust als auch Schmerz für Störungen des natürlichen Gleichgewichtszustandes des Menschen. Lust und Schmerz sind der Veränderung, dem Werden unterworfen und damit sind sie für Platon ein instabiler Zustand, ebenso wie für die Stoiker, die sich auf ihn berufen. Ihm geht es um das Sein, das Einssein mit sich und der höchsten Wahrheit, die der Mensch nur in einem Zustand der Stabilität, der inneren Ausgeglichenheit erkennen kann. Nur aus der Distanz sehen Sie, wie die Dinge wirklich sind und dringen zu ihrer Substanz vor. Wenn Sie auf einem Surfbrett herumturnen, wissen Sie noch lange nicht, was das Meer ist."

Leonhard spürte, dass Eggebrecht ihm auswich und sich hinter sein Wissen zurückzog. Irgendetwas wollte er vor ihm verbergen. „Aber wenn ich das Meer nur von außen betrachte, bin ich auch nicht viel klüger", entgegnete Leonhard, „ich bilde mir zwar ein, eine Idee davon zu haben, aber meine fünf Sinne haben nicht erfahren, was das Meer ist. Das ist so, als ob ein Mönch über Kamasutra referieren würde. Erkenntnis ist für mich etwas ganz anderes: gelebtes Wissen, erlebte Bedeutung, das ist für mich wichtig. Dabei geht es mir gar nicht so sehr um das Abenteuer, zumal ich überhaupt nicht Surfen kann. Mir scheint der willentliche Verzicht auf alles Sinnliche vielmehr einer Angst zu entspringen."

„Angst wovor?", fragte Eggebrecht. „Die Angst zu scheitern, die Kontrolle über sich zu verlieren, Erwartungen zu enttäuschen", entgegnete Leonhard, ohne den Blick von Eggebrecht abzuwenden. „Das ereignet sich nur, wenn das Sinnliche in einem so stark ausgeprägt ist, dass es einen überwältigen kann...", sagte Eggebrecht mehr zu sich, als zu Leonhard und sah gedankenverloren auf die Fliege in seiner Dessertschüssel.

„Sicher, aber geht es uns nicht allen so? Lust ist unmittelbar, Sinnlichkeit schafft Nähe, setzt uns der Gefahr aus, uns selbst zu verlieren. Der Verstand hingegen hält alles auf Abstand, so als ob man an einem eisigen Wintertag das Feuer von Weitem durch ein Fernglas betrachtet. Warm wird einem davon nicht. Wir alle haben unsere schwachen Stunden." Eggebrecht schwieg, er schien mit den Gedanken woanders zu sein. Leonhard machte eine Pause. Das Gespräch rührte auch an seine Ängste, auch wenn es ganz andere waren, als die des Professors: Er dachte an Isabel, er wollte nicht in die Irre laufen und suchte nach Klärung seiner eigenen Gefühle. Die Fliege in Eggebrechts Dessertschüsselchen war endlich satt und summte träge davon.

„Ist die Lust im besten Sinne nicht auch etwas Zeitenthobenes?", fuhr Leonhard fort. „Ich meine, sie ist doch nicht nur reine Triebbefriedigung, sondern auch sublimiertes Lebensgefühl. Mir fällt es schwer, das abstrakt zu begründen, deshalb möchte ich ein Beispiel heranziehen. Musikhören hat für mich viel mit Lust zu tun, und es gibt ein Werk, das die Lust selbst zum Thema hat. Ich bin zwar kein Wagnerfan, aber der Tristan ist für mich etwas ganz Besonderes." Der Professor war verwundert über den Ausflug ins 19. Jahrhundert, dieser Irrationalismus, diese Weltflucht hatten für ihn nichts mit dem Geist der Antike zu tun, jedoch wollte er seinen Schüler nicht unterbrechen, wer weiß, wohin der Gedanke noch führen konnte...

„Im zweiten Akt des Tristan erfahren die Liebenden ihre Lust als einen Zustand, ein Sein, um seiner selbst willen, ein Erfülltsein im Augenblick, der zur Ewigkeit ausgedehnt wird – unbewusst, höchste Lust. Und auch der Hörer, daran Anteil nehmend, wächst über sich selbst hinaus, er erfährt sich in gesteigerter Existenz. Das ist das beste Beispiel für mich, dass die Lust ein Ganzes und in sich Vollendetes ist."

Leonhard redete sich in Begeisterung. Er bat Eggebrecht, ihm ins Wohnzimmer zu folgen und auf dem Sofa Platz zu nehmen. Eggebrecht sah ihn befremdet an. Leonhard öffnete die Palisanderschrankwand und suchte die Aufnahme von Leonard Bernstein heraus. „Ich wusste gar nicht, dass Sie sich so leidenschaftlich der Musik hingeben.“ Leonhard überhörte die Ironie des Professors und legte die kleine silberne Scheibe sorgsam auf den Einschub des CD-Gerätes, das sie mit surrendem Geräusch verschlang. Im Schnelldurchlauf hetzte Leonhard die Musik zu einer bestimmten Stelle. „Das klingt ja wie eine Verfolgungsjagd bei Tom und Jerry“, spöttelte Eggebrecht. Leonhard ließ die Taste los, Wagner-Ekstase erfüllte den Raum. Er setzte sich in den Sessel und schloss die Augen. Eggebrecht saß kerzengerade auf dem Sofa und starrte auf die Schrankwand. Sein Körper war angespannt, sein Kiefer zusammengebissen, so, als ob er etwas Unerträgliches abwehren wollte.

„Ohne Nennen, ohne Trennen, neu Erkennen, neu Entbrennen: ewig endlos, ein-bewusst: heiß erglühter Brust, höchste Liebeslust!“ Die Stimmen Tristans und Isoldes verwoben sich, verloren sich ineinander zu einer nicht enden wollenden Melodie, die drängte, nach immer neuer Steigerung verlangte und erst durch den Einbruch der Häscher gewaltsam auf einem dissonanten Akkord abriss. Leonhard drückte die Pausetaste. „Alles andere als ein ausgeglichener Zustand“, bemerkte Eggebrecht trocken, kaum dass die Musik verklungen war. „Der verzweifelte Versuch der Weltflucht eines ehebrecherischen Paares im 19. Jahrhundert, Mathilde Wesendonck und Richard Wagner. Reiner Eskapismus, nichts als Übersteigerung und Selbsttäuschung, weil man mit der Wirklichkeit nicht mehr zu Recht kommt. Lust wird zur Neurose, Kunst zum Lebensersatz – diese Perversion des Subjektivismus ist unerträglich.“ Das vernichtende Urteil des Professors ärgerte Leonhard. „Sicherlich sind die beiden Liebenden Grenzgänger im Ausnahmezustand, aber ihre Lust, und vor allem die Musik hat etwas Zeitenthobenes, darauf wollte ich hinaus“, erwiderte er, nahm die CD aus dem Schubfach und stellte sie zurück in den Schrank.

„Diese Lust ist ohne Sinn und Verstand, sie strebt nach Selbstvergessen. Und Sie als Hörer sehnen sich danach, die Begrenzungen der eigenen Existenz in Raum und Zeit durch diese Überwältigungsmusik aufzuheben. In Ihrem Wohnzimmer halten Sie Ihr privates Erlösungsritual ab, und danach fühlen Sie sich wie ein besserer Mensch, nicht wahr?“ Leonhard wollte den Angriff diesmal nicht einfach hinnehmen, doch der Professor sah bleich aus, Schweiß stand ihm auf der Stirn. Er öffnete den obersten Hemdknopf und lockerte den Knoten seiner Krawatte.

„Und Ihnen scheint die Musik gar nicht gut zu bekommen, so wie Sie aussehen", stellte Leonhard nüchtern fest. „Ich gebe zu, nicht viel damit anfangen zu können", erwiderte Eggebrecht. Er schwieg eine Weile, bevor er zögernd fortfuhr. „Auch meine Frau liebte diese Musik. Sie sagte, sie brauche jetzt ihre Ruhe, wenn sie sich mit Wagner zurückzog, die Türe hinter sich schloss und nicht gestört werden wollte. Ihre Ruhe, von wegen – bei diesem Lärm. Völlig irrational, aber in diesem Punkt hätten Sie sich gut mit ihr verstanden. Ich blieb vor der Türe stehen. Ich kam mir wie ein dummer Junge vor, der des Raumes verwiesen wurde. Ich höre die Musik, aber bei mir stellt sich nichts ein, kein Gefühl, rein gar nichts, akustische Schwingungen, die auf mein Trommelfell stoßen. Das einzige, was ich dazu sagen kann, ist, dass es sich um eine Lust in Bewegung hin auf ein Ziel handelt: die Musik befreit Sie von seelischem Schmerz. Eine Art Therapeutikum, das Sie zur Selbstsorge einsetzen. Seien Sie froh, dass Sie über ein solches Wundermittel verfügen." Eggebrecht versuchte sich zu sammeln, zurrte seinen Krawattenknoten fest und fuhr in sachlichem Ton fort. „Epikur unterscheidet zwischen kinetischer und katestematischer Lust. Der Leidende empfindet bewegte Lust, wenn er von seinen Schmerzen befreit wird, so wie Sie, wenn Sie Musik hören. Die Lust in Ruhe hingegen bezeichnet den dauerhaften Zustand der vollständigen Schmerzfreiheit des Körpers und die Unerschütterlichkeit der Seele. Und so gelingt es Epikur, die platonische Kritik an einer Lust, die als Werdendes nie Ziel sein kann, zu unterlaufen. Ihm geht es um eine andauernde Daseinslust."

„Die Frage ist doch nun, wie ich diesen dauerhaften Zustand des körperlichen und geistigen Wohlergehens erreichen kann," gab Leonhard zu Bedenken, „erinnern Sie sich noch an die Psychologiestudentin im letzten Semester, sie sprach damals vom Lust- und Unlustfaktor als Orientierung." Die Nasenflügel des Professors zuckten kurz auf, als ob ihm ein stechender Geruch in die Nase gestiegen wäre. „Sie hat natürlich den wesentlichen Punkt nicht erfasst. Nur mit rationalem Kalkül können Sie sich das Glück verfügbar machen. Sie müssen die Bedürfnisse immer den Möglichkeiten der Befriedigung anpassen und hinterfragen, ob diese Befriedigung langfristig ihrem körperlichen und geistigen Wohlergehen dient. Von dieser Einsicht war diese Studentin doch weit entfernt in ihrem ignoranten Laisser-faire. Sie scheint aber Eindruck auf Sie gemacht zu haben", sagte Eggebrecht. Er hatte zu seinem alten Spott zurückgefunden. Leonhard ging nicht darauf ein und sagte: „Angenommen mir stehen hier und jetzt keine Mittel zur Verfügung, die mein Wohlergehen begünstigen, so könnte doch die Erinnerung an eine glückliche Episode in meinem Leben oder die Vorfreude auf etwas in der Zukunft Liegendes die gegenwärtige Leere ausgleichen."

„Vorausgesetzt, Sie haben etwas, an das Sie konkret anknüpfen können. Vielleicht hilft es Ihnen ja, sich an die Kleine zu erinnern oder sehnen Sie sich eher nach der Erlösung im Jenseits der Musik? Vielleicht begegnen Ihnen Richard und Mathilde höchstpersönlich dort", sagte der Professor und lachte abfällig.

„Konzentrieren wir uns lieber wie Epikur auf die Qualität unserer innerweltlichen Erfahrungen", erwiderte Leonhard ruhig. Er wusste, dass es keinen Sinn hatte, sich provozieren zu lassen: Eggebrecht versuchte sein Gesicht zu wahren. „Kann ich Ihnen noch einen Obstler zum Abschluss anbieten?"

„Kompliment, gut und geistreich pariert, Sie haben verstanden worum es Epikur geht. Ich kann mich zwar nicht als wirklichen Epikureer bezeichnen, folge aber gerne seinem weisen Rat und verzichte auf das nahe liegende, vermeintliche Glück, weshalb ich Ihren ausgezeichneten Obstler ablehnen muss, da längerfristig mit negativen Folgen zu rechnen wäre, wenn ich in eine Polizeikontrolle kommen sollte. Auch das gehört zur Strategie des Glücks, nein sagen zu können, wenn ich erkenne, dass ein kurzfristiges Wohlergehen dem langfristigen entgegensteht", erklärte Eggebrecht.

„Aber ein Espresso wird sicherlich Ihrem Lebensglück nicht abträglich sein, oder?", fragte Leonhard. „Meine Vernunft sagt mir, dass ein Kaffee meinem Wohlergehen sicherlich sehr zuträglich wäre", erwiderte der Professor mit angestrengtem Lächeln und folgte Leonhard in die Küche.

Eggebrecht war ein Suchender, der durch mich das zu finden hoffte, was seinem eigenen Erleben verschlossen war. Er hatte kein Gespür, kein Empfinden für das, was zu seinem Wohlergehen beitrug, was ihm gut tat... Er hatte keinen Zugang zu seinen Gefühlen, konnte ihre Sprache nicht verstehen... Was nützte ihm sein ganzer Intellekt, sein ganzes Wissen? Sein messerscharfer Verstand zerlegte alles, er hielt sich selbst auf Abstand. Ich fragte mich, welchen Sinn ein Treffen mit ihm noch haben konnte – ich war nur sein Studienobjekt. Ich wollte es ihm gleich tun: wenn ich ihn zu ergründen versuchte, glaubte ich auch mich besser zu verstehen. Doch das war ein Fehlschluss, eines meiner Ausweichmanöver: jeder muss selbst durch die Krise gehen, das kann einem keiner abnehmen...

Die Tür zu den Büroräumen der Firma Zepp stand wieder offen. Popmusik schallte in das Treppenhaus: „Money, money, money, can be funny, in a rich man's world." Leonhard wunderte sich, als er aus seiner Wohnung trat. Seit längerer Zeit hielt Clara die Bürotüre unten geschlossen, seit jenem Nachmittag im Januar, als Gierke sie im Treppenhaus miteinander reden sah und Clara danach zur Rede stellte. Leonhard musste sich beeilen, Ingrid wollte mit ihm über die Untersuchungsergebnisse von Laura sprechen. Aber seit wann hörte Clara während der Arbeit Musik? Früher hatte sie das nie getan, vor allem nicht in dieser Lautstärke.

Die Ansage des Radiosprechers unterbrach den Abba-Song: „Liebe Hörerinnen und Hörer, in zwei Minuten, ist es so weit. Um 9.47 mitteleuropäischer Sommerzeit kommt es zu einem astronomischen Ereignis, das voraussichtlich erst in hundertsiebzig Jahren wieder eintrifft." Leonhard steckte den Schlüssel in die Tasche und stieg die Treppe hinab. „Wer es von Ihnen noch nicht mitbekommen haben sollte, für den wiederhole ich diese Sondermeldung noch einmal: Wir haben mit Professor Gustaf Holst, dem Leiter des Kopernikus-Instituts der Deutschen Luft- und Raumfahrtforschung in Köln gesprochen, und er hat uns eindrucksvoll geschildert, dass gleich, in nicht einmal mehr sechzig Sekunden, Pluto exakt hinter Jupiter und Venus steht. Aufgrund dieser einmaligen planetaren Achsen-Konstellation sinkt die Erdanziehung stark und Sie, liebe Zuhörer und Zuhörerinnen, können für einige Augenblicke die Schwerelosigkeit erleben! Um den Effekt spüren zu können, müssen Sie in genau diesem Moment hochspringen und Sie verbleiben länger als üblich in der Luft." Leonhard blieb auf der untersten Treppenstufe stehen. „Gleich ist es soweit, wir sind live mit der Atomzeituhr in Braunschweig verbunden, der Countdown läuft. Spätestens jetzt sollten Sie sich in Ausgangsposition bringen und aufstehen, falls Sie noch sitzen, oder besser noch, in die Hocke gehen. Je tiefer sie starten, desto höher können Sie springen, ergo bleiben sie auch länger in der Luft. Zehn, neun, acht, ..." Was sollte der Schwachsinn, fragte sich Leonhard und hielt sich dennoch am Treppengeländer fest, vorsichtshalber. „Drei, zwei, eins." Leonhards Finger umschlossen den Handlauf. „Verehrte Hörerinnen und Hörer, das glauben Sie nicht, das ist der Wahnsinn, wir heben ab..."

Ein lautes Getöse erschreckte Leonhard. „Verdammte Scheiße, jetzt hab ich mir auch noch den Fuß umgeschlagen." Die Stimme kam nicht aus dem Radio. Leonhard eilte die Treppe hinab ins Büro. Als er den Raum betrat, sah er Jaqueline Schmitz am Boden liegen. Sie rieb sich den Knöchel, ihr Gesicht war schmerzverzerrt. „Liebe Zuhörer und Zuhörerinnen, ich hoffe, Sie sind wieder sanft gelandet, so wie wir hier im WDR. Jetzt bekomme ich bereits den ersten Anrufer durchgestellt. Herr Müller, guten Tag. Wie ist es Ihnen in Erftstadt ergangen? Ach, Sie fanden es ganz großartig, erzählen Sie doch einmal..." Leonhard drehte das Radio ab. Er schob den Bürostuhl vor den Schreibtisch und half ihr, sich hinzusetzen.

„Ich hätte die verdammten Hacken ausziehen sollen, bevor ich auf den Schreibtisch geklettert bin, zu blöd, warum muss so etwas immer mir passieren? Ich wollte doch nur ein bisschen Spaß haben." Mit dem Handrücken rieb sie sich die Tränen von der Wange und schaute ihn an. Er wich ihrem Blick aus und kniete sich vor sie hin. Vorsichtig zog er ihr den Lackpumps vom Fuß, der goldene Pfennigabsatz war abgebrochen und lag wie ein ausgeschlagener Eckzahn am Boden. „Ich rufe einen Arzt, nicht dass Sie sich etwas gebrochen haben", sagte er und stand wieder auf. „Das wird nicht nötig sein, das erledige ich schon." Leonhard wandte sich um. Hinter ihm stand Gierke in der Tür, sie hatten ihn nicht bemerkt. Jaqueline wurde nervös. „Schatz, gut dass Du kommst. Herr Zepp kam zufällig vorbei und hat mir geholfen. Ich habe mich verletzt, als ich den Aktenordner aus dem Schrank nehmen wollte."

Gierke hob den Absatz auf, kontrollierte die Bruchstelle und steckte ihn in seine Jackentasche. Dann warf er seiner Freundin einen misstrauischen Blick zu, schuldbewusst schaute sie zu Boden. „Sie entschuldigen mich, ich glaube, Sie kommen jetzt auch ohne mich zurecht", verabschiedete sich Leonhard und ging zur Türe. „Und danke für Ihre Hilfe", rief ihm Jaqueline hinterher. Leonhard wandte sich um. „Eine Frage hätte ich noch. Wo ist Frau Mittnacht? Ich habe sie die letzten Tage nicht gesehen. Ist sie krank?" „Sie arbeitet nicht mehr hier, das Sekretariat leitet nun Frau Schmitz, meine Lebensgefährtin. Bei kleineren Anfragen wenden Sie sich bitte in Zukunft an sie", antwortete Gierke und legte seine Hand auf ihre Schulter. Jaqueline versuchte ihrer neuen Rolle als Sekretärin gerecht zu werden, schaute zu ihrem Chef auf und lächelte.

Leonhard ging auf den Hof hinaus. Fremde Arbeiter stiegen in die Transporter und machten sich auf den Weg Richtung Klinikum. Das war das einzige Wort, das Leonhard verstand, sie sprachen Polnisch. Gierkes Plan ging also auf: Er hatte die alte Belegschaft zum ersten April entlassen, um kosteneffizient die Arbeit am Klinikum voranzutreiben. Auch war er nicht davor zurückgeschreckt, eine alleinstehende Mutter mit Kind hinaus zu werfen. So wollte er die Zukunft der Firma Zepp Nachfolger also sichern, er hatte schnell gelernt, denn die Großen machten es ja nicht anders: Hätte es sich um ein Dax-Unternehmen gehandelt, wären noch am selben Tag die Aktienkurse gestiegen. Und diese Nachricht wäre bitterer Ernst gewesen und kein dummer Aprilsscherz gewesen, wie die Meldung, die Jaqueline zu Fall gebracht hatte.

Leonhard läutete, Ingrid öffnete ihm die Türe. „Gierke hat Tabula rasa gemacht, das hätte ich ihm nicht zugetraut, er zieht alles knallhart durch", sagte Leonhard und zog seine Schuhe in der Eingangshalle aus, so wie er es von früher noch gewohnt war. Ingrid hörte nur halb zu, in Gedanken war sie bei Laura. „Ich habe vor allem ein schlechtes Gewissen wegen Clara Mittnacht. Sie braucht dringend eine Stelle, möglichst hier in der Umgebung, allein schon wegen des Kindes. Ihr Exmann zahlt doch nicht. Vielleicht kann ich sie bei Heinrich unterbringen, der braucht bestimmt noch Bürokräfte, bei der Auftragslage. Aber für ihren Vater kann ich nichts tun, den nimmt doch keiner mehr mit seinen siebenundfünzig Jahren."

„Es ist ja schön und gut, dass Du Dir Gedanken um die Zukunft anderer Leute machst, aber Deine Tochter sollte Dir jetzt wichtiger sein. Sie braucht auch Deine Unterstützung", sagte Ingrid. Sie ging hinunter ins Wohnzimmer und öffnete die große Schiebetüre. Leonhard folgte ihr. Die Mittagssonne schien auf die Terrasse, ein warmer Frühlingswind trieb kleine Wellen im Schwimmbad vor sich her, Lichtstrahlen brachen sich darin. Ein Windstoß kehrte einige verdorrte Blätter in das Becken, die im Wasser hin und her schaukelten wie kleine Walnussschalen.

„Schwimmt Laura wieder?", fragte Leonhard. Er kniete an dem Beckenrand und fischte die braunen Flecken aus dem Wasser. „In ihrem Zustand wohl kaum", entgegnete Ingrid, „wie kommst Du denn darauf?" Leonhard schwieg und schüttelte das nasse Laub von seiner Hand in das Beet. Die weißen Knospen an den Rosenstöcken würden bald blühen, dachte er. Ingrid hatte den Teakholztisch für zwei Personen eingedeckt. Er setzte sich und schaute in die Ferne. Ein grüner Schleier hatte sich auf das Braun der Hänge des Siebengebirges gelegt. Das steinerne Urtier wechselt mal wieder seine Farbe, dachte er, wie ein Chamäleon. Ingrid nahm ihm gegenüber Platz. „Ich konnte den Anblick der grauen Plastikplane auf dem Schwimmbad nicht mehr ertragen", sagte sie. Ihre Stimme klang versöhnlicher. Sie schenkte ihm eine Tasse Kaffee aus der schmalen hohen Thermoskanne ein, das Chrom blitzte in der Sonne und blendete Leonhard. Ob er nicht von der Apfel-Zimt-Tarte probieren wolle? Er nahm ein Stück, obwohl er keinen Appetit hatte. Er wollte sie nicht vor den Kopf stoßen, sie hatte seinen Lieblingskuchen gebacken.

„Bei Laura wurde kein XMR-Virus festgestellt", sagte Ingrid. „Das ist ja eine wunderbare Nachricht. Warum hast Du mir das nicht gleich gesagt? Ich habe schon mit dem Schlimmsten gerechnet. Sie hat also kein Chronique Fatigue Syndrome?" Sie sah ihn fassungslos an und schüttelte verständnislos den Kopf. „Du willst es einfach nicht wahrhaben. Deine Tochter ist und bleibt krank, schwer krank. In der Ausschlussdiagnose weist alles auf CFS. Das Virus wäre nur ein zusätzlicher Indikator gewesen, verstehst Du? Ich habe das alles schon mit Dr. Brookmann durchgesprochen. Es gibt keinen Zweifel mehr." Leonhard atmete tief durch. „Und, was sollen wir Deiner Meinung nach jetzt tun?", fragte er. „Wir müssen lernen, uns damit abzufinden. Laura ist nicht heilbar, das ist ein Fakt. Nach den ganzen Strapazen braucht sie dringend Erholung. Ich überlege, ob ich mit ihr nach der Hochzeit von Lars drei Wochen in die Schweiz fahre. Es gibt dort eine Ayurveda-Klinik, das täte ihrem Stoffwechsel sicherlich gut", sagte Ingrid. „Glaubst Du nicht, es wäre besser, wenn sie alleine fährt?", fragte Leonhard. „Wie stellt Du Dir das denn vor, ohne Hilfe? Das schafft sie nie", insistierte Ingrid. „Wir könnten sie zum Beispiel gemeinsam bringen und abholen", sagte er. Ingrid überlegte einen Augenblick. Sie sah ihn an und lächelte. „Das wäre vielleicht eine Möglichkeit, ein paar Tage..." „Dann könnte Laura Abstand zu all dem Ärger gewinnen, allem was zwischen uns in letzter Zeit passiert ist und ein wenig zu sich selbst finden, was meinst Du?", unterbrach er sie. Ihr Lächeln erstarb, ihre Stimmung kippte von einem Moment auf den nächsten, sie wurde wütend. „Hast Du das denn immer noch nicht verstanden? CFS ist keine psychosomatische Erkrankung, Herr Gott noch mal." Sie sah auf die Uhr, der Schreck fuhr durch ihren Körper. „Um Gottes Willen, in zehn Minuten schließt die Apotheke, ich muss noch für Laura die bestellten Medikamente abholen. Mittwochnachmittags ist geschlossen, danach noch zum Tennis." Mit einer fahrigen Bewegung fuhr sie sich durchs Haar. Sie lief ins Haus und eilte die große Treppe im Wohnzimmer hoch zur Haustüre. Warum ging sie immer vom Schlimmsten aus? Warum glaubte sie nicht, dass Laura wieder gesund werden konnte? Der Pessimismus gab ihr Kraft... Er hörte, wie sie den Spitfire startete und einige Male im Leerlauf Gas gab. Kurz darauf verlor sich das röhrende Motorengeräusch in der Ferne.

In den Bäumen zwitscherten die Vögel um die Wette. Es war Paarungszeit. Er sah in das funkelnde Wasser, die Strahlen der Aprilsonne stichelten wie Nadelspitzen auf seiner Haut. Er zog Hemd und Strümpfe aus, schloss die Augen. Nach einer Weile verströmten die Poren seiner Haut diesen eigenartigen Geruch, der ihn immer an Sommer und Meer erinnerte, auch seine Haare rochen danach. Er hatte Lust zu schwimmen. Ingrid würde erst am späten Nachmittag zurückkommen, es war also genug Zeit. Vielleicht konnte er Laura überreden, mit ihm die Badesaison zu eröffnen? Einen Versuch wäre es wert. Er ging ins Haus, um sich umzuziehen. Er fand seine Schwimmsachen, ebenso wie die Kleidung, die er zurückgelassen hatte, an ihrem Platz in dem großen Wandschrank im Schlafzimmer. Auch im Bad stand noch sein elektrischer Zahnbürstenaufsatz auf dem Ständer, daneben lag ein verpackter Einwegrasierer – ein Überbleibsel ihrer Venedigreise, damals hatte er sein Rasierzeug vergessen...

Er nahm ein großes Badetuch aus dem Regal und ging wieder ins Schlafzimmer, zog sich aus und streifte die Badehose über. Seine Hose, Unterhose und Strümpfe lagen verstreut auf dem Ehebett. Der Anblick war ihm unangenehm. Er sammelte die Wäschestücke ein und brachte sie ins Bad. Als er zurückkam, bemerkte er, dass sich das Bettzeug unter der Tagesdecke auf Ingrids Seite wölbte, dort, wo er früher geschlafen hatte, war es flach, nur ein

Laken bedeckte noch die Matratze. Auf ihrem Nachttisch stand ein bedruckter Karton, er erkannte das Motiv sofort, es war dasselbe wie auf der Postkarte, die er bei dem Klassentreffen in seinem Kulturbeutel entdeckt hatte, up to the climax, damals, kurz bevor sie die Treppe hinunterstürzte, ...die Erinnerung legte sich wie Blei auf ihn, langsam ging er um das Bett auf die andere Seite... Was war sonst noch in dem Karton? Es konnten nicht nur Postkarten sein.... Er öffnete ihn und seine Vermutung bestätigte sich. Er war beschämt, befremdet: das sollte ihn nichts angehen, und doch betraf es ihn. „Leonhard, was willst Du von mir hören? Dass Du nicht versagt hast? Dass alles an mir liegt? Dass ich einsehe, zuviel von dir zu verlangen?" – das waren die Worte gewesen, die sie in Venedig für ihn übrig gehabt hatte, nach jener Nacht... Verachtung, ja Hass kam in ihm auf, vergeblich versuchte er ihn zu ersticken. Er schloss den Karton und stellte ihn sorgsam auf seine Position zurück, so als hätte er ihn nie angerührt, als ob er das Gesehene damit auslöschen könnte....

Er ging hinaus, im Wohnzimmer fiel sein Blick auf den Alten an der Wand. Er schien ihm aufzulauern. Heute hatte er sein besonders dreckiges Lachen aufgesetzt, Häme lag darin. Ach lass mich doch in Ruhe, geile alte Ratte, raunzte Leonhard ihm zu, nahm Anlauf und stürzte sich kopfüber ins Schwimmbecken. Das Wasser zersprang wie Glas unter seinem Körper und prasselte auf die Terrasse. Er tauchte unter und zog zwei Bahnen, ohne Luft zu holen. Als er wieder auftauchte, stand Laura vor ihm am Beckenrand. „Schön, dass Du hier bist." Leonhard war erleichtert, sie sah besser aus als vor zwei Wochen. „Komm, zieh Dich um, und lass uns ein paar Runden schwimmen." „Ich bin noch ein wenig schwach", erwiderte sie. „Na komm schon, wir müssen ja nicht um die Wette schwimmen. Das wird Dir gut tun." Er spritzte Laura nass, sie kreischte. Er war glücklich, sie lachen zu sehen. „Also gut, ich bin gleich wieder da." Leonhard stieß sich vom Beckenrand ab und ließ sich auf dem Rücken treiben, das Wasser rauschte in seinen Ohren, während er in den wolkenlosen Himmel sah. Ein Flugzeug glitzerte silbern und hinterließ eine weiße Spur. Er breitete die Arme aus und pumpte Luft in seine Lungen, er schwebte, flog, schwerelos, den unbegrenzten Horizont vor Augen...

Plötzlich erbebte das Wasser um ihn herum: Laura war mit Getöse ins Becken gesprungen, ihre Arme zerpflügten das Wasser. Mit kräftigen Brustzügen schwamm er neben ihr her und passte seine

Bewegung ihrem Rhythmus an, wie zwei Synchronschwimmer zogen sie durch das Becken, nach zehn Bahnen brauchten sie eine Pause. „Alle Achtung, Du bist gut in Form", sagte er. „Das hängt immer von der Tagesverfassung ab, heute geht es besser", erwiderte sie atemlos. „Seit Hamburg hast Du einen Riesenschritt nach vorne gemacht. Komm, nur keine Müdigkeit vortäuschen, das war nur die halbe Miete." Laura schaffte noch weitere zehn Bahnen, dann war sie völlig erschöpft. Er half ihr aus dem Becken und wickelte sie in sein großes Badetuch, sie fror. Er ließ seine Haut vom warmen Frühlingswind trocknen. „Willst Du ein Stück Kuchen?", fragte er. „Ja, gerne." Er wollte ihr ein frisches Gedeck holen. „Lass nur, ich nehme Mamas Geschirr". Er gab ihr ein Stück von der Apfel-Tarte. „Deine Mutter hat mir von dem Ergebnis erzählt. Das ist doch eine wirklich gute Nachricht." „Ändert aber nichts an der ganzen Situation", erwiderte Laura gleichgültig. „Willst Du nicht mal weg von hier und ganz alleine Urlaub machen? Die vergangenen Monate waren hart für Dich, die Spannungen zwischen mir und Deiner Mutter, die Trennung, der Ärger in der Bank, das steckt man nicht so einfach weg." Sie starrte auf ihren Teller und stieß mit der Gabel die Krümel von der einen Seite auf die andere. „Dein Auszug war sicherlich ein guter Entschluss. Der räumliche Abstand tut uns allen gut, das ist wahr. So können wir uns wenigstens wieder normal begegnen und schwimmen, so wie früher." Lauras Gesichtsausdruck veränderte sich, während sie sprach, sie sah traurig aus. Warum wich sie seiner Frage aus, fragte sich Leonhard. Ihre Worte klangen künstlich, distanziert, als ob sie zu einem Fremden spräche. Auf welcher Seite stand sie? Er wollte sie nicht verlieren, auf keinen Fall.

„Hättest Du nicht einmal Lust wegzufahren, alleine oder mit einer Freundin? Du sagst ja selbst, dass der Abstand gut für Dich ist", fragte er. „Sicher wäre es schön für ein paar Wochen herauszukommen. Aber alleine schaffe ich das nicht, und von den alten Bekannten aus dem Sportverein ist niemand mehr übrig. In der Selbsthilfegruppe gibt es ein paar, die scheinen ganz nett zu sein, aber die kenne ich noch nicht gut genug." Leonhard sah sie erstaunt an. „Welche Selbsthilfegruppe?", fragte er. „Es gibt einen Internet-Blog von CFS Patienten. Wir chatten und tauschen uns aus, das ist eine gute Sache. Wir bestärken uns gegenseitig, alles wird diskret behandelt, ähnlich wie bei den Anonymen Alkoholikern. Außerdem bin ich noch bei Facebook angemeldet, so kann ich mich mit Gleichaltrigen austauschen. Die wissen nichts von meiner Krankheit, sonst bin ich weg vom Fenster. Ich erzähle denen, dass ich Leistungsschwimmerin bin. Die finden das alles wahnsinnig spannend, und mir macht es Spaß, Geschichten zu erfinden", sagte Laura. „Surfst Du viel im Netz?", fragte Leonhard. „Ja schon, ein paar Stunden pro Tag werden es sein", antwortete sie.

Ihre zweite Identität, dachte Leonhard, das Facebook-Account als Bühne, der Chatroom als Foyer, wo sie ihr bewunderndes Publikum empfing – die Flucht in die Virtualität.

„Was hältst Du davon, wenn wir eine Woche wandern gehen, durch die Weinberge an der Mosel? Ich habe noch Deinen Gutschein für die Weinprobe, den könnten wir dann zusammen einlösen." Leonhard sah sie erwartungsvoll an. „Das ist nett von Dir, aber Mama hat schon eine Ayurveda-Kur in der Schweiz für uns beide gebucht. Wir fahren direkt nach Lars Hochzeit. Das wird uns gut tun. Vielleicht ein anderes Mal." Er war enttäuscht und schwieg. Ingrid war ihm zuvorgekommen. Vorhin hatte sie ihn mit seinen Urlaubsvorschlägen für Laura ins Leere laufen lassen, ihre Entscheidung, gemeinsam mit der Tochter zu verreisen, hatte sie schon lange gefällt.

„Ich bin müde vom Schwimmen und muss mich ein wenig ausruhen", sagte Laura zum Abschied, gab ihm einen flüchtigen Kuss auf die Wange und zog sich in ihr Apartment zurück. Leonhard räumte das Geschirr ab und kleidete sich schnell an. Er fühlte sich verletzt und wollte das Haus verlassen, bevor Ingrid zurückkehrte. Er hätte ihren Anblick nicht ertragen: Sie hielt die Fäden in der Hand, sie spann ihr Netz, auf dass sich alle darin verfingen.

Ich sehnte mich, Dich endlich wiederzusehen. Ich erinnere mich, als sei es gestern gewesen: Du trugst ein Sommerkleid mit großen Sonnenblumen, Deine Haare leuchteten. Lächelnd hast Du mich begrüßt, freundschaftlich wolltest Du mich umarmen, doch ich streckte Dir die Hand zur Begrüßung entgegen. Ich war verlegen – wie gerne wäre ich von Dir in die Arme geschlossen worden!

Leonhard holte Isabel in der Nähe des Bahnhofs ab, er hatte ihr genau beschrieben, wo er mit dem Wagen auf sie warten würde – er wollte vermeiden mit ihr gesehen zu werden. Zuvorkommend öffnete er die Beifahrertüre und half ihr einzusteigen. Am Rhein entlang fuhren sie Richtung Andernach, weiße Ausflugsschiffe begleiteten sie auf der Fahrt. Der Wetterbericht nach den neun Uhr Nachrichten kündigte das Hoch Gisela mit Temperaturen bis zweiundzwanzig Grad bei leichtem Südwestwind an – klimatisch beste Voraussetzungen, sich näher kennen zu lernen. Ab und zu warfen sie sich verstohlene Seitenblicke zu, Leonhard ließ das Radio im Hintergrund laufen. Die Musik lockerte ihre Anspannung. Irgendwann summte Isabel die Kantilene aus Mozarts Klarinettenkonzert mit, während sie den Blick in der heiteren Frühlingslandschaft schweifen ließ. Irgendwann summte auch er leise mit – ein guter Anfang.

Sie fuhren an der Insel Nonnenwerth vorbei, das weiße Klostergebäude schimmerte durch den zartgrünen Filter der hohen Bäume. Isabel begann von ihrer Schulzeit in dem Internat zu erzählen. „Du bist hier groß geworden?", fragte er. Er konnte sich kaum vorstellen, dass eine Saxophon spielende Zirkusprinzessin von Nonnen erzogen wurde. „Meine Schwester und ich haben dort sechs Jahre gelebt, bis zum Abitur. Meine Mutter wollte uns trotz allem eine anständige Erziehung bieten." „Trotz allem?", fragte Leonhard und schaute sie erstaunt an. „Hinter diesen beiden Worten steckt eine lange Geschichte, ich möchte Dich nicht damit langweilen", antwortete sie. „Du langweilst mich nicht, im Gegenteil, Du machst mich neugierig." Sie sah ihn an, er nickte ihr aufmunternd zu. „Nun gut. Trotz allem meint, entgegen allen Widrigkeiten, die meiner Mutter widerfahren sind. Diese zwei Worte stehen für ihr Leben." Sie schaute an ihm vorbei auf den Fluss. Erinnerungen trieben sie weit fort in die Vergangenheit.

„Meine Mutter kam aus einem großbürgerlichen Elternhaus in Berlin mit Bediensteten und allem, was Du Dir vorstellen kannst. Die Familie war im Kaiserreich zu Geld gekommen, Tuchfabrikanten, die auch das Militär belieferten, ein lukratives Geschäft: in Friedenszeiten setzten sie auf Mode, in Kriegszeiten auf Uniformen und das seit Ende des 19. Jahrhunderts. Man arrangierte sich zum Wohl der Firma und der Familiendynastie mit den jeweiligen Machthabern, soweit es nötig war. Man saß der Illusion auf, sauber dabei zu bleiben: Gestern der Kaiser, heute Ebert und morgen Hitler. Ein Traum, der bald zerbrach, 1945 war Schluss: nach dem Krieg kam die Familie auf keinen grünen Zweig mehr. Die Fabrikgebäude lagen in Schlesien, der hochherrschaftliche Familiensitz in Potsdam, von alldem blieb nichts: die Familie wurde enteignet, der kleine Teil des Vermögens, der im Ausland angelegt war, wurde unter den drei überlebenden Schwestern aufgeteilt, die beiden Brüder waren im Krieg gefallen. Die Mitgift hätte gereicht, um ein gut bürgerliches Leben zu führen. Meine Mutter brachte ihren Anteil in den Betrieb meines Vaters ein, er hatte eine Schaufensterpuppenfabrik in Bad Honnef, die er von seinem Vater übernommen hatte, daher kam der Kontakt zu der Familie meiner Mutter. Kurz nach Kriegsende heirateten sie, ein Jahr später wurde ich geboren, zwei Jahre später meine Schwester.

Ich erinnere mich noch an die große Lagerhalle – eine Armee fleischfarbener Puppen mit leeren Gesichtern wartete auf den Abtransport in die Schaufenster der Wirtschaftwunderjahre. Einmal spielten wir dort Verstecken, obwohl es uns streng verboten war – die Dinger waren hochempfindlich. Wir tobten herum, und wie es der Teufel so will, stießen wir aus Versehen gegen einige der Puppen. Wir lösten eine Kettenreaktion aus und ganze Reihen fielen wie Dominosteine in sich zusammen. Das machte einen Höllenlärm. Als meine Mutter in die Lagerhalle stürzte und das Schlachtfeld mit den in sich verkeilten Körpern aus Pappmachée sah, gab es einen Riesenärger. Die ganze Produktion musste noch einmal lackiert werden." „Und Dein Vater?", fragte Leonhard, „wie hat der reagiert?" „Der grinste nur spöttisch, als er Männlein und Weiblein aufeinander liegen sah und meinte, so hätten die steifen, leblosen Dinger wenigstens auch mal ihren Spaß gehabt. Er hasste die verlogene Wohlanständigkeit und spießige Rechtschaffenheit dieser Jahre. Er überließ es meiner Mutter, uns zu bestrafen. Sie war sehr streng, und wir mussten für seine Bemerkung gleich mitbüßen. In den Schaufenstern sah ich die Puppen später alle wieder, wenn wir zum Einkaufen nach Bonn oder Köln fuhren, in unterschiedlichster Verkleidung warfen sie mir ihr Einheitslächeln zu, so wie es die Menschen auf der Straße, in den Cafés und den Geschäften auch taten. Doch dahinter schien etwas anderes auf. Mit einem Mal verstand ich, was mein Vater meinte: Das Totschweigen einer ganzen Generation.

Der Firma ging es gut, doch mein Vater konnte nicht wirtschaften. Er schmiss das Geld zum Fenster hinaus, liebte schnelle Autos, machte teure Geschenke. Meine ahnungslose Mutter merkte nichts, sie war diesen Lebensstandard gewöhnt, er ließ sie Wechsel unterschreiben und bald war der Wohlstand dahin, das Geld schneller ausgegeben als verdient. Mit den Geldsorgen ging auch die Ehe meiner Eltern in die Brüche. Mein Vater suchte das Glück bei anderen Frauen und trank zu viel. Meine Mutter stand es durch, wir Töchter waren ihr ein und alles. Sie setzte alles daran, dass wir eine standesgemäße Erziehung erhielten, die ihrer in nichts nachstand und vor allem: wir sollten das Elend zu Hause nicht sehen. Deshalb gab sie uns in das Internat auf Nonnenwerth, in die behütete Welt des 19. Jahrhunderts. Anfangs konnte sie es noch bezahlen, aus irgendwelchen Quellen, die sie meinem Vater vorenthielt. Er machte ihr deshalb ständig Vorwürfe: wegen ihr ginge die Firma den Bach runter, wir würden doch sowieso bald heiraten. Darauf sagte sie nie etwas, sondern maß ihn von oben bis unten mit einem vernichtenden Blick, der selbst mir das Blut in den Adern gefrieren ließ. Dann verließ sie den Raum und ließ meinen Vater in dem Gefühl zurück, ein Versager zu sein. Er setzte sich an den Wohnzimmertisch, trank einige Jägermeister, schlug die Haustür hinter sich zu und kehrte erst am nächsten Morgen zurück. Meine Schwester und ich waren froh, wenn wir sonntagabends wieder im Internat waren. Meinen Vater konnte ich vergessen..."

Sie brach ab. Leonhard warf ihr einen Blick von der Seite zu, sie sah mit einem Mal sehr ernst aus.

„Sei's drum", fuhr sie fort und bemühte sich zu lächeln, „ich habe es auch ohne ihn geschafft. Irgendwann waren die geheimen Geldquellen meiner Mutter erschöpft, meine Schwester und ich mussten eine Begabtenprüfung machen, die wir zum Glück auch bestanden, wir bekamen ein Stipendium von der Kirche. Die Direktorin, die ansonsten ein erzkatholisches Biest war, hatte sich persönlich für uns eingesetzt. Bildung ging ihr über alles, und wer begabt war, musste gefördert werden. Meiner Mutter blieb nichts anderes übrig, als Sozialhilfe zu beantragen. Diesen Abstieg hat sie nie verkraftet und meinem Vater nie verziehen. Von diesem Tag an sprach sie kein Wort mehr mit ihm. Ein Jahr später starb er, noch bevor wir die Schule verließen."

Sie ließ das Seitenfenster herunter, um ein wenig Luft hineinzulassen. „Eine traurige Geschichte von einer starken Frau und einem schwachen Mann", meinte Leonhard.

„Trotz allem", fuhr Isabel fort, „meine Mutter hat uns etwas Wichtiges mit auf den Weg gegeben, das ich nicht missen möchte: Selbstvertrauen. Die Verantwortung für Euch selbst kann Euch niemand abnehmen, ebenso wenig wie das Denken, hat sie uns immer eingeschärft. Ihr habt Verstand, also nutzt ihn gefälligst, nur er wird Euch helfen, das Leben zu bewältigen. Dafür bin ich ihr heute noch dankbar." „Lebt sie noch?", fragte Leonhard. „Nein, sie ist vergangenes Jahr gestorben, ganz plötzlich. Morgens lag sie tot im Bett, das war ein Schock für mich. Ich vermisse sie sehr." Isabel schwieg eine Weile, dann holte sie ein Photo aus ihrem Portemonnaie. „Das ist sie, so wie ich sie in Erinnerung behalten möchte." Sie hielten an einer roten Ampel und Leonhard warf einen Blick auf das Bild. Eine alte Dame mit großem Hut sah ihn mit hartem Blick an. Sie trug eine schmale Perlenkette und eine goldene Armbanduhr, in der der Glanz vergangener Zeiten aufschien. Der Anflug eines Lächelns umspielte ihren Mund. Ihre Augen blitzten smaragdgrün wie die von Isabel.

In Andernach verließen sie das Rheintal Richtung Laacher See. Die innere Uhr der Natur schien zurückzuspringen, als sie durch die Anhöhen der Voreifel fuhren: was im Tal längst blühte, wartete hier noch auf das Frühlingserwachen. „Meine Schwester und ich haben meine Mutter bis zu ihrem Tod unterstützt, wir waren es ihr schuldig. Ihrem scharfen Blick entging nichts, und sie versuchte uns vor dem zu bewahren, was ihr passiert war. Wir wollten unsere eigenen Wege gehen: meine Schwester ging bald nach England, wo sie noch heute lebt, ich blieb hier und rebellierte, was ihr natürlich gar nicht gefiel. Ja, ja die wilden Achtundsechziger..." Isabel lachte.

„Und? Hast Du wieder Schaufensterpuppen malträtiert oder direkt ganze Kaufhäuser in Brand gesetzt?", fragte Leonhard. „Nicht ganz, aber fast. Ich verteilte Flugblätter vor Fabriken und rief zum Klassenkampf auf. Mein Herz schlug links, ich glaubte, die Welt habe nur auf mich gewartet, um sie von den Altlasten der Vergangenheit zu befreien. Unter dem Muff der Talare, der Mief von tausend Jahren. Kannst Du Dir das vorstellen? Sie nannten mich die rote Zora." „Und wo schlägt Dein Herz heute?", fragte er. „Immer noch links, da wo es von Natur aus schlägt, aber nicht mehr so aufgeregt revolutionär wie früher. Ich bin ruhiger geworden. Und Deins?" „Aufgeregt ist es immer noch, aber revolutionär war es nie." „Du bist nie auf die Straße gegangen, hast nie an einer Demonstration teilgenommen?", fragte sie und schaute ihn verständnislos an. „Nein, in der Zeit habe ich die Ärmel hochgekrempelt und die Firma meines Vaters hochgebracht", sagte er, mit einem Mal sehr bestimmt. „Das kann ich nicht glauben, Du hast weder links noch rechts geguckt und so getan, als ob Dich das alles nichts anginge?" „Lass uns bitte nicht über Politik reden, es geht doch immer nur um dasselbe, um Macht und Einflussnahme, egal auf welcher Seite man steht." „Nur mit einem Unterschied", erwiderte sie, „je weiter rechts man steht, desto besser weiß man seine persönliche Interessen zu bedienen."

Leonhard fühlte sich an die ermüdenden Auseinandersetzungen mit den Grünen im Stadtrat erinnert und versuchte das Gespräch zurück auf ihre Lebensgeschichte zu lenken. Sie interessierte ihn als Mensch, als Frau und nicht wegen ihrer politischen Ansichten...

„Und wie ging es dann weiter in Deinem Leben?", fragte er. „Weiterhin revolutionär, was denkst denn Du?" Mit blitzenden Augen sah sie an. Er war irritiert, sie schmunzelte versöhnlich und fuhr fort mit ihrer Erzählung.

„Als ich meiner Mutter meinen Lebensgefährten, einen langhaarigen Kommunarden, zum ersten Mal vorstellte, war sie entsetzt und warnte mich. Ich erwiderte stolz, dazu sei es jetzt zu spät, ich erwarte ein Kind von ihm. Sie warf mir denselben vernichtenden Blick zu, mit dem sie meinen Vater in die Knie gezwungen hatte und drehte sich auf dem Absatz um. Sie wandte sich von mir ab. Erst viel später kam es wieder zu einer Annäherung, als die Ehe mit Daniel auseinanderging." „Ihr habt geheiratet? Und die freie Liebe blieb auf der Strecke?", fragte Leonhard. „Er ging damit freier um, als mir lieb war. Zunächst verurteilte ich mich für meine Beschränktheit und Spießigkeit. Aber ich wollte ihn immer weniger mit anderen teilen, vor allem nicht, als das Kind da war. Er beglückte die Weiber, während ich die Windeln wechselte. Wir stritten uns immer öfter. Geheiratet haben wir nur der Form halber, standesamtlich. Ich bewarb mich auf eine Stelle bei der Familienberatung der katholischen Kirche. In wilder Ehe hätte ich keine Chance gehabt." „Und dann bist Du im weißem Schleier vor den Altar getreten?", fragte er. „Nein, soweit ging die Selbstverleugnung nicht. Ich versicherte, dass wir das bald nachholen würden. Sie glaubten mir, der ehemaligen Klosterschülerin im blauen Kostüm, die sich bescheiden und gewissenhaft gab." Sie lächelte, als ob sie immer noch stolz auf ihren Coup wäre. „Und aus der Kirche konntest Du nicht austreten, weil sie Dein Arbeitgeber ist", sagte Leonhard. „Aber nicht aus strategischen Gründen, wie Du mir vielleicht unterstellst, nein wirklich nicht, es ist etwas anderes, ich hätte ein schlechtes Gewissen, auszutreten, die Kindheit lässt einen nie los..."

Leonhard freute ihre kleine Schwäche, ihre Inkonsequenz – sie war keine Dogmatikerin, zum Glück, das relativierte auch ihre politischen Ansichten…

„Wann hast Du diesen Daniel verlassen?", fragte er. „Ich habe ihn hinausgeworfen, als ich ihn in flagranti mit meiner Freundin erwischte. Das war einfach zuviel. Ich schaffe das Geld heran, und er amüsiert sich auf meine Kosten, von wegen. Aber er versteht es bestens, sich immer wieder ins gemachte Nest zu setzen. Inzwischen ist er mit einer Studienrätin verheiratet, er vögelt sie, dafür füttert sie ihn durch – Hausmann und Hengst in einer Person."

„Hast Du noch Kontakt zu ihm?", fragte er. „Nein, irgendwann war Schluss. Nach der Scheidung musste ich ihm noch einige Jahre Unterhalt zahlen. Ich war froh, dass diese Lehrerin sich seiner erbarmte und ich eine Sorge weniger hatte…"

Leonhard bremste abrupt und bog scharf um die Kurve. Im letzten Augenblick hatte er das Hinweisschild gesehen, das ihn zum Parkplatz des Waldhauses leitete. Sie waren angekommen.

Vor ihnen lag im Schatten der Bäume ein schlichter weißer Flachbau, an den die Empfangshalle grenzte. Als sie eintraten, umgab sie ein hoher Raum. Die Walmdach-Konstruktion erinnerte Leonhard an die anthroposophische Kirche in Godesberg, in der seine Firma vor Jahren gearbeitet hatte. Die Wände waren in Ockergelb gestrichen, wuchernde Topfpflanzen rankten sich bis zu dem großen Oberlicht im Dachfirst empor, einem Gewächshaus nicht unähnlich. Auf den hellen Rattanmöbeln saßen bereits die anderen Teilnehmer.

Einige begrüßten Isabel, darunter ein auffallend großer Mittfünfziger, der sich zu ihr hinunter beugte und sie freundschaftlich umarmte. Sie stellte Leonhard ihren Kollegen vor, der Mittfünfziger schenkte ihm ein breites Lächeln. Bald verloren sich die Psychologen in einem Fachgespräch über Mindful based stress reduction.

Leonhard betrachtete die Bilder von Indien und Tibet, die an den Wänden hingen, seinem Empfinden nach viel zu hoch, denn er musste den Kopf weit in den Nacken legen, um die Motive zu erkennen. Vielleicht war das der tiefere Sinn, zu den Heiligtümern einer fremden Welt aufschauen zu müssen? Zu dem heiligen Berg Kailash, zu dem schneeweißen Potala-Palast und einer indischen Stadt, deren Tempel und Kolonialbauten sich in einem breiten Fluss spiegelten. Es war Rishikesh, die Welthauptstadt des Yoga am heiligen Ganges, wie ihm die Bildunterschrift verriet.

Ein Gong ertönte, Leonhard sah auf die Uhr, es war kurz vor elf. Eine ältere Frau – klein, zierlich, sie musste weit über die sechzig sein – betrat den Raum. Ein schwarzes Leinenkleid umhüllte ihren knabenhaften Körper, ihr weißes Haar war stufig kurz geschnitten. Trotz ihres Alters wirkte sie jung, fast kindlich. Sie kreuzte die Hände vor der Brust und verbeugte sich mit dem Oberkörper, alle standen auf. Ihr Blick ging durch den Raum und ruhte für einen Augenblick auf jedem, so als ob sie bereits ein inneres Band zu jedem Einzelnen knüpfte, noch bevor sie ein Wort sprach. Niemand wich ihrem Blick aus, der nicht wertete, sondern sein Gegenüber annahm. Dann hieß sie die Gruppe willkommen und stellte sich als Deva vor.

Obwohl sie so hieß, gab sie sich gar nicht göttlich erleuchtet. Im Gegenteil: sie war humorvoll und offen, irgendwie gewitzt, der Schalk schien ihr im Nacken zu sitzen. Wenn sie lachte, tat sie es mit dem ganzen Körper: Sie rollte ihren Rücken ein, legte den Kopf zurück und ging dabei leicht in die Knie, so als ob eine Welle durch sie hindurchginge. Danach richtete sie ihre Wirbelsäule wieder auf und konzentrierte sich auf ihr Gegenüber, ernst und heiter zugleich. Sie gab keine Anweisungen, sondern sprach Einladungen oder Bitten aus: Sie lud ein, ihr in den Übungsraum zu folgen, bat vor dem Eintreten, die Schuhe auszuziehen. Das war ein ungewohnter Ton des miteinander Umgehens für Leonhard, nicht nur ein höflicher Umgangston, den er zu Genüge kannte, sondern Ausdruck der Achtung vor dem anderen. Er fühlte sich aufgehoben, alles schien so einfach mit einem Mal: Es war ihm nicht fremd, sich in einen Kreis mit anderen, die er noch nicht einmal kannte, auf den Boden zu setzen, was sonst, weiß Gott, nicht zu seinen Eigenarten gehörte. So ein Sit-in bei den Rotariern wäre undenkbar gewesen... Alle würden verstört den Raum verlassen und ihn endgültig für verrückt erklären... Warum eigentlich? Wovor hatten sie Angst in ihrer geschäftigen, männlichen Geselligkeit? Aus der Rolle zu fallen, das Gesicht zu verlieren?

Jeder nannte seinen Vornamen und beschrieb mit wenigen Sätzen, was ihn dazu bewegte, hier zu sein.

Ich möchte meiner selbst bewusster werden, mir bewusst machen, was mich in meinem Denken und Handeln beeinflusst und beides miteinander in Einklang bringen, sagte ich damals. Dieser Satz begleitet mich bis heute, durch ihn habe ich zu Dir gefunden. Durch ihn versuche ich jetzt, Dich wieder zu gewinnen, in dieser Nacht, mit diesen Zeilen.

Meditation sei eine radikale Maßnahme, sagte Deva, nachdem sie alle gebeten hatte, sich im Raum mit Blick zu der großen Buddhastatue an der Stirnwand zu verteilen. Sie saß vor der Gruppe im Schneidersitz, sie nannte es die burmesische Haltung. Sie überließ es jedem Einzelnen, ob er aufrecht, ohne sich anzulehnen auf einem Stuhl oder wie sie selbst auf einem keilförmigen Meditationskissen, dem Zafu, sitzen wollte. Die Hände konnten mit den Handflächen nach unten oder oben auf den Knien ruhen, aber auch über Kreuz im Schoß liegen, je nach Vorliebe eines jeden Einzelnen. Meditierend verlasse man den Fluss der Zeit und betrete die zeitlose Gegenwart, erklärte sie. Das Leben entfalte sich von Augenblick zu Augenblick und es gehe darum, das Gegenwärtige als etwas, das sich im Moment vollziehe, wahrzunehmen. Ansonsten schaue man in Rück- oder Vorausblicken am Hier und Jetzt vorbei.

„Der Geist ist ein sprunghaftes Wesen, der meistens gerade dort ist, wo wir selbst nicht sind. Oft bekommen wir gar nicht mehr mit, dass wir im Geiste abwesend sind... Momente der Bewusstlosigkeit, in denen wir nicht wissen, was wir denken und fühlen, weiße Flecken auf der inneren Landkarte... Werdet Euch also gewahr, wo Ihr gerade seid."

Ein silberner Glockenklang riss Leonhard aus seinem inneren Gedankenstrom, Devas letzter Satz stieg in seinem Bewusstsein auf. Wo war er gewesen? Er erinnerte sich, dass er an Isabel gedacht hatte, an ihre Bemerkung, ihr Herz schlage links und an ihren Ex, diesen Taugenichts... Er hatte mit offenen Augen geträumt. Er schaute sich um und sah die anderen: Manche hatten die Augen geschlossen, die Sonne spiegelte sich im Lack des Kirschholzbodens. Seine Schultern taten ihm weh. Links neben ihm saß Isabel, sie zwinkerte ihm zu. Er lächelte und richtete sich auf.

„Unser Geist ist wie das Meer, mal ist es ruhig, mal von kleineren, mal von größeren Wellen bewegt. Manche denken, das Ziel der Meditation sei, jede Bewegung zu verhindern, um die Meeresstille zu erreichen. In der Achtsamkeitspraxis geht es aber gerade darum, zuzulassen und wahrzunehmen. Ihr könnt die Wellen nicht einebnen, aber ihr könnt lernen, sie zu reiten."

Epikur sprach von der Meeresstille der Seele, der Ataraxie, dachte Leonhard. Er musste an sein Gespräch mit Eggebrecht denken, und empfand die Worte Devas wie eine späte Genugtuung. Erzwungener Stillstand des Geistes, der Leidenschaften war Zwang, Kontrolle, wider die Natur des Menschen... Es galt, sich ihrer bewusst zu werden, um nicht von ihrer Kraft überwältigt zu werden – mit ihnen und nicht gegen sie zu leben, war das Entscheidende.

„Das Meditieren ist der Zugang zur Gegenwärtigkeit. Im Buddhismus spricht man vom reinen Gewahrsein, und meint damit einen Zustand der Wachheit, der Bewusstheit, der die Vorgänge in uns und um uns wahrnimmt, ohne sie zu bewerten. Bei dieser Meditation werde ich Euch mit meinen Anleitungen begleiten, damit Ihr leichter einen Zugang findet."

Die Klangschale ertönte dreimal, ihr silberner Mondlichtklang erhellte den Raum. Deva sprach langsamer als zuvor, ihre Stimme hatte für die Zuhörenden eine suggestive Kraft, so als ob sie sich hörend auf das langsame Schwingen eines Pendels einließen.

„Begebt Euch in eine aufrechte und entspannte Haltung, in der ihr ein Gefühl von innerer Würde und Präsenz habt. Richtet Eure Wirbelsäule aus dem Becken heraus auf, ganz leicht und aus eigener Kraft, löst alle Anspannungen im Körper, in den Schultern, im Nacken, in den Armen. Lasst den Atem beim Ein- und Ausatmen durch die Nase fließen. Meine Worte begleiten Euch, folgt ihnen, so gut Ihr könnt und führt die Atem-Meditation in den Zeiten der Stille alleine fort."

Leonhard bereute es, sich nicht auf einen Stuhl gesetzt zu haben. Er wollte nicht der Einzige sein... Jetzt musste er büßen, dachte er. Verdammte Eitelkeit.

Seine gebeugten Knie schmerzten, auf seinen Fußgelenken lastete das Gewicht der Unterschenkel, seine Füße kribbelten. Er versuchte gegen das Gefühl anzukämpfen, indem er sich einredete, es sei gar nicht da, doch je mehr er es wegredete, desto mehr peinigte es ihn. Die anderen schienen diese Probleme nicht zu haben, so ruhig wie sie da saßen und nach vorne schauten. Kein Wunder, in ihrem Alter war er auch noch gelenkiger, bestimmt war es nicht das erste Mal, dass sie meditierten, kein Zweifel, er war das schwarze Schaf und das älteste noch dazu... Was hat sie gerade gesagt? Durch die Nase atmen? Er bemerkte, dass er die ganze Zeit durch den Mund geatmet hatte.

„Ihr könnt die Augen schließen oder die Lider leicht geöffnet halten, so wie es angenehm für Euch ist. Lenkt nun all Eure Aufmerksamkeit auf den ein- und ausströmenden Atem: Einfach nur der Atembewegung folgen, sie empfinden und in ihr zur Ruhe kommen."

Er mochte ihre weiche Stimme, sie hatte etwas Beruhigendes. Er schloss die Augen, um sich ganz auf den Klang zu konzentrieren, überließ sein Gehör dem wiegenden Rhythmus ihres Sprechens. Er hatte gar nicht genau hingehört, was sie sagte. Als die Stille eintrat, fühlte er sich verloren im Dunkel. Er hob die Lider ein wenig an, ein greller Lichtschlitz blendete ihn, er zwinkerte und ließ die Lider wieder zufallen. Innere Unruhe überkam ihn, er versuchte sich auf seinen Atem zu konzentrieren, nach wenigen Atemzügen rebellierten die Gedanken und brachen aus dem Gefängnis seines untätigen Körpers aus. Seine Knie schmerzten immer noch.

Wer war er eigentlich, wenn er nichts tat, fragte ihn eine innere Stimme. Im Augenblick ein Schmerzensmann mit Gelenkproblemen, der sich Gedanken macht, die er sich gar nicht machen soll... Und sonst?... Er wusste sich keine Antwort zu geben... Pensionär vielleicht... Und sonst?...

In der Vorstellungsrunde haben sich alle mit ihrem Namen vorgestellt und gesagt: ich bin Mediziner, Psychologe, Therapeut... er sagte als einziger: ich war Geschäftmann... Aber keiner sagte: ich verdiene meinen Lebensunterhalt als Mediziner, Psychologe, Therapeut... Alle sind, oder wie in seinem Fall, waren ihr Beruf... Das gibt Halt, verleiht Haltung vor den anderen, schafft Identität,... es sei denn, man geht einer niederen Tätigkeit nach, dann schweigt man besser...

Die Selbstvergewisserung des Seins durch das Tun. Oft aber auch die Selbstvergessenheit im Tun. Was aber, wenn das Tun wegfällt? Was bleibt dann übrig?... Das Nichtstun. Der Selbstverlust in um sich selbst kreisenden Gedanken?

„Den Atem dort wahrnehmen, wo Ihr ihn am deutlichsten spürt und wo er am angenehmsten für Euch ist: in der Nase oder an den Nasenöffnungen, in der Brust oder unter der Bauchdecke."

Leonhard verspürte ein Kitzeln in der Nase, er versuchte vergeblich gegen das Kribbeln anzukämpfen, es wurde immer unerträglicher und entlud sich in einem lauten Niesen. Der Rücken der Teilnehmerin, die vor ihm saß, zuckte erschreckt zusammen. Es war ihm unangenehm, und er hätte sich am liebsten entschuldigt, wusste aber, dass dies in diesem Zusammenhang völlig unpassend gewesen wäre. Aus den Augenwinkeln sah er Isabel grinsen. Sie hielt die Augen geschlossen. Er war beruhigt, sie verurteilte ihn nicht für seine Ungeschicklichkeit, und er versuchte sich wieder auf den Fluss des Atems in seinen Nasenflügeln zu konzentrieren.

„Das Atmen sich selbst überlassen, es einfach nur geschehen lassen, dem Atem erlauben, in seinem Rhythmus zu kommen und zu gehen, sei er nun kurz und flach oder lang und tief, gleichmäßig oder stockend. Einfach nur von Moment zu Moment wahrnehmen, wie Ihr atmet."

Leonhard bemerkte, wie die warme Luft beim Ausatmen an seiner Oberlippe entlang strich, während sich seine Bauchdecke nach hinten, in Richtung Wirbelsäule zusammenzog. Es gab einen Moment des Stillstands, bevor die kühle Luft an seinen Nasenwänden vorbei wieder in seinen Körper einströmte, seinen Bauch ausdehnte und wiederum einen kurzen Halt machte, bevor sie wieder ausströmte. Einige Atemzüge gelang es ihm, Anteil am Kreislauf seines Atems zu nehmen. Die Momente des Atemstillstandes, in denen nichts geschah, empfand er als etwas Besonderes, Augenblicke absoluter Leere, die aber nichts Beunruhigendes hatten, sondern von elementarer Klarheit waren. Er saß da und atmete, das war eine existentielle Gewissheit, reines unverstelltes Sein. Als er sich dessen bewusst wurde, versuchte er, diesen Zustand sprachlich zu fassen. Vergeblich. Wie sollte er mit Worten beschreiben, was ohne Inhalt war?

„Wenn Ihr bemerkt, dass Ihr in Gedanken abschweift und woanders seid als beim Atem, dann werdet Euch bewusst, was Euch gerade beschäftigt und lenkt Eure Aufmerksamkeit wieder auf die Atemempfindung zurück. Verurteilt nichts, bewertet nichts. Einfach nur wahrnehmen, wo Ihr im Geiste gerade wart, es loslassen und wieder zum Atem zurückkehren."

Es fiel ihm auf, dass er, wenn er an das Wort Atem dachte, ihn nicht mehr spürte. Das Wort löste sich von seiner unmittelbaren Erfahrung, führte ein Eigenleben, losgelöst von seinem Körper. Die Sprache stand über den Dingen, sie war nicht das Ding selbst. Nicht nur Bewertungen und Meinungen entfernten den Menschen von seinem gegenwärtigen, seinem eigentlichen Sein, wie Epiktet schrieb, sondern die Sprache selbst. Sie schuf eine eigene Welt der Reflexionen und Gedanken, der Ableitungen – eine Übersetzung, eine Transformation von Welt in Buchstaben, Wörter, Sätze, die nur Zeichen für die Welt sind, aber nicht die Welt selbst... In der Sprache macht der Mensch sich selbst zum Objekt, sie abstrahiert ihn von sich selbst... Aber war der Moment der Gegenwärtigkeit nicht eine rein sinnliche Erfahrung und somit sprachlos? Warum hielt er sich so krampfhaft an der Sprache, den Wörtern und Begriffen fest, statt einfach nur ein- und auszuatmen? Dieses ständige innere Reden, das sich aufdrängt, diese geschwätzige Suche nach Bedeutung, die vom Erleben ablenkt...

„Seid freundlich und geduldig mit Euch selbst. Erlaubt Euch, in Stille und Ruhe hier zu sitzen und wahrzunehmen, wie der Atem, jedes Ein- und Ausatmen kommt und geht. Einfach nur da sitzen und spüren, wie Ihr atmet."

Freundlich und geduldig sich selbst gegenüber sein? Devas Worte befremdeten ihn, zum ersten Mal, aus ihnen sprach ein Befindlichkeitsdenken, das er nicht mochte, das war nichts für ihn, das war was für Frauen, die sich im Spiegel betrachten, um sich ihrer weichen zarten Haut zu vergewissern und sich dabei zuzulächeln... dieses wohlwollende sich Annehmen... diese sentimentale Selbstverliebtheit... da war ihm das Philosophieren lieber...

„Mit der Aufmerksamkeit sanft auf den Wellen Eures Atems reiten, von Moment zu Moment, Atemzug für Atemzug."

Dieses Wort sanft hatte wieder diese weibliche Note, die ihm geschmäcklerisch, ja verweichlicht vorkam... Doch das Bild der Atemwellen gefiel ihm, zog ihn zurück in den Fluss seines Atmens, und er überließ sich gerne der Vorstellung, wie ein Surfer über das offene Meer zu gleiten, der Sonne entgegen – der Freiheit...

„Der Atem begleitet Euch immer, ganz gleich, wo Ihr gerade seid und was Ihr gerade tut. Jedes Mal wenn Ihr Eure Aufmerksamkeit auf ihn lenkt, bringt Ihr genau in diesem Moment mehr Achtsamkeit, Ruhe und Klarheit in Euer Leben. Diese innere Wachheit könnt Ihr auf diese Weise mit in Euren Tag nehmen."

Er hörte Isabels Atem. Obwohl er die Augen geschlossen hielt, spürte er sie an seiner Seite, nahm wahr, wie sie gemeinsam ein- und ausatmeten, wie ihr Atem sie verband. Er stellte sich vor, wie sich ihre kleine runde Brust hob und wieder senkte, vergegenwärtigte sich ihre Körperformen, hörte in der Erinnerung Saxophonklänge, ihren raunenden Sound, goldene Schlangenbeschwörerin...

Deva ließ die Klangschale dreimal zum Ende der Meditation erklingen. Leonhard erwachte aus einem schönen Traum, er hatte sich verliebt.

Am Abend schrieb Leonhard seit längerer Zeit wieder etwas in seinen Tagebuchkalender: Den ganzen Tag (bis 17.00) schweigend verbracht – Spielregel von Deva für diesen Meditationskursus, angenehme Person, konnte das meiste gut von ihr annehmen. Gemeinsames Mittagessen, ayurvedische Kost, leider verkocht. Alle kauten still vor sich hin, einer schmatzte. Erstaunlich: Blicke oder Gesten reichten zur Verständigung und das Gewünschte wurde gereicht. Nicht-Reden macht Gegenwart anderer bewusster. Fremdartige Gewürze reizten meine Zunge, versuchte sie zu bestimmen, aß langsamer als sonst, keine Schluckbeschwerden (!). Sogar das Wasser hatte einen besonderen Geschmack, nach Gestein und Eisen. Ärgerlich: Einige drückten sich um den Abwasch, Meditation macht nicht moralischer, leider! Danach Spaziergang ohne Worte, durch Gong angekündigt. Deva nannte es Gehmeditation. Harzgeruch lag in der Luft, Bäume im grünen Frühlingsschimmer, Rinde einer uralten Eiche mit Isabel ertastet. Unsere Hände berührten sich, als wir den dicken Stamm umarmten, wir ließen sie einen Augenblick ineinander ruhen, das rauhe Holz zwischen uns. Der dunkle See beunruhigend, schwarzes Maar aus Urzeiten. Rückkehr zum Waldhaus und abschließender Bodyscan, blödes Wort, besser ausgedrückt: Reise durch den Körper. Intensives Erlebnis, habe meinen Atem in jedes Körperteil gelenkt, vom kleinen Zeh bis in die letzte Haarspitze, völlig neue Selbstwahrnehmung, war ganz bei mir, tiefe Entspannung gespürt, schönes Gefühl (leichte Erektion). Danach mit Isabel nach Maria Laach gefahren, Sprechen war wie Explosion nach der Stille. Klosterbesichtigung und frühes Abendessen auf Hotelterrasse (Heizstrahler, frischer Spargel, Chablis, Mousse au chocolat). Hat viel über ihre Tochter erzählt (Journalistin), hängt sehr an ihr, Mutterstolz. Hätte gerne dort die Nacht verbracht, aber alles noch zu früh, nichts überstürzen. Viel gelacht. Um 22.52 Zug nach Köln. Kuss zum Abschied im Auto schmeckte nach Schokolade. Werde sie wieder sehen, nächstes Wochenende!

9

Leonhard wachte mitten in der Nacht auf und konnte nicht mehr einschlafen. Unruhig wälzte er sich von der einen auf die andere Seite, schlaftrunken fragte Isabel, was los sei. Er habe schlecht geträumt. Wovon? Von Hamburg, von der Hochzeit. Und was weiter? Er kam zu spät, lief abgehetzt den Berg hinauf, von der Ferne sah er die Kirche, daneben einen Leuchtturm, von dem eine lange weiße Fahne wehte, die ihm den Weg wies, ein Schwarm Vögel stieg kreischend auf. Lars und Susanne standen vor dem Altar, ihr Schleier zog sich über den ganzen Mittelgang bis zur Orgelempore hinauf. Die Eingangstüre knallte hinter ihm zu, alle drehten sich um, nur das Brautpaar nicht. Er drängte in eine der überfüllten Kirchenbänke, doch keiner rückte zur Seite, er trat auf den weißen Tüll des Brautschleiers, die Nägel unter seinen Sohlen zerfetzten das feine Gewebe, es färbte sich rot, Susanne schrie, er versuchte sich aus der Gaze zu befreien und verfing sich immer mehr wie in einem haarfeinen weißen Netz, das immer fester zugezogen wurde, mit einem Male waren alle verschwunden, er war allein in dem Raum, der jetzt keine Kirche mehr war, Totenstille, über ihm ein Leintuch, weißes Gewebe aus Nebel, es wurde weggezogen, über ihm gleißendes Licht, überall blanke Kacheln, von einem Wasserhahn tropfte es in regelmäßigen Abständen, das Geräusch zerteilte die unendlich saubere Stille, als fielen Tropfen der Zeit in den Raum der Ewigkeit, die Türen, Stahltüren, waren verschlossen, das kalte Metall im Rücken, nackt auf der Zinkbahre, ihm war kalt, furchtbar kalt. Zitternd sei er erwacht, wegen dieser unerträglichen Kälte.

Isabel legte den Kopf an seine Schulter. Leonhard war erst spät aus Hamburg zurückgekehrt, er hatte nicht viel erzählen wollen. Bald darauf waren sie zu Bett gegangen. Im Dunkel der Nacht fiel es ihm leichter, mit ihr über das Erlebte zu sprechen. Alles Trennende fiel weg, es war, als redete er zu sich selbst, ihre Stimme wurde zu seiner, ein Selbstgespräch zu zweit.

Ich kam mir die ganze Zeit wie ein Zaungast vor, als ob ich gar nicht dazu gehörte, wie ein entfernter Verwandter, begann er. Hat man Dich nicht beachtet? Die Brookmanns waren sehr zuvorkommend wie immer, sie bestanden darauf, dass ich bei ihnen übernachtete. Und die anderen beiden? Du meinst Laura und Ingrid? Ja. Die wollten unbedingt ins Hotel. Nach der kirchlichen Trauung feierten wir in einem alten Lotsenhaus, direkt an der Elbe gelegen. Wir saßen draußen, ein milder Wind ging, Möwen umkreisten den Leuchtturm und kreischten, Gelächter. Die Tischtücher blähten sich im Wind wie Segel, das silberne Besteck blitzte in der Sonne. Fast ein Idyll, wenn die Geselligkeit an unserem Tisch nicht etwas Bemühtes gehabt hätte.

Die Tischordnung war wohl überlegt, an den Kopfenden saßen die Schwiegerväter, Dr. Brookmann und ich, auf der einen Längsseite das Brautpaar, auf der anderen die beiden Schwiegermütter mit Laura in der Mitte. Ingrid himmelte Dr. Brookmann während seiner Rede an, ich fand sie absolut durchschnittlich, Frau Dr. Brookmann richtete in wohldosierten Abständen das Wort an mich und an Laura. Sie bemühte sich, uns am Lächeln zu halten an diesem Freudentag. Susanne saß direkt neben mir, hochschwanger, sie bedankte sich für die neue Wohnungseinrichtung, die sie mir in allen Einzelheiten schilderte, es verwirrte mich. Ihr langer weißer Schleier wurde von einer Böe erfasst und schwebte minutenlang in der Luft, eine Frieden stiftende Windsbraut.

Irgendwann sollten wir vorbeikommen und sie besuchen, sagte sie. Sicher, irgendwann gerne, antwortete ich. Wir wussten beide, dass es so bald nicht dazu kommen würde. Dr. Brookmann stellte mich der ganzen Hamburger Hochzeitsgesellschaft vor, jedem Einzelnen. Verdiente Bürger in guten Positionen, die sich kennen und unterstützen, überall das Gleiche, an der Elbe wie am Rhein, nur dass man sich im Norden weltmännischer gibt. Ich sah mir zu, wie ich fremden Leuten die Hände schüttelte, die ich nie mehr wieder sehen würde, wie ich lächelte und verständig mit dem Kopf nickte, interessiert tat, unverbindliche Höflichkeiten austauschte wie in alten Zeiten. Schmeicheln und geschmeichelt werden, nur mit einem kleinen Unterschied: diesmal hatte ich nichts zu vergeben und erwartete keine Gegenleistung.

„Eine Reise in die gutbürgerliche Vergangenheit", fasste Isabel seine Erlebnisse zusammen. Es dämmerte, die ersten Vögel fingen an zu zwitschern. „Aus der ich gerne in die Gegenwart zurückkehre." Er legte den Arm um sie. „Und wer hat den Brautstrauß gefangen? Ich nehme an, dass dieses Ritual bei einer solchen Feierlichkeit nicht fehlen durfte." „Ironie des Schicksals, ausgerechnet

Laura fing ihn. Ich würde es ihr wünschen, aber bei ihrer Mutter" – er atmete tief durch – „es wird immer schlimmer, ich kann das bald nicht mehr mit ansehen. Die beiden sind unzertrennlich, wie ein altes Ehepaar, Laura hing die ganze Zeit im Arm ihrer Mutter und Ingrid scheint das auch noch zu genießen – keine gute Entwicklung, die das nimmt..." „Die beiden richten sich aneinander auf, ganz klar eine klassische Symbiose", sagte Isabel. „Danke für die Belehrung, aber das hilft mir jetzt auch nicht weiter. Das Schlimmste ist zuzusehen und nichts ändern zu können." „Nun, Du könntest sehr wohl etwas tun, eigentlich ist es ganz einfach. Wenn Du zurückgehst, befreist Du Deine Tochter von ihrer Stellvertreterrolle, die sie für Dich eingenommen hat, und das Familiensystem ist wiederhergestellt." Ihr Vorschlag irritierte ihn, vor allem, weil sie ruhig und ohne Vorwurf sprach. „Aber das ist doch Unsinn und kommt überhaupt nicht in Frage, das weißt Du genau." „Na also, dann hast Du Dich doch klar entschieden. Jeder ist für seine Entscheidung verantwortlich, aber nicht nur Du, sondern auch Deine Frau und Deine Tochter. Sie haben sich, so verrückt das klingt, füreinander entschieden, darauf hast Du keinen Einfluss mehr. Solange sie selbst keine Notwendigkeit für eine Veränderung ihres Verhaltens sehen, kann niemand etwas machen, vor allem Du nicht. Du hast Dich getrennt, das war sehr mutig von Dir, die meisten Männer Deines Alters ziehen den faulen Kompromiss vor. Du hast Dich noch einmal auf die Suche gemacht und einen Neuanfang gewagt. Jetzt ziehe es auch durch und stehe dazu."

Isabels Ton war energisch geworden. Sie war es gewohnt, sich schnell zu entscheiden. Sie brauchte diese Klarheit in ihrem Leben, auch wenn die Entschiedenheit, mit der sie die Weichen für die Zukunft stellte, immer mit einer gewissen Ungeduld mit sich und anderen einherging. Erst wenn sie einen Entschluss gefasst hatte, fühlte sie sich sicher und kam endlich zur Ruhe, aber inwieweit sich das auf Leonhard übertragen ließ, konnte sie nicht abschätzen. Vielleicht war es bei ihm genau umgekehrt? Sie hatte das Gefühl, zu weit gegangen zu sein, nein, sie durfte ihn auf gar keinen Fall unter Druck setzen, das wäre ganz falsch. Sie küsste ihn auf die Schulter. „Sie haben ein Doppelzimmer am Flughafen genommen, morgen früh fliegen sie nach Zürich, von dort nehmen sie sich einen Leihwagen und fahren für vier Wochen in diese Ayurvedaklinik." Er sprach wie ein gehörnter Ehemann, dachte Isabel. Sie schmiegte sich an ihn. „Sie machen es richtig, sie lassen es sich gut gehen, so gut sie können. Warum sollten wir es nicht genauso machen?", flüsterte sie ihm ins Ohr und fuhr mit der Zungenspitze an seiner Ohrmuschel und an seinem Ohrläppchen entlang – es kribbele und kitzele ganz furchtbar, kicherte er, das müsse er jetzt aushalten, verlangte sie... Er schloss die Augen und gab sich der streichelnden Verführung und dem lustvollen Vergessen hin.

Die Sonne weckte Leonhard, es war halb zehn. Isabel schlief noch. Das Licht schien auf ihr Haar, das um ihren Kopf rankte wie rot glühender wilder Wein im Herbst. Sie hatte einen kleinen Leberfleck auf dem linken Schulterblatt, vorwitzig stach das schwarze Pünktchen auf ihrer weißen Haut hervor, die durchsichtig wie Pergament war und einzelne Adern durchscheinen ließ. Seine kleine Zirkusprinzessin, vor ein paar Wochen hatte sie ihn das erste Mal mit zu sich nach Hause genommen. Die sechs Stockwerke, Altbau ohne Aufzug, hatten ihm den Atem geraubt, als er staunend ihr phantastisches Mansardenreich betrat. Jedes der Zimmer, selbst der Holzdielenboden, war in einer anderen Farbe gehalten, das aquamarinblaue Schlafzimmer mit Himmelbett, das lila Bad, die pistaziengrüne Küche und der zinnoberrote Salon, wie sie ihn stolz nannte – genau in dieser Reihenfolge hatte er die Farbskala ihrer Wohnung kennen gelernt. Er fühlte sich jünger in der spielerischen Leichtigkeit dieser Räume. Auch dem Potenz strotzenden Greis, diesem alten Angeber an der Wohnzimmerwand seines Meisterhauses, würde es hier besser gefallen...

Er stand auf, um Frühstück zu machen. Im Bad warf er einen Blick in den großen Spiegel, der von einem schweren goldenen Barockrahmen gefasst war. Er zog den Bauch ein, ließ seine Brust anschwellen und setzte eine bedeutende Miene auf. Er nahm die Zahnbürste in die rechte, die Lavendelseife in die linke Hand wie Reichsapfel und Szepter. Auch ohne Kleider und Krone, nur mit Rasierschaum im Gesicht, fühlte er sich wie ein Kaiser. Oder wie ein jugendlicher Liebhaber? Im Grund genommen war das gleich. Für sein Alter sah er doch passabel aus, er stand seinen Mann – in der Beziehung war Isabel eine wahre Zauberin – und sein Geist war immer noch sehr rege, das war die Hauptsache. Er fühlte sich wie neugeboren und schmetterte unter der Dusche eine Arie Alfredos aus La Traviata... de'miei bollenti spiriti, il giovanile ardore, ella temprò col placido sorriso dell'amor... io vivo quasi in ciel...

Der Freudengesang schallte aus dem Badezimmer zu Isabel und ließ sie erwachen. Sie rollte sich wohlig in ihre Decke ein und schmunzelte. Erst der Kaffeegeruch lockte sie aus dem Bett an den gedeckten Frühstückstisch, eine Katzenwäsche musste genügen, denn sie war hungrig. Sie umarmte Leonhard kurz und wollte schon nach den frischen Brötchen greifen, als er sie zurück auf seinen Schoß zog und sie küsste, ihr Mund schmeckte erfrischend wie ein Pfefferminzbonbon, ihr Körper roch nach der Lust der Nacht. Er wollte sie nicht aus seiner Umarmung frei geben, sie ließ es sich gefallen, nahm einen großen Schluck Kaffee aus seiner Tasse, biss in das Honig-Croissant, das auf seinem Teller lag und aß es, da er sie immer noch nicht losließ, bis auf den letzten Krümel auf, während sie Pläne für den Tag schmiedete. Nach dem Frühstück wollte sie mit ihm auf den Markt gehen, da abends ein paar Freunde und ihre Tochter vorbei kämen. „Davon hast Du gar nichts erzählt." „Eine kleine Überraschung, alle wollen endlich den großen Unbekannten, der in mein Leben getreten ist, kennen lernen." „Du hast es Deinen Freunden schon erzählt?" „Natürlich, warum denn nicht?"

Sie schlenderten an den Marktständen vorüber. Die Händler kannten Isabel und grüßten schon von Ferne, mit jedem hielt sie einen kleinen Plausch. Unter dem grünen Himmel der Platanen machten sie ihre Einkäufe für den Abend, Leonhard kam sich vor wie im Urlaub in Südfrankreich, auch wenn man hier ein breites Rheinisch sprach. Es sollte ein kleines Buffet geben, mit verschiedenen Antipasti, Minestrone, Oliven, Brot, Käse und Wein, so dass jeder sich zwanglos selbst bedienen konnte.

Leonhard bestand darauf, die Minestrone zu kochen, als sie von ihren Einkäufen zurückkamen. Niemand könne sie besser zubereiten als er, versicherte er, sie könne sich doch in der Zwischenzeit um die Caprese kümmern, die weichen Büffelmozarellakugeln bedürften ihrer zarten Hände, sie nahm ihn beim Wort, und nicht viel später liebten sie sich in der Kissenlandschaft des zinnoberroten Salons. Sie erwachten erst spät – zu spät, gleich kämen schon die Gäste – sprangen auf, richteten, noch nackt und in aller Eile, die letzten Dinge – Teller, Gläser, Besteck – und öffneten, wie durch ein Wunder mit einem Male bekleidet, den ersten Besuchern die Türe.

Isabel und Leonhard verloren sich während der Feier bald aus den Augen, die Neugier der bunten Gesellschaft verwickelte ihn in einen abwechslungsreichen Gesprächsreigen, jeder wollte ihn kennen lernen. Wo war er Isabels Tochter schon einmal begegnet, fragte er sich, als er ihr gegenüberstand. Ihr Gesicht, er hatte es schon einmal gesehen – merkwürdig, so war es ihm damals auch mit Isabel bei ihrem ersten Treffen gegangen. Plötzlich fiel es Leonhard ein, woher er sie kannte, natürlich, Isabel hatte zwar erwähnt, dass Danielle Journalistin sei, aber dass sie als Auslandsreporterin beim Fernsehen arbeitete, hatte sie verschwiegen. Traurig, dass die Tochter den Vornamen des Vaters trug und keinen Kontakt mehr zu ihm hatte... Er erinnerte sich, sie einmal vor dem Elyssée-Palast gesehen haben, im Hintergrund, hinter hohen goldenen Gitterstäben, war der kleine Präsident mit der großen Carla zu sehen, sie winkten, kurze Zeit später berichtete Danielle aus den brennenden Banlieus. Ob ihre Arbeit nicht zu gefährlich sei, vor allem für eine Frau, fragte er. Sie lachte, „nein, überhaupt nicht, wenn man vorausschauend genug ist, passiert einem nichts, aber dieser Beruf ist Gift für das Privatleben. Andererseits ist der Beruf auch der beste Partner, er enttäuscht einen selten..."

Sie war voller Energie und Tatendrang, wollte die Welt mit ihren zukünftigen Projekten verändern. Sie lebte in Frankreich, in Paris, hatte aber den Medienrummel der Hauptstadt mit ihren Presse-Partys satt. Alles Lug und Trug, Hofberichterstattung, sagte sie, dafür sei sie nicht Journalistin geworden. Nein, sie plane eine Reportage über die ehemaligen französischen Kolonien in Afrika: zunächst Algerien, Tunesien, Marokko. Viele Europäer wissen doch gar nicht, dass sie in ihrem All-inclusive-Urlaub die Diktatur mitgebucht haben. Sie sprach wie ihre Mutter, ihr ganzer Körper war in Bewegung und ihre Arme modellierten jedes Wort, so dass es plastisch, greifbar nah erschien. Sie sprudelte wie eine Quelle, Leonhard fühlte sich belebt. Könnte man sein Leben noch einmal von vorne anfangen, noch einmal jung sein...

Die Gitarristin aus Isabels Jazzband bestach ihre Zuhörer weniger durch ihr Gitarrenspiel, als durch ihr fachkundiges Urteil über die herausragenden Filme der Biennale, die besten Neuerscheinungen der Buchmesse und die hervorragenden Premieren der bundesdeutschen Theaterlandschaft, sekundiert von ihrem Mann, der ihr wie ein Souffleur die Stichworte zuwarf. Wie sich bald herausstellte waren beide Kulturredakteure, beide ein wenig überdreht und eitel, was wahrscheinlich berufsbedingt war, doch nicht unsympathisch. Zum Glück hatte Leonhard ausführlich die Rezensionen im Feuilleton der FAZ gelesen, so konnte er gut mithalten.

Natürlich waren sie nicht mit allem einverstanden, was er sagte, genau genommen widersprachen sie ihm die ganze Zeit, schließlich vertrat er das konservative Lager, doch es war ein intellektueller Schlagabtausch, auf den er sich gerne einließ: Es machte den beiden offensichtlich Spaß, zu schwadronieren, sich zu empören, festzubeißen. Leonhard war ein idealer Gesprächspartner, er bot ihnen willkommene Steilvorlagen für Ausrufe wie: aber nein, ein ganz unmögliches Buch, ein ganz entsetzlicher Autor, geradezu degoutant... Leonhard fühlte sich herausgefordert, verteidigte seinen Standpunkt vehement, auch wenn er viele der Bücher, über die sie sprachen, gar nicht gelesen hatte, aber es war ein lebendiger Austausch auf Augenhöhe, das war die Hauptsache, außerdem machten die beiden ihn neugierig, das eine oder andere Buch tatsächlich zu lesen...

Von weitem sah er Deva, sie musste später gekommen sein, er spürte ihren besonderen Blick auf sich ruhen. Sie spann wieder ihren Faden, er nahm ihn gerne auf und ging zu ihr. Er bedankte sich für ihre Einführung vor ein paar Wochen im Waldhaus, was er dort erfahren habe, wirke immer noch nach. „Ganz offensichtlich", antwortete sie, „sonst würden wir uns hier nicht wiedersehen, oder?" Sie zwinkerte ihm spitzbübisch zu und ihr Körper bog sich zu ihrem wellenförmigen Lachen. „Im Ernst, ich versuche, jeden Tag zu meditieren", sagte er. „Wieso versuchen? Nehmen Sie sich die Zeit und machen Sie es einfach, ganz ohne Anstrengung."

Deva siezte ihn. Leonhard hatte damit angefangen, obwohl sich damals alle geduzt hatten. Bei aller Sympathie fand er es angemessener – es gab ihm mehr Raum für den Respekt, den er ihr entgegenbrachte. „Es will mir nicht immer gelingen, in meinem Kopf geht es zu wie in einem Bienenstock." „Beim Meditieren gibt es kein Gelingen oder Misslingen. Es ist so, wie es ist. Wen umschwirren denn die Bienen in Ihrem Kopf?", fragte sie hintersinnig. „Nun ja, in letzter Zeit vor allem einen anderen Menschen." „Das ist doch wunderbar, mit welchem inneren Lächeln Sie das aussprechen." Leonhard errötete. Deva schaute ihn wohlwollend an. „Gewinnen Sie nun tiefere Einsicht, betrachten Sie ihre Gedanken und Gefühle aus dem Abstand heraus, sehen Sie, wie ein Gedanke aus dem anderen entsteht und vergeht. Versuchen Sie, den Inhalt der Gedanken zu benennen und sich der Gefühle, die mit ihnen verbunden sind, gewahr zu werden. Und betrachten Sie auch ihre Reaktion auf diese Gefühle." Der weiche Rhythmus ihres Sprechens übertrug sich auf Leonhard, er wurde immer empfänglicher für das, was sie sagte und war ganz auf Deva konzentriert, obwohl um sie herum die Gespräche flirrten. „Ich lese also meine Gedanken?", fragte er. „Nein, Sie betrachten sie. Ihnen werden die Augen aufgehen: Sie bekommen Einblick in das, was Sie antreibt, wie Sie die Welt sehen und was Sie denken. Sie gewinnen innere Einsicht in ihre Ängste, Wünsche und haben letztendlich ein Einsehen, wer Sie wirklich sind. Meditation ist wie ein Spiegel unseres Selbst." Die eigenen Gedanken sehen, anschauen, betrachten, darum ging es also. Er war fasziniert von dieser Vorstellung – eine Cinématographie der inneren Welten – gleich morgen früh wollte er damit anfangen. „Darf ich Sie fragen, woher Sie Isabel kennen?", fragte er. „Aus Schulzeiten, aber das ist eine lange Geschichte", sagte sie. „Doch nicht zu lange, um sie zu erzählen, hoffe ich?"

Eine große Frau mit weißer borstiger Mähne drängte sich an Devas Seite und unterbrach ihr Gespräch. Sie trug eine strenge braune Hornbrille, einen ausgebeulten braunen Rollkragenpullover, der bis an die Kniekehle reichte und eine abgewetzte braune Cordhose. Eine Frau wie ein Baumstamm, dachte Leonhard, er mochte sie nicht. Sie war Bildhauerin und redete unentwegt von ihrer neuen Ausstellung „Feminatransit", zu der sie auch Leonhard einlud. In der Kunstszene war sie bekannt für ihre imposanten Stahlskulpturen, die sie aus rostigen Schrottresten zusammen schweißte. Auf dem Markt erzielten ihre Objekte ansehnliche Preise. Sie legte ihre schwielige Hand auf Devas Schulter. So sah die Hand eines Stahlarbeiters aus, aber nicht die einer Künstlerin, befand Leonhard. Deva lächelte. Unmut kam in ihm auf, er bedankte sich bei ihr für das Gespräch und entschuldigte sich, ohne die andere eines Blickes zu würdigen. In welcher Beziehung standen die beiden zueinander? Hatte sie das wirklich nötig? Sie war doch eine aparte Frau, durchaus mit Wirkung auf einen Mann seines Alters...

Auf dem Weg zur Toilette kam er an der Küche vorbei, durch Zufall hörte er Isabel und ihre Tochter in der Küche miteinander sprechen. Er blieb stehen, ohne dass die beiden Frauen ihn bemerkten. Sie redeten über Danielles Exfreund, es gab Probleme wegen der Wohnung in Paris, sie wusste nicht, wohin sie alleine ziehen sollte, die Mietpreise waren immens, und sie machte sich Sorgen. Es kam Leonhard nicht so vor, als ob Mutter und Tochter miteinander redeten, sondern zwei Freundinnen oder, besser noch, zwei

Schwestern mit einem gewissen Unterschied an Jahren und Erfahrungen. Wenn doch Laura und Ingrid so miteinander umgehen könnten... der Gedanke machte ihn traurig. Schon wollte er weiter gehen, als er Danielle fragen hörte, ob es denn etwas Ernstes zwischen ihr und Leonhard sei. Sein Herz pochte, begann zu rasen, er schloss die Augen. Schweigen. Warum sagte sie nichts? Sekunden, die nicht vergehen wollten, in denen sich ein Abgrund unter ihm auftat. Von ihrer Antwort hing alles ab. Seine Knie, seine Hände zitterten. Immer noch diese verdammte Stille. Was hatte sie zu verbergen? Warum sprach sie es nicht aus, die bittere Wahrheit? Er machte sich auf alles gefasst, je länger sie zögerte. Endlich ihre Stimme, sie sprach leise, er hatte Mühe, sie zu verstehen. „Ich bin glücklich, wie seit langem nicht mehr. Ich hoffe, es ist diesmal von Dauer...", hörte er sie sagen. „Das wünsche ich Dir, ich mag ihn sehr", sagte Danielle. Leonhard atmete auf, gerettet, er war nicht mehr allein.

Stefan überragte mit seinen gut zwei Metern Körperlänge die bunte Abendgesellschaft, sein Kopf sah über die anderen hinweg wie das Teleskop eines U-Boots, das über der Wasseroberfläche Ausschau hielt. Er trug Jeans und Turnschuhe, dazu ein eng anliegendes weißes T-Shirt. Er konnte es sich leisten, denn er war ein gut durchtrainierter, jugendlich gebliebener Mittfünfziger. Er war Arzt, Psychotherapeut und einfühlsamer Frauenversteher, der sich gerne zu seinen Gesprächspartnerinnen hinab beugte, um ihnen Gehör zu schenken und sich dabei das immer noch blonde, schulterlange Haar mit sanfter Geste hinter das Ohr strich. Gerade hatte er ein hoffnungsvolles Ziel gesichtet und steuerte es bereits an, als er auf Leonhard stieß, der von der Toilette kommend, seinen Weg kreuzte. Die beiden kamen ins Gespräch, sie kannten sich von dem Meditationswochenende im Waldhaus. Leonhard erinnerte sich, wie Isabel ihn auch heute wieder zur Begrüßung in die Arme schloss...

Stefan hatte es nicht eilig, zu der einsamen Schönen zu kommen, die er vorher ins Visier genommen hatte, sie würde schon nicht weglaufen, der Abend hatte ja erst angefangen. Er sprach mit Leonhard wie mit einem guten Bekannten, berührte ihn vertraulich am Oberarm, legte ihm hin und wieder den Arm um die Schulter. Er freue sich sehr, dass er mit Isabel zusammen sei, eine ganz wunderbare Frau. Leonhard fühlte sich geschmeichelt, wusste aber nicht recht, was er darauf erwidern sollte. Sie sehne sich nach Stabilität, fuhr Stefan fort, sie sei geradezu darauf versessen und, so wie er das persönlich einschätzte, sei Leonhard genau der Richtige für sie. Warum erzählte er ihm das alles, fragte sich Leonhard, er kannte ihn doch kaum. Stefan redete eindringlich weiter auf ihn ein, seine Vertraulichkeit kannte keine Grenzen: Isabel mache sich Gedanken über ihr Alter, viel zu viele, wie er meine, im Grunde genommen sei sie doch sehr jung, in der Art, wie sie denke, in der Art, wie sie sie sich verhalte, in der Art, wie sie einem Mann begegne, aber das wollte sie alles nicht hören. Irgendwann würde der Altersunterschied einfach zu groß, sagte sie immer wieder, irgendwann schnappe die Zeitfalle zu. Für ihn hätte es immer so weiter gehen können, auch er habe fürchterlich gelitten, doch jetzt sei er darüber hinweg. Er freue sich auf jeden Fall für ihn, sagte er abschließend, klopfte ihm von Mann zu Mann auf die Schulter und zog weiter zu der einsamen Schönen.

Leonhard war froh, den Schwätzer los zu sein, er hatte schneller gesprochen, als Leonhard zu folgen bereit war. Doch die Worte holten ihn ein, sie enthielten eine Botschaft, die sich ihm erst jetzt in ihrer vollen Bedeutung erschloss. Sie war unmissverständlich. Er vergegenwärtigte sich die Szene in der Küche. Sie sei glücklich wie lange nicht mehr, hatte sie gesagt, sie hoffe, es sei diesmal von Dauer... Sein Zweifel regte sich: Dieses Mal... Wie viele hatte es vor ihm gegeben? Der da behauptete, darüber hinweg zu sein, schön und gut... Aber wie stand es um sie?... Sie hatte sich aus Angst vor der Zukunft von ihm getrennt... Aber was empfand sie noch für ihn, jetzt, hier und heute, als Mensch, als Mann?... Vermisste sie ihn insgeheim? Sehnte sie sich nach ihm?... Dachte sie an ihn, wenn sie miteinander schliefen?

Isabels Saxophon jauchzte auf, Gitarrenklänge mischten sich dazu, ein anderer Gast hatte Bongos mitgebracht. Stefan fing als erster an zu tanzen, eine wohlgeformte Brünette in seinen Armen. Sie war ungefähr fünfzehn Jahre jünger als er. Wie schnell er aus seinen Fehlern lernt, dachte Leonhard, ein wahres Talent, dieser Frauenversteher. Deva ließ ihren kleinen Körper in sanften Bewegungen schwingen, die Bildhauerin umkreiste sie mit bizarren Bewegungen, in denen sie einige Sekunden verharrte, so als ob sie eine plötzliche Schockstarre überkäme. Leonhard arbeitete sich zu Isabel vor, als sie ihn sah, raunte sie in ihr Instrument wie eine Schlangenbeschwörerin. Er ging auf ihr Spiel ein und begann sich zu winden, zu biegen, zu verdrehen, sein ganzer Körper war elastisch und weich, seine Hände, Arme, Beine, Hüften, Füße waren eins, gingen ineinander über. Niemand hätte ihm das zugetraut, alle machten Platz, klatschten begeistert im Takt und feuerten die beiden an. Irgendwann wurde es den Nachbarn zuviel. Isabel hatte zwar Bescheid gegeben, dass es lauter werden könnte und sie zum Mitfeiern eingeladen, doch es waren ältere Leute, die gerne früh zu Bett gingen.

Gegen Mitternacht machte die Polizei der nächtlichen Ruhestörung ein Ende. Leonhard war glücklich, von seinen Zweifeln wollte er nichts mehr wissen, irgendwann wollte er Isabel nach Stefan fragen, nicht jetzt.

Sie liebten sich die ganze Nacht, leicht, spielerisch, ungezwungen, überschritten Grenzen, fielen ineinander, hielten einander, lösten sich, um sich bald darauf wieder ineinander zu stürzen – Tema con variazioni, ein erotisches Spiel lustvoller Spielarten, die sich wie von selbst ergaben. Sie zügelten ihre Lust, steigerten sie durch Verzögerung solange bis sie zu etwas Unabwendbarem wurde – Wellen, in die sie sich fallen ließen, die sie mit sich fortrissen.

Sanft strich sie mit ihrer kleinen, kühlen Hand über sein Brustbein, an den Rippenbögen und der Seite seines Oberkörpers entlang, wo seine Haut ganz unbehaart und weich war. Ihre vorwitzigen Finger erkundeten seine warmen Achselhöhlen, sie kitzelte ihn ein wenig, er zuckte zusammen. Ihre zarten Fingerkuppen tänzelten in seinem Brusthaar, zogen immer enger werdende Kreise, klopften an seine Knöpfchen – knocking on heaven's door – sogleich richteten sie sich auf und reckten sich ihr entgegen. Ihre Zunge glitt über die weiche dunkelrosa Haut, rieb an den kleinen harten Zäpfchen, Wärme durchflutete seinen Körper. Wie lange würde er ihr widerstehen können?

Sie trieb ihre kleinen spitzen Fingernägel in seine Haut und zog genüsslich eine rote Kratzspur bis zum Nabel hinab, gleichsam einer Katze, die ihre Krallen schärft, prickelnder Schmerz ließ ihn aufstöhnen, gleich darauf versenkte sie ihre Zungenspitze in dem winzigen Krater und erkundete ihn neugierig, ein Ziehen durchfuhr seinen Unterleib, sein ganzer Körper spannte sich wie ein Bogen, der seinen Pfeil bald abschießen wollte. Doch der Schütze ließ die Sehne noch lange nicht los...

Ihre Zunge tauchte aus der Vertiefung wieder auf und schlängelte in Serpentinen langsam abwärts, seine Bauchdecke zitterte, der Schweiß brach ihm aus, begierig schleckte sie die kleinen salzigen Perlen von seiner Haut. Sie stieß an eine selbstgezogene Grenze. Scheinbar ratlos, wie sie zu überwinden sei, fuhr sie mit der Zungenspitze an seiner Gürtellinie entlang. Würde sie zum ersten Mal diese Grenze überschreiten? Er sehnte sich danach, der Gedanke erregte ihn aufs Äußerste, er musste sich zusammen reißen... er spürte wieder ihre Hand... sie wollte ihm noch nicht geben, was er begehrte...

Doch sie überrascht ihn, schlüpft hinab, die Launische, züngelt sich langsam vor, verliert sich in seinem Schamhaar, er spürt ihre Lippen, ihre warme Mundhöhle nimmt ihn auf... sein Pfeil drängt, schiebt sich vor und zurück, zerrt an ihm... er muss sich beherrschen, die Sehne nicht vorzeitig losschnellen zu lassen... sie taucht wieder auf.

Er liebkost die sanften Rundungen ihres Busens, zuerst mit den Händen, dann mit den Lippen und der Zunge, ihr Körper biegt sich zurück, sie lässt sich auf den Rücken fallen, er küsst ihren Hals und beißt leicht zu, sie kichert, ihr Körper windet sich wohlig unter seinem, er saugt, versenkt sich in ihren weichen Herzkirschenmund, umschlingt ihre Zunge mit seiner, spürt die Erregung zwischen ihren Beinen, er steigert sie, lässt seine Finger dort spielen, bald seine Zunge dort flattern wie ein Schmetterling seine zarten Flügel, sie beginnt zu pulsieren, er nimmt ihren Puls auf, sie kommt zum ersten Mal, salziger Nektar fließt in seinen Mund, er trinkt ihn begierig, die Sehne des Bogens droht zu reißen, er hält den Pfeil zurück, immer noch, lässt die Spitze an ihrer feuchten Seidenstrasse entlang gleiten, dringt endlich in sie ein, treibt in heftigen Wellen ihre und seine Lust voran. Sie schlingt ihre Schenkel um ihn, mit einem Mal sitzt sie auf ihm, das Haar in nassen Strähnen auf ihren Schultern, ihr Becken beginnt zu kreisen, geht auf und nieder, immer schneller, sie umschließt ihn fest, die wilde Reiterin, reibt die harten Knospen ihrer Brüste an seinen rauen Handflächen, er knetet sie, ihr Stöhnen reißt ihn mit, nichts hält sie mehr zurück, nur noch vorwärts, vorwärts, vor, der Pfeil fliegt – sein Oberkörper schnellt hoch, ihr entgegen, sie umfängt ihn, presst ihn an sich und spürt, wie sein Samen sich in sie ergießt...

Die Spannung wich aus ihrem Körper, sanft ließ er sich mit ihr in die Kissen zurückfallen, strich über ihre zarten Schulterblätter, entlang der einzelnen Wirbel hinunter bis zum Steißbein, streichelte über die weichen Rundungen ihres Pos, der sich wie ein reifer Pfirsich anfühlte, verirrte sich in den Tiefen zwischen den beiden

Anhöhen der saftigen Frucht und löste ein leichtes Nachbeben bei ihr aus, bis beide erschöpft einschliefen.

Die Zeit raste, sie war wie ein Strudel, der mich erfasste und mit Dir fortriss. Die Zeit, das war kein loses Gefüge aneinander gereihter Ereignisse mehr wie früher, sondern verdichtetes Erleben, ein Sog nach vorne, der uns im Zeitraffer zusammenpresste, unzertrennlich machte. Ich fühlte mich fünfzehn Jahre jünger. Warum gerade diese Zahl? Ich weiß es nicht. Vielleicht ist Mitte fünfzig ein gutes Alter – körperlich, geistig – man hat die Kraft noch einmal von vorne anzufangen, das Alter ist weit weg, die besten Jahren, wie man so sagt.... Abends schliefen wir gemeinsam ein, morgens wachten wir gemeinsam auf. Ingrid und Laura waren weit weg, die Vergangenheit ließ mich los, und ich lebte wie im Paradies, befreit. Es kam mir vor, als wäre es nie anders gewesen, als hätte ich es immer genau so gewollt.

Sie hatten ihre festen Rituale. Gemeinsam verließen sie morgens die Wohnung: Sie ging zur Arbeit, er machte Streifzüge durch Köln, entdeckte mit einem Mal die versteckten Schönheiten der Stadt, die er vorher nicht gesehen hatte. Abends kochte er und erzählte ihr von seinen Eindrücken. Manche hielt er in Photos fest: Das Lichtermeer des Richter-Fensters im Kölner Dom, das ihn umflutete und ihn in eine schwebende Trance versetzte. Die Tausende von kleinen messingfarbenen Sicherheits-Schlössern mit Initialen, die Liebespaare als Zeichen ihrer unvergänglichen Liebe an das rostige Geländer der Hohenzollernbrücke gekettet hatten. Züge rollten langsam in unterschiedliche Richtungen daran vorbei, kamen und gingen wie die Paare, die die silbernen Schlüsselchen in den Strom warfen, in der Hoffnung, das Wasser trage sie fort ins Meer.

„Sieht aus wie der Hochsicherheitstrakt verliebter Zwangsneurotiker", meinte Isabel lachend, als er ihr das Bild zeigte, und küsste ihn. Ein anderes Bild zeigte das Trümmerfeld des Stadtarchivs, das verlorene Gedächtnis der Stadt. „So sah es nach dem Krieg überall in Köln aus", meinte Leonhard. „Nur dass es diesmal nicht die Engländer waren, sondern Korruption und Schlamperei", erwiderte Isabel. Sie ereiferte sich über die Unverantwortlichkeit, die Bauaufsicht für den U-Bahnbau dem Bauherrn selbst zu überlassen, die absolute Unfähigkeit des Bürgermeisters und den Unwillen der Politik, den Fall aufzuklären – einer deckt den anderen, wie immer. Leonhard musste an seine eigenen Verstrickungen bei der

Vergabe von Bauaufträgen denken – der Kulturbahnhof, das Klinikum. Er schwieg. Von außen betrachtet hatte sie recht, aber wenn man mitten im Sumpf steckte, sah die Welt ganz anders aus, dann ging es nur noch darum, die eigene Haut zu retten und möglichst ohne Blessuren das Ganze zu überstehen...

Leonhard genoss sein neues Leben. An den Wochenenden gingen sie ins Theater, oft auch ins Konzert. Einmal besuchten sie eine Madama Butterfly Vorstellung, doch Isabel mochte keinen Puccini. Nervös rutschte sie auf ihrem Sitz hin und her, ungeduldig blätterte sie im Programmheft. „Alles zu viel", sagte sie hinterher, „zu viel leidende Hinnahme und zu viel Selbstmitleid der kleinen Japanerin in ihrer Ausweglosigkeit. Aber das Schlimmste ist die zuckrige Musik, die dem Zuhörer das Leiden auch noch versüßen will. Unerträglich, die Abonnentin zückt das Schnupftuch, schnäuzt und fügt sich in ihr Schicksal. Der Vorhang fällt, alles ist wieder gut, alles bleibt beim Alten, na bravo! Im 19. genau wie im 20. Jahrhundert, bravissimo!" „Im 21. Jahrhundert", korrigierte Leonhard sie sanft und lächelte über ihre emanzipierte Abscheu. Solange sie nichts gegen Verdi sagte, war es ihm gleich.

Mit dem Rad fuhren sie oft ins Grüne und erkundeten die Umgebung, zwischendurch machten sie Halt, gönnten sich ein erfrischendes Picknick an einem lauschigen Plätzchen im Wald, das auch noch zu mehr einlud. Abends trafen sie sich mit Freunden von Isabel zum Essen, hin und wieder besuchten sie kleinere Ausstellungen zeitgenössischer Künstler, mit denen Isabel bekannt war. Die Bildhauerin mit den bizarren Bewegungen gehörte auch dazu. Isabel zuliebe begleitete er sie auf die Finissage von Feminatransit, verlor aber kein Wort darüber, dass er die Exponate scheußlich fand – über Geschmack lässt sich nicht streiten. Kurzum, sie ließen es sich in jeder Hinsicht gut gehen.

Eines Tages, als er frische Wäsche in seiner Wohnung in Godesberg holte, fiel ihm der Gutschein in die Hände, den Laura ihm im Herbst zum Geburtstag geschenkt hatte. Eine Weinprobe auf einem Moselweingut zu zweit. Er erinnerte sich noch gut an den trüben Novembertag, Laura hatte das Frühstück vorbereitet, Ingrid erschien nicht. Abends im Restaurant hatte Lars ihnen Susanne vorgestellt. Sie erwartete ein Kind, die Dinge nahmen ihren Lauf... Doch das war lange her, Erinnerungen aus einem anderen Leben. Leonhard überraschte Isabel noch am selben Abend mit der Einladung, ein paar Tage mit ihm an der Mosel zu verbringen und durch die Weinberge zu wandern, ihr erster gemeinsamer Urlaub.

Leonhard hatte ein kleines familiär geführtes Hotel mit hervorragender Küche ausgesucht, wie ihm der Gault Millau verhieß. Die anderen Gäste beobachteten sie und wunderten sich: trotz ihres Alters benahmen sie sich wie frisch Verliebte, wie sie ihn anblickte, wie er sie anlächelte, sie seine Hand nahm, er den Arm um sie legte, sie sich an ihn schmiegte... Manch älteres Ehepaar spöttelte über den „dritten Frühling", wenn er ihr am Frühstückstisch eine verirrte Haarsträhne aus dem Gesicht strich oder sie ihn abends von ihrem Löffel die Mousse au Chocolat probieren ließ. Das war zuviel. Wie konnte man sich in ihrem Alter so gehen zu lassen? Schließlich waren sie keine zwanzig mehr... Bei den Jüngeren fanden sie mehr Zustimmung – eine schöne Aussicht, auf diese Weise gemeinsam alt zu werden. Einmal pfiff ihnen ein vorbeifahrender Skateboardfahrer anerkennend auf den Fingern hinterher, als sie mitten auf dem Fußgängerüberweg stehen blieben und sich küssten. Die Ampel sprang um, sie merkten es nicht, bis einige ungeduldige Autofahrer sie hupend auseinander trieben. Lachend liefen sie, Hand in Hand, auf die andere Straßenseite...

Ihr Zusammensein in diesen heiteren Frühlingstagen, fern des Alltags, machte sie glücklich. Allein die Nähe des anderen erfüllte sie mit einem Gefühl von Wärme und Zuneigung füreinander – ihre kleinen Ohren anzusehen, seine große warme Hand zu spüren, ihr weinrotes wildes Haar zu riechen, seine würzige Haut zu schmecken, ihr leises Summen zu hören, wenn sie durch die Weinberge wanderten – das war genug. Erfüllte Stille, die den einen ganz beim anderen sein ließ.

Die Tage verstrichen schneller, als sie wollten. Leonhard wäre gerne noch länger geblieben, doch Isabel musste wieder arbeiten. Auf der Rückfahrt nach Köln äußerte sie den Wunsch, bei ihm zu Hause vorbei zu fahren. Sie wollte die Welt, in der er bislang gelebt hatte, kennen lernen. Leonhard versuchte sie auf ein anderes Mal zu vertrösten, doch sie drängte, es liege doch auf dem Weg. Er wollte ihr nicht das Gefühl geben, er verberge etwas vor ihr und tat ihr den Gefallen.

Ein unangenehmes Gefühl beschlich ihn, je näher sie seinem alten Wohnort kamen. Langsam fuhr er den Leonhard-Zepp-Weg hinauf, er hielt auf der gegenüberliegenden Straßenseite in einiger Entfernung. Sie blieben im Wagen sitzen. „Das ist es", sagte er.

„Mehr ein Palast, als ein Haus. Wer hätte gedacht, dass die rote Zora einmal den Besitzer eines solchen Domizils kennen lernt", sagte sie. Leonhard schwieg. „Jetzt weiß ich, warum Du keine Zeit hattest, auf die Straße zu gehen, um zu demonstrieren, mein Lieber." Sie meinte es nicht böse, doch Leonhard störte ihr ironischer Unterton. Die Haustüre öffnete sich, Leonhard startete den Wagen und fuhr los. „Ich dachte, Deine Frau sei mit Deiner Tochter in der Schweiz zur Ayurveda-Kur." „Es ist unsere Nachbarin, sie schaut nach dem Rechten." „Wäre es Dir etwa unangenehm, wenn sie uns gemeinsam sieht?", fragte sie. Er bremste scharf und schaute Isabel an. „Soll ich Dich ihr vorstellen?" „Warum nicht?", sagte sie spitz. „Also gut, wie Du willst", er legte den Rückwärtsgang ein und trat auf das Gaspedal, ein unsanfter Ruck ging durch ihren Körper. „Entschuldige, es war nur ein Scherz", lenkte sie ein. Schweigend fuhren sie den Leonhard-Zepp-Weg wieder hinab. Jetzt erst bemerkte sie das Straßenschild, doch ersparte sie sich eine Bemerkung. Sie wusste, dass sie über das Ziel hinaus geschossen war und wollte weitere Unstimmigkeiten vermeiden. Er fuhr auf den Betriebshof der Firma Zepp Nachfolger. Gierkes Büroräume waren dunkel. Nur die Firmenwagen standen auf dem verlassenen Hof. Leonhard und Isabel stiegen aus. Jaqueline Schmitz wollte gerade das Büro verlassen, als sie Stimmen draußen hörte. Gierke hatte sein iPhone vergessen und sie geschickt, um es zu holen. Er erwartete einen dringenden Anruf. Sie ging zum Fenster und beobachtete, geschützt von der Jalousie, das Geschehen auf dem Hof.

Leonhard zeigte auf das Haus. „Hier bin ich groß geworden, hier draußen habe ich mit dem Nachbarsjungen Fußball gespielt. Vielleicht möchte die rote Zora noch die bescheidene Hütte sehen, in die ich mich zurückgezogen habe und überprüfen, ob ich einer Revolutionärin würdig bin?", fragte er. Sie hakte sich bei ihm ein und lehnte sich an ihn. „Ein anderes Mal, lass uns nach Hause fahren. Ich mache uns eine schöne Bouillabaisse. Die Flasche Chardonnay ist schon kalt gestellt." Er schloss sie in die Arme und küsste sie. Jaqueline wartete, bis die beiden wieder vom Hof verschwunden waren. Sie sah auf die Uhr. Sie musste sich beeilen. Gierke wartete auf sein Handy. Sie stieg auf ihr Mountainbike und radelte los.

Am selben Abend planten Leonhard und Isabel ihren Sommerurlaub. Isabel schlug die Cote d'argent vor. Sie fuhr seit Jahren dorthin: In die Domaine Naturiste von Arna an der französischen

Atlantikküste. Er schaute sie skeptisch an. „Das ist kein vulgäres Nudistencamp für zu kurz Gekommene", versicherte sie ihm, ihre rechte Hand auf die Brust legend, „sondern ein familienfreundliches Pinienparadies mit silbrig glänzendem Sandstrand soweit das Auge reicht, absolut jugendfrei, ich schwöre es, bei der heiligen Jungfrau Maria." Er schmunzelte über ihren moralischen Eifer und wollte sich überraschen lassen.

Abgehetzt kam Jaqueline bei Gierke an. Sie wohnte seit einigen Monaten mit ihm zusammen in seiner Penthouse-Wohnung. Der Fernseher lief, er schaute immer noch Fußball. „Hier, Dein Handy." Er nahm es, ohne sie anzuschauen. „Wurde auch Zeit. Wo hast Du solange gesteckt?" „Hab's halt nicht so schnell gefunden." Er warf ihr einen kurzen Seitenblick zu. „Bist Du blind oder was? Ich habe Dir doch gesagt, es liegt auf meinem Schreibtisch." „Du könntest wenigstens Danke sagen." Sie stand auf, um sich etwas zu trinken zu holen. „Bring mir ein Bier mit." Sie kam zurück und gab ihm die Flasche. Er lächelte sie an. „Wenn's Dich glücklicher macht: Danke." Sie setzte sich und nahm einen Schluck Maracuja-Saft aus dem Glas. Er trank das Bier aus der Flasche. „Manche Frauen haben mehr Glück", sagte sie. „Wie darf ich das denn jetzt wieder verstehen?", erwiderte er und wischte sich den Mund ab.

„Es gibt Männer, die sind ganz anders als Du." Er stieß laut von der Kohlensäure auf, ohne sich die Hand vor den Mund zu halten. „Ach ja? Wer denn zum Beispiel?" „Der Herr Zepp, das ist ein wirklicher Gentleman. Der versteht was von Frauen." Er stellte die Flasche ab. „Bist Du jetzt total übergeschnappt, oder was?" Sie schaute ihn an. „Wie der mir damals den Fuß massiert hat." „Wie bitte?" Zornig blickte er sie an. „Bei dem könnte selbst ich schwach werden." „Jetzt reicht's." Er knallte die Flasche auf den Tisch. „Für sein Alter sieht der echt Klasse aus, alle Achtung." „Willst Du Dir eine fangen, oder was?" Er ging zu ihr. Sie stand auf. „Da kann nicht jeder mithalten." Er packte sie an den Armen. „Lass mich los, Du tust mir weh." Er drückte fester zu. „Ich hab's nicht so gemeint. Ich hab ihn mit seiner Neuen gesehen." „Mit wem?" Sein Griff schmerzte, sie ging in die Knie. „Mit seiner Neuen. War doch klar, dass der nicht lange allein bleibt." Mit einem Mal ließ er sie los. „Schau an, der saubere Herr Zepp." Sie rieb sich die Arme. „Das sagt der Richtige. Ihr Kerle seid doch alle gleich. Kaum seid ihr von der einen weg, flattert ihr zur Nächsten." Er half ihr hoch und fasste ihr Gesicht mit beiden Händen. „Und Du hältst schön Deinen kleinen süßen Rand, verstanden?" Er drückte seine feuchten Lippen auf ihren Mund, sie ließ es geschehen. „Nicht, dass Du die nächste bist, der das passiert." Sein iPhone klingelte. Es war der Sicherheitsbeauftragte der Bauaufsicht, der für das Klinikum verantwortlich war.

Mitte Juni kehrten Ingrid und Laura aus der Schweiz zurück. Beide hatten sich gut erholt und sahen blendend aus. Ingrid war guter Dinge. Sie hinterließ Leonhard eine Nachricht auf dem Anrufbeantworter: „Hallo, wir sind wieder zurück. Alles ist prima gelaufen. Lars hat eben angerufen, er konnte Dich leider auch nicht erreichen. Eine wunderbare Neuigkeit: Susanne hat heute früh ein kleines Mädchen zur Welt gebracht, beide sind wohl auf. In sechs Wochen soll die Taufe sein. Komm doch in den nächsten Tagen mal zum Essen vorbei, dann können wir darauf anstoßen und besprechen, wie wir das mit dem Geschenk machen und alles Weitere. Schöne Grüße auch von Laura. Bis dann."

Als Leonhard die Nachricht abhörte, wusste er, dass die unbeschwerte Zeit ein Ende hatte. Er musste sein Leben so einrichten, dass Ingrid keinen Verdacht schöpfte. Vielleicht war es deshalb ratsam, ihre Einladung anzunehmen. Irgendwann würde er ihr die Wahrheit sagen, aber jetzt noch nicht. Warum auch? Er hatte sich getrennt und war ihr keine Rechenschaft mehr schuldig. Morgen wollte er sich bei ihr melden.

Er rief seinen Sohn an und gratulierte ihm. Überschwänglich erzählte Lars von der Geburt, er war im Kreißsaal dabei gewesen und das unbeschreibliche Gefühl, dieses kleine Wesen zum ersten Mal auf dem Arm zu halten, hatte ihn überwältigt, so klein, so zerbrechlich. Leonhard kannte dieses Glücksgefühl von damals, als Lars geboren wurde: Die Ordensschwester zeigte ihm den Kleinen, er nahm ihn in seine Arme und war selig – bei der Geburt war er allerdings nicht dabei gewesen, das gehörte sich nicht, die Väter warteten damals noch vor der Türe...

Lars erzählte, wie ihn der Wehenschmerz von Susanne an den Rand der Verzweiflung gebracht habe, wie er daneben stand und ihr nicht helfen konnte, zum Schluss dann noch der Dammriss, – irgendwann habe er nicht mehr gewusst, was er ihr Tröstendes sagen sollte, er konnte nur noch ihre Hand halten und hoffen, dass es endlich vorbei wäre. „So eine Geburt ist ein Kampf, eine Gratwanderung..." Lars Stimme war brüchig, er schluckte. Leonhard hörte, dass er mit den Tränen rang, seit langem fühlte er sich seinem Sohn wieder nahe. Sie beide waren jetzt Väter. „Geht es Susanne wieder besser?", fragte er. „Ja, den Umständen entsprechend. Sie hat viel Blut verloren." „Wisst Ihr schon, wie die Kleine heißen soll?" „Melanie, übrigens ist sie Dir wie aus dem Gesicht geschnitten." „Keine Sorge, das verwächst sich wieder", scherzte Leonhard. „Im Ernst, das sagen alle. Ich maile Dir gerne ein paar Bilder, dann siehst Du es selbst." „Ich habe hier kein Internet in der Wohnung." „Du kannst Dir die Bilder auch oben anschauen, ich habe sie eben den beiden geschickt."

Leonhard fiel auf, dass Lars von „oben" und nicht von „zu Hause" sprach. Demnach wohnte er selbst jetzt „unten", – eigentlich traf das ziemlich genau die Verhältnisse. „Ich vermeide es, nach oben zu gehen", sagte Leonhard. „Kann ich verstehen, die beiden werden immer verrückter. Dann schicke ich Dir die Bilder mit der Post." Er war erstaunt über das Urteil seines Sohnes. „Die Taufe ist Ende Juli geplant, halte Dir doch bitte die letzten beiden Wochenenden frei." Leonhard erschrak. „Ich glaube, das geht nicht", sagte er zögernd. „Wieso?", fragte Lars erstaunt. Leonhard suchte nach einer Erklärung. „Nun, wegen oben. Ich glaube, es wäre nicht gut, wenn wir beide zusammen..." – Lars unterbrach ihn. „Mach Dir keine Sorgen, die haben schon abgesagt, da sie auf einem CFS-Kongress in München sind. Das scheint ihnen wichtiger zu sein." Leonhard schwieg. „Hallo, bist Du noch dran?" „Ja, ja sicher", antwortete Leonhard. Wie sollte er es Lars sagen? Er wollte ihn nicht verletzen. „Was ist denn los? Hat es Dir die Sprache verschlagen?" „Nein, ich habe ein Problem, ich bin Ende Juli in Urlaub." „Kannst Du das nicht verschieben?" „Das ist schwer, die Reise ist schon gebucht." „Aha, wohin geht's denn?" „An die Atlantikküste." „Fährst Du wieder mit Deinen Rotarierfreunden?" „Nein, diesmal nicht." „Aber wenn Du allein fährst, könntest Du die Reise doch verschieben. Wie ich Dich kenne, hast Du sicherlich eine Reiserücktrittsversicherung abgeschlossen. Dr. Schlee könnte Dir ein Attest ausstellen und..." „Nein, das geht nicht", unterbrach ihn Leonhard. Er kam sich erbärmlich vor. „Und warum nicht?", fragte Lars. Seine Stimme klang aufsässig. Leonhard zögerte. „Ich habe jemanden kennen gelernt, eine Frau", antwortete er langsam. Lars stockte der Atem, damit hatte er nicht gerechnet. „Ich hoffe, Du kannst mich verstehen", sagte Leonhard nach einer Weile. „Du hättest es mir besser nicht erzählt", erwiderte Lars leise. „Ich möchte Dich bitten, es für Dich zu behalten." Leonhard schämte sich, seinen Sohn zum verschwiegenen Mitwisser zu machen. „Das werde ich wohl müssen", sagte er resigniert. „Ich wollte ehrlich zu Dir sein." „Gut fühle ich mich nicht damit, aber ich will kein Öl ins Feuer gießen", erwiderte Lars. „Ich danke Dir", sagte Leonhard. Es klickte in der Leitung, Lars hatte aufgelegt.

Am nächsten Morgen, bevor er wieder nach Köln fuhr, rief Leonhard Ingrid zurück. Er freue sich, dass es Laura und ihr besser ginge, leider müsse er das Essen verschieben, sein Magen mache ihm Probleme, immer wieder diese Schluckbeschwerden, sein altes Leiden. Aber sicherlich ließe sich alles auch am Telefon klären. Ingrid erwiderte nichts. Er wusste, dass er sie enttäuschte, doch was half es, ihr falsche Hoffnungen zu machen? „Hast Du schon eine Idee, was wir den beiden zur Geburt schenken?", fragte er. „Ich werde mich um etwas Passendes kümmern und es ihnen schicken", sagte Ingrid kurz angebunden. Sie wünschte ihm eine gute Besserung und beendete das Gespräch abrupt. Sie versteckte ihre verletzten Gefühle, ihr Misstrauen wuchs, dachte Leonhard. Er musste vorsichtig sein, dass sie ihm nicht auf die Spur kam, und sei es nur durch Kontrollanrufe. Mehrmals täglich hörte er seinen Anrufbeantworter per Fernabfrage ab, wenn er bei Isabel war. Sie sollte nichts davon mitbekommen, und er passte die Zeit ab, in der sie nicht zu Hause war. Ingrid meldete sich in den darauf folgenden Tagen nicht bei ihm. Er war erleichtert. Doch wie sollte er seinen Urlaub mit Isabel vor ihr und Laura verbergen? Wie sollte er vor ihr und Laura sein Fehlen bei der Taufe rechtfertigen? Er musste sich etwas einfallen lassen, er konnte nicht einfach für ein paar Wochen spurlos verschwinden und sich aus dem Staub machen. Er kam sich vor wie ein Verbrecher, doch es half nichts, er brauchte ein Alibi. Er müsste Heinrich von Siemsen um einen Gefallen bitten...

Als er das nächste Mal an seiner Wohnung vorbei fuhr, um nach dem Rechten zu sehen, fand er die Einladung zur Taufe am 26. Juli und die Photos seiner Enkelin im Briefkasten. Susanne bedankte sich für das schöne Mobile, das Ingrid, Laura und er geschickt hatten... Lars hatte nichts weiter dazu geschrieben. Melanie sah ihm tatsächlich sehr ähnlich, fand Leonhard. Großvaterstolz erfüllte ihn. Er setzte sich an den Küchentisch und betrachtete gerührt die

Bilder. Die Kleine lachte ihn an, winkte ihm zu, zumindest schien es so, sie streckte ihm ihre kleinen Fingerchen entgegen, als wolle sie ihn berühren, vielleicht aber auch nur ihre Mutter, die vor ihr stand und sie gerade photographierte... Das schlechte Gewissen, bei ihrer Taufe nicht dabei sein zu können, überkam ihn. Er steckte das Photo der kleinen Melanie in seine Brieftasche neben das Bild seines Führerscheins. So waren sie sich nah, ein kleiner Trost. Nach dem Sommerurlaub würde er seine Enkelin auf jeden Fall besuchen. Das war er ihr schuldig. Die übrigen Bilder, die die Kleine auf dem Arm ihrer Eltern und im Bettchen zeigten, über dem das Mobile kreiste, lagen verstreut auf dem Küchentisch. Überall lachte sie ihm entgegen. Er überlegte einen Augenblick, ob er die Photos mitnehmen und Isabel zeigen sollte. Ein anderes Mal, dachte er und brach nach Köln auf.

Das Sommersemester ging zu Ende. Eggebrecht und Leonhard saßen alleine in dem sonnigen Hörsaal. Die hohen Fensterflügel standen offen, Vogelgezwitscher drang zu ihnen, durchmischt vom geselligen Lärm der Studierenden, die sich auf der Hofgartenwiese vergnügten. „Schade, dass es keine Fortsetzung des Kolloquiums im Wintersemester gibt", sagte Leonhard. „Die Evaluation ist nicht gerade positiv ausgefallen, die Teilnehmerzahl ist gesunken und der neue Dekan ist froh, meine Planstelle effizienter nutzen zu können", erwiderte Eggebrecht. „Heißt das, Sie setzen sich nun endgültig zur Ruhe?", fragte Leonhard. Eggebrechts Blick sprang unruhig hin und her. „Die Philosophie kann man nicht wie einen abgetragenen Mantel ablegen", belehrte er seinen letzten Schüler, „sie ist und bleibt eine Lebensaufgabe." Leonhard hatte Mitleid mit ihm. Er wusste, dass der Professor den Hörsaal brauchte wie ein Schauspieler die Bühne.

„Als Philosoph sind sie unabhängig von der Universität. Sie können schreiben, veröffentlichen, Vorträge halten. Keine Verpflichtungen des Lehrbetriebes mehr, keine Creditpoints, keine gelangweilten Bildungskonsumenten. Sie sind frei, das ist doch etwas Wunderbares", versuchte er ihn aufzuheitern. „Philosophie braucht den Dialog, das Gespräch. Epikur zog sich in seinen geschützten Garten zurück, um sich mit Gleichgesinnten auszutauschen. Die Stoiker versammelten sich um Zenon von Kithion in einer Säulenhalle auf der Agora, um seinen Lehren zu folgen", entgegnete Eggebrecht. „Aber Sie können sich die Studierenden nicht aussuchen, die Massenuniversität ist weder Kepos noch Stoa. Die wenigsten sind Weisheitssuchende. Wer kann sich mit Ihnen schon auf Augenhöhe unterhalten?" Leonhard sah Eggebrecht erwartungsvoll an, ein wenig forderte er ihn sogar heraus. Würde er in ihm einen gleichberechtigten Gesprächpartner sehen oder weiterhin seine Unzulänglichkeiten hinter der Maske des überlegenen Lehrers verstecken? Wenn er offen wäre... ja, vielleicht könnte es dann eine Freundschaft werden... Hatte er nicht in den letzten Sitzungen verletzlicher, dünnhäutiger gewirkt? Manchmal schien er mit den Gedanken ganz woanders zu sein – all das machte ihn menschlich. Eggebrecht stand auf und schloss die Fenster. Mit einem Mal war es still im Raum, er schwieg und schaute auf das rege Treiben im Hofgarten – der Blick des Melancholikers, der sehnsüchtig auf das Leben schaut, von dem er sich ausgeschlossen fühlt. Konnte er Nähe zulassen? Alles war in der Schwebe.

„Hätten Sie Interesse, dass wir uns weiterhin auf philosophischer Ebene austauschen?", fragte Eggebrecht, ohne seinen Blick vom Hofgarten abzuwenden. „Ja, gerne", erwiderte Leonhard. „Wir könnten uns in regelmäßigen Abständen treffen, wenn das Ihnen möglich ist", fügte Eggebrecht hinzu. „Sicherlich kann ich das einrichten", meinte Leonhard. „In der letzten Zeit habe ich Sie allerdings ein paar Mal schmerzlich vermisst, die Sitzungen waren unerträglich zäh ohne Sie. Ich hoffe, mein Kolloquium hat Sie nicht gelangweilt, was mich bei dem Niveau der anderen Teilnehmer nicht wundern würde." Leonhard war überrascht über das Lob, obwohl ihm die Abwertung der anderen Teilnehmer nicht gefiel. „Das hat nichts mit Langeweile oder Desinteresse meinerseits zu tun. Ich habe es leider versäumt, mich zu entschuldigen. Ich war verhindert." Eggebrecht wandte sich um und sah ihn fragend an. Leonhard errötete und lächelte verlegen. „Wissen Sie, ich habe jemanden kennen gelernt."

„Jemanden? Und wer ist dieser jemand, der Sie vergessen lässt abzusagen?", fragte Eggebrecht und zog dabei die Augenbrauen hoch. Erwartungsvoll schaute er ihn über den Rand seiner Brille an, neugierig auf das Geständnis Leonhards. „Eine Frau, ich hätte es nicht für möglich gehalten, dass es mich in meinem Alter noch einmal so heftig erwischen kann", erwiderte Leonhard, „ich kann es gar nicht fassen, unglaublich, ich habe das Gefühl, noch einmal jung zu sein." „Ist sie unter oder über dreißig?", fragte Eggebrecht trocken. Leonhard sah ihn prüfend an, sein Interesse schien ehrlich, ohne Hintergedanken. Irgendwie schmeichelte ihm die Frage sogar, es tat gut, von Mann zu Mann zu reden. „Sie ist in meinem Alter, aber das Gefühl, das mich mit ihr verbindet, ist unbeschreiblich, so als ob ich noch mal dreißig wäre, es ist wie eine Zeitreise. Die zweite Chance, die Möglichkeit, das eigene Leben noch einmal in die Hand zu nehmen und zu einem guten Ende zu führen." Während Leonhard sprach, spürte er seine innerliche Erregung, seine Worte steigerten noch sein Erleben, sein Empfinden: Er war glücklich, jetzt, hier in diesem Moment. Eggebrechts schmale Lippen formten sich zu einem Lächeln. „Nach den Epikureern wird sich der Weise weder verlieben noch um seine Beerdigung sorgen. Auch ist die Liebe, entgegen dem, was Diogenes sagt, nicht gottgesandt und vor allem wird der Weise keine Schönrednerei betreiben. Sexualverkehr ist zu nichts gut, vielmehr muss man zufrieden sein, wenn er nicht schadet." Eggebrecht lächelte immer noch, Leonhard wusste nicht, wie ihm geschah. „Epikur, nach Diogenes Laertius 10. Buch, Absatz 118, in meiner Übersetzung", fügte Eggebrecht erklärend hinzu, als er Leonhard Unverständnis bemerkte.

„Und was wollen Sie mir damit sagen?", herrschte Leonhard den Professor an. Eggebrecht war erstaunt über die heftige Reaktion seines Gegenübers, ließ sich aber nicht aus der Ruhe bringen. „Der von Ihnen hochgeschätzte Epikur will Ihnen damit sagen, dass der Philosoph als Liebhaber der Weisheit sich von den Niederungen der Sinnlichkeit möglichst fernhalten sollte. Ein kleines Lüstchen ist Ihnen zwar gegönnt, um das physische Bedürfnis zu stillen, die Kontrolle über sich selbst sollten Sie sich jedoch bewahren, um Ihre Würde nicht zu verlieren. Die Liebe, so Epikur und Lukrez, kann keine Dauer haben. Sie ist ein kurzes Strohfeuer und in der Öffentlichkeit auch mit einer gewissen Lächerlichkeit verbunden. Denken Sie doch nur an Ihre Bemerkung von eben, die zweite Chance. Das glauben Sie doch selbst nicht, oder? Wenn der Weisegewordene letztendlich zurückblickt, wird er erkennen, dass er sich das alles auch hätte sparen können. Die Liebe ist eine Selbsttäuschung und somit ein Störfaktor für die Seelenruhe."

Leonhard war außer sich. Eggebrecht hatte sein Vertrauen missbraucht. Erst mimte er den Verständigen, dann demütigte er ihn. Das alte Spiel, er hätte es wissen müssen, doch diesmal war er zu weit gegangen. „Wissen Sie, was ich glaube?" fuhr er ihn an, „Sie sind gar nicht in der Lage menschliche Bindungen aufzubauen, geschweige denn sie zu ertragen. Sie sind aus Eis, Ihr Verstand lässt kein Gefühl zu, Sie sind tot. Oder nein, ein Funken Leben ist noch in Ihnen, denn Sie haben Angst. Ja, genau so ist es. Sie haben Angst vor der eigenen inneren Leere, aber bevor dieses Gefühl der Ohnmacht in Ihnen hochkommt, schlagen Sie zu. Jetzt durchschaue ich Sie endlich. Das ist der Funke, der Sie am Leben hält: Der Kampf gegen die eigene innere Leere. Sie ahnen es, aber Sie wollen es sich nicht eingestehen. Sie sind neidisch auf die Kreativität anderer, auf deren Lust am Leben, auf den Eros, da bei Ihnen nur der kalte, nackte Verstand herrscht, der nichts zustande bringt, außer andere belehren zu wollen. Sie wollen es sich nicht eingestehen, aber geistig gesehen schaffen Sie nichts Eigenständiges, nichts, das Sie erfreut. Im Grunde genommen sind Sie impotent, darunter leiden Sie. Und jeder, der erfüllt ist von Sinnlichkeit, von Liebe, vom Leben wird von Ihnen mit der Klinge Ihres messerscharfen Intellektes beschnitten und zurecht gestutzt auf das Maß Ihrer eigenen Unzulänglichkeit. Sie verstecken sich hinter den Worten Epikurs und sind unfähig, Ihrer sterbenden Frau die Hand zu halten. Sie geben vor, etwas anderes zu sein, als sie sind. Sie nennen sich einen Philosophen, tatsächlich sind Sie nichts anderes, als eine armselige Existenz. Bleiben Sie nur allein mit Ihren verrückten Philosophenfischen, das ist genau der richtige Umgang für Sie."

Eggebrecht hatte nicht mit dem Wutausbruch Leonhards gerechnet, er war bleich im Gesicht und zitterte am ganzen Körper. Noch nie hatte ihn jemand derartig schonungslos beschimpft. Er bekam den Spiegel vorgehalten, er blickte hinein. Sein Anblick war ein Schock für ihn, schaute er doch in das Zerrbild seiner selbst. Leonhard hatte ihn im Innersten getroffen, er erkannte sich in jedem seiner Vorwürfe wieder. Eggebrecht schloss die Augen, er hörte eilige Schritte, dann eine zuschlagende Türe. Stille. Etwas Warmes, Feuchtes rann über seine Wangen. Er wischte mit seinem Zeigefinger über die nasse Spur und leckte mit der Zunge daran. Es schmeckte salzig. Tränen, stellte er verwundert fest und wischte sie mit seinem großen Stofftaschentuch von der Wange, faltete es sorgsam und steckte es wieder in die Hosentasche. Er nahm seine abgewetzte Ledertasche, trat auf den Flur. Er lenkte seine Schritte starr gerade aus und vermied jeden Blickkontakt. Den Gruß von Kollegen erwiderte er nicht, einige schauten ihm verwundert hinterher. Er verließ das Universitätsgebäude, ohne sich noch einmal umzublicken.

Ich habe Eggebrecht nie wieder gesehen. Was wohl aus ihm geworden ist? Sicherlich bin ich zu weit gegangen, aber ich konnte nicht anders. Ich war voller Hoffnung, und er wollte sie mir nehmen. Er nahm mir die Luft zum Atmen, ich musste mich wehren: Es war wie ein Befreiungsschlag. Zuvor hatten wir im Kolloquium über die zentrale Rolle der Freundschaft bei Epikur gesprochen: „Von allem, was die Weisheit für die Glückseligkeit des ganzen Lebens bereitstellt, ist der Gewinn der Freundschaft das bei weitem Wichtigste." Vielleicht wollte er mich gar nicht provozieren und ich fühlte mich lediglich herausgefordert? Ich weiß keine Antwort darauf. Warum bin ich nicht auf ihn zugegangen? Ich hoffte, dass er wieder den Kontakt zu mir suchte. Vergeblich. Irgendwann ist es zu spät und es gibt kein Zurück mehr. Und trotzdem: Der unvermittelte Bruch mit einem Menschen, der einem bei aller Widersprüchlichkeit etwas bedeutet, ist wie das Absterben eines Teils von einem selbst, ein Lebenskeim, der erstickt.

In der Woche vor seiner Abreise nach Frankreich verabredete sich Leonhard mit Heinrich von Siemsen. Er habe noch etwas Wichtiges mit ihm zu klären, wolle aber am Telefon nicht darüber reden. Der Architekt ging gerne darauf ein, denn auch er hatte Neuigkeiten von den Arbeiten am Klinikum zu berichten. Wie er andeutete, ginge nicht alles mit rechten Dingen zu.

Leonhard holte von Siemsen am späten Nachmittag von der Baustelle ab. Ein Trakt des Klinikgebäudes war eingerüstet, breite Schuttrohre liefen entlang der Gerüste und spuckten Gesteinsbrocken in große Container, Staubwolken wirbelten auf und machten das Atmen unerträglich. Die Luft flirrte trotz der späten Nachmittagsstunde immer noch vor Hitze. Von weitem sah er Gierke, der mit einer Gruppe von Arbeitern vor dem Gerüst zusammen stand. Leonhard hatte keine Lust auszusteigen und zog es vor, im klimatisierten Wagen zu warten. Von Siemsen, trotz der Hitze ganz in Schwarz gekleidet, kam raschen Schrittes aus dem Gebäude, warf der Gruppe um Gierke einen Blick zu und schien einen Moment zu überlegen, ob er sich an dem Gespräch beteiligen sollte. Leonhard hupte kurz, als er ihn erblickte, der Architekt verwarf seinen Gedanken und ging geradewegs zum Wagen. Sie begrüßten sich per Handschlag, Leonhard fuhr sofort los. „Nichts als Ärger", sagte von Siemsen, „heute war die Arbeitsschutzbehörde da. Sie haben die Gerüste beanstandet." „Wieso? Mit Jupp Schmitz gab es doch nie Probleme oder hat Gierke etwa den Gerüstbauer gewechselt?" „Nein, aber er hat eigenmächtig irgendwelche Veränderungen vorgenommen, welche weiß ich nicht. Ich habe ja auch noch etwas anderes zu tun, als diesem Idioten andauernd auf die Finger zu schauen. Auf jeden Fall geraten wir in Zeitverzug, da er den ursprünglichen Zustand wiederherstellen muss. Ich habe getobt und ihn angebrüllt: wenn er seine Arbeitseinstellung nicht grundsätzlich etwas ändert, sind wir geschiedene Leute. Das ist dann das Ende der Zusammenarbeit der Firma Zepp Nachfolger und dem Architekturbüro von Siemsen. Es tut mir leid, Leonhard, aber mit dem kann ich einfach nicht. Das passt nicht zusammen." Leonhard flackerte es schwarz vor den Augen, er wollte nicht an die finanziellen Konsequenzen denken, wenn der Architekt seinem Nachfolger die Zusammenarbeit aufkündigte und die Aufträge ausblieben... „Ich werde mit ihm reden", sagte er. „Tu es bald, sonst ist es zu spät. Aber versprich Dir nicht zu viel davon, dieser Typ ist absolut beratungsresistent", entgegnete von Siemsen. Den Rest der Fahrt schwiegen sie.

Leonhard hatte einen Tisch auf der Terrasse des Schaumburger Hofes reserviert. Der Schatten der Lindenbäume, die angenehme Kühle des ruhig vorbeiziehenden Flusses und das frisch gezapfte Bier stimmten den Architekten milder. Leonhard erkundigte sich nach Clara Mittnacht. Die Kleine sei ganz prima, meinte von Siemsen anerkennend, eine tolle Arbeitskraft und für ihren Vater habe er auch schon etwas in Aussicht, der brauche sich keine Sorge mehr um seine Rente zu machen. Leonhard war erleichtert, seine offene Schuld beglichen zu haben. Zumindest für seine engsten Mitarbeiter hatte er noch etwas tun können.

Der Oberkellner begrüßte Leonhard mit Handschlag und freute sich, ihn nach langer Zeit wieder zu sehen. „Schön, Sie wieder bei uns zu sehen. Seit Ihrem letzten Besuch im Winter ist ja schon viel Wasser den Rhein hinunter geflossen", sagte er lachend und nahm das Essen auf. „Zwei Rumpsteak englisch mit Bratkartoffeln und Salat. Selbstverständlich schön blutig wie immer. Das habe ich gerne, Gäste, die ihrem Geschmack treu bleiben, die sind mir die liebsten – Blut ist eben ein ganz besonderer Saft." Er lachte laut über seinen Witz, nahm ihnen mit Schwung die Speisekarten ab und verschwand mit fliegender Schürze in der Küche. „Sehr ehrgeizig der junge Mann, aber von allem ein bisschen zuviel. Vor allem von dem billigen After Shave", sagte von Siemsen, während er dem übereifrigen Kellner hinterher blickte. „Sei nicht ungnädig, er bemüht sich wenigstens", entgegnete Leonhard. „Ich bin ein unerbittlicher Ästhet, wie Du weißt. Wahrscheinlich ist es mein Schicksal, dass ich immer wieder an der Alltäglichkeit des Hässlichen scheitere. Die Gierkes sitzen überall. Nimm meinen Ausbruch von eben nicht so ernst. Ich halte durch, ich weiß ja, was für Dich daran hängt." Von Siemsen hob sein Glas, um mit Leonhard anzustoßen. Ganz der Alte, unverbesserlich, dachte Leonhard. „Eigentlich haben wir uns viel zu lange nicht gesehen, ich vermisse Dich an meiner Seite", meinte von Siemsen, „mein Gott, was waren das für tolle Zeiten, als wir gemeinsam unsere großen Projekte gestemmt haben. Wir müssen uns öfter sehen, schließlich ist der Beruf nicht alles."

Die Beschwörung einer Männerfreundschaft, die nie eine war – rückblickend auf die Vergangenheit werden wir alle sentimental, dachte Leonhard. Geduldig hörte er sich an, was sein Gegenüber Neues aus dem Kreis ihrer Bekannten zu erzählen wusste: Im Grunde genommen waren es die alten Geschichten, in denen sich der eine mit dem anderen verglich, die ewige Rangelei um Rangordnung, das Lechzen nach Wichtigkeit, egal ob bei den Rotariern, im Tennisclub oder bei der letzten Vernissage. Von Siemsens Häme entbehrte nicht eines gewissen Unterhaltungswertes, er wusste um ihre Wirkung und war zufrieden, als er Leonhard zum Lachen brachte. Der Spötter liebte es, auf das Podest seiner Unfehlbarkeit zu steigen, sich über die Unzulänglichkeiten der anderen zu erheben und über die eigenen generös hinweg zu sehen. Spott ist ein guter Schutzschild, er macht unantastbar. Mit dieser Haltung lässt es sich gut leben.

Leonhard brachte seinem Gesprächspartner die gebührende Aufmerksamkeit entgegen und wartete ab. Bald wurde seine Geduld belohnt. Als das Essen kam, erkundigte sich von Siemsen nach dem Stand der Dinge, wie er es nannte, zwischen Leonhard und Ingrid. Eine gute Gelegenheit für Leonhard, das Gespräch auf sein eigentliches Anliegen lenken. Leonhard sprach von Mann zu Mann: Wie gut ihm der Abstand nach der Trennung tat, wie gut er sich in seinem Junggesellenleben eingerichtet hat. Von Siemsen schmeichelte das Vertrauen, das Leonhard ihm schenkte, während er mit großem Appetit das Rumpsteak auf seinem Teller verspeiste. Er hatte den ganzen Tag nichts gegessen. Leonhard redete in einem fort, das Essen auf seinem Teller wurde kalt. Es war ihm gleich, er musste endlich auf den eigentlichen Grund ihres Treffens zu sprechen kommen. „Wie alles weiter geht, weiß ich nicht, ich will nichts überstürzen, ich brauche vor allem ein wenig Ruhe", sagte er und wartete, ob sein Gegenüber auf ihn einging.

„Mein Angebot von damals steht. Ich kann Dir jederzeit Kontakt zu von Schweinitz herstellen", sagte der Architekt, ohne von seinem Teller aufzuschauen, darum bemüht, Kauen und Reden miteinander in Einklang zu bringen.

„Zu wem?", fragte Leonhard. „Von Schweinitz, ein versierter Scheidungsanwalt, holt das Beste für Dich raus, ein guter Bekannter von mir", erwiderte er und nahm einen großen Schluck Bier, um den Bissen im Mund besser bewältigen zu können. „Brauchst Du seine Telefonnummer?" „Nein, nein, das hat noch Zeit", wehrte Leonhard ab, „bevor ich diesen Schritt tue, möchte ich alles noch einmal grundsätzlich überdenken." Er machte eine kleine Pause, jetzt musste er die Gelegenheit beim Schopf packen. „Sag mal, wäre es möglich, dass ich mich für ein paar Wochen in Eure Ferienhütte in Südtirol zurückziehen könnte?"

„Wann?", fragte von Siemsen und schob sich die Gabel mit den aufgespießten Salatblättern in den Mund. „Ich habe an den Zeitraum von Mitte Juli bis Anfang August gedacht..." „Das dürfte kein Problem sein", erwiderte er und wischte sich die Lippen mit der Serviette ab, „wir fahren erst im Herbst dorthin zum Wandern. Aber ich warne Dich, Du bist dort unerreichbar, in den Bergen hast Du keinen Handy-Empfang, und es gibt keinen Festnetzanschluss." „Das ist genau das, was ich suche, einen Ort, wo ich für niemanden erreichbar bin", entgegnete Leonhard.

Von Siemsen sah ihn mit einem Mal misstrauisch an. „Sag mal, Du fährst doch alleine dorthin, oder?" „Wo denkst Du hin? Meinst Du etwa, ich fahre mit einer Geliebten dorthin?", sagte Leonhard und wunderte sich, wie leicht ihm die Verstellung fiel. Von Siemsen war beruhigt und versprach, in den nächsten Tagen den Schlüssel vorbeizubringen. „Falls ich nicht da sein sollte, wirf ihn einfach in den Briefkasten", bat ihn Leonhard. Gegen elf brachte er von Siemsen nach Hause. Beide hatten ein paar Bier zuviel getrunken. Zum Abschied umarmten sie sich, und Leonhard bedankte sich für den Freundschaftsdienst, den er ihm erwies. „Nichts zu danken, das ist doch selbstverständlich, für einen alten Freund wie Dich. Wir halten zusammen, komme, was da wolle. Ehrensache." Von Siemsen war gerührt von den eigenen Worten und winkte Leonhard zum Abschied hinterher. Es tat gut, einen Vertrauten zu haben.

Am nächsten Morgen betrat Leonhard das Büro von Jaqueline Schmitz und wollte Gierke wegen der Mängel an den Gerüsten sprechen. Er war kurz angebunden, fast barsch, sie lächelte trotzdem. Leider müsse er mit ihr vorliebnehmen, da der Chef schon auf der Baustelle sei. Sie könne ihm aber gerne einen Telefonkontakt herstellen. Sie setzte das Headset der Telefonanlage auf und tippte mit ihren langen roten Fingernägeln die Nummer. Jedes Mal gab es ein klackerndes Geräusch, wenn sie auf die Tastatur stieß. Es gefiel ihr, und das brachte sie auf die Idee, es auf der Arbeitsfläche ihres Schreibtisches mit einem schnelleren Rhythmus zu probieren, diesmal aber mit allen zehn Fingern, die Tasten waren ihr nicht mehr im Weg. Sie freute sich: Die Fingernägel klackerten auf dem Resopal viel lauter, und der Klang erinnerte sie an die Kastagnetten aus dieser spanischen Oper von diesem französischen Komponisten, deren Highlights sie heute Morgen im Radio gespielt hatten. Seitdem Jaqueline aus Versehen bei der Sendersuche das Rädchen ein wenig zu weit gedreht hatte und bei Klassik Radio landete, war der Popsender bei ihr out. Sie war noch immer elektrisiert von der Musik und merkte, wie Leonhard durch das Spiel ihrer Fingernägeln ganz nervös wurde, was den Reiz erhöhte, das Tempo noch ein wenig zu steigern.

Sie ließ ihn nicht aus den Augen, während sie darauf wartete, dass Gierke das Gespräch am anderen Ende der Leitung entgegen nahm. Ihr Blick wurde zudringlich, tastete Leonhards Körper von oben nach unten ab, grabschte, riss ihm jedes Kleidungsstück einzeln vom Leib, bis er splitternackt vor ihr stand. Sie blinzelte ihm zu. Er konnte es nicht fassen, diese Nymphomanin wollte ihn verschlingen, jetzt, hier, gleich, am helllichten Tag... wie in jener Nacht auf dem Schreibtisch wohlmöglich... Nein, das war zuviel. Er sagte, er käme ein anderes Mal wieder und verließ fluchtartig das Büro. Wenn nicht heute, dann vielleicht morgen, dachte Jaqueline und zuckte mit den Schultern. Vor seiner Abreise sollte es jedoch nicht mehr dazu kommen.

Leonhard rief Ingrid von Köln aus an, als sie außer Haus war und hinterließ ihr eine kurze Nachricht auf dem Anrufbeantworter. „Hallo Laura, hallo Ingrid. Ich habe mich kurzfristig entschlossen drei Wochen Urlaub in Südtirol zu machen. Es wird schwierig sein, mich zu erreichen, da es in Heinrichs Berghütte keinen Empfang gibt. Ich melde mich, sobald ich wieder zurück bin. Euch eine gute Zeit bis dahin."

Am selben Abend notierte er in seinen Tagebuchkalender: Gierke nicht mehr gesprochen, egal, hätte sowieso nichts genützt, bin nicht mehr Herr im Haus. Gelogen, unangenehmes Gefühl, Vertrauen H's missbraucht. Beinahe dicken Fehler gemacht und I. von Isabells Anschluss aus Köln angerufen – Rufnummererkennung! Gerade noch rechtzeitig bemerkt, Gott sei Dank! Handy benutzt, alles glatt gegangen. Muss aufpassen, mich nicht in Widersprüche zu verstricken. Eigentlich ganz einfach: Nur Lars weiß Bescheid, sonst keiner. Im Grunde genommen auch keine Lüge, eher Notlüge (s. Epiktet), nur Aufschub von Wahrheit bis mir alles klar ist, will ja schließlich niemanden betrügen oder hintergehen. Wahrheit zum falschen Zeitpunkt zerstört zuviel. Aber nach Südfrankreich müssen Karten offen auf den Tisch!

10

Die Nachtigall hatte sich im Geäst über dem Baumhaus niedergelassen. Ihr Gesang war nicht mehr nächtlicher Liebesruf, es war schon Mitte Juli, die Brutzeit längst vorbei, sondern morgendliche Abwehr: bereits zu dieser frühen Stunde hatte sie ihr Revier vor Eindringlingen zu schützen, lockende Töne der Verteidigung, denen Leonhard gerne lauschte. Es dämmerte. Die Kronen der Pinien zeichneten sich im gezackten Schattenriss vor dem grauen Horizont ab. Noch war alles ohne Farbe, schemenhaft im frühen Vogelsang, eine tönende Ahnung von Welt.

Erste Lichtstrahlen bahnten sich den Weg durch das gestaltlose Dunkel und enthüllten dem Auge Verborgenes. Details der Umgebung wurden sichtbar: die vom Wind geneigten Pinien, der helle sandige Boden des Waldes, die kleinen Holzhäuser, die in der allmählich aufsteigenden Sonne orange zu leuchten begannen, gelb aufschimmerten und schließlich blendend weiß strahlten. Kein menschlicher Laut war zu hören, die Bewohner schliefen noch, das Rauschen der Wellen mischte sich mit dem vielstimmig sich steigerndem Gesang der erwachenden Vögel. Ob die Nachtigall noch dabei war?

Leonhard fühlte sich erfrischt, wie neugeboren, angesichts des morgendlichen Schöpfungsrituals, das sich ihm bot: das Licht gab der Welt das Leben zurück. Die ersten warmen Sonnenstrahlen schienen ihm ins Gesicht, und er schloss die Augen.

Er hörte Isabel im Bad, dann kamen ihre Schritte näher. Sie trat auf die Terrasse ihres nid perché, sie war barfuß. Langsam schlich sie sich an ihn heran, da sie dachte, er schliefe. Er ließ sie in dem Glauben.

Vorsichtig blies sie ihm ins Ohr. Es gefiel ihm, und er wartete ab, was ihr noch einfiele, um ihn zu wecken. Natürlich bemerkte sie, dass er wach war. Als sie sich mit der Zungenspitze in seine Ohrmuschel vorwagte, umarmte er sie plötzlich. Sie schrie auf. Er habe sie zu Tode erschreckt. Das sei unverzeihlich, sagte er und versprach, es wieder gut zu machen. Er hob sie hoch und trug sie hinein. Sie war leicht wie eine Feder...

Als Isabel am späteren Vormittag erwachte, fragte sie ihn. „Nun, habe ich Dir zuviel versprochen? Ist es hier nicht wie im Paradies?" „Sicher, antwortete er, „und niemand kann uns daraus vertreiben." So begann ihr erster Urlaubstag in Arna.

Das Baumhaus, das Isabel ausgesucht hatte, war mit allem ausgestattet, was der moderne Mensch für einen angenehmen Aufenthalt in der freien Natur brauchte und seinem Wunsch nach überschaubarer Wildnis und Freiheit entsprach, ganz so wie es der Prospekt versprach: In vier Meter Höhe fanden sie einen großzügigen Wohnraum mit Esstisch vor, in den eine Küchenzeile mit Kühlschrank, Mikrowelle, Vier-Flammen-Gasherd und Dunstabzugshaube integriert war. Ein Fertiggericht konnte hier ebenso zubereitet werden wie ein selbst gefangener Fisch, ganz nach Belieben. Außerdem gab es ein Schlafzimmer mit französischem Bett. Bad und Toilette waren voneinander getrennt, was Leonhard sehr entgegen kam. Die große überdachte Terrasse machte sie unabhängig vom Wetter und erlaubte ihnen, sowohl bei starker Sonne als auch bei starkem Regen draußen zu sitzen. Einen Fernseher gab es nicht, zum Glück.

Ein Purist hätte die Verbindung, die Natur und Komfort hier miteinander eingingen, als Verrat an der Idee des Naturismus verurteilt, sicherlich hätte der Supermarkt, die Bühne für die allabendlichen Animationen, die Wellness-Oase und das Aqualand nicht seine Billigung gefunden, doch den Urlaubern ging es hier nicht um ein striktes „Zurück zur Natur!" Die meisten suchten eine familienfreundliche Robinson-Crusoe-Atmosphäre, einen Abenteuerspielplatz, der es jederzeit zuließ, auf die Errungenschaften der Zivilisation zurückzugreifen. Und wer für sich bleiben wollte, losgelöst von allem Rummel, konnte sich in die wenigen Baumhäuser, die es gab, zurückziehen und wie im siebten Himmel fühlen. Alles in allem war Arna ein ruhiges Ferienparadies, hier gab es keine Exzesse am so genannten Schweinchenstrand wie in manch anderer FKK-Anlage, von der Leonhard gelesen hatte: Dort musste erst die Polizei anrücken, um dem wilden Treiben ein Ende zu bereiten. So etwas gab es hier nicht, sie hatten es gut angetroffen.

Leonhard und Isabel stiegen vorsichtig die Holztreppe hinunter, die sich um den mächtigen Kiefernstamm wand. Sie mussten sich an die schmalen, konisch zulaufenden Stufen erst gewöhnen. Isabel hatte sich ein großes Tuch aus lila Baumwolle wie ein Strandkleid umgebunden. Im Gegenlicht schien ihr nackter Körper durch den dünnen Stoff. Leonhard trug ein Polohemd und Bermudashorts. Sie hatte ihn gewarnt, soviel Stoff um seinen Körper könnte Befremden hervorrufen, doch er hielt seine Kleidung für durchaus angemessen, da sie auf dem Weg zum Strand noch am Supermarkt vorbei gehen wollten, um etwas Obst und Wasser einzukaufen. Isabel ließ es dabei bewenden. Leonhard waren die Blicke, die ihn verfolgten, unangenehm. Einige nackte Urlauber schüttelten verständnislos den Kopf, ein paar nackte Kinder riefen ihm sogar etwas Beleidigendes hinterher – jetzt wusste er, was Isabel gemeint hatte.

Er kam sich vor wie in einem seiner früheren Träume, in denen er splitternackt vor einer Gruppe bekleideter Menschen stand, auf der Baustelle, im Stadtrat, bei den Rotariern: Alle starrten ihn an, genau wie die Nackten es jetzt taten, nur dass in Arna angezogen zu sein als ungezogen galt und nicht umgekehrt. Isabel klärte ihn über die Spielregeln in einer Domaine Naturiste auf: Am Strand war Nacktsein Pflicht, in der Ferienanlage erwünscht. Ein leichtes Tuch, wie sie es trug, wurde toleriert. Nur abends, wenn es kühler wurde, war Kleidung in den Restaurants und bei den Animationsprogrammen erlaubt. Bei manchen Sportarten, wie Tennis und Radfahren, oder den Kreativkursen – Aquarellmalen und Töpfern erfreute sich großer Beliebtheit – blieb der Grad der Bekleidung jedem selbst überlassen.

Leonhard fühlte sich zunehmend unwohl, geradezu nackt in seiner Kleidung, so absurd das auch sein mochte. Es ließ sich nicht leugnen, er war das schwarze Schaf in Poloshirt und Bermuda in dieser Welt der gebräunten Nackthäuter mit Schamhaar-Rasur. Ich bin doch kein Herdentier, baute er sich innerlich auf und versuchte, sein Schamgefühl hinter einem möglichst aufrechten Gang zu verbergen. Wenn die anderen in ihrer Nacktheit eine Freiheit sahen, sollten sie ihm gefälligst die Freiheit lassen, angezogen zu bleiben. Sie hatten doch überhaupt keinen Grund sich aufzuregen, schließlich starrten sie ihn an, und nicht er sie. Doch je mehr er versuchte, sich als Einzelner gegen das Gesetz der Mehrheit zu behaupten, desto verlorener fühlte er sich. Am Ende blieb ihm nur die Erkenntnis: Wer zum Feigenblatt greift, muss große Schuld auf sich geladen haben. So sahen es zumindest die anderen, und die waren eindeutig in der Überzahl.

Er war erleichtert, als sie die Schutzzone des Supermarktes betraten, der die Rückkehr zur Normalität verhieß. Und tatsächlich: Die Bedienung an der Wurst- und Käsetheke war ebenso bekleidet wie die Kassiererin, man lächelte auch ihn freundlich an. Isabel ließ ein Baguette mit Camembert für den Imbiss am Strand belegen. Sie schlenderten weiter zur Kühltheke, um eine große Flasche Evian und etwas Obst zur Erfrischung mitzunehmen.

Unfassbar: Dort stand sie, auf den hohen Absätzen ihrer Strandsandaletten und, abgesehen von ihrem leichten Schuhwerk, völlig unbekleidet. Die Frau war um die dreißig und die einzig Nackte in diesem Supermarkt. Sie öffnete die Tiefkühltruhe, frostiger Dampf entwich. Ohne dass die Kältewolke sie zurückschrecken ließ, entnahm sie eine Familienpackung Zitroneneis am Stiel, legte sie in den kleinen roten Warenkorb, der an ihrem Arm baumelte und ging zur Kasse. Sie nahm das Portemonnaie aus ihrem kleinen orangefarbenen Rucksack, den sie lässig über der gebräunten Schulter hängen ließ, als ob es das Normalste von der Welt wäre, nackt vor einer Kassiererin zu stehen. Leonhard wunderte sich, wie selbstverständlich die Nackte mit der Situation umging. Wenn er dort splitternackt in Badelatschen vor der Kassiererin stünde..., wenn ihr Blick auf seinen Unterleib fiele, während er nach dem Kleingeld suchte... nein, das würde er nicht aushalten, er würde vor Scham im Boden versinken. Das Zurück zur Natur hatte seine Grenzen, schließlich waren sie hier in einem vollklimatisierten Supermarkt und nicht im afrikanischen Busch...

Draußen empfingen mehrere Kinder, ebenfalls nackt, ihre Mutter mit lautem Geschrei, als sie das Eis verteilte. „Dir fallen ja bald die Augen aus dem Kopf", hörte er Isabel neben sich sagen, „das ist der Grund, warum es die Leute hier nicht schätzen, wenn einer allzu bedeckt herumläuft und die anderen beobachtet." „Um Gottes Willen, ich bin doch kein Voyeur", versuchte sich Leonhard zu verteidigen. Seine Verlegenheit entging ihr nicht. „Das weiß ich doch, aber die Natur hat uns nun einmal so programmiert. Wir wollen nicht und schauen trotzdem hin, das ist eben so. Du brauchst Dich nicht dafür zu schämen. Im Übrigen spricht es für Dein Interesse am weiblichen Körper", erwiderte sie und zwinkerte ihm zu. Er fasste es als Kompliment auf und ließ es dabei bewenden.

Am Strand suchten sie sich einen ruhigen Platz. Isabel war bestens ausgerüstet: Ein kleiner Sonnenschirm mit Fransen, ein

Windschutz und zwei Luftmatratzen, alles in lila Farbtönen, ebenso wie die Handtücher, aufeinander abgestimmt, und natürlich eine große Kühltasche für den Proviant. So ließ es sich selbst in der Mittagshitze gut aushalten. Gemeinsam bauten sie ihre Schattenoase auf, kein leichtes Unterfangen bei dem starken Wind. Der Sonnenschirm flog davon und Leonhard musste dem flüchtigen Objekt splitternackt über den ganzen Strand hinterher rennen, um es wieder einzufangen, während Isabel lachend die Stellung hielt und darauf achtete, dass Handtücher und Luftmatratzen nicht dasselbe Schicksal ereilte...

Außer Atem kam Leonhard wieder zurück, rammte die Stange des Schirms tiefer in den Boden als zuvor und ließ sich erschöpft auf seine Luftmatratze fallen. Isabel nahm ihr Buch zur Hand, Marie Antoinette von Stefan Zweig, und vertiefte sich in die Lektüre. Leonhard drehte sich auf den Bauch und schaute dem regen Treiben am Strand zu. Die Sonne stand hoch und das Meer blendete wie ein gleißender Spiegel. Kinder bauten eine Sandburg, andere kamen und zerstörten sie, Geschrei und Tränen folgten, ein erzürnter Vater ging dazwischen, eine Mutter versuchte vergeblich zu trösten. Volleyballspieler verausgabten sich vor kreischendem weiblichen Publikum, bunte Sportdrachen sausten, gesteuert von zwei Nylonfäden, durch den Wind, rasten wie Kamikazeflieger zu Boden, um im letzten Augenblick wieder in den Himmel hoch zu schießen, eine Frisbeescheibe schwebte durch die Luft und wurde von einer Böe Richtung Wasser abgetrieben. Die wenigsten Nackedeis, die dort herum sprangen, waren wohlgeformt. Bei den meisten hing etwas, ganz egal wo, ob oben, unten, hinten, vorne – das machte sie alle gleich: Egalité, Fraternité, Nudité. Niemand schien sich zu schämen, nicht dem vitruvianischen Idealmaß des homo bene figuratus zu entsprechen, den da Vinci in seiner berühmten Zeichnung verewigt hat, und der auf der italienischen Ein-Euro-Münze zum monetären Popstar wurde. No body is perfect, dachte Leonhard, schloss die Augen und schlief zufrieden ein.

Die kalte Flüssigkeit, die Isabel an seiner Wirbelsäule entlang tröpfeln ließ, schreckte ihn auf. Er solle sich keinen Sonnenbrand holen, meinte sie und verteilte die kühle Sonnenmilch auf seinem Rücken. Er murrte, ob das nicht auch etwas sanfter ginge, er habe geschlafen. Zur Versöhnung versprach sie ihm eine entspannende Massage. Sie setzte sich auf ihn und ließ ihre Hände über seinen Rücken streichen, wie eine Pianistin, die ihre Finger über die Tasten gleiten lässt, um die Klangfarben ihres Instrumentes besser kennen zu lernen. Sie ertastete zunächst jede Verspannung, Verhärtung, er seufzte auf, dann ließ sie ihren Fingern freien Lauf, die kneteten, klopften und zupackten, mal im schnellen Rhythmus, mal langsam, vom Nacken, über die Schulterblätter, den Wirbeln entlang bis zum Steißbein, im kitzelnden Glissando mehrere Male von oben nach unten und wieder nach oben strichen - er kicherte - um sich zum Abschluss ihres Bravourstückes zu vereinen und mit großer Geste in seine beiden Gesäßhälften zu versenken - er jauchzte auf - bis der Nachhall ihres Schlussakkordes vollkommen ver-klungen war. Isabel sprang auf und wollte mit ihm Schwimmen gehen. „Gib mir noch einen Moment, mich von dieser Tortur zu erholen“, bat er. „Stell Dich nicht so an“, sagte sie, warf ihm einen Kuss zu und lief davon. Er rappelte sich auf und rannte ihr hinterher.

Sie verbrachten den ganzen Tag am Meer, am späten Nachmittag leerte sich der Strand, und es wurde ruhiger. Die Sonne war auf ihrer fallenden Bahn am Horizont schon weit nach Westen gewandert und hatte ihre sengende Kraft verloren. Unerbittlich näherte sie sich der Wasseroberfläche, bald darauf versank sie in einem orange auflodernden Feuerspiel im Wasser und verlosch allmählich. Der Sand schimmerte in einem warmen kupferfarbenen Licht. Der Tag nahm seinen Abschied und der Abend kündigte sich an. Das türkisblaue Wellenspiel lud das Auge ein, sich in ihm zu verlieren. Diese Stunde des Übergangs erschien Leonhard stimmig für eine Meditation, sie war Isabel und ihm zu einem täglichen Ritual geworden.

Beide setzten sich mit verschränkten Beinen auf ihre Luftmatratzen und schauten auf das Wasser. Nach einigen Atemzügen schloss Leonhard die Augen, Isabel hielt sie geöffnet. Er lenkte die Wahrnehmung nach innen, fuhr wie mit einem inneren Sensor langsam seinen Körper entlang und nahm zuerst die rechte, dann die linke Körperhälfte wahr. Er spürte die Außenkante seiner Füße und seiner Knöchel, die auf dem sandigen Handtuch auflagen, den Druck der rechten Wade auf der linken, das Gewicht seines Oberkörpers, das auf dem Sitzbein lastete und seine von der langen Autofahrt noch schmerzenden Lendenwirbel. Er richtete sein nach vorne geneigtes Rückgrat und die eingefallenen Schultern auf, der Atem floss jetzt tief in seinen Körper bis in das Becken hinein, er spürte, wie seine Bauchdecke sich hob und senkte. Er lockerte die verspannten Schultern, nahm das Gewicht seiner Arme wahr und die Wärme seiner Handflächen, die auf seinen Knien lagen. Er fühlte seinen Kopf von einem dünnen Faden hochgezogen wie eine Marionette, seine Halswirbelsäule streckte sich, sein Körper wurde leicht. Plötzlich sieht er hinter seinen geschlossenen Augenlidern die in den Nervenzellen aufgestauten elektrischen Impulse sich entladen wie ein Blitzlichtgewitter. In seinem ganzen Kopf vibriert es, als ob ein starker Strom zwischen rechter und linker Hemisphäre hin und her fließe. Dann scheint ein intensives Purpurrot hinter seinen geschlossenen Lidern auf, dann ein Grün. Das Farbenspiel verlischt. Dunkel.

Er lenkte seine Aufmerksamkeit wieder auf den Atem, wie er ein- und ausströmte, unterbrochen von Gedanken und Bildern, die kamen und gingen wie die Wellen des Meeres: ...versäumt, bei Gierke vorbeizufahren... Handy zu Hause gelassen, unerreichbar... Kathedrale von Clermont-Ferrand... sich auftürmende Orgelklänge im langen Nachhall... billiges Etap Hotel ohne Bad, beide lustlos... Massif Central im Nebel... grüne Vulkanlandschaft, kalter Regen... Picknick bei Bordeaux: süße saftige Brombeeren, Segelflieger am blauen Himmel, Reflux... Wind in den Haaren... Volleyballspieler sehen aus wie Stefan... große blonde Frauenversteher überall... Sand im Gesicht, brennt auf der Haut... Eggebrechts Gesicht kalkweiß... Meeresrauschen... Türe vor der Nase zugeschlagen...Taufe... von Lars kein Wort... Motorbootlärm in der Ferne... Möwen kreischen... Melanies kleine Fingerchen winken... der Duft von Isabels Haut... – Lange saß er so da, die Collage seines inneren Erlebens betrachtend, und mit jedem Atemzug wurde ihm bewusster, wonach er sich sehnte: Nach Klarheit in seinem Leben.

Es wurde Abend, sie packten ihre Sachen zusammen, auch das Poloshirt und die Bermudashorts landeten in der Strandtasche. Für den Rückweg schlang sich Leonhard nur das lila Badehandtuch um die Hüfte. Sie gingen noch einmal an dem Supermarkt vorbei und kauften für das Abendessen ein wenig Lammfleisch und frisches Gemüse. Diesmal waren die Nackten dort zahlreicher vertreten, doch es gab auch einige leicht Bekleidete, so dass er kein schlechtes Gewissen zu haben brauchte – er war kein Außenseiter mehr und mit dem Kompromiss seines Lendenschurzes konnte er gut leben. Zusammen bereiteten sie das Essen, er marinierte das Lammfleisch, bevor er es in den Ofen schob, sie kümmerte sich um das Ratatouille. Dazu gab es einen guten Bordeaux aus der Region.

Isabel erzählte begeistert von ihrer Marie Antoinette Lektüre. Es sei einfach umwerfend beschrieben, wie die historischen Ereignisse aus einer nur an oberflächlichen Vergnügungen interessierten, verwöhnten jungen Königin eine nachdenkliche, tiefsinnige Frau machten. „Man muss sich das einmal vorstellen, da wird dieses junge Mädchen mit ihren fünfzehn Jahren ungefragt von Wien nach Paris verheiratet, ist Intrigen ausgesetzt und nach der Hochzeit wird jeden Morgen ihr Bett kontrolliert, ob ‚es' endlich passiert ist. Sie steht unter dem Druck, einen Thronfolger zu gebären, den zu zeugen Ludwig gar nicht in der Lage ist, diese verdammte Phimose, über Jahre die verzweifelten nächtlichen Versuche des Zusammenkommens, des Zustandebringens. Das erträgt man doch nur, wenn man sich ins Vergnügen stürzt, um zu vergessen. Und dann der große historische Bruch, die Französische Revolution, erst der Ausnahmezustand lässt sie über sich selbst hinaus wachsen."

„Tragisch, wenn der Mensch erst angesichts seines Untergangs zu sich selbst findet. Erst in dem Moment, wo Marie Antoinette nichts mehr ändern kann, in der Gewissheit ihres nahen Todes, die Guillotine vor Augen, gelangt sie zur tieferen Einsicht – zu spät für ihr Leben", sagte Leonhard nachdenklich. „Immerhin hat sie zu sich selbst gefunden und ihren Tod akzeptieren können. Im Grunde genommen sind wir alle Fluchttiere. Wenn es die Umstände erlauben, lenken wir uns lieber ab, anstatt der Wahrheit ins Gesicht zu sehen", erwiderte Isabel. „Vielleicht ist es auch gut, ab und zu wegzuschauen und von der Wirklichkeit abzusehen, um eine neue Wahrheit in sich entstehen zu lassen", erwiderte Leonhard. „Du bist ja ein Träumer", sagte Isabel verwundert. „Warum nicht? Viel zu lange habe ich es mir verboten, einer zu sein. Jetzt habe ich endlich den Mut dazu. Noch ist es nicht zu spät, noch sind wir jung genug. Oder zweifelst Du etwa daran?" Sie lachte und schmiegte sich an ihn, er legte seine Arme um ihren Körper. Bis tief in die Nacht saßen sie auf der Terrasse ihres Baumhauses. Sie redeten nicht viel und schickten ihre Gedanken in den sternenklaren Nachthimmel – Hoffnungen, Wünsche, aber auch Ängste waren darunter.

Es war immer noch sehr heiß, obwohl es weit nach Mitternacht war. Sie beschlossen draußen zu schlafen und improvisierten eine Bettstatt aus ihren Luftmatratzen. „Darf ich Dich etwas fragen?" „Ja natürlich", erwiderte sie und streckte sich neben ihm aus. Er zögerte. „Sag mal, warst Du schon einmal mit Stefan hier?" Sie erstarrte, er hörte ihr schweres Atmen. „Wieso willst Du das wissen?", fragte sie nach einer Weile. Ihre Stimme klang ernst. „Ach, nichts", sagte Leonhard und wünschte, er hätte die Frage nicht gestellt. „Es ist lange her", sagte sie, drehte sich auf die andere Seite und rollte sich ein. Leonhard wandte sich zu ihr, rückte nah an sie heran und legte seinen Arm um sie. „Verzeih, ich wollte Dich nicht verletzen. Es war nur so ein Gedanke." Er küsste sie auf die Schulter. „Was für ein Gedanke?" „Ich bin sehr glücklich mit Dir, nur..." „Nur?" Sie schluckte. „Vergiss es, es war dumm von mir", entschuldigte er sich. „Nun sprich es endlich aus", sagte sie. Tränen liefen ihr über die Wangen. „Denkst Du noch oft an ihn?", fragte Leonhard leise.

Er hielt sie fest in seinem Arm, so als ob ihr Körper ihm Halt geben könnte, um das, was er von ihr zu hören befürchtete, besser ertragen zu können. Sie antwortete: „Mir geht dieses Bild nicht aus dem Kopf. Es ist lange her. Eines Morgens standen wir zusammen im Bad, ich sah uns im Spiegel, schlagartig wurde mir bewusst, dass ich mit ihm nicht alt werden konnte. Es war ein Schock, der sich in mein Gedächtnis einbrannte. Ich war sechzig, er Mitte vierzig, mein Körper ein welkendes Blatt, sein Körper eine feste Frucht, er war in den besten Jahren, meine waren vorbei. Unsere Körperzeiten waren verschieden, wichen immer mehr voneinander ab, die Hitze des Sommers, die Kälte des einbrechenden Winters. Noch war es nicht so weit, aber bald würde ich mich wegen meines faltigen Busens und meines erschlaffenden Hinterns vor ihm schämen. Verdorrte Hautsäcke. Er würde versuchen, es sich nicht anmerken zu lassen, würde wegschauen - das ist der Anfang vom Ende - und bald ginge er zu einer anderen, um seine Bedürfnisse zu befriedigen. Der Körper lügt nicht."

Sie atmete tief durch, bevor sie weiter sprach. „Der Verfall, ich habe Angst davor, erst der Körper, dann der Geist. Irgendwann ist alles vorbei." Sie weinte. Er drückte sie an sich, küsste ihren Nacken, sagte nichts. Sie wurde ruhiger und fasste sich. „Stefan hat mir damals geholfen, meine Krise durchzustehen. Ich litt darunter, älter zu werden, er schenkte mir Aufmerksamkeit und gab mir mein Selbstvertrauen zurück, auch im Alter noch begehrenswert zu sein. Mit einem Mal spürte ich wieder eine erotische Kraft in mir, gewann meine Lebenslust zurück." Sie ergriff seine Hand. „Ich möchte mit Dir alt werden, voller Leben, verstehst Du..." „Ich kann mir ein Leben ohne Dich nicht mehr vorstellen", flüsterte er ihr ins Ohr. Isabel drehte sich zu ihm, sie umarmten, küssten, streichelten, liebten sich, leise, zart und vorsichtig, damit ihr gläsernes Geheimnis nicht zerbreche. Isabel schlief ruhig in seinen Armen ein. Leonhard blickte in den Nachthimmel. Die Sterne funkelten wie Diamanten, ausgestreut auf einem schwarzen Tuch aus Samt. Er sah einen glitzernden Schweif aus Edelsteinstaub und schickte ihm einen Wunsch hinterher. Dann fielen ihm die Augen zu.

Ingrid hörte Leonhards Nachricht auf dem Anrufbeantworter ab, die er ihr vor der Abfahrt nach Arna hinterlassen hatte. Seine Stimme klang müde. Mit einem Mal tat es ihr leid, bei ihrem letzten Gespräch so barsch reagiert zu haben, als er wegen seiner Magenbeschwerden darum bat, ihr Treffen zu verschieben. Sicherlich brauchte auch er Erholung, die Nerven aller lagen blank. Vergeblich versuchte sie ihn auf dem Handy zu erreichen. Sie hörte die Nachricht noch einmal ab. War da nicht eine Unsicherheit in seiner Stimme? Mit einem Mal kamen Zweifel an seinen Worten auf. Sagte er ihr auch die Wahrheit? Sie brauchte Gewissheit und rief von Siemsen an, um sich zu erkundigen, ob Leonhard gut in Südtirol angekommen sei. Sie freute sich über die überschwängliche Begrüßung des alten Freundes. Schön, dass sie anriefe, sagte er, sie hätten lange nichts voneinander gehört, sie solle sich keine Sorgen machen, alles sei in bester Ordnung, leider gebe es dort keinen Empfang, er könne aber gerne den Verwalter hochschicken, um Leonhard eine Nachricht zu hinterlassen. Ingrid lehnte ab, sie war beruhigt. Ihr Verdacht bestätigte sich nicht. Warum war sie immer so misstrauisch? Die Sache mit der Studentin war ein großer Fehler von ihr gewesen, sie hatte sich getäuscht, war blind vor Angst, ihn zu verlieren. Eine schöne Vorstellung, in den Bergen zu wandern, dachte sie, wie früher, Ewigkeiten war das her. Sie wünschte sich, bei ihm zu sein, Abstand zu gewinnen von allem, von der Krankheit, von Lauras Befindlichkeiten und Launen – wenn das ewig so weiterginge... auch sie war erschöpft, brauchte Ruhe. Leonhard an ihrer Seite, das täte jetzt gut, sie vermisste ihn... Ingrid verlor sich in Gedanken und stellte sich vor, wie ihre gemeinsame Zukunft aussehen könnte. Sie wollte ihn nicht verlieren, sie gehörten zusammen.

Die Tage in Arna verstrichen, ohne dass Isabel und Leonhard das Vergehen der Zeit bemerkten. Sie lebten von Augenblick zu Augenblick. Waren sie nun schon fünf oder sieben Tage da? Welcher Wochentag war heute? Manchmal waren sie sich uneinig darüber, und es bedurfte eines vergewissernden Blickes auf die Datumsanzeige seiner Armbanduhr oder auf die Titelseite der Tageszeitungen, die im Supermarkt auslagen, wobei die deutschen Zeitungen meist mit einem Tag Verspätung eintrafen, was wiederum zu Verwirrung führte. Sie lebten der Zeit enthoben, wurden zu Zeitlosen.

Die vielen Tage wurden zu einem Tag: Vorgestern, Gestern, Morgen und Übermorgen unterschieden sich nicht, verschmolzen miteinander zu einem unendlichen Augenblick. Ein paradiesischer Zustand, eine ewige Gegenwart, in der jeder Sonnenaufgang sie einander näher brachte, jeder Sonnenuntergang sie vertrauter machte und alles Trennende aufhob. Erstaunt mussten sie feststellen, schon fünf, schon zehn Tage hier zu sein, an ein Ende wollten sie nicht denken und mieden den Blick auf das voranschreitende Datum. Sie waren sich selbst genug, blieben für sich und gingen zu keiner der zahlreichen Veranstaltungen in der Domaine Naturiste. Jeder Augenblick, den sie miteinander verbrachten, war ihnen wertvoll, bereicherte sie, um einen beflügelnden Gedanken, eine zärtliche Geste, einen liebenwerten Wesenszug, den sie im anderen entdeckten. Ihr Zusammensein war für sie etwas Natürliches, etwas Selbstverständliches: Sie schielten nicht nach Ablenkung und Abwechslung, es drängte sie nicht nach draußen, zu einem außer sich sein mit anderen, sondern sie sehnten sich nach einem bei sich sein, abgeschieden von den anderen.

Morgens standen sie früh auf und machten lange Strandspaziergänge, sammelten gewundene Muschelgehäuse und bizarr geformte Steine, die Isabel zu phantastischen Spekulationen anregten. An diesem Morgen entdeckte sie drei Dinosauriereier, ein Mammut und zwei urzeitliche Fruchtbarkeitssymbole in Gestalt einer kleinen Venus und eines Miniaturphallus. Sie erfand eine kleine witzige Geschichte, und wenn die Trouvailles es ihnen wert schienen, wie heute morgen, landeten sie in einem Leinensäckchen, das Leonhard bei sich trug. Niemand begegnete ihnen zu dieser frühen Stunde, sie waren allein und das Meer gehörte ihnen. Sie ließen sich in den Sand fallen und beobachteten das Licht der Morgensonne, das auf dem gekräuselten Wasser tanzte. „Schau, die See zieht ihre Röcke hoch, gleich zeigt sie uns ihre weißen Rüschen", sagte Isabel, als sich eine Welle dem Strand näherte und kurz darauf ihre Gischt auf den Sand ergoss. „Und sieh Dir an, was sie jetzt macht", fuhr sie fort, „unglaublich, wie sie ihren großen Spitzenfächer ausbreitet und dazu mit schweren Atemzügen seufzt. Und jetzt wirbelt sie ihre Röcke und tanzt einen wilden Cancan." „Komm lass uns schauen, was sie darunter trägt", erwiderte Leonhard lachend. Sie stürzten sich in das Wasser und ließen sich von dem rauschenden Tanz der Wellen mitreißen, tauchten unter, bald wieder auf und ihr Jauchzen vermischte sich mit dem Tosen der Brandung.

Tagsüber waren sie entweder am Strand oder, wenn es zu heiß war, auf der Terrasse ihres schattigen Baumhauses. Leonhard erzählte ihr von seiner philosophischen Lektüre und den Fragen, die sich ihm stellten. Isabel entdeckte in der antiken Aufforderung „Sorge Dich um Dich selbst" viele Parallelen zu modernen Therapieformen. Das Thema packte beide, forderte sie heraus: Wie ließ sich der Gedanke der Selbstsorge in ihrem eigenen Leben umsetzen? Senecas De vita beata, was bedeutete das heute für sie? Was machte ihr Leben schöner und lebenswerter? „Unser Zusammensein, unsere Zweisamkeit, das Miteinander mit anderen Menschen, Freunden, das Aufgehobensein in Gemeinschaft", meinte Leonhard. „Das Gefühl, mit sich selbst eins zu sein, bei sich zu sein, ohne das man nicht bei dem anderen sein kann", ergänzte Isabel. „Aber wann ist man wirklich mit sich eins?", fragte er. „Wenn Denken, Handeln und Fühlen in Einklang miteinander stehen und wir die Welt mit all unseren Sinnen in ihrer Vielfalt erleben", antwortete sie. „Wenn wir in einer Welt ohne Widersprüche leben", sagte er. „Es liegt an uns, im Einklang mit ihr zu sein", erwiderte sie.

Wir redeten uns in Begeisterung, warfen uns die Gedanken zu wie bunte Bälle in einem heiteren Spiel – wir philosophierten, es gab uns Zuversicht. Alles erschien uns leicht, kinderleicht. Keine Frage blieb unbeantwortet, für alles fanden wir eine Lösung. Die Hoffnung inspirierte uns, unsere Ideen von einem guten Leben bauten aufeinander auf und wurden zu einem Gedankengebäude, das uns unter einem schützenden Dach vereinte – wir schufen uns einen Freiraum, in dem wir glücklich miteinander sein konnten. In Arna gab es keine Zweifel, wir waren uns sicher.

„Uns geht es gut, wenn wir etwas tun, das wir für sinnvoll erachten, worin wir uns wieder finden", sagte Leonhard. „Wenn wir Geschichten erfinden", meinte Isabel. „Wie heute morgen, Dein Dinosaurierei?" „Genau, eine eigene Welt schaffen und andere daran teilhaben lassen." „Berührtsein, Mitgerissenwerden von der Schönheit des Lebens, der Natur, der Musik, der Phantasie, der Aussicht auf unsere Zukunft." „Sei nicht so blauäugig, wir dürfen nicht alles nur schön reden. Zum Leben gehört auch das Hässliche." „Du meinst die Enttäuschung?" „Ja, auch die..." „Was ist das eigentlich für Dich, das Schöne?" „Das in sich Stimmige, in sich Ruhende." „Das Harmonische, Wohlproportionierte, Attraktive." „Du bist ein Kulinariker. Das Schöne ist nicht nur der Glanz der Oberfläche. Lass Dich nicht blenden von einer Schönheit, die den Blick auf das Wesentliche verstellt."

„Du irrst, mein Blick geht tiefer: Es gibt eine äußere und eine innere Schönheit, beides kommt zusammen, wenn ich Dich anschaue..." „Du willst mir nur schmeicheln und denkst an etwas ganz anderes..." „Nein, es ist die Wahrheit, ich schwöre es. Komm, gib mir einen Kuss. Warum zierst Du Dich?" „Manchmal muss man verzichten, um die Lust zu erhöhen, n'est pas? Später haben wir noch alle Zeit der Welt dafür. Lass uns weiter denken. Wir müssen den Begriff des Schönen weiter fassen. Entscheidend ist, was das Schöne mit uns macht." „Siehst Du das denn nicht? Es wirkt äußerst wohltuend, ja geradezu belebend auf mich. Ich kann mich seiner Wirkung nicht entziehen."

„Hör auf mich zu kitzeln, sei doch mal vernünftig, sonst kann ich nicht denken. Vielleicht bringt uns schön im Sinne von unserem Leben förderlich sein weiter – aber dann wäre auch der Schmerz schön...." „Wie meinst Du das? Ich bin doch kein Masochist." „Ich auch nicht. Aber der Schmerz ist wie ein Warnsignal, der uns vor Gefahr schützt. Er zeigt uns eine Verletzung an, und wenn wir ihr Beachtung schenken, können wir sie heilen." „Und die Heilung würden wir als lebensförderlich, also schön empfinden." „Ebenso wie eine überwundene Lebenskrise, zum Beispiel." „Oder eine schwere Krankheit." „Oder ein selbst gesetztes Ziel, das wir nach schmerzvoller Entbehrung endlich erreichen." „Aber nur, wenn Entbehrung und Erfüllung in einem rechten Verhältnis zueinander stehen. Sonst erscheint das Leben als sinnlos, wir verlieren unsere Lebensfreude." „Höchste Zeit, uns ein wenig Freude miteinander zu gönnen, meinst Du nicht...?" „Es gibt auch ein Zuviel des Guten, mein Lieber, schließlich wolltest Du doch philosophieren." „Du bist eine wahre Stoikerin. Also gut, ich füge mich, aber nur unter einer Bedingung: Lass uns das Gute mit dem Schönen gleichsetzen." „Warum nicht? Einverstanden. Das Lebensförderliche ist doch etwas Gutes und beatus bedeutet, wenn ich mich an meine bescheidenen Lateinkenntnisse erinnere, sowohl schön als auch gut. Und somit verbindet sich das Ästhetische mit dem Ethischen." „Und das Sinnliche vereint sich mit dem Vernünftigen, vergiss das nicht." „Wie meinst Du das?" „Ich erlebe das Schöne als etwas unmittelbar Sinnliches, es ergreift mich, berührt mich, beflügelt mich wie unser Zusammensein: Dir nah zu sein, macht mich glücklich." „Und das nicht nur jetzt, in diesem Augenblick, sondern auch in der Erinnerung an gestern, und in der Vorstellung von morgen..." „Es bleibt allein uns überlassen, für unser Leben Sorge zu tragen." „Damit unser Glück von Dauer ist, brauchen wir eine Kunst zu leben." „Dann wären wir alle Lebenskünstler, obwohl ich früher immer etwas ganz anderes darunter verstanden habe, nämlich langhaarige ewige Studenten, die Marihuana rauchen und sonst zu nichts taugen." „Und was ist mit der Kunst zu lieben? Ein bisschen Flowerpower und Woodstock hat doch noch niemandem geschadet, oder?", fragte sie ihn mit einem Mal herausfordernd. Er umarmte sie, und Isabel gab sich endlich seinem Drängen hin, philosophische Theorie und Praxis lustvoll miteinander verbindend.

Am 26. Juli wurde die kleine Melanie in derselben Kirche getauft, in der ihre Eltern geheiratet hatten. Die ganze Familie Brookmann und die engsten Freunde waren anwesend. Danach traf man sich zur Kaffeetafel im Garten der glücklichen Großeltern unter Apfel- und Birnbäumen. An den Ästen hingen viele kleine grüne Früchte und versprachen eine üppige Ernte im Herbst. Viele erinnerten sich an die schöne Hochzeitsfeier vor gut zwei Monaten, manche erkundigten sich nach Leonhard und Ingrid. Sie seien leider verhindert wegen der Krankheit seiner Schwester, ihr ginge es nicht gut, entschuldigte sie Lars. Wie schnell das Leben doch Veränderung brachte, bedauerten einige das Fernbleiben seiner Familie. Lars wechselte das Thema. Er war enttäuscht: Von seinem Vater hätte er zumindest erwartet, dass er sich am Tag der Taufe meldete, wenn er ihn schon zum Mitwisser machte. Seine Mutter und Laura riefen kurz vom CFS-Kongress zwischen zwei Veranstaltungen an, um alles Gute zu wünschen. Sie fragten, ob Leonhard sich inzwischen bei ihm gemeldet habe. Lars war verlegen, und stotterte, es sei alles in Ordnung. Seine Antwort beruhigte die beiden, sie hatten sich Sorgen gemacht. Er ärgerte sich, nun auch noch zum Lügner zu werden. Wahrscheinlich hatte sein Vater den Termin einfach vergessen und amüsierte sich mit seiner Freundin...

Leonhard hatte den Termin nicht vergessen, er wollte anrufen, aber es war ihm unangenehm, Isabel um ihr Handy zu bitten und in der Anlage gab es keinen öffentlichen Fernsprecher. Er war melancholisch an diesem Tag, sogar gereizt und abweisend zu Isabel. Sie fragte ihn, warum er so verändert sei, ob sie ihm etwas getan habe. Es habe nichts mit ihr zu tun, versicherte er, nur eine vorübergehende Verstimmung. Er wollte allein sein und machte einen langen Spaziergang am Strand, zum ersten Mal ohne Isabel. Sie ahnte, dass er sie von etwas ausschloss, was auch sie betraf. Sie bereitete etwas zu essen vor und wartete auf ihn. Nach gut zwei Stunden kam er endlich zurück und sagte, es täte ihm leid. „Ich habe mir Sorgen gemacht", erwiderte sie. „Es ist alles in Ordnung, wirklich, mir geht es wieder besser." Sie spürte, dass er sie beruhigen wollte. „Vielleicht willst Du mir ein anderes Mal sagen, was Dich bedrückt", erwiderte sie und trug das Essen auf. „Verzeih mir, ich wollte Dich nicht verletzen", sagte er und küsste ihre Hand. Sie ließ es gut sein, doch das Gefühl des Ausgeschlossenseins verließ sie nicht mehr.

Einige Male liehen sie sich Räder und fuhren den schmalen Radweg an der Küste entlang zu einer einsamen Bucht, die sie durch Zufall entdeckt hatten und wo sie ganz für sich waren. Niemand kam dorthin. Der entlegene Ort mit seinen zerklüfteten Felsen bot ihnen eine wild-romantische Kulisse, die sie zu verwegenen Abenteuern einlud – allein dorthin zu gelangen, verlangte Mut. Der Abstieg war nicht ungefährlich, denn der Weg war uneben und nicht gesichert, die Warnschilder wiesen darauf hin, doch die Verlockung, sich gleich auf dem feinen Sand, umspült von türkisblauem Wasser zu lieben, machte sie leichtsinnig. Isabel trippelte eilig über Stock und Stein voraus, ihre sicheren Schritte kannten den Weg auswendig. Leonhard kam nicht so schnell hinterher, er ärgerte sich, nicht seine Turnschuhe angezogen zu haben, seine Füße rutschten in den Espadrilles hin und her und fanden kaum Halt. Er verlor Isabel aus den Augen, sie war schon weit voraus, sicherlich war sie schon unten und erwartete ihn. Er beschleunigte seinen

Gang. Die Sonne stach, blendete ihn, der Schweiß lief ihm in die Augen. Kleine Zirkusprinzessin, dachte er, was Du Dir wohl diesmal für ein Kunststück einfallen lässt? In diesem Moment übersieht er eine Wurzel am Boden und strauchelt, fällt, sieht den Abhang, den Abgrund, das schäumende Meer unter sich, dann wieder Geröll, Stein und Fels. Er rutscht ab, seine Hände greifen ins Leere, er stürzt weiter, alles dreht sich, die Welt steht auf dem Kopf, seine Finger bekommen etwas zu fassen, krallen sich fest, an etwas Holzigem, er strampelt, zieht sich hoch mit letzter Kraft, verdorrtes Geäst knackt, bricht unter seinem Fuß, und doch, endlich, schafft er es wieder auf den Weg, bleibt reglos sitzen, unter ihm die abgestorbene Kiefer. Sie hat ihm das Leben gerettet. Seine Knie zittern. Er hört Isabels besorgte Rufe. Er will ihr etwas zurufen, doch er hat keine Kraft mehr, bekommt keinen Atem, so als ob sich eine Hand um seinen Hals lege. Isabel kommt um die Wegbiegung gelaufen. Sie ist aufgeregt, redet auf ihn ein, gibt ihm etwas zu trinken, setzt sich neben ihn und hält seine Hand. „Ich wäre beinahe abgestürzt", sagte er nach einer Ewigkeit. Sie drückte ihn an sich, Tränen liefen ihr über die Wangen. Sie half ihm aufzustehen. Langsam und vorsichtig machten sie sich auf den Weg. Sie kehrten nie mehr an diesen Ort zurück. Der Schock saß zu tief.

Das Erlebnis beschäftigte beide noch lange. Ihr Leben hing am seidenen Faden, sie hatten Glück gehabt, das wussten sie. Doch wenn es einmal soweit wäre? Sie mochten nicht daran denken. Leonhard ging immer wieder Epikur durch den Kopf, jene Stelle über den Tod, die Eggebrecht so selbstverständlich erschien, über die er selbst aber nicht hinweg kam, vor allem nicht, nachdem er das Ende so nah vor Augen gehabt hatte: Der Tod hat keine Bedeutung für uns, denn was aufgelöst ist, ist ohne Empfindung; was aber ohne Empfindung ist, das hat keine Bedeutung für uns. Er las Isabel den Satz vor, er wollte mit ihr darüber sprechen. Sie dachte lange nach, bevor sie antwortete: „Es fällt mir schwer, an das Ende zu denken und vor allem kann ich nicht ohne Empfindung daran denken. Das Nichts ist für mich unvorstellbar, ein schwarzes Loch, das macht mir Angst. Vielleicht liebe ich das Leben zu sehr? Vielleicht ist es der Glaube, den ich seit Kindheitstagen wie ein Kreuz mit mir herumtrage, der mich immer noch vage und unbestimmt wie ein Kind hoffen lässt, während mein Verstand mich dafür geißelt. Ich stehe dazwischen. Mehr kann ich Dir nicht dazu sagen." Er nickte stumm. Auf die wichtigste Frage des Lebens fanden sie keine Antwort. Wie konnte sich der Mensch mit seiner Endlichkeit abfinden? Und gerade deswegen, weil alles so schnell vorbei sein konnte, mit einem Mal - plötzlich und unerwartet liest man in solchen Fällen später in der Todesanzeige - beschlossen sie, die Gegenwart, ihr Glück im Hier und Jetzt, jede Sekunde, die sie miteinander verbrachten, in vollen Zügen zu genießen und auszuschöpfen.

Fiele es mir leichter, den Tod anzunehmen, wenn ich sagen könnte: Ich habe alles erreicht, was ich wollte, alle meine Träume sind in Erfüllung gegangen, mein Leben ist nicht mehr zu steigern? Erscheint der Tod sinnvoll, wenn er ein erfülltes Leben beendet? Sehnt man ihn dann herbei?

Jeden Abend gingen Leonhard und Isabel zum Strand, um den Sonnenuntergang zu beobachten. Sie bemerkten, wie die Tage kürzer wurden. Die Dunkelheit schlich sich fast unmerklich heran, jeden Abend aufs Neue stahl sie der Helligkeit in unerbittlicher Konsequenz eine Minute, jetzt mussten sie bereits um neun Uhr hier sein, fast eine halbe Stunde früher, als zu Beginn ihres Urlaubs. Jedes Mal versuchten sie das Besondere zu beschreiben und wurden sich gleichzeitig bewusst, dass ihre Worte den unmittelbaren Eindruck nicht zu fassen vermochten, ihn nicht festhalten konnten, im Gegenteil: Die Worte entfernten sie von ihrem Erleben, veräußerten das Erlebnis, verwandelten es zu etwas Erlebtem und damit bereits Vergangenem. Das Bild hingegen verinnerlichten sie, es prägte sich ihnen ein und war in ihrer inneren Vorstellung gegenwärtig, so wie am letzten Abend, als der Tag in die Nacht überging und eine einzelne Wolke, vom Wind bizarr zerrissen, das Feuer der untergehenden Sonne wie eine auflodernde Fackel fing, während die schmale Sichel des Mondes wie ein scharfes Stück Metall aus dem schwarzblauen Himmel heraus stach. Der Eindruck beunruhigte beide, aber sie sprachen nicht darüber. Sie gingen zeitig zu Bett, da sie am nächsten Morgen sehr früh die Heimreise antreten wollten.

Ingrid stand an diesem Samstagmorgen erst gegen neun Uhr auf, was ungewöhnlich spät für sie war. Nach dem Streit mit Laura konnte sie lange Zeit nicht einschlafen, sie hatten sich wegen einer Kleinigkeit gestritten, was in der letzten Zeit häufiger vorkam. Sie rief ihre Tochter nicht wie üblich zum Frühstück, sie wollte den Tag in aller Ruhe alleine beginnen. Als sie den Generalanzeiger aufschlug, konnte sie kaum fassen, was auf der Titelseite stand:

Gerüst wird zur Falle - Tödlicher Sturz in Klinikum

Gestern Nachmittag kam es auf der Großbaustelle des städtischen Klinikums zu einem tragischen Unfall. Ein polnischer Arbeiter stürzte aus zehn Metern Höhe in die Tiefe und erlag noch am Unfallort seinen Verletzungen. Nach internen Informationen dieser Zeitung hat die Firma Zepp Nachfolger eigenmächtige Veränderungen am Gerüstbau vorgenommen, die vor einigen Wochen zu Beanstandungen durch die Arbeitsschutzbehörde führten. „Infolge solcher Manipulationen kann sowohl die Standsicherheit als auch die Sicherheit der auf dem Gerüst befindlichen Beschäftigten erheblich beeinträchtigt werden", teilte der Sprecher der Behörde auf Nachfrage dieser Zeitung mit. Ungeklärt ist bislang, ob die Firma Zepp Nachfolger die beanstandeten Mängel behoben hat, bevor es zu dem tödlichen Unfall kam. Die Staatsanwaltschaft ermittelt. Der Firmeninhaber Bernd Gierke wollte sich dazu öffentlich nicht äußern. Der Verunglückte hinterlässt eine Frau mit drei kleinen Kindern in Polen. Lesen Sie weiter auf Seite 12: Telefoninterview mit der Witwe.

Ingrid war außer sich, Leonhard musste sofort informiert werden. Immer wieder versuchte sie, ihn auf dem Handy zu erreichen. Vergeblich, immer nur die Mailbox. Von Siemsen hatte ihr gesagt, dass er dieses Wochenende zurückkehrte, sie wollte es immer wieder probieren, irgendwann müsste sein Handy wieder Empfang haben. Nicht auszudenken, wenn Gierke... Sie und Leonhard, sie beide mussten jetzt zusammenhalten, das war das Wichtigste.

Leonhard und Isabel ließen sich mit der Rückreise mehr Zeit als vorgesehen. Sie suchten Aufschub vor dem, was sie zu Hause erwartete. Nach der Rückkehr warteten vor allem auf Leonhard einschneidende Veränderungen, die nicht ohne Konflikte zu bewältigen waren. Die letzten drei Wochen in der Abgeschiedenheit hatten sie zusammenwachsen lassen, sie hatten Pläne für die Zukunft. Vichy erschien beiden als der rechte Ort, noch einmal die Ruhe vor dem bald einsetzenden Sturm zu genießen. Die spielerische Eleganz der Belle Epoque verführte sie, zwei Tage länger als geplant in der Stadt mit ihren heilenden Quellen zu bleiben. Sie schlenderten durch die spätsommerlichen Parks, den Parc d'Alliers, den Parc des sources, bewunderten die grazile Leichtigkeit schmiedeeiserner Musikpavillons und die märchenhaften Holzhäuser im Savoyer Stil – erbaut zu Zeiten Napoleons III., wie ihnen der Reiseführer verriet – wandelten durch die Halle der source celestine, tranken von dem himmlischen Wasser und genossen die wohltuenden Anwendungen in den Thermes des Domes. Alle Unwägbarkeiten der Zukunft erschienen ihnen leicht zu bewältigen, gemeinsam ließe sich alles lösen. Leonhard wollte gleich nach seiner Rückkehr mit Ingrid das Nötige klären: Finanziell würden sie sich einigen, da war er sicher, von ihm aus könnten Ingrid und Laura im Meisterhaus wohnen bleiben, ihm lag nicht mehr viel daran. Ingrid wäre sicher beruhigt, ihr Leben ginge so weiter wie bisher. Gierke zahlte regelmäßig die Pacht, es gab keine Probleme mit der Hypothek. Die Aktien stiegen wieder leicht, somit stand es um die Rücklagen nicht mehr so schlecht wie vor einem halben Jahr. Vielleicht sollte man darüber nachdenken, Lauras Appartement zu vermieten, sie war ja sowieso die meiste Zeit oben bei Ingrid, doch das war ein heikler Punkt, lieber nicht daran rühren. Die Wohnung seiner Mutter würde er nach seinem Umzug auf jeden Fall nicht leer stehen lassen, sie brachte zumindest etwas zusätzliches Geld ein, die Mieten in Köln waren hoch... Leonhard war bereit auf Vieles zu verzichten, Ingrid könnte sich nicht beklagen. Doch er wusste, dass Geld nicht alles war. Die entscheidende Frage war vielmehr: Würde sie, würde Laura es hinnehmen?

Von Siemsen versuchte Leonhard in Südtirol zu erreichen. Er rief seinen Verwalter an und bat ihn, eine Nachricht mit folgendem Inhalt zu hinterlassen, falls er Leonhard nicht persönlich anträfe: Schwerer Unfall auf Baustelle. Melde Dich bitte sofort. Grüsse Heinrich. Der Verwalter machte sich sofort auf den Weg und war erstaunt, die Berghütte so vorzufinden, wie seine Frau sie hergerichtet hatte. Alles war unberührt, die Bettwäsche, die Handtücher, das Geschirr. Es war offensichtlich, dass der Gast nie eingetroffen war. Eilig kehrte er nach Hause zurück und benachrichtigte von Siemsen. Der Architekt machte sich Sorgen. Vielleicht war seinem Freund auf dem Weg nach Südtirol etwas zugestoßen. Ein Unglück, ein Autounfall? Aber dann wäre Ingrid längst benachrichtigt worden. Vielleicht war ihm Schlimmeres zugestoßen? Ein Verbrechen? Vielleicht hatte man ihn irgendwo ohne Papiere gefunden, bewusstlos und niemand wusste, wer er war? Solche Fälle gab es... Er bat den Verwalter, sich bei der italienischen Polizei zu erkundigen, ob in der Region ein Mann aufgefunden wurde, dessen Identität nicht geklärt werden konnte. Aufgeregt erzählte er seiner Frau, was vorgefallen war. „Vielleicht ist er nie dort gewesen, weil er sich ganz woanders aufhält", gab Katharina von Siemsen zu bedenken. „Wie meinst Du das?", fragte er erstaunt. „Nun, ich denke..."

Das Telefon klingelte und unterbrach sie. Der Verwalter war am Apparat und berichtete, dass in den vergangenen Wochen eine unbekannte Frau in den Bergen zu Tode gekommen sei, offensichtlich alleinstehend, möglicherweise Selbstmord, aber ein Mann ohne Papiere sei den Beamten nicht untergekommen. Verstört legte von Siemsen auf. „Vielleicht will er ein paar unbeschwerte Wochen mit einer Frau verbringen, ohne dass jemand etwas davon erfährt", spann seine Frau unbeirrt ihren Gedanken fort.

„Ach Unsinn, Leonhard braucht Abstand von seiner Ehemisere und will einfach mal alleine sein. Er hat es mir doch selbst erzählt, warum sollte er mich anlügen?" Er rief bei der deutschen Polizei an und ließ sich von einer zuständigen Stelle zur nächsten verbinden, aber auch hier wusste niemand etwas von einer aufgefundenen Person, auf die seine Beschreibung passte. Ob er nicht eine Vermisstenanzeige aufgeben wolle? Nein, damit warte er noch, vielleicht kläre sich ja noch alles zum Guten, erwiderte er und beendete das Gespräch. Katharinas Verdacht, den er eben noch heftig zurückgewiesen hatte, arbeitete in ihm und nährte insgeheim seinen Zweifel. Ob sein Freund tatsächlich sein Vertrauen missbraucht und ihn belogen hatte...?

Das Telefon klingelte abermals. Es war Ingrid. „Ist Leonhard schon bei Euch eingetroffen?" „Nein, noch nicht." Er überlegte einen Augenblick, was er ihr sagen sollte und fuhr fort: „Mach Dir keine Sorgen. Das Wetter ist herrlich dort unten, sicherlich bleibt er deshalb noch etwas länger. Der Verwalter hat ihm eine Nachricht hinterlassen. Ich melde mich bei Dir, sobald ich etwas höre."

Ingrid ließ sich vertrösten und von Siemsen legte auf. Gedankenverloren blieb er neben dem Telefon stehen. „Warum deckst Du ihn?“, fragte seine Frau. „In dubio pro reo“, erwiderte er. „Ich kann nicht glauben, dass er mich, seinen alten Freund, belügt und als Alibi missbraucht.“ „Und wenn doch?“, fragte sie. „Falls er mich hintergangen hat, will ich nicht als Mitwisser dastehen. Das muss er dann alleine verantworten.“ „Sicher, niemand wird Dir etwas vorwerfen können, vor allem Ingrid nicht, Du gehst sauber aus der Sache heraus“, beruhigte sie ihren Mann. „Ein schwacher Trost“, sagte er und schwieg.

Das Telefon sollte an diesem Wochenende nicht mehr still stehen. Am Sonntagnachmittag rief ein Journalist bei Ingrid an und bat um eine Stellungnahme, wie sie sich den tragischen Vorfall erkläre, da es doch in all den Jahren zuvor keine schweren Arbeitsunfälle bei der Firma Zepp gegeben habe. Ohne Rücksprache mit ihrem Mann könne sie leider dazu nichts sagen, entgegnete sie. Er sei auf der Rückreise aus dem Urlaub und müsse bald eintreffen.

Es war ihr letzter Abend in Vichy. Es gab keinen Aufschub mehr, da Isabel übermorgen wieder arbeiten musste. In einem kleinen Restaurant ging ihr Urlaub mit sieben Gängen haute cuisine und edlem Wein endgültig zu Ende. Die Gedanken an die Zukunft ließen sie nicht los. „Das Wichtigste ist, wie Deine Frau reagiert. Wenn sie es akzeptiert, dann wird Laura es auch tun. Sicherlich wird es sie Überwindung kosten, ihren Vater an der Seite einer anderen Frau zu sehen, und es wird Dich viel Einfühlungsvermögen kosten, ihr das verständlich zu machen.“ „Mit Lars wird es weniger problematisch sein, er weiß Bescheid. Er lebt sein eigenes Leben“, sagte Leonhard. „Vielleicht können Deine Kinder Dich besser verstehen, wenn sie mich einmal kennen lernen“, schlug Isabel vor und setzte ihr spitzbübisches Lächeln auf. „Sicher, das sollten wir sobald wie möglich machen“, meinte Leonhard. Sein Gesichtsausdruck verfinsterte sich. „Aber was ist, wenn Ingrid einen Skandal macht?“, fragte er. „Dann wird es hart, für Dich und für mich, das müssen wir dann zusammen durchstehen“, antwortete Isabel und ergriff seine Hand. Das wäre eine Katastrophe, dachte er, denn eines wollte er sich auf keinen Fall vorstellen: mit seinen Kindern zu brechen...

Sie wechselten das Thema und überlegten, welcher Stadtteil von Köln für ihre gemeinsame Wohnung in Frage käme. Ein Einzug zum ersten Oktober wäre sicherlich gut, noch bevor der Winter kam, auch wenn das für Isabel eine Mietüberschneidung bedeutete. Aber es war eine Investition in die Zukunft, da scheue sie keine Kosten und wischte seine Bedenken vom Tisch.

Plötzlich bekam Leonhard einen Bissen Fisch nicht herunter, er steckte in der Speiseröhre fest, Würgereiz überkam ihn – sein altes Leiden. Er entschuldigte sich und verschwand schnell auf der Toilette. Zum Glück ging der Anfall schnell vorüber, doch Isabel war besorgt, als er zurückkehrte, schließlich passierte es nicht zum ersten Mal in ihrem Urlaub. Er beruhigte sie und meinte, er esse einfach zu schnell, diese verflixte kleine Gräte sei daran schuld gewesen. In der Nacht wachte er mit einem Brennen in der Speiseröhre auf. Reflux, aber der stechende Schmerz in der Brust war neu. Kein Wunder, dachte er, die Sorgen verfolgen einen in den Schlaf... Er stand auf, nahm ein Antacidum und eine Schmerztablette. Bald darauf schlief er wieder ein.

Am späten Sonntagabend hielt Ingrid es nicht mehr aus, sie fuhr in Leonhards Wohnung. Notfalls würde sie die ganze Nacht dort auf ihn warten, sie hatte einen Zweitschlüssel. Die Büroräume im Parterre waren hell erleuchtet, als sie dort gegen zehn Uhr ankam. Gierke lief zwischen seinem Büro und dem Vorzimmer hin und her. Die Jalousien waren heruntergelassen, doch gaben die Lamellen genügend Einblick, um das Geschehen verfolgen zu können.

In der Dunkelheit kam Ingrid von der Hofseite aus näher und beobachtete, wie Gierke mit hektischen Gesten seiner Lebensgefährtin Anweisungen gab. Verwirrt zog sie einen Aktenordner nach dem anderen aus dem Regal und schien kaum hinterherzukommen. Er war ungeduldig, schrie sie an und fütterte die Schreddermaschine mit Papier, die die Beute wie ein Raubtier gierig verschlang und zerfetzte.

Ingrid ahnte, was dort vor sich ging. Aber was nützte es ihr, Gewissheit darüber zu erlangen? Was würde es ihr bringen, die Detektivin zu spielen und den Betrüger bei der Vernichtung von Beweismaterial zu überführen, das sicherlich noch ganz anderes zutage bringen würde? Nichts. Das Ende der Firma Zepp Nachfolger war besiegelt, das wusste sie. Jetzt galt es zu retten, was noch zu retten war, das was ihr noch blieb: Ihre Ehe und ihre Familie.

Unbemerkt gelangte sie in Leonhards Wohnung. Sie machte Licht. Die Luft war stickig und sie öffnete das Küchenfenster. Auf dem Tisch lagen Photos von der kleinen Melanie und die Taufanzeige, daneben sein Handy. Kein Wunder, dass sie ihn nicht erreichen konnte. Sie öffnete die Tür zum Schlafzimmer, sein dunkelroter Schlafanzug lag auf dem gemachten Bett. Sie ging ins Wohnzimmer, die rote Kontrolllampe der Stereoanlage blinkte, er hatte sie vor seiner Abreise nicht ausgeschaltet. Wurde er vergesslich? Sie nahm die CD aus dem Schubfach – Wild Saxophone. John Coltrane at Carnegie Hall stand darauf. Hörte er jetzt Jazz? Früher hatte er sich nicht viel daraus gemacht...

Sie legte die kleine lila Plastikscheibe in das Schubfach zurück und schaltete die Anlage aus. Nachdem sie noch einen kurzen Blick in das Bad geworfen hatte, alles war blitzblank geputzt, ging sie zurück in die Küche, setzte sich an den Tisch und wartete. Sie schaute sich um. Im Grunde hatte sich seit dem Tod seiner Mutter nichts verändert, der alte Küchenschrank, die alte Uhr über der Türe, das Wachstuch auf dem Tisch, alles hatte seine Geschichte. Nur die Nespresso Maschine war neu, der einzige Luxus, den er sich leistete in dieser kleinen Wohnung...

Und sie? Allein in diesem riesigen Haus, in das sie beide ihre gesamte Arbeit, ihr halbes Leben gesteckt hatten... Welchen Sinn machte das alles noch?... Ihr Blick fiel auf die Photos der kleinen Melanie, die verstreut auf dem Tisch lagen. Sie betrachtete eines nach dem anderen. Mit einem Mal fing sie an zu schluchzen, ohne dass sie es wollte, erst leise, dann lauter, der Schmerz saß tief, eingekapselt, gewaltsam presste er sich durch ihren Körper hindurch wie schmutzige Lauge durch einen Lappen, von rauhen, rissigen Händen gewrungen, immer fester, würgend bis zum letzten Tropfen. Erschöpft kam sie zu sich, nahm einen Zettel zur Hand und schrieb in schnellen Zügen darauf:

Verzeih mir. Lass uns wieder gut miteinander sein, damit es wird, wie es einmal war.
In Liebe Ingrid

Sie ließ das Papier mit ihrer Botschaft auf dem Tisch liegen und eilte aus der Wohnung. Mitternacht war lange vorbei. Im Treppenhaus traf sie auf Gierke und Jaqueline, die gerade große Müllsäcke aus dem Büro schafften und sich von ihr ertappt fühlten. Angriff ist die beste Verteidigung, dachte Gierke und fragte, was sie denn zu so später Stunde hierher treibe, ob sie etwa ihrem werten Herrn Gemahl auf die Schliche gekommen wäre. Ingrid erwiderte, sie wisse nicht, was er meine und wollte das Haus verlassen, doch er verstellte ihr den Weg. Er möge sie bitte durchlassen, sie habe kein Interesse an dem, was er hier treibe. Sie überlasse es lieber der Polizei, das herausfinden, sagte sie scharf. Er drängte sie vom Eingang in das Treppenhaus zurück. Jaqueline stellte sich schützend vor Ingrid und schrie ihn an, ob er verrückt geworden sei, er solle die Frau gefälligst in Ruhe lassen, da würde sie nicht mehr mitmachen. Gierke verlor die Fassung und stieß Jaqueline mit solcher Gewalt zur Seite, dass sie stürzte. Dann ging er auf Ingrid los. „Sie und Ihre saubere Firma wollten sich nie die Hände an mir schmutzig machen. Für Sie war ich doch immer nur der Prolet aus dem Osten, der nichts zustande bringt. Aber mein Geld haben Sie gerne genommen. Mir machen Sie nichts vor, Sie und Ihre feine Gesellschaft. Sie lasse ich alle hochgehen, da können Sie Gift drauf nehmen. Sie hängen doch alle mit drin: jeder von Ihnen bedient sich und jeder nimmt mit, was er bekommen kann. Und bilden Sie sich nur nicht ein, Sie sind was Besseres. Ihr sauberer Herr Ehemann vögelt eine andere, und Sie bekommen es noch nicht mal mit..."

Ingrid schaffte es, in Leonhards Wohnung zu flüchten und sich in Sicherheit zu bringen. Gierke brüllte sich die Seele aus dem Leib, jedes seiner Worte traf Ingrid durch die Türe hindurch, ließ sie erstarren, machte sie kalt. Plötzlich krachte im Treppenhaus etwas zu Boden, es gab einen fürchterlichen Knall, Glas splitterte. Gierkes Gebrüll brach ab. Stille. Schritte gingen langsam die Treppe hinunter. Dann schrie Jaqueline auf, er sei das Widerlichste, was ihr je untergekommen sei. Beide stritten lautstark weiter.

Ingrid hörte nicht mehr hin, sie blendete es aus. Ihr Verstand war scharf und hatte alles unter Kontrolle, auf ihn konnte sie sich verlassen, er gab ihrem Körper den Befehl, sich in Gang zu setzen, sich sogleich an die Arbeit zu machen und sämtliche Schubladen zu durchsuchen, eine nach der anderen, mit größter Sorgfalt, ohne Unordnung zu hinterlassen: Zuerst fand sie Leonhards abgelegten Ehering in der Nachttischschublade, einige Zeit später die Kopie der Reiseunterlagen im Wohnzimmerschrank, denen sie entnehmen konnte, dass Leonhard mit einer gewissen Isabel Lafort drei Wochen an der Atlantikküste verbrachte. Sie legte die Papiere sorgfältig an ihren Platz zurück, entfernte den Zettel vom Küchentisch, auf dem sie ihn um Verzeihung bat, und verließ die Wohnung gegen zwei Uhr nachts. Im Haus war es totenstill, Gierke und Jaqueline waren längst verschwunden. Nichts wies mehr darauf hin, was sich an diesem Abend hier ereignet hatte, alles, was sie in den letzten Stunden erlebt hatte, kam ihr mit einem Mal unwirklich vor, so als ob das alles nie geschehen wäre...

Leonhard hatte den Zeitpunkt richtig abgepasst: Von Siemsen war am Vormittag nicht zu Hause. Er stellte die Kiste Bordeaux vor die Haustüre, zwölf Flaschen erstklassigen Chateau Lafitte Premier Cru und warf den Schlüssel zusammen mit einem kleinen Umschlag in den Briefkasten. Der Hauseingang war geschützt, und er hatte keine Bedenken, dass das großzügige Dankeschön gestohlen würde. Er fuhr weiter zu seiner Wohnung. Auf dem Betriebshof standen zwei Polizeiwagen, Beamte waren damit beschäftigt, Akten und Computer einzuladen. Hausdurchsuchung, erklärten sie Leonhard mit knappen Worten im Vorbeigehen, ohne ihm weitere Beachtung zu schenken. Im Treppenhaus stieß er auf Jaqueline. Aufgeregt erzählte sie ihm von dem tödlichen Unfall auf der Baustelle. Sie war erstaunt, dass er nichts davon wusste. Er wäre verreist gewesen, erklärte Leonhard. „Und da hat Sie niemand informiert? Noch nicht einmal Ihre Frau? Hier war die Hölle los." Er schwieg.

Sie bemerkte, dass sie wieder einmal das Falsche gesagt hatte und versuchte darüber hinweg zu gehen, indem sie Leonhard in aller Ausführlichkeit schilderte, wie die Polizei sie sehr früh am Morgen aus dem Bett geklingelt und verlangt habe, die Büroräume zu öffnen. „Und wo ist Ihr Mann?", unterbrach er sie. „Von wegen Mann, der hat sich schön aus der Affaire gezogen", winkte sie ab. „Ist er etwa verschwunden?" „Von wegen, er ist zusammengebrochen und liegt im Krankenhaus. Erst macht er den starken Mann, jetzt steh ich hier und darf die Drecksarbeit für ihn machen. So geht das. Ach, ich hab genug von all den Kerlen, einer wie der andere, mir macht keiner mehr was vor..."

Leonhard ließ sie in ihrem Lamento stehen und lief hinauf in seine Wohnung. Sein Handy lag auf dem Küchentisch, neben den Photos der kleinen Melanie. Alles war so, wie er es hinterlassen hatte. Er hörte seine Mailbox ab. Von Siemsen, Ingrid, Laura, sie alle machten sich Sorgen um ihn. Die Welt um ihn herum brach zusammen, während er von einer glücklichen Zukunft träumte...

Die letzte Nachricht war von Ingrid: „Hallo Leonhard, ich bin's. Du hast sicherlich von den schrecklichen Ereignissen auf der Baustelle gehört. Es kommt noch schlimmer: Klaus Petermann hat mir gesagt, dass Gierke Insolvenz anmelden muss, er kann seine Schulden nicht mehr bezahlen. Wir sollten uns sobald wie möglich treffen, wir müssen über alles reden. Melde Dich, sobald Du wieder da bist. Auf bald." Ihre Stimme klang versöhnlich. Leonhard atmete auf, das würde Vieles erleichtern. Er rief sofort zurück. Sie lud ihn zu einem Abendessen am kommenden Wochenende ein. Lars wollte auch kommen. „Wir müssen gemeinsam mit den Kindern überlegen, wie es nach dem Zusammenbruch der Firma weitergehen kann. Finanziell sieht es nicht gut aus, wir werden uns einschränken müssen. Das Wichtigste ist jetzt der Zusammenhalt in der Familie", sagte sie zum Abschied.

Je näher der Samstag kam, desto nervöser wurde ich. Erinnerst Du Dich, wie wir uns gemeinsam auf die große Aussprache vorbereiteten? Wir spielten alle Möglichkeiten durch, was Ingrid sagen würde, wie ich darauf reagieren könnte, um eine Lösung herbeizuführen. Kurz bevor ich von Dir wegfuhr, gingen wir alles in Gedanken noch einmal durch, wir umarmten uns, hielten uns aneinander fest, wollten uns lange nicht loslassen, als ob wir für lange Zeit Abschied voneinander nehmen müssten und meine Rückkehr ungewiss sei. Alles kam anders, als wir dachten. Ich hätte es nicht für möglich gehalten, dass ein einziger Abend ausreichte, alles in Frage zu stellen: Unsere Zukunft.

11

Sie standen auf der Dachterrasse im Schatten hoher alter Bäume und schauten auf die Uferwiese: Kinder spielten Ball, Hunde liefen fliegenden Stöckchen hinterher, Radfahrer schlängelten sich auf dem Weg aneinander vorbei. Ein lauer Wind trug von der Ferne Lachen zu ihnen. Isabel hakte sich bei Leonhard ein und lehnte den Kopf an seine Schulter.

„Beste Lage, habe ich Ihnen etwa zu viel versprochen? Wie gesagt, eine absolute Traumwohnung, alles Top, so etwas dürfen Sie sich nicht entgehen lassen", sagte die Maklerin, als sie zu ihnen auf die Terrasse trat und auf ihren hohen Absätzen über die unebenen Holzbohlen balancierte. „Das Haus ist denkmalgeschützt, rheinischer Jugendstil und mit viel Liebe zum Detail vom Besitzer restauriert worden", erklärte die schlanke Dame im Kostüm mit gewinnendem Lächeln. Sie war eine gute Verkäuferin, alles an ihr strahlte: ihre großen schwarzen Augen ebenso wie die kleinen Goldknöpfe an ihrem dunkelblauen Blazer und die hochhackigen Lackpumps an ihren Füßen. Sie machte Lust auf Zukünftiges und war sich sehr wohl bewusst, dass ihr südländisches Aussehen und ihre tiefe warme Stimme – sie sprach fließend Deutsch ohne Akzent – etwas Verführerisches hatten.

„Das ist nur etwas für Romantiker, für Menschen, die in ihren vier Wänden mehr suchen, als ein Dach über dem Kopf", raunte sie und wies auf den kleinen rosenumrankten Holzpavillon im Garten, der allen Bewohnern der Hausgemeinschaft zugänglich war. „Und wie hoch ist die Kaltmiete?", fragte Leonhard. Die Dame schaute irritiert, als habe sie sich verhört. Üblicherweise redete sie über das Finanzielle erst, nachdem die Kunden ihr neues Zuhause „angelebt" hatten, wie sie es nannte. Dann gab es kein Zögern, kein Zurück mehr. Die Frage Leonhards brachte die Maklerin aus dem Konzept. Sie blätterte eilig in dem farbigen Exposé, um nach der gewünschten Information zu suchen. „1800 Euro, zuzüglich 500 Euro Nebenkostenvorauszahlung." Das Verführerische war aus ihrer Stimme gewichen. Sie ahnte nicht, dass sie einen gestandenen Geschäftsmann vor sich hatte und wurde immer kleinlauter, sogar ein wenig schnippisch, als Leonhard die Zahlen in dem Exposé bis aufs Kleinste auseinander nahm und hinterfragte. Am Ende blieb von der Traumwohnung in Toplage nicht viel übrig, außer der Erkenntnis, dass das Preis-Leistungsverhältnis nicht stimmte, für ihn rechnete sich die Wohnung nicht. Isabel beteiligte sich nicht an dem Gespräch. Sie saß auf der Balustrade der Terrasse, ihr Blick schweifte in die Ferne, während Leonhard der Maklerin zu verstehen gab, dass die Wohnung für sie nicht in Frage käme. „Ich habe Ihnen ja gesagt, das ist nur etwas für Romantiker, aber vielleicht überlegen Sie sich es ja noch einmal. Fragen Sie einmal Ihre Frau, ich glaube, die denkt da ganz anders", sagte die Maklerin zum Abschied und wünschte beiden noch einen schönen Abend.

Leonhard und Isabel schlenderten zum Rhein hinunter. Es war ein warmer Sommerabend, die Lokale an der Uferpromenade waren überfüllt. Auf einem der Hausboote, der „Alten Liebe", fanden sie endlich einen freien Platz mit Blick auf das kleine ehemalige Fischerdorf. Die weiß getünchte kleine Kirche aus romanischer Zeit, das Kapellchen wie man es hier nannte, und die herausgeputzten Fachwerkhäuser lagen vor ihnen im Licht der Abendsonne – selbst die Autobahnbrücke, die den Rhein achtspurig überspannte, zerstörte diesen Anblick nicht, sondern fügte sich mit ihrem türkisgrünen Anstrich in das Postkartenpanorama ein.

Leonhard wollte etwas bestellen, doch die Bedienung war überfordert, sagte immer wieder, sie komme gleich und lief immer wieder an ihrem Tisch vorbei. „Bevor Du in unserem Namen absagst, hätte ich mich gerne mit Dir darüber unterhalten", sagte Isabel. „Die Miete war total überhöht. Wenn ich das schon höre: Das ist nur etwas für Romantiker. Alles Geschäftemacherei: Die wollte uns nur über den Tisch ziehen", erwiderte Leonhard gereizt.

„Das mag sein, aber ich wäre trotzdem gerne von Dir mit in die Entscheidung einbezogen worden." Der Ober war in ihrer Nähe und Leonhard versuchte ihn abermals herbeizuwinken, abermals vergeblich. „Wir haben jetzt mindestens zehn Wohnungen besichtigt", fuhr Isabel fort, „immer hattest Du etwas auszusetzen. Zu groß, zu klein, zu laut, kein Balkon, zu teuer. Manchmal habe ich den Eindruck, Du willst gar nicht umziehen." „Das ist doch Unsinn, das weißt Du", entgegnete er. „Aber diese Wohnung war eindeutig die schönste, die wir gesehen haben. Für mich war sie ein Traum. Kannst Du mir mal sagen, was Dir daran nicht gefallen hat?"

„Sicher ist die Wohnung schön, aber der Preis hat mir absolut nicht gefallen", sagte er. „Ich hätte sie sofort genommen, auch wenn sie teuer ist. Und schließlich teilen wir uns die Miete, dann ist das Ganze doch finanzierbar. Alles in allem würde ich nicht mehr ausgeben als jetzt. Und Du?" Sie schaute ihn an, er wich ihrem Blick aus.

„Trotzdem bin ich nicht bereit, einen Preis zu zahlen, der überhöht ist. Dafür bin ich zu sehr Geschäftsmann." Isabel ärgerte sich über seinen Ton, der keinen Widerspruch zuließ. „Warum soll man nicht Geld für etwas ausgeben, das einem gefällt? Wenn ich es mir von meinem Psychologengehalt leisten kann, dürfte es für Dich auch kein Problem sein. Du bist schließlich kein armer Mann." „Mir geht es ums Prinzip. Man muss das Geld ja nicht zum Fenster hinausschmeißen." „Aber man braucht auch nicht geizig gegen sich selbst zu sein." „Ich glaube nicht, dass Du von mir behaupten kannst, ich sei geizig." Nervös klopfte er mit dem Bierdeckel auf den Tisch. „Entschuldige, ich habe es nicht so gemeint", sagte sie und legte die Hand auf seinen Unterarm. „Hat es mit der Insolvenz zur tun?", fragte sie. Er wandte den Blick ab. „Sag mir doch, was Dich bedrückt und schließ mich nicht schon wieder aus Deinen Gedanken aus."

Er fuhr sich mit der Hand durch das Gesicht, bevor er antwortete: „Ich bin die Finanzen noch einmal durchgegangen. Es wird sich nicht umgehen lassen, das Haus zu verkaufen, wenn wir beide einen angenehmen Lebensabend verbringen wollen, doch ohne Ingrids Einwilligung, kann ich es nicht verkaufen. Wir sind beide im Grundbuch eingetragen und nach dem Streit letzten Samstag..." – er brach ab.

Erstaunt sah sie ihn an, wollte nachfragen, doch es war nicht der rechte Zeitpunkt: die Erinnerung schien ihm immer noch zuzusetzen, er wirkte verletzt und verbittert. „Wir schaffen das schon, mach Dir keine Sorgen, das Geld ist nicht so wichtig. Bei mir wohnt es sich doch auch ganz gut, wenn uns die Decke auf den Kopf fällt, machen wir einen kleinen Ausflug in Deine Wohnung. Lass uns versuchen, das Beste daraus zu machen." Sie nahm seine Hand. Er versuchte zu lächeln, aber es gelang ihm nicht recht. Endlich kam die Bedienung zu ihnen, sie bestellten zwei Bier und eine Kleinigkeit zu essen. Später bat sie um die Rechnung und wollte Leonhard einladen, doch er ließ es sich nicht nehmen, für beide zu zahlen. Er war es so gewöhnt, und es wäre ihm unangenehm gewesen, den

Eindruck zu erwecken, er müsse auf jeden Cent achten. Das widersprach seinem Selbstverständnis als Mann.

Leonhard verbrachte die meiste Zeit bei Isabel in Köln, jedoch musste er hin und wieder nach Godesberg fahren, um die rechtlichen und finanziellen Konsequenzen der Insolvenz zu regeln und blieb über Nacht. Es waren Ausflüge in die Vergangenheit, die ihn mit seinem Scheitern konfrontierten, die ihm immer wieder bewusst machten, wie schmal der Steg war, der über den Abgrund der Gegenwart in die Zukunft führte. Das Küchenfenster stand offen, er schaute auf den verwaisten Betriebshof. Die LKWs der Firma Zepp waren verschwunden, aufgelöst in der Konkursmasse. Der Wind trieb eine Plastiktüte mit polnischer Aufschrift über den Asphalt, spielte mit ihr, wirbelte sie umher, bis sie sich im verrosteten Maschendrahtzaun verfing. Die Bäume verloren schon die Blätter, obwohl es erst Anfang September war – ein heißer Sommer, wie im vergangenen Jahr. Vertrocknetes Laub lag umher, niemand kehrte es mehr weg.

Ein Jahr, das alles veränderte, alles Bestehende auflöste... Als er Gierke damals die Schlüssel der Firma übergab, wusste er, dass er der Falsche war. Er wollte es nicht wahrhaben, Ingrid hatte Recht behalten... Nun saß er in Untersuchungshaft wegen fahrlässiger Tötung. Man warf ihm vor, die Schuttrohre eigenmächtig am Gerüst befestigt zu haben. Die Firma Zepp Nachfolger existierte nicht mehr, und damit waren alle guten Verbindungen abgebrochen, die Leonhard in der Vergangenheit besessen hatte: Dr. Petermanns Bauchgefühl ließ ihn unnachgiebig auf der Einhaltung der Kreditkonditionen bestehen – notfalls müsse man eben über eine Zwangsversteigerung des Meisterhauses nachdenken, so leid ihm das tue, aber auch ihm seien die Hände gebunden... – und für die Rotarier war er so gut wie tot. Gesellschaftlich war er endgültig erledigt. Er hatte mit vielem gerechnet, aber nie mit dem Verlust seines Vermögens. In seiner alten Welt war er nichts mehr wert und so brachte man ihm auch keine Wertschätzung mehr entgegen, das war seine bittere Erkenntnis. Auch wenn er selbst sein altes Beziehungsnetz durchtrennt hatte, litt er nun darunter, nicht mehr aufgefangen zu werden. Man ließ ihn fallen, er wurde geschnitten und stand als Versager da. Der Erfolg hatte ihn verwöhnt: Früher war er Herr über seine Entscheidungen gewesen, nun wurde über ihn entschieden.

Auch wenn er wusste, dass Herr Precht ein eiskalter Karrierist war, verletzte es ihn, nicht mehr von ihm gegrüßt zu werden. Gierke hatte sein Schweigen gebrochen, alles kam ans Tageslicht..., auch dass die Bauaufsicht, nachdem sie Mängel am Gerüst festgestellt hatte, eine nochmalige Sicherheitsprüfung unterließ. Precht wurde dafür zur Rechenschaft gezogen. Die Ermittler stellten unangenehme Fragen, ob dies „nur" eine rheinische Schlamperei sei, oder nicht viel mehr eine Vorteilsnahme im Amt. Gierke riss alle mit sich in den Abgrund, er hatte ausgesagt, dass er das Haus des Baudezernten auf Mallorca zum Nulltarif renoviert habe... Die Presse stürzte sich auf den Skandal, witterte Korruption, und Leonhard befürchtete, dass auch er mit hineingezogen würde...

Auch wenn er wusste, dass von Siemsen immer nur ein guter Geschäftspartner und nie ein wirklicher Freund war, schmerzte es Leonhard, als der Architekt ihm die Freundschaft aufkündigte. Im Rahmen der gerichtlichen Ermittlungen, die anstanden, waren sie noch aufeinander angewiesen. „Aber wenn das hier alles vorbei ist, sind wir geschiedene Leute", hatte von Siemsen ihm mitgeteilt.

Er setzte sich wieder an den Küchentisch und vertiefte sich in seine Epikurlektüre. „Von allem, was die Weisheit für die Glückseligkeit des ganzen Lebens bereitstellt, ist der Gewinn der Freundschaft das bei weitem Wichtigste."

Wenn es denn richtige Freunde waren... Mit wem konnte er reden, ohne sich verstecken zu müssen? Er hatte sich aus dem Gefängnis der falschen Beziehungen befreit, doch nun stand er alleine da, ohne Vertraute, die zu ihm hielten, ihn stützten. Ein Baum, ohne Wurzeln. Freundschaften wachsen über Jahre, sind Teil des eigenen Lebens.

Aber in seinem Alter, findet man da noch einmal Freunde? Bleibt einem überhaupt noch genügend Lebenszeit, dass etwas Neues entstehen kann? Rein statistisch gesehen hatte er noch fünfzehn Jahre, möglich wäre es... Aber ist da noch die Offenheit, aufeinander zuzugehen?

Die meisten schauen doch nur zurück, auf das, was gewesen ist, was sie geschaffen haben, leben in ihren alten Bindungen, halten sich an ihnen fest, unfähig, neue Verbindungen einzugehen – wie stehendes Meerwasser, das, eingeschlossen in einem Becken, langsam unter der Glut der Sonne verdorrt und zu Salz kristallisiert. Das Alter verändert, wirft einen auf sich selbst zurück, das Misstrauen, die Skepsis wachsen, das Neue wird zur Bedrohung...

Der einzige Lichtblick in seinem Leben war Isabel, sie stärkte ihn, sie stand zu ihm. Aber würde es so bleiben? Der Mensch lebt nicht von der Liebe allein... Wie würde sie reagieren, wenn sie von der ganzen Korruptionsgeschichte erfuhr? Von seinen Verstrickungen? Seine Zirkusprinzessin – die Barrikadenkämpferin, politisch stand sie doch auf der ganz anderen Seite... Und am Ende, wie stand er überhaupt selbst da? Ein Habenichts, ein Verlierer, ein Versager auf der ganzen Linie...

Er trat an das Fenster und sah hinaus. Die Plastiktüte war verschwunden, eine Windböe hetzte raschelndes Laub über den Hof. Ein Gewitter zog auf, in der Ferne türmten sich dunkle schwere Wolken, ein Himmel wie aus Stein. Spannung lag in der Luft, er sehnte sich nach einem gleißenden Blitz, in dem sich die aufgestaute Energie entlud, einem gezackten Blitz, der endlich Entspannung brachte. Die Erinnerung an jenen Abend ließ ihn nicht los. Alles hatte friedlich begonnen. Ingrid begrüßte ihn freundlich, geradezu freundschaftlich. Auch Laura umarmte ihn und freute sich, dass sie alle wieder beisammen waren, die ganze Familie, in dieser für sie alle schweren Zeit, wie sie mit Nachdruck sagte. Das Pathos ihrer Worte war ihm unangenehm. Lars beobachtete ihn. Er war zurückhaltend, ließ sich nichts anmerken, hielt sich raus. Ingrid hatte sich viel Mühe gemacht und ein aufwändiges Menu gekocht. An dem Refektoriumstisch nahmen sie ohne Zögern ihre alten Plätze ein, alles war vertraut, hatte eine Geschichte: das Bauhausbesteck mit den dunklen Ebenholzgriffen, die schlichten weißen Teller aus hauchdünnem Porzellan, die filigranen Kristallgläser. Nur ein kleines Detail wich ab: Statt der Stoffservietten lagen große blaue Papierservietten auf ihren Plätzen. Ingrid bat zu Tisch.

Man müsse das Beste aus der Situation machen und jetzt werde erst einmal gut gegessen, sagte sie. Lars erzählte von der Taufe und zeigte Photos von der kleinen Melanie. Alle bedauerten, nicht dabei gewesen zu sein und versicherten, bald ihren Besuch in Hamburg nachzuholen. Zwischen Hauptgang und Dessert versäumten sie es, einen Termin abzusprechen. Lars schien erleichtert und fragte nicht nach. Laura erkundigte sich nach Leonhards Aufenthalt in den Bergen. Er erzählte von eindrucksvollen Bergtouren und kam sich dabei erbärmlich vor.

Ingrid stand auf und räumte lärmend den Tisch ab, auf einmal war sie gereizt und fahrig. Lars half ihr, das Geschirr in die Küche zu tragen. Sie lächelte wieder, als sie nach einiger Zeit mit dem

Dessert aus der Küche zurückkam. Nach dem Essen kamen sie endlich auf die Insolvenz zu sprechen. Ingrid hatte einen Finanzplan entworfen, wie sie die Hypotheken für das Haus abzahlen und über die Runden kommen könnten. Sie plante, sein Elternhaus und das Firmengelände, das nicht zur Konkursmasse gehörte, zu verkaufen. „Und wo soll ich Deiner Meinung nach wohnen?", fragte er. Sie antwortete, ohne ihn aus den Augen zu lassen. Sie sprach langsam, sie wusste, dass sich nun alles Zukünftige entschiede.

„Du könntest wieder hier einziehen, in Lauras Appartement oder in Lars Zimmer, ganz wie Du willst." Ihm stockte der Atem. „Und was ist, wenn wir das Meisterhaus verkaufen?", erwiderte er langsam. Seine Frage ließ sie erstarren, ihr Gesicht wurde bleich, alles Lebendige wich aus ihrem Blick. „Dann kannst Du Deine Tochter und mich direkt mitverkaufen", sagte sie leise. Sie machte eine Pause, schloss die Augen, keiner wagte etwas zu sagen. Ihre Lider öffneten sich, ihr Blick blitzte auf.

„Dann kannst Du Dich endlich auf unsere Kosten mit Deiner Liebschaft vergnügen, mit dieser Isabel Lafort", sagte sie mit schneidender Stimme. „Dann kannst Du endlich Deine kranke Tochter und mich auf die Straße setzen. Das ist es doch, was Du willst, nicht wahr?" Sie schüttelte den Kopf, ihre Lippen verzerrten sich zu einem bitteren Lächeln. „Nein, mein Lieber, das verspreche ich Dir, so weit lasse ich es nicht kommen, und wenn es uns alle in den Ruin reißt. Du hast uns alle betrogen..." – das Versteckspiel hatte ein Ende. Ingrid hielt sich nicht mehr zurück, alles, was sie vorher mit eiserner Faust in sich zurückgehalten hatte, brach aus ihr heraus, brach über ihn hinein. Ihre Enttäuschung schlug in Hass um, schlug verzweifelt auf ihn ein: Sie erhob Anklage gegen ihn, wurde zur Anwältin ihrer Tochter. Laura war das Opfer, er war der Täter. Ein Tribunal, das alles veränderte: Laura brach den Kontakt zu ihm ab, auch von Lars hörte er seitdem nichts mehr. An diesem Abend hatte er seine Kinder verloren. Das war das Schlimmste.

Laura war völlig fassungslos und schockiert, von meinem „Verhältnis" zu erfahren, wie sie es nannte. Sie vermied es, Deinen Namen in den Mund zu nehmen, als könnte sie Dir zu nahe kommen, ihn auszusprechen, als könnte sie Dich totschweigen... Die Vorstellung, ihr Vater habe sich die ganze Zeit in einem Nudistencamp herumgetrieben – „wie ein räudiger Hund mit einer läufigen Hündin", fiel Ingrid ihr ins Wort – während die ganze Familie in Angst und

Sorge um ihn war, das widere sie einfach nur an, warf sie mir an den Kopf. Meine Versuche, ihr alles zu erklären, schmetterte sie ab. „Das macht mich alles nur noch kränker, ich halte das nicht mehr aus. Du bist ein verdammter Lügner, der uns alle verraten hat, Du schlägst alles kaputt, die ganze Familie. Du bist kein Vater, bist es nie gewesen...“ Sie brach in Tränen aus. Ingrid übernahm das Wort. „Siehst Du endlich, was für ein wahnsinniger Egoist du bist? Schau Dir doch Deine kranke Tochter an. Als Vater hast Du auf der ganzen Linie versagt.“ Lars saß mit versteinerter Miene da und sagte kein einziges Wort. Mein Blick fiel auf den nackten Alten an der Wand, der einen wilden Veitstanz veranstaltete und, so schien es mir, am liebsten aus dem Bild gesprungen wäre, um mich vor allen auszulachen. Ich ergriff die Flucht.
„Als Vater hast Du auf der ganzen Linie versagt.“ Dieser Satz ließ mich nicht mehr los, meißelte sich meinem Gedächtnis ein, hämmerte in einem fort auf mich ein, veränderte mich.

Von weitem sah Leonhard das Wetterleuchten am bleiernen Himmel, doch das Gewitter kam nicht, brachte keine Erlösung von der erdrückenden Schwüle. Er ging ins Wohnzimmer und setzte den Kopfhörer auf. Seit langer Zeit hörte er wieder einmal Verdi, die Musik riss ihn mit sich fort. „Or morendo nell'ombra in cui mi giacio un bacio...“

Leonhard fühlte sich besser, als er gut zwei Stunden später den Kopfhörer abnahm. Verdi, seine alte Medizin, wirkte immer noch, zum Glück.

Vor dem Einschlafen hörte er noch die Nachrichten mit dem alten Transistorradio seiner Mutter, das auf dem Nachttisch stand. Die Stimme des Sprechers rauschte, als käme sie von einem anderen Kontinent. Immer wieder gab es kleinere Störungen und Unterbrechungen, immer wieder musste Leonhard aufstehen und die Antenne neu ausrichten: 0.00 Uhr, Dienstag, 15. September... Österreich: Lufthansa übernimmt Fluggesellschaft Austrian Airlines... Kundus: Deutsche Bundeswehr ordnet Luftschlag auf zwei von Taliban entführte Tanklastzüge an, einhundertzweiundvierzig Menschen sterben, darunter auch Zivilisten... Ansbach: Bei einem Amoklauf in der mittelfränkischen Bezirkshauptstadt... zehn Verletzte... München: In einer S-Bahn prügeln Jugendliche ... zu Tode, nachdem er... verteidigen wollte... Die Meldungen im Einzelnen... Leonhard gelang es nicht, die Antenne in die richtige Empfangsposition zu bringen und verlor den Sender endgültig. Schließlich schaltete er das Radio aus und löschte das Licht.

Die Welt war in Aufruhr. Dienstag, den 15. September 2009, hatte der Sprecher gemeldet, das Datum traf ihn wie ein Schlag. Sein Hochzeitstag, mit einem Mal war er hellwach, mit einem Mal waren sie alle wieder da, die Erinnerungen, Bilder überfluteten ihn, Venedig, vor einem Jahr, San Marco, goldene Mosaiksteinchen tanzten vor seinen Augen wie Irrlichter, alles begann sich um ihn herum zu drehen, die schwarz glänzende Gondel, die Fahrt auf dem Canale Grande, La Fenice, der Schwindel, der Sog nach unten, immer tiefer, damit fing alles an, der Zerfall... danach.... der Sturz, das Versagen.... Er wollte nicht daran denken, stand auf und rief mitten in der Nacht Isabel an. Sie war in Sorge. Ob etwas passiert wäre, fragte sie, noch schlaftrunken. „Nichts, ich konnte nicht schlafen und wollte Deine Stimme hören. Ich vermisse Dich." „Ich Dich auch. Aber jetzt lass uns schlafen, bis Morgen, mein Herz." Sie legte auf. Unruhig wälzte er sich von einer Seite auf die andere, die Erinnerungen ließen ihn lange nicht los, irgendwann schlief er ein.

Stunden später, es war noch dunkel, wachte er von stechenden Schmerzen in der Brust auf. Ganz ähnlich wie in Vichy vor einigen Wochen, aber diesmal waren sie viel stärker, kein Vergleich zu damals. Er bekam Angst... wenn etwas mit dem Herzen... sicher wird es gleich besser. Es wurde schlimmer. Der Schmerz legte sich wie ein Stacheldraht um seine Brust, der sich langsam zusammen zog, ihm den Atem raubte. Panik überkam ihn... er war allein... noch konnte er Hilfe holen. Mühsam richtete er sich auf. Der Schweiß stand ihm auf der Stirn. Er zitterte, trotzdem schaffte er es aufzustehen, seine Knie wankten, er stützte sich an der Wand ab... Die Schlinge um seine Brust lockerte, löste sich, ließ ihn frei. Er atmete auf, der Schmerz war verschwunden. Glück gehabt. Gleich morgen früh würde er Dr. Schlee aufsuchen.

Der alte Hausarzt nahm sich viel Zeit für Leonhard und untersuchte ihn von Kopf bis Fuß, doch konnte er nichts finden, was auf einen Herzinfarkt hindeutete. Im Gegenteil, das Belastungs-EKG wies beste Werte auf. Leonhard hatte das Herz eines Fünfzigjährigen. Dr. Schlee wollte jedoch sicher gehen und riet, eine Kernspintomographie im Klinikum machen zu lassen. Leonhard war erleichtert. Er war gesund, ein Herz, wie ein Fünfzigjähriger, hatte der Arzt gesagt. Sicher blieb es nicht aus, dass sich der Körper bei all den Problemen, die auf ihm lasteten, auch einmal zu Wort meldete. In den nächsten Tagen hatte er keine Beschwerden mehr, alles bestens, die Untersuchung hatte also noch Zeit. Isabel erzählte er nichts von dem nächtlichen Zwischenfall, es gab keinen Grund zur Beunruhigung.

Die laufenden Prozesse gegen Gierke und Precht zwangen Leonhard immer wieder nach Bonn zu fahren, da er als Zeuge vor Gericht aussagen musste. Er trat souverän auf und wählte so geschickte Formulierungen, dass er und von Siemsen nicht angreifbar waren. Vor sich selbst beschönigte Leonhard sein Verhalten nicht, im Gegenteil, er war sein schärfster Richter: Du bist gescheitert und jetzt lügst Du auch noch, um Deine eigene Haut zu retten, verurteilte er sich. Isabel erzählte er nichts davon, das musste er alleine durchstehen – ein Nachbeben der Vergangenheit, das nichts mit seinem zukünftigen Leben zu tun hatte, es würde ihre Beziehung nur unnötig belasten. Doch schon bald merkte er, dass sich Vergangenes und Zukünftiges nicht wie Schwarz und Weiß voneinander trennen ließen. Es gab die Grauzone der Gegenwart. Er fing an, sich Isabels Fragen nach dem Verlauf der Verhandlungen zu entziehen, erst vorsichtig, dann energischer. Nein, es gebe nicht Neues, blockte er ab. Er fing an, ihr Wesentliches aus seinem Leben zu verheimlichen, einen Teil seines Wesens vor ihr zu verstecken, sie immer mehr von seinem Inneren auszuschließen. Und vor allem verschwieg er ihr, was ihn am meisten bewegte: Der Vorwurf seiner Tochter, als Vater versagt zu haben.

Isabel bemerkte, wie er schweigsamer und bedrückter wurde. Sie wollte ihm helfen, doch je näher sie ihm sein wollte, desto mehr hielt er sie auf Abstand. Anfangs versuchte sie, darüber hinwegzugehen – sie ahnte, dass es mit seinen Kindern zu tun hatte – doch irgendwann hielt sie es nicht mehr aus. „Tu mir den Gefallen und ruf die beiden endlich an. Es kann doch nicht angehen, dass Ihr nicht mehr miteinander redet, nur wegen dieses verdammten Hauses. Erklär ihnen Deine Situation, dass Du nicht davon abhängig bist, dass Du auf den Verkauf verzichten wirst und ihnen nichts verloren geht, wenn es das sein sollte, wovor sie Angst haben. Du bist ihr Vater, mach den ersten Schritt, wenn es Dir dann besser geht. Lad sie zu uns ein, stell mich ihnen vor, lass sie an Deinem, an unserem Leben teilhaben." „Das ist alles nicht so einfach, wie Du Dir das vorstellst", entgegnete er. „Das höre ich jetzt schon zum hundertsten Mal. Dann sag mir doch endlich, wie Du Dir das alles vorstellst. Warum machst Du es mir so schwer? Rede mit mir, verdammt noch mal. Ich sehe doch, dass es Dir nicht gut geht." Das war das erste Mal, dass sie Leonhard gegenüber laut wurde. Er sagte nichts, sie stand auf und verließ das Zimmer. Er konnte nicht sprechen – weder über das wachsende Schuldgefühl, das ihn erdrückte, noch über die Scham, die ihn erstickte. Er war schuld am Niedergang seiner Familie.

Nicht nur Isabel, sondern auch ihren Freunden fiel die Veränderung von Leonhard auf. Gelegentlich trafen sie sich zum Abendessen. Er beteiligte sich kaum noch an den Gesprächen, schaute zum Fenster hinaus und war mit den Gedanken woanders. Stefan sprach Isabel darauf an, als sie einen Moment alleine waren. Ob alles in Ordnung sei, Leonhard verkrieche sich ja regelrecht in sich selbst. Isabel versicherte ihm, es sei nur eine vorübergehende Stimmungsschwankung, die Insolvenz belaste ihn und seine Frau mache Schwierigkeiten wegen der Trennung. „Ich hoffe, dass es ihm bald besser geht, ich hoffe es für Dich", erwiderte Stefan und nahm sie zum Abschied in den Arm.

Anfang Oktober wurde Isabel pensioniert. Zu ihrem fünfundsechzigsten Geburtstag gab sie eine große Feier im Stadtgarten, zu der sie all ihre Freunde, Bekannten und Kollegen einlud. Auch ihre Tochter Danielle war gekommen, direkt aus Algerien, wo sie jetzt arbeitete. Isabels Band „As time goes by" spielte den ganzen Abend, ab und zu trat sie selbst unter tosendem Beifall mit ihrem goldenen Saxophon auf das Podium. Sie trug das lila Samtkleid und die Pumps, wie damals, an jenem Abend im März, als sie sich das erste Mal begegneten. Leonhard stand während der ganzen Feier abseits, ab und zu ging jemand auf ihn zu, wechselte ein paar Worte mit ihm und verschwand bald darauf wieder in der Menge, da Leonhard nicht sehr gesprächig, zu manchem sogar abweisend war. „Geht es Dir gut?", fragte Danielle, die auf einmal neben ihm stand. Er freute sich, sie zu sehen und bemühte sich, diesmal freundlicher zu sein. „Ja danke, alles bestens und selbst? Was macht Deine Arbeit?" „Ich komme gerade aus Algerien. Ich mache dort eine Reportage, eine brisante Angelegenheit." „Ich weiß, Deine Mutter macht sich Sorgen." „Für Mütter bleibt man doch immer das Kind. Sie wollen nicht wahr haben, dass man erwachsen wird." „Was recherchierst Du gerade?" „Französische Benediktinermönche sind aus ihrem Kloster im Atlasgebirge entführt worden. Islamisten stecken dahinter. Sie fordern von der algerischen Regierung die Freilassung von Gefangenen. Angeblich haben sie auch eine hohe Lösegeldforderung an die französische Regierung gestellt. Seit mehr als einem Jahr weiß man nichts über den Verbleib der Geiseln." „Hast Du keine Angst, dass Dir etwas zustößt?" „Wenn man Angst vor dem Scheitern hat, scheitert man. Self fulfilling prophecy nennt man das in Psychologenkreisen. Aber von mir nimmt meine Mutter das natürlich nicht an. Das Wichtigste ist, die Situation richtig einzuschätzen, dann passiert einem auch nichts. Wie geht es Dir?" „Danke, ganz gut." „So siehst Du aber nicht aus." Leonhard schaute sie irritiert an. „Wie meinst Du das?" „Nun, alle feiern und Du stehst im Abseits. Die Sorgen sind Dir ins Gesicht geschrieben." „Du kennst ja die Geschichte mit meiner Firma." „Sicher, aber was hat das mit meiner Mutter zu tun?" „Wieso mit Deiner Mutter?" „Nun, wie Du den ganzen Tag schon mit ihr umgehst. Heute ist ihr Geburtstag und Du stehst hier in der Ecke herum, statt mit ihr zu tanzen und sie hochleben zu lassen. Findest Du das normal?" Leonhard erwiderte nichts. „Sie leidet darunter, es tut ihr weh." „Hat sie Dich geschickt, um mir das zu sagen?" „Weiß Gott nicht, sie ist alt genug, um für sich selbst zu sprechen. Mir ist es nur aufgefallen, und ich wollte, dass Du es weißt" „Besten Dank für die Belehrung", sagte er und wandte sich ab. „Warum seid ihr Männer immer nur so Sturschädel", erwiderte sie und mischte sich unter die Feiernden.

Mit Isabels Pensionierung änderte sich ihr Zusammenleben grundlegend. Sie verbrachten nun den ganzen Tag miteinander. Reibungen blieben nicht aus, zumal Leonhard unaufmerksam wurde, ihr die Hausarbeit und das Einkaufen überließ, während er sich hinter seiner Zeitung versteckte. Isabel versuchte ihn aus seiner Lethargie zu reißen, auf ihn zuzugehen – es kostete sie viel Kraft, doch sie wollte ihn nicht verlieren. Immer wieder sagte sie sich, es habe nichts mit ihr zu tun, im Gegenteil, sie müsse ihm helfen, seinen Verlust, seine Krise zu überwinden. Anfangs gelang es ihr noch, ihn zu abendlichen Unternehmungen zu überreden, ins Kino oder ins Theater, doch sie tauschten sich immer weniger über das gemeinsam Erlebte aus. „Hat es Dir gefallen?", fragte sie. „Ja, war ganz gut", antwortete er. Mehr wusste er nicht zu sagen. Irgendwann fragte sie nicht mehr und fasste nur noch nach seiner Hand

– wollte sie halten, drücken, wärmen – während sie wortlos, nebeneinander her, nach Hause gingen.

Leonhard wurde früh müde, oft ging er schon gegen halb zehn zu Bett, und schlief längst, als sie gut zwei Stunden später nachkam. Auf ihre Zärtlichkeiten, ihre Versuche der Annäherung, reagierte er zurückhaltend. Ab und zu gelang es ihr noch, nachts sein Begehren zu wecken. Aus dem Schlaf erwachend brach die Lust aus ihm hervor, eruptiv, wie in einem Traum, in dem sie nicht mehr vorkam... Sie erduldete es eine Zeit, versuchte auch das zu rechtfertigen, doch eines Nachts ertrug sie es nicht mehr, wie er seinen Körper an ihren presste, sich an sie klammerte, in sie trieb, heftig, zu heftig, sich in sie trichterte, schneller, immer schneller, bis es sie schmerzte – er bemerkte es nicht – sich in ihr entlud: ohne sie, ohneeinander. Erschöpft blieb er einen Moment auf ihr liegen, dann rollte er zur Seite. Sie fühlte sich wund, leer, starrte ins Dunkel, Tränen in den Augen. Eine ganze Weile lag sie so da, biss sich auf die Lippen. Das war das Ende. Sie stand auf, ging ins Bad, wusch sich. Als sie wiederkam, hatte sie sich ihren lila Morgenmantel übergeworfen. Sie machte Licht. Er erwachte aus einem dumpfen, tiefen Schlaf.

„So kann es nicht weitergehen", sagte sie, „wir müssen reden. „Mitten in der Nacht? Hat das nicht Zeit bis morgen?", fragte er widerwillig. „Nein", sagte sie. Er richtete sich schlaftrunken auf. Sie saß ihm gegenüber auf einem Stuhl am Fußende des Bettes, aufrecht, die Arme vor der Brust verschränkt, die Haare streng zusammengebunden. „Merkst Du nicht, wie sehr Du mich verletzt?" Er schwieg. „Warum bestrafst Du mich für etwas, für das ich nichts kann?" Er schwieg. Sie wurde zornig.

„Ich habe alles versucht, für alles Verständnis gezeigt, für Dich, Deine finanzielle Situation. Ich habe Dich bei mir aufgenommen, teile das Bett mit Dir, meine Freunde sind Deine Freunde geworden. Ich habe Dir alles gegeben, doch Du beachtest mich nicht, Du stößt mich zurück, Du verletzt mich, Du hobelst über meinen Körper wie über ein rohes Stück Holz", sie schluckte. Sie wollte nicht vor ihm in Tränen ausbrechen, nicht jetzt. Sie riss sich zusammen. „Was bedeute ich Dir überhaupt noch?" Er schwieg. Sie schaute ihn erwartungsvoll an. Sein Blick wich ihrem aus, er sagte immer noch nichts. Sie schloss die Augen, atmete, um Kraft für das Folgende zu schöpfen. „Wenn Du darauf keine Antwort weißt, hast Du hier nichts mehr verloren." „Es ist nicht so, wie Du meinst", flüsterte er.

Seine Stimme klang heiser. „Dann sag mir endlich, wie es ist", insistierte sie. „Es hat nichts mit Dir zu tun." „Ach, hör doch auf mit dem Versteckspiel", wehrte sie ab. „Ich bin kein guter Vater für meine Kinder", sagte er langsam. Sie konnte nicht glauben, was sie hörte, nicht in dieser Nacht, nachdem was sie erlebt hatte, was zwischen ihnen vorgefallen war.

Sie ertrug es nicht, ihn als weinerlichen Ehemann vor sich zu sehen, der ihr wie einer Gespielin beichtete, was für ein schlechter Vater er sei. „Du erwartest wohl kaum Mitleid von mir. Geh von mir aus zu Deiner Familie zurück, und hol Dir dort Deine Absolution, aber nicht bei mir", erwiderte sie.

„Du weißt genau, dass ich das nicht will", entgegnete er. Er sah sie mit wässrigen Augen an.

„Was willst Du denn dann? Herr Gott noch mal, sag es mir endlich", forderte sie. „Ich weiß nicht, wie ich es ausdrücken soll. Ich stehe dazwischen." „Zwischen wem?", fragte sie gereizt. „Zwischen Dir und meinen Kindern." Sie schüttelte ungläubig den Kopf. „Nein, nein, so einfach geht das nicht. Deine Tochter steht zwischen Dir und mir, mach Dir nichts vor", schleuderte sie ihm entgegen. Er schwieg.

„Gegen so viel Vaterliebe bin selbst ich machtlos. Du musst den gordischen Knoten zerschlagen, Leonhard, das kann Dir niemand abnehmen. Aber eines ist sicher: Ich halte es nicht länger aus, das Opfer Deines schlechten Gewissens zu sein. Vielleicht gelingt es Dir ja, Deine Tochter der Maitresse gegenüber milde zu stimmen. Vielleicht wird das arme Kind dann wieder gesund, und Du kannst mich reinen Gewissens lieben. Vielleicht musst Du aber auch..." Sie sprach nicht weiter, Tränen liefen ihr über die Wangen.

„Nicht doch", sagte er und wollte sie trösten. Sie wehrte seine Berührung ab – Mitleid war das letzte, was sie jetzt ertragen konnte. „So hat es keinen Sinn mehr zwischen uns, Leonhard. Ich brauche Abstand, auch ich muss meine Gefühle schützen. Deshalb möchte ich, dass Du wieder in Deine Wohnung ziehst, bis die Situation zwischen uns geklärt ist, am besten gleich morgen früh."

Sie stand auf und nahm ihre Bettdecke. „Wenn Du es so willst...", sagte er. „Es ist besser so, für Dich und für mich. Ich möchte nicht, dass wir etwas zerstören, das mir in der Erinnerung sehr wertvoll ist." Sie verließ das Schlafzimmer und verbrachte den Rest der Nacht auf dem Sofa im roten Salon. Am nächsten Morgen sprachen sie nicht viel miteinander, alles war gesagt. Sie half ihm seine

Sachen zu packen und zum Auto zu tragen. Sie vereinbarten, miteinander zu telefonieren. Jetzt lag alles in seinen Händen.

Das Alleinsein fiel Leonhard schwer, er war es nicht mehr gewöhnt. Seit einem halben Jahr war er abends neben Isabel eingeschlafen und morgens neben ihr aufgewacht, in ihrem aquamarinblauen Himmelbett. Nun lag er wieder allein unter schweren Plumeaus im Ehebett seiner Eltern, über ihm die Eiswüste Caspar David Friedrichs, er versuchte einzuschlafen, vergeblich. Am nächsten Morgen war er übernächtigt, fühlte sich zerschlagen. Er nahm stehend seinen Kaffee am Küchentisch, auf dem immer noch das alte geblümte Wachstuch lag. Warum kaufte er sich nicht endlich eine neue Tischdecke? Die Küchenuhr tickte unerbittlich, der Sekundenzeiger marschierte seine Runden, es war fünf vor neun Uhr. Er räumte die leere Kaffeetasse weg, essen mochte er nichts.

Nach der Insolvenz von Gierke war es still im Haus geworden, die Büroräume unten standen leer. Leonhard wollte sie bald wieder vermieten, er brauchte das Geld. Er hatte einen Makler beauftragt, einen anständigen Nachmieter zu finden, einen Rechtsanwalt oder einen Steuerberater, der regelmäßig seine Miete zahlte. Leonhard ging hinunter. Seine Schritte hallten in den kahlen Räumen. Im Vorzimmer standen noch der schwarze Aktenrollschrank, daneben der Garderobenständer – irgendwer hatte einen Regenschirm daran hängen gelassen – in seinem Büro fanden sich noch die Relikte aus besseren Zeiten, sein Schreibtisch aus Glas und Chrom und der Drehstuhl mit den schwarzen Lederpolstern. Auf dem Teppich zeichneten sich helle Schatten ab, dort, wo früher das übrige Mobiliar gestanden hatte, das nun verschwunden war: der ovale Besprechungstisch, die Regalwand, der Tresor.

Die Jalousien waren hinunter gelassen. Lichtstrahlen stießen wie Dolche durch die Schlitze, fielen auf die gläserne Schreibtischplatte und blendeten ihn. Trotzdem nahm er Platz, setzte sich an den Schreibtisch, richtete sich auf, so wie er früher dort gesessen hatte. Das Glas unter seinen Händen war kühl, das Licht stach ihm in die Augen. Er schloss die Lider, legte die Arme auf die weich gepolsterten Lehnen seines Drehstuhls. Er stieß sich mit den Füßen ab, drehte seine Runden, immer schneller, bis der Schwindel einsetzte, sitzender Taumel, noch schneller, bis er flog, nicht mehr wusste, wo oben oder unten war... wie früher, als Kind, wenn er sich in das Büro des Vaters schlich. Auch damals hatte es hier einen

Drehstuhl gegeben, einen einfachen aus dunkelbraunem Holz. Sein Vater war kurz auf den Betriebshof gegangen und gab Anweisungen. Er kletterte auf den Stuhl, seine Füße reichten gerade auf die Erde, sie trieben ihn an, und er stellte sich vor, er sei ein tanzender Kreisel. Wenn er dann die Arme und Beine an den Körper zog, wurde er noch schneller, das hatte er sich von den Pirouetten drehenden Eiskunstläufern im Fernsehen abgeschaut. Fliegender Wirbel, das Gefühl von Freiheit. Hinterher war ihm schlecht, er torkelte, wie sein Vater ab und zu, wenn er von den Kegelabenden heimkam, dann wurde er zudringlich. Seine Mutter mochte das nicht, der Junge ist noch wach... Am folgenden Tag strafte sie den Vater mit Schweigen... Waren sie glücklich miteinander gewesen? Sicher, irgendwann einmal, Veilchenduft... der Alltag nutzt die Gefühle ab, bleicht sie aus wie ein farbiges Stück Wäsche, von dem, hunderte Male auf dem Waschbrett gerieben, nur noch ein Putzlumpen übrig bleibt... Vier Geschwister, alle tot zur Welt gekommen, vor ihm – nie durfte darüber gesprochen werden, der lange Sanatoriumsaufenthalt seiner Mutter - nie durfte darüber gesprochen werden... Veilchenduft, bis zuletzt... und doch, trotz allem, sie haben zueinander gestanden, irgendwie, ein Leben lang. Als sein Vater starb, war seine Mutter dabei, bis zuletzt hielt sie ihm die Hand. Sie haben ihren Frieden miteinander gefunden...

Es schellte. Leonhard öffnete. Der Makler stand mit einer potentiellen Nachmieterin vor der Türe. Sie sah weder nach Rechtsanwältin noch nach Steuerberaterin aus, dachte Leonhard, als er sie einließ. Genauso blond wie Jaqueline, nur nicht so naiv. Auffallend war ihr dunkelbrauner Teint, der nicht zu ihren hellen Haaren passte. Wie sich bald herausstellte, wollte die Frau in den ehemaligen Räumlichkeiten der Firma Zepp ein Sonnenstudio eröffnen. „Paradise-Sun, eine Kette, die ganz groß im Kommen ist und in ganz Deutschland boomt", versicherte ihm der Makler, als er Leonhards skeptischen Blick sah. „Das Ganze basiert auf einem Franchise-System und ganz unter uns, das ist eine ganz patente Frau, die hät wat an de Föß, wenn Sie verstehen, was ich meine", raunte er ihm rheinisch vertraulich zu, während sie im Stechschritt die Räume inspizierte und ihre Pfennigabsätze sich in den Veloursteppich bohrten. „Riesig ist es nicht, aber gehen tut's schon. Was absolut super ist, ist der Parkplatz. Das macht's", sagte sie. Sie wusste, was sie wollte, und sagte sofort per Handschlag zu. Leonhards Schreibtisch, seinen Drehstuhl und den Aktenrollschrank – hochwertige Designerteile, wie sie sofort erkannte – übernahm sie zum Schnäppchenpreis gleich mit. So bliebe ja fast alles beim Alten, scherzte der Makler. „Nein, nein", erwiderte sie, „diese Edelteile gehen in mein Home office, für hier findet sich bestimmt etwas Kostengünstigeres. Es muss sich schließlich alles rechnen." So schnell sie sich handelseinig wurden, so schnell verschwand seine neue Mieterin wieder. „Paradise-Sun" stand auf dem bunten Werbefaltblatt, das sie ihm da gelassen hatte. Das war nun also aus der Firma Zepp geworden: „Ihr Platz an der Sonne, noch in diesem Jahr in Godesberg, schon ab dem ersten Dezember..." Am liebsten hätte er das Papier zerrissen, doch was hätte es geholfen? Stolz musste man sich leisten können. Er hatte keine Wahl: Die Miete war mehr als stattlich, in dieser Hinsicht hatte er ein gutes Geschäft gemacht, zumindest das...

Er ging wieder nach oben. Die kleine Melanie winkte ihm lächelnd aus dem silbernen Bilderrahmen zu, als er in das Wohnzimmer kam. Aber nicht nur hier begrüßte sie ihn freudig, auch in den anderen Zimmern, selbst im Bad hatte er ihr Bild aufgestellt, jedes war in einen anderen Rahmen gefasst, passend zu ihrem Gesichtsausdruck. Jedes Mal, wenn er ihrem Blick begegnete, winkte er ihr zu und sagte „bis gleich", „bis später" oder „ich bin gleich wieder da". Jedes Mal wurde seine Sehnsucht größer, sie endlich zu sehen und in den Armen zu halten. Wie würde Lars reagieren, wenn er anriefe? Es war Samstagvormittag, er müsste zu Hause sein. Vielleicht würde er sofort auflegen, wenn er die Stimme seines Vaters hörte... Mehrere Male nahm Leonhard das Telefon in die Hand und legte es gleich wieder zurück, noch bevor er die Nummer wählte. Wovor hatte er Angst? Dass auch Lars ihn einen Versager nannte? Leonhard ergriff trotzig den Hörer und wartete das Freizeichen ab. Vielleicht war er gar nicht zu Hause, vielleicht war er mit Susanne und der Kleinen bei den Schwiegereltern...

„Zepp", meldete sich plötzlich Lars am anderen Ende der Leitung. Seine Stimme klang energisch. „Hallo ich bin's", sagte er zurückhaltend. Lars erwiderte nichts. „Hallo, hörst Du mich? Ich bin's, Dein Vater." Er schämte sich für seine hilflosen Worte, als müsse er seinem Sohn erst erklären, wer er sei. „Was gibt's?", fragte Lars. Der barsche Ton erschreckte Leonhard. „Ich möchte Euch gerne besuchen kommen." „Eine ganz wunderbare Idee.

Alleine oder mit Deiner Neuen?" „Alleine", erwiderte Leonhard. Er ärgerte sich. So brauchte sein Sohn ihm nicht zu kommen. „Lars, jetzt hör mir mal gut zu, auch ich wollte nicht, dass der Abend diese Wendung nimmt. Und im Übrigen brauchst Du Dir wegen des Hauses keine Sorgen zu machen, es bleibt Euch erhalten." Lars wurde wütend „Das ist mir so etwas von egal, das kannst Du Dir gar nicht vorstellen. Ich verdiene mein eigenes Geld, da bin ich nicht auf dieses verdammte Haus angewiesen. Macht doch, was Ihr wollt, ich will mit dem ganzen Schlamassel nichts mehr zu tun haben. Du hast mich hängen lassen, einfach im Stich gelassen. Mir reicht's!" „Ich habe Dich nicht im Stich gelassen!"

„Ach ja? Selig die Nichtwissenden. Nachdem Du Dich einfach aus dem Staub gemacht hast, musste ich meiner Mutter Rede und Antwort stehen. Ich konnte ihr nicht ins Gesicht lügen, es ging einfach nicht, danach war es aus. Sie redet kein Wort mehr mit mir... So geht eben alles den Bach runter – mit gefangen, mit gehangen." Leonhard stockte der Atem und er konnte nicht sofort antworten. „Das wusste ich nicht", sagte er nach einer Weile, „es tut mir leid." „Das hilft mir jetzt auch nicht weiter", erwiderte Lars. „Es war dumm von mir, dass ich Dich da mit hinein gerissen habe. Entschuldige", sagte Leonhard. Lars antwortete nicht. „Was erwartest Du von mir?", fragte Leonhard. „Nichts mehr", erwiderte Lars. „Geht es nun auch zwischen uns zu Ende?" Lars schwieg. „Ist es das, was Du mir sagen willst?", fragte Leonhard.

Im Hintergrund hörte Leonhard die kleine Melanie schreien. „Lars, ich habe Fehler gemacht, die ich bereue. Doch bevor Du auflegst, möchte ich, dass Du Folgendes weißt: Ich will Dich und Laura nicht verlieren. Das ist das Schlimmste, was einem Vater passieren kann, wenn die Kinder ihn aus ihrem Leben ausschließen. Ich möchte mit Dir über all das reden, über alles was zwischen uns steht." „Ach ja, jetzt gleich, mal eben am Telefon die ganze Familiengeschichte abhandeln?", fragte Lars. Leonhard versuchte ruhig zu bleiben. Wenn er Lars nicht verlieren wollte, musste er auf ihn zugehen, ihm als erster die Hand reichen. „Nein, nicht am Telefon. Wir brauchen Zeit, ich möchte, dass wir in Ruhe miteinander reden." Lars erwiderte nichts, Leonhard wartete ab. Schließlich ging Lars doch noch auf die Bitte seines Vaters ein.

Anfang November fuhr Leonhard mit dem Zug nach Hamburg. Die meiste Zeit schaute er aus dem Fenster, die nebelige Landschaft flog an ihm vorbei, hier und da zerriss der weiße Vorhang – kahle Äcker, einsame Hochsitze, schwarze Tannen, versprengte Bauernhäuser erschienen und verschwanden wie Schemen eines dunklen Traumes. Häuser rotteten sich zusammen, wurden zu grauen Vorstadtkulissen, bevor der Zug in einen Bahnhof einfuhr. Lautsprecherdurchsagen. Hektischer Fahrgastwechsel. Neunmal bis Hamburg. Der Himmel blieb trüb, es nieselte. Die feuchte Kälte kroch ihm bis in die Knochen, als er aus dem überheizten Zug stieg. Er sah auf die große Bahnhofsuhr, es war zwölf. Auf dem Bahnhofsvorplatz suchten Obdachlose unter dem großen Glasdach Schutz vor der Nässe und nutzten die Gelegenheit, Vorbeigehende anzubetteln. Leonhards Blick traf auf eine hagere junge Frau mit bleichem Gesicht. Zusammengekauert, die Knie an den Körper gezogen, saß sie am Boden, ihr Blick ging ins Leere. Sie war in Lauras Alter. Er warf ein Fünfzig-Cent Stück in den schmutzigen Pappbecher, der vor ihr stand, bevor er in das Taxi stieg und wegfuhr.

Lars öffnete die Türe. Sie begrüßten sich mit Handschlag. Ihre Hände drückten kräftig zu, fast schmerzhaft, ihre ausgestreckten Arme hielten den anderen auf Abstand. Susanne kam hinzu, sie lächelte und umarmte Leonhard. Melanie schlafe noch, sagte sie, er könne aber gerne einen Blick auf die Kleine werfen. Sie gingen in das Kinderzimmer. Seine Enkelin lag friedlich in ihrem Bettchen. Über ihr drehte sich langsam das Mobile, das Ingrid geschickt hatte. Sie hatte schwarzes Haar, genau wie er, durch die feinen Strähnen schimmerte noch die Kopfhaut, ihr kleiner Mund war weit geöffnet, sie schnaufte, ihr kleiner Leib hob und senkte sich mit jedem Atemzug. Die Ärmchen hatte sie angewinkelt, die winzigen Hände lagen eingerollt wie Katzenpfoten neben dem Kopf. Sie hatte große Ohren, genau wie er. „Sie sieht Dir ähnlich", sagte Susanne, als ob sie seinen Gedanken erraten hätte. Leonhard lächelte und legte die Spieluhr, die er der Kleinen mitgebracht hatte, an das Fußende des Bettchens. Später, wenn sie erwachte, wollte er ihr die Melodie vorspielen.

Sie aßen eine Kleinigkeit zu Mittag. Susanne hatte eine scharfe Curry-Suppe vorbereitet. Leonhard brannte die Speiseröhre, und er entschuldigte sich, nur ein paar Löffel essen zu können. Das Gespräch verlief stockend. Susanne warf immer wieder unverfängliche Alltäglichkeiten in die Runde, die Leonhard dankbar aufgriff, doch bald erschöpften sich die Themen. Das Schweigen lastete wie Blei auf ihren Schultern, senkte den Blick auf ihre leeren Teller.

Melanie fing an zu schreien, Susanne verließ den Raum, um die Kleine zu stillen. Vater und Sohn waren allein. Lars wartete, dass sein Vater das Wort an ihn richtete, schließlich hatte er um das Gespräch gebeten, doch Leonhard wusste nicht, wie er anfangen sollte. Die Stille erdrückte sie. Lars begann den Tisch abzuräumen. „Die Wohnung habt Ihr Euch schön zurecht gemacht", hörte sich Leonhard sagen – seine Stimme klang fremd, wie die eines schlechten Schauspielers, der seinen Text vergessen hatte und improvisierend Floskeln in den Raum warf.

„Ja, wir fühlen uns hier sehr wohl", erwiderte Lars, ohne seine Arbeit zu unterbrechen. „Und die Kleine ist wirklich entzückend." „Ja, das ist sie", sagte er und trug das Geschirr in die Küche. Leonhard folgte, um ihm zu helfen. Lars antwortete, ohne sich zu ihm umzudrehen. Seine Schultern wirkten angespannt, sein Rücken stählern, unnahbar. „Ihr seid glücklich miteinander, das spürt man." „Ja, das sind wir." „Wenigstens einer in unserer Familie, der glücklich ist". Lars schaute ihn an, das erste Mal, endlich. „Wieso, ist es etwa schon vorbei mit Deiner Neuen?", fragte er. Leonhard versuchte den spöttischen Blick seines Sohnes auszuhalten. „Sie heißt Isabel. Isabel Lafort", sagte er. „Aha", sagte Lars und räumte weiter die Spülmaschine ein. Gläser klirrten, Besteck schlug aneinander. „Nein, es ist nicht vorbei. Aber ich kann nicht glücklich mit ihr sein, wenn ich ein schlechtes Gewissen Euch gegenüber habe." „Bisher hatte ich nicht den Eindruck, dass das ein Problem für Dich ist." „Lars, ich möchte mich bei Dir entschuldigen." „Wenn Du Dich dann besser fühlst, von mir aus" – Lars knallte die Türe der Spülmaschine zu – „bist Du deshalb gekommen? Nur, um das von mir zu hören?" Leonhard verstummte.

Susanne stand mit der kleinen Melanie auf dem Arm in der Türe und sah beide erwartungsvoll an. Sie ging zu Leonhard, um ihm seine Enkelin vorzustellen. Er streichelte vorsichtig ihre Wange, ihre Haut war weich und zart, ihre kleinen Finger griffen nach seinem Zeigefinger. Vorsichtig nahm er sie in den Arm, ein Gefühl von Wärme durchströmte ihn, wie damals, als er Lars und Laura das erste Mal an sich drückte. Er stupste sie mit seiner Nase an. Sie lachte und fingerte nach seiner Brille. Lars beobachtete seinen Vater argwöhnisch, mit einem Mal bemerkte er Susannes eindringlichen Blick, beschämt sah er zu Boden. Susanne wandte sich wieder Leonhard zu und half ihm, die Hand der Kleinen von seinem Brillenbügel zu lösen. Melanie fing an zu schreien, sie wollte wieder auf den Arm der Mutter und beruhigte sich erst, als Susanne die Spieluhr aufzog, die Leonhard mitgebracht hatte. „Guten Abend, gute Nacht“, erklang aus der zierlichen Mondsichel, ein silberner, metallischer Klang erfüllte den Raum. „Also, wir sehen uns dann später bei meinen Eltern“, sagte Susanne, als der letzte Ton verklungen war. „Wann sollen wir da sein?“, fragte Lars. „Wir rechnen mit Euch gegen acht.“ Leonhard schaute auf die Uhr. Es war halb drei.

Endlich sprachen Lars und ich miteinander, das erste Mal seit Ewigkeiten. „Erinnerst Du Dich noch...?“, fragte er mich. „Nein...“, erwiderte ich verunsichert. Das dünne Eis der Gegenwart brach ein, wir versanken in die Tiefe vergangener Zeiten. Lars erinnerte, wie er sich vergeblich nach meiner Liebe sehnte, um meine Zuneigung und Anerkennung kämpfte, erst durch Annäherung, später durch Verweigerung. „Für Dich gab es immer nur Laura. Vielleicht warst Du der Meinung, sie bräuchte Dich mehr als ich... ihre Schwimmmedaillen reichtest Du stolz bei Deinen Rotarier-Freunden herum, meine Konstruktionszeichnungen nicht... Laura, Laura, Laura... Sie war wie ein Magnet für Dich, gegen die Anziehungskraft, die Dich mit ihr verband, kam ich nicht an. Ich interessierte mich für Philosophie, genau wie Du, ich las in Deinen alten Büchern, fragte Dich, doch Du hattest nie Zeit. Vielleicht waren wir uns zu ähnlich?... Ich wollte Dir zeigen, dass ich es auch ohne Dich schaffe, doch je mehr ich es Dir bewies, desto weniger Beachtung schenktest Du mir. Ich musste weggehen, um mich zu schützen... und dabei wollte ich immer nur eins: angenommen sein, so wie ich bin.“
Lars Worte waren kein Angriff, keine Attacke, mehr eine bittere Feststellung des Unabänderlichen. Ich hörte zu, sah in Abgründe, vor denen ich bislang die Augen verschlossen hatte: All das, was ich mir nicht zugestand, wollte ich auch meinem Sohn nicht zugestehen. Indem ich diese Selbsterkenntnis zuließ, indem ich ihm dies eingestand, näherten wir uns aneinander an, begegneten uns, zum ersten Mal. Endlich waren wir uns nah.
Mein bisheriges Leben lag zerschlagen vor mir, unser Sprechen, seine Nähe half mir, das Chaos zu sichten, die zersplitterten Teile zu ordnen, zusammenzufügen, neue Zusammenhänge herzustellen, Ungesehenes zum Vorschein zu bringen: Motive fanden sich, ein Bild entstand, eine Vorstellung davon, wie die Zukunft aussehen könnte...

Leonhard erzählte seinem Sohn von Isabel, von Frankreich, ihren Zukunftsplänen, ihren Hoffnungen und wie sich nach der Rückkehr alles veränderte, er anfing, sie mit Nichtachtung zu bestrafen, weil er sich selbst nicht mehr achten konnte. Lars verstand sehr gut, wovon sein Vater sprach, er hatte es am eigenen Leib erlebt.

„Liebst Du sie?", fragte er. „Ja, ich denke schon." „Was heißt das, Du denkst schon? Empfindest Du etwas Tiefes für sie, das Dich an sie bindet oder nicht?" „Ja, doch." „Kannst Du Dir vorstellen, auch ohne sie zu leben?" „Nein, aber..." Leonhard verstummte. „Aber was? Du hältst Dir noch etwas offen, irgendeine Hintertür, irgendetwas Unausgesprochenes hängt noch dran an diesem aber." „Wie meinst Du das?", fragte Leonhard. „Du stehst nicht zu dem, was Du fühlst."

Leonhard wich dem Blick seines Sohnes aus. „Wovor hast Du Angst?", fragte Lars. „Ich habe keine Angst, ich habe ein schlechtes Gewissen Euch gegenüber", wehrte Leonhard ab. „Mag sein, dass Du wegen Lauras Krankheit Schuldgefühle hast, aber ist das wirklich alles?" Leonhard war irritiert. „Worauf willst Du hinaus?" „Auf Deine Angst vor dem erneuten Scheitern."

Die Antwort traf Leonhard wie ein Schlag ins Gesicht, ihm wurde schwarz vor Augen. Lars sprach aus, was er sich die ganze Zeit nicht eingestehen wollte. Die Einsicht erschütterte ihn und ließ die Mauer einstürzen, die er um sein Innerstes gezogen hatte. „Ich habe schon einmal versagt", sagte er „als Vater, auf der ganzen Linie, Laura hat Recht. Ich will das nicht noch einmal erleben." „Du hast nicht auf der ganzen Linie versagt." „Doch das habe ich – mir fehlt die Fähigkeit, die Menschen, die mir begegnen, glücklich zu machen. Alles stirbt ab. Ich habe die falschen Entscheidungen getroffen, die Firma ruiniert, die Familie zerschlagen. Ich habe Menschen enttäuscht zurückgelassen."

„Nein, das hast Du nicht, im Gegenteil, heute hast Du einen Neuanfang gemacht. So wie Du auf mich zugegangen bist, solltest Du auch auf sie zugehen." „Auf Laura? Auf Deine Mutter?" „Nein, auf Isabel Lafort." „Und die anderen?" „Mach Dir da nicht zu viele Hoffnungen. Das ist nicht allein von Dir abhängig, aber probieren kannst Du es."

Leonhard sah seinen Sohn an, er schien offen für Leonhards sehnlichsten Wunsch zu sein. „Ich würde Dir gerne Isabel vorstellen. Möchtest Du sie kennen lernen?" „Ja, das will ich gerne." Leonhard nahm seinen Sohn in den Arm, alle Sorgen waren in diesem Augenblick vergessen.

Ich war überglücklich. Wir überlegten und kamen überein, dass mein Geburtstag ein passender Anlass wäre, Dich kennen zu lernen. Ein schönes Essen, bei dem auch Laura, Susanne und die kleine Melanie dabei sein sollten - eine Feier, bei der ich die Vergangenheit mit der Zukunft versöhnen wollte. Und Du? Du wärest sicherlich freudig überrascht, von dem Geschenk, das ich Dir zu meinem Geburtstag bereiten wollte, dachte ich damals...

Leonhard und Lars machten sich eilig auf den Weg. Es war bereits acht Uhr, viel später, als sie dachten. Die Brookmanns empfingen sie herzlich. Sie spürten sofort, dass Vater und Sohn sich versöhnt hatten, auch sie waren erleichtert und hofften, dass die ganzen familiären Streitigkeiten, von denen sie gehört hatten, bald ein Ende nähmen. Sie verbrachten einen unbeschwerten Abend, saßen an dem Tisch rund um das Raclette, füllten die kleinen Pfannen mit Käse und allerlei anderen Zutaten, lächelten zufrieden, als die warme Masse auf ihren Tellern zerfloss und lange Fäden zog. Alle waren heiter gestimmt. Leonhard genoss das Beisammensein und den Zusammenhalt im engsten Kreis der Familie, auch wenn er nicht viel essen konnte. Das Druckgefühl in seiner Brust war wieder stärker geworden.

Leonhard rief noch am Abend seiner Rückkehr bei Isabel an. Es war spät, kurz vor Mitternacht. Isabel war noch wach, erstaunt über seinen späten Anruf. Seit einer Woche hatte er nichts von sich hören lassen, vergeblich hatte sie es am Wochenende probiert. Begeistert erzählte Leonhard von seiner kleinen Enkelin, wie ähnlich sie ihm sah. Heute noch waren sie am Meer gewesen, alle gemeinsam. Herbstböen durchwühlten das graue Wasser, schwarze Wolken hingen über ihnen. Aber als er alleine auf dem langen Holzsteg bis weit in die See hinaus ging, Möwen begleiteten ihn kreischend, wurde es in der Ferne heller, das Meer wölbte sich dem weißen Horizont entgegen. Luft und Wasser, Himmel und Erde waren nicht mehr voneinander zu unterscheiden, gingen ineinander über, wurden eins. In diesem Augenblick habe er an sie denken müssen, in diesem Augenblick habe er gespürt, wie sehr er sie vermisse. „Warum hast Du mich nicht gefragt, ob ich mitkommen möchte?" „Weil ich noch nicht soweit war, weil ich blind war und mir endlich die Augen aufgegangen sind," antwortete er. „Und jetzt?" „Habe ich keine Angst mehr." „Wovor?" „Vor der Zukunft." „Und die Vergangenheit?" „Ich habe den gordischen Knoten, wie Du ihn nanntest, durchtrennt." „Mit einem Mal, so plötzlich, von heute auf morgen?", fragte sie zögernd. „Ja, ich habe mich entschieden. Ich möchte Dich sehen. Am liebsten jetzt. Sofort. In einer halben Stunde kann ich bei Dir sein", drängte er. „Es ist zu spät, Leonhard." „Dann morgen." Sie antwortete nicht sofort, suchte nach Worten, sprach langsam: „Leonhard, das bricht alles so plötzlich über mich herein, wie eine Welle, die mit einem Mal alles einreißt, an dem ich mich mühsam wieder aufgerichtet habe..." „Wovon sprichst Du?", unterbrach er sie. „Ich habe nicht mehr mit Dir gerechnet und versucht, mein Leben ohne Dich einzurichten..." Sie brach ab. Er hörte, wie sie schluckte. „Verzeih mir, ich weiß, dass ich ..." Sie schnitt ihm das Wort ab. „Bei Dir mag sich mit einem Mal alles geändert haben, aber ich kann die vergangenen Wochen nicht so schnell vergessen, in denen Du Dich immer mehr von mir abgewandt, Dich immer weniger gemeldet hast, Du kannst nicht in einem Augenblick alles ungeschehen machen..." „Es wird sich alles wieder ändern, so sein, wie es früher zwischen uns war, das verspreche ich Dir." „Ich brauche Zeit, um das glauben zu können." Ihre Stimme klang matt. „Ich werde es Dir beweisen", sagte er. Sein Kampfgeist war geweckt. „Du musst mir nichts beweisen." „Doch, das bin ich Dir schuldig. Du wirst überrascht sein." „Komm mir bitte nicht mit einem Verlobungsring, aus dem Alter sind wir endgültig raus", sagte sie. „Sei nicht spöttisch, es ist mir ernst. Gib mir eine Chance, eine letzte Chance. An meinem Geburtstag kannst Du Dich selbst davon überzeugen – von meinem Willen zu Veränderung." Die Entscheidung fiel ihr nicht leicht. „Also gut, aber jetzt lass uns schlafen. Auf bald." „Ich melde mich morgen", sagte er zum Abschied, aber da hatte sie schon aufgelegt.

Leonhard stand sehr früh auf und fuhr nach Köln. Punkt acht Uhr stand er vor Isabels Wohnungstüre – um diese Zeit stand sie gewöhnlich auf. Er wartete ein paar Minuten, bis er sie in ihrer Wohnung hin- und her gehen hörte, er wollte sie nicht wecken. Er hatte noch einen Wohnungsschlüssel, doch hielt er es für angemessener zu klingeln. Ihre Schritte eilten zur Türe, er hörte, wie sie durch die Sprechanlage „Ja bitte" sagte, in der Annahme, jemand warte unten vor der Haustüre. Er klopfte. „Ich bin es", sagte er. Sie öffnete langsam die Tür. Es wäre ihr lieber gewesen, er hätte nicht mit einem Bund lila Ranunkeln, ihren Lieblingsblumen, und einer Tüte frischer Croissants vor ihr gestanden. Wo er die Blumen um diese Zeit wohl aufgetrieben hatte? Sie bat ihn hinein wie einen Gast, der unvorhergesehen zu Besuch kam... Entgegen ihrer sonstigen Gewohnheit duschte sie noch schnell vor dem Frühstück und zog sich an, während er den Kaffee kochte, die Blumen anschnitt und in einer Glasvase auf den Tisch stellte. Er sah zum Fenster hinaus. Es war ein kalter sonniger Tag, Raureif glitzerte auf den Nachbardächern. Vielleicht würden sie später einen langen Spaziergang am Rhein machen?

„Du hast abgenommen", sagte sie und nahm Platz. Sie hatte schon eine ganze Weile in der Türe gestanden und beobachtet, wie er seinen Gedanken nachhing. „Das macht das Junggesellendasein", scherzte er und goss ihr Kaffee ein, reichte ihr zuvorkommend die Croissants, dann die Marmelade. Seine Aufmerksamkeit hatte etwas Angestrengtes, Bemühtes. Seinen zaghaften Versuchen der Annäherung – Handberührungen, Blicke – begegnete sie mit einem höflichen Lächeln.

Sie zog Grenzen, vermied es, über sich zu sprechen, erzählte lieber über andere, ihre Tochter in Algerien, Freunde und Bekannte. Stefan habe eine neue Freundin, diesmal sei es wohl was Ernstes. Sie spürte, dass Leonhard etwas störte, als sie von Stefan sprach. Sie wechselte das Thema. Deva wandere mit ihren siebzig Jahren noch einmal rund um den heiligen Berg Kailash, unvorstellbar, woher sie die Kraft nehme.

Isabel spürte, wie Leonhard sie mit Blicken umfing, während sie sprach, doch sie entwand sich ihnen immer wieder.

In seinem Gesicht hatte sich etwas verändert, sie konnte es nicht genau fassen. Etwas scharf Umrissenes, Verschattetes, kam zum Vorschein, das sie beunruhigte, eine Gebrechlichkeit, die sie wie vor einem kalten Luftzug zurückweichen ließ.

Leonhard überredete sie zu einem Spaziergang am Rhein. Sie fuhren in den Kölner Süden und stellten das Auto in der Uferstraße ab, ganz in der Nähe der Wohnung, die sie sich vor gut anderthalb Monaten angeschaut hatten. Keiner von beiden sprach mehr darüber. Auf dem schmalen Leinpfad gingen sie stromaufwärts, bis sie in die Rheinauen gelangten. Der Campingplatz war verwaist, die wenigen Wohnwagen, die hier überwinterten, waren mit schweren Sicherheitsschlössern verriegelt. Einige Hundebesitzer gingen strammen Schrittes an ihnen vorbei und pfiffen ihre vierbeinigen Begleiter herbei, die mal mehr, mal weniger gehorchten.

Aus der Ferne hörten sie eine durchdringende Frauenstimme „Charly, Charly..." rufen – offensichtlich war das der Name des eigenwilligen Tieres. Kurze Zeit später schoss ein scheckiger Jack Russel Terrier an ihnen vorbei – offensichtlich auf der Flucht vor den mahnenden Rufen. Eine große energische Frau marschierte hinterher und schimpfte. Es half nichts, Charly blieb verschwunden. Leonhard und Isabel mussten lachen. Ganz in der Nähe war ein Ausbildungsplatz, eine so genannte Hundeschule.

Sie fanden eine Bank und machten Rast. Kalt schien die Novembersonne auf sie herab, vor ihnen lag der Fluss im metallischen Licht. Eine Zeit lang schauten sie auf das vorbeiziehende Wasser, ohne etwas zu sagen. Panta rhei, alles fließt, nichts bleibt, dachte Leonhard. Ewiges Werden, ewiger Wandel, vielleicht war es wirklich so, das Sein...

Er holte ein Geschenk für sie aus seiner Manteltasche. „Ich habe Dir etwas mitgebracht", sagte er. Es war einer der Steine, die sie gemeinsam am Meer gesammelt hatten. Isabel sah in ihm ein versteinertes Dinosaurierei, das leichten Schaden genommen hatte in den Millionen von Jahren: An einer Seite war es leicht eingedrückt, eine Mulde war entstanden, in die man sein Ohr legen und lauschen konnte. „Hörst Du es?", fragte er sie. „Nichts als ein leeres Rauschen", sagte sie nach einer Weile. „Die Leere musst Du durchdringen, tiefer hinein hören. Da ist noch etwas anderes." Sie schloss die Augen. „Ein leises Klopfen", sagte sie nach einer Weile. „Genau. Und weiter?" „Es pocht, unregelmäßig, jetzt ist es weg, wie tot." „Warte ab." „Jetzt ist es wieder da. Unter der steinernen Schicht ist etwas eingeschlossen." „Genau." „Etwas Lebendiges." „Umschlossen und bewahrt, hast Du gesagt, seit Ewigkeiten." „Vielleicht bis in alle Ewigkeit..." Er sah sie an. „Eine schöne Vorstellung wäre das." „Darf ich ihn behalten?", fragte sie. Sie lächelte. „Du hast ihn gefunden, er gehört Dir." Isabel legte ihre Hand in seine. Noch einige Zeit saßen sie auf der Bank, schauten auf den Fluss, jeder in seine Gedanken versunken.

Es wurde kühl, sie brachen auf. Leonhard fuhr Isabel nach Hause, während der ganzen Fahrt ruhte der Stein in ihren Händen. Es begann zu dämmern. Als er vor ihrer Türe hielt, durchfuhr ihn ein stechender Schmerz, er krümmte sich über dem Lenkrad zusammen. Sie wollte sofort einen Arzt rufen, doch er widersetzte sich, verbot es ihr – es ginge gleich wieder vorbei. Sie wartete ab, bis ihm besser war. „Hast Du Dich untersuchen lassen, seitdem wir aus Arna zurück sind?", fragte sie. „Ja, der Arzt hat mir versichert, dass mit dem Herzen alles in Ordnung ist." Sie ahnte, dass er ihr etwas verschwieg, wieder einmal. „Also dann, bis nächste Woche", sagte sie und stieg schnell aus. Er wartete, bis sie die Haustüre aufgeschlossen hatte. Sie verschwand im Dunkel des Flurs, ohne sich noch einmal zu ihm umzuwenden.

12

Isabel kam nicht, Leonhard war enttäuscht. Schon am Morgen hatte er ein schlechtes Gefühl gehabt, als sie sich nicht bei ihm meldete. Heute war sein siebzigster Geburtstag – eine runde Zahl immerhin, kein Tag wie jeder andere, der Anbruch eines neuen Lebensjahrzehnts, hoffentlich auch ein Neuanfang. Einige hatten ihm geschrieben, manche sogar herzlich: Clara Mittnacht und ihr Vater, die Brookmanns. Sonst niemand. Er hinterließ Isabel eine kurze Nachricht auf dem Anrufbeantworter und nannte die Adresse des Lokals, wo seine Kinder auf ihn warteten. Es war halb acht, er musste sich auf den Weg machen.

Lars, Susanne und Laura saßen schon an dem Tisch, den er reserviert hatte. Er war für fünf Personen eingedeckt. Leonhard vermisste seine Enkelin. Sie war bei ihren Großeltern in Hamburg geblieben, die Reise wäre für die Kleine zu anstrengend gewesen. Nach inständigem Bitten und einem langen Gespräch mit ihrem Bruder hatte sich Laura überreden lassen doch noch zu kommen – schließlich sei er ihr Vater, sie sei es ihm schuldig nach allem, was er für sie getan habe, hatte Lars gesagt –, wenngleich sie ihre Meinung über das, was vorgefallen war, nicht änderte. Leonhard hatte ihr verschwiegen, dass auch Isabel eingeladen war, sonst wäre Laura nicht gekommen, das wusste er.

Leonhard umarmte alle zur Begrüßung. Lars zog ihn fest an sich, ohne Vorbehalte, wie einen alten Freund. Die Umarmung tat ihm gut. Susanne lächelte und küsste ihn rechts und links auf die Wange. Sie duftete nach Frühling, nach frischen Hyazinthen, mitten im Winter. Laura überließ es ihrem Vater, sie in die Arme zu schließen, sie machte keinen Versuch der Annäherung. „Schön, dass Du da bist“, sagte er ihr leise ins Ohr. Sie erwiderte nichts und senkte den Blick. Lars und Susanne entzündeten die Wunderkerzen und sangen ein Geburtstagsständchen. Die anderen Gäste erfreuten sich an soviel familiärer Harmonie und applaudierten gerührt.

Der Ober kam, um die Bestellung der Getränke aufzunehmen und fragte, ob sie mit dem Essen noch warten wollten, bis der fehlende Gast einträfe. „Mit dem Menu lassen wir uns noch ein wenig

Zeit", antwortete Leonhard ausweichend und bestellte die Aperitifs. „Du brauchst nicht damit zu rechnen, dass Mama noch kommt", sagte Laura. Lars und Susanne sahen Leonhard erstaunt an. „Vor einem Jahr haben wir auch Deinen Geburtstag hier gefeiert und an demselben Tisch, auf denselben Plätzen gesessen. Seitdem hat sich vieles geändert, das kann man nicht einfach rückgängig machen. Mach Dir also keine falschen Hoffnungen", fuhr sie fort. Niemand ging auf sie ein. Lars und Susanne erhoben ihre Gläser und stießen auf das Geburtstagskind an. Leonhard sah auf die Uhr, es war bereits Viertel nach acht, Isabel war immer noch nicht da. Er entschuldigte sich für einen Augenblick und ging hinaus, um sie anzurufen. Immer noch lief nur das Band mit ihrer Ansage. Er sprach nochmals die Adresse des Lokals auf und bat sie, ihn zurückzurufen. Sie solle ihn nicht hängen lassen, nicht an seinem Geburtstag, er vermisse sie, warte auf sie, den ganzen Abend lang bis Mitternacht.

Leonhard kehrte zurück, sie bestellten das Essen. Der Ober fragte, ob er das fünfte Gedeck abräumen könne, doch Leonhard bat, es stehen zu lassen. „In Erinnerung an vergangene Zeiten oder erwartest Du noch wen anders?" stichelte Laura. Leonhard ging nicht darauf ein, sie hakte nach: „Wenn Deine Neue tatsächlich kommen sollte, bin ich sofort weg, das verspreche ich Dir." Leonhard erschrak.

Mit einem Mal wünschte er sich, Isabel käme nicht mehr. Er hatte gehofft, alles friedlich lösen zu können, ein Irrglaube, wie sich nun herausstellte. Er sehnte sich nach Ruhe, einen Eklat an seinem siebzigsten Geburtstag mochte er sich nicht vorstellen. Doch ließe er sich vermeiden? Er hatte sich entschieden, er musste es durchstehen. Die Dinge nahmen ihren Lauf, sein neuer Lebensabschnitt würde mit einem Bruch beginnen.

Er bemerkte, dass Laura ihn beobachtete und auf seine Antwort wartete. Sie wurde ihrer Mutter immer ähnlicher, dachte er und ließ es dabei bewenden. Er begann, seine Geschenke auszupacken. In dem bunten Umschlag, den Lars und Susanne ihm überreichten, fand er einen Gutschein: *Einladung zu einer gemeinsamen Erlebnisreise,* kündigten große geschwungene Buchstaben darauf an. Es war Susannes Schrift. *Eine Woche Familie auf Rügen, gemeinsam mit Deinem Sohn, Deiner Schwiegertochter und Deiner Enkelin und einer Person Deiner Wahl, las er. Wann einzulösen? Sobald Du willst und das Wetter es erlaubt. Herzlichst Lars, Susanne und Melanie.*

Leonhard war bewegt, das hatte er nicht erwartet und bedankte sich überschwänglich. Er schaute zum Eingang und fragte sich, wann Isabel endlich kommen würde... Er nahm das kleine, aufwändig verpackte Päckchen von Laura. Es war mit einer Schleife versehen, in die eine getrocknete Herbstzeitlose eingebunden war. Sein Geburtstag war ihr also doch nicht gleichgültig... Sie hatte Verdis Missa da Requiem für ihn ausgesucht, die legendäre Aufnahme von Toscanini aus den fünfziger Jahren, die er sich schon immer zulegen wollte. Er umarmte sie, ihr Widerstand wich, sie wurde weich. „Entschuldige meine Bemerkung von eben", sagte sie, „mir sind die Nerven durchgegangen. Mit dem Gedeck für Mama, das ist eine schöne Geste des Erinnerns von Dir." Er war irritiert und schaute sie an. Ob sie es ironisch meinte? Er sah in ihre tiefbraunen Augen, die leicht verdeckt von den überhängenden Lidern waren, genau wie seine. Sie meinte es ernst. Er ließ sie in dem Glauben. Lars und Susanne verrieten ihn nicht. Und wenn Isabel doch noch käme...?

Laura wurde gesprächiger, das Eis war gebrochen. Sie erkundigte sich nach ihrer kleinen Nichte, nach Lars beruflichem Fortkommen und berichtete im Gegenzug von den neuesten wissenschaftlichen Erkenntnissen zu ihrer Krankheit. Von ihrer Mutter und der Auseinandersetzung, die sie kurz zuvor mit ihr hatte, erwähnte sie nichts. Ingrid hatte ihr vorgeworfen, sie zu hintergehen, wenn sie der Einladung ihres Vaters folgen würde...

Wer die kleine Gesellschaft von der Ferne betrachtete, hatte den Eindruck eines vergnüglichen Miteinanders. Einem scharfen Beobachter wären die verstohlenen Blicke, die Leonhard mal ängstlich, mal hoffnungsvoll zum Eingang warf, nicht verborgen geblieben. Gegen halb zwölf brachen sie auf. Laura verabschiedete sich als erste. „Auf bald", sagte sie lächelnd, stieg auf ihren Roller und fuhr in die kalte Novembernacht davon. Zu dritt standen sie noch eine Zeit lang auf dem Parkplatz. Sie froren, traten von einem Fuß auf den anderen, ihr weißer Atem stieg in die dunkle Kälte auf. „Warum ist Isabel nicht gekommen?", fragte Lars. „Ich kann es Dir nicht sagen", sagte Leonhard. Seine Stimme klang matt. „Ganz sicher hat es nichts mit Euch zu tun, sie wusste nicht, dass Ihr kommt. Ich wollte sie überraschen. Es tut mir leid." „Wir werden sie ein anderes Mal kennen lernen, ich bin ganz sicher", versuchte Susanne ihn zu trösten. Beide versprachen, morgen früh vor der Rückfahrt noch einmal bei ihm vorbeizukommen.

Als Leonhard in seine Wohnung zurückkehrte, versuchte er ein letztes Mal Isabel zu erreichen, abermals vergeblich. Er war beunruhigt. Ob ihr vielleicht doch etwas zugestoßen war? Sonst hätte sie ihm doch sicherlich auf Band gesprochen... Wenn er sie morgen früh immer noch nicht erreichte, wollte er nach Köln fahren, um zu sehen, was los war. Er hatte noch ihren Wohnungsschlüssel.

Der Gedanke ließ ihn nicht los, dass sie ihre Gründe hatte, heute Abend nicht zu erscheinen, gute Gründe sogar. Er dachte an ihr letztes Treffen zurück, wie sie nach seiner Schmerzattacke von ihm Abschied genommen hatte: Sie verschwand im dunklen Hausflur, ohne sich noch einmal zu ihm umzuwenden... Isabel ahnte, nein, sie wusste, dass er ihr etwas Entscheidendes verschwieg... Er musste es ihr endlich sagen, vielleicht bestand dann Hoffnung. Ob sie es hinnehmen würde?

Seine Vermutung täuschte ihn nicht. Sie war zu Hause, den ganzen Abend saß sie auf ihrem zinnoberroten Sofa neben dem Telefon. Keiner seiner Anrufe entging ihr. Jedes Mal schreckte sie zusammen, wollte schon abheben und ließ es doch bleiben. Sie hörte ihm zu, als er seine Nachrichten auf das Band sprach. Seine Stimme klang zuerst erstaunt, dann besorgt, am Ende enttäuscht. Sie hielt es kaum aus, seine Fragen ins Leere laufen zu lassen – Wo bleibst Du? Hoffentlich ist Dir nichts passiert? Warum bist Du nicht gekommen? Am liebsten wäre sie weggelaufen, doch sie zwang sich, neben dem Telefon sitzen zu bleiben. Sie wollte nicht fliehen vor ihrem erbärmlichen Verhalten. Sie liebte ihn, doch sie war feige, dafür verachtete sie sich. Sie fand zu keinem Ja und keinem Nein, stand dazwischen, war sich fremd. Sie hatte Angst: Angst um ihn und Angst um sich. Er wollte sie überraschen, hatte er gesagt, es ihr beweisen, das wäre er ihr schuldig... Wenn sie heute Abend zu ihm ginge, gäbe es kein Zurück mehr, das wusste sie. Sie müsste zu ihm stehen. Wenn nicht, floh sie vor der Verantwortung. Aber wäre sie stark genug, seine Gebrechlichkeit zu ertragen? Wäre ihre Liebe stark genug, seinen Verfall mit zu tragen? Ganz gleich wie sie sich entschied, sie würde den Kürzeren ziehen. Nach Mitternacht ging sie zu Bett, sie fand keinen Schlaf, wusste nicht, wie sie sich entscheiden sollte. Am nächsten Morgen rief sie ihn endlich an.

Leonhard war Isabel nicht nur eine Erklärung schuldig, er musste ihr endlich die Wahrheit sagen, sie allein entschied über ihre gemeinsame Zukunft. Er setzte sich an den Küchentisch und sah auf die Uhr: Mitternacht war gerade vorbei. Er nahm ein Blatt Papier und einen Stift. Er begann zu schreiben, erst zögernd, nach Worten suchend, mit Sätzen ringend, doch allmählich findet er zu sich, seine Schrift beginnt zu fließen, ein Blatt reicht nicht mehr aus, für all das, was ihn bewegt, woran er sie teilhaben lassen will – was ich Dir noch sagen will. Er schreibt in einem fort, ohne den Stift abzusetzen, die ganze Nacht hindurch, atemlos als gehe es um sein Leben, er schreibt sich alles von der Seele, Seite um Seite, das Unausgesprochene, seine Gedanken, seine Gefühle des vergangenen Jahres. Einige Stunden später liegen lose Blätter verstreut vor ihm auf dem Küchentisch, gut zehn Seiten mögen es sein, eng beschrieben: Seine Selbstbetrachtungen, seine Geständnisse, sein letztes Jahr. Es ist noch dunkel, als er alles in ein großes Kuvert packt und an Isabel adressiert. Er ist erschöpft und erleichtert. Später wird er es zur Post bringen, jetzt muss er ein wenig schlafen, es ist erst halb vier.

Lars und Susanne kamen wie verabredet um elf Uhr bei Leonhard vorbei. Sie klingelten, niemand öffnete. Vielleicht war er noch schnell etwas erledigen? Sie warteten eine halbe Stunde. Lars wurde immer unruhiger und fing an, sich Sorgen zu machen. Seine Mutter hatte einen Zweitschlüssel, doch er verwarf den Gedanken, bei ihr vorbei zu fahren, da er nicht enden wollende Auseinandersetzungen befürchtete. Wieder einmal müsste er sich rechtfertigen... Eine weitere viertel Stunde, eine halbe Stunde verging. Sie warteten, vergeblich. Susanne überredete Lars, die Schlüssel zu holen, ansonsten müsste ein Schlüsseldienst das Türschloss aufbrechen. Sie blieb und wartete, falls Leonhard in der Zwischenzeit doch noch eintreffen sollte. Lars hatte Glück, seine Mutter war nicht zu Hause. Laura gab ihm die Schlüssel, auch sie machte sich Sorgen. Gemeinsam fuhren sie zu Leonhards Wohnung zurück. Susanne wusste nichts Neues zu berichten, als die Geschwister ankamen. Ihr Vater war immer noch nicht eingetroffen.

Sie schlossen die Wohnung auf, alles war still. Sie riefen nach Leonhard, niemand antwortete. Susanne ging ins Wohnzimmer, Lars in die Küche. Er fand das Kuvert, das noch unverschlossen auf dem Tisch lag. Laura schaute im Bad, dann im Schlafzimmer nach ihrem Vater. Ihr greller Schrei durchschnitt die Stille. Die anderen erschraken und liefen zu ihr. Leonhard lag im Bett. Tränen rannen über Lauras Gesicht, verzweifelt umarmte sie den leblosen Körper ihres Vaters. Sein Gesicht war bleich, seine Augen lagen wie schattige Höhlen darin, seine geschlossenen Lider schimmerten dunkel violett. Sein Mund war weit geöffnet, als wollte er den Lebenden noch etwas zurufen.

Dr. Schlee kam sofort. Er konnte nur noch den Tod feststellen. Herzversagen, meinte er, ein Schlag wie aus heiterem Himmel, auch ein gesundes Herz kann es treffen. Wenigstens hat er nicht gelitten, ein friedlicher Tod. Laura kauerte am Fußende des Bettes und wimmerte, der Hausarzt gab ihr eine Beruhigungsspritze. Susanne brachte ihre Schwägerin nach Hause und wollte Ingrid benachrichtigen. Lars blieb bei seinem Vater, um Abschied zu nehmen. Er setzte sich an das Bett, legte seine Hand auf die des Vaters. Sie war kalt. Er wollte sie wärmen, wie sein Vater es früher bei ihm getan hatte, im Winter, als er noch ein kleiner Junge war und seine Handschuhe vergessen hatte, seine Finger waren blau und steif vor Kälte, erstarrt, ähnlich wie die seines Vaters, doch aus ihnen war das Leben für immer gewichen. Lars weinte. Die winterliche Sonne fiel durch das Fenster. Ihr breiter Lichtstrahl wanderte langsam vom Fußende des Bettes an Leonhards Körper entlang. Die bläulichen Adern auf den wächsernen Händen zeichneten sich ab, Bartstoppeln an Kinn und Wange traten hervor. Die Haut seines Gesichts schimmerte elfenbeinfarben, ein Lichthauch von Leben schien ein letztes Mal darin auf, der endgültig verlosch, als die Sonne weiter auf ihrer fallenden Bahn am Fenster vorbei zog und es dunkel wurde.

Es läutete an der Türe. Lars stand auf und machte Licht. Der Bestatter kam, um seinen Vater abzuholen. Zwei Männer schleppten den Zinksarg das enge Treppenhaus hoch, sie hatten Mühe um die Ecke zu kommen. Lars führte sie in das Schlafzimmer. Er ging sofort wieder hinaus. Er wollte nicht mit ansehen, wie sie den steifen Leichnam in den Sarg pferchten. Er wartete im Wohnzimmer. Das rote Lämpchen auf dem Anrufbeantworter blinkte. Jemand hatte eine Nachricht hinterlassen, vielleicht seine Mutter. Er drückte auf die Taste.

„Hallo, ich bin es. Es tut mir leid wegen gestern Abend. Ich hatte Angst, mir fehlte einfach der Mut. Ich brauchte Zeit, mich zu entscheiden, länger als sonst, ich hoffe, es ist nicht zu spät. Ich hatte Angst vor dem Unausgesprochenen, das zwischen uns liegt. Ich habe Dich enttäuscht, an Deinem siebzigsten Geburtstag. Verzeih mir, wenn ich Dir erst nachträglich gratuliere. Ich wünsche Dir von Herzen alles Gute, auf dass Deine, unsere Wünsche in Erfüllung gehen. Ich möchte alles wieder gut machen, meine Zweifel an Dir, an mir. Ich verspreche es Dir. Bitte melde Dich. Auf bald. Isabel."

Lars war berührt, er hörte die Stimme, die Leonhard nicht mehr erreichen sollte – sie klang wie dunkles Silber... Der Bestatter klopfte an die Türe und sagte, sie wären jetzt soweit. Der Metallsarg stand im schmalen Korridor. Lars musste sich an ihm vorbeidrängen, um die Wohnungstüre zu öffnen. Vorsichtig hoben die Männer den Sarg hoch und trugen ihn hinaus. Lars ließ ihn nicht aus den Augen. Er wartete ab, bis er im Treppenhaus verschwunden war. Er lief in die Küche und sah auf den Hof hinunter, wo der Leichenwagen stand. Die Männer kamen. Er beobachtete, wie sie seinen Vater in den Wagen schoben. Die Heckklappe schlug zu. Sie fuhren los. Der letzte Blick. Dann waren sie verschwunden. Vorbei.

Auf dem Küchentisch lag noch das Kuvert, das er gefunden hatte. Er nahm es an sich. Er ging ins Wohnzimmer, drückte auf die Taste des Anrufbeantworters und hörte sich ein letztes Mal die Stimme von Isabel an. Er schloss die Augen und versuchte sich vorzustellen, wie sie war. Ihre Worte endeten, ein klickendes Geräusch folgte. Sie hatte aufgelegt. Lars löschte die Ansage und verließ die Wohnung seines Vaters.

Ingrid hatte mit Leonhard nie darüber gesprochen, welche Form der Bestattung er sich wünschte: Erdbestattung, Feuerbestattung, Seebestattung, Friedenswald... In all den Jahren, die sie verheiratet waren, streiften ihre Gedanken selten den Tod, sie waren zu beschäftigt. Zwei Mal mussten sie allerdings die Möglichkeit des eigenen Ablebens in Betracht ziehen: Als sie eine Risikolebensversicherung abschlossen, die auf Leonhard lief, und als sie ihr gemeinsames Testament verfassten, das den Längstlebenden begünstigte. Das war klug gewesen und zahlte sich nun aus. Zum Glück

Alles Weitere lag nun in Ingrids Ermessen. Sie war eine scharfe Denkerin und musste nicht lange überlegen, was zu tun war. Sie organisierte einen würdevollen Abschied, eine Trauerfeier, wie sie einem Ehrenbürger und ehemaligen Stadtrat zukam. Leonhard wurde eingeäschert, seine Urne in der Krypta des Mausoleums Carstanjen feierlich beigesetzt – einem Ort, der Aufmerksamkeit auf sich zog. Ein Zuckerfabrikant, in der Gründerzeit zu Geld und Adel gekommen, hatte sich am Rhein ein eindrucksvolles Mausoleum errichten lassen, das an das römische Pantheon erinnerte, jedoch kleiner dimensioniert und auf private Verhältnisse zugeschnitten war. Die Hoffnungen auf eine ruhmreiche Familiendynastie, die hier ihre letzte Ruhestätte finden sollte, erfüllten sich jedoch nicht: Nach gut hundert Jahren war das Geschlecht der Neugeadelten bereits ausgestorben, der Traum von Ewigkeit auf Erden dahin. Die Gedenkstätte verrottete und wurde zu einem Schandfleck: Gräber wurden aufgebrochen, besudelt von bunten Graffitis, dem Untergang preisgegeben.

Der Pfarrer der angrenzenden Kirchgemeinde erbarmte sich und bot dem Verfall Einhalt. Seit einiger Zeit strahlte das Bauwerk wieder jene Erhabenheit aus, die der Bauherr sich vor gut hundert Jahren als Kulisse für die sterblichen Überreste seiner Familie gewünscht hatte. Nun war sie für jedermann zugänglich, jeder konnte hier seine letzte Ruhe finden, um seinen Angehörigen in würdevoller Erinnerung zu bleiben. Auch Ingrid wollte hier bestattet werden, wenn es einmal so weit wäre. Sie hatte das Urnengrab für fünfundzwanzig Jahre angekauft.

Alle waren gekommen, um Leonhard die letzte Ehre zu erweisen: die Brookmanns, die von Siemsens, die Petermanns, Clara Mittnacht und ihr Vater, die Nachbarn, die Tennisfreunde, die Geschäftsfreunde, die Rotarierfreunde, die Entscheidungsträger aus der Politik. Ingrid hatte sie alle persönlich eingeladen, Abschied zu nehmen. Ihre Mühe wurde belohnt: Leonhards Tod führte sie alle wieder zusammen, die alte Ordnung schien wieder hergestellt. Die Trauergemeinde war größer als erwartet, die Gedächtniskapelle im Mausoleum zu klein, um die Trauernden zu fassen. Viele standen auf den herrschaftlichen Freitreppen, die links und rechts hinauf führten. Die schwarzen Regenschirme waren weit aufgespannt, bewegten sich immerzu und stießen aneinander wie die Wellen eines dunklen Flusses, der aus den hohen Bronzetüren des Portikus drängte und sich über die Treppen in den Park ergoss.

Es nieselte. Zwei Lautsprecher standen geschützt unter dem Dach der Säulenvorhalle und übertrugen die Worte des Priesters in die nasse Kälte. Ein älterer Herr stand am unteren linken Treppenabsatz in einigem Abstand zu den anderen Trauergästen. Er fiel durch seinen hellen Regenmantel und den durch einen kräftigen Windstoß zerfledderten Regenschirm auf, den er hoch über seinem Kopf hielt, obwohl die verbogene Konstruktion aus Metall und

Nylon ihn nicht mehr vor der Nässe schützen konnte. Er schien es nicht zu bemerken, stand reglos da, ein Ritter von der traurigen Gestalt. Es war Karl Amadeus Eggebrecht, er hatte die Todesanzeige in der Zeitung gelesen:

Ich gehe langsam aus der Zeit heraus
in eine Zukunft jenseits aller Sterne,
und was ich war und bin und immer bleiben werde
geht mit mir ohne Ungeduld und Eile;
als wär' ich nie gewesen oder kaum.
Hans Sahl

Plötzlich und für uns alle unerwartet verstarb kurz nach Vollendung seines 70. Lebensjahres

Leonhard Zepp

* 23.11. 1939 † 24.11.2009

Wir trauern um meinen lieben Mann, unseren guten Vater, unseren hochgeschätzten Schwiegervater und Großvater

Ingrid Zepp

Lars, Susanne und Melanie Zepp

Laura Zepp

Auf Wunsch des Verstorbenen findet eine Urnenbestattung statt. Am Mittwoch, den 1. Dezember um 11.00 Uhr, St. Evergislus Bonn-Plittersdorf Mausoleum Carstanjen. Der Verstorbene bittet anstatt Blumen um eine Spende in seinem Gedenken an die Stiftung Carstanjen.

Karl Amadeus Eggebrecht hatte die Anzeige ausgeschnitten und sorgsam zwischen die Seiten seiner Epikurübersetzung gelegt, genau an die Stelle, die er damals Leonhard vorgelesen hatte, als sie auf den Tod seiner Frau zu sprechen gekommen waren. „Der Tod hat keine Bedeutung für uns, denn was aufgelöst ist, ist ohne Empfindung; was aber ohne Empfindung ist, das hat keine Bedeutung für uns."

Nieselregen rann ihm über Gesicht und Brille. Er wollte Leonhard die letzte Ehre erweisen, er vermisste ihn. Gedankenverloren stand er da, als sich die Trauergemeinde auflöste, um sich auf den Weg zum Leichenschmaus zu machen. Vielen stand der merkwürdige ältere Herr im Weg, niemand kannte ihn. Ein kleiner Rückstau bildete sich auf der Freitreppe, erste Unmutsäußerungen waren zu hören, einige schimpften und drehten sich noch einmal verständnislos um, nachdem sie ihn passiert hatten. Wer denn dieser Sonderling sei, raunten sie sich zu. Sicherlich so ein Begräbnisgänger, so etwas soll es ja geben. Die letzten verließen den Friedhof. Die mächtigen Türflügel des Mausoleums schlossen sich langsam. Irgendwann war auch Karl Amadeus Eggebrecht verschwunden.

Anfang Dezember, gut zwei Wochen nach Leonhards Tod, erhielt Isabel ein großes Kuvert. Sie erkannte Leonhards Schrift sofort. Was würde er ihr mitzuteilen haben, nachdem er so lange kein Lebenszeichen von sich gab und auch ihre Anrufe unbeantwortet ließ? Sie wollte sich keinen Illusionen hingeben, dennoch hoffte sie immer noch. Jeden Vormittag hatte sie voller Ungeduld den Briefkasten geöffnet, jeden Abend hatte sie das Telefon abgehört, in der Hoffnung, eine Nachricht vorzufinden, vergeblich. Die unerträgliche Zeit des Wartens war nun endlich vorbei. Sie wollte sich seiner Entscheidung stellen. Sie riss den Umschlag noch im Treppenhaus auf und nahm vorsichtig die losen Blätter mit seiner Handschrift heraus, zuoberst lag eine schwarz umrandete Karte. Es war die Todesanzeige, auf die ihr Blick fiel. Ihr wurde schwarz vor Augen.

Einige Wochen waren seitdem vergangen. Isabel erholte sich nur langsam von ihrem Zusammenbruch, nachdem alles so plötzlich, so unfassbar über ihr zusammengestürzt war. Sie hatte sich in jener Nacht nach langem Ringen für eine Zukunft mit ihm entschieden... Und jetzt? Sie fühlte sich leer und einsam, wusste nicht, wie es weiter gehen sollte. Er war aus ihrem Leben gerissen.

Damals, in jener Nacht fragte sie sich, ob sie stark genug wäre, seine Erkrankung, seinen körperlichen Verfall zu ertragen. Heute erschienen ihr diese Überlegungen kleinmütig und unwesentlich. Was zählte, war das Leben, sich in jedem Moment nahe sein zu können, sich die Hand zu halten, sich zu spüren... Wie sollte sie ohne ihn weiter leben? Er war nicht mehr da, von einem Tag auf den anderen, ohne Abschied, das war das Schlimmste. In jener Nacht saß sie bis zum frühen Morgen neben dem Telefon, bis sie endlich den Hörer in die Hand nahm und anrief. Er hob nicht ab. Er schläft, dachte sie und sprach ihm aufs Band. War er zu diesem Zeitpunkt schon tot? Gestorben, alleine in seiner Wohnung, ohne sie? Die Erinnerung ging wie ein tiefer Schnitt durch ihren ganzen Körper, sie krümmte sich vor Schmerz. In diesem Moment spürte Isabel, wie sehr sie ihn geliebt hatte, wie sehr sie ihn vermisste, immer noch liebte.

Der gelbe Sandstein des Mausoleums strahlte in der kalten Wintersonne. Seine Kuppel schimmerte bleiern vor dem klaren Blau des Himmels. Eine dünne Schneeschicht bedeckte den weitläufigen Park. Isabel fror. Sie stand vor dem Eingang im Schatten des von Säulen getragenen Vorbaus. Sie wollte Abschied nehmen an seinem Grab, doch die meterhohen bronzenen Türen, von den Erzengeln Michael und Gabriel bewacht, waren verschlossen, meterdicke Mauern trennten sie voneinander. Noch nicht einmal hier konnte sie ihm nahe sein, das Mausoleum wurde nur zu Beerdigungen und Gedenkfeiern geöffnet. Welcher Ort des Gedenkens, des Erinnerns würde ihr bleiben?

Nicht weit vom Eingang entfernt hatte die Friedhofsverwaltung eine Bank aufgestellt, die einen schönen Ausblick auf den Rhein bot – vielleicht um den vergeblich Einlass Suchenden Trost zu spenden, vielleicht um die zufällig Vorbeikommenden mit dem Ort des Todes zu versöhnen. Isabel setzte sich und war dankbar, dass das Sonnenlicht sie streifte und ein wenig wärmte. Sie blickte auf den träge dahin ziehenden Fluss und dachte an ihr letztes Zusammensein mit Leonhard. „Die Leere musst Du durchdringen, tiefer hinein hören. Da ist noch etwas anderes", hatte er gesagt, als sie den Stein an ihr Ohr hielt und nichts als ein dumpfes Rauschen hörte. Ihre Augen füllten sich mit Tränen. Sie trug seinen Brief immer bei sich, sein letztes Lebenszeichen. Er hatte seine letzten Worte an sie gerichtet, in den letzten Stunden an sie gedacht, seine letzten Gedanken ihr zugedacht: Sie hatten einen gemeinsamen

Traum, gemeinsame Hoffnungen, Wünsche, Ziele – das war zumindest ein Trost.

Immer und immer wieder hatte sie den Brief in den vergangenen Wochen gelesen und sich gefragt, wer ihn ihr geschickt haben könnte. Sie vermutete, dass es Lars war. Anfangs wollte sie in ihrer Verzweiflung Kontakt zu ihm aufnehmen, wollte von seinem Sohn noch einmal hören, was sie längst aus Leonhards Brief wusste. Doch vielleicht war ihm etwas entgangen? Sie wollte mehr wissen über seine Krankheit, über seinen plötzlichen Tod, ob er leiden musste, wie man ihn gefunden hatte... Doch welchen Sinn hätte es gehabt, das alles zu erfahren? Es konnte sie nicht darüber hinweg trösten, ihn in den letzten Stunden seines Lebens enttäuscht zu haben... Man hatte ihr die Todesanzeige erst nach der Beerdigung zugestellt, zu spät, um Abschied am Grab zu nehmen, ohne ein einziges persönliches Wort. Für seine Kinder hatte sich die Sache erledigt... Der dünne Lebensfaden war zerrissen. Aus, vorbei. Was blieb, war die Erinnerung.

Isabel zog den Umschlag aus der Tasche und begann zu lesen. Sie tauchte in den Sog der Vergangenheit ein, wurde mitgerissen von Leonhards Worten, durchlebte mit ihm sein letztes Lebensjahr. Sie fühlte mit ihm, war ihm nah, als säße er neben ihr auf der Bank und erzählte ihr seine Lebensgeschichte. Zuerst sprach er leise, wie aus weiter Ferne, doch seine Stimme kam näher, flüsterte ihr ins Ohr, drang in sie ein – sie wurden eins... Hin und wieder hob sie den Blick und schaute auf den Fluss in der Ferne. Er trug etwas Dunkles mit sich fort.

Godesberg, den 23.11.2009

Geliebte Isabel,

ich habe Dich heute Abend vermisst. Ich wollte Dich überraschen und meinen Kindern vorstellen. Ich wollte Fakten schaffen und Dir mit heroischer Geste beweisen, dass ich den gordischen Knoten zerschlagen habe: Ich habe mich entschieden, für Dich und ein Leben mit Dir! Warum suchte ich den großen Auftritt? Warum konnte ich es Dir nicht leise sagen? Es war dumm von mir, verzeih.
Ich suche nach Sätzen, die ausdrücken, was ich für Dich empfinde, was Du mir bedeutest. Es ist nicht einfach, Liebe in Worte zu fassen, ich versuche es trotzdem: Ohne Dich bin ich ein anderer, ohne Dich

bin ich mir selbst fremd, ohne Dich bin ich gefangen in mir selbst, tot, ein Verlorener... Mit Dir bin ich lebendig, mit Dir rieche, schmecke, taste, höre, sehe, erlebe ich die Welt, wir sind eins, ein Körper, ein Empfinden, ein Geist: Wo Du bist, bin ich, wo Du nicht bist, bin ich nicht... Du schenkst mir Hoffnung, Zuversicht, die Liebe zum Leben, die Lust zu lieben... Ich möchte es Dir tausendfach zurück schenken, Dich auf meinen Händen tragen, mit Küssen Deinen ganzen Körper bedecken...- kleine Zirkusprinzessin. In meinen Träumen sehe ich Dich auf dem Rücken eines galoppierenden Pferdes durch die Manege fliegen, auf einem Bein stehend, Saxophon spielend...

Leichtigkeit, Lebenslust, Lebendigkeit – all das bist Du, all das hatte ich vergessen. Du hast es mir in Erinnerung gerufen, mich aus meiner Erstarrung befreit. Ich war verstummt, Du hast mir meine Sprache wieder gegeben. Ich will Dir nichts mehr verschweigen. Ich bin es Dir schuldig, offen zu sein. Ich möchte Dich nicht täuschen, Dir nichts Falsches mehr vorspielen, nie mehr. Wundere Dich nicht über das, was ich Dir jetzt sage: Es ist gut, dass Du heute Abend nicht gekommen bist! Vielleicht wäre ich sonst immer noch zu feige gewesen, es Dir zu sagen. Du zwingst mich, ehrlich zu sein, zu Dir und zu mir. Vielleicht ahnst Du schon länger, dass mit mir etwas nicht stimmt... Ich bin krank, sehr krank, wie mir der Onkologe gestern mitteilte. Du bist die Erste, die davon erfährt: Speiseröhrenkrebs... Der schmerzhafte Druck in der Brust kommt nicht vom Herzen, wie ich annahm, sondern von einem Tumor, der auf die Schlagader drückt. Irgendwann könnte sie reißen... Ich muss bald operiert werden. Der Arzt hat mir nichts verschwiegen, nichts beschönigt: vielleicht bleibt mir, uns noch ein Jahr...

Es ist merkwürdig, ich kann es kaum glauben, aber ich bin nicht am Boden zerstört! Es geht mir gut – heute hatte ich keine Beschwerden – ich fühle mich sogar stark... Ein Jahr ist ein Geschenk, mit Dir! Jeden Atemzug möchte ich genießen, mit Dir, den Frühling, den Sommer, vielleicht auch den Herbst noch einmal erleben, mit Dir... Ich will mich nicht entmutigen lassen, werde tapfer sein, bis zum Ende. Ich stehe doch erst am Anfang, mein neues Leben liegt doch erst vor mir, mit Dir! Und sei es nur ein Jahr... Wenn dem Schmetterling die Flügel brechen, kann er doch trotz alledem vom Fliegen träumen, ist es nicht so?... Ich bitte Dich, flehe Dich an, lass uns wieder aufeinander zugehen, das Vergangene loslassen, uns verwandeln. Finde wieder zu mir – finde Dich in mir, finde mich in Dir...

Ich sterbe vor Sehnsucht, Dich wieder zu sehen, Dich in den Armen zu halten, von Dir gehalten zu werden, um in Seelenruhe zu sterben...
Ich blicke in dieser Geburtstagsnacht zurück auf das vergangene Jahr, ich möchte Dich an allem teilhaben lassen, was mich bewegte, was mich veränderte. Was wir für wahr halten, gilt für den Augenblick. Unser Leben wandelt sich unmerklich, und erst im Nachhinein werden wir uns über die Veränderungen bewusst. Dann schauen wir befremdet zurück auf die eigene Vergangenheit und stellen verwundert fest: Ich war ein anderer. Durch Dich habe ich zu mir gefunden, Du bist mein Lebensglück.
In meinen Gedanken nehme ich Dich mit in das vergangene Jahr, dem Jahr, in dem ich zu Dir fand. Ich will Dir erzählen, wie alles anfing und wie sich der Kreis nun schließt. Ich werde Dir nichts verheimlichen. Mein Scheitern war mein Glück... Wo soll ich beginnen?

Ich zog die Türe hinter mir zu, damals. Die Jahre der Pflicht lagen hinter mir. Der Augenblick, den ich in den letzten Jahren herbeigesehnt hatte, war da. Alles Schwere fiel von mir ab. Ich genoss das Gefühl der Leichtigkeit. Endlich frei!

Dankeswort

Ich danke Frau Dr. Hilde Gahl für ihre unendliche Mühe und Unterstützung, ohne die ich dieses Buch nicht hätte schreiben können, ihrem Mann Prof. Klaus Gahl für die medizinische Beratung, die Weiterleitung und das Ausdrucken der vielen Mails an Hilde, meinen scharfäugigen Testlesern Dietlind Konold, Herta Wegener, Katharina Risch, Anno Schreier, Sibylle und Helmut Epp für die wertvollen Hinweise –
und natürlich meinem Mann, Dr. Gerd Leidig, für all die Geduld und Zuversicht, mit der er mich stärkte.

Köln, im August 2011

Quellennachweise

1) Die Zitate von Epiktet, Musonius, Seneca, Marc Aurel finden sich in: Die Philosophie der Stoa, ausgewählte Texte Reclam 2001

   Die Zitate von Epikur finden sich in: Diogenes Laertius, Leben und Lehre der Philosophen, Reclam 1998 sowie Geschichte der Philosophie in Text und Darstellung, Antike, Reclam 1988

2) Das Zitat von Laura aus den Buddenbrooks im 6. Kapitel (Seite 158) findet sich in: Thomas Mann, Die Buddenbrooks, 10. Teil, 5. Kapitel, Seite 559, Fischer Verlag.

3) Devas Anleitung zur Meditation im 7. Kapitel (Seite 220-223) ist angeregt von Jon Kabat-Zinn/Ulrike Kesper-Grossman, Die heilende Kraft der Achtsamkeit, Arbor Verlag Freiburg.

Kerstin Maria Pöhler, geboren in Köln, hat nach ihrem Musik- und Germanistikstudium als Musiktheater-Regisseurin an großen Opernhäusern gearbeitet. Neben ihrer Regietätigkeit ist sie als Autorin tätig und verfasst Opernlibretti (u.a. Die Stadt der Blinden nach dem gleichnamigen Roman von José Saramago).
Einen Sommer lang ist ihr erster Roman.

Quell: der Verlag für nachhaltiges Leben

Nachhaltigkeit hat viele Facetten. Sie reichen vom Dreiklang von Ökologie, Ökonomie und Sozialem bis hin zum bewussten Konsum.

Mit seinen Publikationen widmet sich der Quell Verlag dem Thema Nachhaltigkeit in allen Lebensbereichen:

Die Zeitung Quell berichtet vierteljährlich über Konsumentscheidungen und Verhaltensweisen, die zu einem nachhaltigen Lebensstil gehören.

Die Bücher der Edition Quell greifen sowohl Themen einer zukunftsorientierten Gesellschafts- und Wirtschaftspolitik auf als auch Themen der eigenverantwortlichen Lebensgestaltung.

Mehr über unser Verlagsprogramm finden Sie unter: www.quell-online.de/shop/lesenswert.